花子军传奇

飞鱼 著

加拿大国际出版社

书名：花子军传奇
作者：飞鱼
出版：加拿大国际出版社 www. intlpressca. com
Email：service@intlpressca. com
2025 年 8 月加拿大第一版
2025 年 8 月第一次印刷
印刷版国际书号 ISBN：978-1-998479-55-9
电子版国际书号 ISBN：978-1-998479-56-6

Title: The Legendary Beggar's Army
Author: Fei Yu
Publisher: Canada International Press
www. intlpressca. com
Email: service@intlpressca. com
Second Edition Aug 2025
First Printing Aug 2025
Printed Edition ISBN: 978-1-998479-55-9
E-Book ISBN: 978-1-998479-56-6

内容简介

　　长篇小说《花子军传奇》写的是中国大陆一支叫花子武装半个世纪的艰难历程，再现了中国大陆各个历史阶段的真实面貌，揭露和鞭笞了社会的丑恶势力，颂扬了社会底层人民的生存智慧和仁爱济世的人性光辉。

目录

内容简介 iii

第一章 1

  1，深秋寒月 1

  2，血溅乡公所 4

  3，古庙钟声 20

  4，省府怒下通缉令 27

第二章 29

  1，山寨大周旋 29

  2，羊虎庙长老恭迎亡灵 44

第三章 50

  1，花子军的旗号 50

  2，洞中夜话 51

  3，明大姑之死 57

  4，大宝告状 64

  5，省法院重审命案 72

  6，明大姑周年忌日 73

第四章 76

1，羊家招婿 76

2，胡屠户智请贵客 96

3，山寨春来早 100

4，宾主促膝夜谈 108

5，大宝献策 112

第五章 118

1，黑云压城 118

2，开战第一天 120

3，被绑的战场指挥官 123

4，盲棋对弈者 129

第六章 135

1，围猎葫芦畈 135

2，全军紧急备战 146

3，八仙寨上炮声隆 153

4，仙姑坪歼灭战 160

5，野猪峡围堵战 166

6，《采茶歌》响彻八仙寨 171

第七章 173

1，山寨来客 173

2，罕见的记者招待会 178

第八章 187

　1，宋光宪的招兵宣传 187

　2，杜姨招兵 188

第九章 195

　1，智掳小枝云秀 195

　2，沸腾的八仙寨 199

　3，小枝云秀平安回城 204

第十章 207

　1，远亲不如近邻 207

　2，六宝认爹 211

　3，八仙寨上的马列课堂 220

第十一章 227

　1，羊家喜宴 227

　2，雪夜枪声 243

　3，羊二哥现身秘密会议 256

第十二章 259

　1，黑水县城争夺战 259

　2，羌爱党上寨搬兵 264

　3，花子军的艰难抉择 265

　4，姜启仁运筹帷幄 267

第十三章 271

1，八仙寨上的歌声.................................271

2，水兵班的选拔赛.................................275

3，勇士的不眠夜...................................278

4，喋血汉江.......................................287

第十四章...296

1，绝境逢生.......................................296

2，虎口拔牙.......................................302

3，鹞子岩的新头领.................................313

第十五章...325

1，神秘的老羊倌...................................325

2，筹划远征.......................................331

第十六章...337

1，大宝哭恩师.....................................337

2，险情逼近灵堂...................................346

第十七章...350

1，先遣队奋力战瘟疫...............................350

2，伍佳杰寻亲.....................................357

3，潘来运遇险.....................................365

4，赵长烈为花子军解围.............................370

5，男人们的桃花运.................................378

6，黑牡丹训夫.....................................399

7，小枝云秀拜见干娘.....................409

第十八章.....................412

1，强大攻势下的大本营.....................412

2，泪洒惜别晚宴.....................422

3，姜启仁被捕入狱.....................425

4，羌六宝选拔特使.....................427

5，千里大营救.....................433

6，回撤之路.....................444

第十九章.....................448

1，姜启仁平安归来.....................448

2，花子军的远景规划.....................450

第二十章.....................453

1，功臣归来.....................453

2，父子俩彻夜长谈.....................455

3，羊家住宅焕然一新.....................458

4，劳改上瘾的青年人.....................459

5，母子雨夜诉衷曲.....................464

6，一顿筹备多年的晚餐.....................470

第二十一章.....................475

1，二爷之死.....................475

2，羌瑞雪银铛入狱.....................488

3，夏琼芳含冤自尽 493

4，杜小凤解救羌爱党 495

第二十二章 498

1，羊昌坤病了 498

2，羊和平的艰难求学路 199

3，羊陈两家喜定婚期 501

4，羊昌坤的郑重承诺 502

5，中秋月儿圆 504

第二十三章 509

1，新官上任三把火 509

2，行动小组首战失利 510

3，招商引资洽谈会 515

4，华总要员闪亮登场 517

尾声：大彻大悟的香客 521

第一章

1，深秋寒月

深秋。月夜。

屋后阴沟草丛里的蟋蟀有气无力地叫着，声音微弱，

但在两个年轻女人听来，却是那样的清脆响亮，每一声都在提示着可怕的寂静。屋后树林里的猫头鹰偶尔阴声怪气地叫两声，吓得两个女人直往被窝里缩。

"小凤姐啊，多亏有你作伴。你说，我一个人咋敢上床睡觉。"说话的女人名叫崔雪花，刚刚为亡夫烧过"五七"。

"好好睡觉，莫出声。"杜小凤心里明白，雪花是害怕边乡长夜里登门才约她作伴的。雪花真是个苦命女人。十三岁那年，她父母双亡，成了无依无靠的孤儿，到处流浪乞讨。值得庆幸的是，她在石羊坪乡碰上了一个大好人。此人是当地名中医明绍阳的老婆，姓庞，又高又胖，人称庞婶，也称胖婶。庞婶见她可怜，且聪明伶俐，就留下她在丈夫的药铺里打杂。她十七岁那年由庞婶做媒，嫁给三十二岁的明家长工潘老三。一年后儿子出生，庞婶赐名"来运"，希望这家子时来运转。明医生交给潘老三一百块大洋，让他们从此离开长工屋，到山上开垦荒地，成家立业。人说大龄男人会疼老婆，这话一点儿都不假。潘老三把雪花当宝贝，捧在手里怕飞了，含在嘴里怕化了。崔雪花呢，也深深爱上了这个大龄男人。春暖花会开。随着儿子一天天长大，身板瘦弱的崔雪花，由于小家庭的温暖，爱情的滋润，体态开始出现美丽的曲线，凡是妙龄女子该凸起和该凹下的她都有了。清爽秀气的瓜子

脸上，有了桃花般好看的颜色。女人的美丽往往是悲苦命运的源头。石羊坪乡来了个边乡长。不知什么时候，她被姓边的色狼盯上了。先是利诱，崔雪花不为所动。后是威逼，崔雪花仍然不从。后来，也就在儿子过七岁生日那一天，一群荷枪实弹的乡丁涌上门来把潘老三绑了，说是上边点名要抓他壮丁。这家子一旦没了男人，就是塌了天。崔雪花傻眼了，只好找边乡长苦苦求情。边乡长开恩，指给她一条出路，暂时放她男人回家。回到家里，夫妻俩抱在一起哭了一天一夜，最后商定按边乡长指的路子走。此后，边乡长隔三差五地深夜登临潘老三的茅草屋。他先是在屋后阴沟里学几声猫叫。潘老三闻声立刻让床。崔雪花赶紧开门，迎接边乡长进屋。这种日子直到潘老三因病去世，才算告一段落。这当然是不可告人的秘密，她连关系最铁的姊妹杜小凤都瞒着。其实，聪明的杜小凤心知肚明，只是爱莫能助罢了。她在心里暗暗叹息：这家子，大人孩子都很温善。人善被人欺，马善被人骑呀！那姓边的畜生也曾经打过咱的主意，为啥死了心？就因为咱不是好惹的主。后来儿子六宝长大了，就更没人敢惹了。那家伙每次登门，六宝就磨斧头，并且恶狠狠地扬言："不管碰见啥样的野兽，咱都叫它脑壳开花。"那家伙被六宝的架势吓破了胆儿。然而崔雪花的儿子潘来运却是个连杀鸡都不敢看的孩子。这孩子不仅胆儿小，个子也矮小，身板瘦弱，十六七岁了，连满担水都挑不动。如今，潘老三去世，潘来运在乡公所厨房里当学徒，家里只剩崔雪花一人。人面兽心的边乡长肯定会再来。为了儿子的脸面，崔雪花暗下决心，要和边乡长一刀两断，这才请来好姐妹当保镖。

月亮爬上树梢的时候，屋后阴沟里有了动静，听得出那是脚踩落叶发出的细微响声。接着是一声猫叫。

"雪花妹呀，快起来，野猫子咬鸡子来了。"杜小凤首先起床，点亮了桐油灯盏。

和衣而睡的崔雪花连忙下床，从厨房里拿来菜刀。

杜小凤估摸着，那姓边的发现崔雪花早有防备，自然会知趣地离去。

谁知道杜小凤的估计大错特错了。屋后阴沟里的猫叫声变得凄厉而急迫。这是发情的母猫的叫声，一声比一声响亮刺耳，一声比一声急不可耐，高潮连着高潮，经久不息。那叫声是警告屋里的两个女人：识相点儿，别碍着老子的好事儿！

这时，杜小凤火了："雪花妹呀，操家伙！咱们和他拼了！"

有杜小凤壮胆，崔雪花也强硬起来："咱手里的刀也不是吃素的。你敢来，咱就敢拼命！"说着，手里的菜刀在桌子上拍得啪啪响。

杜小凤还嫌不过瘾，索性打开大门，挥舞手中的大棒厉声喝道："你个不要脸的畜生，姑奶奶我打死你不偿命！"

门外地上的月光好像是一层白霜。一阵山风扫过，树叶纷纷下落。杜小凤感到寒气逼人，禁不住打了个冷颤，连忙把门关上。

如此这般连续闹腾三个夜晚之后，总算有了平静安宁之夜。

然而两个女人没有料到，她们的强硬态度竟然会闯下天大的灾祸。

一日黄昏，好多人家的屋顶上都陆陆续续升起炊烟。这时，家住乡公所附近的一位好心大婶气喘吁吁地跑来报信：羌六宝和潘来运被抓了壮丁。

崔雪花立马像一滩泥巴瘫坐在地上，呼天抢地地哭喊道："我的儿呀！我的儿呀！……"

杜小凤如遭五雷轰顶，顿觉天旋地转。片刻之后，可能是理智恢复，她大喝一声："哭有屁用！妹子呀，走，去乡公所！"说着，一把拉起崔雪花就跑。

2，血溅乡公所

　　潘来运和羌六宝被关在乡公所的会议大厅里。这个可容纳数百人开会的大厅，今天做了看管壮丁的临时处所，桌凳都堆积在主席台上，台下铺满稻草。墙角的一只粪桶将尿骚气味扩散到满屋。吸取过去壮丁逃跑和自残的教训，壮丁们都被五花大绑，并用一根长绳连在一起。

　　"六宝兄弟，党国有规定，独子不抽丁，你咋来啦？"问话的是外地一个杂耍班子的班主，名叫梁祖君。此人二十三四的年纪，中等个头，眨眼动眉显示出一副机灵相。这个杂耍班有一次在石羊坪集市上卖艺遭受地痞欺负，多亏羌六宝带领一伙后生仗义解围，使这位班主不胜感激。羌六宝也记得梁祖君，并且深深佩服这位多才多艺的领班人。此人擅长魔术和口技。梁上君子的本事他也具备，千奇百怪的锁具不需半支烟的工夫就能打开，翻墙越户，身轻如燕，再难到手的东西都能手到擒来。据说他当过汽车兵和侦察兵，汽车会修也会开，使枪玩刀也是好手。这时，不等羌六宝应答，潘来运停止哭泣，抢先回话说："现如今，当官的就是党，就是国，他们想抓哪个就抓哪个。""我这位兄弟叫潘来运，也是独子。你瞧这个儿，这身板儿，只能算个半大的孩子。哎，这世道，没有讲理的地方！……你们外地杂耍班子可不归石羊坪管啊，咋也抓了？"一位穿皮坎肩的商人模样的汉子说："你们知道吗？现如今壮丁也是商品，很值钱的。有钱人不想当兵就出钱买壮丁。当官的是把他们当票子抓来的呀！"他的话音刚落立刻有人应和："不瞒各位，我周道本就是做这个生意的。"这个生的虎背熊腰的周道本，此刻面部表情平静如常。虽然五花大绑，虽然置身于哭哭啼啼的人堆里，但是那神态就像是怀揣委任状即将去某县衙上任一般。此人虽然进杂耍班时间不久，但羌六宝对他的印象却很深。棒和刀在他手里玩得出神入化。擒拿格斗的表演更是令人叫绝。这些都是羌六宝亲眼所见。传说此人干过步兵里的各个行当，从迫击炮到机关枪，长枪，短枪，所有武器样样精通。他凭着一身过硬的本领不管在哪个队伍上都很吃香。这会儿，他的自我介绍还在继续："我今年二十五岁，已经替人当兵十年了。我给谁顶壮丁，谁就给我银子。在队伍上，一有机会就逃。十年里，我逃过五次。天下越来越不太平，这要命的买卖不敢再做了，就在杂耍班里混饭吃。哎！没想到，这次当的是没有钱的义务兵啊！"有人埋下头去偷偷笑了。一个约摸十多岁的男孩子朝一个又瘦又黑的二十出头的年轻人踢过来一脚："夏干猴啊，人家伤心死了，你笑得出来？"夏干猴说："化于巴尔，我知道你很难过，你的老爹就靠你耍猴养活。我呢，我的老爹也是残废，弟妹还年幼。我被抓了壮丁，就算断了我全家人的活路。可是，哭有用吗？能哭出条活路来，大家就使劲儿哭吧！"

沉默良久的羌六宝说话了："夏干猴，啊，叫绰号失礼了，请问尊姓大名……""我叫夏立荣……因为太瘦，大伙都叫我夏干猴。"羌六宝接着说："这位兄弟说的有道理，历朝历代当官的都不相信老百姓的眼泪。现在有点儿用的是想法子寻找活路。"

会议大厅里议论纷纷。"逃跑是条路，可是逃不出去呀！""逃出去又咋样呢？老百姓到哪里都冇得活路。天是人家党国的天，地是人家党国的地。""到处乌鸦一般黑呀！"有人提醒道："小声点儿，门口有乡丁。"看守壮丁的乡丁们还是听见了，好在大多是本乡农民，对壮丁充满同情心。有一个年纪大的乡丁从门外探进头来笑着说："小兄弟们千万逃不得呀！你们拍屁股逃了，我们可脱不了干系呀！"

羌六宝点名让潘来运、梁祖君、周道本和穿皮坎肩的商人往自己身边挪挪，同时压低嗓门吩咐其他人："我想和这几位弟兄说几句悄悄话，你们配合点儿，亮开大嗓门儿哭吧，嚎吧！"

几个小伙子张开嘴巴，"爹呀娘呀"地放声嚎哭起来。会议大厅里一时间热闹非凡。

在一片哭声的掩护下，羌六宝问穿皮坎肩的商人："这位哥很面生呀，你是哪里人？咋也进来啦？"

"我叫宋光宪，大巴山人，二十五岁。母亲去世，父亲是个药罐子，靠我媳妇伺候。两个孩子还小。为了养家糊口，我打过猎，当过铁匠、木匠、泥瓦匠。这年头，国民党税多，加上天灾、兵灾和瘟疫，日期越过越艰难。后来改行做皮货生意，就更糟糕了。这不，边乡长说我偷税漏税，把我抓来，叫我自己选择：是送我蹲大狱，还是送我去当兵。""照你这么说，实在无路可走了？"宋光宪苦笑道："活路嘛倒是有一条：除非找到陈胜和吴广。"化于巴尔停止嚎哭，好奇地插问一句："陈胜、吴广是哪个戏班的角儿？"他的问话引得众人掩嘴笑了。见多识广的周道本回答化于巴尔道："陈胜、吴广是秦朝农民起义的领袖。"

"我们黑水县里有人走这条道儿。"羌六宝向大家介绍说，"丁家岭有个保长叫丁华中。此人外号'丁秃子'，年龄不到三十就秃了顶，长相实在对不起观众。可他妻子偏偏是个爱攀高枝的美人儿。县保安团的魏团长轻轻一钩，就把他妻子钩到怀里了。丁华中气疯了，杀了自己的妻子。再去杀魏团长，没有得手，就带上几个铁哥们上了九泉山，拉起一支队伍，取名'棒子队'。那里九岭十八沟，地形太复杂。魏团长带领保安团在九泉山上清剿半月，棒子队没掉一根汗毛，保安团反而损兵折将，有的丢了性命，有的竟然加入了棒子队。"

梁祖君说："棒子队的事我们早有耳闻。我们还听说丁家岭有个劁猪佬，人称廖三爷，因为抗税杀了税务官，也上山拉起了杆子。看来人逼急了，这条道儿也不是走不得。""哥，我们也上山去。"潘来运的娃娃脸显得一本正经，不像是说着玩儿。周道本说："有啥好事儿，弟兄们不要忘了带上我呀！"跟着附和的还有一个膀大腰圆的小伙。他暂停嚎哭，自我介绍说："我叫梁大斌，刚满二十岁，希望哥们多关照。"羌六宝认识他，他是杂耍班里专演气功的角儿。他力大无比，一只手能举起一扇小石磨，肚皮经得起八磅大铁锤的反复重击。

正当会议大厅里哭声不断，议论纷纷的时候，乡公所门外热闹起来。

先是双目失明的里额巴图牵着一猴、一狗，一边呼唤着儿子的名字，一边拼命地摇晃着紧闭的大铁门。过路人以为这里有人玩把戏，就围拢过来。里额巴图凭声音判断，知道围上来不少人，就大声喊冤："各位爷爷、奶奶，各位叔叔、婶婶，各位大哥大姐，你们看啊，俺瞎了两眼，是个废人，全指靠独儿子耍猴活命。今儿下午，黑心的官府抓壮丁把俺儿子抓来了。你们说，叫我怎么活呀？"说着，一把鼻涕一把泪，一屁股跌坐在泥地上。"你是哪里人？是不是老辈人和这里当官的结下仇了？""俺是东北人，来这石羊坪有好几千里。俺家和这里的当官的前世无仇，今世无怨啊！""独子不抽丁呀。再说，你又是外地人。石羊坪乡公所征兵，什么时候征到东北了？这不是明欺负人吗？"人们都为这个不幸的汉子愤愤不平。这时又有人问："你儿子结婚了吗？你抱孙子了吧？"里额巴图揩一把眼泪，回答说："这位老兄在说笑话。俺儿子还不满十五岁呢！"他的答话使人群愤怒了："连孩子也抓？丧尽天良啊！""当官的该活埋。为民除害！""这个乡公所是卖人肉的黑店，应该放一把火烧了它！"

人们正在臭骂官府，只见两个披头散发的女人哭嚎着，怒骂着，向乡公所的大门冲了过来。来人正是杜小凤和崔雪花。

这两个女人在石羊坪乡都有很高的知名度。崔雪花给边乡长做了多年的情妇，已经是公开的秘密。人们猜想，她来向边乡长要儿子，后边的故事自然会很精彩。杜小凤在孤儿寡母的凄苦岁月里养成泼辣大胆的性格，连边乡长这样的权势人物都得让她三分。今天，她怒气冲冲而来，自然有好戏看了。多事的人连忙把这两个女人来乡公所兴师问罪的消息传播开去。

村民不断涌来，一会儿就在乡公所大门前竖起一道又一道人墙来。杜小凤和崔雪花声嘶力竭地向边乡长叫阵："姓边的，你凭什么抓我儿子？你个黑心烂肝的！""姓边的畜生！你今天不放我儿子，我就挑大粪泼你乡公所！"有人凑劲说："泼什么大粪啊！干脆放火烧！""烧死那些狗官！"两个女人不停地骂着，人们助威的声浪也一浪高过一浪。

这种阵势使边乡长为难了：不理睬吧，酿成民变就更难办了。站出来安抚吧，也不容易。他明白，大猎狗要吃小麻雀，老麻雀是敢于猛扑上去护儿的。冥思苦想一阵子，他首先给县里打电话，要求来一辆汽车连夜把壮丁运走，然后以一副谦逊和善的面孔出现在大门口。"各位父老乡亲，鼓不敲不响，理不讲不明。"为了表示对听众的尊重，边乡长取下墨镜，瘦得用针很难挑起肉来的狭长脸庞竭力挤出一丝笑容。个头虽然很高，但严重的驼背和水蛇腰却使高度大打折扣。细长的双腿在空荡荡的青布长裤里微微发颤。几十年后，有医学家和社会学家联合考证，说这副模样正是酒徒加色鬼的典型表征。闲话少叙，边乡长已经举起一只铁制广播筒，开始发表演说，我们听听他说了些什么。

"现在，东北三省已经燃起战火，小日本在中国土地上横行霸道。我们关内也不太平。共党游击队到处搞破坏。各路土匪占据大小山头，杀人放火，嚣张之极。国家有难，匹夫有责呀！乡亲们！"

人们觉得这话有点道理，嘈杂声小了许多。

边乡长似乎受到鼓励，索性出了大门，站到人群里讲话。

这时有人拉着边乡长的衣袖发问："国家有难，我们老百姓有责。但是也不能叫我们老百姓活不下去呀！"

"胡说！谁不让你活啦？"

里额巴图早就闻声挤了过来。他质问边乡长："你仔细瞧瞧，俺是个废人。你把俺的独儿子抓走了，谁养活俺？"

崔雪花用仇恨的泪眼盯着边乡长发问："我只要你一句话，你今天放不放我儿子？"在边乡长看来，这双泪眼是一双能说会道的眼睛。这会儿这双泪眼似乎在诉说，诉说近十年来遭受的奇耻大辱，诉说无法用言语表达的深仇大恨。边乡长不敢直视这双眼睛。他把视线移向了别处。

"姓边的，你张口党国，闭口党国。党国有规定，独子不抽丁。你抓了六宝和来运，莫不是有见不得人的原因吧？"杜小凤的双眼几乎要喷出火来，说出话来让边乡长无言以对。边乡长生气了，但不便发作，只得强忍下去，以平和的语气解释说："这样吧，我今晚就请示县党部，看上边能不能通融一下。特殊情况特殊处理嘛！"

杜小凤识破边乡长的诡计，不依不饶。"狐狸想偷鸡吃，又怕遭人骂，就说要请示土地老爷。这把戏大伙儿看懂了吗？"她一把拽住边乡长的一只衣袖说，"现在，你要是不赶快放了六宝和来运，姑奶奶我就和你一命拼了！"边乡长的怒火终于爆发，一边挣脱杜小凤的手，一边吼道："老子就是不放人，你搬石头砸天去！"这话立刻激怒了崔雪花。她一反温顺的常态，像一头母狼一样扑向了边乡长，双手十个指头立马在边乡长脸上留下十道淌血的杰作。里额巴图也不甘落后。他的双手在边乡长发声处乱摸，竟然准确无误地抓住了边乡长的头发。虽然双目失明，但他毕竟是三十七八的强壮汉子，有的是力气。转瞬间，边乡长的身子由着他一双强有力的大手摆布，乖乖地躺倒在地上了。

现在轮到看热闹的村民们的精彩表演了。不知是谁大骂一声："你瞎眼了？踩了老子的脚！"骂声未落，受到推搡的人们就像潮水涌动一样过来了。无数双脚，男人的脚，女人的脚，穿鞋的脚，还有沾满泥巴和牛屎的赤脚都毫不客气地踏向边乡长的身子。不一会儿，涌动的人潮在嘈杂的争吵声中又从相反方向退回来了。边乡长的身上又踏上了无数只脚……人潮来来回回，反反复复。几个回合过去，边乡长便只有出气，没有进气，停止了哼哼。

这一幕是在几分钟之内发生的，门口值班的乡丁惊慌失措，连忙向保安小队的头目报告。小队长来到大门口，向天鸣枪示警，才控制了局面。他首先派人把边乡长抬进屋，又叫人去请医生。接着，简单地向值班乡丁询问了情况，于是下令把杜小凤、崔雪花和里额巴图捆了个结结实实，关进了柴房。尾随被捕主人的猴和狗，被乡丁的枪托吓得满院子乱窜，最后嗅到化于巴尔的气味，一头钻进了会议大厅。

会议大厅里的壮丁们只晓得大门外边很热闹，但不知道发生了什么事情。直到目睹被绑的三人在持枪的乡丁押解下走了过去，才明白了八九分。羌六宝越来越强烈地意识到，只有起事成功，被捕的亲人才有救，弟兄们才有活路。今晚起事的具体步骤，包括一些细节都已商定。一切都靠上天保佑了。他在心中暗暗祈祷。

街上的中药铺距乡公所不远，医生很快赶到。请来的医生是明绍阳和他儿子明敬善。这位年过花甲的老中医可是个了不得的人物。据说他年轻时行医曾经遇上这样一位病人：一个脾气暴躁且气量狭小的汉子和他的不孝儿子打架。不知咋的，老子被儿子气得一口气上不来，晕死过去。明绍阳赶到的时候，此人已经没有了呼吸，也没了脉搏和心跳。家人慌忙料理后事。明绍阳对汉子的老娘说："你们既然请我来了，我就应该尽力。"说着很快开出药方。头道汤药熬出来，往汉子的嘴里灌进去。一碗药刚刚灌完，汉子先是吐出一口黄沫，咳嗽几声，接着开口骂人："黑良心的，就让老子吃这个呀！"你说神不神啊！事后明绍阳谦虚地解释道："人家那是假死。要是真死了，我也救不活。"他越是不接受捧颂，人们就越是把他捧得很高。

明绍阳对昏迷不醒的边乡长十分仔细地做了全身检查。他感到非常为难：这个恶魔是严重内伤。救他，他可以活命。不救，他就熬不过今晚。到底是救，还是不救呢？瞬间，明绍阳想到一个问题：如果边乡长一命呜呼，今天的肇事者定然性命难保。于是决定：救！

大约一个时辰之后，由于明绍阳及时施救，边乡长苏醒过来。这时，黑沉沉的夜幕已经降临。

就在这时，一辆军用大卡车开进乡公所，停在前院里。壮丁们顿时紧张起来。借着车灯仔细看，这是一辆空车。从驾驶室里跳下一个司机，和一个当官模样的人。"老表，老表，你过来，我有话对你说。"潘来运压低嗓门和门口的一个乡丁打招呼。老表过来了，屋子里嚎哭声又响起来，这是为潘来运的行动打掩护。

"这时候来一辆军车，是干什么的？"

老表回答："我们队长说，准备把你们连夜送到县里，防怕夜长梦多。"末了，又补充一句："在押犯人和你们同坐一辆车。"

壮丁们慌了。原来商定，鸡叫两遍的时候，趁夜深人静动手。争取一袋烟的功夫解决保安小队的全部乡丁和乡公所全部官员，然后赶夜路直奔八仙寨。人员分工具体而稳妥。万万没料到，现在一切谋划都被打乱。如何是好啊！壮丁们你望望我，我望望你，一个个心急火燎。在这万分危急的时刻，他们多么希望壮丁伙伴里有陈胜、吴广那样的能人站出来领头干啊！可是时间分分秒秒地过去，不见任何人站出来。用以掩护的哭声停止了，屋子里好静，好静……聪明的猴子和狗似乎知道有什么大事即将发生，瞪大惊恐的眼睛望着人们。

羌六宝沉思一会儿，突然大叫起来："哎呦呦，我要拉稀，快点给我松绑！"

潘来运的老表过来给他解开绳子。他起身的时候，朝周道本使了个眼色。周道本会意，也叫唤起来："啥鸡巴晚饭，尽喝些水水子，光想尿尿。快来给我解绳子！"

因为已经天黑，门外四个荷枪实弹的乡丁都进了大厅。他们唯恐出事，就像乌龟瞅蛋一样死死盯着壮丁们。刚才壮丁们吃晚饭，都松了绑，由八个持枪的乡丁看着。晚饭结束，又把壮丁们绑起来。小队长叮嘱来换班的部下：壮丁屙屎撒尿，谨防他们一拥而上，要一个一个来。谁个给壮丁松绑，谁个就要负责紧绑。谁个手里跑了壮丁，就拿谁个治罪。

乡丁们都不敢违规。羌六宝没有拉完稀，没有被紧绑，就没有人敢给周道本松绑。两盏马灯将昏黄的微弱光亮撒向偌大的会议厅。院墙外古槐树上的夜行鸟冷不丁地发出几声怪叫，使大厅里的气氛越发紧张而恐怖。这时，化于巴尔用两个手指头挠挠猴子屁股，接着将捆绑的手腕摇动几下。和主人向来默契的猴子立刻明白了他的意图，就帮着解他手腕上的绳子。平时由于猴戏表演的需要，化于巴尔的猴子受过解绳和系绳的训练，没想到这会儿派上了用场。解了绳子的化于巴尔又悄悄地给周道本松绑。为了掩护化于巴尔的秘密行动，周道本佯装被尿憋急的模样，双腿乱弹，嘴里骂骂叽叽，吐沫星子喷到了外号叫"稀毛"的乡丁的脸上。稀毛火了，拿枪指着他骂道："你个龟孙子再不本分，小心吃枪子儿！"周道本装出胆小怕事的样子，稍稍安静一会儿。他试着活动一下反剪的双手，感觉绳子已经解开，于是飞起一脚，踢掉了稀毛手里的枪。紧接着一个鹞子翻身，一尊铁塔似的立在了稀毛面前。稀毛正要大声呼喊，他的铁锤般的拳头已经重重地砸在了稀毛的胸口上。"嘭"地一声响，稀毛倒在地上，嘴里淌出鲜血，翻了翻白眼，双腿挣扎几下，就不动了。

其余三个乡丁慌忙跪地求饶，双手把枪举了起来。动作之熟练，很像是受过投降训练似的。

羌六宝迅速关门，收枪。他一边给大伙解绳子，一边安慰三个乡丁："放心吧，都是穷苦百姓，不会为难你们的。我们没有活路了，才被迫造反，希望几位哥同情我们，帮帮我们。"他首先要求三位乡丁提供保安队的一些情况。

三位乡丁都是本乡农民，而且和羌六宝有过一些交往，所以都是有问必答，毫不隐瞒。

自民国以来，地方武装起初叫保卫队、警察团，或者叫民团，这当然是老辈子手里的事儿。现在，石羊坪乡的乡丁由县保安团委派的军官直接掌握，编成一个保安小队，整整二十人。近两天，一人因病住院，两人事假未归，实际上岗十七人。羌六宝综合分析了所有情况，脑子里迅速形成新的战斗方案。他郑重宣布："十万火急，来不及商量。我把要办的事情分派到人头上，希望每个人都干好自己的活儿。"

大门口有两个乡丁站岗。他把这里的任务交给了梁祖君、夏干猴和化于巴尔三个人。这个任务的难度是要智取，不能闹出大响动而影响全局。前院任务完成之后，安排一人留守大厅，因为全部被控制的人都要集中到这里。另外两人要尽快抽身援助中院。潘来运的任务是捣毁电话机。前院办公室里和后院边乡长宿舍、保安队长宿舍里，所有的电话机一部都不能留。剩下四人的任务最艰巨，不仅要解决中院柴房门口两个站岗的，救出关押的亲人，还必须控制轮换下来在中院餐厅里就餐的乡丁，然后再去控制乡公所的全部官员。最后的任务需要大伙都动手，搬运后院库房里的粮食、棉衣、棉被和枪支弹药，迅速装车。这时候梁祖君的任务是负责摆弄汽车，准备随时发动上路。他布置这场生死攸关的搏斗，就像是老练的大导演给演员们解说复杂的剧情，轻重缓急，错落有致，而且提纲挈领，主题鲜明。最后，他鼓动大家："弟兄们，让我们自己把握好自己的命运吧！"

壮丁们立即行动起来。大约一个时辰之后月亮才会升起，此时门外的天地被漆黑的夜幕笼罩着。这似乎是老天特意恩赐给壮丁们的宝贵时机。

梁祖君对三个乡丁说："对不起啊，为了你们明天能够过关，今晚必须受点委屈。"他吩咐夏干猴和化于巴尔将他们绑了。捆绑完毕，他又吩咐脱掉三人的裤子和鞋袜，并且强调裤衩都不能留。三个乡丁觉得好汉们能够留下他们的贱命，已经是天大的恩情，所以没有任何不满的情绪。

收拾好三个乡丁，梁祖君对化于巴尔说："你和你的老搭档演一场猴戏，把大门口乡丁的注意力吸引过来。我和夏干猴摸过去武整他们。"说罢，两人闪身出门，顺着院墙根摸了过去。四支枪都被周道本他们带走了，他俩手里拿的是废旧桌子腿。

化于巴尔泼掉铜盆里的茶水，又找到一根短木棒，这是他为猴子准备的"铜锣"和"锣锤"。平日的猴戏先是主人敲锣，猴子和哈巴狗配合着表演。为了增加趣味性，就让聪明的猴子中途抢过主人手里的铜锣和锣锤。接下来就是猴子绕圈敲锣，指挥哈巴狗表演了。现在，化于巴尔将前戏省略，直接将铜锣和锣锤交给了猴子，紧接着向他的两个老搭档发出了表演猴戏的指令。

为了让老搭档的表演能够有效地吸引特定的观众，化于巴尔将一盏马灯移到了会议大厅门口。

猴子敲响手里的铜锣，引领着哈巴狗转圈儿。锣声时紧时慢，哈巴狗依照锣声的节奏，腾挪跳跃，脖子上的铜铃发出悦耳的响声。这铜盆和铜铃的响声不大，刚好让大门口的乡丁听得见。化于巴尔的心里别提有多么得意。

大门口的两个乡丁以为这是闲暇无聊的壮丁在穷快活，都想欣赏一下这不用掏钱的猴戏，却总是看不清楚。一个乡丁提着枪，双脚不由自主地向前移动了。他哈着腰，伸长脖子，目不转睛地看把戏。他现在的位置已经远离大门口的马灯，处于黑暗之中了。

化于巴尔没有料到，锣声突然停止了。猴子习惯于在热闹场合表演，这会儿听不到观众的喝彩声，它罢工了。化于巴尔急中生智，"嘿嘿"两声，发出了变换节目的指令。好戏开始了：猴子弯下腰，让哈巴狗趴在它的脊背上，然后一边转圈儿，一边敲锣。看把戏的乡丁乐了，低声招呼大门口的同伴说："快来看啊，猪八戒背媳妇……"门口的乡丁终究经不起诱惑，向这边走了过来。几乎是在同时，两个毫无防备的乡丁在黑暗中都被木棒打晕。梁祖君和夏干猴像搬运粮食麻袋一样把两个乡丁拖进了会议大厅。

三人齐动手，把抓来的乡丁收拾妥帖。梁祖君吩咐："化于巴尔把这里看好。夏干猴，快，我们去支援中院！"

再说羌六宝和他的弟兄们溜进中院的时候，发现餐厅里燃着四根蜡烛，亮堂堂的。保安队的小队长正在陪一位当官的饮酒。司机推说公务在身，没有端杯，自个儿吸烟喝茶。八个乡丁猜拳行令，一个个面红耳赤。枪支都靠在身后的墙壁上。西头柴房的门口有两人站岗，一盏马灯吊在高高的横梁上。这种情况使弟兄们陷入了两难境地：如果四人兵分两处，同时对付十三人，没有全胜的把握。如果不分兵，先吃掉一处，势必惊动另一处，局面将不可收拾。羌六宝双手用力按下急不可待的周道本："别急，等援兵到了再动手。"

大约过了一支烟的功夫，梁祖君和夏干猴急匆匆地来到中院。羌六宝对二位援兵说："你们看好了，我们在餐厅里打起来的时候，你们俩就去收拾柴房门口站岗的。”

　　首先冲进餐厅的是周道本。"缴枪不杀！棒子队优待俘虏！"这一声吼，如炸雷一般，吓得饮酒人一个个呆若木鸡。因为这些人曾经参加清剿棒子队，吃过大亏。随后进来的羌六宝，眨眼功夫就把八支步枪搂在了怀里。宋光宪一边拉动枪栓造势，一边命令道："你们已经被包围了。都老老实实离开座位，双手抱头，靠墙站好！"乡丁们这会儿仿佛酒醒了许多。有的乖乖站到墙边；有的吓得尿了裤子，瘫在桌子空里起不来了；也有望着长官犹豫不决的。来自县城的官儿拔出手枪说："就这四个莽夫，怕他个球！给我打！""打"字还没有出口，就被宋光宪结果了性命。因为担心枪声招来更大的麻烦，宋光宪没有扣动扳机，而是一枪托砸过去，当官的秃头立刻开花，白色的脑浆混合着红中带紫的鲜血飞溅到墙壁上，桌凳上，最后流淌在地上。这时候，保安队的小队长想充好汉。他嘴里喝令部下夺枪，手里就和宋光宪扭打起来。在他的带动下，有五个乡丁扑了过来。还有一个乡丁，看样子也准备参战。餐厅里好一场混战。这时候敌我双方力量对比，仍然是众寡悬殊。羌六宝大喊一声："梁大斌，擒贼先擒王。贼王交给你了！"梁大斌立即放弃了手里的乡丁，转过身来对付小队长。几个回合过后，小队长招架不住了，想逃。无奈有持枪的羌六宝守在门口，他只好回转身继续和梁大斌对打。梁大斌看出了对手的虚弱，干脆不打了，来了个亲密接触，和对手抱在一起。小队长的双脚离地了，身子悬空了。梁大斌双手把他高高举起来，转了一个圆圈儿，然后猛一用力，将他重重地摔在餐桌上。餐桌瞬间破碎，成了一堆木渣。满脸淌血的他摸出腰里的手枪。还没有来得及开枪，早有防备的梁大斌一跃而起，双脚踩住他的头，一只手夺了他手里的枪，另一只手像拎起一只鸡一样，把他拎到墙角用绳子绑了。乡丁们见头儿被擒，都丧失斗志，跪地投降了。

　　餐厅里的大动作立即惊动了柴房门口的一胖一瘦两个乡丁。瘦子喊胖子："咱俩赶快过去，那边出事了！"两人一前一后，一边拉枪栓，一边向餐厅那边奔过去。梁祖君和夏干猴已经守候在拐角的黑暗处。夏干猴伸出一条长腿，把瘦子绊了个嘴啃泥。瘦子骂道："哪个遭雷打的，把柴火……"一句话没有骂出口，双手就被骑在背上的人反剪着绑了。后边的胖子立刻减慢速度。他虽然没有被绊倒，但是感觉难受极了，因为一根绳索套住他的脖子，越勒越紧。他很快昏过去了。直到梁祖君不慌不忙地把他捆绑完毕，他还处于半昏迷状态。

　　夏干猴打开柴房门，为里边的人解了绳子，叫他们到汽车上等着。

　　梁祖君和夏干猴押着二乡丁从餐厅外边经过的时候，这里正在打扫战场。直到这时，众兄弟才记起那个小不点儿："潘来运呢？"

　　潘来运老早就翻窗爬进办公室，砸了那里的电话机。在那里，他意外地获得一把斧头。办公室的桌椅坏了，白天请来木匠修理。因为活路没完，木匠收工回家就把工具篮子留在那里。他提着斧头，悄悄穿过中院，摸进了后院。后院和前院、中院一样，围墙很高，很坚固，这是防备匪患必需的设施。所不同的是，这里占地面积最大，房屋最多。一排房子是官员宿舍，一排房子是乡丁寝室，另一排房子是客房，还有一排房子是库房。四排房子摆成一个规则的长方形。保安队小队长住在官员宿舍的最西头，与乡丁寝室紧相邻。潘来运用斧头砸开保安队小队长的宿舍，进去砸了电话机。此刻的后院无人走动，只有开关门窗的响动。他猜想，可能是刚才的行动惊动了后院的人。他必须以最快的速度解决第三部电话机。

　　边乡长的宿舍门紧闭着，屋里亮着灯。潘来运细思量，屋里肯定有人伺候重伤号。是一个人，还是几个人？他们是谁呢？现在情况不明，他决定首先弄清情况再说，于是顺手从地上捡起一颗石子，扔向窗户。石子打在窗户玻璃上，发出清脆的响声。

门开了。一位姓胡的煮饭师傅从屋里走出来，问道："谁呀？"

这时候，潘来运看的清清楚楚，屋里还有一个人，他是老中医的儿子明敬善。明敬善一家对潘家恩深似海。而煮饭的胡师傅和潘来运的关系也非同一般，他俩亲密如父子。这会儿最叫潘来运担心的是，如果这两个人坚决阻止他的行动，那就糟糕透了。

为了避免和胡师傅产生摩擦，他撒了一个谎："胡师傅，餐厅里又添了客人，菜不够了，叫你赶快过去。"胡师傅顾不得问他被抓了壮丁咋又放了，就急急忙忙往中院走去。

接着，潘来运又把明敬善请了出来："善子叔，你出来一下，有人找你啦！"

明敬善走出门来。潘来运瞅准时机，像泥鳅一样钻进门去。明敬善发现他手提斧头，面露杀气，知道大事不好，于是赶紧劝阻："娃娃呀，你这是造反，使不得呀！"

从门口到边乡长的床前，虽然不过三四步，但是，对于潘来运而言，却比跋山涉水还要艰难。要知道这是一个不敢杀鸡的孩子，他甚至不敢看别人杀鸡。他向边乡长走过去，脑海里浮现出他妈的一双凄凉无助的泪眼，耳边响起社会上流传的关于他妈和边乡长的碎语闲言。他无比强烈地意识到：只要床上这个坏蛋活着，他妈就不能活。他又想起六宝哥的话："儿子不能保护妈，那就是枉活世上。"想到这里，他朝睡梦中的边乡长高高地举起了斧头。善子叔的"使不得"刚刚落音，边乡长的脑壳就开裂了。四溅的鲜血顿时染红了床头的墙壁，染红了被子，染红了地面……

剁了边乡长之后，潘来运顺手砸碎了桌子上的电话机。临走时，他安抚明敬善说："莫怕，善子叔。你只要去会议厅里请人把你绑了，明日个就不会有事。"

潘来运刚出门，就看见浑身血迹的羌六宝和周道本进了后院。他断定，中院的战斗已经胜利结束，于是请示六宝哥："三部电话都砸了。边乡长被我剁了。我现在做什么呀？"

"兄弟真是好样的！"羌六宝称赞说，接着手指官员们居住的一排平房说，"当官的现在说不定都躲在床底下不敢出来了。你上门请他们出来吧！"

潘来运用斧头敲打官员们紧闭的房门，一户接一户地敲，在静夜里发出颇有威慑力的响声。"凡是想活命的都出来集合！如果被我们搜出来，就把你剁球了！"周道本的男高音更是令人心惊胆战。

潘来运的敲门声和周道本的喊话立刻产生了惊人的效果。一间间房门次第敞开，副乡长、师爷、钱粮会计、军需官、司务长、出纳员……所有怕剁脑袋的都急忙忙地来到院子里集合。两个在丈夫这里闲住的女人也出来了。已经到了院子里，她俩还没有收拾停当。一个忙着扣衣扣，一个忙着系裤带。

宋光宪抱来一大捆绳子。集合的人群中，有人吓哭了。羌六宝安慰道："请放心，我们不会伤害大家。只是为大家着想，我们不得不把大家绑起来。"

像绑壮丁一样，集合的人不分男女都是五花大绑。胡师傅和明敬善自然也在其中。羌六宝想亲自察看一下大厅里的情况，于是吩咐大伙儿抓紧完成最后一项任务，自己把这群人押往大厅。

两个女人走到大厅门口的时候，尖叫一声，慌忙往后退。羌六宝往里看了才明白，原来被绑的男人们一律赤裸着下身。梁祖君正安排人收集这些人的鞋袜和裤子朝汽车上扔。羌六宝顿时明白了这样做的用意，竖起大拇指称赞道："我们的梁班主，就是不同常人啊！"他接下来安排：化于巴尔把两个女人单独押到主席台上，其余男人们由梁祖君处理。这时，年幼无知的化于巴尔问道："女人的裤子脱不脱呀？"忙得不亦乐乎的梁祖君简直懒得搭理他，不耐烦地答道："不脱！"这时，有人忍不住笑了。还有人竟然表现出天大的委屈："咱们男人下边脱得光光，女人却可以不脱，这不公平啊！"

此时的羌六宝心里有些着急。他叮嘱梁祖君："这里就交给你和化于巴尔了。我们都要去后院忙活。注意，一切都要做到万无一失。最后，关紧窗，锁好门，你去整汽车，化于巴尔去后院帮忙。"

后院里五花八门的东西源源不断地运到前院，装上车。负责装车的里额巴图和崔雪花、杜小凤忙得直喘粗气。眼看粮食、被服等生活物资快要堆平车厢了，羌六宝才说："赶快传话过去，现在除了枪支、弹药，别的什么都不要了。"

最后，又加上五箱子弹、八箱手榴弹、两支短枪、二十把匕首和二十三支汉阳造。羌六宝催促大家，赶快上车。

梁祖君手脚麻利地整响了汽车，两只车灯放出的光芒在黑夜里显得格外耀眼。汽车在前院里掉过头来，然后"轰"地一声冲出乡公所的大门，开往百里之外的八仙寨。

3，古庙钟声

梁祖君将汽车开到羊虎庙的山下路口停了下来。借着朦胧的月光，大家开始往山上搬运东西。走过羊虎庙，再下一个陡坡，来到悬崖边，被一个白雾弥漫，深不可测的峡谷挡住了去路。扔一个石头下去，山谷里传出经久不息的回声。在峡谷口面最窄的地段，两棵隔谷相望的参天古松都竭力向对方倾斜着腰身，伸出长长的茂密的枝桠在峡谷的上空紧密相接，很像是拜堂的一对新人。因此，人们赐给两棵古松一个温馨浪漫的名字"拜堂松"。这里是采药人从这个方向进入八仙寨的唯一通道。这个通道使好多人望而却步。因此，它有一个令人心悸的名字"鬼掉魂"。一车物资、一猴一狗和十一个人必须在天亮之前通过鬼掉魂，因为在这里停留越久就越危险。杜小凤低头望望令人胆寒的深谷，又昂首望望月光下的拜堂松，叹口气说："六宝呀，空手能打这儿过去就算是好汉。这么多东西怎么运过去？我看得另外想法子。"羌六宝不慌不忙地解开一捆铁丝。他说，早就想好，要在两棵古松之间拉起一个"索道"。八根粗铁丝紧紧拧在一起，空中索道很快建好，立刻投入了使用。箩筐盛载重物沿索道滑行，空筐返回时用绳索牵引，省力而便捷。直到这时，大伙才明白羌六宝带来铁丝和箩筐的用意。梁祖君对这位小兄弟由衷地佩服和感激："小兄弟呀，谢谢你又一次救了我们大伙儿。"

人员和物资都过去之后，梁祖君留在最后拆毁索道。

这时，月亮已经西沉，再过一个时辰就要天明。八仙寨的三座主峰在灰白色的天幕上勾画出巍峨的轮廓。画眉鸟儿们兴奋地早早唱出迎晨曲，在寂静的深山老林里显得格外清脆悦耳。过了一会儿，羊虎庙的晨钟响了，一声，一声，一声声是那样的深沉而悠远……

大伙儿在悬崖边的空地上休息，身边是堆积的小山似的物资。周道本建议，今天必须尽快办好四件大事：一是藏好这些重要物资，二是赶制十天干粮备战，三是抓紧学习最基本的射击要领，四是尽快熟悉地形。他的建议得到大伙儿的响应。趁休息的闲空，他们围绕四件大事做好了具体分工。

天色大亮。遥远的东方天际出现一抹红云。按照具体分工，杜小凤、崔雪花和里额巴图立即到附近的山洞里架起锅灶，动手赶制干粮。其余人采来松明，提上马灯，到背后山上寻找储藏物资的山洞。他们在半山腰找到一个被灌木丛掩蔽的山洞。洞口很小，可是里面却别有洞天。往里走百米，是一个可摆八张大方桌的巨大空间。再往里走，通道越来越狭窄，越往下行越陡峭。松明烧完一批再加一批，不知加了多少松明。最后，一个巨大的深潭出现在眼前。在松明的光亮中，平静的潭水显得非常清澈。头顶上方的水滴时而落入潭中，发出银铃摇动般的响声。大家激动地欢呼起来，都认为这是天赐的绝好仓库。

出了洞口，往东走几十步就是临时"厨房"。

这时早餐已经做好，于是大家决定吃饱喝足之后再去搬运物资。摆脱党国控制之后的第一顿饭是在洞前林地上享用的，一张张笑脸和天空的阳光一样灿烂。宋光宪问羌六宝："听说这里曾经居住过八位神仙，是不是真的呀？""老百姓都说这是真的。八仙过海，战胜千难万险，采回灵丹妙药，挽救了天下百姓。羊虎神仙在这里大摆筵席为他们庆功，并且赏赐这块宝地让他们居住。所以嘛，这块宝地就叫八仙寨。老一辈采药人告诉我，这里每一座山峰，每一个大山洞都是用八位神仙的姓名来命名的。"羌六宝站起来，双手指指点点介绍说，"我们背后这座山，名叫铁拐峰。山顶有个洞，是用李铁拐的名字命名的，叫'铁拐洞'。我们设锅灶的这个洞是用曹国舅的名字命名的，叫'国舅洞'。"有人打断他的介绍，问道："我们刚才发现的山洞叫什么名儿呀？""那是一个无名洞。八仙寨有名的山洞共八个，大大小小的无名洞谁也数不清。为什么会有这么多山洞呢？有一帮子地质科学家来这里考察过，说几十亿年以前，这里是一眼望不到边的海洋。这些洞洞全是海水浸泡和冲刷造成的。"羌六宝的介绍唤醒了人们强烈的好奇心，都催他接着讲下去。

羌六宝接着介绍了与铁拐峰相邻的仙姑峰。从山脚到山巅，共有四个大山洞，依次为：果老洞、钟离权洞、洞宾洞、仙姑洞。

西面的山峰叫"湘子峰"，韩湘子和蓝采和在这儿居住过。半山腰上的洞叫"采和洞"，山顶的洞叫"湘子洞"。听着听着，宋光宪有意见了："怎么觉得这些取名的先辈都不太聪明啊！什么洞啊洞的，这与神仙的高贵身份不符啊！要我宋光宪取名的话，我只取神仙的姓氏，叫李公馆、张公馆、韩公馆……瞧，多好听啊！"大伙儿都笑了。

性急的人们觉得闲聊的时间太长了，应该马上动手搬运物资。

羌六宝说："别急嘛，该说的话一句都不能少。"他强调说，"八仙寨方圆百里，四周全是陡如墙壁的千丈悬崖。南面悬崖下边，是二十多里长的大山谷，中间有一条汽车路穿过，人称'南路'。北面悬崖下面是一条出自大巴山的黑水河。岸边也有一条汽车路，人称'北路'。进出八仙寨，就只有两个通道。一个是东头的鬼掉魂，另一个是西头的蛇倒退。从'蛇倒退'这个名字，你就可以想象，那道儿是多么陡峭，多么难行。以后这两地儿要日夜设岗。好了，就介绍这些，大家忙去吧！"

大伙儿商定，只储藏眼下暂时不用的物资。正要动手搬运，崔雪花气喘吁吁地跑来了。"快呀，大家帮忙找男人的长裤子，要二十六条……晚了就来不及了。""干什么用啊，崔姨，这样急？是做药引子吗？"有人开玩笑。"要洗……做干粮袋子。晚了，不得干，赶晚上……"人一着急，说话就是颠三倒四。有人脑子反应快，立刻明白了：崔姨的意思是要用男人的长裤子做干粮袋子。洗了，晒干用。要是洗晚了，等到晚上晒不干，就会影响大事。有人反对说："用那玩意儿装干粮，谁吃得下？我这会儿就恶心得要吐了。"崔姨保证："以水为净嘛！我一定洗的干干净净。"大伙儿齐动手，很快凑齐了二十六条长裤。"不对呀，我们一共是十一个人。这二十六条……""还有一猴一狗呢。啊，你急难之时用人家，这会儿不用就忘啦？"这么一解释，大伙儿都称赞崔姨心善，心细。

因为需要储藏的物资太多，直到太阳偏西的时候才结束了搬运。收工，封洞。梁祖君用三颗手榴弹炸塌了洞口，然后又用地上的树叶和枯枝做了伪装。

收工的时候，梁祖君对大家说，因为多数人没有摸过枪，下午要抽点时间向这些人传授使用武器的基本方法。又因为八仙寨地儿太大，太复杂，下午可用的时间非常有限，他又建议，分成三组，各组抓紧时间把分给自己的山峰摸个透彻，便于以后的夜间行动。

下午的时间真是万分紧张。急忙吃饭，抓紧学枪，大伙儿分组上山之后，太阳公公好像脚踏风火轮一样，眨眼工夫就越过了西山。

杜小凤三人为大伙儿准备的干粮是：米花、炒面和包谷面饼。从数量看，十天的战备粮显然还不够。现在，山洞里渐渐昏暗下来。为了抢在天黑之前赶足十天战备粮，三人齐动手，把锅灶移到了洞外。

眼前亮堂了，进度明显加快了。估计不等天黑，就能胜利完工。三人心里宽松了许多。这时候，崔雪花报告了一个好消息：上午洗的长裤，现在大多数都晒干了。等到天黑，全部都可以用了。里额巴图一面向灶里添柴火，一面称赞说："崔妹子不光脑子好使，主意多，手脚也麻利。""要不是雪花妹想出好主意，这么多干粮怎么带走啊？我雪花妹呀，真是聪明能干！"杜小凤长叹一口气说，"只可惜呀，命苦。以后有空了，咱姐妹俩到羊虎庙烧几炷香，求羊虎神仙保佑咱们转好运。"

里额巴图好奇地问道："听说庙里供的神像是一羊一虎，年幼的老虎趴在母羊腿空里吃奶。真是稀奇少见啊！是不是这个样子啊？"

崔雪花答道："是的，一点儿都不错。你们外地人不晓得，这一羊一虎，是真神，灵得很呢！"

"天底下庙里的神像都有来头。这一羊一虎也有来头吗？"

杜小凤将炒熟的米花起锅，又倒上一锅生米，一边用铲子翻动生米，一边给里额巴图讲述了发生在远古时代的一个耐人寻味的故事。

古时候，大巴山一带和白河流域部落很多。部落间冲突不断。强灭弱，大吃小，最后剩下大巴部落和白河部落，连年征战不止。传说大巴部落有一姓羊的猎户，在我们早上路过的那座山上发现一只快咽气的虎仔。这虎仔显然是虎妈妈遭遇不幸留下的孤儿。姓羊的猎户把这只可怜巴巴的虎仔带回家让刚刚下了小羊的母羊养着。虎仔一天天长大，仍然和母羊亲密相处。虎崽和猎户的关系也是越过越亲密。有时猎户出远门，就让这只虎充当忠实的保镖。这是一只漂亮的公虎：一身黄毛，缎子般光滑靓丽；脖子上生一道白圈儿，就像我国北方英俊的后生系上漂亮的白围脖儿。因此，"白脖儿"就成了它的名字。后来猎户家的日常生活终于被"白脖儿"打乱。无论白天黑夜，猎户住宅四周虎啸声不断。那声音着实令人毛骨悚然。猎户寻思，是不是它的虎兄虎弟在催促它回家？或者是多情的雌虎在向它求偶？猎户最后决定：送它回老家。猎户和公虎终于分手。没有料到的是，分手三年后，因为残酷的战争，他们又见面了。在两部落的决战中，大巴部落遭到惨败。白水部落发誓要将大巴部落赶尽杀绝，斩草除根。大巴部落为了不致灭种，就将不同家族的十对童男童女委托给二十个本领高强的猎人，要求他们逃入深山，保住大巴根苗，其中就有那位姓羊的猎户。二十个猎人背着孩子，走了三天三夜。途中夜里遭遇狼群，他们为了保护孩子，与狼群搏斗，十个猎人丢了性命。另外十个活着的猎人，带着孩子，继续往大山深处走。他们认为，往山里走的越远就越安全。可是，走到第四天傍晚的时候，他们又碰上虎群。一大群老虎挡住他们的去路，张开血盆大嘴，露出獠牙，口水淌过嘴边。看样子，他们急于进餐，已经迫不及待了。陷入绝境的猎人们慌忙跪地磕头，祈求道："各位山大王，我们大巴部落就只剩这几颗种子了。请各位开恩呐！如果放我们一条生路，我们大巴人一定为你们建庙，世世代代供奉你们……"祷告未完，只听得一声虎吼，那吼声惊天动地。这时奇迹出现了：虎群纷纷让开道路，躲到远处观望，不敢近前。一只老虎，大概是虎群的头领，慢慢朝那位姓羊的猎户走近，那模样儿像是深怕惊动了猎户。姓羊的猎户慢慢抬起头来。"这不是咱家的白脖儿吗？"姓羊的猎户一边惊喜万分地呼唤着虎名，一边上前去，搂住了白脖儿，热泪滴在毛茸茸的虎头上。这是天地间最值得敬畏和庆贺的喜相逢。从此，猎人和孩子们都住进了山洞。洞里还住着一群母羊和小羊。洞口有白脖儿和它的儿女们日夜轮换蹲守，山上的豺狼熊豹都是过洞而不入。靠着母羊的奶水和丰富的野果，十对童男童女渐渐长大成人。过了一代，一代，又一代，一个强大的大巴部落重新活跃在大巴山脉。大巴人并没有忘记祖辈的承诺，他们建起了羊虎庙，世世代代供奉羊神仙和虎神仙。当然咯，羊虎神仙也有更大的回报，那就是拯救受苦受难的人们，保佑他们平平安安。

这个故事让里额巴图唏嘘不已，中间几次流泪，几次悄悄用衣袖揩去泪水。他怕大男人随便掉眼泪会让女人笑话。他感叹道："这个故事呀，让人悟出一个理儿，那就是善有善报。"

"我的看法和大哥有点不同。你看这世道，人啊，还不如禽兽。老虎和羊本来就是冤家对头，可他们晓得同情弱的，保护小的，也晓得报恩，后来变成了亲人和朋友。"

说话间，日落西山，夜幕降临。附近羊虎庙的钟声响了。洪亮的钟声在山谷间回荡，令人心静神逸，觉得意味深长。

4，省府怒下通缉令

当梁祖君加大油门，开着汽车向八仙寨飞驰的时候，石羊坪乡公所会议大厅里的人们仿佛刚刚从噩梦中醒来。他们惊魂未定，有哭爹叫娘的，有扯开嗓子喊救命的，也有破口大骂的。有几个顽皮成性的男人，就像是死猪不怕滚汤淋，这时候竟然拿两个哭哭啼啼的女人开起了玩笑。"我说林家嫂子啊，你馋男人也得挑个好日子呀！这下子倒好，五花大绑，遭多大的罪呀！啧啧……我心痛……""最可怜的要数我的吴家弟妹。估计是我那干老子急着要抱孙子，催我弟妹子赶来接种子的。没料到，刚到就碰上倒霉事儿。"有人插话："说不定啊，牲口驾上了，还没有开犁，就慌忙收工了。"两个女人被彻底激怒了，拣最肮脏最恶毒的语言回敬了他们。

被绑的人们连在一起，谁也无法随意行动。更何况赤裸着下半身的人们即使有本事破门而出，也没有勇气奔大街啊！天色大亮之后，他们唯一可行的就是起劲地喊叫，试图招来好心的过路人。无奈门窗紧闭，又隔着高高的围墙。过路人只能够隐隐约约听到一些声音。平时，乡公所大院里经常传出打骂声和哭喊声。这一回，过路人都以为是当官的又在惩治"刁民"，所以都习以为常，埋头赶路去了。直到太阳升起老高，县保安团仍不见昨晚派出的军车返回才引起警觉。电话机都快摇破了，就是不见回音。派出的人传回消息：石羊坪乡公所壮丁造反，酿成特大血案。到了下午，羊虎乡报告：南路上发现一辆丢弃的军车。经过仔细侦察，发现造反壮丁越过鬼掉魂，上了八仙寨。

此案惊动了省府。省府怒下通缉令，命令黑水县保安团，限五日之内将全部凶犯捉拿归案。县保安团将通缉令在城乡广泛散发，一张捕杀大网迅速拉开。

第二章

1，山寨大周旋

这是一个难得的宁静之夜。除了在鬼掉魂和蛇倒退轮班站岗的人，大家都睡得美美实实。天刚蒙蒙亮，在鬼掉魂站岗的羌六宝和梁大斌借着熹微的天光发现对面悬崖和山坡上到处是黑影幢幢。"有情况！"羌六宝判断。梁大斌问："要不要去国舅洞，叫醒潘来运？""多余。既然发现敌情，接下来就是你死我活的厮杀。应该鸣枪报警！让大伙儿都做好准备。"说着，朝天放了三枪。

清脆的枪声打破了凌晨的寂静。

县保安团立即朝鬼掉魂方向忙目开火。

按照事先约定，梁祖君听到枪声立即下了仙姑峰，赶往鬼掉魂和羌六宝会合。在蛇倒退站岗的周道本听到枪声就像听到命令，飞也似地直奔鬼掉魂而来。在鬼掉魂旁边的树林里，两人和羌六宝碰头了。"乖乖呀，人家党国就是富裕，有的是子弹。"梁祖君斜靠大树，喘着粗气感叹道。周道本说："这枪声固然热闹，但是内行人一听就知道我们的对手很虚弱，经不起打。我主张干脆放他们进来。他们吃了亏，自然撤兵。""我认为最简单，最省事的办法是死守鬼掉魂，不让敌人过来一兵一卒。"羌六宝却有不同主张："二位哥当过兵，看的都很准，想法也很好。我也有个想法，不知对不对。我说出来，请二位哥定夺。我们先在鬼掉魂打个一两天。然后放他们进来，再关门拖狗，打狗。他们要撤的时候，就把大门关紧些，继续拖，继续打。直到敌人真正痛了，痛入骨髓了，从此就不敢再上八仙寨。"周道本非常赞成羌六宝的想法："这样把保安团美美实实修理一下，我们在八仙寨才有几天安静日子过。据说，九泉山上的棒子队就是这样整的呀！"梁祖君拍着羌六宝的肩膀称赞道："小兄弟不简单啊！别看年龄小我们一大截，我们想到的，你想到了；我们没有想到的，你也想到啦！"

为了更加有效地痛击敌人，三人合计，将现有兵力做了重新部署：夏干猴抽出来充当全寨联络员，同时也是预备兵员。梁祖君、潘来运、羌六宝和梁大斌投入鬼掉魂阻击战。宋光宪留在仙姑峰，负责杜小凤、崔雪花和里额巴图的安全。周道本和化于巴尔在蛇倒退监视敌情。

县保安团的枪声一直没有停歇，直到天色大亮之后，枪声才慢慢减弱，因为这时梁祖君瞅准敌人打点射，胆小的敌人都不敢抬头，害怕成了靶子。看着梁祖君打一枪换个地方，一枪一个敌人，潘来运羡慕极了。他学着梁祖君的样子，枪托紧顶肩，眯起一只眼，三点成一线，然后扣动扳机，打了三枪都一无所获，第四枪才打掉了一个敌人的军帽。接着换了好几个地方，开了好几枪，不断纠正瞄准偏差，终于击中了岩石后边的一个敌人。隐藏在大树后面的梁祖君向他伸出了大拇指，称赞他进步很快。他心想，只要肯动脑筋，善于捉摸，学会这门手艺并不难呀！羌六宝和梁大斌虽然也都是第一次上战场，但是很快在实弹射击中摸出了门道，大约一个时辰之后也都有了战绩。羌六宝已经用匕首在树干上刻出了两个横杠杠，表明他已经消灭了两个敌人。而梁大斌在树干上的记录却只有一个横杠杠，因此脸上流露出明显的嫉妒和不悦。看到两个小兄弟孩子气的表现，梁祖君忍不住笑了。

太阳出山之后，保安团派出工兵往拜堂松上抛掷铁钩。梁祖君一看就明白，敌人是想依托拜堂松在峡谷之上拉绳索建"软桥"。

他和战友商定，分成两班，轮换袭扰敌人。悬崖边树大林密，敌人向这里打枪，子弹噼噼啪啪地打在树干上，只能吓一下胆小的人。梁祖君他们袭扰不停，架设软桥的敌人不断遭到射杀。直到太阳落山，敌人的软桥仍旧不见踪影。

在蛇倒退监视敌情的周道本一整天闲暇无事。他交给化于巴尔的任务就是好好睡觉，自己眼睛盯着蛇倒退那一片陡峭的山崖，饿了就吃干粮，喝山泉，觉得无聊极了。听着鬼掉魂传来的激烈的枪声，他后悔三人分工的时候，自己大不该接受这无聊的差事。说来也怪，夜幕降临之后，听到鬼掉魂那边的枪声不但没有停下来，反而越来越激烈，周道本突然来了精神。长期的征战经验告诉他，今晚他这儿可能有好戏。他吩咐大约每隔两个时辰来联络一次的夏干猴：告诉梁祖君，我这里马上有好戏开演，需要增兵。接着他又吩咐化于巴尔：吃饱喝足，准备大战。他特别强调说："夜里不管发生什么情况，没有我的命令，不准开枪，也不准整出什么响动来。我说小屁孩儿呀，你要是胆敢违抗我的命令，我就把你裤裆里的雀雀儿劁球咯。"化于巴尔赶紧承诺："俺保证听从大哥哥指挥。""使用手榴弹的方法还记得吗？""记得！记得！先拧盖，再拉弦，然后朝敌人扔过去。"化于巴尔心想，俺也算是老江湖了，啥西洋景儿没见过？对俺不放心？笑话！

天色已经黑定好一会儿，鬼掉魂那边的枪声似乎更加热闹起来。周道本断定，蛇倒退这边的好戏即将开演。他瞪大眼睛瞅着光溜溜的蛇倒退，虽然什么都看不见，但是心里却很定板。此刻的他就像经验丰富的老钓翁，手持钓鱼竿，稳坐钓鱼船。而此刻化于巴尔的心里却泛起嘀咕。远处村落里的星星点点的灯火陆续熄灭，人们都渐进梦乡。夜行鸟儿扇动着翅膀从化于巴尔的头顶飞过。他死死紧盯的蛇倒退始终不见任何异常，不禁有些失望，于是轻轻地叹了一口气，心里在嘲笑周道本：保安团的人毛都不见，还说什么大战呢！日哄小孩吧！周道本用胳臂肘碰一下化于巴尔，严厉地低声斥责道："不准有一点点声音！"

正当化于巴尔心里暗暗嘲笑周道本的时候，县保安团的一个中队已经在蛇倒退的山崖下边集结完毕。

周道本耳朵贴地听到极其轻微的金属撞击声。他判断，这是敌人在攀岩过程中使用铁钩。这时候，夏干猴、潘来运和梁祖君气喘吁吁地赶到了蛇倒退。五人凑在一起商议对策，做了明确分工，然后都隐藏在树丛中。大约一个时辰过后，上来两个黑影。周道本深怕化于巴尔轻举妄动，就在他的肩头捏了一把，暗示他千万要沉得住气。两个黑影上来之后，稍作喘息，观察四周，没有发现任何危险，就学了几声画眉叫，这显然是发给后续部队的平安信号。

这会儿，保安团攀岩的动静就大了。铁钩纷纷撞击岩石，声音响成一片，其间还夹杂着人声。又是一个时辰过去了，隐约看见半山岩上密密麻麻的人影在向上蠕动。正在这万分紧张的时刻，化于巴尔偏偏碰上了意想不到的情况。打头阵的两个保安队员，一个蹲下身子解大便，另一个走到一边解开裤子尿尿。一阵西北风送过来粪便的臭气，熏得人直恶心。更为糟糕的是，解小便的人手捏"小弟"，朝着灌木丛中的化于巴尔尿将起来。周道本差点吓坏了。他万分担心这小屁孩经不起热尿的冲击。结果，老天保佑，化于巴尔经受住了这个大考验，没有吱声，也没有动一动，只是在心里诅咒：不得好死的家伙，看老子一会儿怎么收拾你！

敌人渐渐上来了，连喘息声都清晰可闻。周道本见时机已到，就和梁祖君悄悄向前移动，用匕首结果了早先打头阵的两个家伙。与此同时，四条汉子瞄准攀岩的保安队员射击，化于巴尔手中的手榴弹也一颗接一颗地飞了出去。化于巴尔一边扔手榴弹，一边骂："畜生，老子叫你尿！尿呀！"攀岩的保安队员们遭受突然打击，死的死伤的伤，纷纷像木材筒子一般咕咕噜噜滚下山去。有一部分人并没有被击中，只是因为惊吓过度，滚下悬崖摔了个半死。此刻的山崖之下痛苦的呻吟声和哭爹叫娘的哀嚎声响成一片。打光一个弹夹的子弹之后，四条汉子为了打击山崖下边隐蔽的敌人，也用上了手榴弹。他们尽量远投，而且像农夫种蚕豆一样做到均匀点播。

手榴弹震耳欲聋的爆炸声迎来一弯月芽儿，八仙寨的三个主峰在银灰色的天幕下显得影影绰绰，增添了几分神秘的色彩。

蛇倒退大捷，使大伙儿欢欣鼓舞。羌六宝听到夏干猴和梁祖君带回的胜利消息，心中和大家一样喜不自胜，只是多了几分忧虑。他提醒道："不好了。我们的客人要跑！"夏干猴不知他忧从何来。梁祖君解释说："这不是明摆着吗？保安团吃了大亏，说不定明天就会撤兵。它痛是痛了，但是并没有痛入骨髓呀！我们的战略目标没有实现啊！"羌六宝要求大家撤兵，到仙姑峰集合，商讨下一步计划。

大伙儿在仙姑峰聚合议事，最后决定：逃跑示弱，诱敌深入。

又是一个热闹的早晨。

敌人照样一个劲儿地放枪，羌六宝照样瞅空子还击。只不过在枪声暂停的间隙，插进了女人喊话的节目。

"魏团长啊，我一个妇道人家守在这儿，你们几百号大男人硬是过不去，咋有脸在世上混啊！"杜小凤的大嗓门儿，招来众多汉阳造的一阵齐射。梁祖君连忙拉上她，跑向安全地带。

接下来是崔雪花阵前喊话："对面山上的好汉们，人过留名，雁过留声，你们给一个欺男霸女的坏蛋当炮灰，不值呀！实在拗不过就朝天放枪，晓得吗？"她的煽动性的喊话使魏团长暴跳如雷："你要是命长，就给老子做三姨太！"接着命令部下一齐开火。

　　阵地上静下来之后，魏团长惊奇地发现，对手们早已逃之夭夭。他本来打算，如果鬼掉魂仍然久攻不下，就在下午撤兵。现在才发现几个造反的螆贼竟然如此不经打，于是决定乘胜进军，扫荡八仙寨。

　　保安团进了八仙寨之后，就在国舅洞驻扎下来。魏团长选中国舅洞做驻地，除了它本身就是一个天然的坚固掩体之外，还因为它位于和另外二峰鼎足而立的铁拐峰，在这里借助望远镜可以观察八仙寨全景。

　　由于剿匪心切，匆匆吃过早饭，魏团长就命令部队摆开搜山的阵势。黑水县保安团共辖五个大队。参加这次军事行动的是两个大队，共四百三十人。昨天夜里，周道本他们在蛇倒退重创他一个中队，仅存的二十多人连抬伤号和运尸首的人手都不够了。他不得不再从参战部队里抽出一个小队去应急。吃了大亏的魏团长变得万分谨慎。他吸取在九泉山围剿棒子队因为兵力分散而被各个击破的惨痛教训，采用了全新的战术：抱团式推进，地毯式搜寻。

　　部队刚刚拉开架势，就听得仙姑峰上传来女人的哭喊声："幺妹儿哟＿＿你在哪儿呀＿＿等等我呀……"女人的声调凄婉悠长，男人听了十有八九会动恻隐之心。

　　搜山的士兵乐了："逮个娘儿们回来，今儿晚上就不寂寞啦！"

　　魏团长在望远镜里看的真真切切，那女人头系白毛巾，身穿花布衫，在林中一闪就不见了。他想，老子抓住了女人就不愁抓不住男人，现有情报表明，两个女人是两个杀人犯的妈。于是，他手臂一挥，命令道："快！围上去，逮住她！"

　　部队向着女人哭喊的方向搜索上去。走不多远，忽听得一阵风响，林中一棵倒伏的小树呼地一声弹起来。紧跟着弹入空中的是保安团里的一个士兵。细看，一根粗绳紧紧套住他的一只脚，他高高地吊在小树上，另一只脚在空中盲目地乱踢，嘴里连声喊"救命"。伙伴们赶紧上去救命。这时，搞不清是从哪个方向射来的子弹。上去一个，击中一个，每一枪都打在大腿上。连续倒下四人之后，同伴们再也无人敢上了。直到这时，吊在树上的人才挨了一枪，同样是击中大腿。树上的人血流如注，痛得晕死过去。保安团里没人知道，这个镜头虽然有点血腥，但这个战法却有一个美妙的名称，叫做"倒挂金钩"。

一个军官模样的人镇定下来，立即组织反击和搜索，结果是一无所获。当时的目击者都是百思不得其解：为何专射大腿，而不是击中要害？他们不知，这是昨晚仙姑峰议事做出的一个决策：保安团伤员越多，负担越重，就越是有利于我们的反击。另外，眼光再看远些，借伤员之口大造社会舆论，可以造成党国永久之痛。

密林深处，宋光宪脱下向崔雪花借来的花布衫，取下头上的毛巾，不停地擦拭膀子上的热汗。自从昨天早上战斗打响，直到半夜里大家齐聚仙姑峰议事，他心里就没有自在过。鬼掉魂的激战没有他的份儿。蛇倒退的战功也没有他的份儿。他分得的任务是保护两个女人和一个盲人。他必须死守自己的岗位呀！这叫什么事啊？别人打仗咱乘凉。昨晚议事之后，他才有了精神。天一亮，他就忙着下野猪套儿。这本是他的老本行。他的手艺远近闻名，猎人们都夸他下的套儿好使。但是他想，八仙寨地盘这么大，敌人怎样才能进套儿呢？这才想到问崔雪花借花布衫，用来引诱敌人。至于枪法，他说会拉磨的就会推碾，使猎枪容易，用步枪也不难。所以，他瞄准敌人的大腿，至少三发一中。

吃饱，喝足，歇够之后，宋光宪把三人的藏身地重新检查了一遍，这才放心地穿上花布衫，系上白头巾，继续在林中穿行，给敌人引路。他知道，对付狡猾的敌人，同一种方法用两次就不太灵了。所以，他只下了一个套儿。接下来，他要敌人见识一下他的新玩意儿。

八仙寨人迹罕至，山上几乎无路可走。保安团上了山，简直就像进入了迷宫。宋光宪的花布衫时而闪现，时而不见踪影。过一会儿，花布衫又出现在前方。眼看猎物就要到手，保安团一直紧追不舍。钻密林，踏荆棘，穿石巷，保安团的一个小队被宋光宪引进一个狭长的沟谷地带。走着，走着，迎面出现了陡峭的悬崖。正当这伙人满心疑惑，不知所措的时候，早已等候在悬崖上的宋光宪拉响了沟谷里的地雷。爆炸的地雷又相继引爆了挂在沿途树上的十几颗已经开盖的手榴弹。刹那间，如长空滚动惊雷，没有被炸死的敌人也被吓个半死。宋光宪给这个战法取了个浪漫的名字，叫做"天女散花"。

仙姑峰上的热闹景象急坏了铁拐峰上的梁祖君。他和羌六宝商量："敌人在仙姑峰上纠缠太久，并不完全是好事，得想办法把敌人引开。"羌六宝明白他是为母亲一伙人的安全担忧，于是决定袭击一下保安团的驻地。行动之前，他要夏干猴立马通知周道本，天黑之前务必把保安团引上湘子峰。

为追一个女人，刚刚损失一个小队，现在又报营地遭袭，魏团长的心情糟糕透了。他下令撤回营地，吃过午饭再说。

这时的国舅洞里已经躺着七八个伤员。魏团长的一顿午饭是在伤员们的呻吟声中吃完的。与此同时，洞外的枪声也从未间断。他恼火极了，将饭碗一摔，命令道："留下两个中队守营地，由牛大队长负责。其他人由沈大队长带队，跟随我围剿土匪。逮住他们，老子要活剥了他们的皮！"

保安团组织反击，梁祖君一伙人且战且退，把敌人引下铁拐峰。三峰之间有一大片平坦的林地。这里是前往湘子峰的必经之地。老一辈采药人把这片原始森林命名为"仙姑坪"。受周道本之命，夏干猴早早地守候在这里。他找到正往湘子峰退却的梁祖君一伙人，要他们从仙姑峰绕道去湘子峰，仙姑坪已经不便通行了。他叮嘱道："周道本有交代，要你们到了湘子峰以后多拾干柴，多采松明。"梁祖君猜测，狡黠的周道本可能正准备演一出什么把戏。但是他心中有个疑问：周道本啊，你自作聪明，敌人尾随我们不走仙姑坪怎么办？正在疑惑之际，夏干猴伸长脖子，张开大嘴，学了三声狗叫。紧接着，前方树林里传来三声枪响。梁祖君和羌六宝等人立刻明白了这三声枪响的意思。这是在通知：弟兄们放心去吧，这里交给我们了。于是，大伙儿笑嘻嘻地上了仙姑峰。

周道本接替梁祖君他们把保安团继续引向湘子峰。魏团长将几百人一字儿摆开，朝着湘子峰方向搜索前进，那阵势就像渔民拉网捕鱼。他心想，别说是几个匪徒，就算是小小的松鼠也休想从我这张大网里溜走。正当他得意洋洋的时候，前边有人报告，有人踩响了地雷，一人阵亡，五人受伤。队伍前进不到百米，又传来不妙的消息：有三人掉入布满竹签的陷阱，全部受重伤。为了避免伤亡，他命令部队放慢前进速度，加倍警惕匪徒们的阴谋诡计。可是周道本不是省油的灯，保安团一慢下来，他和化于巴尔就频频出击。这样，保安团就不得不提速跟进。仙姑坪东西长约十七八里，引着保安团走完这段路实在难为了周道本。他的计划是黄昏时分把保安团引上湘子峰。走慢了，他担心保安团黑夜里没有胆儿上山。走快了，他担心大白天在山上和敌人交锋不会有太多的优势，自己势单力薄不沾光。更加为难的是，在这段路上，他给予敌人的打击力度必须恰到好处。万一敌人吃亏太大，收兵回营了，那就好比眼看就要咬钩的一条大鱼摇头摆尾地从鱼钩底下溜走，岂不是太可惜了吗？

　　周道本按照预定计划，于夕阳衔山时分把保安团引上了湘子峰。这时候，轮到他给梁祖君和羌六宝下命令了。他要求梁祖君一伙人死守山脚各个路口，今晚一定要留住客人在山上过夜。

　　保安团的几百人上了湘子峰之后，仍然是抱团式推进，地毯式搜寻。虽然相对安全一些，但是速度很慢。周道本和化于巴尔把客人远远地抛在屁股后面。眼看天色渐渐暗下来，魏团长的心里有了几分不安。他在半山腰上发现一个可容纳数百人的大山洞，决定今晚就在这洞里驻扎。可是随他一起行动的沈大队长竭力反对，认为眼下天色已晚，加之地形复杂，后勤补给和预备力量都难以及时跟上，天时地利人和都不占，这可是兵家之大忌呀！最后，他们决定返回营地，明天再来围捕凶犯。山民有云：上山容易下山难。他们下山的速度比上山慢了许多。还没有到达山脚，天色就已经黑定。到了山脚又有惊人的发现：他们下山的道路已被封锁。他们看不见藏在密林中的持枪人，而持枪人发现路口有黑影晃动就开枪，每一声枪响过后就有人应声倒地。无奈何，保安团只好重新上山，到山洞里过夜。这个山洞就是羌六宝曾经介绍过的"采和洞"，后来宋光宪赐给它一个美名"蓝公馆"。

　　为了确保洞内安全，洞外方圆 500 米之内设有三层明哨，其间又安插三层暗哨。明哨和暗哨相互配合。

　　洞内燃起了柴火，火光照亮了采和洞。接着，从洞内飘出酒肉香味。羌六宝说："大长夜的，别急。咱们也不能亏待自己呀！吃饱喝足了才能好好伺候客人，是不是啊？"留下化于巴尔监视敌人，其他人都到有山泉的地方吃干粮去了。

　　吃罢晚饭，周道本和梁祖君、羌六宝近距离观察敌人岗哨好一会儿，发现明哨和暗哨换岗时间交错，口令也古怪＿＿＿＿答对对方的学名和乳名才算通过。周道本气得在心里骂道：老子吃这碗饭上十年，没见过哪个婊子养的设这样的狗鸡巴口令。

　　撤回来之后，大家围坐一起，围绕着如何解决岗哨的问题动脑筋。如果强攻，无异于拿鸡蛋碰石头。如果偷摸岗哨，如此密集的岗哨，而且明暗配合，成功的可能性极小。羌六宝说："敌人在野兽出没的原始大森林里过夜，难免胆寒。如果半夜里野狼嗥叫声不断，站岗的敌人腿不打颤才怪呢！"有人接着补充："这时候才是摸岗的好时机呀！"

　　有人请求梁祖君："梁班主会口技，你就教教我们学狼嗥吧！"

　　这一回留下来监视敌情的是夏干猴，其他人都到山顶湘子洞里参加"狼嗥短训班"去了。

　　用山民称赞人的话说，这伙子人都是一个赛如一个的"能球儿"。不用一顿饭工夫，他们就从梁祖君这个"名师"手里满师了，而且一个个昂起脖子嗥叫起来满可以以假乱真。

　　半夜时分，月亮还没有出来，天黑的伸手不见五指。时令已经接近秋末，强劲的山风扫过森林，掀起阵阵松涛。保安团在洞外站岗的人，感觉到寒气逼人。一个个虽然棉大衣紧紧裹住身子，还是不住地打寒战。这时候，对面的仙姑峰上传来几声虎吼狼嗥。紧接着，湘子峰上的老虎和狼群也遥相呼应，渲染出一个令人心悸魄动的恐怖之夜。更为吓人的是，狼嗥声距离保安团的岗哨越来越近，感觉很快就要到了跟前。野兽们仿佛有什么约定，霎时间，三座山峰，远远近近，到处都是虎吼狼嗥。一个换岗人，刚刚结结巴巴地对上口令，忽听得身旁一声狼嗥，腿一颤，脚一滑，"妈呀"惊叫一声，咕咕噜噜滚下山去。周道本伸手抓住一个岗哨的双脚，只轻轻一拖，岗哨就像一截木桩倒下了，嘴里来不及叫唤，一把匕首就插进了他的心脏。梁大斌摸岗哨没有用刀，用的是一双铁钳般的大手。一掐，再一拧，他确信这个敌人吃饭的家伙不再管用了才放手。因为敌人岗哨太多，直到一弯月儿爬上山头，洞外的岗哨总算清理完毕。

　　洞内的敌人知道自己的危险处境，不断地向洞外放枪，扔手榴弹。

　　周道本这时候对大伙有了新的分工：化于巴尔持枪紧盯洞口。梁祖君和羌六宝把白天准备好的干柴和松明送到洞顶。剩下的人就在附近林子里收集树叶，不论干湿，多多益善。潘来运和羌六宝自幼生活在山区，收集树叶自然比别人技高一筹。他俩首先在地上放两根树藤，再折下一些树枝横铺在树藤上，然后在上面堆集树叶，待树叶堆到满意的高度就拾起树藤两端，拉紧，挽扣。一梱树叶实实在在，既好看又好搬运。大家学习他俩的做法，不一会儿，洞顶上堆积的树叶就像小山似的。

　　一切准备就绪，周道本指挥大家首先往洞口推下一些树叶，再放下一些干柴，然后点燃松明投放到干柴上。干柴噼噼啪啪燃烧起来。"快放树叶，快呀！"周道本担心干柴不够使用，同时担心升起的浓烟不够大。

　　采和洞有些特别。它不像有些山洞，进了洞口就算登堂入室，而是七弯八拐，形成斗折蛇行般的回廊。因此，火攻之初，魏团长狡黠地笑了："把老子当狐狸熏，小儿科！"他命令部下在洞口砌墙，一挡子弹，二挡烟，还能当做对外射击的掩体。他不相信，几个蟊贼能够临时拾来多少柴火，燃起多大的烟！

　　周道本担心柴火不够用，要大家拿刀砍柴，干的活的都要。柴火源源不断地送到洞顶上，又源源不断地投入洞口。这时，天公作美，刮起了东南风。火乘风势，风助火威，一股股呛人的浓烟直往洞里灌。羌六宝对身边的潘来运说："这个季节，东南风很少见，莫非是羊虎神仙在帮咱们？"潘来运答道："肯定是啊！羊虎神仙专帮落难的好人。"

　　周道本在另一边和梁祖君低声交谈。"我估计魏团长这会儿正在用步话机向营地呼救。""如果从保安团营地开过来一个中队，我们的柴火就算是白烧了。""就凭我们六七个人，用不了一个中队增援，只来一个小队恐怕就难以招架了。"怎么办呢？周道本主张，洞内的敌人很快就要突围了，这里必须重兵把守，打援两人就够了。梁祖君做了具体分析：对付保安团的突围，枪太少肯定不行。推拉枪栓和换弹夹，射击出现间隙和停顿，会有大量漏网之鱼。要弥补这个缺陷，至少要有四支枪轮番交替射击。夜间在原始森林里打援，只求延缓敌人的前进速度，两个人将就够用了。末了，梁祖君只带了化于巴尔去打援，其余五人留了下来。

采和洞里步话机的呼救声惊动了保安团营地。与此同时，湘子峰上映红半边天的熊熊火焰也惊动了宋光宪一伙人。杜小凤分析，这绝不是保安团烧火取暖，羌六宝他们更不敢烧火暴露自己，莫非是保安团包围了羌六宝他们，然后放火烧山？里额巴图的话给忧心忡忡的杜小凤吃了定心丸："羌六宝、梁班主和周道本都是猴精猴精的人物，咋会落入敌人的包围圈，让他们放火烧？要我说呀，这是咱们的人在对进洞的敌人进行火攻。"宋光宪说："巴图叔的分析是对的。看来，保安团营地必然会去增援。羌六宝他们怎么招架得了啊！""姐呀，娃儿们有难，我们不能不管呀！""是的，我们不能旁观。""俺想跟你们一起下山。虽说眼睛不行，可耳朵特灵啊，到关键时候，说不定能起点作用。"三个保护对象的强烈反应完全在宋光宪的意料之中。这正是他深深忧虑的事情。他在心里哀求道："我的祖宗们啊，你们怎么能去参战呢？你们万一有什么闪失，我宋光宪怎么交代？"想到这里，他恳求道："我必须下山拦截增援的敌人。我自幼就是猎人，对付野兽的招数比你们多。毫不谦虚地说，我一个人比得上你们十个人。可是我又担心你们。我走后，你们必须好好藏着，不能走出藏身地一步。你们如果不答应我这个请求，我就不会下山去。

我得紧紧地盯住你们啊！现在，我听候你们的选择。"崔雪花说："你一个人能起多大作用啊？""我一个人肯定打不赢太多的敌人，但是我可以给他们制造麻烦，拖延他们，让我的弟兄们多一点成功的机会。"最后，三人一齐保证不走出藏身地一步，宋光宪才急匆匆地提枪下山去。

宋光宪来到仙姑坪，正赶上敌人的援兵下了铁拐峰。他躲在一棵大树后面，借着朦胧的月光，朝敌群开了三枪。中枪的敌人倒下了，没中枪的敌人也都趴在地上，不敢抬头。带队的是姓牛的大队长。他命令部下开枪射击，然后又命令队列前边的士兵投弹开路。仙姑坪里树大林密，宋光宪在林中穿行就像鱼儿游戏于江河。他瞅准时机，给行进中的敌人一枪。敌人立即卧倒，接着又是放枪，投弹，好一会儿才爬起来。大约到湘子峰还有一半路程的时候，他与梁祖君、化于巴尔会合了。就在剩下的一半路程里，梁祖君和同伴对增援的敌人不断展开攻击。直到月亮快要西沉，敌人还是未能靠近湘子峰。

梁祖君带人离去之后，周道本这边可忙坏了。他们五人一边忙着加柴火，一边研究地形，商量歼灭敌人的具体对策。最后，他们根据地形安放了一些手榴弹。手榴弹的安放，很有讲究。如果敌人冲出来碰不上手榴弹怎么办？他们必须选准路线。如果手榴弹碰上了敌人不爆炸怎么办？他们必须揭开保险盖，将拉弦小心翼翼地用石头压紧。

再说魏团长向营地呼救之后，时间过去一个小时，又过去一个小时，就是不见救兵到来。真是望眼欲穿啊！可是讨厌的浓烟还在不断地往里灌。他和士兵们都明显感觉到呼吸不畅了。为了节省洞内氧气，他命令熄灭柴火，只保留几盏马灯。在烟雾的驱赶下，士兵们不断向里边收缩。眼看最后一段空间里已经挤满了人，大家都无处可逃了，魏团长这时候才明白自己已经千真万确地面临绝境了。明天那些不怀好意的报纸上将在头版头条刊登一则新闻：黑水县保安团命丧山洞。他的家人从此失势，而且是落毛的凤凰不如鸡。想到这里，他眼眶里忍不住泛起了泪花。正当他万分沮丧之时，他隐隐约约听到远处传来汉阳造的枪声和手榴弹的爆炸声。就像危重病人打了强心针，他鼓动士兵说："听到了没有？我们的援兵马上就要到了。现在，由各个中队长带领大家突围！"胆小的人说："门外又是火焰又是子弹，突围不等于送死吗？"这时候已经有人在浓烟中窒息晕倒，因此有人反驳说："不突围，援兵不能及时赶到，我们大家却早就没命了。突围出去和援兵会合，多少还有点希望。"沈大队长叮嘱大家：冲出洞口时，速度要快，重心要低。要抱团冲出，不可单独行动。出去以后，身子蜷成一坨滚下山去，这样尽量避免中枪。突围开始了，这位大队长领着一伙人做示范性突击。

发现敌人开始突围，趴在洞顶上的周道本首先开火，山洞左侧的射手在周道本射击间隙中紧接着开火，山洞右侧的射手抓紧左侧弟兄射击的间隙向突围的敌人射出了索命的子弹。他们这番操作好有一比，就像钢琴师的十个手指头交替轮番而动，默契配合，弹奏出美妙乐章。在洞口没有伤及要害的敌人一个个都双手抱头，身子缩成圆球状滚下山去。第一批滚下山的敌人把手榴弹全部引爆，没有一个活命的。周道本觉得很可惜，可惜那些手榴弹炸死的敌人不多。为了弥补损失，他向抱头滚下山去的敌人扔出了手榴弹。手榴弹在前，敌人紧随其后，结果被炸，连一声"妈"都没有叫出来，就到姥姥家去了。其余四名射手跟着学样儿。不到半个时辰，洞口堆满了尸体，洞口下方的一面坡上尸体狼藉，在惨白的月光下显得十分凄惨。仍然有命长的人，重伤者呻吟声不停，轻伤者或艰难爬行，或扶着树干缓缓移动。大约一个时辰之后，洞里的敌人停止了突围，五个射手也停止了射击，都目不转睛地盯着洞口。

　　不一会儿，化于巴尔充当传令兵来了。他通知周道本、夏干猴打扫战场之后死守蛇倒退，其余人赶往鬼掉魂，抓紧时机关好东大门。

　　天色大亮之后，周道本和夏干猴进了山洞，发现有许多人被浓烟呛死在里边。敌人扔下大量枪支弹药。在一个角落里发现一台步话机。周道本拎起步话机左看右看，像孩子见到新鲜玩具似的爱不释手。他对夏干猴说："以后咱有了这玩意儿，就不用你东奔西跑了。"

　　周道本和夏干猴下了湘子峰，只发现仙姑坪的森林里到处是丢弃的沾有血污的破衣烂衫，却不见敌人的伤兵和尸首。原来，根据湘子峰上的枪声判断，估计周道本已经完全得手，梁祖君他们就主动撤出了战斗，躲在一旁观察战场情况变化。看到敌人的援兵只顾往营地抬伤员，运尸首，再也无力进攻湘子峰，他们派出化于巴尔向周道本交代新任务之后，就急匆匆地奔往鬼掉魂。

　　一到鬼掉魂，悄悄干掉岗哨之后，他们就赶紧动手，寻干柴，拾树叶。月亮下去了，在黎明前的黑暗中，他们只能摸索着行动。好在山崖边的林地到处是枯枝败叶。不一会儿，他们就把干柴和树叶搬运到了软桥上。

　　干柴和树叶点燃了，软桥上升起熊熊火焰，发出噼噼啪啪的响声，犹如节日里的喜庆鞭炮。过了一会儿，绳索烧断了，熊熊燃烧的木板携带着浓烟大火坠入深谷，拜堂松上空闪过一片耀眼的红光，转瞬间就消失了。

2，羊虎庙长老恭迎亡灵

　　天亮之后，国舅洞里笼罩着万分沮丧的气氛。洞外树林里放着一百多具尸首。洞内躺着轻重伤员将近一百五十人。魏团长受重伤，大腿和腹部中弹，子弹尚未取出。上级通过电台宣布撤销魏团长的职务，团长职务由牛大队长接任。牛大队长要求，现在大批重伤员等待着救命，速派医疗队来。另外，现在能够参战的只有八十多人，仅仅能够承担伤员的护理和警卫，不可能展开任何军事行动。因此，准备稍作休整之后下午撤兵。他的请求得到上级批准。

软桥被烧毁的消息传来，犹如五雷轰顶，牛团长仿佛丢了魂儿，一屁股坐在地上好长时间都起不来。他到现在还不明白，蟊贼们为何要烧毁软桥。是想阻止保安团撤退吗？难道保安团撤退不正是他们所盼望的吗？他们究竟想达到什么目的呢？他很想摸清对手的底牌，于是走出山洞，喊道："山上的好汉们，我是新上任的牛团长。我想和诸位永久修好，下午就撤兵。你们有什么要求，我们谈谈，好吗？"负责监视敌情的宋光宪等他把话说完，砰的一枪，子弹打在他身边的树干上。这一枪是告诉对方：没什么好谈的！

情况越来越糟。医疗队被挡在鬼掉魂，一伙背负药品和器械的男女医生只能望谷兴叹。洞内的士兵不能出洞找山泉取水，甚至出洞拉屎尿尿也会遭到袭击。这种局面持续到第二天，几十里之外的黑水县城里有了强烈反响。保安团士兵的妻儿父母们涌进县党部向当官的要人。市民们纷纷前来声援，后来演变成万人大游行。

国舅洞里的重伤员接二连三地死去，引起伤员们的强烈义愤。他们竟然拿起武器，哗哗地推上子弹，威胁说："牛团长，你知道吗？人要死的时候就什么都不在乎了。你如果硬要我们在这儿等死，我们就拿你垫背。"刚刚在无线电里挨了上司训斥的牛团长这会儿是一脸苦相："弟兄们呐，你们错怪我了。我找蟊贼们谈判，人家不谈，有啥法子呀！”他不敢得罪上司，现在情势下更不敢得罪伤兵，只能拣好话说。有人纠正道：“牛团长称人家是蟊贼，压根儿就是错的。”“我们这些当兵的有今天，完全是拜党国里某些官员所赐。如果那个边乡长不逼迫良家女人做情妇，如果不抓外地杂耍班子顶壮丁，会有今天这档子事儿吗？我看，边乡长这种当官的才是真正的蟊贼。”“这种人该杀！”大家七嘴八舌，议论纷纷。说到激愤处，竟然有人朝洞顶开了几枪。

牛团长吓坏了，慌忙跪下祈求道：“鄙人无能，听候弟兄们吩咐，说什么我都依从。”

“那好，我们上山去找他们谈判。但是你得保证两条：一是事后不能往我们头上扣屎盆子，说我们私通土匪。二是我们答应的条件，你不能违背。”牛团长为了保住自己的性命，什么都顾不得了，连忙点头应承。

大约过了一袋烟的工夫，五个士兵全都赤裸着上身，双手高举，从洞里走出来。他们一边走一边扯开嗓子喊叫。这个叫：“潘来运，我是你顺子老表啊！”那个叫：“羌六宝，我是吴集街上的亮子哥，不要开枪啊！我找你有话说。”第三个叫唤的有点意思：“宋光宪，我是庹家湾的庹老二呀！今年春上我赊账给你三张狼皮，你到如今还没给老子钱呢！……”

宋光宪躲在一棵大树后面笑了。他明白这是国舅洞里的人派出的谈判代表。这突如其来的情况，来不及和羌六宝他们商量。他思索一会儿回应道：“庹老二和顺子老表，请你们两位上对面仙姑峰，那里有人接待你们。别人都向后转。”

顺子老表和庹老二上了仙姑峰，已经到了半山腰，左等右等不见有人接待，有些急了。“舅妈呀，我是顺子，不是坏人。”见无人搭理，顺子老表就一个劲儿地喊舅妈。他不知道，为防万一，舅妈和杜姨都手握匕首，在背后树丛里紧盯着他俩。

“快过来，我们这里谈。”宋光宪突然出现在洞宾洞的洞口，向他俩打招呼。

这不像是敌我双方谈判，倒像是农夫邻里之间的垄上闲聊。末了，宋光宪结论说，县保安团只要全部缴械，我们就放你们平安回家。他要两人记好，武器装备必须全部送到这儿来，运送武器的人必须是光着上身，下身只穿一条短裤。宋光宪笑着解释道："这样做，完全是为了避免我的弟兄们产生误会。""妈的，奸商真是狡猾！"庹老二笑骂一句，叫上同伴走了。

保安团履行谈判条件之后，就开始架桥撤退。这已经是保安团奉命缉拿凶犯的第五天了。

上午，保安团顺利地架好软桥，平安无事。

下午，保安团开始撤兵。那场面壮观极了。围观的老百姓越来越多，对面羊虎庙下边的一面坡上到处是人头攒动。县里派出的负责接运伤员和处理尸首的队伍早已等候在那里。先是保安团的士兵背着尸首过桥。按照当地习俗，亡灵回家是要有和尚道士引路，鸣炮奏乐迎接的。羊虎庙的慧成长老亲自在桥头举幡恭迎。他的弟子们在乐队伴奏下放声合唱师父自创的歌曲《献出你的大慈悲》：

　播下一片慈悲的种子啊，
　让仁爱的花朵竞相开放，
　人世间飘满和谐的芳香。

　传承善美的信仰啊，
　让世界没有剑影刀光，
　天下人把和平果实分享。

献出你的大慈悲，
　让仁爱之歌世代传唱，
　慈母心中不再忧伤。

　献出你的大慈悲，
　让和煦的春风融化冰霜，
　儿童幸福快乐成长。

献出你的大慈悲，
　让贫穷、疾病远远逃亡，
　穷苦百姓富足安康。

　献出你的大慈悲，
　让人间永远充满阳光，
　幸福之花处处开放。

　……

　　歌声停止之后，唢呐吹奏出哀婉的曲调。从搬尸的第一个士兵踏上摇摇晃晃的软桥，鞭炮声就响个不停。山坡上到处是鞭炮炸响。待一百多具尸首搬运完毕，硝烟和粉尘已经完全笼罩了一面山坡。羌六宝有言在先，除了已经缴械的保安团士兵，任何人不得上桥一步。因此，搬完尸首之后，士兵们不得不返回运送伤兵。根据伤情轻重，有扶着走的，有背着走的，还有抬着走的。由于伤兵太多，许多士兵往返三四次才完成任务。牛大队长暗自庆幸，幸亏偷袭蛇倒退的伤亡官兵早就运回县城，不然的话，就更麻烦了。在大量伤亡官兵过了软桥之后，羊虎庙山坡上的围观群众发生了骚动，因为许多人已经认出了自己的亲人。他们为死去的和受伤的亲人失声痛哭。哭声越来越大，到后来简直是震天动地。

最后，遵照羌六宝等人的规定，保安团赤手空拳的士兵们清点人数之后才列队过桥。在那边桥头，很多人在向前挤，他们争先恐后的样子就像是担心稍晚一点就见不到自己的儿子、兄弟和丈夫……

最后一个保安团士兵过桥之后，周道本立即让几个弟兄搬来干柴堆满软桥，然后点燃了柴堆。干柴迅速燃烧，顷刻间升起熊熊火焰。不一会儿，软桥携带着大火，坠入谷底，一股浓烟冲天而起，漂浮在两棵拜堂松之间。

第三章

1，花子军的旗号

仿佛是为了清洗血污，老天及时地下了一场秋雨。这场雨一连下了四五天。

这几天，天天开会议事，许多大事都定了下来。这支武装，名称就叫"花子军"，任务和目标是为天下落难的好人争活路。军旗上的图案是按宋光宪的意思制作的：漆黑的夜空里闪烁着北斗七星，下面是一根金光闪闪的打狗棍。会议上还制定了纪律：不偷不抢，不欺负老百姓。相关细则留待以后补充完善。羌六宝说："我们花子军要靠双手养活自己，永远不当强盗，不当小偷，不当骗子。"那么，这一大家子要吃，要喝，要穿，钱财从哪里来呢？宋光宪献策说："咱们靠山吃山。另外，成立一个经商专班，挣钱养家。"

羌六宝被大家一致推选为"大当家"。花子军里各方面工作也都有明确分工：梁祖君负责侦察和防务，周道本担任军事教官，宋光宪负责山寨财政和外交。宋光宪说，咱花子军有了"大当家"，这是头等大事。从此，遭罪的叫花子和落难的好人有了陈胜、吴广。不过，这位见多识广的汉子觉得还差一样重要东西。他问大家："梁山好汉们打的旗号是替天行道，我们的旗号是什么呢？"有人说，我们的旗号就是军旗上那根打狗棍。还有人说，我们的旗号是北斗七星。这些提法都被羌六宝否定了。他说："我们的旗号只能是羊虎神仙的道义，就是以爱心待人处世。反正就是这个意思吧。究竟我们的旗号怎么定，就只有请教读书人了。我们几个文盲就不要瞎捉摸了。"后来，羌六宝向羊虎庙里的慧成长老请教，慧成长老赐予四个字：仁爱、济世。羌六宝非常满意。

2，洞中夜话

时令本来已经是深秋，连日阴雨又使气温骤降，仿佛隆冬提前来临。这天薄暮时分雨停了。吃过晚饭，化于巴尔下山值班去了，和儿子住在洞宾洞里的里额巴图这时候一个人烤火觉得很寂寞，于是让猴子和狗带路，摸索着朝上走，进了仙姑洞。他想找两位妹子拉拉家常。

仙姑洞里柴火烧得正旺。这几天的会议一直开得人们热血沸腾。处于高度兴奋中的杜小凤和崔雪花此刻毫无睡意，见里额巴图到来非常高兴，连忙移过一个石凳让他坐下。

话题很快扯到了大当家。"杜妹子，别人都说，你家六宝怎么看都不止十八呀！宋光宪说，粗胳膊，大块头，看年龄不会比梁大斌小。当然也有人认为，你家六宝是年龄不大个子大。这些人的根据是，六宝脖子上的保命银锁还没有取下来呢！"

杜小凤回答说："年龄确实只有十八。不过，庞姊赠送的这把银锁早就该取下了，是我深怕这根独苗儿有闪失，故意留住不让取的。"

崔雪花笑道："这娃娃出生在田边瓜棚里。那天棚里棚外都飘雪，是我赶过来把他用棉袄包好，抱回我住的屋子里。我记得清清楚楚，那年是一九一五年，也就是民国四年；那天是冬月二十八。请你好好算算，六宝究竟有多大？"

里额巴图屈指一算，吃了一惊："哎呀，十八岁还差两个月零五天呢。有志不在年高啊！"

"这是巴图叔奉承的。"

"我还是有点不明白：你只有这根独苗儿，怎么取名叫'六宝'呢？"

"说起来，我们姐妹俩运气还算好，急难时候总有贵人帮助。"崔雪花鼓动杜小凤，"姐，说给大哥听听呗！"

杜小凤觉得反正是大长夜里，和两个可亲近的人拉拉家常话也好，就往火里加了两根粗柴，打开了话匣子。

十八年前。一个春夏之交的季节。

已有身孕的杜小凤被自家男人带着离开永安县老家出外逃荒。她男人姓羌，从未进过学堂门，没有一个正经学名，只因为生的高大，壮实，像一头牯牛，所以人们叫他羌牯子。羌牯子安慰她说："放心吧，到了黑水县城，找到我表哥，就凭卖苦力，我也能够养活你们娘儿俩。我有的是力气。"杜小凤对男人的话深信不疑。出门这几个月来，一路上羌牯子就是凭着一身力气挣得盘缠的。

刚刚走出永安县，碰上一支开往前线的队伍。羌牯子被队伍拉去当挑夫。当时说好了的，只需一天时间就会返回。没想到，男人这一去就再也没有回来。

杜小凤心里明白，往回走也没有出路，本来就是因为老家没有生路才出来的。哭天天不应，求地地不语，万般无奈的杜小凤挺着个大肚子一路乞讨，继续往前走。历尽千辛万苦到黑水县城，才知道表哥家遭受一场毁灭性火灾，全家人都远走他乡了。

常言道，天无绝人之路。黑水县的人特别善良。一路上有主动送吃的，也有主动送穿的。杜小凤简直不敢想象，假如没有那么多素不相识的好人相助，她一个孤苦伶仃的孕妇究竟能够活多久。

眨眼间秋去冬来。这天，刺骨的西北风刮个不停，天空阴沉沉的。身子笨重的杜小凤出现在石羊坪乡的黄土路上。走着，走着，天上飞起了雪花。一会儿，雪越下越大，天和地之间什么都看不见了，只见鹅毛般的大雪在空中翻飞着，盘旋着，纷纷扬扬落下来。实在不巧得很，杜小凤的肚子这时开始疼痛，越痛越厉害。凭着老年人传授的经验，她知道，自己可能是要生了。在看不见庄户人家的空旷的田野间，她只好朝路边的一个瓜棚走过去。不管是穷人还是富人，女人生孩子都必须具备两个最起码的条件：既要能避风寒，又要能避开路人的视线。这瓜棚在夏秋用过，主人到现在没有拆除，真是谢天谢地。

就在杜小凤走进瓜棚的时候，这条黄土路上出现了三个叫花子。一个年轻母亲背上背一床被子，胸前挂一个袋子。母亲后面紧跟一个半大孩子，孩子背上是一个更小的娃娃。

"妈呀，你听，那边棚子里好像有人叫唤。"

"下这大的雪，棚子里咋会有人呢？快点走啊，大宝，莫打支差！"

"是一个姑娘在哭！妈。"

母亲站住了，仔细听一会儿。这位做过五次月母子的年轻母亲凭经验做出明确判断：那是只有女人生孩子才会发出的呻吟。

她急忙奔向瓜棚。大宝紧随其后，被母亲阻止了："你莫来，你是男人。"

这时候，婴儿已经出世，拖着带血的脐带，落在稻草上，发出响亮的啼哭声。

这瓜棚里到处飘着雪花，什么东西都没有，怎么办呢？母亲急中生智，大声喊道："大宝，你赶快跑到集镇上求好心人救命！就说你小姨生孩子了。放下五宝，赶快去呀！"

母亲现在能够做的就只是为母子俩遮挡风寒。她抱起婴儿放到产妇怀里，接着打开被子，把母子俩从头到脚裹了个严严实实。

她明白，母子俩现在急需的不仅仅是这些。万分焦急的她在心里虔诚地祈祷：羊虎神仙保佑，保佑这母子俩马上就有贵人相助。

瓜棚距离石羊坪镇并不远，大宝跑过一个黄土岗就到了。这个集镇，说准确点儿，就是庄户人家相对集中的村子。镇上大部分人家是农户。大宝一到镇上，开口一叫"赶快救命呀！我家小姨生孩子了"，首先迎接他的是一群看家狗。别看大宝只是个十一岁的孩子，当叫花子已经有两年的资历了，因而对付看家狗有一套经验。他脊背靠墙，手持木棍，三面防守，放开嗓门儿嚎起来。木棍当然只是虚晃，叫花子如果真的打狗，是不讨主人家喜欢的。放开嗓门儿大嚎，为的是把主人叫出门来，同时也是示弱，引起众人同情。

不一会儿，附近的人都走过来赶开自家的看家狗。人越聚越多，把大宝围在中间。有人问："你家小姨生孩子有什么了不起的？咋跑到大街上叫唤呢？"

大宝急了："她在那边瓜棚里把孩子生了。这冻死人的天儿，要什么没什么，只有求好心人积德救命啊！"

这时候才有人意识到问题的严重性："你小姨哪里人？她不要命了吧，为啥跑到瓜棚里生孩子呢？"

大宝老老实实回答说："我和我妈都不认识她。我们是要饭路过，碰上的。"

大宝的答话使在场的人们肃然起敬。"大伙儿听明白了吗？这个小叫花子是在行善积德呀！啧啧……真了不起……雪花呀，你愣着干啥？赶快吩咐他们准备热水、红糖、猪蹄汤……啊，记好，赶快送一把过火的剪子来……"说话的是一个高大富态的中年妇女，有人称呼她"胖婶"，也有叫她"庞婶"的，因为她姓庞。庞婶对雪花吩咐完毕，就约上几个妇女，叫大宝带路，朝瓜棚跑去。

　　还是小青年跑的快。庞婶前脚走进瓜棚，雪花姑娘后脚就到了。庞婶生的慈眉善目，很容易亲近人。她一边和棚子里的大人孩子打招呼，一边给婴儿扎脐带，剪脐带。在这很短的时间里，她已经弄清了孕妇的一些情况，并且知道大宝的妈叫明大姑；大宝的弟弟叫五宝，才三岁……她接过雪花手里的棉袄，细心地把婴儿包好交给雪花，叮嘱道："下雪路滑，小心点儿！"接着躬下身子，用商量的口气对杜小凤说："我接你们母子到我家里住几天，好不好哇？"杜小凤面露难色："这……怎么好意思……""哎呀，都什么时候啦，你还客气！"她不由分说，扶起杜小凤，同时要明大姑带上孩子，"走，都到我家去！"

　　走到自家门前，庞婶的粗嗓门连忙通报："来客了！"

　　首先走出门来的是一位穿戴整洁的中年男人。他就是庞婶的丈夫，这一带有名的中医明绍阳。他吩咐雪花姑娘把客人引到她自己房间去。接着出来的是一位长工打扮的三十出头的男人，说庞婶交代要准备的东西都齐了，问送到哪个房间去。"送到雪花姑娘房里去。潘老三，这些客都交给你和雪花了。我药铺里有点忙，顾不得了。"明医生说罢，就离开了。

　　眼前是一大片青砖上顶的瓦房。走进两个石狮把门的高大院门，便是一个庞大的天井院子。院子过去，正对院门的是宽敞的厅堂，厅堂里有药柜、条案，门楣上挂一块金字招牌。院子两侧是厢房，楼上楼下都是雕梁画柱。"好排场的大户人家啊！"杜小凤心里暗暗惊叹。穿过长长的迂回曲折的走廊，他们被雪花姑娘引上楼，进了一个小房间。一会儿，月母子专用的饮食和大伙享用的饭菜都送来了。

　　趁客人用餐的闲空，庞婶和丈夫商量：这些客人都是讨饭的叫花子，是留下还是不留？是长留，还是短留？庞婶认为，如果不留下月母子，那母子俩就只有死路一条。救人救到底，我们没有不救的道理。"再说明大姑，单凭他们母子今天的表现，就可以断定他们是积德行善的好人。好人就应该有好报。我们家反正断不了使用长工短工，就留下他们，安排点事情做，免得他们母子仨到处乞讨。"明医生认真思索老婆子的话，觉得很有道理，就说："那个男孩看样子机灵得很，据说还念过三年私塾呢！就让他给我打杂。那个崔雪花，你另外给她派个事儿。明大姑眼下就专门照顾月母子。不过，让崔雪花和他们挤在一个屋子里总不是办法呀！""雪花和潘老三的婚事不是早就定下了吗？雪花腊月底就满十七了，能不能让他们提前办了？""好，腊月里就办。暂时挤一挤，反正没几天了！"丈夫一句话，算是拍板定夺。

　　刚刚出生的婴儿真是见风长。杜小凤的宝宝一天一个样儿：才两三天，小脸巴儿和屁股蛋儿就看得见长肉；第四天就睁开眼睛，四下张望；一个星期之后，小家伙就在睡梦中笑了，一笑两个小酒窝儿。明大姑一见宝宝心里就乐。这天晚上，崔雪花建议得给宝宝取个名儿。杜小凤把取名儿的任务交给明大姑，并且理由很充分："没有你，我家宝宝就不得活。请你给取个名儿吧！"明大姑推辞说："给宝宝取名，是他亲娘的事儿。""那行。"杜小凤略加思考说，"我娃儿是在路边瓜棚里生的，就叫'棚生'、'路生'，怎么样？"崔雪花首先反对："听说，一个人的名字和他一辈子的命运有点关系。小凤姐不能学我妈。我是下雪天生的，当时破屋子里到处飘雪花，我妈就给我取名字叫'雪花'。假如看见狗屎、粪堆，莫非名字就叫'狗屎'、'粪堆'？"明大姑反对的态度最为强烈。她把宝宝紧紧地抱在怀里，噘着嘴，态度强硬地说："瞧，多么排场的儿子呀！咱是大妈。大妈不许你们给我排场侄儿乱叫名儿。"他望望自家两个儿子，有了主意："侄儿以后就叫'六宝'吧！六宝呀，从今以后，你有个大哥，还有个五哥。"

"我家六宝的名字就是这样来的。"杜小凤结束讲述的时候，夜空云缝里露出几颗星星。因为怕巴图叔回去晚了会叫化于巴尔担心，于是就说："雪花妹，我们送巴图叔回去吧！"里额巴图走出洞口了，思绪还沉浸在杜小凤讲述的故事里。他紧跟猴子和狗，一边往下走，还一边问个不停："明大姑现在怎样？日期过得好吗？"接着又问："那个大宝现在在哪里？成家没有？全家人可好？"杜小凤说："明大姑和大宝的故事就更长了。以后慢慢讲给你听。"

3，明大姑之死

送走滴水成冰的头四九，冰雪开始融化，原先苍白的柳枝在不知不觉中染上了淡淡的绿色。六宝满月的日子紧跟新年，眼看就要到了。穷人家的孩子过满月其实很简单，亲朋好友围坐一起吃顿饭，就算表示庆祝了。麻烦事儿是准备迎接娃儿"出窝"：头上戴的，身上穿的，手里玩儿的，都应该准备齐全。尽管孩子的穿戴不讲漂亮，只讲究暖和，不被冻着就好；玩具更简单，泥巴捏的，木头砍的，只要能哄着孩子不哭就行。可是由于害怕留下后遗症，月母子在这段时间里什么都不能做，一切准备工作自然就落在其他人身上。明大姑首先给六宝赶制小帽。虽然所用原材料全是旧衣服、旧棉絮，可是小帽却做的秀气美观，人人见了都夸明大姑心灵手巧。她接着找来五宝的旧衣裤，准备大改小，做给六宝穿。这几天有人辞工，她白天要在牲口棚里帮忙，为六宝做衣帽就全靠晚上。崔雪花新婚事儿稠，只能抽空过来缝几针。为六宝出窝而忙活的还有庞婶的独儿子，学名叫明敬善，小名叫善子，刚满十二岁。他利用学堂放寒假的时间学做玩具风车，整天里不是折叠五彩纸，就是用刀削竹片，做了又毁，毁了又做，终于扎成一个漂漂亮亮的纸风车。他说，这是送给六宝的礼物。

这天，杜小凤一辈子都记得，那是六宝满月的前三天。晚饭时候不见明大姐，天黑好久仍然不见她。六宝的小衣服还没有动剪子，她这时候是不会到别处去玩儿的。庞婶问遍所有人，只获得一个线索：牲口棚里的牛草吃光了。白天，明大姑到柏树垭搬运收割季节就堆放在地头的玉米秸。有人看见，一辆带蓬的马车在田边停下，两个男人把明大姑拉上车。然后，马车翻过柏树垭，朝羊虎乡那个方向去了。庞婶家里的长工几乎是全体出动，四处寻找，直到半夜仍然不见明大姑的影子。有人推测：莫非百里之外的老家出了什么紧急事儿，明大姑不得不匆忙上路？如果真是这样，不出两天就会有消息传来的。

到了第三天傍晚，羊虎乡老家来人了。来人是吴家大湾的明幺儿，大宝的亲幺舅。幺舅找到大宝的时候已经是上气不接下气："大宝，你妈……上吊自杀了……"

这消息就像是晴天响炸雷，大家都懵了。好端端的人，怎么会上吊自杀呢？

最悲伤的人是杜小凤。听到这个不幸消息，她霎时间傻了，痴了，接着大放悲声，哭成了泪人儿："大姐呀，六宝正等你给她过满月，你咋走得这么急？大姐呀，六宝还没有长大，还没有报答你，你咋走得这么早？"接着昂首问苍天："老天啊，我大姐可是好人啊！好人咋没有好报呢？"

崔雪花也很伤心，但她担心杜小凤哭坏了身子，所以强制自己停止哭泣，忙着劝小凤姐节哀。

最先停止哭泣的是大宝。此刻的他，思维要比眼泪多。他想，我妈不会无缘无故上吊自杀，她一定有天大的委屈，我一定要弄个水落石出。问幺舅，幺舅说："我只晓得大姐死在吴一鸣家里。

一听到这个消息，我就紧跑慢跑往你这儿赶。你要我说出个头尾来，我实在是什么都不知道。"

大宝和幺舅商量决定，把五宝托付给崔姨，连夜赶回去，先把事情的来龙去脉弄个一清二楚再说。

明医生把两个袁大头交给大宝的幺舅，叮嘱说："大宝还小，全靠你这个舅舅多操心。"庞婶交代大宝："事情办完了就赶快回来，免得我们天天等着，盼着。"大宝被这些温暖人心的话语感动得哭了。他向明医生和庞婶深深地鞠了一躬。

大宝和幺舅正要上路的时候，杜小凤抱着六宝，肩上挎一个包袱，急匆匆地进了明医生的药铺。原来，她也要随大宝前往，她这是来向明医生和庞婶道别的。庞婶一听就火了："你这姑娘，咋这么不懂事呀？你明大姐刚刚出事，你又要断送六宝吗？现在还是数九寒天呀！不管你是咋想的，你敢跟他们走，就别怪我当奶奶的不客气！"杜小凤这才发现，即使是很温善的人发起火来也够吓人的。她不敢犟嘴，像一个犯了错误等待惩罚的小孩站在那儿。"走，咱们回房去。"庞婶接过杜小凤肩头的包袱，解释说，"我知道，你是个有情有义的姑娘。你明大姐死的不明不白，你心不甘。可是，人死不能复生，你有啥法子呀？万一你的六宝有了闪失，那不是雪上又落一层霜吗？"杜小凤抱着六宝，跟着庞婶向楼上走去。这时，她心里牵挂着连夜赶路的大宝，双脚上楼梯觉得很沉，很沉。

天上没有月亮，只见黑色的天幕上零乱地分布着稀疏的寒星。呼呼的西北风迎面吹来，像刀刮，如针刺。路边树林里的猫头鹰时而叫几声，向夜行人提示着寒夜的孤寂和恐怖。大宝眼前什么都不见，只望得见影影约约的一条灰白色带子，双脚踩下去才知道那就是路。他被石头绊倒两次之后，幺舅让他拽着自己的衣角走。听着大宝粗重的喘息声，幺舅心里难受极了。才十一岁的孩子，遭受这大的罪，都是大人的罪过啊！

　　大宝爷爷姜传福，本是羊虎乡的首富。人们只看得见气派非凡的姜家大院，却不知道姜家究竟有多少银钱，甚至弄不清姜家有多少良田。传说有个外地牛贩子牵一头发情的母牛找姜家公牛配种。不知何故，那母牛偏偏看不上主人为它选中的郎君，挣脱牛鼻绳就窜入庄稼地。母牛逃之夭夭，公牛紧追不舍。牛贩子担心牛吃庄稼，就在后面紧紧追赶。从太阳出山到黄昏时分，从东村到西庄，又从南路到北路，牛和人都一直没有停下脚步。最后，母牛累得趴下了，公牛累得口吐白沫，配种未成，糟蹋庄稼无数。当时正是玉米扬花季节，姜传福要牛贩子赔偿损坏的庄稼。牛贩子强词夺理："牛跑一整天，该经过多少地儿？该踩坏多少人家的庄稼？都晓得这不是我故意的。那么多人家都没说叫我赔，唯独你姜传福是黄牛黑卵子＿＿＿格外一条筋。"此事最后酿成官司。县里的官员来到羊虎乡实地察看，结论说：两头牛所经过的都是姜传福的庄稼地。牛贩子傻眼了，只好将母牛赔上又添五十块袁大头才勉强完事。如此富有的人家，为何后辈人落到讨米要饭的地步？只因为大宝有一个败家的爹。

　　大宝的爹名叫姜学儒。姜家到他这儿是三辈单传。因为是人种，所以特别贵重。你瞧他的大名儿，就知道姜传福对于这个独种儿寄予怎样的厚望。遗憾的是，姜学儒自幼不争气，吃喝玩乐样样喜欢，唯独不喜欢读书。这个不愿上学的儿子，一直拖到十三岁才被逼进学堂。进了学堂也是三天打鱼两天晒网，逃学的事常常发生。三年私塾读下来，先生伤透脑筋，要姜传福另请高明。一晃又是三年，姜学儒十九岁，到了应该娶妻成家的年龄。因为家境殷实，来说亲的媒婆络绎不绝。说来也怪，这些媒婆全都是无功而返。姜传福自然有他独特的择媳标准。其实，他的标准也不算很高，那就是能为姜家多添男丁。这天，吴集街上有名的"神算"吴先生从姜家门前路过，被姜传福留下算了一卦。姜传福明言：不算官运，也不算财运，只求老先生指路，我家犬子娶什么样的姑娘才能多子多福？先生首先问明姜学儒的生辰八字，再出门登高察明姜家风水，这才回屋里坐下，紧闭双眼，嘴里叽里咕噜好一会儿。末了，他结论说："姜老弟呀，你家公子属龙，龙蛇才是绝配。这就好比世上白蛇配许仙，天上明月配星星。不过，你家风水有点缺陷＿＿＿＿屋后是个小土包，靠山不大，座基不稳呀！难怪你姜家纵然家财万贯，却是三辈单传呢！"姜传福慌了："请问先生，这有治吗？"先生笑了："有治！有治！娶个大屁股姑娘，你家座基就稳当了。"姜传福又问："天下之大，这样的绝配哪里寻啊？"老先生只说了一句"天机不可泄露"，便沉默不语了。姜传福将五十两银锭塞到他手里，恳求他略示一二。这辈子啥时候见过这么多银钱啊！他双手接过沉甸甸的银锭，心里好一阵狂喜，而嘴里却说："天机泄露就不灵了。"但是拿了人家银两，不能毫无表示呀！作为报答，走出大门的时候，他给姜传福撂下两句古诗："采菊东篱下，悠然见南山。"聪明绝顶的姜传福明白了：这是提醒他往东南方向寻找啊！再细想，咱未来的儿媳妇是不是就在吴家大湾那一方啊？为了给儿子寻找绝配，姜传福带够盘缠上路了。吴家大湾地盘很大，两三百户人家分布于方圆几十里的山麓和原野。幸亏这一带熟人故交甚多，信息收集比较方便。头三天，他了解到这一带属蛇的十七八岁的姑娘一共有八个。接下来，他要落实的，是那个大屁股姑娘。这是不好意思打听的，只能眼见为准。他又用了三天时间，先后和七个属蛇的姑娘见了面。遗憾的是，这些姑娘都不是大屁股。姜传福安慰自己：好事多磨。吴家大湾没有咱儿子的绝配，就再往前方寻找。咱有的是盘缠，也有的是工夫。好在老天有眼，当他见到最后一位属蛇的姑娘时，他差点惊喜得叫了起来。姑娘粗腿大胳膊，挑一担牛粪快步走，大屁股摇啊摇，扁担颤悠悠。借口路过找水喝，他来到这位姑娘家里。这家子住的是三间草屋棚，姓明，三个儿女连个正儿八经的学名都没有。你听听：大女儿叫明大姑；二女儿叫明二姑；老三是儿子，叫明幺儿。直觉告诉他，这是穷乡僻壤里最常见的那种贫苦人家。子女们压根儿就没有进过学堂门。接着他又安慰自己：咱是接媳妇，又不是找才女，拜先生，何必讲究那么多？他决心已定，回去就请媒人来提亲。就这样，明大姑一步登天，奇迹般的做了羊虎乡首富的儿媳妇。成了亲，回了门，一系列过场都走完，姜传福给独种儿子下达了硬指标："我已经在羊虎庙里许了愿：如果保佑我姜家生五个带把儿的孙子，我给羊虎神仙重塑金身。"说罢，审视的目光久久停在儿子脸上。那眼光最后有了斥责之意，似乎在骂："没有用的东西！你总不会说跟女人睡觉比读四书五经还难吧！"姜学儒似乎看懂了老爹的目光，"嗯"了一声，算是表态。姜传福总算放下心，交代说："这五个孙子，学名我都想好了，末尾的字就按'仁、义、礼、智、信'往下排。"不知是不是羊虎神仙显灵，明大姑进门才十一年就生育了五个"带把儿的"。就在姜启仁出生那年，姜学儒染上了烟瘾。开始是偷着抽，后来就明里抽。他用手里的烟枪，抽光了良田，抽光了房屋，后来竟然抽来了一大堆欠债。孩子生病无钱医治，生死完全由天定，只有大宝和五宝，也就是姜启仁和姜启信侥幸活了下来。本来就体弱多病的姜传福，硬是让宝贝儿子给活活气死了。

　　步行整整一夜，早晨的阳光抹黄羊虎庙屋脊的时候，大宝才到达幺舅家。在母亲坟头烧了纸，磕了头，大宝回到幺舅家吃早饭。早餐桌上，舅母和外婆一边抹泪，一边诉说近两天听到的一些传闻，两个老表也在一边插话补缺。大宝默默细听，慢慢理清了事情的来龙去脉。

吴家大湾的年轻村长吴一飞，弟兄八个，他最小，人称"吴老八"。这弟兄八个中间，从老二到老八都已结婚生子，唯独老大吴一鸣三十多岁还是光棍一条。不是家境不殷实，也不是吴家无权势，只因为这老大又聋又哑，而且外表奇丑，更叫女人望而止步的是脾气太坏。大麦没黄小麦黄，急坏了爹和娘，弟兄们也着急。碰巧姜家衰落，妻儿走上乞讨路。姜学儒为了勉强度日，更是为了那一口大烟，地卖完了卖砖瓦，椽木檩条全卖完，搭一个窝棚遮风挡雨。家中已经再无值钱东西可卖的时候，来了一位大救星。这救星就是吴老八。吴老八开门见山，要姜学儒先写休书，休了明大姑，再将明大姑卖给吴家。吴家给一大笔钱，足够姜学儒快活两三年。姜学儒见钱眼开，一切都照办了。吴一飞派人用马车抢回明大姑，当晚就让大哥成亲入洞房。这里要赘述一下当地两大乡俗：一是特别时兴闹洞房，越热闹越好。据说，如果无人闹房，反而不吉利。有道是："亲友不闹房，得罪送子娘。"二是重视听墙根。听墙根的人多，表明人缘好，人气旺，是财发子旺的好兆头。因此，至亲好友如果不去捧场是会得罪主人的。至于说，听墙根的人将获得的机密当做笑话广泛传播，主人是万万不能责备的。据目击者称，亲友们闹吴一鸣的洞房闹的无趣又无光，因为明大姑从拜堂时候起就骂不绝口，直到闹房的宾客都走了还在一个劲地骂。下半夜，听墙根的人听到了扭打声和哑巴的哇哇叫声。大伙儿根据响声判断，这是吴一鸣要上床办事儿，而明大姑至死不从才引发肢体冲突。过了一会儿，又听到明大姑的大声喊叫："吴哑巴，你捆住老娘的手脚，想强作夫妻，老天爷叫你不得好死！"接着，明大姑不叫了，好像被什么东西堵住了嘴。大约一袋烟工夫过后，屋里传出男人的鼾声。就在这时候，明大姑披头散发，破门而出，一边往外跑一边扯开嗓门大叫："老天睁眼看啰！吴家抢我做媳妇，强迫拜堂，强迫同房，天理不容啊！"她朝娘家的方向逃去，一路上反复喊叫这几句话，目的可能是盼望有人闻声施救。凄厉的喊叫声在寂静的深夜里传出很远，许多人在酣梦中被惊醒。吴家几弟兄害怕事态扩大，赶紧追回了明大姑，大门和房门都上了锁才放心去睡。万万没想到，第二天早上，当吴一鸣的老娘打开房门锁喊吃饭的时候，发现明大姑已经上吊自杀了。这时候，床上吴一鸣的鼾声还没有停止。

4，大宝告状

别看大宝人儿小，办事的心计却细致周全。当地村民有春节期间相互串门"拜跑跑年"的风俗。大宝在乡随俗，走遍吴家大湾，不露声色地深查细访，将搜集的证据写了满满一大篇。过了元宵节，他告诉幺舅，要到县公署状告吴氏兄弟。幺舅、舅母和外婆都非常吃惊，他们想不到大宝小小年纪竟然有这样的胆量。幺舅提醒道："大宝啊，你是年幼无知，不知天有多高，地有多厚。你晓得是在和谁打官司吗？吴老八财大气粗，靠山很硬，是村长，是惹不起的地头蛇，土皇帝。另外，听说他的亲姑爹在永安县当知事。这世道，官官相卫。官司真打起来，只有你吃亏。"舅母也不支持大宝的行动："老古言说的对：气死不告状，饿死不做贼。""我妈被人害死了，做儿子的如果忍气吞声，我还算个人吗？"大宝扬起手中的状纸，怒气冲冲地说，"你们看，那天夜里闹房的，听墙根的，姓什名谁，都在这儿写着。我就不信，这天底下没个讲理的地方。这个状，如果在黑水县里告不响，我就告到省府，省府告不响，就往总统府里告。"外婆长叹一口气，说："你妈命里有这样的劫难，有啥办法呀！过细想一想你妈一辈子受过的磨难，觉得真是应了那句老古言：庄稼犟不过粪，人犟不过命。大宝啊，咱们认命吧！"

大宝没有听劝，正月十六那天，他敲响了县公署门前的那面大鼓。很久以前，这里还是县衙，县官被称作知县的时候，就有这面鼓。世世代代，冤案不断，鼓声不绝。大宝个子矮小，踮起脚尖，双手还是够不着大鼓。于是从附近居民家里借来一个高凳子，他站了上去，才敲响了大鼓。这黑水县城本来就不大。有外地人讽刺说：黑水县城像猪圈，衙门里打板子，河里大听见。这会儿县公署门前的大鼓一响，声音几乎传遍了整个县城。元宵节刚刚过去就有人击鼓鸣冤，这咚咚鼓声立刻吸引来许多人围观。见击鼓的是个孩子，有人只当是顽皮小孩敲着玩儿，就大声提醒道："喂，小屁孩儿，这鼓可不是随便敲的呀！千万莫给你爹妈闯祸呀！"大宝一边使劲敲鼓，一边答话："我妈被人害死了，我要为我妈申冤！""你们家没有大人吗？姑爹舅舅家里也没有大人吗？""大人怕官！"有人感叹："初生牛犊不怕虎啊！"也有人对大宝油然而生敬意："这娃娃了不起！"

鼓声惊动了县公署的官员。接待大宝的是一位白胡子老头。他将大宝的案子记录存档，并收下大宝的状纸。白胡子细看一遍状纸，问道："请谁写的，这？诉状乃上呈长官的公文，自有一套约定俗成的格式和规程，岂能如此随心所欲？"大宝说自己只读过三年私塾，不会写诉状，但上面所列人证却件件属实。白胡子说："对于你所列人证，县公署定然要细细察访。估计一个月之后才会审理。回去听信儿吧！"

明大姑一案让黑水县公署的罗知事颇感为难。从察访落实的案情来看，明大姑之死确实是吴家逼迫所致。如果秉公断案，吴家两兄弟定然难免牢狱之灾，而且根据当时刑律规定，除了给被害人家属巨额补偿之外，刑期起码在十五年以上。为此案，吴老八的姑父专程从永安来到黑水县公署拜访罗知事。罗知事深知，自己本是永安县城的一介书生，没有任何政治背景，如今能够坐上县太爷的宝座，全仰仗这位资深父母官的举荐和提携。因此，对于吴家兄弟，他只能从轻发落。好在原告是个乳臭未干的小孩，斡旋的空间还是有的。俗话说，泥鳅兴捧，小孩兴哄。他心想，"哄"是上策，必要时辅以吓唬，事情定然能成。

　　到了桃花缀满枝头的时节，明大姑一案才开堂审理。两队荷枪实弹的警察分列大堂两边。经过精挑细选的士兵们一个个怒目圆睁，一脸杀气，使大堂显得非常威严。负责审案的官员满脸严肃的端坐于台上。他们的头顶上方高悬一块匾额，上面骇然书写四个鎏金大字："公正严明"。大堂上增设了旁听席。据说，过去旁听者只能拥挤在大堂外边听热闹。

　　"带被告和原告进堂＿＿＿＿"随着一声男高音呐喊，吴家兄弟大摇大摆地走了进来。吴老八头戴新礼帽，身穿黑制服，上衣口袋上插一支时兴的自来水钢笔，看上去年轻英俊，风度翩翩。大哥吴一鸣紧跟其后，因为对眼前的场景感到无比新奇，一双死鱼眼眨个不停，歪斜的大嘴巴张开着，嘴里哇哇直叫唤，口水不断线地往外流淌。一位年轻的母亲抱着孩子慌忙离开旁听席，因为他的孩子受到了惊吓。这时旁听席上响起笑声和议论声。罗知事手里的惊堂木"啪"的一声响："肃静！肃静！"

　　最后进来的是大宝。他那张圆圆的娃娃脸，一双忽闪忽闪的大眼睛，和留在额头上方的一小块锅铲形的头发，立刻吸引了众人的目光。他的穿着也非常奇特：上衣分明是高个子大男人的粗布褂子，而穿在他身上却成了齐脚踝的长布衫。一双布鞋都缀有带子，系得紧紧的，显然是用来固定不太合脚的鞋子的。一个警察把他引到原告席上。因为个子太矮，他的小鼻子刚好齐桌沿，整个人儿只露出大半个脑袋来。曾经接待过他的白胡子老头递过来一把排骨凳。他先是环视四周，然后不慌不忙地在凳子上面站定。那副神态，就像是把大堂当成了学堂，听到上课铃声后从容就位一样。此刻，听众席上有两个学生模样的人对这位农村少年特别关注。男学生指着原告席上的少年对女学生说："你瞧，是不是非同一般？"女学生嫣然一笑："令尊的高徒嘛，自然不一般啊！"旁听席上的议论声越来越高，罗知事不得不再一次拍响了惊堂木。

"明大姑一案，堂审开始＿＿＿＿"又是一声男高音呐喊。

"堂审＿＿＿＿开＿＿＿始＿＿＿"两列警察齐声高呼助威。胆儿小的，或者有心脏病的，是万万听不得这震耳欲聋的吼声的。

"原告报上姓名！"这是罗知事在问话。

"我乳名叫大宝，学名叫姜启仁。"

罗知事又问："多大年龄？"

"年方十二。"

"哟！哟！读过三年私塾，学会拽文啦！"罗知事笑了。许多人都跟着笑了。大堂上的气氛活跃起来。

接下来是询问被告的相关情况。这时候人们才知道：吴老八大名吴一飞，年方十九，是羊虎乡吴家大湾的村长。大哥吴一鸣是个聋哑人，年龄三十有二。

受罗知事的委托，白胡子老头代原告陈述诉状内容。罗知事特意提醒道："由于时间关系，拣主要内容说，不必照本宣科。那个原文，过于啰嗦。"

白胡子老头陈述完毕。大堂上议论纷纷。

罗知事制止了众人的议论，问道："案情陈述是否属实？请原告和被告双方发表意见。"

吴老八说："明大姑和我哥拜堂成亲属实。但是，说我们抢亲，完全是诬告。我这里有明大姑前夫姜学儒的亲笔休书，又有他收我银元三百块的收据。请知事大老爷过目。"说着，上前几大步，呈上姜学儒的休书和收条。

"传姜学儒＿＿＿上堂＿＿＿"男高音的呼叫传出县公署大门，大街上的小贩用滑稽的腔调跟着学说了一遍，引得市民们笑了。

应声而入的是一个三十出头的男人，弯腰驼背，瘦得皮包骨。他手拄一根竹竿，踉踉跄跄地来到台前。罗知事先叫他报出姓名、年龄和籍贯，然后问道："明大姑原来是你什么人？"

"是我妻子。"

"再看看原告席上这个男孩儿，你认识吗？"

"认得，是我儿子大宝。"

罗知事又叫白胡子老头将休书和收据递过去，让姜学儒过目，然后厉声问道："是不是你亲笔书写？"

姜学儒自知有罪，扑通一声跪在地上，如实答道："报告知事大老爷，这休书和收据都是鄙人亲笔书写。"

大堂上立刻炸开了锅。有骂吴家兄弟的，也有骂姜学儒的。"我说大宝啊，你要这样的爹有何益呀！干脆休了他。""是的。真正该休的是这个禽兽不如的爹！""你们这是什么话呀？哪有当儿子面骂人家亲爹的？况且人世间还没有休爹的先例啊！"鼎沸的谩骂声和吵嚷声似乎要把房顶掀掉。罗知事快要把惊堂木拍破了，都未能控制住场面。

直到人们吵嚷累了，大堂上才慢慢安静下来。

审案继续。

"被告兄弟俩知罪吗？"

"禀报知事大老爷，我们知罪。一是不该接受姜学儒的休书，不该用银钱为长兄买妻。二是不该在明大姑心情不爽的情况下，让长兄和她拜堂成亲。我们确实不知明大姑的性格是宁断不弯呀！"说到这里，吴老八抬起胳臂，用衣袖揩了一下眼睛，做出伤心状。

"被告认罪态度尚好。"罗知事接着说，"大宝还有一个不满四岁的弟弟，两弟兄都尚未成年。他们的母亲死在你家，是千真万确……"

不等县知事把话说完，吴老八就抢着表态了："我们有责任把大宝抚养到十六岁。不过，他的弟弟按道理应由他父亲抚养成人。"

罗知事火了："被告必须弄明白，今天是本县知事断案。给原告补偿多少，由不得你被告自认。我说了算！"众人不知，这是罗知事故作姿态，演戏给大家看的，更是给大宝看的：瞧，本县断案多么公正严明！实际呢，他是要吴家兄弟舍财免灾。

"原告父亲姜学儒对明大姑之死负有不可推卸的责任。另外，被告认罪态度尚好，可以减轻处罚。故依据国法，判被告赔偿原告一千块大洋。"

没料到，罗知事的判决宣布完毕，原告和被告都表示不服。吴老八气愤地说："这个判决太重！一千块大洋呀！可以买下几十亩好田啊！"又聋又哑的吴老大看小弟变了脸色，也跟着起哄，捶胸顿足，哇哇乱叫，吐沫飞溅。

等吴家兄弟吵嚷完毕，大宝说话了："各位爷爷奶奶，叔叔婶婶，大哥大姐，大家听明白了吗？我妈一条命，值一千块大洋啊！我妈是被吴家逼死的。我不要钱，我要凶手偿命！"听众席上有许多人响应，有喊"杀人偿命"的，也有人喊"当官不为民做主，不如回家卖红薯"的。

这时候最慌乱的是罗知事，他最担心的事终于发生了。大宝一语破的，打在蛇的七寸上。他想，死马当活马医吧！"娃娃呀，你说吴家逼死你妈，证据不足啊！有谁亲眼看到你妈在洞房里被捆绑？没有吧！你知道证据不足犯什么罪吗？你小娃子家不懂法律。我好心好意提醒你，当心吴家告你个诬告罪啊！"罗知事威胁的语气里听得出有点祈求的味道。

　　"我的诉状里证据充分。有许多人亲眼看到吴家用马车抢走我妈。几个身强体壮的男人架着我妈拜堂，然后前拉后推进洞房。当时在场的人都是见证人。听墙根的人听到我妈在洞房被捆绑时的斥骂声，一字一句都听得清清楚楚，因为当时夜深人静。吴家大湾还有人在睡梦中听到我妈的呼救声……"大宝理直气壮地问大家，"这些证人，都有名有姓，性别年龄，家住何处，都可访可查。为了方便察访，我把他们的住宅有啥特征都写了，比如门前有口堰塘，屋角有棵千年古柳树……请问，这些人的所见所闻是不是证据呀？"

　　大堂上人声鼎沸。

　　"法律讲究的是证据。什么是证据？就是亲眼所见。俗话说，眼见为实嘛！"罗知事无可奈何，只好宣布，"原告和被告都不服判决，可以越级上告嘛！我宣布：现在退堂！"

　　"退＿＿＿堂＿＿＿"男高音一声吼，给这次堂审画上了句号。

　　大宝出了县公署，被旁听席上的两个青年学生带进一家饭店。三人边吃饭边聊天，就像是知音故交。大宝很快就弄明白了：男学生名叫羊继华，是他启蒙先生羊善水的二公子，刚刚于北京大学毕业。女学生名叫苏婉玲，和羊继华是北京大学的同班同学。二人是恋人关系。趁就业之前的空当时间，羊继华特意带回女友见爹娘，碰巧赶上了黑水县公署审理明大姑一案。父亲羊善水特意向他俩详细介绍了大宝的情况。让两位年轻人最为惋惜的是，读书天分很高的大宝竟然辍学乞讨。父亲说，大宝六岁进学堂。他进学堂，完全是因为一个偶然的机遇。那天，羊先生检查大宝远房表伯家的一个孩子背诵《三字经》。眼看这孩子结结巴巴背不下去，要挨板子了，大宝在门外喊道："先生别打我老表，我替他背书，好吗？"先生一听火了，心想：我检查学生背书，你个鼻打呼捣什么乱啊？于是举起手里的竹板子，说："你可要看好了，这是打人的板子，不是玩具。背错了是要挨板子的。你真会背就进来吧！"先生量他没这个胆儿。不料大宝毫不犹豫地进来了，恭恭敬敬地站在先生面前，把《三字经》从头到尾背了一遍，不错一句一字。可笑的是，书上的字儿他一个都不认得。原来他不是读会的，而是听会的。这个鼻打呼有过耳不忘的本事啊！先生转怒为喜，允许他提前入学。明大姑说，交不起学钱，大宝这辈子怕是进不了学堂了。先生承诺：免费！进学堂之后，大宝表现出惊人的天分。先生给高年级讲解《诗经》和《春秋》，让低年级习字。大宝很快完成习字，然后摊开高年级课本，用心听先生析文讲经。他在私塾三年，硬是完成了"十年长学"规定的课程。遗憾的是，他爹用手里的烟枪抽光了姜家的万贯家财，把他们母子三人逼上了乞讨路。羊先生舍不得这个得意门生，准备留下他，衣食住行一切全包。明大姑哭了："先生啊，你的大恩大德我们母子永远记在心里。可是，你晓得的，大宝的弟弟才岁巴。带着这么小的孩子到处讨米要饭，我没有大宝做帮手不行啊！"先生无可奈何，怒气冲冲地跑到姜家指着大宝他爹的鼻子痛骂了大半个时辰，算是出了口恶气。明大姑被逼自缢，羊先生估计大宝很难赢得这场官司，就建议学法律的儿子给予关注，必要的时候施以援手。于是，羊继华就携女友在羊虎乡里开具了介绍信，按时参加了今日的旁听。

在饭桌上，羊继华低声告诉大宝："你这个官司只有到省法院去打才有赢的希望。你敢不敢啊？"大宝毫不犹豫地回答："敢！"

"不过，你的诉状估计没有写好。你想啊，证人门前的堰塘，屋角的古柳树，怎么能上诉状啊！且不说诉状必须符合格式要求，单是语言文字的运用就得像用兵一样，要以一当十，直击要害。"

"这好办。听说这县城里有个先生写状子很厉害，他自称写的状子丢到河里能毒死鱼。我花点钱请他写。"女学生笑道："这种自

吹自擂的大话你也信啊？我给你介绍一位最会写诉状的先生，你
求他帮忙吧！"大宝一拍小脑瓜，指着羊继华说："我猜，这位会
写诉状的先生就是我华叔。是吗？""不对，还有比我更厉害的
先生呢！你只要把你自己写的那张状纸交给他就行了。他不仅不
会收你的状子钱，说不定还会给你上省城的路费呢！""莫非是
我的先生？"大宝很快否定了自己的推测，"不对。先生从来没
有干过这一行。隔行如隔山啊！他不会写状子。""你可曾听人说
过，你先生是清朝末年的举人，做过三年知县？""啊，我明白
啦！知县每年审案无数，什么样的状子没见过呀！好啊，我马上
就去请先生。"大宝反应之快，令两位年轻人佩服不已。

　　走出饭店的时候，羊继华叮嘱大宝："请先生写好两份诉状，
一份留给我，另一份你亲自递交省法院。在省城履行好必要的诉
讼手续之后，立即返回，等候法院传讯。"

5，省法院重审命案

　　忽如一夜南风起，吹落了漫山遍野云霞般的桃花，桃树枝头
挂满珍珠似的青青小桃儿。田间劳作的农夫穿一件汗褂，裤管卷
起老高。大街上爱俏的姑娘迫不及待地穿上了花裙儿。好个艳阳
天！

　　从省城里来了三个年轻人，在石羊坪乡开始了一项人们闻所
未闻的工作：考察乡俗和民风。省府开具的介绍信是这样写的：
兹有乡俗、民风考察组奉命开赴贵县进行专项调研，请予接待和
协助为盼。和这个考察组有过接触的庞婶说，这三个年轻人分工
明确：一个专门与人谈话，一个专门拿笔记录，还有一个人专门
拿照相机拍照。每个接受采访的人，都必须在笔录上按下手印，
据说这是为了表明自己没有说假话。几个目睹明大姑被抢走的村

民说，考察组问婚庆，问祝寿，还问邻里纠纷……陈芝麻烂秕谷的什么都问。他们哪里知道，这个三人考察组是专程为明大姑一案而来。考察组里有羊继华和他的女友苏婉玲，另一个是省法院临时配给他们的助手。原来，杨继华和苏婉玲回到省城，工作很快定了下来＿＿＿在汉阳律师事务所里当律师。正式上岗之后，他们动用各方面的人际关系，紧锣密鼓地筹划重审明大姑案的相关准备工作。当时，苏婉玲的大伯是省府办公厅里手握实权的官员。省法院对于此案自然格外重视。真是要风有风，要雨得雨，三人考察组从组建到开展工作，可谓一路绿灯。

一个星期之后，三人考察组从石羊坪乡转战到羊虎乡。他们住在乡公所，传讯与案件有关的人员；同时为了掩人耳目，还要掺杂一些与案件无关的人和事，这样工作量就很大了。三个年轻人整天忙得连轴转，忙了三个星期才结束调查。

省府和法院的官员们认真审查了全部笔录和证人照片，决定此案立即重审，责令黑水县公署将此案的相关人员全部带到省城。一个星期之后，省法庭开庭重审了明大姑一案。庭审结果大块人心：吴一飞判刑二十年。吴一鸣判刑十五年。姜学儒判刑八年。吴家赔偿大宝一千块大洋，另外承担庭审的全部费用，折算大洋五百块。案犯当庭逮捕收监。吴家的经济赔偿由黑水县公署强制执行。

6，明大姑周年忌日

又一个数九寒天，给明大姑烧周年的忌日眨眼间就到了。

最先来到明大姑坟前的是大宝兄弟和崔姨、杜姨等一行人。考虑到杜姨的六宝才刚刚一岁，崔姨的来运才出窝半月，天太冷，路太远，庞婶就亲自带一辆马车送他们来了。他们昨天夜里住宿在羊虎乡集镇上，所以今天才能有这么早。来坟前祭拜的，还有大姑生前关系要好的当地村民。不一会儿，大宝的幺舅扛着大梱火纸来了。舅母扛着装鞭炮的纸盒子紧跟其后。最后边是大宝的外婆。她在二姨夫妇的搀扶下，颤巍巍地来到坟地。

从第一张火纸点燃，鞭炮就一个劲儿地炸，表明祭拜活动正式开始。火纸燃烧形成的缕缕白烟在人们的身边缭绕，很快和升腾的硝烟、飘舞的纸屑混合，笼罩了整个坟地。坟地里一片哭声。因为明大姑死得太惨，所以这哭声让人感到特别悲怆。

这一带有个习俗：在亡灵忌日里烧纸，要把心底的知心话儿向阴间的亲人倾诉干净。据说，只有在这个时候，阴曹地府的阎王爷才允许亡者的魂灵与阳间亲人相会。这个规矩，有点儿类似于阳间犯人亲属的探监。外婆很快就哭哑了嗓子。她拍打着明大姑的坟头喊道："大姑呀！你养了个好儿子。你安心吧！为了给你伸冤，大宝和吴家上了法庭。你晓得的：吴家有钱有势，拔根汗毛比我们腰粗。谁敢惹他们？可大宝不怕，硬是打赢了这场官司。吴家兄弟俩都被判了刑，还赔偿了你们家一千块大洋。这些钱，大宝留下一半给五宝长大了成家用，还有一半给了我。我不要，大宝硬是不依。你猜他怎么说呀？他说，这钱是你应该孝敬我的，如果我不要，就对不起你。……"正当外婆满怀深情地向阴间的大女儿倾诉心声的时候，一个白胡子老人来到坟前。幺舅赶忙过去打招呼，揩一把眼泪，喊了一声"二舅"。杜小凤和崔雪花都认得：这不是吴集街上的"神算"吴老先生吗？原来他和明家是亲戚啊！吴老先生叫了大宝外婆一声"大姐"，就跪下烧纸。他反复哭诉的就只有一句话："外甥姑娘啊，我对不起你呀！"外婆说："咋说这个话哟！没啥对不起的。""大姐莫非忘了？大外甥姑娘嫁到姜家，合整个是我做的局呀！我不给姜传福编那一卦，大外甥姑娘咋会有这样的下场？"吴老先生说到这件事，已是老泪纵横，鼻涕顺着胡须坠下去，足有两尺长。外婆安慰道："我和你姐夫心里明白，你也是一片好心啊！"

　　接着，外婆长叹一声："唉＿＿＿＿，庄稼犟不过粪，人犟不过命啊！"

第四章

1，羊家招婿

　　羊善水对待四个儿子的态度是一视同仁：爱读书的，竭力供给；不愿读书的给二百块大洋，自个儿混日子去。长子羊继春对读书不感兴趣，辍学之后用父亲给的这笔钱做粮食生意，赚钱，放债，后来娶妻成家，买田地，成为继姜传福之后的羊虎乡首富。次子羊继华从父亲的私塾读到北京大学毕业，当了汉阳律师事务所的律师。三子羊继秋因体弱多病而辍学，后来用这笔钱学了理发手艺，在黑水县城开了个理发店。幺儿子羊继实自幼贪玩厌学，辍学后用这笔钱买了猴和狗，游荡江湖去了。四弟兄相比，日子过得最滋润的应该是羊继春了。可是，家家都有一本难念的经，这位大财主也有难言的苦衷。

　　创业初期，羊继春做粮食生意，奔走在外，地里的活儿全靠妻子。妻子姓伍，生就的大手大脚，浑身是力气。随着丈夫生意越做越大，添置的田产逐年增多，她只恨自己分身无术，常常是披星戴月，夜以继日。因此，乡邻们送他一个外号"伍望月"。成婚一年后，妻子生一女。因为盼子心切，所以这女孩儿就叫"望男"。羊继春年年盼，盼望妻子给他生个男孩。遗憾的是，妻子的肚子一直没有动静。他万分恼火，质问妻子："你怎么才下一个蛋就歇窝了呢？"妻子的回答颇有道理："田里无收成，能怪田吗？只怪种田人没本事呀！"他无可奈何地叹口气："是的，老子无能。有种无收啊！"随着岁月流逝，头上渐生白发，羊继春断了生儿子的念想，把一切希望都寄托在宝贝女儿身上。他反过来安慰妻子说："女儿长大成人，给咱招个好女婿，也顶得上儿女双全了。常言道，一个女婿半个儿嘛！"

望男这女孩儿生的眉清目秀，聪明伶俐，只是活泼好动，性格像个男孩子。上学之后，爷爷羊善水给可爱的孙女取了个颇具阴柔之美的学名，叫"羊秋芸"。然而，这个羊秋芸用她爹的话说，是个闯祸的小祖宗。她在爷爷的私塾里读书五年，挨板子不下十次，没有一次是因为功课不好受惩罚，全是因为和男生打架。本来就不赞成女孩子读书太多的羊继春，就让不断闯祸的羊秋芸辍学回家给爹妈帮忙。羊秋芸渐渐长成大姑娘，到了谈婚论嫁的年龄。那个年代，乡下姑娘大多在年满十六岁之前就结婚生子了。现在羊秋芸已经过了十六岁生日，直奔十七了。父母怎能不急呀！他们为这个宝贝女儿的婚事操碎了心。而羊秋芸眼高得很，媒人介绍的小伙没有一个被他相中。有人嘲笑她是"瓜园里选瓜，选得眼睛发花"。伍望月问女儿："男男呀，你给妈交个底儿，究竟什么样的小伙才能让你满意？"羊秋芸回答说："貌比潘安，才比子建。这样的郎君哪里有啊！妈呀，你们不要瞎操心了，我一辈子单身算了。"一字不识的伍望月把女儿的话学说给羊继春。羊继春冥思苦想，弄不清潘安和子建究竟是谁家相公，就去问父亲。羊善水一听哈哈笑了。他首先责备儿子不学无术，然后解释说："你女儿呀，心比天高。她要找的如意郎君必须满足两个起码的条件：第一，必须是美男子；第二，必须有大学问。我看呀，你家招婿，难啊！"羊继春偏偏不信，咱羊家才貌双全的姑娘咋会招不到才貌双全的好女婿？他几乎动员了所有的亲朋好友为他选婿，就只差张榜悬赏了。最后，他要的贤婿终于有了着落：县城布行许掌柜的大公子许渊然留洋归来，仪表堂堂，风度翩翩，年龄二十出头。布行许掌柜看中了秋芸姑娘，更看中了羊继春的家业，认为结上这门亲大有赚头，所以竭力怂恿儿子前去相亲。许大公子并不十分情愿娶一村姑为妻，但是听父亲把这位村姑夸成花儿一般，就想一看究竟，于是勉强应承下来。羊继春和许掌柜都是这一带聪明绝顶的能人，但是他们万万没有料到，这次相亲竟然闹出了天大的笑话。过去儿女婚姻，完全凭父母之命媒妁之言，男女双方进了洞房才相识。现在改换了朝代，所以这一带相亲的习俗也有一些改变。饭桌上，羊秋芸客客气气地给客人斟酒，举止端庄大方，加之容貌楚楚可人，给许家父子留下了好印象。问题就出在饭后。许掌柜请求羊继春夫妇引领大伙到田间地头转转，本意是想给这对年轻人留下进一步接触的机会。客厅里只剩许大公子和羊秋芸。片刻沉默之后，许大公子首先引出了有关私塾的话题，进而谈到洋学堂。两人在私塾和洋学堂孰优孰劣的问题上发生了争执。许大公子认为，咱们中国学子只有在洋学堂才能学到富国强兵的真本事。羊秋芸的观点是：从孔子私人办学到如今，私塾传承了博大渊深的中国文化，造就了一代又一代栋梁之才。双方争得面红耳赤，互不相让。末了，许大公子指着羊秋芸的鼻子，鄙夷不屑地叹道："私塾就只能造就你这样的井底之蛙！"见许大公子出言不逊，羊秋芸生气了，无奈对方是客人，不便发作，只好忍着。可是，许大公子仍然喋喋不休，好像心中有话不吐不快。言语中关于私塾先生的评论终于惹火了羊秋芸。许大公子有所不知，羊秋芸自幼接受私塾教育，拜的是孔老夫子，读的是四书五经，先生在她心里的崇高地位是不可颠覆的，何况这私塾先生的队伍中有他最敬重最爱戴的爷爷呢！羊秋芸当然也不了解，这位多年接受西方教育的许大公子压根儿就不会谨言慎行，倒是习惯于直来直去，口无遮拦。你且听许大公子对私塾先生的评说吧："历朝历代的私塾先生，不是封建王朝的孝子贤孙，就是冥顽不化，穷困潦倒的迂夫子。这样的先生能带出什么样的学生，可想而知。"羊秋芸上前两大步，两眼逼视许大公子，怒气冲冲地质问道："许渊然，你说清楚，谁是封建王朝的孝子贤孙？谁个冥顽不化？"许大公子神情坦然地回答说："羊小姐是不是怀疑我在贬低你爷爷？那我就直说了吧！我估计，你不一定非常了解这位私塾先生。他是晚清举人，做过几年县令，本来就是封建王朝这根藤上结的瓜。你更不知晓，早些年北京教育部就公布了《学校系统令》，要求废除读经科。现在你爷爷的私塾里废除了读经科吗？这算不算冥顽不化？""真是胡说八道！"羊秋芸被彻底激怒了，气得浑身颤抖，一把抓下许大公子的眼镜扔到地上，摔了个粉碎。"你个野丫头，想尝尝拳击的滋味儿吗？"学过拳击的许大公子想借机练手，话未说完，拳头就已经落在了羊秋芸的身上。这位公子哪里知道，他的对手自幼打架不让须眉？他更不知道，近两年他的对手拜师学过武术。挨了一拳的羊秋芸迅速退后两步，立即接招。就这样，拳来脚往，一番激烈的打斗拉开了序幕。桌椅掀翻了，杯盘踢飞了，巨大的声响引来众多围观者。在众人的拦阻下，打斗总算停息下来。许大公子鼻青脸肿，鼻血流到了下巴上，一副引人发笑的惨败相。而羊秋芸双手叉腰，嘴里还在叫嚷"来呀！来呀！"，俨然一副欲将剩勇追穷寇的姿态。出门闲逛的人们闻讯赶回。许掌柜气得脸红脖子粗。羊继春一面给许大公子擦鼻血，一面赔礼道歉，瞧那神态就差给客人下跪了。许掌柜发动了汽车，把自家公子叫上了车。见客人要走，羊继春连忙苦苦挽留。许掌柜毫不理睬，一踩油门，离合器一松，汽车"轰"地一声上了大路，屁股后边留下一股白烟。客人气走了，羊继春从柴堆里抽出一根棍子。羊秋芸见事不妙，赶忙逃跑。羊继春在后面紧紧追赶，一面追一面声讨："你个有娘养没娘传教的丫头，相亲的场合，哪有动拳脚的呀？千古丑闻啊！像你这种无传教的丫头，谁敢娶你呀？你是存心要把老子气死。今儿个，老子一棍子结果你算了。"伍望月深怕女儿吃亏，慌忙赶了过来。至少跑出两里地了，羊继春仍然紧追不舍。羊秋芸心想，看样子老爹不出恶气不会罢休，不想个法子来恐怕是死定了。于是，她使出最厉害的一招：爬上一棵参天大树，和站在树底下的爹妈谈判。她说："今天这事儿不能全怪我。且不说姓许的诋毁私塾，也不说他有眼无珠，拿话损我，只说他指名道姓地损我爷爷，叫我怎么能够容忍？爹呀，妈呀，你们如果在场也会不依的呀！我一时火起，用拳头教训了这个目中无人的家伙。女儿知错了！如果你们不肯饶恕我，我就一头栽下去，死了算了。莫怪女儿不孝啊！"伍望月对丈夫悄声说："这小冤家宁断不弯，生成的秉性，你是晓得的呀！如果她真的从这么高的树上栽下来……叫我怎么活呀！"羊继春望望泪眼汪汪的妻子，又看看高高在上且摇摇欲坠的女儿，心里不由得软了下来。他气愤地喊道："小冤家呀，算你狠！你一辈子单身吧！老子断子绝孙，也认命了，懒得管你了！"伍望月趁热打铁，连忙向女儿招手："你听见了吗？我们都原谅你了。快点儿下来吧！"羊秋芸是上树高手，下树自然也很熟练，出溜几下子就到了地面。伍望月似乎害怕女儿再次跑掉，一把抓住女儿的手，紧跟着丈夫回家去。从此，夫妇俩再也不主动过问女儿的婚事了。直到后来她自己为婚事着急了，羊家招婿的事儿才再次提上议事日程。

　　再说姜启仁打赢官司之后，明绍阳对这位少年越发器重，立即收他为徒。姜启仁有些受宠若惊了。因为他早有耳闻，这位中医先生从不轻易收徒，挑徒弟就像沙里淘金，标准极严。又听说，徒弟能在三五年里顺利毕业者很少，因为这位先生把关甚严，决不允许他的徒弟滥竽充数。姜启仁师从明医生，三年师满，为了报答恩师，也是为了从师傅那里学到更多的本事，又接着在明医生药铺里干了三年。明绍阳有些急了。他想，这小伙已经年满十八了，得赶紧成家立业呀，老是给我当帮手怎么行呢?于是对这位赖着不走的徒弟下了逐客令。这时候，刚好是三年前死于监狱的老爹满孝的日子。姜启仁想好了，这次回老家给老爹磕头烧纸，完事之后就在老家租房行医。行医地点当然不能选在石羊坪一带，因为按照流行的老规矩，徒弟不能跟师傅抢饭吃啊!这日早饭后，姜启仁向师傅、师娘行了跪拜礼，叫上刚满十岁的弟弟，背上行李卷儿，踏上了回乡路。

姜启仁携小弟五宝在老爹坟前烧纸，放鞭，磕头，祭拜结束之后就往私塾学堂走去。他打算先去拜望羊老先生，再到集镇上租房住下。

姜启仁刚刚拜过先生，还没有来得及拍打膝盖上的灰尘，就见羊继春气喘吁吁地进了学堂门。"侄儿呀，听说你回来给老爹上坟了，我猜想我爹的高徒肯定会记得先生的，立马往这儿跑……"

老家人无论老少，都习惯于称呼姜启仁的乳名"大宝"，财大气粗的羊继春是长辈，叫他的乳名更是情通理顺。今儿个，这位历来高高在上的长辈是怎么啦？一路快步来迎，见面一声"侄儿"叫得清甜，肯定是有要事相求。姜启仁的猜测没错。坐定之后，羊继春开门见山说明来意："我家男男得了一种怪病：嘴里生疮，吃不成东西，连喝口水都喊疼。白日夜里，都不得安静，妈呀连天地直叫唤。这半年里到县城住了三次医院，每次都只能暂时缓一缓，无法断根儿。本想到石羊坪请你们师徒俩看看，巧得很，这会儿遇上你，就免得我们跑那百巴里路了。只是要麻烦你了。"

"春叔太客气了。其实您只要捎个口信，再远我也会来的。"坐在一旁的羊善水一言不发，而脸上和眼里分明都是笑意。看得出，他对这位知达理的弟子是十分欣赏的。

姜启仁来到羊家，双脚迈进大门，就听到羊秋芸痛苦的呻吟声。那声音时而尖厉，时而低沉，每一声都给人痛不欲生的感觉。羊继春让五宝在客厅喝茶，亲领姜启仁进了女儿的闺房。羊继春喊了声"男男"，说："你看，谁来了啊？"烛光中，躺在床上的羊秋芸面无血色，往日一笑两个酒窝儿的圆月般的脸庞瘦得颧骨突起，露在被子外面的两条胳臂只剩皮包骨。姜启仁惊呆了，他简直不敢相信这就是过去那个活泼好动的师妹。羊秋芸也不认识姜启仁了。此刻的姜启仁已经和六年前的那个小乞丐判若两人：乌黑溜光的小分头取代了先前的锅铲式乱发。白皙的脸上泛着微红的光泽。眉宇间不见了稚气和愁云，却多了灵气和俊美。这几年，他一个劲长个儿。刚才走进羊秋芸闺房的时候，细心的羊继春发现他稍微低了一下头才进来。在合体的青布长衫的衬托下，整个人儿就像春天原野里的一棵临风向阳的泡桐树，朝气蓬勃，活力四射。随后进门的伍望月一见姜启仁就啧啧惊叹道："哎呦……才几年不见，就长成这么漂亮的小伙儿啦！"姜启仁恭敬地叫了声"伍婶"，就忙着给羊秋芸看病。

"男妹，你咋记不得我啦？我是大宝啊！"姜启仁俯下身子，亲切地提醒羊秋芸。

"宝哥……"羊秋芸话没出口泪先流。

"别哭，别哭。让我给你好好看看，你究竟怎么啦？"

望闻问切都用上，姜启仁的诊断非常仔细认真。末了，姜启仁结论说："男妹口腔感染了病毒，很严重。病毒不除，长此下去，恐怕呼吸系统和消化系统也会出大问题。更可怕的是，一旦血液感染了病毒，就成大麻烦了。"伍望月吓坏了，立马鼻涕一把泪一把地哭起来。

羊继春安慰道："男男的病，侄儿肯定有法子，你骇什么呀？等他开出药方，我连夜进城去……"

"不用连夜进城了。我要用的药，说不定你家房屋四周就有。

那是一种刺，名叫'雀不踏'的，可听说过？"

伍望月擦一把眼泪，回答说："我家屋后边多的是呀！那种刺，毒性很大，连鸟雀都躲着它，只怕使不得啊！"

姜启仁立刻喜形于色："男妹的病有救啦！春叔，赶快挖几棵回来吧！"

不一会儿，羊继春就挖回一大捆雀不踏。

制药的工序很简单：首先从雀不踏刺的主干里取出蚕蛹般的黑红色的虫子，放到瓦片上烘焙至焦，然后研磨成碎面。姜启仁细心地将虫子磨成的碎面撒入羊秋芸的口腔，交代过注意事项之后才去吃晚饭。

吃过晚饭，伍望月悄声告诉羊继春：男男睡着了，睡得很香。莫非那两个毒虫子起效啦？一个奶腥气未干的小徒弟真的有这么神吗？

一夜无事。

黎明时分，睡在楼上的姜启仁被楼下的羊秋芸吵醒了。细听，原来是羊秋芸喊饿，催妈给她弄点吃的来。这声音在姜启仁听来就像是具有特效的催眠曲。他很快放心地进入了甜美的梦乡。

早饭时候，羊秋芸破例喝了一小碗稀粥。羊继春夫妇看在眼里，喜在心头。羊继春问姜启仁："多亏侄儿费心，男男的病情有了好转。侄儿学医，为的是养家糊口。我应该给点银子，表示一下。多少啊？请你说个数。"羊善水笑着说："我看这样吧：等男男彻底好了，老大呀，你过细算一下三次在县城住院的钱总共是多少，这个总数就是你该付给启仁的。"羊继春连连点头，说："应该，应该……"伍望月吓了一跳："爹呀！几个虫子就值那么多钱？""黄金有价药无价呀！你们难道没有听说过吗？"羊善水自从老伴过世，就在老大锅里搅饭勺了，但他从不越权做主，操心管事。他当然知道姜启仁会怎么做，从中插这么几句话完全是逗乐。

"春叔，伍婶，我出的力，做的事，还不值两顿饭钱呢！我怎么好意思要钱呢？"说罢，就要起身告辞，"我要去镇上，今天要把房子租下来，收拾好。记住，男妹的口腔一天上药两次，直到症状完全消失为止。"羊继春没有挽留，只是建议："你不用到镇上租房，干脆买房算了。吴家不是陪了你们一千块大洋吗？……给姥姥五百，还剩五百，买几间房肯定用不完。"姜启仁拍拍五宝的肩膀说："这五百大洋是给他成家用的，再穷困，再急难，都不能动一分一文。""那就这样吧：我的粮行有三间空房子，你们暂时用着。什么时候买了房，什么时候还给我。"羊继春的决定让羊善水吃了一惊。知子莫若父。他知道，老大是远近闻名的"老抠"，今天变得如此大方，实在罕见。不过细想一下，老大家财万贯，且是长辈，在晚辈白手起家之时施以援手，也是应该的，况且姜启仁妙手回春，羊家应该有所表示呀！于是就想鼓动姜启仁接受这份好意。

"我首先谢谢春叔了。不过，有个条件：我按当地行情付给您房租。否则，我就向别人租房。"姜启仁不等先生发话，抢先表明了态度。羊继春明白，这位后生师从明绍阳，而明绍阳对病人不贪不占是出了名的，他从师傅那里学到的恐怕不仅仅是高明的医术吧？想到这里，羊继春欣然应允了他提出的条件。

羊继春陪同姜启仁兄弟俩向羊虎乡的集镇上走去。

大雁已经南飞，金秋悄悄离去，风啸雪飘的冬天很快就到了。掐指算来，姜启仁来到羊虎乡已经三个多月。多亏众乡亲热心帮忙，"大宝诊所"装修得像模像样。采集和收购的中草药整净，晒干，把楼上三间房摆的满满的。在这三个多月里，被姜启仁治好的病人很多。这些人都是可信度极高的活广告，把四面八方的病人都吸引过来了。姜启仁兄弟俩天天忙得不亦乐乎。

　　中草药经过加工才能使用，有些工序甚至是非常复杂的。姜启仁做这些活儿都在晚上。

　　这是一个风雪天，病人少一些，离去也早一些。姜启仁兄弟俩匆匆吃过晚饭，就上楼切药草。自入冬以来，每天晚上羊秋芸都早早过来帮忙。羊秋芸只用了三天虫子药，她的久治不愈的大病就奇迹般的无影无踪了。静养一些时日之后，康复的她说要为大宝哥帮点忙，出点力，也算是一点点报答。羊继春夫妇觉得男男这样做在情在理，就由着她自由出入"大宝诊所"了。

　　在楼上木板隔成的小房间里，点着两根蜡烛。烛光下，三人各司其职：五宝和羊秋芸将参差不齐的药草整理齐整，一把接一把地有序地放到姜启仁的手边。姜启仁手操小铡刀，发出咔擦咔擦的富有节奏的响声。屋顶上刮过一阵大风，把房上的积雪卷起来，扬开去，雪粒儿纷纷敲击瓦片，声响虽然细微却很密集。小房间里很静，惊得彼此听得见对方的呼吸。姜启仁发现，羊秋芸的呼吸有点急促，是心跳加快那种情况。不像是病态，羊秋芸已经恢复得很不错了。单看外表，这时的羊秋芸就像是阳春三月的桃李，在和风丽日下尽显绚丽的丰姿。姜启仁虽然懂医术，会给人治病，而对年轻姑娘的心病却木然无知。几月前，经姜启仁治疗，停药之后的羊秋芸身体很虚弱，走起路来晃晃悠悠。在家静养的日子里，她白天痴痴地望着天上的太阳，夜里呆呆地瞅着房里的孤灯，脑子里老是闪动着大宝哥的影子。连她自己都弄不明白，这个人的影子为什么总是挥之不去呢？这种日子折磨得她茶不思，饭不想，躺在床上辗转反侧，睡不好觉，日渐丰满的脸蛋又开始消瘦了。那样子，像是又病了。伍望月只好再次请来姜启仁。这一回可把姜启仁难住了，望闻问切的手段都用上，就是拿不准羊秋芸得的什么病。羊秋芸的表现更是让姜启仁摸不着北。一见姜启仁，羊秋芸就来了精神。那张粉红的笑脸，在姜启仁看来就像迎面升起的一轮朝阳，溢光流彩。她回答姜启仁的问话，银铃般的笑声不断。这哪里像是病人啊，那模样儿就像是戏弄师哥，随便闹着玩儿的。姜启仁只好恳求师妹："你只是身子还有点虚弱，没有别的什么病，好好休养就行了。我真的很忙，没有工夫来看你了。"言外之意是说，我没有闲工夫陪你玩儿，不要给我找事儿。"宝哥，我如果实在不舒服了，还是巴望你来给我看看。只一小会儿，好吗？"羊秋芸简直是在祈求了。在一旁倒水沏茶的伍望月倒是看出了名堂。直到这时候她才弄明白，原来女儿害的是相思病啊！她早就看中了姜启仁这小伙，这会儿她心里简直乐开了花。但是，女儿的大事是不能随意插手的，过去不久的教训还记忆犹新。因此，她只能佯装无知，补上一句："侄儿呀，就算不是出诊，抽空儿过来坐坐也好啊！你要是实在没空，我们也不会怪你。以后，男男越过越硬朗，万一有个伤风咳嗽，我带她来你诊所，省得你跑路。"而此刻的姜启仁简直还像是多年前代替老表背诵《三字经》的那个鼻打呼，对于朝自己射过来的丘比特之箭竟然毫无察觉。他笑着告辞，提起药箱，急匆匆地出了羊家大门。

羊秋芸虽然打架爬树是好手，谈情说爱却是出奇的笨拙。她给姜启仁帮忙已经上十个夜晚了，可每一次面对面都不知道怎样表白才好，心里只有干着急。一着急，脸上就潮红，心里就狂跳。

这天晚上，她终于忍不住了："宝哥，我想问你一句话。"

"什么话呀？你问。"姜启仁的目光没有离开铡刀。

"你这人，是不是生就的没良心啊？"羊秋芸似乎生气了。

姜启仁一惊，停下手里的活儿，反问道："我咋没良心啦？"

"我在学堂里，有几次和男生打架，都是为你。还记得吗？"

"记得！记得！你打不赢人家就用嘴咬。"姜启仁笑道，"我那时候个子很小，家里很穷，老是受人欺负，多亏有师妹相帮！"

"那时候，你不光很穷，还很脏。到现在我还记得你横着手臂揩鼻涕的模样儿。"羊秋芸边说边模仿，"就这样儿，衣袖总是光滴滴的。"说罢，忍不住笑，直笑得喘不过气来。一直沉默不语的五宝也跟着笑起来。虽是严冬，小房间里却充满了暖融融的气氛。

姜启仁长叹一声，说："我永远忘不了那种日子，忘不了师妹，忘不了先生……"

"今儿个不说我爷爷。只说我，一个八九岁的女孩儿，冒着挨板子的风险护着你，你就该知恩图报，是不是呀？"

姜启仁满脸堆笑，连连点头称是。

"既然如此，那你就说说，应该怎样报答我呀？"羊秋芸紧追不放。

这个问题把姜启仁难住了，他一时间竟没有答上话来。最后只好说："你们羊家的大恩大德，且容我慢慢报答吧！"

谈话到此又卡住了，羊秋芸只好另寻话题。"宝哥，你今年十八了，早已学医满师。有很多人给你介绍对象吧？有没有你中意的呀？"

"的确有人介绍。可是你看我这样子，像个无家可归的流浪儿，不能害人家姑娘啊！"

姜启仁本来是实话实说，羊秋芸却起了疑心：咱知道，名师出高徒。你大宝今非昔比，眼睛眶子生的高了，一般的姑娘看不上了。看来，咱没有鲁莽行事是对的，要不然面子可就丢大了。接下来，她小心翼翼地试探道："说给我听听，给你介绍的都是些什么人儿？"

姜启仁老老实实回报说："有农民，有工人，有手艺人，还有在校读书的女学生……"

羊秋芸移动小凳，朝姜启仁身边凑过去，鼓足勇气悄声问道："有没有比我强的姑娘？"一种强烈的情感分明写在她那双会说话的眼睛里。

　　姜启仁脱口而出："谁个能和我师妹比呀！"此言出口，姜启仁就后悔莫及了。他听得出，师妹是在试探。她的问话，简直就等于直白：你看我怎么样啊？你中意吗？说心里话，他喜欢师妹。在他眼里，这世上似乎没有可比师妹的姑娘了。这大概即所谓情人眼里出西施吧！可是，对于那位为富不仁的春叔，他确实不敢恭维。姜家的全部良田如今姓羊，全因此人善于趁人之危，善用各种卑劣手段。他实在没有勇气做此人的女婿。想到这里，他用一句话做了补救："我师妹好比天仙，任何凡夫俗子都不要痴心妄想做董永。"

　　羊秋芸算是彻底弄明白了：大宝哥对自己印象不坏。可他的意思是不敢高攀。她想，你不敢攀，咱偏偏要你攀！你大宝等着瞧吧！

　　俗话说，女儿是妈的小棉袄。女儿和妈最贴心。这天晚上，羊秋芸没有去给姜启仁帮忙。她有大事说给妈听，要向妈讨注意。可伍望月一听，深感为难。"男男啊，天上无云不下雨，地上无媒不成亲。你得请媒人啊！"伍望月说，"我是你亲妈，不能做媒，除非我女儿嫁不出去了。这事儿，我是牯牛掉到井里＿＿＿有力（犁）使不上啊！"羊秋芸思来想去，决定请爷爷当红娘。羊善水笑了："世上有爷爷这样的胡子红娘吗？"见爷爷的话有回绝的意思，羊秋芸急了："爷呀，这事儿只有你能帮我。爹和宝哥，你都降得住，谁敢不听你的呀？你要是不愿帮我，我就只好一辈子不嫁了。"正喝茶的羊善水笑得差点儿呛住了："幼稚！真幼稚！这种事儿是打架斗狠？还是抓丁派款？任何武力和权威都毫无用处。这得看你们双方有没有真情和缘分。""我敢保证：我和宝哥有真情。现在万事具备，就差你出马。你一出马，缘分就到了。""嘚！真的吗？那我就试试。不过我首先得声明：我只是负责传个话儿。别的，莫作指望。"

羊善水首先向姜启仁挑明这事儿。姜启仁在先生面前还算坦诚。他说，他打心眼里喜欢男妹，可是门不当，户不对，怕是到头来有缘无分，对双方都没好处。其实，他心里还有一句真心话没说：咱惹不起您那位老大！经过仔细掂量，羊善水断定：孙女的婚事至少有八成把握。心中有数了，于是立即去找老大。万万没有料到，老大坚决不同意。羊继春是这样回绝父亲的："爹呀，我一辈子吃了多少苦，遭了多少罪，才挣得这份家业。你知道，这份家业原来是在姜学儒手里的。如果大宝做了我的上门女婿，到头来，这份家业还是姓姜了。那个大烟鬼，躺在坟墓里也会笑醒的呀！""老大呀，你这是奇思怪想。招女婿讲究的是德才兼备，才貌双全，有选择姓氏的吗？"羊善水没有多言，只是提出警告："千万不要因为一念之差毁了你女儿的好姻缘。"

羊继春心里苦闷极了。他十五岁辍学经商，吃的苦，遭的罪，三天六夜说不完。年纪轻轻就住草房，穿破衣，忍饥受冻，流汗又流泪。后来建了瓦房，买了地，他仍然舍不得吃，舍不得穿。娶妻成家之后，他为家人立了个规矩：不是年节不吃肉，不是待客不沾荤。即使是过年过节，他家也是能省就省。羊虎乡盛传一个笑话：说是有一年除夕吃团年饭，桌上饭菜吃得干干净净，只剩下一坨不足半两重的鸡肉。羊家视这坨鸡肉为珍宝，舍不得扔，留下来春节待客。客人吃过之后，剩下一块鸡骨。这块鸡骨，硬是让春爷美美享用了一个正月。直到气温升高，鸡骨臭了才狠心扔了。这显然是恶意夸张，有意往春爷脸上抹黑。真实情况是这样的：那是创业初期，羊继春一心想着攒钱买地，过日子抠了又抠。到了年三十，家里什么年货都没办，就只杀了一只鸡。过年吃了半只鸡，剩下一半春节待客。不到正月十五，半只鸡就没了，菜锅子里只剩下一坨鸡肉。而春爷是在外边跑生意的人，不得不讲面子。他最怕别人笑他穷酸，笑他抠，就用这剩下的一坨鸡肉装饰门面。每当用餐的时候，有熟人从他门前经过，他就用筷子把鸡肉从煮得沸腾的菜锅子里夹起来，高高地举着。"春爷呀，吃啥好东西啊？"他洋洋自得地往冒烟的鸡肉上吹一口气，答道："当然是有酒有肉啦！"待熟人走过去了，他把鸡肉重新放进锅子里。大约到了正月尾，气温升高，鸡肉臭了，生出蛆来，他才扔了这坨宝贵的鸡肉。他一个铜板一个铜板地拼命攒钱，然后是挖空心思地买地，放高利贷。做粮食生意也不容易呀！审时度势，囤积居奇，把握行情，待价而沽……，每一个环节都颇费脑子。人们见他富了，都眼红。有人对他冷嘲热讽。有人背地里连他祖宗八辈都骂了。夜里，他躺在被窝里回想这些往事，眼泪止不住流淌，最后竟然哭出声来。同样是为了面子，他用被子紧紧地捂住了自己的嘴，怕女儿听到，怕爹听到，更怕左邻右舍听到。伍望月从被窝里坐起来劝道："男男她爹，人家都夸你聪明，你怎么就是想不开呀？"羊继春揩一把眼泪，也坐起来，和妻子脸对脸，问道："咱家的每片砖瓦，每块田地，是怎么挣来的，你不知道吗？你吃的苦，受的累，不比我少啊！可现在冒出个姓姜的崽子要入赘我家，不要多久，我们辛辛苦苦攒下的家产，都得姓姜了。这就好比一场火灾，烧个精光；又好比一群土匪闯进门来，抢个干干净净。你说，咋能想得开哟！"有个道理，他没有给妻子讲清楚，也可能限于水平，他根本就讲不清楚。那就是，乡村田地买卖，本质上说就是土地兼并，买卖双方最后十有八九矛盾颇深，甚至变成仇家。这是因为，土地是农民的命根子，卖家非到紧要关口而不为，而买家则是瞅准时机，绞尽脑汁，乘虚而入。就这样，交易成了，仇怨也就结下了。卖家恨买家心肠太狠，买家恨卖家牙齿太深。有人说伍望月简直就是春爷的应声虫。春爷说公鸡会下蛋，她会毫不犹豫地附和：亲眼见！这会儿听了丈夫一席话，心有同感，陪着丈夫掉下几滴眼泪。但是，她仔细想了想，有些为难了："她爹呀，你这么拗着，咱男男怎么办呀？"
"除了大烟鬼的崽子，她嫁谁都成。""万一，万一……她硬是要
在这棵歪脖子树上吊死呢？"羊继春气愤地大吼一声："老子不
松口，她敢？！"吼罢，缩进了被窝里。

　　姜启仁和羊秋芸对于羊继春的思想动态了如指掌，全靠伍望
月这位忠实的情报员。羊秋芸没有料到的是，姜启仁了解羊继春
的态度后，首先敲响了退堂鼓。他劝师妹心胸开阔些，眼睛看远
些，天下好男儿多的是，何必硬在一棵树上吊死？羊秋芸一听，
发了火。"你个大宝啊，真是枉读诗书！读书人更应该明白爱情
的价值。既然你有情，我有意，这种宝贵的感情就值得我们勇敢
捍卫，值得我们百倍珍惜。梁山伯和祝英台的悲剧，万万不能在
我们身上重演。"发火过后，她又安慰姜启仁，"我知道，你和我
爹害的病大同小异：就是相互不待见。你莫怕啊！结婚以后，我
们另起门户，不占我爹的一草一木。就凭这个诊所，还养不活一
家人吗？"姜启仁觉得师妹重情重义，坚定不移，实在是少有的
好姑娘，就表态说："和你成婚，我心满意足。只是你爹那一关不
好过啊！""请放心，我自有办法。"

　　其实，羊秋芸心里也没底。她是赶集带被子，走到哪里黑，就
在哪里歇。现在她走出的第一步棋是，委托妈向爹转告她的决心：
非宝哥不嫁！如果爹实在不待见宝哥，她就和宝哥另立门户，不
要羊家一块木屑。

　　羊继春简直气昏了头。他五尺高的汉子，竟然气得卧床不起
了。又过了几天，因为越想越气，饭也吃不下了。有人传言，春爷
为女儿的婚事气不过，开始了绝食。全家人都慌了神儿。

　　伍望月劝食，不起作用。羊善水来劝，也没用。最后，羊秋芸
来了。她首先甜甜地叫了一声"爹"，说："就算女儿有错，您也
不能赌气不吃不喝呀！饿坏了身子咋办啊？您是存心让男男落个

不孝的名声吗？"说着，将一碗饭恭恭敬敬地，小心翼翼地递给爹。羊继春喊叫一声："老子饿死了，你小畜生心里凉快！"说着手臂一挥，打落了羊秋芸手里的饭碗。碗碎了，饭菜撒了一地。

事情发展到这个地步，羊秋芸可以说是江郎才尽，束手无策了。而这个僵局必须尽快打破，不然，老爹一旦饿出个好歹来，天理不容啊！况且宝哥是个心慈面软的人。老爹长期不进食，宝哥定然会偃旗息鼓，高挂免战牌。她想过私奔，但很快就自我否定了。因为宝哥丢不下五宝小弟，她这个独姑娘当然更是丢不下父母。到底如何是好啊！她冥思苦想，脑袋都是痛的。

当天下午，羊秋芸走进大宝诊所，正碰上一个年轻女人找大宝看病。年轻女人说，近些日子常常呕吐，吃不下饭，请医生给看看。大宝把脉之后说："恭喜你！有喜了。"年轻女人高高兴兴地走了。羊秋芸问道："怀孕女人就一定呕吐，一定吃不下饭吗？"姜启仁答道："能不能吃下饭，这取决于孕妇的身体状况。但呕吐是必然的妊娠反应，只是不同的个体程度不同罢了。"说者无心，听者有意。羊秋芸吃晚饭的时候就假装呕吐了。伍望月见女儿一碗饭没吃完就呕吐三次，担心地问道："是不是病了？"羊秋芸故作神秘地悄悄对妈说："我想对你实说，又不敢。你千万莫告诉爹啊！"伍望月当即表态一定保密，羊秋芸才哭丧着脸说："我……有了……"伍望月吓得顿时变了脸色："是……是大宝的？……"羊秋芸点点头，表示供认不讳。伍望月气的浑身直抖，手指捣着羊秋芸的脑门儿骂道："小祖宗啊，我咋生下你这个不要脸的东西呀！你爹不把你打死才怪呢！"羊秋芸心想：咱就巴望你给爹传话呢！

夜里，伍望月好几次从被窝里坐起来，想把女儿怀孕的事告诉丈夫，但是话到嘴边又咽下去了。他害怕接下来的祸事不好收拾。最后，她想，纸包不住火，瞒是瞒不长久的，终于鼓足勇气把这事儿说了。她央求丈夫："男男他爹呀，女儿纵然有天大的过错，她是咱们的亲骨肉，咱们还指望她养老送终呢，千万不要动重锤，下狠手啊！"说罢，目不转睛地盯着丈夫，等待雷鸣火闪，狂风暴雨来临。说来也奇怪，只见丈夫听罢先是胸部剧烈起伏，大口大口喘气，脸上一阵红，一阵白，过了好一会儿，才貌似平静地说了声"你让我好好想想"，就安安静静地睡他的觉了。接下来，丈夫的反常举动更叫伍望月看不懂了。第二天，家里人都吃过早饭，出去了，他吩咐妻子把饭菜送到他房里。他喝了一大杯酒，吃了一大碗肉，还吃下两碗干饭。吃罢饭，品过茶，他上床躺下，吩咐道："给男男说，吃中饭的时候来见我。"

中午，羊秋芸出现在他的卧房门口，一只脚门里，一只脚门外，双手扶着门框，胆怯地叫了一声"爹"。羊继春一见男男就有气，心里骂道："咋的呀，怕啦？不要脸的东西！真胆大，假小心。"但他没有骂出口，只是说："放心吧，爹不会打你。老子算是想通了：人啊，一辈子养出啥样的儿女，该受啥样的气，该遭啥样的罪，都是命里注定的，用不着跟自己过不去。"见男男大着胆儿往里走，他制止道："出去吧，老子跟你没啥说的。你叫大宝晚上过来，我有事找他商量。"

聪明的羊秋芸马上意识到，他和宝哥的事儿就要成了。吃过午饭，她兴高采烈地来到诊所，把姜启仁叫到楼上的小房间里，原原本本地传达了老爹的话。姜启仁十分不解："你爹想跟我商量什么呀？""商量我们的婚姻大事呗！"姜启仁更不明白了："奇怪呀！你爹咋会猛然来个一百八十度的大转弯呢？"羊秋芸这才将自己的锦囊妙计和盘托出。姜启仁简直吓坏了："我的天啦！这样的谎言你也编得来，说得出。今儿晚上，你爹不找我拼命才怪呢！"羊秋芸安慰道："你不必担心。我爹是聪明人，又极爱面子。眼下，发现生米已经做成熟饭，他就只有同意我们成婚这一条出路了。"姜启仁松了一口气："原来我师妹是知己知彼，百战不殆呀！只是我吃亏吃大了。""你个男子汉，吃什么亏呀？""你想啊，连你的小嘴我都没有亲过，背这大的黑锅冤不冤呀？""没关系呀，宝哥！我会补偿你的。"说着，抱住宝哥就亲吻。姜启仁很顺从地让师妹亲了个够。这会儿他才发现，被美少女亲吻的感觉真好呀！下楼的时候，羊秋芸继续给他鼓劲："今晚你放心去吧！退一万步说话，我爹饿饭多日，没力气打你。再说，还有我当保镖呢！"

晚饭过后，姜启仁走进羊家，在师妹的陪同下进了羊继春的卧房。走进房门的时候，姜启仁礼貌地叫了一声"叔"。羊继春觉察到姜启仁的称呼的细微改变，但心里并不高兴。他在心里直骂："小兔崽子，还'叔'呢！要不是怕丢人现眼，老子先打断你腿再说话。"可是说出口的话倒是比较客气的："坐！"

姜启仁和羊秋芸并排坐在羊继春的床前。伍望月给姜启仁递过来一杯热茶，接着又在宽敞的房间里加了两根蜡烛。这时的房间里亮堂多了，每个人的眉眼和表情都被烛光照的清清楚楚。在床头半卧半坐的羊继春首先发话："今儿晚找你们来，是商量你们的婚姻大事。"这时的姜启仁却摆出四平八稳的神态："难为叔费心，这事儿不急。这是大事呀，您应该多考虑些日子。"羊继春一听就火冒三丈。他在心里骂道："放你妈的狗屁！老子丢不起人，能不急吗？"然而说出话来却温和许多："你们年轻人当然不急咯！可我们做父母的要替你们操心，替你们着急呀！说个不中听的话，奶腥气没褪的娃娃晓得操啥子心啊！"伍望月劝说道："老人家不会害你们。你们只管照办就好咯！"其实，她的言外之意是说，老爹好不容易松口，别不识好歹！羊秋芸在一旁一个劲地向姜启仁使眼色。姜启仁这才改口："行！叔叫怎么办，我们就怎么办。""你们结婚成家，得自立烟灶，混得好就吃干的，混不好就喝稀的。我也没有陪嫁，一块木屑都没有。"姜启仁和羊秋芸异口同声："好！我们没意见。"羊继春强装笑脸解释说："叫你们自立烟灶，是想让你们多磨练，多长本事。俗话说的好：不吃苦中苦，难熬人上人嘛！不给陪嫁，不是我给不起，是因为我这是招女婿，自古就没有陪嫁这一说。"姜启仁明白，这是看财奴的逻辑，于是补充道："结婚所有开销都由我们自己出，不需您老人家破费了。"羊继春反应很快："这可使不得呀！你出钱办喜事，就成了你们姜家娶媳妇。我出钱，就是我们羊家招女婿。脸面值千金啊！我能要你花费吗？"

所有问题都顺利化解，最后一个问题却谈不下去了。羊继春提出的问题是：姜启仁既然是入赘羊家，就得改名换姓。姜启仁很为难："本来嘛，姓和名只不过是我们每个人的符号而已，改变一下倒不会伤筋动骨。问题是，我的病人就只认姜启仁，换了姓，改了名，前面这些年的苦熬和修炼都算是白废了。这就像大城市里有点名气的老店铺，你叫他随便换招牌，行吗？"伍望月和羊秋芸都觉得这话有些道理。

屋子里出现了难堪的沉默，而且是长时间沉默。

羊继春一口接一口地叹气，姜启仁一口接一口地喝茶。屋子里的人谁都不吭声，连咳嗽声都没有。

思索好久，姜启仁才找到问题的症结：羊继春害怕的是万贯家财最后姓了姜。于是他提议："我们成婚以后，不管生儿生女都姓羊。行吗？"羊继春立刻眉开眼笑："好！好！就这么定了。你说话算数吗？""现在可以麻烦我先生起床来做个见证。我保证：我的承诺永不改变。"伍望月笑道："夜深了，要老爷子做什么证呀！依我看，大宝这娃子靠得住，信得过。"羊秋芸高高兴兴地往姜启仁茶杯里续水，顺便投过来感激和赞许的目光。

最后商定：明年正月，选个好日子，把喜事办了。

2，胡屠户智请贵客

初春的太阳像久居闺阁的绣花小姐，过了好久才羞羞答答地从云缝里露出半边脸。药铺下了门板，明绍阳正做着接待病人的准备工作。这时，一辆带篷的马车疾驰而来，停在了他家门前。"看样子，今天出诊路程不近呀！得叫善子去……"他心想。

赶车的青年人走进院子就问："请问，这是明绍阳先生的家吗？"

"我就是明绍阳。客人请坐！"

青年人没有坐下，而是双膝跪地，行了跪拜礼。正给客人沏茶的明绍阳慌了神儿，手脚一阵忙乱："这是为何呀？不敢受，不敢，不敢……"

"我带来重要信件，请先生过目。"青年人从怀里掏出的"信件"是一把银锁。

明绍阳细看银锁，吃惊地问道："他病了？"青年人先是摇摇头，接着又点点头："嗯……是他妈病了……病得很重……"

明绍阳连忙叫出老婆，把银锁递给她看。庞婶一看银锁，惊奇地嚷道："这是咱家善子戴过的银锁呀！后来，送给了六宝。现在六宝把银锁还给我……莫非……莫非……"

青年人深怕吓坏了老人家，连忙道出了实情。原来，花子军为了家属的安全，严格限定了他们的活动范围，不允许她们出山寨半步。杜小凤和崔雪花来到八仙寨已有三年。三年里，她们和明家、姜家都未曾相见一面。每逢佳节倍思亲，可她们所能做到的只是托人捎去点礼物，然后站在铁拐峰高高的山巅遥致祝福。每逢有人去羊虎乡和石羊坪办事，她们都要托人打听亲人的近况。先是听说大宝和羊秋芸的两个小宝贝越长越聪明，越长越漂亮。

后来听说孩子长大了，上学了，都有了正儿八经的学名：大的男孩，叫羊昌坤；小的女孩，叫羊昌卉。明敬善有一双很会读书的好儿女，听说现在都读到省城了，都是学医的。人们每次带回的好消息都足以让她们高兴好些日子。可是，天长日久，她们思亲的情绪与日俱增，后来竟然发展到终日以泪洗面的程度。负责山寨防务的梁祖君虽然理解她们的心情，但是就是死扣山规不松口。后来，梁祖君找到羌六宝商量，决定把她们想见的人接上山来。这件事交由胡屠户去办。胡屠户参加花子军纯属偶然。去年夏天的一个黄昏，梁祖君派出的侦察兵向他报告：一支路过羊虎乡的国民党骑兵部队正在惩罚一个逃兵，先是吊起来毒打，然后是不允许喝水进食，就这样高吊着，白天让烈日暴晒，夜里让蚊虫叮咬。老百姓说，这个逃兵已经熬过了两天两夜，今天已经是第三天了，怕是熬不到明天了。梁祖君当夜组织营救。他被救上八仙寨，大家才知道他叫胡屠户，内蒙呼伦贝尔人。他伤好之后硬是赖着不走，参加了花子军。他虽然是个二十多岁的年轻人，但办事机智老成，深受头领们器重。大当家和梁祖君、杜小凤等人都不会写信，而他和要见的人都很面生，怎么办呢？用大当家的银锁作为"介绍信"，便是他的主意。为了不至于引起地方官员的疑心，保证客人以后长久的安全，他建议使用带篷的马车，伪装成走亲访友和接医生出诊，分批接客上山，然后再分批送客回家。一切安排都滴水不漏，让见多视广的明绍阳佩服不已。

这时，明绍阳才松了一口气："原来是心病啊！……年轻人，忘了请教贵姓，叫什么名字呀？"

"不贵，姓胡。贱名胡屠户。"胡屠户话出口了才发现把"免贵"说成了"不贵"，有点不好意思了。

明绍阳笑了："这名儿一点儿都不贱。你是靠双手劳动吃饭的。荣光！荣光！"

　　胡屠户听了明绍阳的夸奖，越发不好意思了。他解释说："我没进过学堂，没个正经学名儿。被抓壮丁之前我开过杀猪宰羊的铺子，部队登记入册的时候就叫我胡屠户。"

　　庞婶双手摩挲着银锁，眼泪禁不住流出来："三年了。他们都还好吗？"

　　"请奶奶放心。他们都很好！"胡屠户连忙回答庞婶的问话。

　　庞婶又特别问到羌六宝和潘来运，问他们长的高不高，身体壮不壮。胡屠户答道："他们都高了，胖了，身子壮得像头牛。"

　　这时候，一个三十多岁的汉子走进药铺。他高高的个子，胖胖的脸庞，头戴瓜皮帽，身穿蓝布长衫，见人是一脸和善的笑容。不用问，此人定是庞婶的儿子明敬善。

　　"善子啊，今天你在家坐诊。我和你妈，还有你媳妇，要去走亲戚。"胡屠户赶紧插话："善子叔也应该去。杜姨和崔姨反复交代，想和你们全家团聚。""全家都去，恐怕是办不到了。我的孙子孙女在省城念书，他们肯定去不成吧。我们父子是医生。救死扶伤是医生的头等大事。如果善子也走了，来了病人怎么办呀？万一是危重病人，因此丢了性命，我们心中愧不愧，悔不悔呀？"胡屠户一听，觉得此言在理，就依了明绍阳。不一会儿，庞婶收拾停当，走下楼来。她后面紧跟着一个年轻漂亮的女人，手里提一个包袱。庞婶指着年轻女人向胡屠户介绍："这是咱善子媳妇。"明绍阳赶紧补充："名叫安美姣，和小凤姑娘好得没法比，比同胞姊妹还要亲。"安美姣嫣然一笑，脸颊上飘过一抹好看的红云，算是默认了老公公的说法，也算是和客人打过招呼。明家三口很快上了马车。在几声响鞭中，马车上了大路。

　　胡屠户接来明绍阳之后，已是正午时分。他草草扒了几口饭，立马又去接姜启仁一家。

　　姜启仁见到银锁，又听胡屠户把杜姨和崔姨的思念之苦细说一番，心里感动万分，于是决定让羊秋芸到学校替两个上学的孩子请假，然后一同前往，家里只留下徒弟守诊所。

姜启仁和胡屠户一见如故。在等待孩子回家的空闲时间里，彼此问长问短，有说不完的家常话。刚才，胡屠户走进气派非凡的诊所院门，发现只有一排两层楼的房屋，而且尚未粉刷，后边是一大片杂草丛生的荒地，心里自然有了疑问："看得出，大哥是本想建一个大医院的，为什么搞了个半截子下马了呢？"姜启仁说："是的，十年前，我计划在这里建一个大医院。医院由四部分组成：这里是门诊部，后边是住院部、后勤部，最后边是员工生活区。结果呢，连门诊部都没有建好，就把资金抽出去建了现在的羊虎乡中小学。""为啥这么急着建学校呢？""一切都是由于我爷爷的一场大病引起的。县里督学发现爷爷的私塾里开设的课程不合政府要求，勒令学校关闭。偏偏我爷爷是一位社会责任感极强的老知识分子。眼看私人办学造福桑梓的愿望无法实现，就一病不起了。你知道吗？爷爷是我的启蒙先生，对我恩重如山。这时候，我必须伸出援手，医好他的心病。再说，建学校和建医院一样，都是为乡亲造福，我也是责无旁贷呀！没料到的是，建学校需要的钱远远超过了建医院。首先是占地面积大。仅是一个大操场就占地七十亩。新学校是在原私塾学校的基础上扩建起来的。四周都是私户耕地，协商起来麻烦无穷。举个例子说吧，为了换得朱铁匠的十亩山坡地，我硬是拼上了二十亩好田。第二是所建房屋多。学校建房的费用，远远超过了建设医院的资金预算。第三是内部设施花费巨大。什么桌凳啦，床铺啦，教学用具啦，细细算下来，数字也吓人。学校建成之后，我背上了巨额债务，今年大概可以还清吧！"胡屠户听罢疑团更重了："学校和医院一样，投资大，赚钱也多呀？怎么直到今年还在还债呢？""兄弟有所不知，羊虎乡中小学名义上是民办公助学校，实际上是政府当家。我爷爷挂了个董事长的衔儿，操心费力，每月领取够喝稀饭的薪水，倒是忙得乐颠颠的。他对我说，从孔夫子到如今，开办学堂历来是公益事业，不赚钱，很正常。咱们总不能赚学生娃娃们的钱吧！咱们图的是江山代有人才出。""大哥一家真了不起呀！难怪我们大当家那样崇拜你们啊！"胡屠户激动不已。

谈话间，羊秋芸领着两个娃娃回来了。姜启仁对徒弟交待几句之后，就和家人上了马车。

3，山寨春来早

一家四口乘坐马车到达八仙寨北路的时候，太阳已开始西移。马车继续前行，在山寨大门前的河对岸停下来。黑水河在深不可测的山谷下边轰然作响，灰白色的水雾带着寒气，一缕缕，一团团升起来，令人直打寒颤。对岸寨门下挤满了人，除了先到的明家人，还有羌六宝和杜小凤、崔雪花，以及相随的头领和卫兵。姜启仁听得清清楚楚，羌六宝在呼喊"大宝哥"，杜姨和崔姨在和羊秋芸打招呼。这会儿，只见河对岸神话般地伸出木板桥来。木板桥慢慢向这边延伸，延伸，恰如其分地搭上了这边的石板道就稳稳当当地停下了。胡屠户告诉姜启仁，这桥是宋财神宋光宪设计的，建成不久，名叫仙姑桥。控制木板桥伸缩的木轨道和木滑轮，还有润滑油，都是就地取材。寨门那边有一个木制大转盘。牲口像拉磨一样拉动大转盘，把木板桥收缩回去。需要木板桥伸过来的时候，就松动控制钢丝绳，靠桥自身的重量由上往下慢慢滑过来。胡屠户指着木板桥，提醒大家仔细看："这桥板多么厚实呀！对于桥的宽度、坡度，还有最大载重量限制，都经过反复测算，要求适合大队骑兵和载重汽车通行。"

姜启仁情不自禁地喝彩："妙啊！真妙！"

又是一声响鞭，马车上了仙姑桥。

暖融融的阳光照耀着仙姑桥，照耀着八仙寨的峰岭沟壑。姜启仁走进欢迎的人群里，觉得心里也是暖融融的。

走过寨门，首先映入眼帘的是位于一大片原始森林之中的比城里四五个足球场还要大的大操场。构图奇特的花子军军旗在湛蓝的晴空下高高飘扬。过了操场，看到两个大山洞。这两个山洞有两个好听的名字：一个叫"钟离公馆"，一个叫"张公馆"。羌六宝介绍说，这两个山洞传说钟离权和张果老住过，因此一个叫"钟离权洞"，一个叫"果老洞"。宋财神嫌这两个名字太土气，与神仙的身份不符，就改了名儿。

走到张公馆门口，姜启仁站住了，仔细端详着门和窗。

"周教官，请你给我大哥介绍介绍。"

身材魁梧的周道本来到姜启仁面前，介绍起来如数家珍："姜大哥，你看这门和窗，外面是上等钢板，里面是上等木板，扛得住枪弹的攻击。窗户设有开关装置，人在里面可以藏身，也可以射击和投弹。你再看这边的张公馆和那边的钟离公馆，可以互相用火力策应和支援，是不是？"

"设计确实巧妙！"姜启仁由衷赞叹道。

"这些都是按军事需要进行改造的。哎，把老子的脑壳都想疼了！"周道本对姜启仁说，"全寨八个有名的大山洞都做了这样的改造。"

进了门里，只见木地板上整整齐齐摆着上百张单人课桌。四周墙壁和洞顶都用雪白的石灰粉刷。再往里走，是木板隔成的几个小单间。姜启仁一看就明白了，这山洞不仅是军事设施，而且是舒适的居所。真是用心良苦啊！

羌六宝对大伙说，因为人多，小房间里坐不下，只好请大家在这会议厅里就坐。

　　大家都随便找个座位坐下。茶水端上来了，水果也摆上桌子。杜小凤和崔雪花见了久别重逢的亲人，有道不完的别离情，诉不尽的相思苦。她们的情绪感染了所有人。张公馆里的谈笑声飞出门去老远。

　　姜启仁的两个孩子这会儿成了公共的宝贝疙瘩。这个给核桃，那个塞板栗，孩子的衣袋装的鼓鼓囊囊，两只小手也没闲着。

　　杜小凤问男孩："告诉姨奶奶，叫什么名字呀？"

　　"羊昌坑（坤）"孩子嘴里正咀嚼东西，把名字说得含混不清。小孩吃东西的憨态逗得大伙笑了。羊秋芸笑着批评道："坤坤，瞧你的馋样儿。知羞么？"

　　"今年多大了？读几年级？"有人问。

　　"十二岁。读中学三年级。"

　　"不对呀！你这个年龄应该是小学六年级啊。"

　　"跳过两级。"羊秋芸答话，脸上有掩饰不住的自豪神情。

　　坤坤接下来的答话让众人更加吃惊了。"我问你呀，你读书为什么这样用功啊？"问话的是安美姣。坤坤不假思索地回答："学好本领，安邦治国！"

　　众人哗然，纷纷赞扬孩子人小志高。姜启仁谦逊地说："是老师教的。小孩儿只是记住了，没啥了不起的。"有人立即反驳："我看这个坤坤就是了不起！一个才十二岁的孩子就能够把老师教导的话记在心里，时时不忘，长大了必然会有大出息。"庞婶激动地张开双臂，将坤坤搂到自己怀里，一个劲儿地夸奖："瞧咱重孙儿，模样儿俊，心气儿也高。像他爹……嗯……像他妈……嗯，都像。他爹他妈的长处全都集中在这儿啦！哈哈！……"

　　明绍阳对姜启仁说："你们姜家，啊，应该是姜羊两家，了不得呀！人才辈出啊！"

　　接着，大伙儿又把话题转到小女孩羊昌卉身上。大伙儿都叫她卉卉。开头都是一般性的问话，譬如问姓名，问年龄，问老师，问同学，后来就拿算术题考她。

躺在崔雪花怀里的卉卉这会儿嘴里停止了吃东西，聚精会神地回答大人问话。黑葡萄似的眼珠儿不停地转动，小嘴儿吐辞清晰，对答如流。羊秋芸唯恐孩子难以应付，就以孩子的口吻求情道："卉卉，你说：爷爷、奶奶、叔叔、伯伯们呐，我才九岁呢，咋经得起你们考啊！"

胡屠户扬起手臂："请大家安静！卉卉听叔叔出题：树上有十只鸟，开枪打掉一只。这时候，树上还有几只鸟？"

羊秋芸心里暗笑："太小看咱卉卉了，这样简单的题也拿来考？"

卉卉一听，觉得太简单了，正要脱口而出，说出答案来，可转念一想，大人们都很狡猾，出的题儿不会太简单，我得好好想想。

大伙儿见卉卉沉默不语，都很惋惜：这么聪明的孩子，怎么会被这么简单的算术题难住了呢？

卉卉的思考终于有了结果："这时候，树上一只鸟儿都没有了。"大人们都愣住了。

"怎么会一只鸟儿都没有了呢？你是不是答错了啊？"胡屠户紧追不舍。

卉卉从崔雪花怀里溜下地，抖动着羊角辫，态度很坚定："没错儿。枪一响，树上的鸟儿全都吓跑了。"

众人猛然醒悟，张公馆里立刻爆发出热烈掌声。在场的人们谁也不会料到，正是这两个小孩儿长大成人之后会干出惊天动地的大事来。这当然是后话。

杜小凤对庞婶说："您看，多热闹啊！可惜善子兄弟没来，侄男侄女也没来。"话里充满遗憾。

这时，姜启仁提出一个要求，要到山寨里走走，看看。

　　他们首先参观的是野猪峡。这里本是铁拐峰和仙姑峰之间的一个大峡谷，现在成了饲养野猪的天然猪场。胆小的野猪们见到生人都往洞里钻，只剩几头胆大的老野猪在草地上悠闲地踱步。在野猪峡的最南端，时而传来放炮炸石头的巨大响声。胡屠户说，这是在修补南头的豁口。弟兄们上午操练，下午搞工程，已是几年来的常规了。仙姑峰和湘子峰之间也有一个大峡谷。宋光宪通过仔细勘察，计划在那里修建一个大水库，取名叫"绿水峡"，已经动工一年了。胡屠户鼓动大伙儿，一会儿去绿水峡工地去看看。明绍阳觉得很奇怪："在高山上建水库，没听说过。难道花子军能叫黑水河上山吗？"胡屠户回答说："八仙寨到处有山泉，加上夏季山洪暴发，水源多的是。不要多久，水库建成，那个大峡谷就大有看头了。"一个小个子卫兵补充道："到那个时候呀，大峡谷里碧波荡漾，水鸟儿飞翔。弟兄们想吃鱼了就到水库里撒几网。逢年过节，各位也不用去集市上买鱼了，我们大当家会派人送过来的。"说话的是位刚入伍的新兵，名叫伍佳杰，年仅十六岁，读过三年私塾，是花子军里少有的大知识分子，所以想象力非同一般。他这番话，说得大伙儿脸上笑嘻嘻的，心里甜蜜蜜的。

　　大家在野猪峡中部停下脚步，因为南边放炮，去不得。羌六宝介绍说，初到八仙寨那年，寒冬腊月滴水成冰。队伍扩大到百人，粮食很快吃光。日子难熬啊！多亏宋光宪擅长扑捉野猪，野猪肉吃不完的就运到集市上卖钱买粮食。后来宋光宪出主意说，花子军无田可种，可以饲养野猪，这叫靠山吃山啊！这才动手修整这个峡谷，放养野猪。逮到母野猪不许杀，一律放入谷里。他指着脚下伸入谷底的滑梯，问姜启仁："哥，尽管你聪明绝顶，只怕连你也猜不到这滑梯的用处啊！"姜启仁回答说："很明显啊！这是供人到达谷里的通道。""错！错！错！"羌六宝笑道："这是公野猪和母野猪相会的鹊桥呀！母野猪的气味和叫声把山上的公野猪吸引过来。公野猪只有走这样的滑梯才能到达谷底。它们下去容易，上来难，只好永远留在这峡谷里和母野猪长做夫妻了。"

众人都哈哈大笑起来。

一行人往回转，经过大操场，进入原始大森林，朝绿水峡工地走去。

没走多远，大伙儿就听到"窝窝哟哟"的呼唤声，接着就看到一群小狗在林中穿行。胡屠户介绍说，这是狗司令在训练他的兵。"大将军，二将军，三将军，赶快出来见客人！"胡屠户的话刚刚落音，三个孩子就从树林里钻出来，出现在众人面前。"报告大当家，我们三个奉师父的命令，正在练兵。"稍大点的孩子向羌六宝报告，稚气的脸蛋上滚动着汗珠。"很好！现在客人想看看你们怎样训练狗兵，可以吗？"这时，大孩子一声喊："各就各位！"另外两个孩子立马钻入密林之中。大孩子发出第一道口令："哟呵＿＿＿哟呵＿＿＿"不管是黄狗、白狗，还是黑狗，狗兵们都闻声即动，如离弦之箭，向森林深处钻去。不一会儿，狗兵们都返回到大孩子面前，可是没有新指令，他们一齐转过身子，又向原路返回。如此这般，往返很多次，大孩子见他的兵们嘴里喘粗气，吐白沫，才发出"窝窝"的新指令。这些狗兵们在大孩子面前趴下，喘气，一个个疲惫不堪。另外两个孩子很快回来了。他们厉声点到"黑缎老三"和"白雪老二"的名字。一只黑狗和一只白狗垂头丧气地走出了队列。大孩子训斥道："就你们二位特殊，在林子里乱跑，是不是？下次可要听指挥呀！不过，香喷喷的饼子你二位这次是冇得吃了。"说罢，就叫另外两个孩子给没有违规的狗兵发饼子。违规的白狗和黑狗在一边馋得直流口水。姜启仁问大孩子："你们三位都有将军衔儿。请问，你们的师父是什么官儿呀？""大家都叫他狗司令。"大孩子老老实实回答。羌六宝介绍说："他们的师父名叫卢长春，是东北部队军犬训育所里的老兵，今年三十多岁了。在日军飞机的一次轰炸中，他被炸残一条腿。部队给了他二十块大洋，让他退伍回家。可是，他在家里不得安身，就入关讨饭度日。这三个孤儿就是他带过来的，认他为义父。"羌六宝的话引起姜启仁对这三个孩子的关注。他考问大孩子："你们刚才训练的是什么科目？""是行军队列训练。"他又转过身去问另外两个孩子："你们训练狗兵的目的是什么？或者说目标是什么？"两个小家伙挺起胸脯，齐声回答："让狗兵代替人放哨巡山！让狗兵代替人上阵杀敌！""你们认为，这两个目标快要实现了吗？""师父说，还差的很远呢！现在，我们的兵还不会咬人呢，更不会长时间潜伏，不会传递信号……"姜启仁临走摸摸两个小家伙的脑袋说："谢谢二位将军。打扰了！你们忙吧！"

一行人继续往前走。安美姣突然有了惊人的发现。她指着身边的白杨树和槐树，对庞婶说："妈呀，你看咯，才过元宵节，那树枝儿就返了青，长出嫩芽儿了。""都来看！都来看咯！这花儿好美哟！"卉卉采得一枝花蕾初绽的野花如获至宝。庞婶说："往年这个时候还是冰天雪地呢！今年的春天真是早呀！"姜启仁附和道："是呀！山寨春来早！"

正说着话，坤坤惊叫起来："爹呀，你看！那鹰为什么老在我们头顶飞来飞去呀？"羌六宝解释说："那是里额巴图和化于巴尔在训鹰。他们父子本是东北清河县人。那里的猎人训练猎鹰全国闻名。根据花子军的需要，现在训的是传送书信的信鹰。""听说你们已经有了电台和步话机，还用得上原始的鸿雁传书方式？""这种方式不会产生电波，保密程度会更高。里额巴图说，说不定花子军啥时候会需要信鹰。"

大家说话间不知不觉走出了原始森林，水库工地出现在面前。这时，工地上响起嘹亮的唢呐声。唢呐吹奏的曲调是河北民歌《小放牛》，这是休息号令。工地上的人都聚拢在一块儿，一个女兵在教歌。再走近一点儿，才听清教唱的歌曲是流行全国的《松花江上》。羌六宝告诉姜启仁，教歌的女兵名叫卫青萍，是东北流亡大学生。和她一起来的还有一个高中学生，名叫陈怀志。两人的关系是表姐弟。卫青萍是学无线电的，刚好，八仙寨正缺这方面的人才。现在，她负责电台工作，陈怀志是她学徒。姜启仁纳闷了："怎么花子军收了这么多东北人啊？""只因为日本鬼子最先占了东北，东北人苦难深重。他们投奔花子军，全是苦难逼的。假若这世上什么苦难都没有，也就没有了我们花子军。"羌六宝的回答让在场的人都口服心服。

卫青萍见大当家领着一伙人走到面前，立刻停止教唱，立正报告："报告大当家，卫青萍正在教唱抗日救亡歌曲。"她的报告就像一声命令，全体士兵齐刷刷地站起身来，异口同声："大当家好！客人好！"羌六宝抱拳回礼道："卫台长好！弟兄们好！"他接着问一个约摸十八九岁的小伙子："陈怀志，你学无线电学得怎样了啊！"陈怀志习惯地伸手在鼻梁上推了推近视眼镜，正准备答话，卫青萍抢先代答了："他的进步让我吃惊。现在已经可以独立收报发报了，只是还不会修理电台。"羌六宝把陈怀志表扬了一番，接着通知他："我们研究决定，派你去汉阳兵工厂当学徒，专门学习制造手榴弹和地雷，时间是一年。在这一年里，我们会买齐设备，等你回来开办我们自己的兵工厂。周教官已经为你打通了各方面的关系，你明天就动身。"有道是，女为悦己者容，士为知己者死。陈怀志觉得大当家能够把这么重要的任务托付给他，这是对他的莫大信任和器重。他双手抱拳，以示恭敬和谢意，信心满满地表态说："保证学好技术，报答花子军！"

羌六宝又问到水库工地的安全情况。安全员是个四十多岁的中年人，只有一只好眼睛。他汇报说："施工一年来，没有发生一次工伤事故。说实话，我管安全，严得很，对付不听话的娃娃就像对待自家晚辈，该骂的就骂，该打屁股的就给他两下子。我杜儿圆为啥这么狠啊？就因为大当家你一直把弟兄们当亲人，我怕出了工伤事故，把你惹火了，我唯一的一只好眼睛恐怕就保不住了。"羌六宝满意地笑了。大家知道，安全员末尾说的是笑话，也都跟着笑了。

在返回的路上，姜启仁好奇地问羌六宝："那个安全员怎么叫了个'杜儿圆'的名字呢？"

"安全员本姓杜，是个老资格叫花子。他妈在讨饭路上生了他，给他取名叫'杜儿圆'，是希望他将来长大了有饭吃，能够混个'肚儿圆'。结果，他直到四十岁上加入花子军才算转了好运。"杜儿圆的命运让大伙唏嘘不已。庞婶一边走路一边揩眼泪。杜小凤和崔雪花担心老人家一双小脚走不稳当，赶忙过来搀着她走。

回到张公馆，太阳即将下山。杜小凤觉得山里寒气重，怕老人和孩子受不了，连忙吩咐烧几盆炭火。

晚餐过后，杜小凤邀请安美姣和羊秋芸到她的居所里安歇。她说："我们难得一见，在被窝里拉拉家常，多好啊！坤坤和卉卉让卫兵背着上山。我很想让庞婶也去，只是快七十的老人夜里上山实在不方便，就只好留她在下边陪明老先生过夜。"

4，宾主促膝夜谈

这时候天已黑定，上山的路已经模糊不清了，羊秋芸和安美姣有些为难。突然，仙姑峰上出现奇观：从山脚到山顶的路上，立刻亮起许许多多红灯笼。山路是"之"字形，红灯笼连成的路线也呈"之"字形，一直延伸到天上去了。安美姣似乎过意不去了："小凤姐呀，咱是多大官呀？瞧这架势！"杜小凤说："这是梁祖君特意安排的。他说，你们是花子军的恩人，怎样伺候都不为过。"

由于有红灯笼引路，大约一个时辰之后她们就到了峰顶。只见山洞两边挂着两个特大红灯笼，两扇大铁门敞开着，门里门外都有女兵夹道恭迎，铁门上方的岩石上镌刻着三个斗大的金色仿宋字："何公馆"。进入何公馆，洗漱完毕，她们住进一个收拾整洁的房间。房间里摆放四张床，写字台和梳妆台，高椅和小凳，都一应俱全。房间照明使用的是木梓油浇注的白色蜡烛。每张床上的新床单和新被子在明亮的烛光下显现出鲜艳的色泽。两个孩子一人一张床。四个大人两人一组合，都打开被子上了床。她们都坐在床上，两腿插进被窝里，摆开了拉家常的架势。安美姣用脚蹬一下相对而坐的杜小凤："小凤姐，我妈告诉我说今年冬月，六宝满二十一，来运满二十。应该催他们赶快成家呀！"羊秋芸在一边打帮锤："我们乡村里，像他俩这么大的小伙儿早几年就结婚生子了。"扯到这个话题，杜小凤似乎有些为难了。她不知道是该责备儿子不孝，还是该埋怨花子军里女兵太少，只是无可奈何地摇摇头。崔雪花解释说："咱家来运现在是个小头目，管着百十号人。他说和六宝哥有个约定，花子军里的大多数弟兄不成家，我们当头领的不提婚事。我琢磨这个理儿，好像没有错呀！你们说呢？""错是没错。可是，青春好时光不能错过呀，等花子军里大多数单身汉都结婚，等到猴年马月呀？"杜小凤说："为这事儿，我也动过脑筋。我想多招一些女兵，六宝说花子军经济不富裕，再招兵就养不活了。我说开个口子，允许那些单身汉在寨外成家。六宝说，只要环境许可，条件成熟，这个办法当然好。但是现在不行，党国早就恨不得活剥了花子军，容得下花子军的家属吗？我也有得啥高招儿，就再也不提了。"羊秋芸急了："这么说，杜姨和崔姨就只能这样一直干等下去？""我们当然不甘心。我们俩在等待时机，时机一到，就大招女兵。我们还想为这事儿成立一个专业班子，名字就叫'红线班'。"

"我们来了，来运应该打个照面啊！今晚的宴会上，头领们好像都来了，怎么不见他呀？他在忙什么？"看样子，安美姣有意见了。

崔雪花连忙解释："来运他婶婶莫见怪。今天，宋光宪进县城了。为了保证宋光宪的安全，他带队化装也去了，过几天才能回来。"

羊秋芸问道："宋光宪进城办什么大事呀？要好几天时间。"

"宋光宪想在县城里开办一个土特产商行，还想办一个餐饮、住宿和娱乐配套齐全的大酒店。今天是选地段，看房子去的。如果顺利的话，三五天之内就能把开业之前的准备工作弄的差不多。"

"这个宋光宪真是了不起呀！"听罢杜小凤的解释，安美姣对宋光宪简直佩服之至，"设计仙姑桥，兴建野猪峡，规划绿水峡水库，任何一项工程都能说明他是一个天才人物。现在，他又在为花子军开辟财源了。花子军多亏有他呀！"安美姣本是名门闺秀，读过"十年长学"，她夸起人来自然不同凡响。

崔雪花说："你们猜，花子军的弟兄们对宋光宪是怎样称呼的？年轻的称呼他'宋二哥'＿＿六宝是他们的大哥。年长的呢，都叫他'宋财神'。这个宋光宪在花子军里的地位究竟有多高？你们掂量掂量吧！"

接下来，杜小凤引出一个不愉快的话题。

"五宝一家子现在过得怎样？"杜小凤问羊秋芸。

羊秋芸叹了口气："别提我那个小叔子，不管他大哥怎样帮，怎样教，怎样训，就是不上路。这位宝贝呀，好赌成性。田地输光了，就赌牲口。牲口输了，就赌房子。现在一家四口挤在牛栏里。"

"老婆盯紧一点，他就赌不成了。"

　　"老婆敢管他吗？可怜我那个兄弟媳妇，吃糠咽菜不说，还常常挨打受气。你们都晓得的，沈玉兰又能干又贤惠，长的也不错，配五宝是配过啦！当年结婚的时候，乡邻们都为我小叔子高兴。有人说，姜启信算是走大运，憨人自有憨人福。"

　　安美姣说："虽说隔的远，我们多少也听说一些。据说，两个孩子怪可怜的。"

　　"可不是吗？侄儿乐乐已经到了该上学的年龄，可是交不起学钱，读不成书。我们实在看不过，只好拿出钱来让孩子上学。"

　　"听说他大哥没少教训他，就是改不了。我不相信，这好赌的毛病未必有鸦片瘾厉害？"

　　羊秋芸说："你们不信，反正我信，戒烟不容易，戒赌也很难。有几句顺口溜是这样说的：赌博佬不是人，腰里系根绳，很想上吊死，又怕下回赢。"

　　为赌徒画像的顺口溜逗得大伙笑了，唯独羊秋芸没有笑，一双愁眉一直紧锁着。

　　安美姣想岔开这个不愉快的话题，笑着问羊秋芸："记得你和大宝结婚的时候，你爹让你们另立烟灶。听说没几年，你们两家就合拢了。这位老人家的政策咋变得这么快哟？"

　　"我爹那人滑得很呢！眼见大宝诊所生意好，来钱快，他的小家庭政策说变就变，硬是强霸霸地跟我们合拢了。他说，老子养儿防老，以后就靠着你们过日子啦！"羊秋芸学着老爹的腔调说话，再一次逗笑了大家。

　　"你的爷爷和几个叔叔都还好吗？"杜小凤心里一直挂念着羊家老一辈人。

　　羊秋芸回答说："爷爷今年六十九了，身体还好，整天在学校里忙活，不赚钱，还乐呵呵的。二叔在省城里工作，很忙，好几年才回来一趟。三叔在县城开个理发店，生意还好。最叫人担心的是幺叔，自幼走江湖，玩猴戏，听说三十五岁上给人家当上门女婿，因为好吃懒做，没过一年就被人家撵了。现在年过四十了，还是光杆一条，混的很怂气，都不待见他。去年回家玩了半个月还不想走，最后硬是被我爹撵走的。"

最后扯到送客下山的话题上。杜小凤说："我巴不得你们在这儿陪我玩个十天半月的。可是不行啊！大宝诊所只有徒弟看门，再说坤坤和卉卉也要上学呀！秋芸一家子不能在这里久待。庞婶老两口和美姣妹妹可以在这儿多玩几天。梁祖君已经做好了具体安排。"

安美姣笑道："我才舍不得走呢！在这儿玩，多好呀！不过，我和爹都得听我妈的，她是明家的大当家。"说罢，开心地笑了。瞧那神态，她似乎突然间变成一个贪玩的小孩儿了。

5，大宝献策

这里的被窝里闲聊一个话题紧接一个话题的时候，张公馆的一个小房间里，两兄弟正秉烛夜谈。这时候，花子军的就寝号令已经响过。

"哥，我这个大当家实在不好当啊！你得给小弟出点好主意呀！"因为明绍阳老两口就在那头小房间里休息，中间就只隔一个房间，所以羌六宝把嗓音压得很低。

姜启仁也怕打扰老先生睡眠，说话声音更小："有什么难处呀？"

"山寨人多，快养不活了。"

"我今天转了转，没有看见闲人啊！弟兄们的一双手，怎么就养不活自己呢？我不信。"

羌六宝扳着指头数："全寨三百多人要吃，要喝，要穿，这是第一笔开销。各项建设都需要钱，这是第二笔开销。所有登记在册的花子军弟兄，每人每年三十六块大洋，这是让他们孝敬老人和养活妻儿的。阵亡的弟兄，钱如数照发。这是第三笔大开销。哥，你说我难不难啊？"

"就我所知，花子军里许多人都是光杆儿一条，无父母，也无妻儿……"

羌六宝打断他的话："我知道，你想说，这要省去一大笔开支。不行啊，我得把这笔钱给他们攒着，准备他们以后娶妻成家啊！这就像你为五宝哥攒钱一样，是一个理儿。"

姜启仁被羌六宝炽热的仁爱之心深深打动了，心头猛地一个热浪扑来，眼眶里不禁涌现出泪花。

羌六宝忙问："怎么了？哥！"

姜启仁掩饰说："可能是白天让山风吹了。没事儿。你继续说……"

羌六宝信以为真，继续说下去："孝敬父母和养活妻儿的钱是万万省不得的。你想啊，哥，不晓得孝敬父母和爱护妻儿的士兵，他会爱护老百姓吗？他会为老百姓拼命吗？我想，这要成为一个钢铸铁打的规矩，一代一代传下去。"

"照你这么说，必须花的钱一个子儿都不能少，可八仙寨就这么一块巴掌大的地方，一无田种，二无税收……"

羌六宝再次打断他的话："是呀，我是被逼急了才向哥讨主意的呀！"

姜启仁想了想，说："我给你献计三条：第一，广辟财源。也就是千方百计搞钱。当然，不能偷，不能抢，也不能骗。"

"宋光宪今天进县城，就是干这个去的。经他策划，已经在武汉开办了四五家店铺，我们靠着这笔收入才勉强支撑到现在。要不然，早就散伙了。"

"宋光宪即使浑身是铁也打不了几颗钉。这是小打小闹，不解决根本问题。你应该发动你的几百弟兄出谋献计，寻找能够养活花子军的财源宝地。"

"只怕难找啊！"羌六宝信心不足。

"省内找不到就到省外找，国内找不到就到国外找。"姜启仁鼓励六弟，"世界之大，天无绝人之路。首先，你这个头领应该有这个信心。"

接着姜启仁献出第二计，就是人员分流。"现在天下不太平，附近几个县叫花子成群，成团。山寨可以分拨一些有组织能力的人到他们中间当头目。这样，可以毫不夸张地说，一旦有事，一月之内可以扩军十万。"

这第二条计策使羌六宝笑逐颜开。

"人员分流，使驻寨的花子军大瘦身，但是战斗力不能减弱。我再给你献上第三计：提高单兵素质，实现一兵多能。"

羌六宝心花怒放。他往姜启仁的茶杯里续热水的时候，激动得手有点抖。

"我得提醒你：非常时期，泥沙俱下，鱼龙混杂，必须重视队伍的纯洁性。凡是在册的花子军，经仔细查访，多方证实是好人才行。对于有劣迹的社会渣滓和政治野心家，要一律挡在门外。"

"这个……工作量很大呀！"羌六宝为难了。

"你可以把这个任务交给分流人员。那么多叫花子，有的是人手，有的是时间。"

姜启仁喝了几口热茶，问道："花子军这么多人，没有严格的纪律不行。我想知道，你是怎样约束部队的？"

"十不准，十必须，细则就不说了。我要说的是三项惩罚条令：一是面仙思过。铁拐峰的山顶上有个李公馆，那里设了个香堂。谁个违犯了法规，就得跪在羊虎神仙的塑像前认错思过，一跪就是两炷香的时间。香堂的住持是空山法师。他是羊虎庙里慧成长老的高徒。慧成长老见我们经常去羊虎庙抽签问卜，才建议我们设香堂的。……扯远了。再说第二项惩罚条令：送客下山。"

姜启仁笑道："听名称倒是很客气啊！"

"其实执行起来就毫不客气了。花子军里谁个犯了大错误，就要被开除，被'送'出山寨。这个'送'，实在是武蛮得很呢！被开除的人必须跑步下山，跑得稍慢一点就有棍棒之灾，因为执法队手执木棍在后面紧紧追赶。这第三项嘛，叫做'熏腊肉'，是极刑。"

姜启仁弄不懂了："罚他帮忙熏腊肉也算极刑？"

"哪里啊，是把犯死罪的人吊起来，下面架火熏，直到熏死为止。"

姜启仁不由得打了个寒噤："都说花子军是仁义之师。你们就是这样讲仁义的呀？"

羌六宝反问道："这样做，有什么不对吗？治重病必须用猛药啊！"

"秦军打败赵军，一次活埋俘虏几十万。这个历史事件将秦国统治者钉在历史耻辱柱上，永远不得翻身。为什么呀？就因为秦国统治者不懂得一个根本道理：包括敌人在内，任何人的生命尊严都是不容践踏的。文明程度高的国家，甚至连虐待动物都不允许。谁个胆敢冒天下之大不韪，谁就注定不得人心。对于死刑犯，赏他一颗子弹，直接送他回姥姥家就算了。这样已经捍卫了法规的严肃性了，你熏他干什么呀？"

羌六宝此刻就像发蒙学生听先生讲书，好一会儿才悟过理儿来。他自言自语道："幸亏这一项条令从来没用过。要不然，我想改过也来不及了。"

姜启仁安慰道："我就知道六弟仁义治军，设这一项条令只是画只老虎吓唬吓唬人，不会用的。就像大户人家宴席上的'看菜'，是只看不吃的。"

羌六宝要求大宝哥继续揭短，发现问题尽管直言。

"那我就真的直言了？"

"好的，我认真听着。"

"花子军是一支文盲军队，这个现状必须改变。因为没有文化的军队，战斗力就会大打折扣。解决办法有两条：一是尽量多的招文化青年入伍；二是自己办学堂，大力扫盲，大兴读书之风。"

"你说的第二条，我会马上行动。问题是，我得发动大家，得把读书的好处讲深讲透啊！首先请哥给我讲讲，好吗？"

"人，有了文化，就能够看懂许许多多的好书。这就好比面前打开了一扇大窗户。从这扇窗户里，你可以看到夏商周秦汉，唐宋元明清，历朝历代的兴衰演变。察古可以知今。目睹当今社会的复杂乱象，别人是云里雾里，你是一目了然。从这扇窗户里，你还可以了解国外的历史和现状。这就叫，秀才不出门，能知天下事。"

羌六宝瞪大眼睛，好似面前真的展现出一扇色彩瑰丽的大窗户。

"读一本好书，就好像拜了圣人和高手为师。譬如，你读了《孙子兵法》，中国古代大军事家孙武就能将种种有用的兵法传授给你。你读了《论语》、《孟子》，就知道怎样为人处事，怎样在伦理道德上提升自己。花子军如果人人有文化，人人会读书，那么这支军队的整体素质定然会有极大提升。可以这么说，如果不扫盲，不读书，无论你请来多么高明的文武教官，都无法达到这样的水平。"

军中之事无论巨细，羌六宝巴不得统统端出来请教大宝哥。

话长夜短，后山树林中传来了画眉鸟儿的叫声。羌六宝知道，再过一个时辰，天就亮了，于是催促大宝哥赶快睡觉。两人已经钻进了被窝，羌六宝忽然坐起，郑重地提出了最后一个要求："哥，你收我两个徒弟，好不好啊？一个叫段长生，一个叫公羊美石，都是读过私塾的好娃娃。"

"丑话说前头。我收徒弟学我师傅：标准很严。如果不合我的要求，就退还给你。"

"中！明天我就叫他俩跟你走。"

第五章

1，黑云压城

　　光阴似箭，日月如梭。眨眼间，公羊美石和段长生拜师学医已经两年。按照惯例，第三年里实习和考核并重，因而两位徒弟独立行动的机会就逐渐多起来。今天，两徒弟的任务是驾上马车到县城里购药材。他俩去年曾经几次随大师兄到城里购药材。大师兄告诫他们，这选购药材的活儿千万小瞧不得。且不说药材种类繁多，即使同种药材，产地不同，外观不同，成色不同，药性也不同，因而价格也就大不相同。一个合格的中医，不仅要识药，懂药，会用药，还得了解药价行情。过去的师兄之中，就曾经有过因为受药材商欺骗而未能按时满师的教训。现在，大师兄满师走了，他俩今天是第一次独立购药，所以特别谨慎小心。清早进城来，因为在药材公司选购药材耗时太久，所以晌午过了才驾着马车出城去。两个年轻人心里着急，把赶车的鞭子甩的山响。

　　真是太不凑巧，马车出城后行至汽车客运站的时候被人群堵住了。

　　时令虽然早过立春，却迟迟不见春天的影子。冬天仿佛是下定决心要赖在黑水县不走了。罕见的寒冷，伴随罕见的干旱，还有罕见的紧张气氛。这会儿，马车上的公羊美石和段长生抬头望天，天空乌云密布。听师傅说过，这种云彩是无雨云，盼雨的庄稼人最讨厌这样的天气。乌云厚重低沉，仿佛站在城墙上就能撕下一片云来。再放眼望前方：炮车一辆接着一辆拖着滚滚黄尘，驰过汽车客运站，高耸的炮管指向阴沉沉的天空。它们前进的方向是羊虎乡的南路和北路。炮车好久才过完，紧接着步兵队伍开过来了。行进的队伍很长，很长，估摸至少一个时辰过去了，还望不见队尾。乖乖！真的要打大仗呀！寨上传来消息说，大战不久就会打响，名堂就叫"武汉大会战"。国军要在长江南北两岸布防，安徽、河南、江西、湖北四个省都是同日军厮杀的战场。看来情报不虚呀！早晨路过 118 团营地，两位年轻人目睹过士兵操练大刀的威武场面，这会儿又见声势浩大的行军队伍，直觉得仿佛炮火硝烟就在眼前了。

车路上步兵队伍还在源源不断地行进，几辆满载难民的客车又挤过来了。难民也是分等级的。乘车的难民当然地位不低。他们下了车，不一会儿满脸倦容就换成了愁容，因为早到的难民告诉他们，战火很快就要烧到这里，黑水县城里的市民已经开始往大山里疏散了。他们必须继续逃，逃！

客运站门前的停车场早晨还是空荡荡的，现在已是人头攒动，马车压根儿无法通过。国军 118 团的人在这里拉出醒目的横幅标语："地无分南北，年无分老幼，无论何人，皆有守土抗战之责。"横幅标语下方摆一张桌子，桌子上竖一块"118 团招兵处"的牌子。这儿被前来报名参军的男人们围住了。县立中学宣传队在场子中央用几张课桌搭起临时演讲台，一位年轻的男教师正在作抗战演讲。他那激昂的语调，满脸的泪水，立刻使群情激愤起来。男教师的演讲刚刚结束，一位逃难的商人立马自发地挤过去，情不自禁地接着演讲。他的普通话夹杂上海口音，用心听算是听得明白。他讲的是淞沪战役中的四行仓库坚守战。八百壮士可歌可泣！他讲到一个士兵从楼上一跃而下，拉响集束炸弹跳入敌群的时候，满场响起震耳欲聋的口号声："消灭日本侵略者！""誓死不当亡国奴！"……紧接着，一个从南京逃出的女学生上台讲述了自己亲历目睹的南京大屠杀。真是字字血，声声泪啊！演讲未完她就昏倒了。公羊美石连忙挤过去施救，帮助女学生苏醒过来。这时，有人大声提议："日本鬼子不怕咱中国人的眼泪，怕的是咱们拿起武器，团结抗战。走啊，当兵去！"不一会儿，血性男儿们在"118团招兵处"排开了报名参军的长龙。

此刻，马车上的两位年轻人感慨万分。"今儿个，我是第一次看到老百姓踊跃参军。过去都是用绳子绑着，逼迫去当兵的呀！"公羊美石觉得此情此景不可思议。段长生说："日本鬼子用飞机大炮发动了中国人。咱中国人不是好欺负的！师兄啊，我十七，你十八，正是当兵的年龄。到时候打起来，我俩是不是应该回山寨，随花子军参战？""我向大当家请示过了。他要我们一门心思地好好学本事。他说，大夫的手术刀和士兵的枪杆子一样有大用。这回羊虎乡搞战前动员，组织了担架队，运输队，战地卫生队。我们师徒三人编进了战地卫生队，咱师傅是卫生队的队长。一开战，我们也要上前线。""卫生队的事，师傅跟我说过，可我不知道这也是大当家的命令呀！看来，我们的满师考核要在火线上进行啦！"段长生胖乎乎的娃娃脸上写满兴奋和豪情。

天色渐晚，车路上过完军队，只剩下匆匆赶路的行人，停车场上的人群也渐渐散去。谢天谢地，马车终于可以通行了。公羊美石甩一声响鞭，马车在"驾＿＿　驾＿＿"的吆喝声中驶过停车场，上了车路。

2，开战第一天

久旱之后是连绵不绝的阴雨天。一个多月来，就没有一日好天气。在黑水县一带率部拒敌的国军75师师长周华炜觉得这阴雨天气帮了他的大忙，因为日军机械化部队在泥巴窝里的进军速度会缓慢许多。这样，他的部队就有比较宽裕的备战时间。眼下，武汉形势危急，政府机关和军工厂需要向西南大后方转移。75师的任务就是阻击日军，确保十月之前此地至西南方向的水路和陆路交通线畅通无阻。

老天刚刚放晴，天空中就出现了几架日军侦察机。炮兵部队奉命开火，一架日军飞机拖着浓烟一头栽进滔滔汉江，其余几架飞机立马拉高，躲进白色的云层里。从此，日军飞机晓得中国军队的炮火也不是吃素的，它们虽然常常来侦察，但都是飞的老高。稍有战地经验的人一眼就能看出：这段时间里，日本鬼子磨刀霍霍，没有闲着。

转瞬间夏天到了。首先是日军轰炸机的狂轰滥炸，接着是鬼子的陆军部队气势汹汹地开过来了。前锋部队的军事长官是中佐联队长秋田一木。迎接他的是来自黑水县城外围阵地上的疾风暴雨般的子弹和密集的炮火。

当地老百姓永远记得这个日子：一九三八年六月二十五日，黑水县军民打响了对于日寇的阻击战。

枪炮声暂停下来，羊虎乡的担架队和卫生队在乡长虞光祖的带领下进入了118团的防御阵地。虞光祖是个年富力强的中年汉子。他一边领着大伙儿在几人高的深壕里前进，一边扭过头来喊道："老少爷们，大家看啊，这战壕多么深，多么宽呀！鬼子的坦克车想从这儿过来进城去，球门儿都没有啊！"姜启仁说："依我看，这战壕修的有点问题呀！""什么问题？莫非你比赵团长高明？这可是赵团长亲自设计的呀！"姜启仁解释说："战壕这么修，固然能够把敌人坦克抵挡一阵子。但是，抵挡不了敌人的炮火，另外观察敌情和步兵出击也不方便。"说话间，一个小个子军人迎过来，自报姓名说："老乡们好！我是118团警卫连士兵小河南，奉命带领大家熟悉阵地行动路线。"小河南是个十六七岁的娃娃兵，稚气的圆脸上带着亲热的笑容。大家在小河南的引导下拐过两道大弯，眼前出现了令人惊异的景象：战壕斗折蛇行，向左右两侧蜿蜒延伸。战壕的半壁上布满猫耳洞。每个猫耳洞都很宽敞，而且三面墙壁和顶部都用碗粗的木柱支撑。为了方便士兵上下，猫耳洞的两侧都竖立着用巨大原木加上抓钉做成的木梯。段长生惊奇万分地叫道："师傅，你说，118 团何等聪明啊！这战壕能挡坦克，能躲炮火，还能随时跳出战壕杀鬼子。鬼子拿他们有啥门儿！"姜启仁补充道："人家这战壕，还能防水呢！118 团确实名不虚传！难怪上司把正面防御阵地交给了他们。"公羊美石问道："这个团原来是城防部队，驻守在城内呀！现在谁守城？""听说 75 师另有安排。到了危难时刻，最重的担子就落在 118 团肩上。这就叫好钢用在刀刃上。"姜启仁越说越激动，滚动着汗珠的脸上满是红光。

战壕已经到了与兄弟团防区的分界处，就是不见 118 团的战地指挥所。带队的虞乡长和大家一样都感到奇怪，就问小河南："团指挥所在哪里？以后有个什么情况，我们也好直接向团部反映啊！"

"我们的团指挥所就建在这十公里长的战壕里，你们没有发现，正好说明它隐蔽得可以。不过，打起仗来，团长总是往战斗最激烈的地方跑。他的指挥位置从来是不固定的。我们这些警卫员和通讯员也跟着他跑。"小河南说着，手指一位站在木梯高处，用望远镜观察敌情的军官说，"他就是咱们的团长赵长烈。"

这时，赵长烈好像注意到了虞乡长带领的老乡们。他把望远镜交给另外一个军官，自己下了木梯，热情地和大伙儿打招呼。

赵长烈年纪轻轻，大约二十四五。他身材高大魁梧，露出一身英气；脸庞黑红，显然是风雨烈日的赐予。不等他多说什么，木梯上的瞭望哨传过话来："报告团长，鬼子压过来了。"赵长烈道声"对不起"，上了木梯。

其实，直到夜幕降临，鬼子全天都是试探性进攻。国军伤兵都是轻伤。卫生队很快处理完毕。

远在三十里之外的羊虎乡中小学一周前就放了假。这里作为临时战地医院，任务是专门救治重伤员。现在，一切准备就绪。开战的第一天，战地医院静悄悄。

3，被绑的战场指挥官

第二天主要是炮战。在昨天的试探性进攻过程中，鬼子发现了国军的战壕位置和炮兵阵地的方位。今天，鬼子首先向 118 团阵地开炮，大多弹着点都在战壕底部。鬼子意图非常明显：就是要摧毁国军的防御工事。炮弹爆炸掀起的泥浪直冲天空，然后掉落下来。不一会儿，战壕底部增高了许多。这是 118 团抗战以来首次和日军正面交锋。过去，关于日本鬼子的战场传闻，士兵们听过许多。眼下面对鬼子猛烈的炮火，躲在猫耳洞里的士兵们才明白那些传闻果然是真。胆小的，双手捂耳，身子发抖。第一轮炮击过后，阵地上出现短暂的沉寂。为了鼓舞士气，赵长烈出现在战壕里。他一边拍打军服上的泥土，一边笑道："怕不怕呀，弟兄们？我知道，新兵怕炮，老兵怕号。其实呀，你经历多了，就什么都不怕了。"说罢，吩咐通讯兵传达三道命令："一，各连瞭望哨都给我盯紧了，鬼子一有动静就立马报告。二，没有我的命令，猫耳洞里的人不要随意出洞，你就老老实实在里头听响儿。三，叫参谋问一下师部，我们的炮兵为何不还手？有来无往非礼也！"

隐藏在拜仙山下的国军炮兵阵地终于发出怒吼，炮弹如乌鸦群般朝日军阵地飞过去。紧接着，匪夷所思的事情发生了。日军的"回礼"过于猛烈，也过于精准，国军炮兵阵地上一片火海。日军第一轮炮轰之后，国军损失大炮三分之一。第二轮炮轰之后，国军大炮损毁大半。师长周华炜在电话里将炮兵营长骂了个狗血喷头："我早就提醒过你们，鬼子们可是精得很呐！你们打出一炮，就要立马换个位置，否则鬼子的炮弹就会落在你们的炮位上。可你们就是听不进！你们的脑子啊，是猪头，还是榆木疙瘩？"日军对于国军炮兵阵地的猛轰整整持续了一个钟头。看势头，鬼子是想一举毁灭国军的炮兵部队，一劳永逸。在最后半小时里，国军炮兵阵地一炮未发。可以看出，此时的国军炮兵阵地已无还手之力，甚至连招架之功都丧失了。炮兵营长百思不得其解：炮兵阵地有大片森林做掩护，不可能被鬼子飞机发现。周围十公里范围内有一个营的部队担任警戒，鬼子的侦察兵是进不来的。那么，鬼子的炮兵部队是怎么知道我方炮位的？难道是仅凭我方炮弹飞行的轨迹测算出来的？或者是凭借我方开炮的声音估测出来的？即使这些猜测都是事实，鬼子反应之神速未免令人难以置信。这简直是神话！这个神话，过去在国军队伍里早有传闻，没想到今天竟然在战场上得到应验。

从此，国军 75 师的炮兵营失去昔日的威风，偶尔打几炮，似乎仅仅是显示自己的存在。

赵长烈明白，没有了炮火支援，以后的坚守战就更加艰难了。他提醒手下几个营长："以后的仗是更加难打了。告诉弟兄们，要有最坏的思想准备。"

鬼子越来越猖狂。阵地上出现了前所未有的奇观：几辆转动着炮筒子往国军阵地打炮的坦克在前面开路，后面的鬼子排着整齐的队伍，大摇大摆地开过来。

赵长烈命令："一营掷弹筒准备！"本来各营都配备有掷弹筒，他只要求一营动用掷弹筒是为了细水长流。

鬼子距离 118 团的战壕越来越近，眼看已经进入了步枪射程之内，但是 118 团仍然没有动静。师长在电话里问道："赵长烈，你那里情况怎么样啊？"赵长烈接过步话机员手里的话筒，答道："敌人已经过来了。师长放心，我赵长烈是您的学生，学生应该像老师，从来不惧敌，也不轻敌！"周华炜曾经在中央军校担任过教官，赵长烈是他的得意门生，两人关系非同一般。师长在电话那头哈哈笑了。赵长烈听得出，那笑声充满信赖和鼓励。

通话结束的时候，赵长烈发现进攻的鬼子距离１１８团的战壕已经很近了。这时候，鬼子怕吃眼前亏，都猫着腰，尾随坦克前进。

"发信号！"赵长烈一声令下，一颗红色信号弹拖着亮丽的尾巴升上了天空。几乎是在同一时间，一营士兵打出的手雷在空中划出美丽的抛物线，然后雁群一般落入鬼子队列中爆炸了。进攻的鬼子是呈三路纵队推进的，这些手雷的落点也都刚好与队形吻合。外人不知道，为了获得这样的作战效果，赵长烈和他的部下在平时的练兵场上可以说是想尽了法子，流尽了汗水。

进攻的鬼子死的死，伤的伤，所有的坦克都被迫掉过头去，掩护伤兵们后撤。这时，赵长烈命令号兵吹响了冲锋号。本来就溃不成军的鬼子，再经这番山洪暴发一般的冲击，活着逃回去的就不多了。118 团阵地前沿留下几百具鬼子尸体。一辆落在后面的坦克被集束炸弹炸得瘫痪。一个士兵爬上去，往驾驶仓里扔进一颗手榴弹，这辆坦克就彻底报销了。

118 团精彩的表现极大地鼓舞了全师官兵。全师阵地上响起惊天动地的欢呼声。

最受鼓舞的当然是在阵地上协助救治和抢运伤兵的老百姓。头顶的阳光炽热如烤，担架队和卫生队都是挥汗如雨，而他们的内心也和盛夏的太阳一样火红火热。他们亲眼所见的 118 团让他们深信：有这样的英雄们抗敌守土，国家有救！

　　到这时，秋田一木才意识到自己指挥上的失误：进攻一开始就选择了 118 团阵地，是因为这个方向视野开阔，一马平川，无险可守，有利于机械化部队的运动，也有利于炮火纵深打击。谁知道这 118 团却是一块硬骨头。秋田一木于是改变部署，变重点突击为全线进攻，暗中将 117 团阵地作为进攻的重点，其他方向都是掩护重点的佯攻。这个部署果然奏效，激战不到一个小时，117 团阵地就被鬼子撕开一个大口子。

　　这个大口子刚好和 118 团的阵地相邻。117 团的孙团长动用预备队反击不见成效，连忙向师部告急，嗓子都喊哑了。师长一面命令他死守阵地，一面命令赵长烈就近增援。118 团的士兵有意见了：各团阵地都有小山和林地可以利用，唯独咱们的阵地连个小土包都没有。咱们能守住，他们为啥守不住？赵长烈说："别说废话！如果 117 团阵地失守，我们也一样完蛋。现在，救别人就等于救自己。"于是下令大刀营出击。118 团的大刀营是今年春季从各营严格筛选组建起来的，又从武当山请来武术高手当教练，指导士兵苦练大刀拼杀功夫，就是为了应对像今天这样的意想不到的危局。

　　接到命令的大刀营立即出动。刚刚给伤兵包扎完伤口的姜启仁站起身来，爬上木梯，眼前展现出这样的一幕：大刀营的士兵高举大刀猛扑过去，在强烈阳光的照射下只见白花花一大片，耀人眼目，喊杀声震耳欲聋。因为是近身肉搏，不仅鬼子的大炮难以施展，就连鬼子手里上了刺刀的三八大盖也显得不太顺手了。大刀在鬼子群中左砍右劈，银光闪闪，血水四溅。姜启仁发现，我方士兵也有陷入鬼子群里，因为寡不敌众，以身殉国的。他看到两个鬼子同时将刺刀插入一个士兵的后背，这个士兵顿时血流如注，临死的时候，还发一声吼，手里大刀一挥，砍下面前一个鬼子兵的臂膀。看到这里，姜启仁也情不自禁地呐喊一声："准备救人！"公羊美石和段长生齐声应道："晓得了！师傅！"

117 团的孙团长头脑机敏。他一见这阵势，连忙调兵遣将：预备队配合大刀营围歼口子里的鬼子；其余兵力抵挡正面之敌，将口子封死。这时候，正面之敌为了挽救同伙，拼老命往里冲；被围之敌是困兽犹斗，拼命突围。双方格斗厮杀，达到了白热化程度。这场大战从午后开始，直到夕阳衔山时分才各自收兵，双方都有很大伤亡。鲜血染红了大片土地，浓重的血腥味随风飘向四面八方，引得乌鸦阵阵呱噪。

死得最惨的是被封在口子里的鬼子，有身首异处的，有肠子坠地的，有缺胳臂断腿的，还有头部开裂脑浆喷涌的……我方官兵杀红了眼，对于不能动弹的鬼子伤兵也大肆砍杀。这场大厮杀的发生地是汉江之滨的望江坪，后世文人在《黑水县县志》里夸张地称之为"望江坪战役"。

国军阵亡的也不少，伤员更多。真是忙坏了卫生队和担架队。直到月亮升起老高，姜启仁他们才暂时结束工作，吃上晚饭。

此战之后，攻守双方陷入了相持的僵局。黑水县城历来是兵家必争之地。如果说黑水县是进出中国西南部的大门，那么这个不大的县城就是管控大门的铁门栓，战略位置太重要了。为了攻取黑水县城，日军调来一个旅团，另派一个空军中队专门配合作战。前线总指挥官换成大佐旅团长肥原上仪。国军方面为了应对新的局势，增加了两个步兵团和一个榴弹炮营。

国军虽然也有空军助战，但是敌众我寡，我方战机在空战中损失巨大。有空军配合作战的日军在战场上威风极了。日军猛烈的炮火覆盖国军全线阵地之后，鬼子步兵就在坦克的掩护下猛扑过来。这时候，国军榴弹炮就派上了用场，并且吸取过去的教训每打一炮就连忙转移炮位。可是，每当我方开炮之后，日军轰炸机就追着快速移动的炮车狂轰滥炸。我方炮火威力大减，就靠士兵的血肉之躯抵挡敌人了。

赵长烈命令各营：寻找机会和鬼子近身肉搏，让他们的飞机大炮失去优势。

这是一个阴雨天。在姜启仁的记忆里，这是国军的坚守战打得最为顽强，最为惨烈的一天。国军打退鬼子第八次进攻的时候已是下午，战斗还在继续。战壕里流淌的泥水被鲜血染成了黑红色。此时的赵长烈被弹片击伤十多处，像个泥人，更像个血人。他已经不能站立和行走，只好躺在担架上指挥战斗。哪个营的阵地有了危险情况，他的担架就出现在哪里。师长周华炜，连忙命令赵长烈撤出战斗，到医院治伤，由副团长代替指挥。不料这个素来听话的学生公然抗命。他的理由是：我团阵地险象环生，我不能在最关键的时刻撤下火线。师长先是好言劝说，见毫无作用，态度就强硬起来："限你半小时之内撤出战斗。否则，以战场抗命论处！"师长在电话里没有听到赵长烈的回答，只听得通讯兵向赵长烈大声报告三营阵地的紧急情况，接着是赵长烈命令警卫员送他去三营。情急之下，师长使出最后一招，命令 118 团的警卫连连长用绳子将赵长烈捆绑在担架上抬走。被捆绑的赵长烈对警卫连骂不绝口，日妈捣娘操祖宗之类的脏话都出口了。他身边的士兵和老百姓都给他跪下了，祈求他撤下去好好治伤。"团长啊，你的身上多处负重伤。天气这么热，如果不及时处理，你就可能永远上不了战场了。"姜启仁流泪苦劝，他这才安静下来。

姜启仁吩咐两徒弟留下，他亲自陪护赵长烈去战地医院。担架抬下阵地，然后上了运送伤兵的卡车。一路上，姜启仁小心翼翼地用药水棉球为赵长烈轻轻擦拭脸上的血渍，思想感情的潮水如翻江倒海一般。过去，留在他儿时记忆里的是"兵匪一家"的传闻。长大成人之后，所见所闻是党国的腐败。他从未见过这样的为国拼命的军队。因为心里太激动，眼泪好几次溢出眼眶，他不得不停下来，擦掉眼泪之后再继续工作。

4，盲棋对弈者

战地医院人满为患。

当赵团长的担架从车上抬下来的时候，护士们你看我，我看你，不知如何安排是好。且不说空余床位，就连学校大操场都搭满帐篷，病床紧挨着病床，过道里都铺了地铺，连一块可放铺盖的空地都没有了。姜启仁说："赵团长伤势严重，今晚必须手术。手术就在我的诊所里做，行吗？"护士门没有犹豫，立即将赵团长安排在大宝诊所。

因为诊所和战地医院是近邻，刚刚布置停当，战地医院的院长就来到赵团长床前。此人名叫陈中国，少将军衔，年纪六十开外，是一位资深老军医。躺在床上的赵团长吃力地抬起右手向院长行礼。院长回礼之后，连忙查看伤口。查看完毕，他深情地对赵团长说："孩子，好样的！英雄啊！你浑身上下到处是伤，而且伤势严重，有几处伤口已经开始化脓，如果不马上取出弹片，你的四肢都可能截除……"不等院长说完，随行的小河南哭着央求道："请院长马上手术！战场上的弟兄们离不开团长啊！"这时，院长面露难色："可是，我们没有麻醉药，无法手术啊！因为到处都在打仗，加之道路遥远，如果不出意外的话，运输药品的专车两天以后才可能回来。""院长，你们放心做吧，我不需麻药。古有关公刮骨疗毒，难道我赵长烈就不行吗？"赵团长信心满满。"你的伤情和关公不一样啊，孩子！轻伤不算，你全身重伤八处，做起手术来牵涉部位太多，所需时间太长。一旦陷入长时间昏厥状态，就有可能下不了手术台。孩子，你没有死在战场上，万万不能死在我手里呀！"院长态度非常坚决：没有麻药，他绝不冒险！

　　这时候，姜启仁建议采用针灸麻醉法。院长将信将疑："针灸麻醉法，我只是听说过，但没见识过。这法子管用吗？"姜启仁说："我们民间中医经常采用这个土办法，因为麻醉药太贵了，对于一般老百姓来说，简直就是奢侈品，用不起。针灸麻醉，再外敷中草药，麻醉效果是很明显的，但是免不了仍然有一些疼痛。""这一带老百姓夸你是名医，今日一见，果然名不虚传。"院长听了，喜形于色，双眼眯成一条缝，"这样吧，麻醉工作就交给你了。我拿手术刀。两个小时以后做手术，现在开始准备。"

　　各项准备工作都在紧张而有序地进行。姜启仁派人叫回两个徒弟给他当助手。银针消了毒，中草药调制好。然后，他交给公羊美石一个任务："这里有长生帮忙就行了。你给屠户叔叔当联络员去吧！告诉他，今晚我有重要手术，就说我请他一定看好场子。"公羊美石明白，屠户叔叔就是花子军里刚刚提拔起来的步兵三大队的大队长胡屠户。开战以后，羌六宝了解到战地医院只有一个排的兵力守护，就把暗中保护战地医院的任务交给了步兵三大队。打那以后，胡屠户就成了长住大宝诊所的"病号"。

　　公羊美石出门以后，姜启仁和段长生在病房里点燃了一盏汽灯，另外一盏汽灯备用。接着又用布帘将房间门窗遮挡得严严实实。汽灯把病房照的雪亮，可是从外边看一丝儿光线都不见。赵团长明白，这是预防鬼子飞机空袭。姜先生办事真细心呀！最后，姜启仁吩咐段长生找来一副象棋。赵团长这就看不明白了："我曾经告诉过姜先生，我喜爱象棋，莫非今晚就让我过一把象棋瘾？"姜启仁笑道："你猜对啦！这就叫投其所好呗。"赵团长越发莫名其妙了。

　　姜启仁和院长商定，每个伤口的针灸麻醉用时半个小时，因为外敷的中草药半小时后才有药效，药效大约可持续三十多分钟。

时间过短，就没有药效；时间过长，药效就会消失。因此，八个伤口的手术必须在有效时间内逐个有序地进行。接着，他又和赵团长商量："手术疼痛不能超越你的耐受程度。超越了这个程度，你就会昏迷。这时候，手术就不能进行下去了。强制进行下去，就会有生命危险。怎样把握好这个度呢？我们下盲棋。你的脑子什么时候糊涂了，我们就停止手术。再说，下盲棋是高强度脑力劳动，可以分散注意力，减轻疼痛感。你说中不中啊？"赵团长连忙应承："中！中！"首先讲好：赵团长持红，小河南代走棋子；姜启仁持黑，段长生代走棋子。几个暂时闲暇的勤杂工是围观者。

第一个伤口在左臂。针灸之后，敷上草药。院长看表，半小时之后宣布手术开始。刀子划破皮肤，进入肌肉组织。赵团长大声叫道："炮二平五！"他持红先行，上来就用了当头炮。来势汹汹啊！姜启仁一边对第二个伤口做针灸，一边沉着应战："马二进三。"

赵团长是个狠角儿。他的坦克车冲过楚河，在对方阵中横冲直撞，扫卒子，夺大炮，杀战马，大有生擒对方老将之势。姜启仁因为寻找穴位，手感针灸深度和力度，分散了精力，走子匆忙一些，一时处于不利局势。在针灸过后敷草药的时候，他接连走出两步好棋。这时候，棋盘上出现了万分紧张的局势。双方大力拼杀，直杀得人仰马翻，天昏地暗。围观棋盘的人心惊肉跳，一个个都屏住呼吸，目不转睛。代走棋子的小河南和段长生每走一步棋都是战战兢兢，拿棋子的手禁不住发抖。接近尾声的时候，段长生不得不提醒师傅："危险啊！师傅！您只剩两辆坦克车了。赵团长比您多一象一炮呢！"

刚刚做完第三个伤口针灸的姜启仁此刻反而喜不自胜。他想，团长的表现说明针灸麻醉效果不错啊！

因为胜利在望，求胜心切的赵团长连声催促对方决战。姜启仁却不慌不忙。他明白，接下来有几步棋非常关键，他要等第三个伤口开始手术的时候看看团长如何应对。

院长开始做第三个伤口手术的时候，棋盘上的大战又开始了。

"前车平五！"赵团长发出指令。

这时，姜启仁看到院长的手术刀在反复剔除赵团长左胸肋骨上的腐肉，不见嵌入的弹片出来，却见鲜血在肚腹上流淌，护士赶忙止血，赵团长身子颤抖了一下。姜启仁赶忙接招："将五平六！"

"象五退七！"赵团长走出的这一步貌似平淡无奇，却使姜启仁大吃一惊。姜启仁猜测，对方可能要用"海底捞月"的战法，这是在为他自己的车和帅让路啊，目的是要占居中轴线。为了占领这个战略要地，接下来即使可能丢车丢象他也心甘情愿。如果脑子不清醒，定然走不出这样的妙招。你真行啊，团长！

姜启仁应招："车九进四！"接下来出现的结果是：双方都拼掉一车。姜启仁顺手吃了对方的象。对方的车和帅果然毫不迟疑地占据了中轴线。这时，只听得赵团长很轻松地舒了一口气。与此同时，院长用镊子夹出一块弹片，滴血的弹片"砰"地一声落在磁盘里。

棋下到这个地步，姜启仁身处险境，但是表面却装的若无其事。他想忽悠一下赵团长，赚个和局："团长，你看啊，现在你就只比我多一个炮了，连个炮架子都没有，只不过是个摆设。我有坦克车护着老将，你有啥门儿啊？和棋，和棋，和气生财呀！你说呢？"

赵团长毫不理睬，发令挪动了他的宝贝大炮。

姜启仁心想，糟糕，团长果然要使出绝杀的招数！此刻，他只能用车罩住老将，被动应付，什么招都没有了。

　　赵团长终于走出最毒的一步棋：他竟然在对方老将的屁股后边架起了大炮，想一炮摧毁对方赖以护驾的坦克车。姜启仁见事不妙，立马让自己的宝贝车逃离了对方的炮火。

　　姜启仁威胁道："团长啊，你当心我的老将一屁股把你的大炮坐掉啊！"

　　赵团长笑道："既然你的老将有这么大的屁股，那么，我就让你如愿以偿吧！"说着，果断地撤回了护炮的车。

　　这时候的姜启仁彻底泄了气。他天真地想到，要是允许他连走两步棋，他就有救啦！可是这不合象棋规矩啊！不坐掉对方的大炮，自己的坦克车就无法回救老将。坐掉对方的大炮，就来不及调回自己的坦克车，而对方的坦克车正虎视眈眈，准备生擒他的老将呢！坐炮，不坐炮，都是死路一条啊！

　　"姜先生，你咋不坐我的炮呀？坐！快快坐呀！"赵团长笑声爽朗。围观者都笑了。

　　在笑声中，赵团长的第六个伤口已经结束手术，包扎完毕。这时，夜空中传来飞机轰鸣声，不一会儿吴家大湾方向响起剧烈的爆炸声。又过了一会儿，门外负责警卫的士兵进门向院长报告："一家农户夜里点灯给孩子把尿，遭到敌机轰炸。现在警报解除，请放心手术。"

　　姜启仁和赵团长的对弈重新开局。也就在这时候，战地医院的后面山上传来了密集的枪声，间或夹杂着手榴弹的爆炸声。姜启仁猜测，一定是胡屠户他们和夜袭的鬼子遭遇了。夜间丛林作战是花子军的长项，鬼子兵占不到便宜。他告诉大家，放心做手术，别理会这些小插曲。果然，一个小时之后，公羊美石送回捷报。他被卫兵挡在门外。他送回的捷报是由卫兵转述的。卫兵说："刚才，一个杀猪佬带领伙计们全歼了来偷袭医院的鬼子别动队。杀猪佬说，总共才五十三个鬼子呀，哪里用得着医院里的国军动手？他们的手早就痒痒，想过一把瘾呢！杀猪佬要大家尽管放心！"姜启仁听了，忍不住想笑。

最后两个伤口相对于其他伤口，稍稍轻微一些。因此，他一边做针灸麻醉，一边对弈，新的棋局顺利得多了。

赵团长的八处重伤都处理完毕的时候，第三局对弈也宣告结束。小河南见团长手术顺利，宣布战果的时候眉宇间露出喜色："盲棋对弈，总共三局：姜先生和团长各胜一局，一局和棋。"

当院长和护士把赵团长身上的轻伤和重伤全部处理完毕的时候，东方天际已经现出一抹朝霞。年过花甲的院长累得瘫坐在地上起不来了。他是被几个卫兵架着，扶着，一步三摇晃地走回去的。这情景深深地印在姜启仁的记忆里，他一辈子都不曾忘记。

第六章

1，围猎葫芦畈

阵阵秋风吹动着黑水县城城墙上的膏药旗，一种刺骨惊心的寒意袭往沦陷区百姓的心头。这时节，不愿当顺民的百姓中间就不断生出一些故事来。

这里叙述的故事就发生在日军占领黑水县城之后的一九三九年农历四月十五这天。

刚刚吃过早饭，日本鬼子就进了村。负责接待鬼子的是维持会委任的村长田老大。不一会儿，田老大按照鬼子的吩咐敲响了铜锣："全体村民注意咯，马上到南边大道场集合咯！皇军要训话咯！"迎面碰到有点交情的人，他就一面用锣声做掩护，一面小声叮嘱："鬼子这一回是找花姑娘。脑子活泛点儿！"田老大有个兄弟媳妇叫冯三婶，是个三十多岁的俊俏寡妇，和匡家长工杜儿圆相好。她听到这个消息，有点儿心慌意乱，就立马找到杜儿圆讨主意。杜儿圆是花子军两年前委派下来的"分流人员"。这个消息让他心头一惊，意识到葫芦畈村子灾乱就要临头了。这时候，他首先想到的是找昨晚在村里住宿的外地杂耍班子商讨对策。花子军有个闻名遐迩的侦察班，带班的是大名鼎鼎的梁祖君，这几天他们另有任务。而眼下这个杂耍班子是花子军临时从各大队抽调组合而成的又一个侦察班，总共十九个人，带班的是步兵二大队的大队长潘来运。杂耍班本来早早吃过早饭，打算尽快返回八仙寨，但是发现鬼子进村就决意留下不走了。潘来运正要派人去找杜儿圆，杜儿圆风风火火地找上门来。杂耍班借宿的农户是一家姓刘的大财主，深宅大院，炮楼高耸。从这个炮楼你就可以看出，这家子为防匪患曾经有过私人武装。众所周知，鬼子早就取缔了沦陷区里的私人武装。因此，闲置的炮楼已经成为历史遗迹。

杜儿圆和杂耍班聚于炮楼，开了一个简短会议。

杜儿圆分析说："今年春上鬼子进村是征粮，这一回是征女人，也就是抓慰安妇。冯三婶听她大伯子说，鬼子一共五十四人，开来两辆汽车。请潘队长拿个主意：咱们怎么办？"

"五十四个鬼子，超过了国军一个排的兵力呀，可我们只有十九人啊！真要打起来，恐怕悬啊！"说这话的是个年轻士兵，名叫朱长锁。

另一个年轻士兵向正军补充说："就算鬼子也只有十九个，一对一，恐怕也不能说有把握取胜。我们带的长枪很少，何况这种汉阳造打久了枪膛就发红，就得往里头撒尿。手枪和短刀，更不是三八大盖的对手。"

见大伙这么说，一个名叫朱明山的大个子士兵急了："就这么眼睁睁地看着自家姐妹入虎口吗？咱花子军可没有这个传统啊！"

大伙七嘴八舌，意见无法统一。此时的潘来运心里斗争非常激烈：面对这个突发事件，花子军的确不能坐视不管。可是，花子军还有一个规矩，那就是头领要对手下弟兄的安危负全责。他深知这两个责任都是同样重大。有没有既能够打击敌人，又能够保护自己的万全之策呢？想到这里，他果断地下了结论："这个仗非打不可，因为咱花子军不能眼看着自家姐妹入虎口。另一方面，弟兄们也一定要注意保护好自己。只有保护好自己，才能杀鬼子呀！现在大家献策：这个仗咋个打法才能两全？"

大家都知道，花子军头领说话历来都是一言九鼎。既然头领拍了板，众人的心思就立马收拢来，思考作战方案。

老谋深算的杜儿圆首先发言："咱们至少有两大优势：一是地理优势。你们看啊！"说着用一根小木棍在地上画图形，"咱这村子百多户人家，方圆十多里地。南靠汉江，北有长渠。长渠和汉江把村子围成一个葫芦形。'葫芦畈'就是这么来的。在西头这个葫芦把把上，一条车路一直通往村子东头。北面长渠上有一座木板桥。全村就只有这两个出口。"

潘来运插言："这个地形好啊！最适合关门打狗。"这位嘴唇上只有少许茸毛的年轻人兴奋极了。

"房角路边，到处是千年古树。小路纵横交错，都通车道。屋场连屋场，胡同连胡同。生人进了村就像入迷宫。你们说，我们和鬼子真的干起来，谁沾光？"杜儿圆的介绍使大伙儿信心倍增。

朱明山催问道："第二大优势呢？杜叔快说。"

"这第二大优势嘛，就是村民和我们一条心。全村猎户至少五十家，擅长使用鸟铳和弓箭。还有三四十家是渔民，都有水里功夫。我们公开亮出花子军旗号，立马能够增兵百人。其实不需百人，只要增加三四十条好汉就够了。"

房东刘老伯直到这时才知道在他家借宿的是花子军，那神情真是喜出望外："看见鬼子进了村，我心里就疑惑：这明明是凶兆呀，早晨为什么有喜鹊叫？原来咱葫芦畈遇难，有贵人搭救啊！"说着，吩咐佣人，"把夹墙里的枪支、子弹、手榴弹统统搬出来交给花子军。这些东西，到了他们手里有大用。"

一见这些武器，花子军一个个笑逐颜开，都感谢刘老伯雪中送炭。在分配武器的时候，大家被一颗模样儿独特的手榴弹吸引住了。这手榴弹只有一个手柄却有五颗弹体，而这五颗弹体又分明连成一个整体。谁也没见过这样的手榴弹。最后还是羊舍佳慧脑子好使，他告诉大家：这可能就是周教官曾经讲过的集束手榴弹，专门用来对付敌人坦克的。潘来运也想起来了："听周教官说，这种手榴弹虽然威力巨大，但是投掷距离很短。今天可能用不上它。""还是带上它吧！用来对付鬼子的汽车不是刚好吗？"贺明登向刘老伯要来一个小布袋儿，装上集束手榴弹系在腰间。

潘来运见刘老伯的媳妇和闺女们都换上破旧衣服，脸上都抹了锅灰，立刻心生一计，要求刘老伯把女眷衣服和帽子、鞋子都贡献出来。

朱长锁、向正军和贺明登三个年轻战士换上了女人的漂亮衣服和鞋帽，在院子里扭腰摆臀地走起了台步。杜儿圆觉得他们扮女人确实像极了，于是情不自禁地学着鬼子的腔调夸奖道："你的，花姑娘，皇军大大的喜欢！"逗得大伙儿都笑了。

潘来运见准备工作就绪，就下达了作战命令："大伙儿都听好了。侦察班三个小组这样分工：朱明山小组把守葫芦把把。贺明登小组和朱长锁小组进村袭击鬼子。咱这回是关门打狗，要把五十四个鬼子全部消灭……"

"木板桥呢？谁守？"有人急了，深怕指挥官有疏漏。

"这活儿交给杜叔。杜叔必须立刻动员猎户和渔民到达木板桥桥头。桥上，水上都要封死。如果逃出一个鬼子到城里报信，这一仗就有可能彻底砸了。大家都知道，这儿距县城只有十五公里，鬼子援兵乘车到达这里，最慢也不过半个小时。"

"明白！"杜儿圆深知把守木板桥和长渠责任重大，因此面孔严肃，身子直立，胸脯挺起，答话充满决心和底气。

潘来运交给羊舌佳慧一个任务："贺明登小组和朱长锁小组首先协助你抢夺一辆汽车。你一路加足马力，以最快的速度回去给大当家报信。大家注意，夺车的枪声响起，就是正式开战的信号。"

这时，田老大的锣声越来越近了。花子军侦察班把杂耍伙伴猴子和狗，还有道具箱子都寄存在刘老伯家，只挑拣了一支铜号带上，迅速离开刘家大院，投入了战斗。

杜儿圆从刘家大院出来，发现冯三婶蹲在房角正等候着他呢！"你个三婶啊，钻地窖，拱草堆，该怎么干就怎么干，等我干什么呀？花子军给了我很重要的任务呢！"冯三婶生气了，撇嘴说："随你什么任务，反正我跟你跟定了。我就是你的任务！"杜儿圆心想，有个帮手也好，就把花子军的作战计划告诉了冯三婶。冯三婶听了，觉得有了真正的靠山，心里踏实多了，于是嫣然一笑："吉人自有天相，这话不假呀！"杜儿圆说："现在花子军需要你帮忙，你干不干啊？""帮什么忙？""你去匡家大屋场，那里猎户多，你告诉他们，花子军决定关门打狗，安排他们和我把守木板桥，要他们带上家伙立马到桥头集合。我去胡家屋场动员打鱼佬们尽快参战。"冯三婶知道事情紧急，二话没说，撒开大脚片子往匡家大屋场奔去。

当杜儿圆领着二十几个渔民赶到桥头的时候，已经有七八个猎人等候在那儿了。不一会儿，又有十几个猎人陆陆续续赶到。他们身上都带有武器，有鸟铳，也有弓箭，还有刺杀野兽的钢叉。这时，有人提议拆掉桥板，只留个空架子给鬼子。杜儿圆称赞这主意不错，就立即组织拆桥。随后到来的冯三婶得意地问杜儿圆："怎么样啊？还行吧？"杜儿圆竖起大拇指称赞道："你真行啊！人儿漂亮，办起事儿来更漂亮！"有人打趣道："看来，咱们的杜叔是英雄难过美人关啊！"冯三婶一本正经地回敬道："想的倒美。他是剃头匠的挑子____一头热。咱家长辈看不上他！"在场的人们都忍住笑，怕刺伤了这个高龄单身汉的心，因为他们都知道冯三婶所言并非完全是虚。田家长辈们认为杜儿圆是个穷光蛋，田老三留下的独苗儿会跟着受穷遭罪；而人呢，瞎了一只眼，黑不溜秋的，外表压根儿配不上冯三婶。

　　闲聊间，南边大道场传来三声枪响。肚儿圆提醒大家："都听到了吗？战斗已经打响。打猎的好汉们要把这座桥守好，还要守好长渠大堤，决不能让一个鬼子从这里逃走。胡家屋场的人都是水里蛟龙，你们都到对岸去，躲进庄稼地，瞪大眼睛，专门对付水里的鬼子。"接着，指定了每个人的战斗位置。末了，他特别强调："如果从咱们阵地逃出一个鬼子回城报信，鬼子的大队援兵乘汽车一眨眼工夫就到了葫芦畈。乡亲们啊，咱们的战斗决定全体村民的生死存亡啊！"

　　参战的村民们迅速地各就各位。

　　听着杜儿圆的作战部署，冯三婶佩服极了，心里想："这个汉子啊，不仅耕田耙地是好手，指挥打仗也是呱呱叫。姓田家族里能挑出这样的好男人吗？还瞧不上人家呢！"

　　南边大道场响起枪声，是贺明登小组和朱长锁小组打响了夺车战斗。两个小组到达南边大道场，发现这里已经集合了一些村民。几个年轻媳妇和姑娘蹲在道场一角互相依偎着哭作一团。道场另一角停着两辆军用汽车。奇怪的是，这里只有三个鬼子看守。有个村民悄悄告诉他们：大部分鬼子都去挨门擦户地搜寻漂亮女人去了。放眼望去，远处的村路上果然有鬼子持枪押着女人向这边走来。两位组长当机立断，三枪打倒了三个鬼子。与此同时，羊舌佳慧钻进汽车驾驶室，很快发动了汽车。他开动汽车时，心里暗自庆幸，庆幸近几年来大当家提倡一兵多能，庆幸自己刻苦操练而且成绩优异。他熟练地驾驶汽车上了通往葫芦把的车路。路边的鬼子朝汽车射击，子弹打碎了驾驶室的玻璃。羊舌佳慧的整个身子躲在方向盘下，一只手紧握方向盘，让汽车在笔直的车路上向前飞驰。这些操作技能，都是教官从实战出发，手把手教给他的。

　　场子里的村民四散奔逃。贺明登和朱长锁害怕伤了村民，带着自己的小组奔向了不同的道路。

　　花子军凭借房屋和大树的掩护守株待兔，朝鬼子射击。他们都是从各个大队选拔出来的，个个都是射击能手，一枪撂倒一个鬼子，弹无虚发。大约一顿饭工夫，田边地头，屋檐下，道路上，到处都有鬼子尸体。粗略估计，花子军击毙鬼子二十有余。

　　鬼子吃了亏，发现今天碰上的不是土匪流寇，而是训练有素的军人，更为糟糕的是，搞不清对方的兵力部署，打的是糊涂仗，于是决定暂时放弃强征慰安妇的计划，尽快回城搬兵。

　　鬼子迅速集合部队，奔向南边大道场。那里停着一辆汽车，他们打算乘车回城。

　　中途，鬼子发现了意外收获：三个花姑娘哭哭啼啼，仓皇逃跑。鬼子小队长连忙命令三个士兵去抓住她们，顺便带回。

　　这三个鬼子确实倒霉。他们抓住三个姑娘，刚刚伸出手去准备调戏取乐，不料三个姑娘同时从腰里拔出手枪，"砰＿＿砰＿＿砰＿＿"三声枪响，要了他们的狗命。这三个姑娘不是别人，正是向正军、朱长锁、贺明登。

　　鬼子小队长这才强烈地意识到，他们已经身处险境，在这里多待一分钟，就要付出生命的代价，于是命令部下跑步奔向南边大道场。花子军因为兵力不足，没有派人守卫汽车。鬼子很顺利地驾驶汽车朝葫芦把方向冲了过去。

　　汽车开到葫芦把，鬼子们被眼前的景象惊呆了：几棵锯倒的大树阻挡了车道。这些参天大树，即使七八个棒小伙一齐发力，也很难挪动一棵。路边的密林里荆棘丛生，藤蔓缠绕，根本就无路可走。鬼子们下了车，大眼瞪小眼，无计可施。

　　朱明山大喊一声"打！"。躲在密林里的花子军战士一齐朝鬼子打点射，突然遭袭的鬼子接连倒地。接着，林子里飞出几颗手榴弹在鬼子群中爆炸了，车道上顿时烟尘弥漫。与此同时，林中响起了嘹亮的冲锋号声。这阵势让鬼子估不透林子里的伏兵究竟是一个连还是一个营。活着的鬼子一面盲目还击，一面仓皇后撤，连汽车都丢下不要了。

看样子，鬼子是想从木板桥那里突围。朱明山担心把守那里的村民难于对付这些鬼子，就派出三个战士赶去增援。

鬼子小队长果然带领残部直奔木板桥。鬼子们一心想着逃命，连掉队的伤兵都顾不得了。两个鬼子伤兵互相搀扶着走，发现三个带枪的人在后边紧紧追赶。鬼子伤兵慌了神儿，连忙踹开路边一家农户的大门，钻了进去。这家农户只留下一个老太太看门，媳妇、闺女、儿子和老头儿都避难去了。站在楼上檐下的老太太，见两个全身血污的鬼子进了自家院子，先是有些害怕，但是见有人提枪随后追来，猜想那一定是花子军，顿时胆壮起来。她从寝室里拎出一把夜壶，朝楼下的鬼子扔过去，嘴里大声喊叫："花子军嘞！＿＿＿我家进了狼！＿＿＿快来打狼呀！＿＿＿"陶瓷夜壶不偏不倚，砸在鬼子的头上，立刻粉碎，尿液淋在鬼子的头上，衣服上，一股难闻的气味直冲鼻孔。两个鬼子突然遭到这种新式武器的袭击，慌忙连滚带爬地出了大门。赶去增援的三个花子军战士顺手牵羊，用两颗子弹送两个鬼子去了姥姥家。

话说守卫木板桥的猎人们远看鬼子的汽车开向了葫芦把，都像穿孔的轮胎顿时泄了气。他们陆陆续续从大树后边走出来，三五人一伙围在一起抽旱烟，扯闲篇儿。杜儿圆急了："老哥小弟们呐，这个样子使不得，使不得呀！晓得麽？咱们是伏兵，咋能大摇大摆，喳喳呼呼啊！"有人反驳杜儿圆："鬼子早就跑了，你让我们在这儿干等，有啥意思呀？"还有人打趣说："杜大哥呀，你反正闲着也是闲着，不如趁这闲空儿和美人儿亲热亲热该多好啊！"杜儿圆觉得可笑又可气，更叫人心急。可是，他们不是部队里的战士，不能对他们执行战场纪律，只能拿好话相劝："我杜儿圆虽然不是诸葛亮，可我敢断定，鬼子过不了葫芦把，这里马上就有一场恶仗。各位必须时时刻刻准备着，准备打杀猎物。我敢打赌：要是鬼子不来这里，以后我给每家每户轮流着倒夜壶，保证不要工钱。行不行啊？"大家齐声喊"行"，嘻嘻哈哈地重新回到自己的战斗位置隐藏起来。杜儿圆又叮嘱："一会儿鬼子来了，大家听我口令。我不喊打，任何人不许开枪。"

杜儿圆果真料事如神，葫芦把的枪声停息约摸半个钟头，鬼子就扑过来了。猎人们已经给鸟铳灌足了火药和枪子，使弓箭的人已经将箭搭在弦上，都在静静等候着杜儿圆一声令下。估摸鬼子大多进入了鸟铳和弓箭的射程之内，杜儿圆才大喊一声"打！"。所有的鸟铳都响了，打出去的散弹落在鬼子群中。中弹的鬼子有满脸淌血的，有身受重伤倒在地上的，还有捂住胯下的命根子在地上打滚的。猎人们射出的弓箭精准度更高，射中的不是鬼子的头部，就是鬼子的胸部。中箭的鬼子没有勇气把箭拔出，只好身带箭杆匆忙躲避。鬼子们一边撤退，一边就近寻找大树作掩护，很快开始了反击。狡猾的鬼子发现对手都躲在大树后边，三八大盖对他们无可奈何，就使上了掷弹筒。掷弹筒打出的手雷在树旁爆炸，几个猎人受了伤。杜儿圆怕大家吃亏，立即组织撤退。鬼子见对手撤退，立马追了过去。

就在这万分危急时刻，鬼子背后响起了枪声。原来是前来增援的三个战士赶到了。鬼子反应很快，立马分兵对付背后的袭击者。可是鬼子万万没有料到，追击猎人的另一路同伙遇到了更大的麻烦。长渠边到处有森林。鬼子追到一片森林边，猎人们已经逃跑的无影无踪，碰巧与另外一伙人遭遇了。原来，鬼子汽车开往葫芦把之后，贺明登和朱长锁带领他们的小组满村子寻找和处置鬼子伤兵，害怕他们祸害百姓。待两个小组赶到这里的时候，正碰上鬼子追击猎人。于是一场遭遇战就这样开始了。长渠边到处是参天古树，双方都利用古树做掩护。花子军常年在丛林里练兵，自然比鬼子善用地形地物。鬼子的掷弹筒打出去许多手雷。手雷爆炸声很是吓人，却没有伤到一个人。花子军战士围绕可供几人牵手合抱的大树，或躲避手雷，或瞄准射击，或彼此呼应配合……他们灵活自如就像鱼儿戏水一般。

再说杜儿圆组织猎人们撤退并没有跑很远。他们见花子军与鬼子交上火，就慢慢靠过来，在远处观战，准备寻机会打击敌人。眼下，鬼子的兵力与花子军相当，而手中的武器也没有了往常的威力，可以说是优势尽失。鬼子小队长发现木板桥上已经没有了木板，又考虑到继续打下去讨不到便宜，于是下命令跳进长渠逃生。十多个鬼子直奔大堤，准备往长渠里跳。贺明登发一声喊："弟兄们，决不能放走一个鬼子！"他边喊边向鬼子冲过去。杜儿圆也向对岸的渔民们呼喊："注意咯！＿＿　狼要跳水咯！＿＿"对岸的渔民们闻声而动，纷纷潜入水中。

有道是，兔子逼急也咬人，何况是逃命的鬼子。五个鬼子转过身来，把冲在最前边的贺明登围住了。五把明晃晃的刺刀向贺明登刺过来。贺明登毫不犹豫地拉响腰上的集束手榴弹。一声巨响，大地震颤，古树摇晃，硝烟弥漫。贺明登和五个鬼子一起同时被撕碎，被抛向高空。这一切发生在几十秒钟之内，花子军和猎人们根本来不及援救。

跳入长渠的大约有七八个鬼子。渠水不深，最浅的齐胸，最深的漫过头。不识水性的鬼子暴露在水面，被花子军瞄准射杀。会水的鬼子钻入水底，渔民就和鬼子开始了水下搏斗。渠水不甚清澈，岸上的人们看不清水底下的精彩镜头，只是大约一支烟的工夫过后看到水底的鬼子尸体浮上搅浑的水面。那是在水里与鬼子搏斗的渔民确信对手已经毙命才松手的。站在大堤上的杜儿圆一直紧盯着长渠水面，把漂浮的鬼子尸体数了一遍又一遍，然后报告给组长朱长锁。朱长锁和身边的战士议论一会儿，结论说："这边的鬼子全部被我们消灭了！"

可是战场上没有欢呼声，空气显得异常沉闷，因为几个战士正在收集贺明登的遗体。贺明登的集束手榴弹是在五个鬼子中心爆炸的，他的五脏六腑和四肢与鬼子的混合在一起难以辨认。他的嘴角有颗黑痣，手臂上有儿时倒开水不慎留下的一个伤疤。战友们就凭这两个记号找到他的血肉模糊的头部，还找到他的半截手臂。朱长锁脱下褂子，一边含泪包好烈士的不完整的遗体，一边安排三件事：一是派人向大队长潘来运汇报这里的战况；二是派人给刘老伯送还女眷的衣服，顺便带回道具箱子和猴子、狗；三是委托杜儿圆动员乡亲们协助几个花子军战士打扫战场。

潘来运和朱明山这边成功地堵截西逃的鬼子之后，并没有松一口气，他们担心鬼子强渡长渠不成再杀回马枪，一直严阵以待，静观战况变化。所以，直到朱长锁派人来汇报北边战况之后，他们才放心地用锯子、斧子清除路障。

他们乘车到达木板桥桥头的时候，这里打扫战场已经结束。鬼子伤兵都被猎人的钢叉戳死。收缴的枪支弹药堆积在一起。躲难的村民都陆陆续续聚拢过来。大家都在静静地等候着他们。

潘来运刚刚从驾驶室里下来，朱长锁就在他面前跪下，双手托起贺明登的遗体，已经泣不成声。

潘来运双膝跪地，接过贺明登的遗体，泪流满面地呼唤道："我的好兄弟，你好年轻啊！你结婚才三年，儿子不到两岁……"潘来运的声声呼唤在战友们心中产生了强烈的共鸣。人群里响起哽咽抽泣之声。

潘来运将贺明登的遗体小心翼翼地放到地上，抹一把眼泪，恭恭敬敬地磕了三个响头，然后抱起战友遗体深情地说道："弟妹子和军军在家等你呀！兄弟，咱们回家吧！"这时候，在场的村民们都跪地痛哭，无尽的哀思都在这一片哭声里了。

　　缴获的枪支弹药装上了车。侦察班的战士们上了车准备回山寨。潘来运交代村民："整整一个小队的鬼子在这里丧命，肥原上仪一定会来报复。我估计，最迟明天下午，鬼子就要来葫芦畈屠村。我劝大家连夜逃走。留得青山在，不怕没柴烧。"

　　朱明山启动汽车上了车道，村民们仍旧跪在原地没有起来，一直目送汽车远去……

　　羌六宝早就派出周道本带领步兵一大队为潘来运保驾护航，所以潘来运和他的侦察班乘车回山寨是一路顺风。回山寨之后，就有葫芦畈的重要消息陆续传来：第二天，肥原上仪派出一个中队的鬼子来葫芦畈屠村，可是见不到一个老百姓，连村长田老大也逃走了，就放火烧了这个村庄。熊熊大火半月方熄。葫芦畈事件过后，杜儿圆和花子军名声大震。有人说，鬼子在葫芦畈横行，羊虎庙里的羊虎神仙看不下去了，就派亲兵灭了他们。还有人说，杜儿圆是花子军派下来的高级军官，眼见鬼子强征慰安妇，他立马调来了花子军的精锐部队灭了这群野兽。外村人的传说更是了不得，说杜儿圆是羊虎神仙派下来的天将，生下来就只有一只眼，这只眼睛专门关注老百姓的苦难，发现怪物祸害百姓就立即向羊虎神仙报告。没有人评说这些传说的真伪。人们眼见的事实是，杜儿圆成了香饽饽，远近的村庄都抢着收留他。最后，他和冯三姊成婚，在望江坪定居下来。

2，全军紧急备战

　　四月十六这天，花子军为贺明登举行了隆重的葬礼。葬礼还未结束，一个串乡货郎给花子军送来绝密情报：鬼子决定四月十八日扫荡八仙寨，计划出动一个大队的鬼子，还有皇协军。货郎特别叮嘱，千万不要怀疑情报的真实性，更不要对情报的来源刨根究底，只管提前防范就是了。货郎说罢，没有喝一口茶就摇着拨浪鼓，下了八仙寨。

果然，翌日日出之后一架日军侦察机飞临八仙寨，先是在高空转了一圈，接着是低空盘旋。飞机发出刺耳的轰鸣，擦着树梢呼啸而过。大家顿时紧张起来。何公馆里的女眷们从来没有见过这阵势，显得特别慌乱。贺明登的媳妇陆春芳把孩子紧紧地搂在怀里，不停地哄着："军军莫怕啊，莫怕！"其实，她自己浑身都在颤抖。有人钻进被窝，把头捂得紧紧的，仿佛把那薄薄的被子当成了铜墙铁壁。杜小凤此刻正在给伍升谷子梳小辫。飞机炸雷般的轰鸣把伍升谷子吓得一边哭叫一边往杜姨的怀里钻。杜小凤没有慌。她站起身，大声安抚大家："大家不要怕！我们有花子军呢！"

日军侦察机在八仙寨盘旋了好一会儿才离开。羌六宝立即在张公馆召开各路头领的紧急会议，要求大家集思广益，制定出八仙寨保卫战的具体方案，今天晚上拿到会上讨论。

晚饭后，张公馆早早燃起松明，各路头领很快到齐。羌六宝说："各位弟兄，论日本鬼子的武器装备和打仗的本事，在中国可能没有哪个部队能比。听说过吗？连国军的王牌部队碰上日本鬼子，有时候也不敢硬碰硬。我们花子军呢？使的是从敌人手里缴获的汉阳造。这种步枪打久了枪膛就发红发烫，只有往枪管里撒尿才能再用。幸亏我们自制了一些手榴弹和地雷。眼下形势就是这个样子。"说到这里，羌六宝有意停顿一会儿。

寂静，难耐的寂静。没有咳嗽声，连风声都没有，空气异常沉闷。

"八仙寨是我们的家，这个家不能丢！"羌六宝提高了音调，

"要打赢这一仗，我羌六宝只有靠大家。俗话说，三个臭皮匠顶个诸葛亮。今晚请大家来，就是想请你们献出对付鬼子的好计谋。"羌六宝的简单开场白过后，就是大家发言。

"兵来将挡，水来土掩，咱怕他个球！"首先发言的是周道本，"虽然鬼子有飞机大炮，但是我们占据有利地形，再加上弟兄们这些年刻苦操练，个个都有一身真本事，完全可以打赢这一仗。我们一大队制定的方案是：设立三道防线。我带领步兵一大队，守卫山寨三个进出口：蛇倒退、鬼掉魂、仙姑桥。侦察班负责通讯联络，同时负责在百里环山路上监视敌情。给侦察班安排这个活儿，是因为我们认为，这是战时，不同往常，不能完全指靠狗司令和鹰司令的那些兵。"这时有人插话："我说狗司令啊，到时候枪炮一响，你的那些狗兵狗将恐怕就都忙着逃命去了。你就成了光杆司令啦！""狗啊，鹰啊，真的上得了战场？我没见过。"

卢长春不服气地说："我听着怎么觉得你们有点信不过我的那些兵啊，到时候你们就知道它们的厉害了！"外号"鹰司令"的里额巴图不停地眨巴着无神的眼睛，显然也急于插话。这时候羌六宝连忙提醒大家静听周教官的方案。

"在铁拐峰、仙姑峰、湘子峰这三座山的山脚下设立第二道防线。在湘子峰的蓝公馆、仙姑峰的吕公馆和铁拐峰的曹公馆设立第三道防线。考虑到二、三道防线易守难攻，由步兵二大队负责防守就足够了。步兵三大队留作总预备队。请大家想一想，就算鬼子过得了我这三道防线，再硬的钢板放进炉子里烧它几遍，也能变软，最后化成铁水。我这个战法呀，就叫'天炉战法'。"

周道本发言过后，步兵三大队的大队长胡屠户抢着发言了："大家都知道我是个杀猪佬。哈哈，我就凭杀猪的经验谈谈我们的方案吧！要杀猪，首先得逮猪，控制猪。要不然，没等你的刀子伸过去，猪就跑了。你杀个屌啊！小日本这头大肥猪应该怎样逮，怎样控制呢？我们的方案是这样的：三个步兵大队抽出大部分兵力镇守三座山峰，布好口袋阵。留下小部分兵力在百里环山路上打运动战，以防万一。侦察班负责吸引鬼子，把这头大肥猪牵进口袋里，然后宰了它。"说罢，胡屠户端起茶碗喝了几口茶，得意地环视一周，看样子他在期待大家的好评。

潘来运是步兵二大队的大队长。胡屠户发言之后，他不慌不忙地拿出早就画好的地图，双手将地图按在洞壁上，说："大家看，这是我们八仙寨的地形图。"

大伙一看，都忍不住笑了："你画的是三个苞谷面饼子呀！"

"不是饼子，是三座山峰。这是铁拐峰，这是仙姑峰，这是湘子峰。"潘来运一本正经地解释说，"你们看见三座山峰上一共分布有八个小圈吗？这就是我们居住的八个大的山洞。仙姑峰北边的这个小方块就是仙姑坪，这儿有我们的大操场。三座山峰夹两个大峡谷，一个是绿水峡，一个是野猪峡。八仙寨的三个进出口也标在上边，大家看好。下边，我就按这个图，说一下兵力部署。首先，我们要明确：我们的目的，或者说目标究竟是什么？是打退鬼子？还是消灭鬼子？在这个问题上，我赞成三大队的搞法：把鬼子引进口袋阵，宰了它！开战之后，我们应该主动放弃这几个地方：仙姑坪和它边上的钟离公馆、张公馆，还有野猪峡和绿水峡。三个步兵大队全部部署在三座山峰上，用心用意地编好口袋。侦察班佯装阻击来犯的鬼子，把鬼子引进口袋里。他们同时还有另外两个任务：一是所有阵地的通讯联络，二是在百里环山路上监视敌情。不用说，我们的狗司令和鹰司令也要积极参战。有时候，狗和鹰说不定能起大作用。三个步兵大队的用兵方法也要多动脑子。我们大队经过反复讨论，一致认为在原始丛林里作战，三人小组的活动比较机动灵活，只不过组与组要互相策应，能分能合。每个步兵大队都要留有一半兵力做预备队，防备战场上出现意外情况。这就是我们二大队讨论制定的方案，有不妥的地方请大家纠正。”

潘来运的发言赢得大家的喝彩。宋光宪赞叹说："这个潘来运啊，可惜没有读过军校。如果到军校里多读点书，肯定能成个了不起的将军、元帅。"有人打趣说："咱中国历史上出过文盲元帅没有？如果没有，那么咱潘老弟就是第一个文盲元帅啦！"有人纠正说："这两年咱潘队长一直是文化课堂里的优等生，早就摘了文盲帽子。认字，背书，呱呱叫。只不过拿笔写字拙一点儿。""不客气地说，和文盲相比，他是稿荐上垫席子＿＿ 高级一篾片儿。"生性腼腆的潘来运在松明光亮的映照下，黑红的脸庞变得通红了。羌六宝再次把扯远的话题拉了回来："话长夜短，请大家集中精力讨论方案。"

"从三位大队长的方案来看，大伙都特别看重我们侦察班。哎，谁叫咱班都是从各队抽来的精兵呢！"梁祖君的口气里透出不加掩饰的自信和自豪，"我只想补充两点：第一，必须重视狗和鹰在这次战斗中的作用。因为我们要想尽可能减少伤亡，就必须尽量发挥我们自己的长处。我们盼望狗司令和鹰司令立大功。在明天的战场上，敌我搅和在一起，使用电台和步话机很容易泄密。因此，我建议凡是机密的通讯联络一律使用信鹰。第二，八仙寨所有的粮食、药品和被服战前必须隐藏好。这两条是侦察班的弟兄们交代我必须带到会议上的。"

卢长春补充道："我建议，散会以后，全寨所有的人，包括空山法师和何公馆的女眷们都到操场集合，让我的兵们逐个熟悉大伙的气味。咱丑话说前头，如果漏掉谁，开仗了别说咱的兵只认气味不认人。"大伙附和道："记得！记得！"

正当头领们热烈讨论方案的时候，门外的哨兵进来报告说："二将军说有紧急军情报告！"

　　卢长春一听，忍不住笑了。原来这"二将军"不是别人，正是卢长春的二徒弟。卢长春是狗司令，他的三个徒弟就被大伙戏称为"将军"了。

　　羌六宝知道二将军此时必有重要情况禀报，连忙叫他进来。

　　二将军满头大汗，一进门就喘着粗气报告说，天黑之后有一个小队的鬼子想从鬼掉魂摸进山寨。刚刚从拜堂松下来三个鬼子就被巡逻的猎狗发现了。猎狗拼命追扑和厮咬，三个鬼子一个接一个地滚下了悬崖。这时，我们的哨兵发现对面几个鬼子正在攀登拜堂松，连忙举枪射击，中弹的鬼子叽呢哇啦嚎叫着掉下山涧。后面的鬼子见事不妙就撤回去了。

　　大家断定这是鬼子的小股别动队，夜里不会有大部队的进攻。

　　羌六宝提醒大家："鬼子已经行动了，我们准备的时间不多了。要抓紧啊！"

　　宋光宪发言了："我赞成二大队的方案。梁祖君和卢长春补充的几点建议都很重要，大家要记住。我还想补充三点：第一，我们有大山洞八个，小山洞无数，还有原始森林，这是羊虎神仙赐给我们的优势，希望大家利用好。二，连夜准备一个星期的干粮和水。开战之后，不准任何人生火做饭，夜间不准点灯。因为生火点灯就等于给敌人的飞机大炮指示了目标。当然，我们巴不得只打半天一天就停，准备充足一点没有坏处。三，狗司令和鹰司令，今夜要和你们的几个徒弟商量好，布置好，做好战前准备。"

　　听着大家的发言，羌六宝心里激动万分。从举起花子军大旗到现在，已经六年了。六年里，靠着大家齐心协力，闯过一道又一道难关。眼下，在这生死存亡的紧要关头，大伙出计献策，使他胆壮底气足。多么好的弟兄呀！现在，他看的更远，想的更远了：有了这帮好弟兄，花子军将来肯定会越来越兴旺。随着队伍的发展壮大，指挥人才缺乏的问题就会越来越突出。宋光宪昨天向他提议，能不能把潘来运推上去，让他摔打摔打？他想，好钢需要淬火，宝刀需要磨砺。这位小兄弟指挥葫芦畈围歼战虽然表现出色，但从战斗的规模上说，从战斗的复杂性和残酷性上说，那只能算是牛刀小试，他多么需要经受大战的磨炼啊！明天的保卫战不就是绝好的机会吗？想到这里，羌六宝站起身，郑重宣布：潘来运为八仙寨保卫战的总指挥，他的大队长职务由伍佳杰代理。"现在当着众头领的面，我交给他三大权：指挥权、奖赏权和惩处权。三个步兵大队原先驻扎的三座山峰就是你们明天的防区，总指挥部就设在二大队驻扎的仙姑峰。下面请各位头领把自己担当的责任复述一遍。"他把嗓音提得很高，张公馆里响起嗡嗡的回声。

众头领复述完各自的战斗任务，羌六宝强调说："两个时辰之后，我和梁班主、宋财神、潘来运来你们的驻地检查备战情况。大伙快去准备吧！"

张公馆的松明熄灭之后，其他公馆立刻变得灯火通明。各位头领主持的备战会议正在抓紧进行，连空山法师和女眷们都列席了会议。会议结束后，森林里，山崖上，各个山峰的羊肠小道上，到处是火把在游动。那是头领们领着自己的部下在实地讲解如何排兵布阵。大约一个时辰过后，仙姑坪的大操场上出现一片忙碌景象。大操场四周都燃起了火把。卢长春和他的徒弟们带领他们的狗兵正在做熟悉气味的细致工作。花子军的弟兄们排队进入操场，然后蹲下不动，让狗兵们从头嗅到脚。三十多条经过长期训练的猎狗排成一长串，在队伍面前缓缓移动，用鼻子逐个"记录存档"之后再进行下一拨。说来也奇怪，此时的操场上，没有人声，甚至没有狗叫声。火把把操场照的通明，队伍进场又出场，川流不息。狗兵们从操场东头移动到西头，又从西头移动到东头。人和狗都显得忙而有序。

　　当羌六宝领着梁祖君、宋光宪和潘来运在各地检查完备战工作的时候，天上的明月已经悄悄躲到湘子峰的背后去了。何公馆里的老公鸡伸长脖子，开始啼叫第三遍。羌六宝抬头望了望天空，心想：决定八仙寨生死存亡的一天就要到来了。

3，八仙寨上炮声隆

　　这是一个晴朗的日子。太阳从东方升起之后，很快就驱散了八仙寨山岭沟壑间的薄薄的晨雾。在蓝天白云的衬托下，高耸云霄的湘子峰、仙姑峰和铁拐峰就像三把锋利的宝剑直刺苍穹。

　　花子军刚刚吃罢早饭，一个鬼子大队就开到了仙姑桥。怎么不见伪军呢？这和情报有出入啊！花子军不知道，日军大佐旅团长肥原上仪根据侦查机反馈的讯息，知道八仙寨地形复杂，不适宜大部队作战，只利于小股精锐部队突击，如果带上伪军，反而碍手碍脚，于是就改变了计划。日军一到仙姑桥就架上迫击炮。炮弹一发接一发，准确地落在仙姑坪爆炸，树枝、碎石和尘土飞上天空，挡住了日光。本原大队长见仙姑桥收缩进河对岸了，就命令工兵迅速架起铁板桥。他一进八仙寨就给他的三个中队下达了战斗任务：白川中队攻打仙姑峰，小泉中队攻打铁拐峰，松云中队留在仙姑坪作预备队，负责保护电台。

　　仙姑峰上，吕公馆里，潘来运举起望远镜盯着仙姑桥和仙姑坪。他发现两个出人意料的情况：一是侦察班事先在鬼子必经的路上埋下的地雷都在密集的炮火中自爆了；二是在鬼子的炮火强攻之下，侦察班根本就还不上手。他果断下令："号兵，吹《小放牛》！"《小放牛》是河北民歌。其实，花子军的号兵不用号，用的是唢呐。他们觉得唢呐好用，不同曲调发布不同命令，号兵好吹，弟兄们也好懂。

六个号兵举起唢呐，一齐吹响《小放牛》，舒缓悠扬的曲调在山间回荡。花子军的弟兄们一听就明白，这是后撤的命令。梁祖君带领侦察班，一边向进寨的鬼子射击，扔烟幕弹，一边往山上树林里撤退。花子军的烟幕弹是专为阻止敌人的追击而特制的，里面的硫磺、辣椒面和六六六粉在空气中散发出刺鼻的味道，呛得鬼子们只顾捂鼻子，打喷嚏，擦眼泪。

在东边铁拐峰坐镇的羊六宝听到《小放牛》，心想，眼前这阵势，叫弟兄们后撤是对的。在西边湘子峰坐镇的宋光宪一听这唢呐声禁不住笑了："来运这孩子，真是个机灵鬼啊！"

本原大队长生平第一次在战场上听到唢呐演奏声，有些好奇，但他很快就断定唢呐发声处就是花子军指挥部所在地。他立刻命令部下用迫击炮轰击花子军的指挥部，但没有效果。

松云中队占领了仙姑坪之后，接着又占据了操场边沿的钟离公馆和张公馆。他们迅速竖起电台天线，和城里的肥原上仪联系上了。肥原上仪命令本原大队长：天黑之前必须拿下八仙寨。本原大队长说已经发现了山匪指挥部，请求大炮支援。

潘来运在望远镜里看得清清楚楚：仙姑坪的大操场上，树林里，到处都是鬼子。看样子他们不像是来扫荡的，倒像是来八仙寨观光度假的。他气得直咬牙："这是欺负我没有重武器啊！"再细看，只有铁拐峰和仙姑峰出现进攻的鬼子。他明白了，鬼子是打算攻下这两座山峰之后再收拾湘子峰。

小泉中队长使用老战术：先用迫击炮开路，接着指挥刀一挥，命令士兵向铁拐峰发起冲锋。越往上攀登，山路越是陡峭。参天古树遮天蔽日。山风吹来，凉飕飕，阴森森的。鬼子向上攀行不远，旁边树林里响起零星的枪声，有几个鬼子倒地。狡猾的小泉为了减少伤亡，连忙命令部队散开，向左右两边搜索前进。不一会儿，搜索的鬼子终于发现三个后撤的花子军。鬼子一边瞄准射击，一边紧追不放。后撤的花子军在数丈高的岩石下面停住脚步，借着树丛的掩护不停地放枪。看样子，这几个走投无路的花子军今天是死定了。鬼子们狞笑着包围过去。这时，突然响起猫头鹰阴阳怪气的叫声，岩石上方的树丛里飞出一排手榴弹，准确地落在鬼子群中爆炸了。有七八个鬼子上了西天，几个受伤的鬼子躺在地上直呻吟。小泉从地上爬起来，气急败坏地发出命令："开炮！八格牙路！"岩石上方和下方都有炮弹爆炸。可是一阵炮轰之后，鬼子过去查看，没有发现半根人毛。原来，就在手榴弹爆炸的瞬间，花子军已经溜之大吉。小泉指挥他的中队继续向上攻击前进，每一步都付出血的代价。透过林间缝隙，只见太阳已经偏西。可是他的部队还没有到达山腰呢！

白川中队进攻仙姑峰，也没有讨得便宜。代理大队长伍佳杰虽然是个十八九岁的小伙子，但在花子军里也算个小有名气的能球儿。今天仙姑峰的战斗更使他名声大震。

仙姑峰的山路不像铁拐峰的山路那样近乎垂直向上，坡度稍微平缓一些。另一个差别是，过去花子军所用木材大部分都在这座山峰上砍伐，站在山下，可以清清楚楚地看到从山上往下滚动木材的专用通道；通道上没有大树，只剩灌木丛。这个通道现在已经成为上下山最为便捷的道路。白川哪里知道，就在这条道上，伍佳杰给他准备的不光是子弹、手榴弹和地雷，还有飞石和滚木。他的中队开始的进攻还算顺利。可是就在这些不可一世的鬼子一边打炮放枪，一边借着茂密的灌木丛的掩护，气势汹汹地沿滚木通道向上冲锋的时候，飞速滚动的石头和原木如雪崩一般劈头盖脸而来。死的不多，伤者甚众。白川派人送伤兵下山之后，发现可用之兵已经只剩半数了。机灵的伍佳杰立刻派出一个小队专门射杀鬼子的伤兵。鬼子的伤兵能够活着下山的就不多了。

吃了大亏的白川命令士兵绕开滚木通道，在原始丛林中搜索前进。花子军早就在鬼子必经之地埋下地雷。踩响地雷的鬼子可就惨了：断裂的胳膊、腿儿飞上天空又落下来，有的高高地挂在树枝上，有的重重地砸在地上。白川命令工兵在前边探雷，自己带领队伍跟在后面小心翼翼地搜索前进。有一个倒霉的工兵掉进了陷阱里。准确地说，这不是人工挖掘的陷阱，而是一个深不见底的天坑。花子军只是在天坑口做了精心的伪装。见工兵落入陷阱，白川连忙令人去救。五个鬼子解下背包带子连接起来。带子放下去了，不够长，又有五个鬼子解下自己的背包带。正当一群鬼子围着天坑施救的时候，附近一棵参天古树上，有一张稚嫩的娃娃脸探出树洞顽皮地笑了。这个娃娃丢下一颗手榴弹之后，迅速地把头缩进了树洞。手榴弹在天坑口爆炸，三个鬼子丢了小命，七个鬼子受重伤。鬼子们巴嘎巴嘎地叫唤着，抬头四处张望却找不见目标。有一个鬼子抱起机枪朝周围的树木胡乱扫射一通，算是出了口恶气。鬼子们放枪壮胆，继续前行。

　　日军侦察机再次飞临八仙寨上空，盘旋几圈之后就飞走了。潘来运心想，接下来的军情会有什么变化呢？他的脑子在高速运转着，额上滚下了豆粒大的汗珠子。毛蓝粗布汗褂已经被汗水洇湿。这个刚跨二十三岁的年轻人第一次指挥决定八仙寨生死存亡的大战，而且他的对手都老辣而凶残，他怎能不紧张呢？

　　侦查机飞走之后，飞来了两架轰炸机。号兵立即吹响了《洞房花烛》的曲调，这是命令部队注意隐蔽。花子军弟兄们躲在山洞和密林里，敌机全靠地面的无线电指示轰炸目标。两架敌机轮番俯冲投弹，弹片横飞，震耳欲聋，丛林中刮起阵阵飓风。那阵势着实吓人。但几番轰炸之后，花子军弟兄们觉着鬼子这一招也不咋地，就开始戏弄鬼子轰炸机。胡屠户叫弟兄们脱下汗褂，用长竹竿顶着伸出洞外。在空中盘旋的敌机果然中计，朝发现的目标俯冲下来，眼看就要冲入树林了，立马向上拉升，与此同时从机肚里屙下一串炸弹来。铁拐峰上因此变得热闹起来。仙姑峰上的伍佳杰在望远镜里发现了这个秘密，于是也让弟兄们如法炮制。一时间，八仙寨上硝烟弥漫，地动山摇。其中一架敌机向吕公馆接连投下几枚炸弹之后向上拉升，就在这一瞬间撞上了一棵足够数人牵手合抱的古树，"轰"的一声巨响，爆炸了。躲在山洞和密林里的花子军弟兄们惊喜得差点儿跳出来欢呼。另一架轰炸机见同伴机毁人亡，吓得赶紧逃了。

敌机轰炸过后，新的作战方案在潘来运的脑子里形成了。他命令号兵吹响了《抬花轿》，这是河南农家结婚迎亲吹奏的曲调。欢快悦耳的曲调告诉全体花子军弟兄，我们的保卫战正在顺利进行，希望大家乘胜杀敌，多立战功。

本原大队长再次听到唢呐声，心里充满疑惑：轰炸机已经投弹轰炸过，花子军的指挥部难道是铜墙铁壁吗？他恨得咬牙切齿，于是再次向肥原上仪请求炮火支援。

此时的湘子峰上，一直坐在蓝公馆里观战的周道本再也坐不住了。他一边焦急地踱步，一边骂娘："他妈的，今儿个真是邪门儿。狗日的小鬼子狗眼看人低，竟然瞧不上咱周道本！"一向沉稳的宋光宪安慰说："鬼子不知道你这个大教官，潘来运是晓得的呀！我敢说，不要多久，潘来运就会把最重要的任务交给你。""不行，咱要主动争取！"周道本命令信鹰联络员说，"快给总指挥发信，就说赶快给一大队下达战斗任务，老子等不及了。"信鹰联络员立刻写信，放鹰。

信鹰很快飞回来了。潘来运给一大队下达了三项任务：一，紧紧看住仙姑坪的鬼子；二，高度警惕仙姑桥方向可能出现的敌情；三，派出一个小队，在野猪峡到仙姑坪的方向设伏。周道本马上孩子似地乐了："全体下山，会会鬼子！"他特别强调，多带些手榴弹和地雷。

与此同时，胡屠户和伍佳杰也接到潘来运的命令：两个大队同时行动，把鬼子赶往野猪峡。所有的口子都要封死。

全体花子军弟兄们在嘹亮而激越的进军号令中开始了对鬼子的围堵战。这次号兵吹的曲调是《金蛇狂舞》，热烈欢快，振奋人心。八仙寨枪声大作，喊杀声震天。花子军居高临下，势如破竹。攻山的鬼子这时已经疲惫不堪，再加上处于不利地势，只好往没有枪声的野猪峡方向退却。

本原大队长得知进攻的部队目前处于凶多吉少的境地，连忙命令他们向仙姑坪方向突围，同时命令松云中队接应。

野猪峡方向的枪声激烈起来。松云中队马上与之呼应，奋力向野猪峡方向推进。这时，各阵地纷纷告急：

"报告总指挥，伍大队长说，他的口袋快要破了！"

"报告总指挥，胡大队长说，大肥猪拼了老命要跑！"

……

潘来运知道，侦察兵通报战场情况本来是间隔一炷香的工夫通报一次，这会儿他们纷至沓来，说明情况万分危急。他本想口述命令让侦察兵带回，但深怕口误坏了大事，于是动用了信鹰。他一字一顿地口述，信鹰联络员一字不漏地记录，然后让信鹰向三个大队捎去这样的命令："周、胡、伍：请各位记住，咱们有山石草木的优势，这些都是羊虎神仙恩赐的援兵。希望你们多动脑筋，用好这些天兵天将。另外告诉全体参战弟兄们，能不能把口袋扎紧，关系到八仙寨的生死存亡。拼命一战的时刻到了！我潘来运向全体弟兄们鞠躬行大礼，拜托了！"

为了堵住口子，扎紧口袋，潘来运动用了全部预备队。

从仙姑坪到野猪峡，道路狭窄，乱石嶙峋，道路两旁树大林密。周道本派出的一个小队在这个方向多路段设伏。袭击手段也是多种多样：埋地雷，拼大刀，放冷枪，设陷阱，甚至连设铁夹子夹野兽的方法都用上了。松云中队一个时辰向前推进不到两公里，沿途丢下的尸体像谷个子一样横七竖八。

肥原上仪为了救本原大队出山，派来了一个大队鬼子增援。增援部队拖来两门榴弹炮。

这下子可忙坏了周道本。为了减轻野猪峡阵地的压力，他必须狠狠打击松云中队。同时，他又必须抽出大部分兵力对付新来的鬼子增援部队。好在此时增援的鬼子不能朝仙姑坪一带打炮，因为怕误伤了自己人。铁板桥虽然代替了木桥，但是桥面狭窄，可以展开的兵力极其有限。花子军先是远距离瞄准射击冲上铁板桥的鬼子，后来眼见有不怕死的鬼子冲过了桥头，就不顾枪林弹雨迎了上去，甚至冲上铁板桥，和鬼子展开了肉搏战。有的挥舞大刀向鬼子的头上砍去。有的和鬼子徒手搏斗，最后和鬼子抱在一起滚下深不见底的黑水河。这种胶着状态持续了很长时间，直到夜幕开始降临的时候鬼子的增援部队依然没有冲过来一兵一卒。

鬼子的榴弹炮一到达目的地就不停地向潘来运的指挥部进行猛烈炮击。

炮弹一发紧接一发地在吕公馆的顶部爆炸。巨大的烟柱裹着碎石和树枝腾空而起，然后漫延扩散开去，遮住了半边天。这时吕公馆里没有了一丝亮光。潘来运在黑暗中放下望远镜，端坐在凳子上休息。他发现，鬼子的炮火越来越猛烈，号兵的唢呐越吹越有劲。这会儿，他心里对弟兄们的英勇无畏的精神充满敬意。渐渐地，他的思绪越走越远。他想到平日里，周道本海吹日军炮兵的神通如何了得，今天他算是亲自领教了。吕公馆坐落在参天古树环抱之中，鬼子炮兵根本无法目测。可是他们的炮弹却能够循声而至，而且准确无误地命中目标。如果我们也有自己的炮兵，而且威力无比，他小小日本敢欺负我大中华吗？今后，我们花子军也要有自己的炮兵部队，还得有一支来去一阵风的骑兵部队……

天色渐暗，仙姑桥方向的枪声停息之后，野猪峡方向的激战也暂停下来。

大家已经苦战了一整天，到现在还没有吃中午饭，也没有休息。潘来运命令号兵吹响了《敬酒歌》。听到这个熟悉的云南民歌曲调，三个山峰上的炊事班连忙用背篓背起准备好的干粮和水送往各个阵地。考虑到夜战即将遇到的种种困难，潘来运派人给各阵地送去大量手榴弹。

鬼子的炮击还在继续。

花子军弟兄们一边吃喝，一边观看鬼子炮击吕公馆，就像足不出户的山村媳妇偶尔赶大集，觉得无比新奇。有人乐呵呵地低声议论："过瘾！老子今天算是开了洋荤。""咱们吃饭，还有人鸣炮奏乐，这感觉好美呀！"

4，仙姑坪歼灭战

农历十八的月亮就像生性腼腆的大姑娘，天黑好久了才羞答答地从云缝里露出脸来。夜空中稀疏的星星眨巴着惺忪睡眼，时隐时现。

《金蛇狂舞》的唢呐声再次响起来。

鬼子大概是不愿白白浪费炮弹吧，这会儿停止了打炮。他们看不到，此时的吕公馆已经像个赤身裸体的光头汉子，参天古树被连根铲除，归然不动的岩石上只剩下碎石、泥土和枯枝败叶。阵阵山风扫过，卷起漫天尘埃。

鬼子们听不懂《金蛇狂舞》，但是凭着实战经验，他们知道最难熬，最危险的时刻到了。肥原上仪来电，要本原大队坚守待援，不可主动出战。为了保护伤兵，保护电台，防备花子军夜间偷袭，松云中队天黑之后收缩了阵地，躲进了钟离公馆和张公馆。周道本觉得机不可失，立刻用两个小队的兵力把两公馆围了个水泄不通。但是，面对两公馆，他有些犯难了。两公馆的结构非同一般。大门都由两层构成：里面是一层厚厚的木板，外面是一层厚厚的钢板。大门上方有两个"望窗"分布于左右两边，都安装了可以控制开关的装置。人在里面，既可以藏身，又可以向外射击，投弹。而且两公馆的大门斜对着，可以互相用火力支援。

周道本先用火力试探。枪声响起来，子弹噼噼啪啪打在张公馆的大门和望窗上。洞内有亮光，却没有任何动静。接着有人用长竹竿试探性地戳望窗。望窗内立刻射出子弹，同时飞出一颗手雷。操竹竿的兄弟受了重伤。周道本赶紧安排人把伤员送往蓝公馆，那里是花子军今年才办的医院。

这会儿，望着这无计可施的两公馆，周道本肠子都悔青了。当初，改造山洞的时候，他从战术运用的角度动了不少脑筋，没想到现在让小鬼子派上了用场。一时间，仙姑坪和仙姑桥方向显得异常平静。鬼子的增援部队按兵不动，打援的花子军手握刀枪严阵以待。围困两公馆的花子军趴在地上眼巴巴地望着啃不动的猎物干着急。

周道本叫来梁祖君，叮嘱道："你带侦察班给我盯住仙姑桥方向，万一我的防线要破了，立马通知我。我现在要逞天黑想办法吃掉仙姑坪的鬼子。如果天亮了还啃不动，我就只有被动挨打了。现在，我不能分心。拜托！"

此时的周道本很想吸袋烟，摸摸裤腰，没有带烟袋，这才想起昨晚下达的禁火令。望着天上的月亮和星星，他冥思苦想，脑袋都想疼了。突然，他想起两个公馆的通气孔。这是改造山洞最伤脑筋的工程。通气孔不能像望窗一样安装控制开启和关闭的装置，因为它必须永远敞开着。为了安全，防止敌人和猛兽侵入，出口必须隐蔽，孔道也不能太宽阔。问题是：这样的通气孔，谁能钻进去呢？周道本想起了花子军的特殊人才梁祖君。这家伙干过偷鸡摸狗的勾当，兴许他会有办法。

周道本再次请来梁祖君，说明了自己的打算：请他设法钻进通气孔，往公馆里扔烟幕弹，把公馆里的鬼子赶出来。可是孔道内宽高各有尺许，不知他是否进得去。梁祖君一听，笑了："你是想用猎人烟熏狐狸的老办法呀！这办法要得！可是我不会这种绝活呀！我叫夏干猴来试试。"周道本满心疑惑："夏干猴行吗？""他行！这家伙练过缩骨功。表演钻桶圈，是他的绝活。钻你那个通气孔不是小菜一碟儿？""天天在一口锅里舀饭吃，我怎么不晓得呀？"梁祖君解释说："钻桶圈难度太高，只有在大城市里挣大钱的时候我们才上这样的节目。你很晚才进杂耍班，所以没有见识过他的绝活。"

周道本喜不自胜，连忙组织人寻找公馆通气孔。他记得，建造通气孔时，逢石凿石，遇土掘土，两公馆的孔道在山梁会合，然后直通悬崖。孔道三面都用石块砌成，再用水泥勾缝，上面盖上石板，石板上面堆积数尺厚的泥土，泥土上面种草植树。在漆黑的夜里摸索着寻找，折腾好一会儿才摸到通气口的大体位置。挖锄挖，炮钎撬，终于找到通气孔。

不一会儿周道本就办好了两件事：一是安排侦察班通知狗司令带领他的全部狗兵到达仙姑坪待命，二是为夏干猴做好了一切准备工作。一根粗绳系在夏干猴的腰间，一根细绳系在他的左臂上。周道本叮嘱道："粗绳是外面人帮助你进出的升降绳，细绳是信号绳。遇到紧急情况，或者完成了任务需要后撤，你就使劲拉动信号绳。"为防备在孔道里碰伤，他检查夏干猴衣扣是否扣好，裤带是否系紧。考虑到在洞内投放烟幕弹有可能中毒，就在夏干猴的头上系一条毛巾，捂住他的鼻子和嘴巴。夏干猴开玩笑说："周教官，你这么过细，让我想起大姑娘上轿。大姑娘出嫁前，娘家人的准备也未必有你这么心细呀！"周道本说："你这个新娘子现在可是咱花子军的重要人物，咱心不细不行啊！"

一切就绪之后，周道本交给夏干猴一个细长的布袋子，交待说："里面是五颗烟幕弹，全部赏给钟离公馆的鬼子。完成任务后立即撤退，当心中毒。出发！"

因为是靠自身重力顺孔道下滑，孔道内没有任何障碍物，夏干猴很快就到达孔道尾部。已经看得见洞内的灯光了，他打开口袋，扔出第一颗烟幕弹。紧接着，第二颗、三颗、四颗、五颗都投了过去。呛人的黑烟在洞内翻滚着，升腾着。顿时，叫喊声，咳嗽声和慌乱的脚步声响成一片。夏干猴想起周教官的叮嘱，立刻不停地拉动左臂上的信号绳。外边的人用大力拉动粗绳索，夏干猴不断向上移动，很快就被大伙拉出了通气孔。

就在夏干猴再次钻进通气孔的时候，钟离公馆门外的好戏开场了。鬼子受不住烟幕弹的袭击，打开大门，一边盲目放枪，一边向外涌。周道本站在山坡上一声呐喊："狗司令，该你出手啰！"卢长春唤出一半猎狗，另外一半隐藏在密林中作为预备队。他命令徒弟向一半狗兵们发出了攻击信号。十七条猎狗如离弦之箭冲向敌阵。顿时，猎狗的狂吠声和受伤鬼子的哀嚎声，以及鬼子在黑暗中盲目射击的枪声混合一起，响彻夜空。这声音惊动了鬼子拴在树林里的几匹战马，战马的嘶鸣渲染出鏖战的紧张气氛。

夏干猴把五颗烟幕弹投入张公馆之后，返回到地面。这时，张公馆门外又出现了相同的一幕。

鬼子冲出浓烟到达操场，突然受到猎狗攻击，惊慌失措，乱作一团。猎狗们钻进鬼子群中，专咬鬼子大腿，一口下去就撕下一块血淋淋的人肉来。它们在鬼子们的胯下穿行，敏捷赛猿猴，迅疾如闪电，不管是长枪、短枪，还是掷弹筒、迫击炮，都派不上用场，鬼子唯一可以用来防身的武器是战刀和匕首。趴在操场四周密林中的花子军瞅准机会用步枪瞄准射击。松云中队长很快镇定下来。他命令部队散开，卧倒，一边应对猎狗的攻击，一边向四周密林压低枪口射击，寻机匍匐前进，试图向密林突围。

卢长春见鬼子变换了招式，他也紧跟着向他的狗兵们发布了新命令："哟＿＿喝喝！哟＿＿喝喝！"这命令是由他的三徒弟跑步向躲在密林中的大徒弟传达的。三徒弟回到师傅身边，向周道本解释说："我师父发出的第一道命令是：哟＿＿嘿！哟＿＿嘿！意思是咬哇，咬大腿！刚才的命令变了，是咬猪头哇，咬猪头！"周道本忍俊不禁："那撤退的命令呢？""撤退的命令是：窝＿＿窝＿＿窝＿＿"

大徒弟发出"咬猪头"的命令之后，猎狗们立即奋不顾身地向鬼子们的头部猛扑过去。这会儿，鬼子们哪里顾得上匍匐前进？更不用说开枪突围了。猎狗的攻击就够它们招架了。鬼子们被迫起身应对，又成了花子军射杀的靶子。松云中队长急中生智，命令鬼子们用掷弹筒打出 91 式手雷向西北角的树林展开密集轰炸。他是想从那儿撕开一条口子，让部队钻进了树林再说。这时候周道本才明白卢长春不直接发布命令的原因：他的腿脚不好，不方便躲避鬼子的手雷。心里暗暗称赞道："老家伙，真是老兵油子啊！"

鬼子们拼命向西北角突围，从东南两面射来的子弹却从背后要了他们的性命，中弹的鬼子噗噗通通地接连倒地。更为凄惨的是，幸存的鬼子双脚还未跨进树林，猎狗们就接踵而至；与此同时，躲避炮火的花子军迅速返回，向鬼子们高高举起了大刀……这些鬼子连花子军的人影儿都没有看清，只见刀光一闪就丢了小命儿。有身首分家的，有头劈两半的，有刺刀穿胸血涌如喷泉的……一个个死相都特别难看。

　　不到一个时辰，洒满月光的大操场上就只能看见躺倒的鬼子兵和几只晃动的猎狗了。凭声音判断，仙姑坪的围猎战已经进入尾声。卢长春几声"窝＿＿＿＿窝＿＿＿＿窝＿＿＿＿"，亲自向他的狗兵们发出了撤退的命令。经过一个多小时的激战，他的狗兵们撤回的样子非常悲壮：有跛着腿，拖着鲜血淋漓的肠子摇摇晃晃向他走来的；有断了两条后腿，拖着半截身子，一步一片血印的；有丢掉一只耳朵，半边脸被刀子削去而流血不止的……狗兵们围着卢长春不停地呜咽，悲鸣，好像受人欺侮的孩子见了亲娘。而卢长春呢，此时已经完全像个慈母。他一边极其心痛地用手逐个抚摸他的宝贝，一边大声命令他的三徒弟："快呀，快给它们包扎！"他发现，只回来五条狗，全是重伤。哎呀，还差十二条狗呀！情急之下这位老兵油子一反常态，一步三跛地要亲自去操场上寻找他的未归的狗兵。周道本把他拦住了，说这样做有危险，可他死活不依。好在大徒弟紧紧地抱住了他，任凭师父日娘操祖宗就是不松手。大徒弟知道，这些狗兵全是师父的心头肉。想当初，师父托亲友从东北弄回三条小狗：一条黄色公狗，取名叫金帅哥；一条白色母狗，取名叫白玉公主；另外一条黑色母狗，取名叫黑缎小姐。两条母狗几年下来繁殖了好几窝。师父采用独特的方法给每一条狗都取了好听又好记的名儿。就说"白玉老十三"吧，一听名字就知道这是白玉公主所生的第十三条宝贝儿。师徒四人细心照料和训练这些狗兵。天长日久，他们和这些通人性的狗兵产生了深厚的情感。十二条狗没有回来，显然是死在战场上了。此刻的卢长春先是泪流满面的大声呼唤每条狗的名字，到后来简直就是声嘶力竭，大放悲声了。这哭声感染了花子军在场的弟兄们，好多人都陪着流眼泪。周道本安慰道："我说卢哥啊，请你节哀。我向你保证，你牺牲的那些狗兵，我们会按照烈士的礼仪厚葬，行吗？"末了以命令的口气说："你是老兵，应该给新兵做榜样。

好了，不许哭了！"众人也跟着劝说。卢长春好不容易停止了哭泣。

枪声断断续续。躲在附近树林里的花子军借着朦胧的月光，发现动弹的鬼子就瞄准射击。过了好久，没有了枪声、人声、犬吠声，整个仙姑坪是一片寂静。这时有人夺取缴获心切，要求马上打扫战场。周道本毫不犹豫地制止了这种冲动。"那里面说不定还有半死不活的鬼子，你们不怕挨黑枪呀？等候总指挥的命令吧！"他说，"第一小队留下四个小组，把这里围好，盯紧。其余的人都跟我走。野猪峡也有好戏，煮熟的鸭子不能让它飞了。"

5，野猪峡围堵战

就在仙姑坪的战斗接近尾声的时候，野猪峡的围堵战却出了问题：鬼子从铁拐峰和仙姑峰退下来之后，拼命突围不成，再看身后是一个大峡谷，这种地形历来被兵家视为险境，于是死活不愿退入峡谷，就依仗夜幕和大树的掩护进行玩儿命抵抗。

在野猪峡西面山坡指挥战斗的伍佳杰现在处于不利的位置。在花子军阵地和鬼子阵地之间，隔着一道宽阔的黄土岗，今春刚刚砍伐过树木，光秃秃的。虽然花子军有居高临下的地理优势，但因为武器所限，只有越过这道黄土岗才能对鬼子实施有效射杀。伍佳杰先是命令弟兄们向鬼子投弹，而投出去的手榴弹都落在岗下林子边爆炸了，鬼子毫发未损。接下来又组织了几次冲击，试图越过黄土岗，都失败了。鬼子用几挺轻机枪织成一片火网，使花子军抬不起头来，更是前进不得。鬼子的掷弹筒和迫击炮真厉害，打出的手雷和炮弹在空中呈抛物线式的下落，多次击中山岗后面的目标。只一会儿工夫，花子军就阵亡三人，重伤十多人。

这种情形下，只有掷弹筒能够派上用场，可是在葫芦畈缴获的两具掷弹筒和十几枚 91 式手雷都交给周道本打援了。梁祖君交代过，二大队和三大队都不得打掷弹筒的主意。伍佳杰心急如焚，无计可施。

忽然，鬼子的一发炮弹在黄土岗后面爆炸了。夜幕下火光一闪，出现一片竹林。若是白天，人们会看到这片竹林覆盖了黄土岗后面的整个山岭，郁郁葱葱，蔚为大观。现在，这片隐藏在夜幕之中的竹林让这位小伙子突发灵感。他叫来小队长羊舌佳慧，一起走到竹林边，顺手把一根粗壮而修长的竹子扳弯，接着用大刀削掉枝叶，然后让羊舍佳慧解下鞋带，把一颗手榴弹绑在竹梢头。一切就绪之后，伍佳杰拧开手榴弹后盖，左手的食指套住拉环，右手把竹梢头拉得更低一些，叫一声"放"，一松手，竹梢头的手榴弹"嗖"的一声抛向夜空，越过黄土岗，一会儿就听到手榴弹在鬼子的阵地上爆炸了。鬼子以为有花子军摸到阵地前沿投手榴弹，轻机枪好一阵猛扫。羊舍佳慧惊喜得跳起来。伍佳杰说："你马上教弟兄们学会这个新式武器。有三点要记住：第一，选用的竹子要有足够的弹射力。第二，手榴弹要绑的不紧不松。太紧，太松，都弹不出去。第三，这是最重要的一点，谨防手榴弹掉在自己的阵地上。"读过三年私塾的伍佳杰把操作要领讲述得头头是道。为了稳妥，他叫羊舌佳慧完整无误地复述了一边，才让羊舌佳慧去组织弟兄们进行操作。

大约过了一袋烟的功夫，忽听得羊舌佳慧一声令下："放！"夜空中似有一大群蝙蝠飞过。发出"呼呼"的响声之后，鬼子阵地上便响起震耳欲聋的爆炸声。空中有"蝙蝠"不断地飞过，鬼子阵地上有手榴弹不停地爆炸。白川猜不透花子军啥时候也有了掷弹筒，吓得带领残部连滚带爬地退入野猪峡。

东面坡上，花子军和鬼子僵持不下，双方都有伤亡。鬼子占据的是紧邻野猪峡的一长溜坡度平缓的林地，长不足五百米，宽约两百多米。胡屠户将一部分兵力部署在陡峭的山坡上，又派兵封锁了鬼子阵地的南北方向的出口。俗话说，困兽犹斗。小泉依仗夜幕和大树的掩护，再加上火力上的巨大优势，像钉子一样钉在那儿，胡屠户纵然带领敢死队发起多次攻击都奈何不得。

小队长们纷纷围拢过来向胡屠户叫苦不迭：因为树大林密，林中昏黑，手榴弹和步枪都发挥不了威力。加之鬼子的火力封锁，兄弟们无法靠近，大刀更是毫无用武之地。胡屠户万般焦灼地凝视着夜空，不住地叹息。阵地上枪声不断。鬼子盲目打炮，夜空中时而有火光流星般划过。就在火光划过的瞬间，他看到参天古树的巨大树冠在强劲的夜风中不停地摇动。这时，他兴奋地一拍大腿，指着头顶上的树冠对部下说："我们的手榴弹在林子里施展不开，在天上怎么样啊？"大家恍然大悟，你一言我一语，很快形成一个新的作战方案：从各小队抽调投弹能手，三人一组，组成十七个小组。小组之间拉开距离，面向鬼子阵地，摆成一条线儿。每个小组发给 9 颗手榴弹，三人轮换上树投弹，分三次投完。每轮换一次，投弹位置就向正前方移动百步。这时有人提出疑问："摸黑投弹，会不会伤到自己人？"胡屠户强调说："都给我记住，每个小组这样分工：一人带三颗手榴弹上树，在树上选择好投弹位置之后，莫慌投弹，要等候我打出信号弹再投。另外两人在树下担任警戒，等树上的弟兄准备好了就鼓掌三响向我发信号。只要大家都听从指挥，就不会出事儿。"

一切准备就绪，一颗信号弹拖着长长的银灰色尾巴从树林里升上了夜空。不等鬼子的迫击炮还击，花子军的手榴弹就像一群又一群老鸦向鬼子的阵地飞了过去。这些手榴弹下落的时候受到树枝的阻挡，还没有落地就在鬼子的头顶上爆炸了，因此威力无比。鬼子们惊慌失措，一边后退一边朝树林盲目放枪。雨点般的子弹打在密集的树干上，噼噼啪啪乱响。花子军借助树冠和夜幕的掩护，从容投弹。鬼子在遭受第三轮攻击的时候，就已无立足之地了。小泉无招儿，只好命令部队退入野猪峡。

鬼子进入野猪峡，发现这里不仅有山泉，而且有山洞，心中大喜。白川和小泉都认为这是一个坚守待援的好地方，便命令士兵进山洞休息，吃干粮。谁知，鬼子在这里竟然遇到不客气的主人。这里的山洞，大多是带崽儿的母野猪的居所。见有人进犯，出于母爱的天性，母野猪们就发疯般地驱赶侵略者。鬼子的刺刀也不是吃素的，一刺刀下去就有一股鲜血喷涌出来。这下情况就更糟了。猎人们早就给陆地上最凶悍的野兽排过名次，曰：一猪，二熊，三老虎。成年野猪都有锋利无比的獠牙，咬一口就能切断人的腿骨。这时候，受伤的母野猪拼命反击。它们的叫喊声霎时招来重情重义的夫君。高大威猛的公野猪们昂首奋蹄，气势汹汹地冲向鬼子。那些尚未成年的猪儿们也都同仇敌忾，投入了厮咬大战。鬼子带来的两条军犬虽然凶猛，但寡不敌众，只几个回合就丢了狗命。野猪们愈战愈勇。有的咬伤了鬼子的腿，鬼子的腿顿时血流如注。有的张开长长的大嘴巴，"啪"的一声狠狠咬住鬼子裤裆里的命根子，再一扭脖子，一摇脑袋，一件绝活儿就算完工了。丢了命根子的鬼子手捂淌血的裤裆，痛得在地上直打滚。有的将鬼子扑倒，让重达数百斤的同伴们在鬼子身上恣意践踏。不一会儿，倒在地上的鬼子就断了气。没有受伤的鬼子在黑暗中向野猪射击，不仅没有击中惯于夜间行动的对手的要害，反而引火烧身，立即遭到毁灭性的攻击。此时的野猪峡好不热闹：野猪的哼哼声、冲撞声和鬼子的呻吟声、呼叫声响成一片。山洞里，树丛中，草地上，水沟边，到处都是搏杀的战场。

伍佳杰找到胡屠户商议："咱们是不是应该凑一下热闹？"商量好之后，说干就干。花子军先是一个劲儿地往峡谷里扔干柴，然后投下火种。熊熊大火燃烧起来，映红了夜空，映红了整个野猪峡。这时，野猪和鬼子的搏杀场面便历历在目了。花子军不慌不忙地瞄准目标射击，弹无虚发。

当一个豁边儿月亮爬过仙姑峰的时候，野猪峡安静了，仙姑坪安静了，八仙寨到处都是静悄悄的。仙姑峰上的潘来运没有发出任何命令。现在，他的大脑里正在综合分析开战以来侦察兵提供的所有战况，试图完整无误地勾勒出一幅敌我态势图。这时，羌六宝来到吕公馆，一见面，两兄弟就拥抱在一起。"我的好兄弟呀！人才！人才！功臣！功臣！"羌六宝发出由衷的赞叹。潘来运问道："大哥呀，你真是胆大包天。你就不怕我给你砸了锅？"

"实话实说吧！我相信你不会彻底砸锅，但是我估计你难免会有一着两着出错。没想到你细针密线，把活儿做的这样好。"潘来运一听，越发不解了："你既然晓得我有可能出错儿，你就不怕一着不慎全盘皆输吗？"羌六宝哈哈笑了："我刚刚夸你是个人才，怎么会有这个疑问呢？我和宋财神是干啥吃的呀？八仙寨一开仗，我两个就把你盯得紧紧的，准备随时纠正你的错着儿。"潘来运长长地舒了一口气，心里充满感激之情。

羌六宝问道："你打算什么时候打扫战场？""我在等鬼子退兵。鬼子不退兵，八仙寨就可能会有第二轮大战，这样打扫战场就不是时候。""如果鬼子现在就撤兵呢？"潘来运毫不犹豫地说："那也不行！天不亮，战场情况不明，我怕鬼子的伤兵暗算我弟兄。在咱自己的地盘上，不急。"羌六宝被兄弟缜密的思考深深折服了。他由衷感谢羊虎神仙赐给咱花子军一位出色的高级指挥官。想到这里，他兴高采烈地命令号兵："泡茶！用上好的茶叶！"号兵回答："不能生火，没有开水啊！"羌六宝这才想起禁火令，自嘲似的笑了。

6，《采茶歌》响彻八仙寨

天亮了，八仙寨依然静悄悄。增援的鬼子依然按兵不动。

太阳升起来了，晨雾消散的八仙寨换上了金色的新装。这时，日军侦察机呼啸而来，仍然是低空盘旋，人们连飞机上的膏药旗都看的清清楚楚。花子军一边往树林里钻，一边骂："狗日的小鬼子，来哭丧的呀！"

过了一会儿，增援的鬼子开始撤了。原来，侦察机报告了八仙寨的惨景之后，肥原上仪受到上司的斥责："肥原君，你哪里像大日本帝国军队的指挥官？你更像是喜爱打赖架的乡村泼妇！你想教训一下花子军，原本没错，可是你竟然不惜拼老本，以后你拿什么对付国军和共军？"肥原上仪气得要剖腹自杀，被副官拦住了。他长叹一声，说："我现在才明白，为什么这么多年来中国政府从来不惹花子军。"

潘来运让六个号兵分成两组站在吕公馆门外，命令道："都给我使劲吹，吹西双版纳的《采茶歌》！"他终于发出了打扫战场的号令。

在打扫战场的过程中，发现许多受伤的鬼子都自杀身亡，其中有两个官衔最高的鬼子军官。根据军服判断：一个中队长，一个大队长。周道本断定，那个大队长肯定就是本原。花子军战士们好一阵欢呼雀跃。

这会儿，野猪峡那里打扫战场遇到了难题：如果和野猪发生冲突怎么办？要知道，野猪们可是个个都斗红了眼啊！有人主张，先射杀野猪，再打扫战场。有人反对说："咱花子军无田种粮，就靠这些野猪换来吃穿。咱可不能自断生路啊！"怎么办呢？

还是胡屠户脑子好使。他叫来卢长春的二徒弟："二将军啊，我要用你的兵了。你先把野猪赶往南边。等我们把北边清理完了，你再把野猪赶过来。"有人不放心："猎狗哪里是野猪的对手？恐怕不行吧？况且昨夜一战，死的死伤的伤。""你们不知道，昨夜我师父留下一半狗兵做预备队，现在该预备队上了。"二将军胸有成竹，"我的兵如果个顶个地对付野猪，肯定搞不赢。十七条猎狗齐上阵，一拨一拨地摔，那就准赢。王八多了也吓人啊！"

事实证明二将军的判断没有错，狗兵们出色地完成了任务。人和野猪相安无事。

这时，侦察班口头传达了潘来运的四条指示：一，一切缴获要归公，都送到钟离公馆集中起来；二，鬼子的衣服、鞋帽无论新旧好坏都要扒下来，以后有用；三，把鬼子尸体运到蛇倒退，扔下山去。四，安排好专职记录人员。一切缴获，甚至连鬼子尸体的数量，都要记录得准确无误。羌六宝知道后，赶紧纠正了其中的第二条和第三条。他说：我们花子军是仁义之师，应该学会尊重人的生命和肉体。失去抵抗能力的敌人也是人，他们的尊严不可践踏。鬼子的尸体都集中到仙姑桥边，不要动他们的鞋帽和衣服，要肥原上仪拿相当数量的布匹来交换。

花子军的战场清理工作尚在紧锣密鼓地进行中，而羌六宝却不得不停下手中的工作，因为八仙寨来了贵客。

第七章

1，山寨来客

早饭后，羌六宝正在钟离公馆清点各类缴获，卢长春的大徒弟进来报告说姜启仁来到八仙寨，现在已经过了仙姑桥。羌六宝来不及清洗沾满灰尘的双手，就急匆匆地迎出门去。他老远望见背着背篓的姜启仁，就像出嫁的姑娘遇到娘家亲人，心里好喜欢，快步变成了跑步。姜启仁见到他，笑嘻嘻地嚷开了："我的六宝兄弟呀，你是越长越魁梧啦！"羌六宝乐呵呵地应道："瞧大哥夸的，咱今年二十四，早就不长个儿哒。"

说话间，两人已经走近，两双大手紧紧握在一起。姜启仁说："我今天来，一是代表我家老爷爷祝贺八仙寨大捷，再就是看看伤员。老爷爷听说你们打了胜仗，高兴得像个孩子似的，连走路都哼巴山小调。清早起来，又是吟诗，又是作赋。他逢人就讲：'你们瞧见了吧，咱中国不会亡！'"羌六宝从姜启仁背上接过装满药品的背篓，信心满满地说："是的，咱中国不会亡！"经过钟离公馆的时候，羌六宝吩咐卢长春的大徒弟："大将军啊，快叫你们的司令派人到蓝公馆站岗，提防巡逻狗欺生，伤了客人。另外，你通知梁祖君，对鬼子的警惕不可松懈。百里环山路上，要加强巡逻，不能只靠几个固定岗哨。"大将军答应一声"是"，蹦蹦跳跳地传令去了。

进了蓝公馆，姜启仁被眼前的情景惊呆了。偌大的山洞里摆满了病床，床与床之间的空隙只能容单人侧身勉强挤过。空气中散发出浓浓的草药味道和令人作呕的汗臭气味。疼痛难忍的伤员们不停地呻吟着。羌六宝介绍说，这里收治的重伤员一共七十六人，还有一百多轻伤员都分散在原驻地治疗。这里被称为医院实在有些勉强。医生只有两名，都是今春才从大宝诊所满师的新手。护理人员大多是从炊事班调过来的姑娘和媳妇，有的甚至是贪玩的娃娃。

姜启仁开始检查伤员的治疗情况。在检查过程中，他发现一个伤员的大腿受伤，已经敷了中草药的伤口不住地向外渗出血水。伤员牙关紧咬，样子非常痛苦。他问医生是怎样处治的。一个医生十七八岁，名叫段长生，稚气的圆脸白白净净，嘴唇四周有浓密的汗毛。另一个刚刚十九岁，名叫公羊美石，个子高，胆儿小，腼腆得像个大姑娘。他俩在师傅面前也倒老实坦诚："弹片留在他的腿骨里。我们给他上了中草药，消炎止疼的。打算明天下山请您来，把几个特重伤号一齐处理了。""像这样的伤情应该怎样处治，我教过你们呀！"段长生怯生生地望了师傅一眼，说："师傅是教过，可我们单独处治的机会不多，我们害怕……"那神情就像犯了大错的孩子。姜启仁心软了："不能怪你们。这里条件这么差，你们又是新手。这样吧，你们给我当帮手，我们重新处治，好吗？"两个医生脸上露出了笑容，连忙去准备器具和药品。

一切准备就绪。姜启仁对伤员说："兄弟呀，在鬼子的占领区买不到麻药，我用的是有点止痛作用的中草药和针灸。手术时还是有些疼痛的。你要忍着点儿。"伤员满不在意地说："放心地作吧！咱鬼子都不怕，还怕这点疼痛？"姜启仁又说："我们今日相见是缘分，这缘分应该珍惜。我建议，我们一边手术一边说说知心话儿，好吗？"伤员笑了笑，表示赞同。

伤口上的纱布揭开了，接下来是清洗伤口，然后是用针灸止痛，敷上草药。姜启仁和伤员的闲聊开始了。

"小兄弟，你叫什么名字？听口音好像不是本地人呀！"

"我叫羊舌佳慧，海丰人。"

"今年多大啦？"

"你可能不知道吧，我们的大队长叫潘来运。他就是昨天大战的总指挥。"羊舌佳慧的脸上露出自豪的神情。

姜启仁一听说潘来运的名字，心里就有一种亲切感，仿佛昔日的小伙伴正笑嘻嘻地向他跑来。

手术正式开始。姜启仁很快发现了弹片的位置，弹片嵌入腿骨很深。他心想，难怪两位徒弟不敢手术啊！最疼痛的时刻马上就要到来了。谈话不能停止，因为此刻的伤员需要分散注意力。于是他牵出了新的话头："小兄弟，你是怎样受伤的呀？"

"昨晚，鬼子用掷弹筒打出一颗 91 式手雷，落在一个小兄弟身边。这小兄弟是第一次上战场，没有经验，反应慢。眼看这位小兄弟就要挨炸，当时我什么也没想，一个纵身扑过去，压在他身上。他没有受伤，我却伤的不轻。"

"啊，我明白了。我说小兄弟呀，现在你是不是觉得当时应该想到些什么呀？"

羊舌佳慧毫不犹豫地答道："其实也没有什么可想的。我是小队长，应该保护我的弟兄们。这是我们的大当家给我们定的战场规矩，已经是多年的老规矩啦！"

花子军的"老规矩"使姜启仁深受感动，眼眶里立刻有了泪花。当助手的段长生给他擦去额上的汗水，顺便擦去他眼角的泪珠。这时，手术刀已经在腿骨里触到了弹片。他大喊一声："我的好兄弟，我们胜利了！"用力一挑，镊子一夹 ，"叮当"一声，弹片落在了搪瓷盆里。

羊舌佳慧脸上热汗直淌，牙齿咬破了嘴唇，鲜血渗了出来。一个梳着羊角辫的小姑娘一边给他擦拭嘴唇边的鲜血，一边心痛地连声呼唤着"佳慧哥哥"。

弹片虽然取出，但疼痛并没有减轻。姜启仁心想，只要手术没有完，谈话就有必要继续进行下去。

"这位小姑娘叫什么名字？几岁啦？"

小姑娘答道："我叫伍升谷子，快满十一岁了。"

"怎么像是日本女孩的名字呀？咱中国人不叫这样的名字。"

为了解开姜启仁心中的疑团，羊舌佳慧忍受着剧痛，断断续续地讲述了下边的故事：两年前，国军的一个连队在前线吃了败仗，逃到伍家岭祸害百姓。他们抢劫奸淫无恶不作。花子军收拾了这帮家伙，班师回寨的时候，被一群衣衫破烂的老百姓拦住了。他们说，村里有一个吃百家饭的女孩。她是五岁时随奶奶逃荒来到伍家岭的。奶奶自知养不活孙女，就把她送给村里的一个寡妇。这寡妇没有生育，得到一个女孩自然高兴，就用五升粟谷把老奶奶打发走了。这五升粟谷算是酬谢，也算是女孩的身价。寡妇不会取名，她自家姓伍，就叫女孩伍升谷子，村里人也都这么叫。不幸的是，早些日子寡妇遭到这帮国军的轮奸，上吊自杀了。老百姓说："伍家岭是个穷地方，我们自家的老小都难得养活。这小女孩好歹是条命啊，请你们积德把她带走吧！"伍升谷子就这样来到了八仙寨。

羊舌佳慧讲讲，歇歇。故事好不容易讲完了。上草药，缠纱布，固定夹板等处治工序也全部结束。姜启仁的一系列处治动作干净利落，熟练而准确。两个助手看得目不转睛，心里佩服极了。

姜启仁一直忙到下午傍晚时分还是未能处理完全部重伤号，心里有些着急。这时候，有人报告说明绍阳和他的儿子明敬善来到了八仙寨。姜启仁连忙跑出去迎接。师傅明绍阳远道而来，走过仙姑桥的时候虽然肩未挑，手未提，却是大汗淋漓。紧跟其后的明敬善挑着满满一担药品，扁担颤悠悠，嘴里直喘粗气。姜启仁喜笑颜开地迎了上去……

半月过后，山寨来客越来越多了。

一日早饭后，大将军告诉羌六宝说有重要客人来访。羌六宝立即下山，只见三辆马车停在钟离公馆门前，马车旁边有十多个人，二将军正在陪他们闲聊。走近了，才看清车上装的是粮食、猪肉和蔬菜。来客当中有两位戴眼镜的女士：年长的衣着讲究，像是官宦人家的贵妇人；年轻的穿着虽然平常，但看气质却像是大家闺秀。迎上前来和羌六宝打招呼的不是别人，正是羊虎乡的乡长虞光祖。在日寇的占领区里，乡公所虽然不能够挂牌办公，但是国民党政府的建制并没有消亡，他这个流亡乡长仍然在为党国办差。羌六宝一眼就认出了他。本来就仪表堂堂的他今天的打扮是长衫礼帽，文明棍触地笃笃有声，显得更加风流倜傥。"呵呵，我的兄弟呀！我代表乡政府祝贺你们打了大胜仗。祝贺！祝贺！"虞光祖抓住羌六宝的手，使劲地摇，"这几车东西是给你们的慰劳品，算是乡政府的一点心意。"接着，他指着站在马车旁边的来客说："他们都是各大报社的记者。反正他们是要面对面地采访你们的，我就不逐个介绍啦！""记者是什么官儿？"虞光祖绞尽脑汁地解释说："记者不是什么官儿，但是不管多大的官儿都得在乎他们。他们采访英雄以后写成文章，登在报纸上，全国甚至全世界都立马晓得了。于是有人美名远扬，也有人遗臭万年，从此见不得人。至于说记者的行政级别嘛……曾经有这么个事，我们的一位记者落在了鬼子手里，蒋委员长硬是下令用我们俘虏的一个鬼子大佐去交换。"羌六宝不知道虞光祖有编故事的本事，但是他觉得记者采访咱花子军肯定是好事。于是他一边吩咐找人卸车，一边安排客人到钟离公馆的里间休息喝茶，同时通知各个阵地的指挥官到张公馆议事。

　　周道本、潘来运、胡屠户、梁祖君和伍佳杰相继来到张公馆。因为今日的工作千头万绪，大家都很忙，所以会议开的很简短。羌六宝提出两个原则：一，在记者招待会上，要严守花子军的军事秘密，不能信口开河。二，言谈举止要为花子军长脸，放牛场上的脏话、屁话都要收敛点儿。记者不仅要照相，还要笔录。他特别提醒周道本："我说周教官啊，在文化课堂上，你对读书识字历来不感兴趣。你可知道，识字读书能够洗心革面，祛除满口臭气，作用可大着呢！我今天最担心的是你这张臭嘴。"周道本没有犟嘴，表态说："我一定管好自己的嘴。"说罢，"嘿嘿"笑了。有人提出问题："万一不小心说露了嘴怎么办？""身边的人及时提醒一下。""当着人家记者的面，怎样提醒？"周道本出了个好主意："身边的人掐一下他的大腿就行了。"大家都认为这个办法好。

2，罕见的记者招待会

　　就在张公馆里议事的同时，宋光宪在钟离公馆里为会场的布置煞费苦心。首先，得组织人手搬走堆积如山的战利品，接着是打扫卫生。然后，他找来舞台上使用的帷幕罩住迎门的洞壁，再把花子军的军旗舒舒展展地缀在幕布上。主席台和记者席的布置让他大费周折。他追求的效果是，既要有众星拱月之势，又要显示主人的亲和与谦恭。主席台和记者席距离的远近，还有桌椅的摆放总是不能尽如人意。摆了又撤，撤了再摆，反复多次之后才算比较满意。

　　这边会场布置完毕，那边的议事早已结束。羌六宝找到宋光宪问道："下午举行记者招待会，你参加吗？"宋光宪提醒道："下午要抓紧策划招兵的事，这是一件大事，不能再拖了。还有，明天要召开财务研讨会议，有在外地经商的代表们参加。我们俩今天要拿出一个方案来，供明天会上讨论。"羌六宝打断宋光宪的话说："我知道你下边要说我们两个都不能泡在记者招待会上。"宋光宪笑了笑："你是我肚子里的蛔虫啊！"

下午，记者们早早入席。三个马车夫和虞光祖也列席旁听。大将军守在门口，他的主要任务是提防巡逻狗伤人，再就是观察记者招待会的全过程，事后向羌六宝如实禀报。

五个指挥官雄赳赳地进入会场。他们一律是深蓝粗布汗褂，青色粗布裤子，盒子炮插在腰间的皮带上。一个个步伐雄健，英气蓬勃。他们向到会记者们抱拳致意，会场上响起热烈的掌声。

潘来运按照事先的安排，上了主席台之后在中间的位子上坐下了。在他左右两边就座的分别是周道本、梁祖君和胡屠户、伍佳杰。伍佳杰站起身来，以主持人的身份宣布："各位女士们，先生们，我们的会议现在开始了。我首先遗憾地告诉大家，我们的大当家和二当家因为公务缠身，不能到会。现在在主席台上就座的是农历四月十八日八仙寨大战的全部指挥人员，各位可以自由发问。"

伍佳杰话音刚落，就有记者提出了问题："我想知道，十八日的战斗中，你们的一二号领袖人物在不在指挥的岗位上？"显然，这位精明的记者已经从伍佳杰的话里听出了弦外之音：羌六宝和宋光宪那天不在指挥的岗位上。坐在门口的大将军这时替伍佳杰着急了：你个能球儿啊，答"在"或"不在"都不妥呀！如何是好呢？

"这位先生你上过学吗？……，上过，好。"伍佳杰的回答大大出乎大将军的意料，"我问你呀，学生考试的时候，先生也必须进考场答题吗？"

　　在场的人们都笑了。大将军的笑声特别响亮。

　　伍佳杰指着潘来运介绍说："这位就是那天战场的总指挥。"潘来运站起来向大家恭恭敬敬地鞠躬致意，然后坐下。

　　记者们都惊呆了。这位嘴唇上不见丁点儿胡须的指挥官，不管怎么看，都只有二十岁出头。多么年轻啊！就是他指挥花子军大败穷凶极恶的日寇的吗？记者们手中的照相机都对准了潘来运。镁光灯不停地闪烁着。会场有点乱了。记者们七嘴八舌，有人问年龄，有人问婚配，还有人询问他父辈从事何种职业……伍佳杰见状，意识到潘来运根本就不可能从容不迫地考虑问题，于是他要求记者逐个发问，首先自我介绍再提出问题。

　　"我是香港《大公报》记者。"戴眼镜的女记者问道，"请总指挥透露一下，您是怎样上山的？上山之前您是哪所军校毕业的？"

　　潘来运指了指背后的花子军军旗说："你好好看看我们的军旗，答案就在这里边。"

　　女记者审视着军旗，看到的是这样一幅画面：漆黑的夜空里有北斗七星在闪烁。夜空之下，是一根金光闪闪的打狗棍。她摇了摇头，意思是没有看出答案来。

　　周道本解释说："这面军旗的意思是，社会太黑暗，苦命的人们团结在一起，拿起打狗棍，寻找一条活路。六年前，我们的总指挥是因为政府抓壮丁被逼造反上了八仙寨的。他的祖辈和父辈都是长工。他没有进过学堂门，更不知道军校的大门朝哪儿开。"

　　伍佳杰插话："就我一个读过三年私塾，这几位弟兄都没有上过学。"

　　记者席间发出嘘唏之声。

　　"我是英国 BBC 广播电台的记者。"另一位女记者提出要求，"请总指挥讲一讲四月十八日的战况。"

　　潘来运从汗褂的衣袋里掏出两张画得密密麻麻的稿纸。这是大战结束后的第二天，他花了半天工夫为当晚的总结表彰大会赶写出来的发言稿。他照着稿纸念道："一九三九年农历四月十八日，日本鬼子一个大队扫荡我八仙寨，后来又派来一个大队增援。增援的鬼子被我花子军挡在仙姑桥外。进入我八仙寨的八百二十四个鬼子最后没有一个喘气的，全都见了阎王。"

　　一阵热烈的掌声打断了潘来运的发言。"我是《中央日报》记者。"一个大肚子记者趁机插话，"我想问总指挥一个问题：你们花子军是否有扫盲班？你能够写出这样的发言稿，文化水平已经不算低了。"

　　胡屠户见这位记者挺着大肚子，像个孕妇，心里暗暗发笑。他记不得是谁谈起过国民党的《中央日报》，心想这个大肚子大概就是国民党记者吧！

　　潘来运老老实实回答："近几年来，我们花子军坚持利用晚上休息时间学文化，大部分人摘掉了文盲帽子。可是，遗憾得很，我们虽然能识字，能读书，拿笔写字却有些笨拙，速度很慢，很慢，并且离不开字典。客观原因是拿笔练习的时间太少了。那天，我本来打算花半天时间把总结报告写好晚上用的，没想到不会写的字儿实在太多，一边翻字典一边照葫芦画瓢太慢了，估计再花两天时间也很难把总结报告写完。我一时性急，干脆不用字典，就用我自己的特殊文字写完了报告。没料到各位今天驾到，我只好又拿出来将就用一用了。大家看看，这就是我用很短时间写成的总结报告。"说着，走下主席台，把讲稿递给了大肚子记者。大肚子记者接过讲稿惊得目瞪口呆：天呐，满纸都是圈圈、点点和杠杠……不像中文，也不像日文，更不像英文。他指着讲稿上的"文字"虚心请教潘来运："这里像一面小旗子，旗子上一个圆圆的小圈儿，是什么意思？""这是日本鬼子。""再看这里，一个杠杠前边好像是大拇指和食指搲开的样子，杠杠上边两点，杠杠下边四点，后边接着是两个叉叉？……""这就是我刚才讲的：进入我八仙寨的八百二十四个鬼子最后没有一个喘气的，全都见了阎王。"记者们争相传阅这份独出心裁的讲稿，一个个笑得前俯后仰。两个女记者笑得差点背过气去，只好互相搀扶着走出钟离公馆，看了看自然风景，缓过劲了才进来。

记者招待会继续进行。潘来运接着讲述的是花子军在战场上斗智斗勇的典型人物和感人事例，末了用一串数字总结道："这次保卫战，缴获三八大盖五百五十六支，轻机枪二十八挺，掷弹筒三十六具，91 式手雷二百枚，九七式迫击炮（小钢炮）十八门，迫击炮弹九十三发，王八盒子十一支，各种子弹共一万两千一百发，军刀四把，战马五匹……需要说明的是，以上战果不包括仙姑桥打援消灭的鬼子，也不包括一架爆炸的敌机……"潘来运的讲话再一次被热烈的掌声打断。

"这次保卫战，我们投入的兵力是：三个步兵大队……"潘来运的话只说出半截，周道本就在他的大腿上掐了一下，意思是：花子军的总兵力是机密，能说吗？潘来运心领神会，马上改口："我们只是投入了一半兵力，另外一半作为预备队。"周道本知道，他这是用真真假假的数字弥补刚才的过失。两人目光对视一下，都会心地微笑了。最后，潘来运用一串沉痛的数字结束了他的发言："这次保卫战，我们花子军阵亡四十三人，失踪五人，重伤七十六人，轻伤一百一十五人。"此刻，与会记者们似乎亲眼目睹了花子军浴血拼杀的悲壮场面。会场的气氛顿时变得凝重了。

终于有人打破了沉默。"我是《新华日报》记者。"一个小胡子记者说，"听说你们花子军曾经在葫芦畈闯下大祸，所以才有了十八日的大战。如果传闻属实的话，我想请闯祸的指挥官谈谈当时的战况。"

伍佳杰指着潘来运说："他就是葫芦畈战斗的指挥官。"

潘来运在座位上礼貌地欠欠身，开始讲述事情的来龙去脉："农历四月十五这天，我带领侦察班的十八个战士在葫芦畈侦察敌情，碰巧遇上一个小队的鬼子（准确数字是五十四人）在村子里强征慰安妇。"

"你们十九个人，胆敢收拾五十四个鬼子？"《大公报》女记者吃惊地瞪大眼睛问道。

潘来运的回答极其简单而自然："眼看自家姐妹要落入虎口，咱花子军不能坐视不管啊！"

"结果呢？"女记者紧紧追问。

"整整一个小队的鬼子被我们和村民消灭干净。在战斗中，有一个战士（名叫贺明登）拉响手榴弹和五个鬼子同归于尽，其余战士中有几个轻伤。"潘来运重点讲述了贺明登英勇牺牲的全过程。

女记者摘下眼镜，拿手帕揩干眼角的泪水，然后继续在笔记本上快速记录着。会场上静极了，只听得见纸页翻动的声音，钢笔写字的声音，以及按动照相机快门的"卡卡"之声。

过了一会儿，一位秃顶的《解放日报》记者提出了一个新的话题："请各位指挥官谈谈对当前时局的看法。"

胡屠户问这位记者："你也是国民党的记者吗？"

"不是！不是！我们《解放日报》和《新华日报》都是共产党办的。"听那语气，他深怕沾上了国民党的晦气。

胡屠户指着大肚子记者说："我一见到你们国民党，气就不打一处来。小小日本为什么敢欺负我们大中华？就是因为你们的蒋委员长不会治理国家。"说到愤激之处，竟然擂着桌子训斥起来，"你们看看，我们五个人，哪一个不是被你们国民党逼上山的？"

一直默默旁听的虞光祖见有人对领袖大不敬，赶忙站起来打圆场："我们蒋委员长的治国方略是好的嘛！只是下面的歪嘴和尚把好经念歪了。"

周道本很快接过话茬："我们老百姓不懂蒋委员长的好经，我们只知道眼见为实。说句公道话，我亲眼见过国军官兵拿着大刀和鬼子拼命的。在抗日战场上，国民党确实扛起了大梁。不过，我也亲眼见过草包国军。"说着，他从腰间拔出盒子炮："你们看，我这把枪就是缴获一个国军连长的。当时，这家伙的连队从前线败退下来。他们逃到伍家岭，又是抢东西，又是奸污妇女，真是无恶不作。大当家命令我带队收拾了这些家伙。你们评评，这帮国军抗啥鸡巴日啊，只会欺负老百姓！"

潘来运见周道本口出脏话，就在他的大腿上狠狠地拧了一把。周道本痛得直咧嘴，心想，这小家伙算是还上了人情。

这边的周道本刚刚住嘴，那边的胡屠户又口出狂言："回去告诉你们的蒋委员长，叫他把委员长的宝座让给咱花子军，看老子怎样收拾这帮龟孙！"坐在他身旁的伍佳杰也有同感，所以没有掐他的大腿。

这会儿记者席间感觉最受用的就是小胡子记者和秃顶的记者。

不料这种美美的感觉并不长久。梁祖君向共产党记者开炮了："你们共产党和国民党联合抗日，我看是面和心不和。我心里总是觉得怪怪的，你们共产党也在这一带打游击，为何偏偏碰不上鬼子？"

小胡子记者连忙辩解："此言差矣！林彪部队的平型关大捷可是有目共睹的呀！"

周道本说："我可知道平型关大捷是怎么回事儿。国共联合打响了山西战役，林彪一一五师参与的只是其中的一次战斗＿＿伏击了鬼子的一个运输队。"

记者们可能都是第一次在记者招待会上受训斥吧！此时的会

场上，出现一种难堪的沉默。伍佳杰见事不妙，正急着要缓和局面，只见夏干猴从门外跃入会场，跳起来欢呼道："好消息！好消息！朱明山回来啦！"夏干猴担负的任务是带领他的小组下山寻找失踪的五位兄弟。他带来的好消息使人们精神大振。五位指挥官顾不得礼节，纷纷离席，朝门外走去。伍佳杰双手抱拳大声宣布："抱歉！记者招待会到此结束。"说着双腿已经迈出门外。

　　这时，只见大块头朱明山趴在驴背上，一位留着八字胡的老乡牵着毛驴正向这里走来。记者们走过去，围住了朱明山和老乡。伍佳杰知道，记者们不弄出个子丑寅卯来是不肯罢休的。于是主动介绍说："十八日那天，花子军打援，有五个战士在桥上和鬼子搏斗，紧紧地抱住鬼子滚下了黑水河。这位兄弟就是其中之一。河水离桥面数十丈高，滚下去不淹死，也会摔死。我不知道他是怎样生还的。"朱明山在驴背上有气无力的答道："滚下河之后，又有一场搏斗。我会水，弄死了鬼子。这时，我一点力气都没有了……顺水漂呀漂……浑身都被岩石擦伤，多亏钱八爷救了我。他……是钱家大湾的……"老乡见朱明山说话吃力，就自我介绍说："我们钱家大湾就在黑水河北岸。四月十八下午太阳落山的时候，我到河湾里放鱼笼子发现了这位兄弟，就把他救了，藏在我家里养了十多天。别看我年纪不太大，在钱家大湾里辈分有点高，乡邻们都叫我钱八爷。"记者们忙着拍照。看得出，他们对朱明山和钱八爷都充满无限敬意，似乎连毛驴都成了令人肃然起敬的大英雄。

　　周道本见朱明山浑身是伤，觉得他再也经不起折腾，不能送往蓝公馆，就在钟离公馆里拾掇出一间临时病房。好几个人一齐伸手，把他抬进了病房。

　　潘来运恭敬地邀请钱八爷进钟离公馆里喝杯茶。钱八爷盛情难却，向钟离公馆走去。这时，潘来运大声吩咐伍佳杰，要他找宋财神弄些银子来，说着悄悄指了指钱八爷的后背。机敏的钱八爷发现了潘来运的小动作，转身就走。潘来运挽留道："钱八爷，你是我们的大恩人，我们感谢不尽。你水都不喝一杯就要走，那咋成啊！"钱八爷一边试图挣脱潘来运的手，一边解释说："你们花子军为了咱老百姓连命都不要，咋反倒要感谢我们呢？"潘来运把钱八爷抓得紧紧的，就是不松手。钱八爷急了："你们是不是觉得咱太穷了，要施舍点儿啊？对你明说吧，你们是羊虎神仙的亲兵，咱再穷也不能要你们的银子。咱这是为子孙积福呢！"潘来运仍然苦苦挽留他。他终于急了，脖子上的青筋暴起来，嚷道："咱为自家子孙积福，你为啥偏偏不让？"潘来运只好松手。

钱八爷纵身一跃上了驴背，在驴屁股上狠抽一棍子。毛驴撒开四蹄朝仙姑桥奔去。

虞乡长和记者们告别花子军，上了马车。在几声清脆的响鞭中，三辆马车紧随毛驴，驶上了洒满金色阳光的仙姑桥。

第八章

1，宋光宪的招兵宣传

端午节这天，许多老百姓给花子军送来了节日礼物。有送鸡鸭鱼肉的，有送米面瓜果的。有挑担的，有推车的，有背背篓的，还有抬着猪，赶着羊的……宋光宪慌忙组织接待。

老百姓由宋光宪恭恭敬敬地引入大操场。这里虽然人很多，场面嘈杂，但是有桌凳，有茶水，有警卫的，有服务的，还有记账的，一切都显得井然有序。宋光宪告诉大家："咱花子军有个传统：滴水之恩当涌泉相报。何况乡亲们今天的举动是大恩大德啊！各位哪怕是送来一张针，都是要记账的。这笔账我们会永远记在心里。"

大约过了一个时辰，宋光宪见男女老少挤满了大操场，突然想起已经议定的招兵大计来，觉得这会儿是个难得的机会，于是见缝插针做起了招兵宣传。他告诉乡亲们，花子军决定农历五月十六招兵，地点就在这个操场上。这次招兵和以往不同，要招收女兵。围绕这个话题，大家七嘴八舌地发问："招收女兵有什么条件？男兵要不要？"宋光宪回答说："男兵也招，但要识墨断字儿，读过几年书的。有点文化的女兵当然特别受欢迎。我们计划让这些文化兵，学医疗，学军工，学千里眼、顺风耳。……什么是千里眼、顺风耳？就是无线电通讯联络呀！不识字的女兵干什么呢？一边学做饭，学裁缝，一边学文化。我们八仙寨以后要办正规的中小学，还要办医疗班、军工班、通讯班……哎呀，我一时说不完，反正需要什么就学什么。"最后他强调说，不管男兵女兵，都必须具备一个条件：家里祖上三辈都是好人。我们花子军是好人的队伍，因此必须严格审查，不是良家子女坚决不要。

他的话在众人中引起强烈反响，整个大操场人声鼎沸，好像煮开了一锅粥。年轻的姑娘们索性挤到前面来，把宋光宪包围起来，你一言我一语，问个没完。此刻的宋光宪眼见大家的积极性如此高涨，才知道咱花子军在老百姓心中的地位究竟有多高。他心里那个滋味呀，就像喝了蜂糖，品了醇酒，甜蜜蜜，美滋滋。

2，杜姨招兵

农历五月十六，花子军的招兵工作在大操场上如期进行。老天似乎也兴致大发，赏给人们一个大好晴天。金灿灿的阳光普照大地，蔚蓝的天空一丝儿云彩都没有。按照宋光宪的吩咐，招兵现场布置的威严而隆重。主席台上彩旗招展，横幅标语上赫然书写："热烈欢迎优秀儿女参加花子军。"操场入口处竖起高大的彩门，彩门用松柏树枝扎成，贴满五彩缤纷的漂亮纸花。彩门上方的横幅是红底金字"花子军欢迎你"，在阳光下熠熠闪光。现场四周有荷枪实弹的士兵负责警卫。山坡树丛中露出机枪的黑洞洞的枪口。八仙寨的几个交通要道都有哨兵站岗。狗司令派出他的三个"将军"发出各种指令，指挥他们的狗兵在百里环山路上奔走巡逻。

太阳跃出铁拐峰，升上高空的时候，书记员伍佳杰和主持人胡屠户已经在主席台上就坐，他俩中间有一个位子空着。看样子，一切准备工作已经就绪。此刻操场上已经聚集着许多青年男女，还有一些陪送他们的中老年人。大家似乎都在焦急地等待着，等待一位大人物的光临。

　　原来花子军的头领们商定，这次重点招收女兵。不久的将来，这些女兵不仅要走向花子军的重要岗位，绝大部分人还将走进弟兄们的家庭生活。"红线班"副班长崔姨因为后勤的事儿不能脱身，因此，身为正班长的杜姨就自然成了这次招兵的主管。也就是说，这次招兵，把关拍板的人非我们杜姨莫属。

　　杜姨终于上场了。几个腰佩短枪英姿飒爽的女兵簇拥着她出现在招兵现场。胡屠户亮开大嗓门，一声呐喊："欢迎招兵主管！"伍佳杰连忙起身向杜姨鞠躬，场内所有士兵一律恭恭敬敬地行持枪礼。操场上的人们齐刷刷地向杜姨投来敬畏的目光，以为她才是花子军最大的官儿。

　　今天的杜姨上下一身新：身穿水红色上衣配天蓝色长裤，脚穿黑缎面千层底布鞋。漆黑光洁的发髻上插一根闪亮的银簪。在金色阳光的映照下，整个人儿显得雍容华贵。显然，今天她是经过用心打扮的，因为在她心目中今天是一个特别重大的节日。当然，这也是宋光宪的主意，目的是给即将出现在花子军舞台上的女主角们留下终生难忘的美好记忆。满面春风的杜姨微笑着行抱拳礼回敬大家，上台以后在中间的空位上坐下了。随行的女兵们留在台下，指挥青年们分男女各站一列长队。

　　胡屠户宣布招兵程序：一是登记入册。本人姓名，家庭住址，父母和爷爷奶奶的名字都要写上。二是审查基本情况。比如文化程度多高，有什么爱好和特长等等，都要实话实说。他特别提醒大家，今天过了关的还有最后一关，我们要对新兵进行查访，三个月以后才能通知你入伍。

　　女士优先。女队被带到主席台前。姑娘们显然有些怯场，一个个往后缩，都不愿打头阵。幸好还有胆大的敢当带头羊，队伍总算稳定下来。

　　杜姨和颜悦色地招呼"带头羊"："姑娘，请你上来！"

排头的姑娘觉得杜姨和蔼可亲，胆子更大了，噔噔噔地三步并作两步走，笑嘻嘻地上了主席台。

"姑娘，你叫什么名字呀？"

"我叫黑牡丹。"

众人望着这位像非洲黑人一样黑的姑娘都忍不住笑了。有人评论说："你瞧，这黑牡丹确实黑得可以呀！"

负责执笔造册的伍佳杰为难了："你应该说你姓什么，叫什么名儿。"

"咱没学名儿，只知道姓刘。跟我不对劲的人叫我'刘黑皮'，也有叫我'刘大胆'、'黑大胆'的。其实我只是有点黑，别的什么都很好。"黑牡丹说罢"嘿嘿"笑了，引得大伙儿都笑了。气氛活跃起来。

杜姨审视着这位粗腿大胳臂的壮实姑娘，心想：五官端正，身体很好，性格直率，是个好兵苗子；可她连个学名都没有，显然没进过学堂门儿。不行，今天来的姑娘很多，咱得优中选优，招既漂亮又识字的好姑娘。

杜姨正要挥手让黑牡丹下去，胡屠户插言了："你多大了？有什么爱好？"

"咱虚岁二十六啦！爱好嘛，就是喜欢抽个旱烟儿。"说着，从裤腰带里抽出了一杆小巧玲珑的旱烟袋。此地农村姑娘一般十六七岁就出嫁，二十六是老姑娘啦！老姑娘还抽旱烟？黑牡丹真是出语惊人啊！

台下有人捂着嘴笑。

伍佳杰好奇地问道："二十六岁还没有嫁人？谁信啊！"

"嫁啦！嫁啦！可是男人把咱休了。"接着，黑牡丹愤愤不平地讲述了她的不幸婚姻：公公婆婆本是虐待媳妇的好手，加上结婚七年没有生育，黑牡丹的日子就越发不好过了，常常受到公婆的侮辱和打骂。后来实在忍无可忍，她终于奋起反抗，惹了大祸。

"大伙儿评评理，不养娃儿怎能全怪我呀？是那个男人不中用啊！后来他又娶了个媳妇，三年了也没见整出个娃娃来。"黑牡丹愤怒地挥舞着拳头，"这家子没有一个讲理的，咱就用拳头把他们全都砸趴下啦！"

杜姨心里想说"姑娘家腰里别杆旱烟袋也不害臊"，嘴里却问道："你吸烟是咋回事啊？"

黑牡丹叹了口气，说："咱爹一身的毛病，干活不能出大力，弟妹都年幼，我就成了家里出大力的男人。耕田耙地，打麦扬场，凡是男人的活儿我都包了。实在困了，累了，就抽口旱烟。时光一长，就上了瘾。"

杜姨脸上的表情在一瞬间经历了复杂的变化，最后对面前的姑娘产生了好感。她断定，经过生活磨砺的黑牡丹不仅能够成为一个好兵，还能够成为一个好妻子。年龄大点不是缺点，正好和我们的大龄男兵相配。这时，黑牡丹十分担心自己验不上，赶忙保证："村里的男人没眼光，不敢娶我。我妈叫我来花子军奔自己的前程，我会记在心里。放心吧，花子军要我改啥毛病，我坚决改。"

杜姨和伍佳杰、胡屠户交换一下目光，然后站起身，满意地拍拍黑牡丹的肩膀说："好，你这个兵我要了！"

接下来是三十几个有文化的姑娘。杜姨见她们的模样儿一个赛似一个，又有文化，就像捡到金元宝，禁不住喜形于色。因为太顺利，一个紧接着一个过关，台下的女子队伍在迅速缩短。不料，轮到一个名叫吴小小的姑娘时却出了一段小波折。这是一个文静秀气，外表可人的十五岁的小姑娘。狡猾的伍佳杰不再让姑娘背诵《三字经》，而是要求朗诵未加标点的指定段落。吴小小不依从，撅着小嘴儿，执拗地要求背诵《三字经》，并且说背诵

《诗经》也行。

杜姨不解："奇怪呀，你能够背，不能读？"

伍佳杰威胁说："在这里是我们说了算。你不读就不能过关。"

无奈何，吴小小只好道出实情：因为家里不是很富裕，父母只能供哥哥一人读书。哥哥进了学堂，五岁的吴小小无人照看，就由哥哥带进了学堂。哥哥七年私塾读完，吴小小也就伴读了七年。吴小小记性特好，哥哥会背的诗文她也会背，而且能讲解，只可惜她并不认识书上的字儿。伍佳杰要她背诵《诗经》里的《上焉》，她一口气背完，很流畅，如行云，似流水。背完之后她以炫耀的口气问道："要不要讲解这首诗？"逗得伍佳杰抿嘴笑了。

杜姨本来头一眼就爱上了这位乖巧漂亮的小姑娘。此情此景更使她激动万分，竟然情不自禁地离开座位，把吴小小搂在了怀里，深情地说："姑娘啊！花子军谢谢你妈！谢谢你爹……"许多要说而未说的话尽在这紧紧的一抱之中了。

继续验兵，又有许多女兵过关。她们多因一技之长而被杜姨看中。秦秀珍跟随姑姑学过裁缝，还会扎花绣朵；周传玥在叔叔开的药店里当过学徒，识得近千味中草药；蒋晓云自幼帮助爸妈打理饭店的事情，后来成了饭店的大厨；还有蔡芳媛……

日头当顶的时候，女兵还没验完。杜姨叫胡屠户宣布：不吃中午饭，继续验兵。凡是想当兵的，都要经得起肚子饿，受得住太阳晒。

场上的男女队伍中没有一人退下，连护送他们的亲属也都陪伴着晒太阳。一位满头白发的老爷爷鼓励孙女说："晓芸啊，你看台上的长官，不是也没吃饭，也在太阳底下晒吗？咱劳动人不在乎这个。"胡屠户派人来要送陪伴的家长们去食堂进餐，被大家婉言谢绝了。

又过了一个时辰，女兵终于验完。伍佳杰把统计的数字告诉杜姨：验收过关的女兵一共七十六人。杜姨非常满意。

对男兵的要求非常苛刻，不仅要身强体壮，还要有较高的文化和突出的特长方能过关。

男子长队中第一个走上高台的是一位白面书生。他自我介绍说："我叫李乾坤，曾经在河南驻马店的一个豫剧团里混饭吃，当过演员，搞过化装和布景设计。在这兵荒马乱的年头，剧团散伙了，眼看日本鬼子横行霸道，心里实在憋屈，就产生了扛枪报国的念头。我爹说，国民党太臭，共产党太滑，花子军仁义，要参军就去花子军吧！所以……"

伍佳杰心想，此人说话娘娘腔，文弱书生不适合上阵厮杀，于是给他泼了凉水："我们花子军里不设剧团，没有你的用武之地呀！"

"我有一手绝活，相信你们用得着的。你们搞侦察，想把一伙爷们变成妙龄女郎，做这类活儿是我的长项。"

胡屠户笑道："像我这五大三粗的男人也能变为十七八岁的花姑娘吗？"

"你嘛……"李乾坤仔细打量胡屠户，有些为难了，"变成女的肯定没问题。化得年轻一些也能办到。若是硬要变成十七八岁的，身材苗条的，我就没有把握了。"

"这样吧：招兵结束以后，我交给你几个三十岁左右的男兵，你如果能够把他们化装成年轻漂亮的花姑娘，我就要了你这个兵。"杜姨一锤定音。

"不过，我得说明一下：最好莫挑大块头的。我的化装术，虽然可以做到惟妙惟肖，甚至可以化腐朽为神奇，可我无法改变身材呀！"

伍佳杰答复说："知道了。你下去等着吧！"

接下来，过关的极少。男子队伍虽然比女子队伍长几倍，而最终过关人数却远远不及女兵。

　　夕阳衔山时分，招兵结束。杜姨学着男人的派头向全场抱拳致谢。这时，胡屠户命令号兵奏乐送客。号兵们整整齐齐站成一排，鼓着腮帮子吹响了土家族民歌《送客歌》。悠扬抒情的唢呐声在山间回荡……

第九章

1，智掳小枝云秀

占领黑水县城的日军虽然在八仙寨一战中吃了大亏，但他们仍然不改野蛮骄横的本性，不久就又干出一件天怒人怨的缺德事来。

汉江之滨，拜仙山下，有一个小村庄，名叫庹家湾。一日，庹家湾有一户殷实人家娶媳妇，大摆宴席，宾客满座，甚是热闹。新郎新娘正要拜堂，来了一汽车日本兵。日本兵用刺刀驱走所有男人，全部女人都遭受奸淫，连十一二岁的小女孩儿都未能幸免。当天夜里，十三个女人悬梁自尽，其中包括未来得及拜堂的新娘子。第二天受害者的家属们来到羊虎庙向羊虎神仙哭诉，凄惨之状催人泪下。

八仙寨的头领们怒火中烧。羌六宝发誓说："此仇不报，誓不为人！"

几天之后，梁祖君带领化了装的侦察班出现在黑水县城。他们的任务是，摸清鬼子军火库的位置，瞅准机会炸毁它。经过几天侦察，发现鬼子防范甚严。更为糟糕的是，军火库三面紧邻居民区，居民区里安插了便衣特务，外圈又有鬼子设防。投鼠忌器，根本无法下手。梁祖君决定，炸不成就偷。侦察兵全部钻进下水道，打算从地底下寻找一条秘密通道接近军火库。黑水县城的下水道修建于明代。因为此地容易遭受黑水河和汉江的肆虐，所以，这里的下水道自有独特之处，那就是设在河边和江边的出口都有自动开关的闸门：河水和江水上涨，闸门自动关闭，把汹涌波涛挡在外边；河水和江水消退之后，闸门自动打开，让城内积水向外流泻。令人扫兴的是，他们搜遍全城的下水道，也没有找到一条可以接近军火库的通道。

正在这时，一个新的战机出现了。近些日子，黑水县城的街道上出现了一个倾国倾城的美人儿。她就是肥原上仪的独生女儿小枝云秀，在满洲国共荣大学读三年级。现在学校放了暑假，他是来风景秀丽的黑水县城度假的。梁祖君立即派人向山寨请示，打算捕获小枝云秀，为受害的老百姓报仇，要求派兵在中途接应。羌六宝立即批准了侦察班的战斗计划，并做了周密部署。

这天恰逢县城里龙王庙的庙会。庙会很热闹，有做生意的，有玩杂耍的，还有戏班子。这小枝云秀生性爱热闹，看罢玩杂耍的，又去戏班子那儿赶热闹。负责警卫的便衣队一个个在人挤人的观众群里累的满头大汗。梁祖君利用小枝云秀的这一特点，在紧邻土特产商行后院的地方搭了戏台，亮出了魔术大师的绝技。他选择这个地方，是因为土特产商行的后院里有一个下水道的入口，而商行老板唐金枝是自己人。戏台上的梁祖君身着白府绸衣裤，手摇一把白纸扇，举手投足颇有魔术大师的风度。魔术节目一个比一个精彩，赢得阵阵喝彩声。为了让梁祖君休息一会儿，梁大斌插进一个肚皮抗锤击的节目，小枝云秀看得眼都不眨一下。紧接着，梁祖君的"囚徒换衣"把观众的兴致推向了最高点。震耳欲聋的叫好声过后，全场鸦雀无声。这时观众的脑海里疑云重重：木柜里的人五花大绑，在一瞬间怎样换穿衣服呢？莫非捆绑的绳索有假？或者有面貌相同的演员替换？……这时梁祖君在台上说话了："各位女士、各位先生：俗话说，会看的看门道，不会看的打热闹。我这个魔术，绳子捆绑没有假，被捆的人是普普通通的观众，也是真人。你眨一下眼睛，咱就让他换了衣服，咱凭的是真本事呀！"台下，一个便衣用日语和小枝云秀交谈，把小枝云秀逗得大笑。台上，梁祖君继续挑逗观众说："谁个怀疑有假，可以上台来亲自感受一下这个节目的玄妙。有谁愿意上来？"台下观众纷纷举手跃跃欲试。梁祖君久久扫视着观众，从眼睛的余光里他发现小枝云秀也举起手来，心里好一阵狂喜。他马上示意，请她上台。刚才和她交谈的便衣，拽住她的胳臂，阻止她上台。她好说歹说，终于上了戏台。在众目睽睽之下，她被绑，进柜，然后梁祖君关上了柜门。接下来的情景就匪夷所思了：梁祖君双手比比划划，口中念念有词，好一会儿就是不见柜门打开。时间久了，台下的便衣警卫自然生疑，正要拔出手枪，在一边负责监视现场的夏干猴抢先开枪，打倒了这个家伙。与此同时，梁祖君一个闪身到了幕后。眨眼间，夏干猴也无影无踪了。现场顿时大乱。在涌动的人潮中，被踩伤的人们哭爹叫娘；便衣警卫们不停地鸣枪示警，场面更加混乱。有一个便衣警卫拼命冲破人墙，跑回去报警。不一会儿，黑水县城里警笛长鸣，鬼子宪兵倾巢出动，全城戒严。

　　这时，梁祖君和他的弟兄们带着小枝云秀很快进入下水道。下水道入口处立刻恢复原状：商行后院铺满簟席，簟席上晾晒的是黑木耳和香菌。

　　黑水县城里，大街小巷到处是忙于搜索的鬼子。肥原上仪气急败坏地命令部下："挖地三尺，也要把绑匪挖出来！"

　　梁祖君带领侦察班沿着一条足两米高的主干道，借着亮晃晃的手电光向河岸方向前行。何胡子背着小枝云秀居中，前有引路的，后有护卫的。大家匆匆前行的脚步搅动起哗哗的水声。小枝云秀自知大事不妙，在何胡子的脊背上一个劲地哭泣。何胡子打趣说："宝贝儿，你不光长得让人喜爱，连哭声也这么好听呀！"在前边引路的梁大斌讽刺道："我说胡子呀，假如让你背着这宝贝上重庆，下武汉，你恐怕是累死也乐意啊！"下水道里响起一阵笑声。笑声在纵横交错的下水道里发出经久不绝的回声。梁祖君慌忙制止："不要放肆！我们的头顶上就是鬼子。"

大约走了一顿饭工夫，侦察班终于走出下水道，出现在河滩上。按照事先的计划，何胡子把小枝云秀交给了梁大斌。梁大斌是有名的大力士，而且擅长负重长跑，所以后期的艰巨任务就自然地落在他的身上。小枝云秀仍旧是五花大绑，一条毛巾紧紧蒙住她的双眼。梁祖君又加上一根绳索，把她牢牢地固定在梁大斌的脊背上。何胡子警告梁大斌说："你小心点儿，要是躲到苞谷林里吃了独食儿，弟兄们不活剥了你的皮才怪呢！"梁大斌笑着说："放心吧，咱没有你好色。"小枝云秀越来越害怕，哭声更大了。梁祖君在她的大腿上使劲拧了一把，厉声警告道："不准做声！再嚷就宰了你！"她似乎能够听懂中国话，马上停止了哭泣。何胡子趁机在小枝云秀的屁股上捏了一把，说："听话。宝贝儿！"梁祖君见他色眯眯的模样，朝他屁股上踢了一脚。

滔滔黑水河从千寻峡谷里奔腾而出，流经城南地段，河床仍然很低。因此，从这儿到北岸车路，先要走过很长一段河滩，接着再攀爬一段很长的陡坡，上了名叫"奈何洲"的沙洲再走几步就是汽车路了。梁祖君交代："快跑！越快越好。我们给你断后。"

梁大斌本来就是花子军里赫赫有名的负重行军的冠军，现在背上有美女，那感觉就像风雪天里背着一团火，脚下呼呼生风，简直如同腾云驾雾一般。眼看梁大斌就要上车路了，这时北岸车路上突然传来枪声和手榴弹的爆炸声。河南岸的车路上也同时出现了鬼子的骑兵。梁祖君判断：这是花子军为了确保侦察班行动顺利，迫不得已在北岸车路上和鬼子的追兵交上了火。他一面大声催促梁大斌快上车路，不要犹豫；一面命令其余战士往苞谷林里钻。梁大斌刚刚踏上车路，就有一辆摩托车从苞谷林里"突突突"地钻出来。梁大斌迅速骑上摩托车，一拧车速把，"突突突"地冲向前去，车后留下一股白烟。

此时，梁大斌脊背上的小枝云秀的装束在午后强烈阳光的照耀下显得格外耀眼：这位日本小姐完全是中国大家闺秀的打扮。头上是一顶雪白的凉帽，上身是天蓝色的短袖衬衫，下穿火红色的长裙。车轮向前飞驰，红裙被风鼓起来，就像一团熊熊燃烧的火焰。梁大斌从后视镜里看得清清楚楚，后边追赶的鬼子骑兵对他无可奈何，一个劲儿地朝天放枪。哈哈，原来咱背上有护身符呢！他瞅准时机，一手扶车把，一手掏出手枪向后射击，有两个鬼子骑兵应声落马。鬼子骑兵不断地遭到等候在苞谷林里的花子军的袭击，渐渐地只剩下零零星星的追兵了。这时，又开过来一支闻讯增援的鬼子骑兵队。这支骑兵队疾若旋风，所过之地黄尘滚滚，眼看就要追上来了。梁大斌早已加足马力，现在没招了。他不断地向身后射击，鬼子骑兵不断地落马，可是追兵的队形依然不乱，速度丝毫未减。他急得全身直冒冷汗。所幸的是，他很快进入山地，埋伏在河岸树林里的花子军用密集的火力封锁了车路。鬼子骑兵只好退却。在返回途中，鬼子骑兵多次遇袭，损失惨重。花子军在接应侦察班的战斗中一共得到四十五匹战马，还有许多长枪、短枪和战刀。

梁大斌的摩托车顺利地过了仙姑桥。迎接他的是空前热闹的场面。

2，沸腾的八仙寨

掳来小枝云秀，花子军兴高采烈，八仙寨一片沸腾。

小枝云秀关在钟离公馆，竟然有一个小队的兵力看守。不到一袋烟的功夫，钟离公馆门前便挤满了人。孩子们和女眷是因为好奇，想看看侦察班弄回来的是个什么样的宝贝。那些男人们是想一睹东洋美女的芳容。结果，大饱眼福的男人们全都陶醉了。这些男人是这样描述这位旷世美女的："我从门缝往里瞅。天哪，我的眼前刷的一亮！那脸蛋儿白里透红，粉嘟嘟，水灵灵。眼睛又大又明亮。眼睫毛长长的，挂着泪珠儿越发好看。不瞒你说，那会儿咱的魂儿都飞了。""咱走南闯北见过美女无数，可从没见过这等漂亮的美人儿。我敢说，从今往后，不管遇到何等养眼的美人儿老子都不会瞟一眼的。""人家那好看的身段儿，白白嫩嫩的皮肤，凉帽下边乌黑的短发……从头到脚简直就是画中的天仙。那会儿我细细欣赏她的模样，心里猛然想起一句俗话：牡丹花下死，做鬼也风流。这话，我信！"有人补充说："女人哭，我见的多了，感觉很平常。可我今天看她哭，感觉大不一样。那模样，确实惹人喜爱惹人怜。"这些评论立刻产生了轰动效应。除了任务在身的，所有的男人们都向这里涌来。看守挡不住这强大的攻势，只好协商。协商的结果是：把小枝云秀拉出来展示一下。

小枝云秀出现在公馆门口。她低着头，淌着泪，身子在发抖，在阳光的照射下活像一株在风中摇曳的带露的荷花。

有人啧啧称奇。也有人指着她骂："你个丫头也有今天啊！你知道你爹的部下在庹家湾干的缺德事吗？那些畜生强奸民女，有十三个女人上吊自杀。惨啊！""对她说这些有用吗？她不懂中国话。"

"她不懂中国话，可认得中国男人裤裆里的玩意儿？今天梁班主弄来这宝贝，就是让咱报仇的。"

这时有人大喊："今天咱就叫她爹晓得，自家亲人被强奸是个啥滋味儿！"

男人们群情激昂，异口同声地高呼："尻死她！""戳死她！"

　　看守见势不妙，赶紧把小枝云秀推进门里，关在小房间里，又在房门上挂上一把铁锁。

　　小枝云秀进门之后，男人们已经煽动起来的情绪更加高涨。他们不敢强硬地冲击看守小队，就用大嗓门儿表达诉求。可是突然间，呼声弱了下来。这时，只见杜小凤笑吟吟地走了过来。她说："大伙别急呀！六宝和梁班主正在商量这事儿。"有人试探她："杜姨呀，你说我们该不该报仇啊？""应该！应该！"杜小凤连连点头。男人们高兴地跳起来，发出一阵欢呼声。

　　羌六宝和梁祖君来了。羌六宝吩咐："今天我们要讨论的事儿特别重要，也特别复杂，我们俩都做不了主。伍佳杰，你通知没有在场的头领赶快来这里议事。"其实，他是希望众头领来给他撑腰壮胆，今天的事儿实在太棘手了。趁这工夫，他和大伙扯起了闲篇。从日本鬼子的兽行，说到人性的善和恶，再说到花子军的建设，花子军的职责，花子军的纪律……他的闲篇扯完了，该到会的也都来了。有人问："大当家，你和头领们议事，我们是不是该走了？"羌六宝连忙说："别！别！你们万万走不得。今天的事全靠大伙儿作主。现在，我想听听你们的主张。"

　　"今天的事儿我看简单。这么新鲜的果儿，大哥你先尝。然后嘛，该我们上。"羌六宝表态说："这新鲜果儿我可不敢沾。为啥呢？我想找一个重情重义的好媳妇，怕尝了这果儿坏了我的好名声，好媳妇瞧不上我了。"杜小凤接过话茬说："我儿像我！我这一辈子虽说不想修行成仙，可我一心想行善积德，做好人。现在，我看你们一个个如狼似虎。我如果说你们不能睡这日本姑娘，你们可能会把我活活撕吃了。可是，如果我说你们爱上花子军就是因为花子军是好人的队伍，你们大概不反对吧？"

　　沉默。大伙若有所思。

　　杜小凤接着说："你们恨日本鬼子，就是因为他们没有人性，畜生不如，这个道理你们大概也不反对吧？"

有人应声："是的，杜姨说的没错儿。"

"这就对了嘛！"杜小凤满意地笑了，"孩子们哪，你们都是好人，要永远当好人。不管在任何时候，任何地方，花子军的人都不能当畜生。你们说，行不行啊？"

众人齐答："行！＿＿＿"因为杜小凤提出的问题只能有一个答案，不管是违心的，还是真心的，只要他不是傻瓜，就只能答"行"。

门外的对话，门里的人听得真真切切。关在小房间里的小枝云秀拍打着房门，用中国话喊道："放我出去！我要面谢好心的中国阿姨。"看守吃了一惊："你个日本丫头，还会中国话？"小枝云秀在门里答道："废话！我在大学里学的就是华语。"看守取下铁锁，陪同她出了大门。一出大门，小枝云秀就恭恭敬敬地跪在了地上："我感谢好心阿姨，感谢好人的队伍花子军。"她的富有感染力的颤抖的嗓音显示出不可置疑的真诚。

见日本姑娘用中国话致谢，众人都很惊奇。惊奇之余，满腔怒火燃烧起来："我们不要小日本感谢。我们要报仇雪恨！"

这时，有一个大胆的男人提出了疑问："杜姨，咱搞个吧日本女人，报复一下，就是畜生啦？"

杜小凤没有马上回答这个后生的质疑。她转过身去教训小枝云秀道："你们日本兵在中国杀人放火，强奸妇女。花子军恨你们，我说应该，报复你们也应该！我不让他们欺侮你，是怕他们学坏了。在这里，所有年轻人都是我的孩子。我既然是长辈，就应该爱护我的孩子们。"她又转身面向大伙："有一个大道理，不知道大家懂得不懂得。人世间自古以来就分出了好人和坏人。不是按穷富来分的，也不是按职业来分的，更不是按国家来分的。是按人心来分的。这位日本姑娘是不是坏人？她的心是善还是恶？大家一定要搞清楚，万万不能误伤了好人。我敢说，就是在日本军队里，也一定有好人。何况这位姑娘是个青年学生，就像太阳才出山，茅草才冒尖儿。大伙把她和糟蹋老百姓的鬼子同样看待，恐怕没有多少道理吧？她和咱中国姑娘是一样平等的，谁如果欺侮她，也同样是作恶犯罪，同样是畜生。"

现场出现了长时间的沉默。在场的人们都在细细咀嚼和体味这位平凡的母亲所讲的不平凡的道理。

羌六宝仔细端详着母亲，觉得既熟悉又陌生。本来嘛，抓捕小枝云秀纯粹是为了报复鬼子，还以颜色。山寨上上下下绝大多数人都主张以眼还眼，以牙还牙，反对的声音非常微弱。但是有一种声音他不得不听："如果开了这个头，以后花子军就不好带了。"可是另一方面，他又深深懂得，众怒难犯，民意难违。正当他捧着这个烫手的山芋不知所措的时候，母亲伸出了援手。他没有料到母亲竟然有本事化解这样一个大难题。他非常感谢母亲，走过去向母亲伸出了大拇指。母亲欣慰地笑了。

梁祖君首先打破沉默："大当家，我和弟兄们操心费力弄来这个宝贝，是不是瞎忙乎了？"

"谁说瞎忙乎了？肥原上仪的女儿在咱手里，还怕他不乖乖地听咱花子军的指挥？"羌六宝拍了拍梁祖君的肩膀说，"我的好兄弟，你们侦察班又立了一个大功啊！"

众人七嘴八舌地出主意：

"要肥原上仪惩办罪犯。"

"悄悄处决不行。要他们就在庹家湾当众验明正身，然后就地枪毙。"

"依我说，要肥原上仪亲自向庹家湾的老百姓下跪谢罪。"

"找他们要一笔钱安抚死者家属。"

"找他们要药品。咱医院缺什么就要什么。"

……

眼下这个结果使少数人为难了。公开反对吧，有这个贼心没这个贼胆。顺水推舟吧，肉吊着，人熬着，实在受不了。还是侦察班的人胆子大。你瞧，何胡子上去了。他要和大当家借一步说话。他把羌六宝领到一个僻静地方，还没开口说话就先装出一副可怜相："大当家呀，咱实在受不了啦！"羌六宝忙问："怎么啦？""我今年三十二岁了，还没有沾过女人。花子军纪律很严，不允许咱沾女人……"不等何胡子说完，羌六宝什么都明白了。他没有笑话何胡子，反而安慰说："我也是男人，你的苦楚我懂。难为弟兄们了，对不起。现在，我妈专管弟兄们的婚事。再有几个月，等附近几个县的'老家人'查访好了，一大批女兵就要入伍了。这些你都是知道的。到那时候，我会立一个新规：男女配对儿，大龄男女优先。我的好兄弟，不要多久，你就会有媳妇了。"何胡子开心地笑了，但他才入伍一年，不明白什么是"老家人"。羌六宝解释：过去叫花子常常受欺负，为了互助，就自然形成三五十人不等的组织。这些组织因为有花子军撑腰，所以特别有号召力。后来，为了让这些组织更好地发挥作用，这些组织的头目就由花子军指派。他们都是花子军的在册人员，叫花子们亲切地称他们为"老家人"。我们内部，称他们为"分流人员"。

何胡子乐颠颠地走了。

这时候，杜小凤已经把跪在地上的小枝云秀拉起来，送回小房间里，并且安慰说："姑娘别怕！今晚我和你睡一张床，我给你当保镖。"

3，小枝云秀平安回城

正当大伙热闹议事的时候，有人来报：鬼子的谈判使者到了。"肥原上仪心急火燎啊！"羌六宝思索片刻说，"通知鬼子使者，明天下午谈，地点就在这儿。"

　　翌日上午，共产党和国民党都相继派来联系人。围绕谈判条件问题，花子军和国共两党的联系人出现了严重分歧。花子军要求枪毙犯罪日本兵，为受害的老百姓报仇。共产党县长老姜认为："这个要求，实际上等于与虎谋皮。肥原上仪没有这个权力。你要了他的老命，他也办不到。"国民党的廖专员说："还不如逼迫肥原上仪释放我们的人。"在场的花子军头领们一个个怒发冲冠，发誓此仇必报。姜县长说："我们带队伍不能只图报仇解恨，一时痛快，我们应该图一个大目标，那就是把日本侵略者赶出中国去。我说花子军弟兄们呀，还是廖专员比你们有眼光。你们仔细比较一下，看谁的算盘打得妙？"廖专员扳着指头数："现在关在宪兵队里的，有国军团长一人，国军营长三人，国军连长十人，还有市县级官员十五人。他们都是抗日虎将。一旦放虎归山，其作用真是无可限量啊！"姜县长补充道："宪兵队里有我们党的地方干部三人，还有一名侦察排长。"两位联系人凭着三寸不烂之舌轮番进攻，使头领们陷入了沉思。羌六宝联想到不久前获得重要情报才有了八仙寨保卫战的胜利，而情报的提供者不是国民党就是共产党，这是毫无疑问的。欠了人情是要还的呀！再说，花子军以后还有许多事情要请他们帮忙呢！更何况姜县长和廖专员说的话都有道理。他们提出的条件符合民族大义，花子军是不应该拒绝的。末了，羌六宝表态说："老虎皮既然谋不得也就算了，以后要是被咱们碰上，非要了他们的小命儿。我同意要求释放抗日好汉。不过，我还想要肥原上仪出点血。受害的老百姓要安抚，咱花子军开销也不小，小鬼子不出血不行。"他嘱咐两位联系人，拟好释放人员名单，立马送来。

　　其实这天下午的谈判根本就没"谈"。羌六宝把一份文书和两份释放人员名单交给鬼子使者，就傲慢地一转身，拂袖而去。

　　文书是小枝云秀亲笔书写。她首先自述了在山寨里受到的礼遇，然后转述了花子军开出的三个条件：一，释放关押在黑水县城日军宪兵队里的全部抗日分子。二，出资一千三百快大洋，安抚死者家属。三，向花子军进贡三百根金条。

　　这三个条件都是割肥原上仪的疼肉。他破口大骂道："巴嘎！土匪良心的，大大的坏了！"怎奈身在屋檐下，不得不低头，他只好勉强应付。

　　三天之后，肥原上仪兑现了花子军提出的三个条件，小枝云秀平平安安地回到县城。

第十章

1，远亲不如近邻

　　花子军的一系列胜利立即轰动全国。国共两党的重要报刊都用大量篇幅介绍了这支民间武装。作为花子军的近邻，棒子队有人看不懂了。棒子队最近接受了共产党的收编，营房门口的大旗改换为"中共黑水县九泉山游击队"。上级派来的政委名叫羌爱党，原来的大当家丁华中任游击队大队长。丁华中向羌爱党请教："我们承认花子军取得的胜利。但是，这胜利震动全国，国共两党都格外高看，政委你说是不是有点过了？"羌爱党回答说："你看不出来吗？眼下，国共两党都特别需要这样的胜利，特别需要这样的武装力量。纵队首长指示我们，要千方百计争取这支队伍。纵队首长说，争取花子军对于收编其他山头的武装具有重大意义。据可靠情报，附近三县的土匪武装大多数都和花子军走的很近，特别是金凤观的那个廖三爷。咱们还是被窝里逮跳蚤＿＿一折一折地来吧！"纵队首长向羌爱党透露过一个信息＿＿我们秘密战线的同志曾多次试图打入花子军内部都未能成功，因此要求他和游击队的同志们独立自主，想方设法完成这个任务。这个秘密信息，他当然不能明说，只是要求丁队长谈谈花子军的基本情况，譬如总兵力、中高层干部、武器装备等等。丁华中感到为难了："政委呀，你叫我怎么说呢？花子军是一支捉摸不透的队伍。八仙寨就那屁股大一块地儿，不像咱九泉山地盘大，物产丰富。咱仅仅养了两百多人，就显得紧巴巴了。我估摸它八仙寨养不了多少兵。可是人们眼见的事实是，日本鬼子一个大队进寨扫荡，没有一个活着出来。还有一个大队来增援，硬是被挡在仙姑桥边，并且损失惨重。你说要干完这些活儿，没有两千精兵怕是不成吧？更叫人摸不透的是他们的干部队伍。你说一个班长究竟有多大权力呀？可是花子军的侦察班班长梁祖君有权调动和指挥花子军的任何一个步兵大队。据说每次开头领会议，养狗的，放鹰的，也都有资格列席。"羌爱党听着，不禁笑了："看来这支叫花子武装，很有特色啊！""说到他们的武器装备，着实叫我眼馋。一个歼灭仗下来，花子军简直富得流油啊！"羌爱党说："你们是友好邻居，讨要几支三八大盖不难吧？"丁华中吐一口唾沫，叹息道："他们的大当家叫羌六宝，那可是有名儿的铁公鸡。我找他用粮食换枪。你猜他怎么答复我的呀！他说，前辈啊，这些武器是我弟兄们拿命换的呀，我怎么敢作这个主啊！我说，你个没良心的家伙。想当年，你们花子军刚刚上山那会儿闹粮荒，一个个饿得眼睛发花，是我大大方方借粮，你们才熬过那个冬天。这些都忘了，是吧？末了，我两手空空，憋一肚子气下了山寨。""你对花子军的意见放一边去吧！上级党组织交给的任务，我们必须努力完成。怎样占领这个阵地，我还得仰仗你多出主意。说到底，你和花子军是有多年交情的呀！"说罢，又把机要秘书夏琼芳叫来，一起商讨相关事宜。夏琼芳出身官宦人家，是南京戏曲学院里有名的校花，为了逃避包办婚姻，投奔了八路军。如今，她已经年满三十，羌爱党四十三岁。二人恋爱三年，已经进入了瓜熟蒂落的阶段。来九泉山之前，上级党组织已有承诺：棒子队的收编工作全面结束之后，就批准他俩完婚。这些日子，夏琼芳觉得初秋的阳光格外灿烂，瓦蓝的天空特别纯净，连九泉山里的空气都是甜的。

　　三人开了一个简短会议，一致认为，争取花子军的工作得一步步来，急躁不得。首先，让花子军和游击队多多接触，加深了解，进而了解共产党，下一步就是用马列主义引导这支叫花子武装走上革命道路。

三人会议刚刚结束就有侦察兵来报：八仙寨瘟疫流行，近些日子天天死人，花子军人心惶惶。羌爱党大吃一惊，连忙让警卫员叫来卫生队队长。此人是卫生队里资格最老的女大夫，同志们都尊称她"雷大姐。"羌爱党催促道："老丁，我们和雷大姐一起过去看看吧！"

羌爱党一行人过了仙姑桥，接待他们的是羌六宝。丁华中说明了来意，介绍了羌爱党和雷大姐。羌六宝感激万分，摘下口罩以示礼貌，和客人逐一握手致谢。雷大姐要求去病房看看病人。羌六宝介绍说："黑水县城发生禽流感，禽传人，人传人，传到我们寨子就很难控制了。我们已经采取措施，隔离病人，封闭病区，捕杀病禽。我们请来当地名中医，疫情只是稍有缓解，仍然没有得到有效控制。我安排一个弟兄当向导，领雷大夫去隔离病房看看。希望雷大夫给我们支招儿。别人最好不要进入封闭病区。"说着，叫当向导的弟兄递给雷大夫一只口罩。两人像进入雷区似的小心翼翼地向仙姑峰的密林深处走去。那里本是新建的家属院，因为病人与日俱增就改做隔离病房了。

雷大夫仔细察看病人之后报告道："中医用药虽然有清热解毒的明显效果，但是对于有并发症的病人就无能为力了。他们呼吸困难，胸腔积液。用手指轻敲，如敲鼓一般。还有病人已产生败血症，病毒侵入血液，造成全身性感染。这两种病人，可以说是危在旦夕。"羌六宝神情沮丧地垂下头去："铁拐峰的香堂里昼夜香火不断，各路头领轮流换班跪求羊虎神仙保佑。禽流感首先打倒的是老人、妇女和孩子，都是我们的亲人啊！谁个心里不疼，不急呀！可是，神仙不显灵，名医没办法，我们该咋办呢？"

　　说到这里，这个身材魁梧的汉子已是泪眼汪汪了。一个随行的警卫员出主意道："赶快把危重病人送往县城和省城的大医院吧！"丁华中批评道："你这个孩子说话不过脑子。你这是要大当家往县里和省里送人质呀！"羌爱党安慰道："大当家别灰心丧气嘛！神仙不显灵，共产党有办法。雷大姐，你叫夏秘书连夜给纵队首长发报，说明花子军的紧急情况，请求支援。"

　　三天之后，中共华中野战军医院派来一个五人医疗小组。他们携带药品和器械，身穿防护服，进入花子军的封闭病区。

　　由于医疗小组日夜奋战，肆虐的禽流感得到有效遏制。就在这时候，另外一场灾难突然降临八仙寨。驻守县城的肥原上仪乘人之危，出动三个大队，分别从仙姑桥、鬼掉魂和蛇倒退三个方向攻打八仙寨。幸亏花子军常备不懈，立即给予迎头痛击。日本鬼子虽然来势汹汹火力很猛，但是从清晨到正午时分，都未能进入八仙寨一兵一卒。这时候，羌爱党已经做好了两项准备工作：八仙寨的枪炮声响起之后，他连忙请示纵队首长：为了给花子军解围，九泉山游击队准备在今晚佯攻县城，请求派兵支援，把声势造足。接着，他又派出通讯兵把花子军遭袭的消息传播出去，希望附近各个山头的民间武装今晚能够出手相助，配合九泉山游击队攻打县城。然后，在游击队里进行战斗动员。丁华中问道："各个山头的土匪会听从我们的号令吗？别做指望！"羌爱党笑道："我怎么会指望土匪们听从我的命令呢？都说花子军的人缘儿好，我想看个究竟。附近山头有没有人出兵相助都无所谓。年三十捡只兔子，有它过年，没有它也过年。"

　　八仙寨的枪炮声直到夜幕降临都没有停歇下来。这时候，县城方向立刻热闹起来。那里，九泉山游击队和纵队派出的援兵打响了佯攻县城的战斗。共军部队攻打的是西门和北门，东门和南门立马有人响应。看来，真有山头的好汉们参战了。满山遍野到处是呐喊声和枪声，冲锋号声此起彼伏。城楼上的探照灯照射城下旷野，只见无数旌旗摇曳。远处的车路上，满载援兵的车队还在源源不断地向黑水县城开过来。守城的肥原上仪不知道有多少队伍攻城，连忙电令攻打八仙寨的鬼子回援县城。羌爱党得知这个消息，立即派出部队在鬼子的撤退途中设伏。

再说羌六宝发现鬼子撤退，立即派出骑兵班和炮兵班紧追不舍。炮兵班班长朱一炮发现撤退的鬼子在前方遭到伏击，就果断地摆开阵势，用过去缴获的日本小钢炮向鬼子开火。鬼子接到的是十万火急的命令，所以不敢恋战，丢下大量重武器，往田野里夺路而逃。骑兵班班长向正军立即率领弟兄们砍杀过去。

当天空升起一轮皎洁的月亮的时候，大家停止追杀，开始打扫战场。朱一炮和向正军看到九泉山游击队和廖三爷的人马，还发现一些附近山头的好汉们，心里万分感激，连忙拱手致谢……

大雁南飞，天气渐凉，眨眼间冬天就到了。

战胜了禽流感，打跑了日本兵，花子军非常感谢出手相助的友好邻居们。羌六宝特意把他们都请过来，花钱请来戏班子在八仙寨的大操场上搭台唱戏。这台戏从午饭后开演，直到太阳即将西沉才落下帷幕。

羌爱党跟他的部队离场的时候，忽然听到背后有人叫了一声"羌牯子"。他只当是自己的幻觉，没有在意。接着，他又听得几声"羌牯子"。声音很清晰，这是一个女人的声音。奇怪呀！"羌牯子"是他几十年前用过的名字，叫他的女人究竟是谁呢？

2，六宝认爹

原来这呼唤"羌牯子"的女人不是别人，正是羌六宝的母亲杜小凤。杜小凤来到羌爱党面前，叫了一声"牯子哥"，眼泪就禁不住从眼眶里滚出来。羌爱党立刻认出了呼唤他的女人。他轻轻地却是饱含深情地叫了声"小凤"，目不转睛地打量着对方。杜小凤差点被禽流感夺去生命，多亏共军野战医院的大夫妙手回春，加上食堂的精心调养，使她很快恢复了健康。现在，站在羌爱党面前的是一个体态匀称，风韵犹存的中年女人。阔别二十四年了。当年十七八岁的俊俏姑娘现在虽然已经步入中年，但是除了眼角增添了几条皱纹，她的外表似乎没有多大变化。身材曲线还是那样美妙动人，面色还是那样白里泛红，头发黝黑，没有一根银丝。唯一明显的变化，是苦难岁月使那双会说话的眼睛所表达的情感丰富，复杂，而深沉。这会儿，从她的眼波里，羌爱党发现她心底里正涌动着不可遏止的感情潮水。面前这个女人似乎比当年那个令人爱怜的情人还要美。这是一种成熟的美，无法抗拒的美。丁华中惊叫道："政委呀，原来你们是故交啊！喜事，喜事……"他所说的"喜事"，本意是指共产党收编花子军突然有了方便之门。夏琼芳不知究竟，只是催促羌爱党赶快跟上部队。直到这时候，羌爱党才如梦初醒，意识到事情的严重性。他知道，解决这个大难题不仅需要时间，更需要智慧和勇气，眼下当紧要给自己留下回旋的余地，于是对杜小凤说："时间已经不早了，部队上还有事情等着我处理。告辞了，小凤。过几天，我抽空来看你。"说着，大步流星地撵上了部队。杜小凤目送羌爱党过了大操场，还一动不动站在那儿。随行的女兵们越看越不明白，一个个满头雾水。羌六宝更是莫名其妙。他不知道母亲和羌政委之间究竟发生过什么事情，更不知道往后还有什么故事即将发生。

羌爱党走后，杜小凤要羌六宝送她到何公馆。回到何公馆的小房间里，杜小凤关上门，毫不隐瞒地给儿子道明了事情原委。

杜小凤本是永安县人。二十六年前，十六岁的杜小凤跟随母亲出外逃荒，还没有走出永安县母亲就不幸病逝。孤苦伶仃的杜小凤为了葬母，头上插根茅草，把自己卖了。一位姓孟的富商买了她，带回去给自己做了妾。这位商人的老婆是远近闻名的"母老虎"。母老虎拿她当佣人，商人拿她当玩物。杜小凤在孟家过的是什么日子就可想而知了。时间久了，杜小凤发现了一个重大秘密：姓孟的商人患阳痿病已经好多年了。杜小凤明白，作为女人的最起码最可怜的一点盼头都被剥夺了。她就像被判无期徒刑的犯人，陷入了痛苦的深渊。好在孟家的下人们并不歧视她。有一个长工比她大一岁，生就大块头，壮实得像头牛，人们叫他"羌牯子"。羌牯子怜悯她，帮助她，使她在阴冷的孟府里感受到一些温暖。她和羌牯子日久生情，有了身孕。羌牯子自知闯下大祸，只好带她私奔。在私奔的路上，羌牯子被一支队伍拉夫，从此再也没有音讯。后来，身重的杜小凤一路乞讨，艰难前行，在乞讨路上生下六宝。多亏遇上姜家和明家，母子俩才有了一条生路。

故事太凄惨，讲者和听者都是泪流满面。杜小凤给六宝擦去脸上的泪水说："儿子呀！老天总算有眼。你爹还活着，咱母子以后有靠山了。"

"妈，这么多年，他怎么不来找咱们呀？"

"这话，你留着当面问你爹吧！"杜小凤解释说，"我相信你爹是个重情重义的男子汉。这么多年没来找我们，一定有他的难处。千万不要错怪他。我想，如果你爹再来，就让你们父子俩认一认，聚一聚，好吗？"

羌爱党和他的部队解救了花子军，羌六宝已经把这位共军部队的政委当做了大恩人。听到母亲的问话，他不假思索地点头应承了。

杜小凤心里仍然有些内疚："这么多年，你没吃他一口饭，没喝他一口水。他就像一个和你毫不相干的过路人。我猛然叫你认爹，实在让你为难了。"

羌六宝表态说："妈叫我认爹，我就认爹。他不光是我们花子军的大恩人，更是我们家的大恩人。没有他出手相救，我就没有妈了。"杜小凤笑道："我儿说的是！你真是个大孝子呀！"

再说羌爱党回到营地，上床后无法入眠。他现在不仅仅是左右为难，而是面临三难啊：他和杜小凤已经生子，这个旧账不认不行。他和夏琼芳的恋爱如抗日战争旷日持久，眼看就要鞠躬入洞房了，根本没有撤退的余地。更难办的是，对于上级党组织的指示，他羌爱党必须唯命是听，尽管是个人婚姻事，也不能随意妄为呀！现在，纵队首长远在数百里之外，而电台由夏琼芳掌管，他无法和首长单独畅谈。怎么办呢？实在没辙，只好敲开丁华中的房门，虚心讨教。这丁华中可不是优柔寡断的主儿。他一听事情原委，高兴得几乎跳起来："我应该祝贺你呀，政委！在花子军里，全军听羌六宝号令，而孝子羌六宝呢，看他妈的脸色行事。原来呀，我们的政委早就把她妈那个主阵地拿下了，还怕花子军不跟你走吗？""话虽这么说，可我不能昧着良心抛弃小夏呀！""我的好政委哟，亏得你还是吃政治饭的带兵将领。什么是政治？我的理解很简单，就是为着大目标，不仅敢拼敢打，还得敢丢敢舍。史书记载，刘项争霸，项羽抓来刘邦的老爹，要把刘邦的老爹煮了吃，逼刘邦退让。你猜刘邦是什么态度啊？刘邦答复说：'我俩曾经结拜兄弟，我爹也是你爹。你一定要把爹煮了吃，请不要忘了给我留一碗汤。'项羽气得差点儿吐血。最后，刘邦成了大气候，项羽垓下败亡。这件事儿，不是把成败之理道了个明明白白吗？"羌爱党仍然心有疑虑："你的意思是，不管三七二十一，把花子军拉到手再说。可是，往后我堂堂政委怎么面对部下，面对小夏呀？"丁华中笑了："这好办呀！等你睡了杜小凤，收编了花子军，就把这个难踢的球一脚踢给纵队首长。一切后果与你何干？"谈到这儿，羌爱党对这个土匪头儿刮目相看了。原来，这其貌不扬的丁华中是个不简单的人物啊！难怪棒子队能够在夹缝中生存，并且不断发展壮大。

依照丁华中的策划，第二天下午，羌爱党带了两个警卫进了八仙寨。听说六宝他爹来了，杜小凤简直乐坏了。她立刻安排随身卫兵去接六宝和他爹来自己住处。她交代：政委的警卫人员留在钟离公馆歇息。随行的警卫很不放心，执意陪同首长去仙姑峰，被羌爱党拒绝了。

羌六宝领着羌爱党来到何公馆的时候，天色渐暗。这里已是红灯高挂，两排女兵分立两边恭迎。杜小凤的小房间里点亮了红烛，气氛温馨而喜庆。羌六宝父子俩坐定之后，女兵恭恭敬敬递上了清香扑鼻的本地清茶。这时，杜小凤提着一袋子糖果分发给在这里居住的所有女兵。她满脸喜气地宣布说："我家六宝他爹回来啦！父子俩二十四年没有见面。今天，六宝认爹，是个大喜日子。"大伙儿一阵欢呼，纷纷祝贺大当家父子团圆。

认爹的仪式非常简单。杜小凤叫女兵们站在小房间门口，充当见证人。她郑重地叫一声："六宝，给你爹磕头！"羌六宝双膝跪地，朝羌爱党毕恭毕敬地磕了三个头，叫了一声"爹"。这一声"爹"直叫得羌爱党热泪盈眶。他连忙扶起六宝，深情地说："爹对不起你呀，孩子！"羌六宝这才回到座位和爹说话："爹呀，我不明白，你咋二十多年不来找我们呐？"

羌爱党如实道来："这要从二十四年前说起。那天，我被队伍拉夫，实际上是被拉了壮丁。先是随队伍步行，后来是坐汽车，再后来是坐了三天三夜火车。我在队伍里，天天不是打仗就是行军。又过了几年，这支队伍和一支共产党的队伍交火，吃了败仗，我便成了'解放战士'。在共产党的部队里，我凭着一身本领和一颗忠心，从普通战士一直干到营长的位置。现在，纵队首长指示我来九泉山收编棒子队，并且委任我当个临时政委（游击队获得正式番号之后，立马转正）。这才有缘碰上你们。这些年，部队南征北战，我无法打听你们的下落，希望你们母子俩能够体谅。"

杜小凤问道："你把名字都改了，这是怎么回事呀？"

"啊，我忘了解释。我加入中国共产党的时候，在姓名栏里准备填上'羌牯子'，我的首长不同意，说共产党人是无产阶级先锋队战士，叫'牯子'咋成啊，硬要我改名，我就改成了'羌爱党'。说心里话，我改这个名儿，就因为我对共产党感恩戴德。"

杜小凤一手摩挲着羌爱党的上衣口袋，取笑说："瞧啊，一字不识的大文盲衣袋上还插一支钢笔，充人物呢！"

羌爱党解释道："共产党的队伍里提倡学文化。我学了这么多年，早就会读书看报写文章啦！我需要经常写报告，批文件，不带钢笔不方便啊！"

"原来共产党部队也跟花子军一样，重视学文化呀！实话告诉你吧，我一个妇道人家，现在也过了小学文化考试啦！可能比你还是差一丁点儿，笔杆儿使得不溜把。"杜小凤嘴里说着话，目光一直没有离开过羌爱党，越看心里越喜欢。这时候，一个卫兵送进来一封信，说："崔姨听说大当家认爹，特意表示恭贺，这是她的贺信。她说后勤上有事抽不开身，请你们原谅。"紧接着，又有卫兵送来许多贺信。卫兵将一大摞贺信摊开摆在桌子上，逐件介绍说："这是梁班主的，这是宋财神的，这是几个大队长的……"杜小凤见贺信如见人，激动万分地请卫兵捎话："就说我们全家永远记得大伙的情谊。谢啦！谢啦！"

时间在不知不觉中流逝，就寝的号令早就响过了。"六宝，我和你爹还有几句话要说。你先回去吧！"就在羌六宝走出何公馆以后，杜小凤追出去小声叮嘱道，"你派人告诉你爹的卫兵，就说今晚政委和你有要事商量，不回去了，叫他们就在钟离公馆住一宿。"聪明的羌六宝已经成年，当然理解母亲，认为母亲这个想法天经地义，就应承道："放心吧，我自会妥善安排。"

杜小凤回到小房间，关上房门，拉严窗帘，然后伺候丈夫洗脸，擦身，洗脚。她动作麻利，轻松愉快，粉红的脸蛋上写满幸福感。羌爱党这会儿看杜小凤，觉得她浑身上下越发显得美艳动人。

"这里是女眷公馆，我一个大男人在这里过夜……"

正在铺床的杜小凤发现丈夫心有顾忌，打断他的话说："我住的是单间房。再说，我留自家男人过夜，合情，合理，更合法。"

"这里一共有多少单间房？"

"总共三个单间。我和崔雪花住的都是小单间，还有一个大单间，是客房。其余都是大通铺。"

"如果有战士家属来部队，怎么安排呢？"

"后山林子里有几排石头房，被称作'家属院'，家属来部队就在那里住几天。以后，我就申请去那里住，免得你浑身不自在。"

这时候，羌爱党开始脱衣服准备就寝，被杜小凤制止了："我给你脱吧！我要检查我娃他爹是不是完好无省。"

杜小凤发现自家男人浑身是伤疤，心疼得掉下了眼泪："原来，这些年你是拼命拼过来的呀！以后，你千万要注意保护好自己。你记住，你整个人儿，都是我和我儿子的。你记住了吗？"

"记住了。"羌爱党被这充满亲情的话语深深感动了，他含情脉脉地向妻子伸出粗壮的胳臂。杜小凤赶忙脱了衣服，来不及吹灭红烛就顺势钻进丈夫的怀抱，把头靠在那宽阔的胸膛上……

羌六宝认爹的消息很快传到九泉山游击队，最为震惊的是夏琼芳。有人提醒她，当心她的准夫君上了老情人的床。她认为，这个提醒并非杞人忧天。一天夜间，她向羌爱党公开摊牌说："我并不是一心想吊死在你这棵歪脖树上。我只要你表个态，好电告首长。"羌爱党的态度毫不含糊："你我的婚姻由党组织保媒，我自然是百般珍惜，坚定不移。不过，我是羌六宝的爹，认与不认都是历史存在，否定不了。这个，你应该谅解。多体谅我一些。"夏琼芳也不是好糊弄的，她当即提出马上结婚的要求。羌爱党为难了：马上和夏琼芳结婚，会凉了杜小凤的心，增加了收编花子军的难度。不同意马上结婚，夏琼芳这里不好过关。这时候，他马上想到丁华中教给的策略，于是以商讨的语气说："我们向首长如实说明我和花子军的特殊关系。现在我正利用这种关系，做花子军的工作。为了稳住羌六宝母子，不至于增加工作难度，我们打算以革命大局为重，再度推延婚期。你看这样向首长汇报行不行啊？"其实，他心里还有一个小九九没有说破，那就是：这事儿汇报上去，等于向党组织主动承认了自己的一桩事实婚姻。多年政治工作的经验告诉他，主张一夫一妻制的党组织会是什么态度。年轻幼稚的夏琼芳没有想到这么多，只是认为个人婚姻问题不管怎么说都必须给革命大局让路，羌爱党的主张是不容置疑的。但是，她仍然有些不放心，警告说："你知道吗？我们共产党人的个人感情生活，也有一道红线。这道红线是不可逾越的。""知道！知道！请你绝对相信我。我保证，不管在任何时候，任何地方，都不会越过红线半步。"夏琼芳这才草拟电文，向首长发报。

纵队首长的指示非常明确：务必利用一切有利条件，抓紧做好花子军的收编工作。其他事情，暂缓，待议。

羌爱党获得尚方宝剑，胆子就大了，去八仙寨的脚步更勤了。他向杜小凤坦白了和夏琼芳的恋人关系。为了避免夏琼芳吃醋，他只是和杜小凤频繁幽会，不在八仙寨过夜。他要求杜小凤做好儿子的工作，让花子军学习九泉山游击队，早日站到共产党的红旗下，并且提醒道："如果花子军不跟共产党走，上级党组织绝不会允许我长期和花子军黏黏糊糊，不明不白。那样，我们夫妻俩就只能各奔东西了。"杜小凤舍不得丈夫，更离不开儿子，为了小家庭的稳固，她就抓紧时间做儿子的工作，并且已经取得成效。羌爱党得知羌六宝和他的弟兄们态度都很积极，心里乐开了花。

树叶儿青了又黄，黄了又青，八仙寨和九泉山卸了冬装换上了春装。两支队伍在民间传统节日里开展文艺联欢，并且多次举行军事技术大比武，关系一天比一天贴近。纵队首长指示：现在已到瓜熟蒂落的时候，收编工作应该进入最后一道程序＿＿＿宣讲马列主义，引导花子军走上革命道路。这是收编工作的重要环节。然而就在这个节骨眼儿上，夏琼芳闹起了情绪。和夏琼芳同住一个寝室的雷大姐打内心深处为夏琼芳的终身大事担心："夏秘书啊，你该为自己的事儿着急啦！俗话说，火越烤越寒，肉越吃越馋。你就不怕你的那个馋猫儿没能收编花子军，最后反而被老情人收了？"俗话说，纸包不住火。夏琼芳早就发现羌爱党已经越过红线很远了，因此听雷大姐这么说，火气就不打一处来："这个烂货，我早就不想要了，由他去吧！"雷大姐劝道："说起来你还是大学生呢！依我看呀，你实在不算聪明。你知道我们女人最值钱的是什么吗？是青春。你的青春还有几个四年哟？这个小账你会算吗？现如今，像羌政委这样的大官，就算是年过半百，结过几道婚，睡过好多女人，想找个十七八岁的女娃儿并不难呢！可你呢，错过这个村就没有这个店啦！听姐一句话，你嫁他，一点儿都不吃亏。"夏琼芳认为雷大姐言之有理，于是有些担心了："如果收编花子军成功，我不是没戏了吗？"雷大姐笑道："你的担心完全多余。你有两大优势，那个杜小凤怎么能和你竞争呢？第一，你们是党组织保媒，这靠山多硬呀！第二，你年轻漂亮。男人们都是视觉动物，喜欢年轻的漂亮的姑娘，＿＿＿赏心悦目啊！"听了雷大姐的分析，夏琼芳抿嘴笑了。

3，八仙寨上的马列课堂

　　一日黄昏，羌爱党和丁华中骑着高头大马来到仙姑桥头，紧跟其后的是两个警卫和夏琼芳，也都骑着马。一行人都是一身戎装，骑在马上显得甚是威武。其中一个警卫手里还牵着一匹马，马背上驮的东西有点沉。桥头站岗的战士把他们领入钟离公馆的一个小房间里歇息喝茶。丁华中对这个战士说："我们的政委给你们大当家带来一点薄礼，麻烦你通报一下。"

　　羌六宝急急忙忙来到钟离公馆接待客人："爹！丁叔！你们大家都是稀客，贵客。"和客人们逐一握手之后，这才落座。两个警卫把所带礼物送了进来。羌爱党对羌六宝说："听说花子军常年坚持学文化，大有进步。有了文化，就能学习革命理论了。我带来毛泽东的《中国社会各阶级分析》，五百本；还有马克思的《共产党宣言》，也是五百本。"羌六宝连忙道谢："这是雪中送炭啊！谢谢！谢谢！"丁华中补充道："这些书里边讲的是马列主义大学问。你们花子军正需要这门学问。我们政委考虑到真正精通这门学问的先生很难找，就给你们领来一个专职先生……这不，就是她，南京人，大学毕业，我们部队的机要秘书。"夏琼芳起立行了个军礼，很有礼貌地自我介绍说："我叫夏琼芳，有机会为花子军官兵服务，感到很荣幸。"此刻的羌六宝就像饥肠辘辘的人发现天上掉馅饼，简直欣喜若狂了。记得爹曾经对他说过，花子军一旦用马列主义武装起来，就不再是土匪草寇，而是共产党领导的革命队伍了。他大声吩咐公馆门外的卫兵："通知伙房，安排好贵宾席。就说我请来的高师在这儿吃晚饭。另外通知：晚饭后，张公馆的马列课堂正式开课。"

　　花子军里没有人听说过马列课堂，更没有见识过有大学问的高师，充满好奇心的人们迅速吃罢晚饭就早早等候在张公馆里了。不一会儿，张公馆里人满为患。好多人挤不进去，就在门外站着。最先到达的头领梁祖君决定分班授课：今晚，小组长以上的干部先学，这是第一班；明晚往后，满百人为一班，轮流上课。待羌六宝陪同高师步入张公馆的时候，这个干部班已经静静等候了顿巴饭的工夫了。

走在最前边的羌爱党、丁华中和夏琼芳刚刚出现在门口，梁祖君就像学堂里的值日大学长恭迎上课的先生，深深鞠了一躬，道："先生好！"紧接着是上百人刷地一声起立，齐呼"先生好"，整个公馆都震动了一下。夏琼芳单薄的身子也随之晃动了一下。

羌六宝将他们三人领到台上就座，见台下都是队伍里的头头，只是问了一句话："弟兄们可知道，自己今晚是什么身份吗？""学生！"又是一声齐吼。羌爱党这时候着实吃惊了。一支叫花子武装竟然是这样的文明之师。为了争取这支队伍，咱们的种种努力都值啦！

羌六宝从梁祖君手里领了两本书，在台下的空位上坐下。这时候，夏琼芳已经开始上课。

两盏汽灯大放光明。夏琼芳在黑板上板书了四个字：马列主义。字如其人，端庄而娟秀。接下来，她解释说："马列主义，就是马克思、列宁的革命主张和革命学说。天下受苦人要想翻身解放，就必须掌握这个革命武器。"说罢，她随手拿起两本书，介绍道："这是《中国社会各阶级分析》，是毛泽东同志的光辉著作。这本《共产党宣言》，是马克思写的，是全世界无产阶级革命的指路明灯。这两本书，把马列主义革命理论阐述得明明白白。"羌爱党在一边小声提醒道："注意，一定要通俗易懂。"

聪明的夏琼芳立即换了方式、方法。"毛泽东的《中国社会各阶级分析》，讲的是在不同的革命历史阶段谁是我们的敌人，谁是我们的朋友。毛主席写文章历来是通俗易懂，大家以后抽空自学。今晚，我重点介绍马克思的《共产党宣言》，为大家以后自学引个路子。为了争取实效，我们采取讨论式，有不懂的地方就提出来，有不同的看法可以争论。大家说好吗？""好！"大家正在云里雾里，为听不懂高深理论而担心，猛地听高师说可以提问，可以讨论，立马来了兴致。

接着，夏琼芳流利而迅速地在黑板上板书了四个词语：共产主义、阶级、阶级斗争、无产阶级专政。"我们共产党人抛头颅，洒热血，目的是为了什么呢？"夏琼芳满怀深情地自问自答，"就是为了实现人类理想社会。这个社会，没有私有财产，所有的土地、房屋都是公有的；没有阶级压迫，所有人都亲如一家，和和美美。这就是共产主义社会，是《共产党宣言》给我们指出的奋斗目标。"

"先生：这个社会里有穷人吗？"夏琼芳微笑着回答："没有！那个时候呀，物质资源极大地丰富了，每个人要什么就会有什么。""我想要个老婆，会有吗？""你个糊涂蛋哟，那时候你都成富人了，还愁没有老婆吗？"有人代先生答疑。接着有人追问："先生，这么好的社会什么时候到来呀？"这个问题难住了高师夏琼芳。她笑而不答，稍停一会儿引出了最关键的问题："怎样才能实现这个远大目标呢？大家请看黑板。'共产主义'下边的三个词语的含义，就是马克思给我们指出的革命道路，是马列主义的精华所在。"

"先生，什么是阶级呀？"

"简单地讲，就是富人和穷人，地主和长工：两种人就是两个不同的阶级。"

这时候，羌爱党站起来，情不自禁地插话："各位，我也是长工出身，所以我见到你们花子军心里就感到格外亲。这就叫做：

亲不亲，阶级分啊！"

梁祖君发问："这些年，我们走南闯北，危难时候有贵人搭救。这些贵人里边，有富人，也有穷人。政委，请你教我：应该怎样看待曾经对我们有恩的富人呢？"

"富人，有恩？"羌爱党鄙夷不屑地笑了，"那是黄鼠狼给鸡拜年，没安好心。我说梁班主呀，你真有必要好好学马列，让眼睛变得雪亮些。"羌爱党仔细打量这位威名远扬的虎将，虽然外表朴实无华，但眨眼动眉显得精明非常，心中越发爱慕，于是客客气气道："希望兄弟好好学习，不断进步！"梁祖君疑团未解，但仍然礼貌地点点头，表示领教了。可是，这会儿羌六宝的心境却是糟糕透了。他想，当年没有明家搭救，他母子俩就活不下去。谁敢污蔑恩人没安好心，他就敢跟谁拼命。怎奈今天这个场合，他只能咽下几口吐沫，勉强忍了。潘来运看了看羌六宝的木然表情，又瞅了瞅大伙儿莫名其妙的神态，就像不会一加二的启蒙小学生听大学教授讲微积分，越发困惑不解了。这时候他发现有人窃窃私语，就打手势，提醒大家注意自己的"学生"身份。

伍佳杰是花子军里有名的"大知识分子"，所以他提出的问题很有水平："按照马列主义理论，穷人和富人是不是必须斗争啊？这大概就是阶级斗争吧！先生，我的理解对不对呀？""你的理解基本上是对的。只是有三个问题要弄明白：怎样开展斗争？斗争的目标是什么？斗争的前景如何？"夏琼芳解释说，"天下受苦人团结起来，拿起枪杆子，打倒一切剥削阶级，消灭不合理的社会制度。马克思认为，这是唯一有效的斗争方式。"有人插话："假如长工和东家有了隔阂，采用温和一点的方式进行和解行不行啊？非得动刀动枪吗？"夏琼芳毫不迟疑地答道："中国革命斗争的历史雄辩地证明，这是唯一可行的斗争方式。我们中国共产党吸取了历史的经验教训，这才组建了工农自己的武装，开展了武装斗争。现在，我们已经有了地域广阔的解放区，有了自己的苏维埃政权。可以断定，离夺取全国胜利的目标已经不远了。最后的胜利一定属于共产党领导下的劳苦大众。凭什么这样讲呢？道理很简单，天下穷人是多数，多数人必然战胜少数人。"讲到这里，夏琼芳异常兴奋，满脸红光，就像美女醉酒那般美丽动人。

　　"我有个题外的问题想请教高师：您能够读到大学，估计您的父母不是穷人。按照马克思的理论，您和您的家人是不是也要开展斗争？"夏琼芳非常坦诚："我父亲是民国政府的大官。在思想上，我和父亲是水火不容的。要不然，我不会跑到八路军里自找苦吃。听口音，你不像本地人；看模样儿，也不像工农分子。你能自我介绍一下吗？""我叫卫清萍，是东北流亡大学生。和您一样，父母都是有钱人。您刚才讲，您和家父在思想上水火不容。那么，我斗胆再问一个问题：如果您和家父各率领一支队伍狭路相逢。这时候你怎么办？"夏琼芳的回答斩钉截铁："我手中的枪永远听从共产党指挥！"这时候，羌爱党激动万分。他站起来介绍说："夏琼芳同志是个坚定的布尔什维克。我最欣赏她这一点。"沉默好久的周道本提出了一个有趣的问题："我想请教政委：你是代表穷人的共产党大官，毫无疑问立场最坚定。听说你和高师是多年的恋人关系。你和她结婚以后，你愿意喊她家父喊'爹'吗？换句话说，你是否承认那位民国政府的大官是你岳丈呢？"

　　这本来是个很简单的问题，但是因为太突然，羌爱党肚子里竟然一时没词儿了，像个树桩戳在台上。掌声立马响起来，这显然是喝倒彩。还是夏琼芳机灵，她的话给羌爱党解了围："到那时候，他就是我的夫君。到咱娘家，他的一切行动都必须听我指挥。目前，他暂时没有权利回答这个问题。"

　　一波刚平，一波又起。胡屠户问道："先生，还有一个问题你别忘了解释一下，好吗？""你说的是'无产阶级专政'吗？这个好懂啊，就是天下穷人夺取政权以后，在意识形态领域要高举马列主义大旗，对于胆敢反抗的阶级敌人采用铁腕手段实行镇压。……什么是铁腕手段？简单地说，就是三个字：管！关！杀！"夏琼芳一字一顿地吐出最后三个字，配合果敢有力的手势，显现出所向无敌的气势。胡屠户禁不住打了个寒噤："据说中国每次改朝换代都是这么干的呀！"伍佳杰不失时机地插进一个问题："请问高师，这么干就能实现共产主义吗？"

夏琼芳生气了，可是没招儿，就扣过来一顶不大不小的帽子："请各位注意，马列主义是不容怀疑的呀！"

伍佳杰的父亲曾经是云南昆明的共产党地下情报站的站长，几年前被国民党杀害。因此，伍佳杰小时候就听父亲讲过：马列主义是革命真理。这次真正接触马列主义，却让他心存疑惑。他向羌六宝耳语道："大当家，我搞不明白：究竟是高师讲解错了，还是原著翻译有问题呢？"羌六宝没有回答，他担心接下来会生出什么乱子来。他太了解这帮骄兵悍将了。他客客气气地向羌爱党请求道："爹，今晚的学习是不是可以到此结束了？我们以后会认真准备的。准备好了，我再来请你们。好不好啊？"羌爱党随口答"好"，连忙起身，领着他的部下出了张公馆。

张公馆里立刻吵成了一锅粥。

大家畅所欲言。多数人表达的观点是：花子军的建军宗旨是仁爱济世。我们和共军信仰不同，怎么能够站在同一面旗帜下呢？卫清萍的主张是求同存异，加入了共军再说，那样花子军就不用单打独斗了。她说："我们这次能够战胜禽流感，粉碎日本鬼子的围剿，多亏了人家！大家想想，参加共军还是有好处的呀！"潘来运反驳道："如果我参加了共军，将来对明绍阳一家实行无产阶级专政，我死去的爹气急了，会从坟里爬出来揍我的！共产党这次救了我们花子军，我们永远记得人家的好就是了，不应该丢了自己的军旗。"里额巴图倚老卖老，评论说："潘来运这娃娃有良心，懂大义。他的想法我赞成。"各路头领都表态了，唯独羌六宝双眉紧锁，沉默不语。他现在面临两难的境地：花子军如果不能接受共军收编，他将面对亲爹娘的责怪；如果带领花子军加入共军，就等于抛弃了花子军的建军宗旨，况且此路前景如何还很难预料呢……宋光宪催他发言："大当家，关键时刻大家都在等你表态。""我的态度很明确：不听我爹的，也不听我妈的，我只听大家的。""我们跟你走！"大家异口同声，掀起巨大声浪。这时候，羌六宝从衣带里掏出笔记本和钢笔，态度真诚地号召大家："我代表我爹，欢迎大家自觉自愿加入共产党游击队。现在请报名……"等了许久，没有一个人报名。梁祖君催促卫清萍："卫台长，你不是主张求同存异吗？快快报名呀！""你们和大当家如果报名，我保证跟上。为啥催我报名呢？是不是我卫清萍特别令人讨厌，要把我从这个大家庭里撵出去呀？咱就是不走，你能怎么样啊？"卫清萍越说越来气，立刻涨红了脸。梁祖君见卫清萍生气了，连忙哄她："我们怎么舍得让你走啊！我是心直口快，请你千万不要见怪呀！"

羌六宝见干部班里无人自愿参加共军，就宣布：最近两天，各位头领深入班组，让有意参加共军的兄弟报名登记。

最后结果自然可以预料：共军收编花子军的工作成果为零！

纵队首长获悉这个结果非常恼火，立即电令羌爱党：以后和花子军的往来必须报经游击队党组织批准，不准擅自行动。如果你对夏琼芳同志初心未改，则务必立刻申请解除旧时婚姻关系，和夏琼芳同志结为革命夫妻。

杜小凤又大病了一场。心病难医，直到羊家办喜宴发来请柬的时候她才大病初愈。

第十一章

1，羊家喜宴

一九四五年的秋天在举国欢腾的气氛中到来了。它带来丰收，带来喜庆，红红火火好多日子之后，又给山川田野涂上浓墨重彩的一笔。山川红遍，层林尽染。红艳艳的山楂果缀满枝头，在蓝天晴空下就像熊熊燃烧的火焰。柿子树林里，叶片儿在深秋的冷风中不断飘落，压弯的树枝上裸露出红灯笼似的果实，引来馋嘴的山雀儿在林间叽叽喳喳地嬉闹不休。经过耕耘的无边无垠的农田，放眼望去就像平铺的黑色锦缎。农家院里鸡鸣，犬吠，渲染出祥和安宁的气氛。

羊虎乡的早晨。金灿灿的阳光驱散了乳白色晨雾，就像天才画家用手轻轻拉开帷幕向观众展示出一幅赏心悦目的油画。这时，羊家早到的客人在门前点响了鞭炮。按照羊虎乡的习俗，来客须放鞭炮，算是向主人道贺，然后才是乐队奏响迎宾曲。粗细两班乐队用锣鼓、唢呐和笙箫渲染出欢天喜地的热闹气氛来。

羊家门前的大道场上早就拉起篷布，摆好桌凳。见有客人到来，原本站在大道场边沿的钱八爷有意往篷子里边走几步，扯开嗓子发出第一道号令："贵客临门，敬烟上茶啰＿＿"

钱八爷是春爷请来的"都管"（也叫"支客"）。今儿个羊家办喜事，一切礼仪活动都由他铺排。农村里礼仪繁多，因此这个角儿一般人是无法胜任的。什么人坐上席，什么人坐下席，什么人当陪客，都有一定之规。而饭桌摆放的方位不同，上席和下席的位置也就随之变动。都管的安排稍有差错，就会得罪客人。据说，有的人家过事情就因为都管安排不周，出现过客人愤而离席的闹剧。有的都管在礼节上得罪了吹鼓手，吹鼓手就在娶亲的喜宴上吹奏出"寡妇上坟"的曲调。而我们的钱八爷当都管大半辈子，从未出过丁点儿差错。因此，乡亲们一致公认钱八爷是最称职的都管。名气儿大，底气儿就足。听钱八爷那发令的腔调儿，你会觉得他比统领千军万马的司令官还要威武。

钱八爷的号令刚刚落音，春爷和姜启仁就立马迎了出来。

谁也估计不到，最早到来的客人竟然是明绍阳一家子。

"师傅，师娘，咋来这么早啊？足足百里地呢！莫非赶了一夜的路？"姜启仁赶忙上去搀扶两位老人。明绍阳答道："我们运气好。碰巧永安县有一辆去武汉的长途客车昨晚在我们镇上过夜。今日早上天蒙蒙亮，我们就搭上了这辆车。"

春爷把客人迎进厅屋，亲自敬烟上茶。人们一见春爷毕恭毕敬的模样儿就断定，这最早到来的定是羊家最为尊贵的客人。

"二老身体可好？"姜启仁向师傅、师娘致以热情问候。

明绍阳喝口热茶，道："谢问！我和你师娘大毛病没有，小毛病不断。上年纪的人有这个样儿，也算不错了。"

"这次坤坤带媳妇回来，打算在家住多久？"安美姣一落座就打听心里一直惦记着的晚辈。

"坤坤受国防部派遣赴英国留学，就读克兰韦尔空军学院，下个月动身。媳妇是特意回老家坐月子的……"姜启仁的答话没有说完就被门外传来的爽朗笑声打断了。"稀客！稀客！"一个花白胡子老人进了厅屋。此人就是春爷的父亲羊善水。

羊善水紧紧握住明绍阳的手，连连称赞说："老哥子到底是医生，谙熟养生之道。七八十的人了，红光满面，身板儿这般健硕。"

明绍阳纠正道："我满七十七，你满七十八。我叫你老哥子才对呢！”

羊善水愣住了："是吗？启仁。"

"是的。爷爷您大一岁。"

"叫老哥子不对，就叫老弟吧！"羊善水连忙改口道，"刚才，坤坤和他媳妇托我代替他俩问候各位长辈。现在，他俩正忙着给他妈帮忙，抽不出空。坤坤小两口在重庆完婚，回到故里设宴答谢亲友。开席的时候，他们一定会来给长辈们敬酒。这点礼数，他们是懂得的。"

"羊家这么大的喜事，你家继华回来了吗？"

明绍阳随便一问，却把能言善辩的羊善水难住了。他的语言仓库里竟然搜索不到适当的词儿。

姜启仁见爷爷一时语塞，觉得在座的都不是外人，就实话实说："我华叔肯定不会回来了。事情是这样的：坤坤这孩子虽然聪慧好学，却不够安分。进了高中，卷进学潮，差点儿被学校开除。哎！我为这孩子真是伤透了脑筋。可华叔对这孩子却非常欣赏，什么思想进步，孺子可教，家书里尽是溢美之词。坤坤考进中央军校之后，和国防部一位高官的亲侄女恋爱结婚。华叔的态度完全变了，他在家书里骂坤坤攀附权贵，和国民党越走越近，指责我教子无方。我给华叔连去三封信，请他一定回来喝杯喜酒，他非常气愤地回绝了我。"姜启仁发一声叹息，然后补充道，"现在，我是越来越看不懂坤坤，越来越看不懂华叔了。"大家从中听不出子丑寅卯是非曲直来，一时间如坠五里云雾之中，所以都没吱声。

明绍阳立即岔开话题："听说县城里新开了一家'成国诊所'，是国军 75 师的一名退伍军医开办的，此人名叫陈中国。他的助手叫胡耀坤。传说这位青年医生医术了不得，能够开膛破肚动大手术。我着实非常仰慕，很想向他学两招。启仁，有人说你和他们很熟，能不能为我引荐一下呀？"姜启仁答道："我和陈中国算是忘年交，和胡耀坤不算太熟。只知道胡耀坤是陈中国恩师的孙子，曾留学日本专修医术。抗战时期他回国从军。后来他所在的部队追随汪伪政府，他在日军里当过军医，也当过翻译。日军投降以后，他仗着爷爷的老脸进了'戌国诊所'。我想，只要陈中国发话，他一定会给面子的。"大家听了姜启仁的介绍都为胡耀坤不光彩的历史深感惋惜。你一言，我一语，谈论甚是热闹。

这时候，又有客人到来。钱八爷故意用抑扬顿挫的音调大声喊道："来的是主又是客呀＿＿，礼节还是免不得＿＿，免不得哟＿＿"浓密的八字胡须随着语调节奏一翘一翘的煞是有趣，惹得顽皮的孩子们围观和取笑。姜启仁连忙出门迎客，这才发现来的是五弟一家子。春爷露出半个脑袋来，发现来客是姜启信就连忙缩回去了。他说过，他一见这个败家子就恶心。

姜启信头缠一条旧毛巾，身穿带补丁的粗布褂子和粗布长裤，腰里系一条脏兮兮的布带子。他面容蜡黄，一副病态模样，看不出是个三十出头的年轻汉子。有人说，这是营养不良之故。也有人说，这是长期泡赌场睡眠不足造成的。妻子沈玉兰手牵闺女春梅走在最前面。紧跟其后的是儿子乐乐。儿子和闺女穿的都是过年时大妈和大伯赠送的新衣服，显得格外精神。沈玉兰的穿着虽然破旧，却干净整洁，整个人儿显得朴实而端庄。她笑嘻嘻地向大哥道贺："侄儿完婚。侄媳已经有喜。真是双喜临门呀！恭喜大哥！"说到这里，她似乎有些难为情了，吞吞吐吐说道："真是不好意思……我们是两个肩膀抬一张嘴……"姜启仁连忙把话题岔开："你嫂子正盼望你早点儿来，好给她帮忙呢！那不，房东头支起个大帐篷，你嫂子就在那儿……"这时候有人故意拿姜启信寻开心："五宝啊，你给亲侄媳妇什么见面礼呀？是金耳环还是银手镯呀？"姜启仁大声掩饰说："五叔的礼物早几天就送过来了。……我就说嘛，侄媳妇斟酒的时候将礼物放到桌面上多排场啊！你个五弟呀，就是不听……"在姜启仁的嗔怪声中，姜启信一家人过了大道场，朝作为临时厨房的大帐篷走去。此刻的沈玉兰并不觉得尴尬，反而觉得大哥的掩饰有些好笑。八年抗战，加上三年前邻省旱灾和虫灾的影响，此地老百姓身上的重负已经超越了承受的极限。别说穷人，就连羊家这样的大户维持温饱也有点儿难了。幸亏今秋田里收成好，老百姓算是吃上了饱饭。今儿个羊家过事，据说花的钱全是媳妇从娘家带来的。她心想，谁个脚大脚小，瞒得住吗？大哥哟，真会编笑话！

又来客人了，一个大汉后面紧跟着一个十二三岁的少年。钱八爷不知道来的是何方客人，只好例行公事式地喊一声"贵客临门，敬烟上茶"。

姜启仁仔细打量大汉：此人大块头，年近半百，额头有一颗醒目的黑痣，嘴唇边留一圈微黄的短须。再看穿着，头戴黑色瓜皮帽，身穿灰色斜纹长衫，脚蹬千层底布鞋。好面生啊！春爷也不认识，愣在那儿不知怎样称呼对方。这时，大汉取出羊家发的请柬递给姜启仁过目，自我介绍说："我是九泉山龚老爷家里的管家，姓张。我们老爷和少爷最近有大事儿不能抽身，只好让我带天柱这孩子来给您贺喜。"春爷这才明白："我老表真是太讲究了……这就是那个天柱吗？几年不见，长这么高啦？"大汉连忙叫少年喊"表爷爷"。少年甜甜地叫了声"表爷爷"，牵着大汉的衣角，随大人往大门走去。走到大门口，大汉停下了。"天柱啊，表爷爷家客人太多，我们不进去了，就在外边随便找个位子坐下吧！"姜启仁连说不妥，远道客人应该到厅屋喝茶歇息才是。可是，大汉却执拗地拉着天柱在道场的西北角找了个僻静位子坐下了。春爷只好安排两个头脑灵光的长工专门在门外招待客人。

眼看太阳升起老高，钱八爷赶紧吩咐春爷让客人"过早"。这里又得提及羊虎乡一带的习俗：无论红事还是白事，只有中饭和晚饭才开"正席"，早饭叫做"过早"，比较随便一些。只不过这些年日子越过越紧巴，两餐"正席"早就削减为中午一餐了。

客人们正在过早，春爷和姜启仁刚刚端起饭碗，忽然闯进来两个挎盒子枪的乡丁大声报告"虞乡长驾到"。

春爷和姜启仁连忙放下饭碗出门迎客。

这时，没有鞭炮炸响，吹鼓手们知道这种客人是从来不守习俗的，所以一个个都主动地鼓起腮帮子弄出响动来。一个名叫大罗的聪明长工连忙放响一挂鞭，算是代替贵客讲了礼数。虞乡长头戴礼帽，身穿中山服，手拄文明棍，在悠扬的迎宾曲中摇晃着肥胖的身子，旁若无人地走了过来。

这虞乡长名叫虞光祖。因为羊虎乡在八年抗战里贡献巨大，被评为"抗战模范乡"，所以他理所当然地成了"模范乡长"，理所当然地享受到无限荣光。此人的妻子也姓羊，拐弯抹角地算起来他和春爷一族是早出五服的远亲，论辈分春爷应该叫他妹夫，姜启仁应该叫他姑爹。他理所当然地应该是今日羊家喜宴上的座上宾。

春爷点头哈腰，十分恭敬地请妹夫到厅屋去过早。"不用啦！在乡公所吃过了。"虞乡长说着，在大门外的篷布下面挑了一个显眼的位子坐下，接着吩咐两个乡丁："我说张正山、李立东啊，今儿个咱舅倌子过事儿，这儿的安全保卫工作就交给你们啦！出了什么问题，小心你们的脑瓜子！"本来打算坐下来陪乡长的两个乡丁连忙煞有介事地提着盒子枪四处转悠去了。

虞乡长光临，主人理当作陪。春爷小心翼翼地在虞乡长身边坐下，吩咐姜启仁道："启仁，迎客的事就交给你啦！凡是礼数上的事儿，千万马虎不得呀！""晓得！爹。"姜启仁应一声，快步走了出去。

　　来宾一拨接一拨，眼看中午将近，却不见八仙寨的客人到来，姜启仁有些沉不住气了。他叫来在厨房帮忙的长工杨圈生，交给他一个任务："你去街边大路口守着。见到妇女带孩子往我家走的，就帮帮忙。"

　　姜启仁哪里知道，他的请柬给花子军的头领出了一个大难题。虽然花子军曾经和国民党联手抗日，但是对于国民党的戒心并没有消除。对于九泉山上的共产党，花子军也是心有提防的。头领们认为，赶跑了小日本，各派势力重新洗牌，花子军并不能高枕无忧。单是杜姨和崔姨去赴羊家喜宴就让人放心不下，更何况她们还坚持要带上媳妇和孙子。她们的理由是，虽然六宝和来运结婚之后携新娘子拜访过明家和羊家，可是到如今已是三四年未见面了，两家长辈还没有见过三岁的晓月和两岁半的天亮呢；再说，来运的媳妇陆春芳和六宝的媳妇吴小小也应该见一见坤坤小两口呀！这些理由都不可驳回，头领们只好绞尽脑汁，进行周密安排。梁祖君嘱咐杜姨她们尽量缩短在羊家的逗留时间，因此将近正午时分才派车送她们到达杨圈生守候的大路口。这时候，羊虎乡集镇上赶集的人明显增多了，有提篮的，有挑担的，还有赶着马车来镇上拉货的。这里面的花子军战士都有明确分工，都在暗中严密注视和精心维护着杜姨她们的安全。

　　杜姨这拨客人给厅屋里的来宾带来无尽的欢乐。安美姣从杨圈生怀里接过一个两岁多的小男孩。大概是因为这个孩子长的太可爱吧，她接过来就忍不住在孩子胖乎乎的小脸蛋上亲了几口，问道："叫什么名字呀？"孩子从小被众人哄惯了，所以并不认生，奶声奶气地答道："天亮。"杜小凤在一边补充道："是六宝的娃娃。"这时候，庞婶怀里抱着一个头扎羊角小辫儿的小女孩。这一老一小有问有答，庞婶眉开眼笑，大家也都跟着乐。"你叫什么名儿呀？""叫月月。"这孩子和庞婶一见如故，态度亲昵，口齿伶俐。"几岁了？""妈说，明年过端午我就满四岁了。""你妈是谁呀？指给我看看。""是她……"孩子伸出一个手指头指了指在一旁微笑不语的陆春芳。陆春芳今年二十六七，正处于女人的花季，其美貌使庞婶赞不绝口："啧啧……这女娃还是四年前见过，现在是越长越漂亮啦！雪花呀，你好福气呀！"崔雪花拉着媳妇的手，只是抿着嘴笑，心里比喝了蜜还受用，因为事实证明陆春芳不仅貌美，心灵手巧，而且相夫教子，孝顺婆婆，也都是出了名的。这会儿他很想说，还是咱来运有眼光。原来，当初来运选中寡妇陆春芳，崔雪花心里并不乐意。她直截了当地敲破锣："儿子啊，你吃亏吃大啦！""难道春芳不漂亮，配不上我吗？""漂亮！在八仙寨，她算得上数一数二的美人儿。"崔雪花只能实话实说。"莫非她文化学得不好，军事技术练得不精？""妈不否认，这姑娘聪明能干，哪一行都不落人后。可是，她是个带孩子的寡妇。你知道吗，这世上不光后妈难当，后爹也难当啊！儿子啊，你看看追你的那些姑娘们，哪一个不是年轻漂亮，文武双全？你完全用不着给人家当后爹呀！""妈呀，对你说句掏心窝子话吧：贺明登是我手下的兵。他牺牲了，军军没了爹，我心甘情愿当军军的后爹，决心亲手把他抚养成人。别人当他后爹，我不放心！"透过这番表白，崔雪花看到的是儿子的晶莹剔透的心。她被深深感动了。后来，花子军里流行这样的说法：潘家选媳妇是儿子说了算。而羌家呢？完全由妈定夺。羌六宝择偶只有一个标准："必须是我妈喜欢的姑娘。"一方面说明羌六宝是个大孝子，另一方面说明杜小凤深得儿子信赖，儿子确信她的眼光是不会错的。婚后这几年，吴小小一个劲儿地长个儿，已经比她婆婆高出了半个头。整个人儿看上去，身材苗条，但结实而干练。她在花子军里学无线电，进步之快令人惊讶。现在，她在这个行当里已经算是花子军里的拔尖人才了。杜小凤为有这样的聪慧媳妇深感自豪。

军军和满屋子人都是见面熟。这会儿，他耸动着身子，把明敬善的双腿当马骑，手里的木头手枪时而瞄准院子里的狗，时而瞄准院子上空的飞鸟，嘴里"砰砰砰"没个休止。崔雪花连忙过来制止："你个淘气包啊！一分钟也不得安静，莫把善子爷爷闹晕了。"说着，把军军拉到自己身边坐下，掏出手绢来擦去孩子脸上的汗珠。明敬善说："我喜欢好动的小孩儿。俗话说，小孩儿不动，长大了没用。"望着军军，庞婶感慨道："你们仔细看这孩子的五官，是个天生的福相啊！"明绍阳哈哈笑了："我不看相就知道这孩子有福，因为他有一个好爹，有一个好妈，还有一个好奶奶。"众人纷纷赞同，都说老先生的话言之有理。

钱八爷把大门外边宾客的坐席安排妥当，又到厅屋里边去铺排。他发现这里有些拥挤，就在东厢房里面摆了一席，把明家和八仙寨的客人都请到里面就座了。他叮嘱姜启仁，一定要把客人陪好，说罢就出了厢房。

一切就绪，钱八爷站在大门外边大声喊道："主人家呀！现在寒气重，喇叭上了凌冰，吹不响了，咋整啊？"

红日当空哪儿来的凌冰？姜启仁一听就知道是要送红包，就和羊秋芸出了大门。粗班乐队和细班乐队分别坐在大门两边的席上。姜启仁两口一边站一个，嘴里说着"辛苦"、"操劳"之类的客套话，手里恭恭敬敬地把红包递给吹鼓手。

钱八爷又是大喊一声："开始上菜啰＿＿"收了红包的吹鼓手们都鼓足了劲儿，顿时锣鼓喧天，鞭炮一个劲儿地炸。那个热闹啊，远在集镇大街上的人们就知道羊家喜宴正席开始了。

这上菜也有规矩：首先上的是十大碗荤菜，然后上八大碗素菜。上菜全程都必须有乐队伴奏。

在鼓乐声中，一队端盘子上菜的姑娘从东头的大帐篷里走出来，出现在宾客面前。这些打扮得花枝招展的姑娘们，笑容灿然，脚步轻盈，成为羊家喜宴上的一道亮丽的风景。这风景着实把虞乡长紧紧吸引住了。他先是坐着伸长脖子看，后来索性站起来目光追着姑娘们看。虞乡长好色是出了名的，因此一个和他同席就坐的平辈汉子嘲笑说："虞乡长啊，何必费这大劲儿，你干脆过去给姑娘们当个领队的队长好啦！"虞乡长从容掩饰道："我是数一数，看我舅倌子请了多少人帮忙。嘿嘿……"

荤菜素菜都上完。钱八爷催促主人把堆在道场边的鞭炮全部燃放。这些种类繁多的鞭炮，连续发出震耳欲聋的巨响。硝烟裹着纸屑在空中飘动着，翻飞着，弥漫着……

鞭炮声之后，钱八爷发令："现在开席＿＿新人敬酒＿＿"新人出场的伴奏需要婉转抒情，因此轮到细班唱主角了。细班乐队用笙箫横笛和胡琴奏出"花好月圆"的动听乐曲。粗班乐队主要功能是造势，现在他们可以悠闲自在地吸烟喝茶了。

在悠扬婉转的乐器声中，新媳妇在丈夫羊昌坤和姑子羊昌卉的陪同下步入了厅屋。新媳妇十七八岁，因为生平第一次接触乡下生活，觉得一切都新鲜有趣，所以稚气未脱的圆脸上堆满笑容。灿烂的阳光从天井院子的上空照射过来，使得她身上的金银饰物越发晶莹透亮。金耳环和绿宝石坠儿色彩分明。雪白脖子上的金项链和纤细手指上的蓝色翡翠戒指，还有手腕上的碧玉手镯，红色风衣上的名贵饰品，都在正午的阳光下闪烁着夺目的光彩。因为满身珠光宝气，她的出现就好像在众人面前升起一轮亮晃晃的月亮。羊昌坤的出现更是引人注目。他那高挑的身材配一身得体的军装，显得年轻英俊而威武。清秀的五官与白皙泛红的脸庞搭配恰到好处，俊美得如玉雕一般。满屋子人，特别是女人，都不禁惊呼＿＿谁都想象不出，天底下竟然有这等美男子！大伙算是大开眼界啦！羊昌卉把哥嫂介绍给大家，引领哥嫂依座席顺序给客人斟酒。轮到东厢房一席的时候，庞婶目不转睛地望着这对新人，笑得眼睛眯成一条缝。羊昌坤恭恭敬敬地向老人行过军礼，双手递过一杯酒来，可是庞婶的目光还久久停留在新娘子身上，没有顾得接杯。安美姣只当是婆婆把重孙子忘了，连忙提醒道："妈呀，这就是那个要'学好本领，安邦治国'的坤坤呀！才九年，你就忘啦？""记得，记得。"庞婶连忙接过酒杯放在桌上，端起茶杯，以茶代酒。这对新人接着给其他客人敬酒。轮到安美姣的时候，细心的她发现新媳妇的肚子已经隆起，心想：这个坤坤呀，真是急性子啊！于是，情不自禁地笑了。羊昌卉悄声问她笑什么，安美姣掩饰说："我笑你个丫头，心里急着找婆家，才几年工夫就长成个大姑娘啦！婆家的饭，在香了吗？"羊昌卉一本正经地回答："我和朱玉成已经定婚。我爹说，明年过了年就给我们办喜事。到时候，请您们都来喝喜酒啊！"杜小凤忙问小伙子是干什么的。"是学校老师。"羊昌卉脸上露出自豪神情。大伙听罢，都说"好"。

　　新人到别的席上斟酒去了，安美姣仍然在心里划算他俩结婚和怀孕的时间，可是怎么算都不合常规。她哪里知道，这对新人的婚姻里有她永远猜不透的秘密呀！羊昌坤在读高中时候就已经是中共地下党员，考入中央军校之后，受中共特工头目潘汉年的直接领导。潘汉年要求他积极靠近国民党高层，和国民党国防部高官的亲侄女何晓蓉恋爱便是他接受的第一个重要任务。当时，重庆商会会长的独生女儿何晓蓉还只是一个高中一年级学生。一日晚饭后，何晓蓉和几个好友逛商场，遭到一群色胆包天的流氓纠缠，羊昌坤孤身救美，凭一身好功夫赶跑了流氓，把何晓蓉送回家。何会长见到羊昌坤，也和女儿一样，第一眼就看上了这个仪表堂堂的小伙子。从此，单纯幼稚的何晓蓉坠入了爱河而不能自拔。潘汉年交给他的第二个任务是尽快结婚，并向何家提出到英国克兰韦尔空军学院留学的要求。可是，时光过去一年多，事情毫无进展。原因是，何晓蓉身上寄予了长辈的厚望，何家望女成凤，不同意她早早成婚。眼看抗日战争就要胜利了，潘汉年实在等不及了，于是命令羊昌坤：让何晓蓉受孕，促使何家迈出重要的一步。何家眼看女儿有孕，渐渐出怀，只好让女儿立即完婚，并且动用所有关系，达成了女婿赴英留学的愿望。

一对新人来到大门外边敬酒。这时候，有一个人已经急得如热锅上的蚂蚁。此人就是在僻静角落就坐的张管家。和他一样焦急的是春爷的三弟，县城里"得月发店"的老板羊继秋。这会儿他身穿一件与节令不太适宜的羊皮背心，头戴一顶褐色瓜皮帽。正式开席之前，他就在到处寻找一个穿灰布长衫，戴黑色瓜皮帽的汉子，直到现在还没有找着。他哪里知道，他要找的人自找了个僻静席位。张管家似乎意识到什么，就离开席位，装出上厕所的样子。羊继秋一下子瞅准了他，他也瞅见了对方。"你莫不是去年帮我买家具的那位老板？""是呀！我亲戚是开家具铺的。你还要家具吗？""要！要！家里还差八把太师椅，有吗？""需要定做。"暗号对上了，两双大手紧紧地握在一起。两人一同回到席上喝酒。

再说东厢房这边，由于房门紧闭，又罩着门帘，厅屋的人声完全被阻隔在外。厢房里面的客人们自由自在地喝酒聊天，越聊越兴奋。议题是：日本投降之后的中国。杜小凤认为，打败了小日本，咱中国老百姓有太平日子过了。崔雪花紧跟其后随声附和。庞婶说："老百姓遭罪遭够啦！是该过几天安静日子了。"说着，长叹了一口气。"过去的事别提了。苦尽甜来，还叹什么气呀？"明绍阳喝一口酒，安慰大家，"现在蒋委员长邀请毛泽东去重庆，就是商量和平大事的，大家放心好了。"安美姣像一个勤学好问的小学生："爹呀，你说，延安的毛泽东去重庆谈判是不是真心要和平呐？"明绍阳哈哈笑道："你呀，还是个小孩儿。你想啊，毛泽东如果不是真心要和平，他冒着生命危险去重庆干什么呀？他在延安吃多了不得消食吗？"酒席上爆发出一阵笑声。大家都为安美姣的幼稚感到好笑。这时，明敬善问爹："你说毛泽东真心要和平，这个我信。可是，蒋介石手里有几百万军队，他就心甘情愿让毛泽东和他平起平坐？我不相信。一山不容二虎啊！"明绍阳停下手中的酒杯和筷子，专心回答儿子的问话，就像给病人把脉一样认真："我说善子呀，你这样看问题，是因为你不了解国民党，更不了解蒋介石。你知道这八年抗战国民党消耗有多大吗？听说他们牺牲的将级军官就有好几百人。至于说国库消耗呢？恐怕国库早就是个空架子了。国民党现在也是眼巴巴地望和平啊！再说蒋介石这个人，他年轻时候就追随孙中山，应该说，他是个聪明的政治家，绝不是草莽之辈。他一定懂得：民如水，可载舟，也可覆舟；得民心者得天下。"明敬善还是不服："他既然是政治家，一般老百姓怎么看得透啊！你的想法代替不了蒋介石呀！"他列举了中国历史上一些假和谈的例子来证明自己的观点是对的。父子俩一时间争执不下，庞婶插话请姜启仁评评理。明绍阳认为姜启仁饱读诗书，让他做仲裁最合适。作为主人，姜启仁一心只想陪客人吃好，喝好，不愿掺和争论之中。他高高举起酒杯，号召宾客："我再敬大家一杯：这一杯祝天下太平，百姓幸福！"大家积极响应，很快喝完一杯酒。"再来一杯，祝来年风调雨顺，五谷丰登！"这一回大家不干了，都说满以为喝下一杯酒能够听到大宝的满意答案，谁知道受骗了。明绍阳催促姜启仁道："满屋子都是知己故交，没有一个外人，给大家说说又有何妨？再说，咱们关着房门谈国事，放宽心吧！"这时候姜启仁显得万分为难："师傅啊，我的预测会让大家扫兴的。我是主人，主人应该让客人高高兴兴喝酒才是呀！"庞婶偏偏不依："你这个孩子啊，说的稀奇。你说几句话，大家就不喝酒啦？哄我们这些老小孩儿呀？"姜启仁心想，帮大家分析分析，让大家心理上有个准备也不是坏事呀！于是解说道："我有个忘年交，名叫陈中国。前天，他告诉我两个数字：日本投降的时候，共产党的正规军已经发展到一百二十多万人，民兵发展到二百六十多万人。现在可能远远不止这两个数字了。再说国民党，虽然在抗日战场上损兵折将，但是饿死的骆驼比马大。看来，国共两党必有一拼。现在国共两党在重庆谈判，其实双方都想吃掉对方。双方政治家首先打的是政治仗，是演戏给全国人民看的。政治仗将要一直打下去，紧紧相随的是飞机大炮。这就是政治家让一般老百姓看不透的地方。"姜启仁的话立刻被打断："你说的我有点儿怀疑。毛泽东深入虎穴，就为了做戏给国人看？只有傻子才拿自己的生命开玩笑。""毛泽东当然不是傻子。从他赴重庆谈判可以看出，此人是一个有勇有谋的高明政治家。他看得清清楚楚，想得明明白白：他的重庆之行，这笔生意稳赚不亏。为什么这样说呢？你想啊，蒋介石为什么邀请毛泽东来重庆谈判？他是真的要和平吗？非也！这是做戏给国人看的。他万万没有想到，毛泽东居然敢来。毛泽东一到重庆，共产党的政治仗就赢了一半，国民党的政治仗就输了一半。如果这个时候蒋介石敢在自己的一亩三分地里杀了毛泽东，不管是明杀，还是暗算，他的政治仗就彻头彻尾地输了。这会带来什么后果呢？首先，共产党那么多正规部队可不是吃素的呀，再加上数百万民兵，对付民心尽失的国民党岂不是摧枯拉朽一般？还有更头疼的事儿呢！各位还记得西安事变吗？那时候人民要抗日，出了一个顺应民心的张学良。现在民心望和平，国民党部队的官兵也渴望和平。这种时候蒋介石胆敢杀了毛泽东，就会有十个百个王学良、李学良站出来要蒋介石的好看。你们说，蒋介石会有这般愚蠢吗？再说，大家千万不要低估了共产党在重庆的特工。那些人可不是像我一样只会举杯祝愿风调雨顺的普通百姓。他们有的是拥有实权的政府官员，有的甚至是手握重兵的将军。毛泽东赴重庆，共产党的安保准备工作一定是做足了的。总之，毛泽东不仅把形势看得很清，而且把蒋介石这个人也看得很透。毛泽东敢于深入虎穴，这和诸葛亮敢于设空城计忽悠司马懿是一个理儿。"姜启仁娓娓道来，直说得众人心服口服。明敬善感慨道："是祸躲不脱，躲脱不是祸呀！长痛不如短痛，但愿内战不会太久啊！"姜启仁道："旷日持久的拼杀之后，最后的赢家要收拾残局，巩固宝座，还得动刀动枪。唉＿＿，咱们中国老百姓，命苦啊！"厢房里较长时间里都显得很安静。大人们放下酒杯和筷子，陷入了久久沉思。只有几个无忧无虑的娃娃小手指着盘子里的美味，嚷着要这要那……

　　一对新人在大门外敬酒已经结束，吹鼓手们也开始进餐。这时候，人们纵情说笑，扯开嗓子猜拳行令，热闹气氛丝毫未减。在乱哄哄的人声中，羊继秋扶着喝醉的张管家往楼上的客房走去。搭手帮忙的是羊继秋带来的一个店伙计。上楼之后，店伙计就蹲守在楼口，羊继秋和张管家进入一间小客房。

　　"我是九泉山游击队政委羌爱党。纵队首长指示我，尽全力支援黑水县的中共地下县委。"

　　"我是黑水县的中共县委书记羊继秋。省委指示我们，当前工作的重点是准备迎接解放。希望你们挑选精兵强将，尽快组织一个精锐特务连进入县城。现在，城里的搬运站、建筑工程队和大小酒店都在大量招工，是个绝好的机会，千万不要错过。"

　　"纵队首长指示：至少要组织一支满百人的队伍，交由你们指挥。你要多少人，我给你多少人，你大胆提要求吧！"

　　谈到这里，羊继秋满心欢喜："一百人行了。人太多，我没有本事把他们保护好啊！"

主要工作谈完了，羊继秋这才提出心里的疑问："上个周，我派出联络员扮成游医给你送信，要求你在我家喜宴上和我接头。可是，联络员出发之后我就后悔了。我想啊，你仅仅知道龚老爷和我家是表亲，可是你跟我家人并不相识，怎能做到滴水不漏呢？这不是强人所难吗？我到现在还是不明白，你是怎样把这次接头工作设计得天衣无缝的呀？"

羌爱党笑着说："这里头有两个关键点：第一，龚老爷的真正管家是我们新近秘密发展的中共党员，姓张。张管家接到你家请柬后，我要求他作好一系列安排，譬如动员龚老爷和他儿子跟随我们的人去外地谈一笔土地生意，随后又邀请他的媳妇住到我们部队里免费医治妇科病。这样，由张管家领着他孙子天柱来出席喜宴就顺理成章了。第二，为了尽量打扮得像额上有痣，嘴上有胡须的张管家，免得在宴席上被人识破，部队懂化装的同志按照张管家的模样儿给我化装，效果还不错。昨天，我和天柱这孩子磨合一整天，混熟了，今天早晨才上路。"羊继秋听罢，佩服得五体投地："羌政委呀，你改行干特工多好啊！你是大大的屈才了呀！"

中饭过后，不管远客和近客都陆陆续续告辞了。因为明绍阳一家住处太远，姜启仁苦苦挽留，要他们过夜了明天回去。明绍阳态度坚决，说药铺里就一个徒弟守门，怕有急症病人来，今天必须赶回去。无奈何，姜启仁只好从集镇上雇请一辆带篷的马车送他们回去。

从羊善水到新媳妇，羊家全体出动，把明绍阳一家一直送上大路。客人都上车了，车把式甩一声响鞭，马车轮子飞快地转动起来，车后扬起一片黄尘。羊家人仍旧一动不动地站在路旁，目送马车远去。西斜的太阳把他们的身影儿拉得很长，而马车的影儿却是渐行渐短，最后在远方的大道上只剩一个黑点儿……

2，雪夜枪声

就在羊昌坤赴英留学启程之后的当年冬天，何晓蓉生下一个男孩。因为全家人盼望和平心切，所以给这个孩子取名"和平"。可是这世道偏偏不随人愿，坏消息一个接一个传来。先是小和平的外公重庆商会的何会长受审，罪名是抗战期间暗中为汪伪政府提供军用物资，被判死刑，没收全部家产。据说，犯罪事实是在押的汪伪政府的多名要员招供的，枪杀令是由老蒋亲自下达的，连身居高位的亲兄弟都爱莫能助。接着传来的消息是国军和共军在东北打起来了。到了一九四六年冬天，羊虎乡的老百姓听到的是内战全面展开，全国狼烟四起的坏消息。

小和平周岁生日这天，阴沉沉的天空下起小雨，傍晚时候刮起大风，小雨在半空里立刻变成了雪花。晚饭摆在桌上，全家人静静坐着等候羊昌卉回来。近年来，羊虎乡立下新规：待嫁的姑娘必须在乡公所做满十个义务工。理由是，国难当头人人有责，年轻男丁出力的机会甚多，姑娘们干点力所能及的活儿是理所当然。春爷心里划算，孙女儿年后就要去婆家，决定让她趁现在农闲季节完成义务工，免得到了婚期忙不过来。羊秋芸却犹豫不决："爹呀，现在暗地里都传遍了，说是虞乡长要姑娘们的'初夜'，不给就要遭殃。你没听说吗？""这话我听说过。可他是你长辈，是卉卉的爷呀！堂堂乡长，不会连这个脸面都不要了吧？"春爷满不在乎地笑道，"况且咱孙女得你遗传，胆大心细，聪慧过人，啥时候吃过亏呀？"可是羊秋芸仍然放心不下。卉卉去乡公所做义工的头三天里，都是早去晚归，由羊秋芸亲自接送。

今天晚饭前，羊秋芸没有接回女儿。她一进门拍打着身上的雪花，告诉大家："虞乡长在县里开会两天了，到现在还没有回来。他打电话回来说，明天清早县里有个检查组要来，要乡里务必做好接待工作。司务长要做义工的三个姑娘今晚都不要回家去了，免得明天早上迟到误事。另外两个姑娘我认得，是虞乡长的亲侄女。她俩告诉我说，今儿晚上他们仨就在女招待室里过夜，要我放心。"伍望月和春爷连连点头说："行！行！卉卉在乡公所过夜，免得来去路上遭受风寒。""和平啊，姑姑不回来，咱们吃饭吧！"

就在小和平的生日晚宴结束的时候，门外突然狂风大作，鹅毛大雪纷纷扬扬从天而降。狂风怒吼着，把地上的雪团卷起来扬上天空，又把漫天雪花搅得四散翻飞。一时间，天地难辨，只剩一片白茫茫。乡公所一棵大树上的一根小碗粗的枝杈因为承受不住积雪的重压，咔嚓一声折断了砸在房顶上。正吃晚饭的人们只当是树倒屋塌，纷纷夺门而逃。这时候，逃出门来的人们看见一辆吉普车开进了乡公所的大门。从车上下来的是虞乡长。从虞乡长的手势可知，他想留司机宵夜后住下，明天回去。司机说了些什么，人们听不清，只见吉普车掉过头去，毅然决然地出了大门，往县城的方向摇摇晃晃地开走了。

见上司归来，保安小队长孙富贵连忙迎了上去。此人三十多岁，个头却只齐一般成年人的胳肢窝儿，因此人们送他外号"孙半截"，是讽刺说他妈只生下他半截儿，永远长不高。虞乡长边向屋里走边对他解释道："我怕明天你们接待检查组出差错，才连夜赶回来的。"

虞乡长突然归来，忙坏了值班的后勤人员。近年来，虞乡长在衣食住行各方面都是越来越讲究，大伙忙碌了一个多小时才算交差。司务长只留下厨师和羊昌卉听候虞乡长吩咐，让其他人员早早歇息，说明天要起个大早呢！

虞乡长住的房子很大，里间是卧室，外间是客厅兼办公室。今晚天寒，加之迟归，外间又兼了饭厅。虞乡长早就洗脸洗脚，换了外套和鞋袜，见厨师端来热气腾腾的饭菜，就坐到桌边准备用餐。他对厨师和羊昌卉说，因为天儿太冷，今晚喝的是重庆大曲，烈得很，叫他俩也上桌喝一杯，暖暖身子。二人都推辞说刚刚吃过晚饭，只是坐在一边静静等候乡长的吩咐。虞乡长一杯酒下肚，脸上有了红晕。他对厨师说："你们俩看着我吃喝，我多么不好意思呀！我说这样吧：我一个大男人没有多少事儿劳神你俩的。大师傅明天早晨必须起早，现在就去休息吧，只留下卉卉给我端茶递水就够了。"厨师出门的同时，孙富贵送进一个便桶放到远处墙角也出去了。接着，啪嚓一声响，房门关上了。房门关上之后，羊昌卉隐隐约约听到门外有什么金属东西响了一下，没有在意。

屋外的狂风大雪没有停歇，屋檐下的凌冰柱儿因为过重而下落，相互撞击发出金属铃铛般的响声。虞乡长因为酒精的热量，再加上桌子底下的炭火越烧越旺，这时禁不住摘下绒帽，解开了外套。他发现坐在一旁的羊昌卉双手插进袖筒里，双脚在地上不停地移动，样子像是很冷，就很客气地说道："你个卉卉呀，我是外人吗？你不要拘谨。来，坐过来烤火！"羊昌卉笑了笑，走过来，在虞乡长对面坐下。

因为坐在炭火边，不一会儿羊昌卉就觉得浑身上下都是热烘烘的，粉红色的圆脸蛋儿在火光和烛光的映照下显得更加楚楚动人。她和哥哥一样，从身材到脸蛋儿，再到风采气质，把父母的全部优点都一股脑儿继承了。"真是太美了！弄不清这妞儿究竟是怎么长成的。"喝酒的虞乡长心里暗想，目光没有离开过羊昌卉，有好几次酒杯端在手里一动不动，嘴含佳肴忘记了咀嚼，那目光简直痴了，呆了。多亏羊昌卉提醒，他的晚餐才得以继续。他发现自己失态，在心里责骂自己：我虞光祖怎么一见美女就掉了魂儿呢？还是人家长辈呢！算个什么东西哟！可是，一口酒下肚，心里立马响起另外一种声音：人家李隆基和儿媳妇的风流韵事还传唱千古呢！相比之下，我这点子小爱好算得了什么？想到这里，他嘴里讨人欢欣的话语就本能地多了起来。

"卉卉呀，你爹那个医院盖了个半截子，摆在那儿二十几年了，就这么算了吗？"

"我爹说，才还完账，手里没钱。拿什么盖呀？"

虞乡长放下酒杯，面露愧色："怪我这个父母官无能啊！实话对你说吧，我很早就想帮你爹一把，可是这些年我都是有心无力呀！现在，我们乡里有点钱了。我计划马上往你爹诊所里拨一笔款子，让他把医院盖起来。"

羊昌卉又惊又喜："天啦！那得多少钱呀？恐怕要几万大洋吧？"

虞乡长笑了，大手一挥，颇不以为然："几万大洋？做盐都不咸！我准备给他二十万。"

这可把羊昌卉乐坏了："我们全家应该怎样感谢您的大恩大德呀！"

虞乡长很平淡地说："不用谢。你坐过来给我斟两杯酒就行了。"

羊昌卉笑盈盈地在虞乡长身边坐下，捧起酒壶往虞乡长的酒杯里斟酒。虞乡长并不端杯，只是笑嘻嘻地提醒道："常言道好事成双。给你爹拨款算是好事一件。还有另外一件好事呢，你猜，是什么？猜不上来，罚酒一杯哟！"

羊昌卉绞尽脑汁，怎么猜都不对。这时，虞乡长双手捏住她的两个柔软的肩头，不停地摇晃，脸对脸地不停地催促道："猜！猜！使劲猜呀！"

末了，还是虞乡长说出另外一件好事："明年我要亲自管教育。你想啊，有我护着你家玉成，玉成的前程可以说是一片锦绣啊！"

"那是！那是！"此刻的羊昌卉兴奋极了。她主动端起酒杯，乐意受罚。虞乡长特许她慢饮，不必一口干。

为了表达心中的感激之情，素来滴酒不沾的羊昌卉端起酒杯，微启双唇抿了一口酒，顿时觉得苦辣的液体经过唇舌，沿食道而下，就好像一团熊熊燃烧的火球直冲肠胃而去。她难受极了，剧烈咳嗽起来，眼泪都出来了。虞乡长连忙端来茶水，把她搂在怀里，往她嘴里喂茶水。喝了几口茶水，她止住了咳嗽。虞乡长伸手给她擦拭眼睫毛上的泪珠，无比爱怜地说道："卉卉啊，我怎么忍心罚你呀！不会喝就不喝呗……看把你呛的！"说着，用筷子夹了菜送到她嘴边，说是吃下一些菜自然会舒服一些。她很听话，吃了菜，又喝了几口茶。虞乡长接着从果盘里拿了苹果和一把瓜果刀，削了一个苹果递给她。这时她心里舒服多了，身上却热得不行，于是一只手往嘴里塞苹果，另一只手解开了外套和棉袄的衣扣。就在羊昌卉有滋有味地品尝苹果的当儿，虞乡长一双色眯眯的眼睛盯上了她棉袄里层的内衣，两个手指头神差鬼使一般悄悄解开绿色印花布衬衫的纽扣，接着得寸进尺地掀开了薄如蝉翼的红绸乳罩，只见乳头粉红，乳房雪白，就像点了红膏充当"寿桃"的白面包儿。此刻的虞乡长心旌摇动，如同沉醉于仙境一般。

就在这一瞬间，涉世未深的羊昌卉如梦方醒。她又羞又气又急，扔掉已经啃了两口的苹果，挣扎着要离开这个色狼。可是虞乡长的双臂如同铁箍一般，羊昌卉苦苦挣扎好一会儿，双脚还未能沾地呢！

"放我下去！"羊昌卉双手紧紧掩住棉袄对襟，涨红着脸厉声喝道。

"我的心肝儿，在我怀里多好呀！想去哪儿呀？"

"我要回家！"羊昌卉态度非常坚决。

"外边风大雪大。地上的雪深过膝盖，摸四五里夜路回家，你敢吗？"虞乡长笑了，"况且你现在出不去呀！孙富贵出门以后，你没有听到他锁门的响声吗？"

羊昌卉心里凉了半截，但是仍然没有停止抗争："再不放我，我就大声喊叫了！"

"可你呢？你想当第二个周丫头吧？"羊昌卉当然知道风传遐迩的周丫头事件：周丫头在做义工的一天夜里，也是遭受到这般侮辱。这个倔强姑娘当场发疯似的大喊大叫，砸破房门逃了出去。第二天，县警察局来人察看现场，结局大大出乎受害方预料。警察局是这样定案的：周丫头欲为家人求官谋财，于是利用色相贿赂党国官员，阴谋未成就反咬一口。乡公所里竟然有所谓"目击者"提供证人证言材料。周丫头百口难辩，坐了半年牢，耗光家财才被放出来，回家没几天就悬梁自尽了。

事情发展到这一步，羊昌卉心肺都快气炸："你就不怕我告你吗？"

虞乡长哈哈笑道："实话告诉你吧：不管你告到哪里，都是白费力气。从省府到县乡，哪里的猫儿不偷腥，哪里的官儿不沾花惹草？民告官，常常是让陈世美审秦香莲的案子，会把秦香莲活活气死的。"

"你就不怕我哥为我报仇，一枪毙了你？"

"那是远水不救近火。说点有用的吧！"

最后，羊昌卉打出了最厉害的王牌："八仙寨上的六宝叔不会放过你的。连日本鬼子都怕他，你不怕吗？"

"笑话！老子堂堂党国乡长怕他个屌毛啊！"虞乡长一脸的鄙夷不屑，"赶跑了小日本，全天下都是咱党国的，连共产党都休想立足，花子军更是自身难保。"

羊昌卉没辙了。身在屋檐下不得不低头，她沉思片刻，泪流满面地祈求道："爷呀，您放了我吧！出了这个门，我会守口如瓶，一辈子不忘您的大恩大德。"

虞乡长见羊昌卉苦苦求情，就好言相劝，晓之以理："卉卉呀，你这么聪明的姑娘，为什么这么简单的事理儿就是想不转呢？你依顺我，对你，对你家人，有说不尽的好处。如果你不依顺呢？"虞乡长威胁道，"你和你家人以后的事儿就不好说啦！"

羊昌卉不再说什么，脸上的泪水在不停地流淌。

虞乡长见状，知道火候已到，嬉皮笑脸地说："卉卉呀，这种事儿，我快活，你也快活，何乐而不为呢？咱们亲一个吧！"说着，喷着酒气的大嘴在羊昌卉的脸巴上啃了一口。

羊昌卉"啪"的一个嘴巴赏给了虞乡长。

虞乡长处变不惊，留有五个红色指头印的脸上笑容未减："打得好！打是亲，骂是爱，不打不骂才见怪呀！咱俩好说好商量，你打我一下，就让我亲一口。好吗？"

虞乡长亲了一口又一口，羊昌卉打了一巴掌又一巴掌。连续打出重重的五巴掌之后，羊昌卉累了，停了下来。虞乡长也停了下来。他从衣袋里掏出一个亮晃晃的金佛塞进羊昌卉的上衣荷包里，说："这可是纯金的呀！值五百块大洋呢！留给我的心肝儿做个念想。话长夜短，上床休息吧！"

这时候的羊昌卉内心深处好比翻江倒海。她听人闲聊说，沾花惹草的男人必备三大基本功：一是嘴里哄得，就是善用花言巧语哄女人；二是心里忍得，哪怕脸上流淌着女人喷射的唾沫仍然笑容可掬；三是手里舍得，对女人施舍大方。虞乡长显然是三项基本功都极其过硬的无耻之徒。这种人色胆包天，无法可治。她明白，眼下有这样几条路可供她选择：如果依从这个色狼，走这个路子是有悖于长辈教诲的。老太爷的教诲是：士可杀不可辱。母亲的叮嘱是：姑娘的贞操和生命同等重要。苟活于世，让亲人和自己一起背负奇耻大辱，还不如一死了之。她又想，白白死了太不值，不如宰了色狼，为民除害，死的才有点价值。宰了色狼之后，她有可能在冰天雪地里冻死，或者被野兽吃了，或者被警察逮去判死刑，这些结局都不算太冤。但是，她马上犹豫了：论力气，她勉强可挑一担水，非常吃力；论胆量，她不敢杀鸡，甚至不敢看屠户杀猪。她一个柔弱的小姑娘能杀死体壮如牛的虞乡长吗？墙上的挂钟滴答滴答响，似乎在向她做无情的提示：比死亡还可怕的结局马上就要出现了。不甘受辱的她想学周丫头，拼命一搏。但是周丫头的结局是未伤仇人一根汗毛，反而自己身败名裂。这个做法显然不可取。周丫头的教训告诫她：对付禽兽不如的色狼，必须斗智斗勇，万万不可蛮干。这时候，她发现果盘里一把木柄铁制的尖刀，大约五寸长，在烛光下闪着银色寒光。她想，这把刀如果刺到要害处，定能送色狼去西天。万一刺杀失败呢？那也比坐等受辱强百倍，至少问心无愧啊！想到这里，她佯装顺从的模样，面带微笑说："大长夜的，慌什么呀？我还是先陪你喝酒，把你陪好了再上床吧！"

虞乡长见羊昌卉终于服软，顿时笑逐颜开，心想这烈马儿好不容易顺服，不能操之过急，陪酒就陪酒吧，和床上的美事儿相比，各有各的乐趣呢！于是端起酒杯道："你不会喝酒，就以茶代酒，或者以菜代酒吧！"

羊昌卉嫌他喝酒进度太慢，就想出法子来："你喝酒慢慢吞吞，会耽误了上床时间的呀！我建议：感情深，一口焖。"

虞乡长只当是对方也急于上床，立刻喜不自胜。心想：树儿怕摇，女人怕撩，这话真是不假呀！但说出口的话却是："一口焖也行。但是有个条件：我喝一杯酒，你让我亲一口。"

羊昌卉犹豫了，心想：我见你就恶心。让你的臭嘴亲多了，我会呕吐的。

虞乡长见羊昌卉犹豫不决，就欲擒故纵："算啦，咱还是慢慢喝吧！"

羊昌卉终于横下一条心："行！亲就亲。不过这小酒杯不行，得换高脚大亮杯。"

"大亮杯足足装三两啊！只怕……"虞乡长犹豫了。

"还一口一句'心肝儿'呢！"羊昌卉撇嘴撒娇道，"我看你是老鼠掉进面缸里＿＿＿只有一张白嘴儿。"

"行！行！换亮杯就换亮杯。"虞乡长一咬牙下了决心，"照咱心肝儿的指示办！"

虞乡长说话算数。羊昌卉给他换了高脚亮杯，把酒斟满。他一昂脖子，一满杯酒进了肚里，接着在羊昌卉脸上亲了一口。如此这般，五杯酒下肚之后，他说出话来已经颠三倒四了。醉到这个程度，他不得不停下酒杯。

为了彻底灌醉虞乡长，羊昌卉决定不顾一切，使出最为有效的手段。她亲昵地凑上去，在虞乡长的耳边含情脉脉地说道："亲爱的，我亲你一口，你喝一杯酒。敢吗？"

醉鬼和色鬼的胆量往往是不可估测的。此刻的虞乡长依然是豪情万丈："敢！敢！不就是……几杯酒吗？别说没醉，就是醉死……花下死……也风流……"

羊昌卉亲一口，虞乡长就喝一杯。又喝五杯酒之后，虞乡长不干了，要羊昌卉扶他上床睡觉。羊昌卉有意检验他醉酒的程度，提出一个要求："你去铺床吧！准备好了我就来。"

虞乡长站起来，摇摇晃晃地向里间走去，走了十多步，摔倒了三次。他好不容易到了床前，瘫在地上起不来了。

羊昌卉心中大喜，打算趁机翻窗逃跑。不料，这会儿虞乡长叫她过去。餐桌上有两支蜡烛台灯，她端起一支往里间走去。见她进来，虞乡长没有请求搀扶，而是命令道："把棉袄……脱了……交我保管。"脱了棉袄的羊昌卉冻得身子直抖，只好钻进被窝里。虞乡长挣扎着上了床，和衣倒下，嘴里喋喋不休："别看我醉……醉……咱酒醉心门板（明白）。"羊昌卉吓坏了，蜷缩在床头大气儿都不敢出。

虞乡长鞋袜都没脱，横着仰卧在床上，双腿吊在床边。借着烛光，羊昌卉在棉被的缝隙里偷偷观察这个醉鬼：淌汗的脸上一阵红，一阵白，嘴里和鼻孔交替吐出粗气。粗气严重受阻的时候，就从腹腔里发出沉闷、重浊而难耐之极的哼哼声。她不知道，何时才是动手的好时机，只好静静地等候着。当外间墙上的自鸣钟敲响十一点的时候，她才突然意识到这样等候下去的严重后果。眼下当务之急是穿上棉袄，立马采取行动。可是棉袄被这个畜生压在身下，怎么办呢？她想，尝试着拽出棉袄可以检验时机是否成熟。万一他醒了，咱就以解手需要穿棉衣为借口来搪塞。万一他醒后对我动手，那就说明老天容不下我羊昌卉，大不了拼个鱼死网破。如果成功取得棉袄，他仍然沉醉不醒，那就是老天助我了，应该谢天谢地。想到这里，她身披棉被慢慢挪到虞乡长的身边，小心翼翼地拽动棉袄的一只袖子。棉袄拽出来一点儿，再拽，尽管用了力，还是不见成效。她趴在那儿一筹莫展，急得要哭了。忽然，她的脑海里浮现出农夫使用撬杠撬动千斤巨石的画面。咱的手臂能不能当撬杠使呢？试试看吧！于是，她伸出一支手臂，手指尖儿慢慢插进虞乡长的身子下边的空隙里，然后一毫米一毫米地向前掘进。待手臂伸过对方大半边身子的时候，她猛地用力一抬，对方身子下边的空隙陡然增大，另外一只手不失时机地抓住棉袄用力一拉就大功告成了。这时候，虞乡长扭动几下身躯，吧嗒吧嗒嘴巴，就不动了，继续喘气，继续哼哼。

　　羊昌卉当机立断，决定抓紧大好时机把这只色狼宰了。她迅速穿好衣服下床，从果盘里拿来瓜果刀。用指头试试刀锋，她觉得还行。接下来就是思考握刀的姿势，刺杀的部位，以及一些必要的步骤和关键的细节。因为她知道，接下来的几秒钟将决定成败，一旦失误是不会有重做机会的。定了定心神，她再次上床，双手握刀，对准虞乡长的咽喉猛刺下去。就在刀子插下去的一刹那，她的整个身子就紧跟着扑在了刀把上。她不曾料到，醉得半死的人挣扎的力量竟然如此巨大。她险些被对方掀翻，好在刀子深深插在对方的脖子里，对方的用力挣扎反而使刀锋不停搅动，伤口不断扩大，鲜血如喷泉一般直往羊昌卉的衣服上和脸上喷射。羊昌卉一时间无法睁开眼睛，就索性紧闭双眼，只顾双手用力推刀。虞乡长在刀锋刺破喉管的一刹那本能地惨叫一声，极像肥猪被宰时的哀嚎，凄厉而短促。这响亮的一声之后，所有的叫声和哼声便都停留在喉管和腹腔里了。过了好一会儿，虞乡长终于停止了挣扎，也停止了哼哼，而流血愈加汹涌。床上的鲜血来不及下渗，开始往床下汩汩流淌。

　　这时候，室内的动静把立在窗外的偷听者吓坏了。此人名叫李立东，是今夜大门口的值班乡丁。当羊昌卉开始给虞乡长斟酒的时候，他围绕虞乡长的住所巡视一圈，发现房门上了锁，便立刻明白了，今夜虞乡长有"好事"要办。乡公所里所有乡丁都明白，这门上的锁是保安小队长孙半截特意用来通知大伙儿的：重要时刻，切莫打扰！外边风雪交加，冻得手脚麻木。他准备回到门房里睡觉去，却忽然听得几下响亮的耳光声。这是谁打谁呢？强烈的好奇心驱使他立在窗下偷听。接下来，他根据断断续续的响动判断，屋里的戏正一步步往通常的结局发展。他觉得太没意思了，顶风冒雪不值得，决定回撤。正在这时候，室内发出杀猪般的惨叫声。他听得清清楚楚，这是一种尖刀刺喉时拼命挣扎之声，而且是男人发出的。而此刻室内只有一男一女。他不禁大吃一惊：这妹子在干什么呀？她很可能向虞乡长动了刀子！此刻的虞乡长很可能非死即伤。他没有吭声，只是在心里暗暗叫好。这小伙去年腊月成婚，娶的是本乡姑娘，妻子也曾被这个色狼强占了"初夜"，所以心里早就恨之入骨。这会儿，他对这位勇敢的姑娘充满敬意，同时也充满担忧，心想：妹子呀，现在你该怎么办啊？突然想到大门已经上锁，连忙跑过去开了锁，顺手将大铁锁扔向院墙外边的雪地里。办完此事，他钻进门房，在门缝里静观门外的事态发展。

　　只见一扇窗户打开了，羊昌卉从窗台上一跃，落在松软的雪地上。她很顺利地打开大门，急匆匆地逃命去了。大门外边脚踏积雪发出的响声很快消失，李立东划根火柴看钟，再过几分钟就是午夜十二点了。他在心里说：妹子呀，不管虞乡长是死还是伤，你都是死罪难逃啊！咱帮不了你，只能拖延报警时间，让你逃得远一点儿。他坐在床边，过一会儿就划一根火柴，看看钟。到了下半夜两点的时候，他觉得不能再拖了，就在心里央求道：妹子呀，再拖下去，我就是你的同案犯了，那可是黄泥巴糊裤裆＿＿不是屎也是屎呀！

　　李立东站在乡公所的大院里，往风雪夜空"砰＿＿砰＿＿砰＿＿"打了三枪，嘴里声嘶力竭地喊道："逮杀人犯啰＿＿逮杀人犯啰＿＿"

　　清脆的枪声和洪亮的喊叫声划破夜空，向旷野扩散。很快，乡公所里以及附近的村庄到处是人呼犬吠，火把晃动，一片忙乱。孙半截打开虞乡长的房门，看到床上的虞乡长躺在血泊中，一把刀子插在脖颈里，立刻明白这里的的确确发生了惊天大案。他立马安排七八个乡丁分别去把守南路和北路的各个路口，亲自打电话向县警察局报案之后，就带领两支队伍去大宝诊所和春爷的住宅搜捕杀人犯。

聪明的羊昌卉并没有逃回家去，也没有躲进爹的诊所，而是顺南路而下，过了黑水河上的铁索桥，再沿着北路深一脚浅一脚地向八仙寨方向摸去。她打算去投奔六宝叔叔。然而不巧的是，枪声过后到处是火把在移动，到处是家犬在狂吠，到处是人的叫嚷声。现在，她真的害怕了，总觉得追兵就在身后。路过仙姑桥时，她不敢喊叫，更不敢停留，只顾拼命向前疾走。又走了大约五里多路，爬上一道高岗，她知道这里是有名的黄土垭子，顺左手下去是去九泉山的小路，顺右手走是通往省城方向的汽车路。她站在雪地里犹豫了好一会儿，最后连滚带爬地来到去九泉山的小路上。不料，没有走出多远，就被脚下的绳索绊了个嘴啃雪，接着就有两支枪顶住她的脑袋。她想，孙半截在这么远的地方设下伏兵，真是太缺德了。想到自己反正是死定了，心里反而什么都不怕了，就厉声喝问拦路者："你们是什么人？……是警察，是保安队的，我就跟你们走；是拦路劫财的，我倒有一个金佛，给你们算了。""我们怀疑你不是好人。走，到那边草房里去说个明白。"她判断，拦路者不是警察，也不是乡丁，有可能是劫财又劫色的土匪，于是以强硬的口气警告道："我提醒你们啊，千万别打歪主意。我刚刚杀了人，现在手还痒呢！"两个拦路的男人被逗笑了，一前一后把她夹在中间，往路边的草房走去。

草房里，柴火烧得正旺。羊昌卉出现在火笼边的时候，她的尊容吓坏了屋子里所有的人。几个男女几乎同时把枪栓拉得哗哗响，子弹上膛，保险打开，如临大敌。一个女人过来搜遍了她的全身，只从衣袋里搜出一个金佛，拿在手里审视一会儿又放进她的衣袋里。看样子，这伙人不像土匪。她环视一周，问道："你们为什么这样怕我？""看样子，你说你刚刚杀过人，所言不虚呀！"其中一个拦路的男人笑道，"要是有一面镜子，你会看到自己的一副尊容有多么可怕：浑身是血。脸上，汗水淌过，冲出一条条血道。一双眼睛射出的是吓人的凶光。你实话实说，姓甚名谁，风雪夜里从何处来到何处去？请放心，我们都是好人。说不定呀，我们可以帮你呢！"这伙人很快博得羊昌卉的信任。她将前前后后的遭遇从容道来，使满屋子的人对她既同情又敬佩。末了，刚才搜身的女人安慰道："妹妹放心，我们这里是九泉山游击队的最前哨。你好好休息一会儿，天亮之后我们带你上山去。"

　　保安队搜捕杀人犯，结果可想而知。天亮之后，县警察局开来警车，要把姜启仁和朱玉成带到局子里细细审问。到这时候才发现，机警的朱玉成早在乡丁搜索大宝诊所的时候就逃之夭夭了。恼羞成怒的孙半截只好抓了他母亲朱王氏。就这样，朱姜两亲家因为羊昌卉的牵连一同进了县局子。

3，羊二哥现身秘密会议

　　事件发展到这里远远未完。羊昌卉到了九泉山游击队之后，游击队立即奉命送她到纵队司令部接受新华社采访。新华日报很快以整版篇幅报道了事件始末，在社会上激起轩然大波。好几个大城市相继爆发各界群众大游行，声援受迫害的老百姓。就在姜启仁和亲家母被抓进局子的第三天下午，黑水县中共地下党县委书记羊继秋接到省委指示，说省委主要领导同志当晚要向地下县委传达中共中央会议精神，要他亲自布置安保工作。他在几家酒店之间不停地奔走，挑选晚上的开会地点，都被为省首长打前站的警卫逐一否定了。最后，还是县工运主席帮他解决了难题。工运主席动员一位孤寡老人提前过七十大寿。老人的住宅是四面都有开阔地的独立的小楼房，临时会议室就设在楼上。为了确保首长安全万无一失，羊继秋动用了九泉山游击队去年派进来的特务连，并且做了具体分工：从小楼附近到县城的主要街道，再到车站，都安排了足够的兵力；同时有明哨暗哨相配合，有交通工具停在不远处听候调用。

掌灯时分，楼下客厅里按照祝寿的需要做了精心布置。楼上摆了四张麻将桌。县委全体同志齐聚一堂，将麻将拨弄得哗哗响，等候首长到来。

不一会儿，首长在两个贴身警卫的陪同下进入会议室。按照羊继秋的叮嘱，大伙没有鼓掌，只是同时起立，以欢迎的目光表达敬意。首长在事先摆好的太师椅上坐下，两个彪形大汉站立在背后，眼睛不停地扫视全场。羊继秋很快认出，这位首长就是他二哥羊继华。二哥才五十三岁，头上已经有了银丝，脸上有了皱纹，很见老了。他忍不住想叫声"二哥"，可是"二"字才出口，就被一脸严肃的首长接了过去："二话不说，咱们直奔会议主题：传达中共中央会议精神，商讨当前工作。"接着打个手势，请大家坐下。他告诉大家，今年十一月中共中央在延安召开了重要会议，会议的主题就是提出"打倒蒋介石"的政治口号。这意味着，全国解放战争正式拉开序幕。讲完中央会议精神，接着讲到羊昌卉事件在全国引起的强烈的政治反响。他毫不客气地批评黑水县地下县委政治嗅觉不灵，革命行动迟缓，要求县委利用羊昌卉事件充分宣传群众，发动群众，组织群众，营救被关的受害者亲属。并且强调说，这是当前的中心工作，希望到会的同志们认真研究，严密部署。这时，背后一个警卫提醒他说："会议已经进行二十分针。"他立即站起身来，叮嘱全体到会者说："请同志们时时刻刻不要忘记，我们是在敌人的眼皮底下工作。我建议，大家抓紧商讨工作，时间也不能超过二十分钟。"说完，目不斜视地随贴身警卫向楼下走去。

小楼会议之后的第二天下午，黑水县城的大街上出现了工农商学各界组织的浩浩荡荡大游行。游行队伍打出的横幅标语是：

　　____风流乡长刀下鬼，腐败政府命不长！

　　____我们要生存！

　　____我们要民主！

与游行群众紧密呼应的是九泉山游击队。九泉山上军号嘹亮，枪声大作，军事演习热火朝天。中共中原野战军的第一和第三两个纵队毫不隐蔽地公开向黑水县方向运动。

大街上声势浩大的市民大游行使率部驻守县城的赵长烈大为震惊。了解事件原委之后，他在电话里厉声斥责警察局长："那个姓羊的丫头宰了流氓乡长，逃了，你们就抓了她父亲和婆婆。这么干是非法拘禁，知道吗？你们不怕失了党心、民心，我怕！我警告你们，千万不要逼我出兵干预！"他立即安排已经升任警卫连连长的小河南去警察局，找底层警察了解对姜启仁和朱王氏有没有严刑逼供。傍晚时分，小河南回来汇报：警察局在审问过程中没有用刑。现在，朱王氏已经释放。今晚，还需询问姜启仁一些情况，所以决定明天上午释放姜启仁。

土特产商行的掌柜唐金枝很快得知这些情况，当晚就派人将这个好消息及时报告了花子军。

所以第二天当姜启仁走出局子，来到大街上的时候，从一辆带篷的马车上下来两个汉子将他强行拉上车，告诉他：大当家说大宝哥现在已经无路可走了，所以请他上山去。大当家强调，不管大宝哥愿意不愿意，请上山来再说。

带篷马车出城之后一溜烟似的朝八仙寨飞驰而去。此后，花子军将表演出另外一种风格的活剧来。

第十二章

1，黑水县城争夺战

1946 年冬天中原野战军的第一、第三纵队向黑水县方向运动只是虚晃一枪，目的是给黑水县城的游行群众造势助威。谁也没有料到，没过多久，第二年春夏之交共军就动了真格，一夜之间不声不响地包围了黑水县城。老百姓清晨开门，发现到处是准备攻城的共军，真以为是神兵天降呢！

九泉山游击队隶属于中野第三纵队，现在他们的正式番号是：中野三纵九师黑水县独立团。这次攻打黑水县城，纵队首长交给羌爱党的任务是主攻西门和北门。这个团近两年兵员猛增，达到三千多人。羌爱党手下已有八个营了。他的部署是，两个营作为预备队，其余六个营轮流攻城。他掌握的情报说，赵长烈在国军部队里红极一时，已经升任 75 师付师长，现在率两个加强团守城：117 团坚守内城，118 团坚守外围阵地。望着晨曦之下高耸的城墙，羌爱党打心眼儿里嘲笑赵长烈："这一回，你恐怕是难逃厄运啊！"

天亮之后，守城的国军并没有组织反击，外围阵地寂静无声。赵长烈得到的情报是共军中野第一、第三两个纵队前来攻城，而实际围城的充其量也只是一个纵队，另一个纵队无影无踪，去向不明，莫非是钻天入地了？共军的意图仅仅是攻打这座小小县城吗？他想静观其变，看看再说。而围城的共军忙于修筑工事，也是一枪未发。

共军对黑水县城的总攻是在第二日凌晨打响的。先是大炮猛轰国军的外围阵地，接着是潮涌般的攻城部队不顾死活地猛扑过来。工事里的国军等待攻击者几乎是快到面前了才用机枪和手榴弹招架。与此同时，国军的重炮瞄准共军阵地开始了猛烈炮击。共军里新兵太多，即使号称"精锐"的部队里边真正在抗日战场上曾经和高手过招的连队也不是太多，所以对方枪炮一响自己就乱了阵脚。狡猾的国军立即抓住战机，跳出战壕，进行反击，机关枪和美式冲锋枪追着共军猛打。共军死伤许多。幸好国军不敢追击太远，赵长烈给他们的限定是：追击最远不得过千米。

第一个回合下来，羌爱党的部下就伤亡将近两百人。阵地工事被炮火摧毁三分之一。这时候，他才意识到过去关于赵长烈和他的118团的种种传闻并非神话。

因为出手不利，三纵首长下令暂停攻城，认真总结经验教训，以利再战。

姜启仁上了八仙寨之后，立即着手在附近几个县的广大地区建立情报网。一九四五年腊月无线电台台长卫青萍回老家哈尔滨完婚，从此永远离开了花子军。姜启仁在她多年培训的无线电技术人员中精挑细选，最后组成一个十人小组。这十人不仅是合格的信鹰联络员，而且精通无线电的收报和发报。使用的密码本是花子军这几年作为扫盲课本使用过的四本书：《三字经》、《百家姓》、《诗经》和《千字文》。这种密码本的使用方法，当然是姜启仁的独创：每本书的书名、页码、行序和字序都用数字标示。在文字竖排的书页上，以行序为维，以字序为径，经纬交汇处就是电报要用的汉字。每本书手抄本的页码顺序变化无穷，字序和行序的经纬变化也是无穷的，那么这个密码本使用起来也就变幻多端了。目前，这个十人小组已经全部到达指定位置，负责人是里额巴图的儿子化于巴尔。他们带走一部电台，几只信鹰。临行时姜启仁叮嘱化于巴尔："如果密码本使用过程中不出意外，就限制在三种手抄本的范围之内，以便尽快提高熟练程度。达到一定熟练程度，最好抛开本子，凭记忆收报发报。"除了这个十人小组，梁祖君还派出去六个侦察小组。这六个侦察小组分为两班：一个班是近距离侦察的，要求一天汇报两次；另一个班是远距离侦察的，要求两天汇报一次。那些分布各地的"老家人"都是侦察兵的联络人。所以，共军围城以来，姜启仁和羌六宝对于攻守双方的情况都了如指掌。前来汇报的人，讲述绘声绘色，如说书一般，颇能吸引听众。所以，张公馆里从早到晚都是热热闹闹的。

　　"新闻！新闻！特大新闻！"这会儿蹦蹦跳跳闯进门来汇报情况的是二将军，紧跟其后的是他的两条爱犬"白雪老十六"和"黑段老十五"。这个永远长不大的年轻小伙子一眼瞅见师父卢长春严肃的表情，就立马意识到自己的举动过于随便了，连忙退出门去，在门外高声请求道："报告各位头领，我有重要军情汇报……"羌六宝笑着说道："二将军请进！"二将军进门后，赶忙汇报他发现的秘密情况。他说他是搞远距离侦察的，所以耗时两天两夜。姜启仁递给他一杯热茶，叫他边喝茶边慢慢说。他说："我算是大开眼界啦！各位知道，藏几把刀好藏，藏几辆车就有点儿难了。那么，藏几万人马呢？要我说，那是比登天还难。可我眼见的事实是，共军在距离黑水县城一百五十里的地方隐藏了整整一个纵队的人马，有骑兵，有步兵，还有炮兵。一个纵队有多少人呢，熟悉共军建制的人说，有时候共军的一个纵队就是一个军，有时候相当几个军。那个地方非常偏僻，十几里长的大山沟，四周群山环抱，树大林密。要不是我的两个兵嗅觉灵敏，善于追踪，我根本发现不了他们。"讲到这里，二将军爱抚地拍拍他的两只爱犬。两只爱犬似乎明白主人的表彰之意，向着主人哼哼唧唧叫了两声。羌六宝问："这两声哼哼是什么意思呀？"二将军翻译说："他们二位呀，这会儿谦虚着呢！这两声翻译过来就是：小意思，别提！"满屋子哄堂大笑。有人在哄笑声中说道："你回家给你的儿子好好翻译去吧！二将军，你家小铁锤大概三岁了吧？……三岁娃儿正需要人哄呢！"二将军满脸委屈："你们不懂犬语……"卢长春表扬道："任务完成得很好！你辛苦了，回去休息吧！"二将军这才高高兴兴地带着他的爱犬走出了张公馆。

在等候未回的侦察兵的空档时间里，头领们开始梳理和分析现有情报。

潘来运分析道："共军在一个大山沟里藏着一个纵队，肯定是想搞什么鬼名堂。要不然，直接开过来攻打县城就是了，何必藏着，掖着？"

"我敢打赌，共军调动这么多部队，不单单是为了攻打黑水县城。万一我猜错的话，今后，我的'梁'字就倒着写啦！"

为了把军情分析准确，表达明了而且直观，姜启仁把竖立在前面的大黑板擦得干干净净，然后在上面画出国共双方态势图。"各位请看，共军一个纵队围城，兵力绰绰有余。可是共军指挥官又在附近藏匿一个纵队。你如果以为这是共军指挥官用兵谨小慎微，用来应对攻城之不测的，那么你就太低估共军了。大家细看共军藏匿的地理位置，刚好处于从襄阳城到黑水县城的中点上。应该说，这是共军指挥官的匠心独运。人家是想一石二鸟呢！黑水县城的守军是国军 75 师的主力。当这两个主力团受到严重威胁的时候，襄阳驻军势必增援。这就正中共军下怀。共军藏匿的一个纵队就会以迅雷不及掩耳之势，将增援部队围而歼之。至于这个黑水县城嘛，到了那个时候就好比共军餐桌上的一碟小菜，想什么时候吃，就什么时候吃，不慌不忙，慢慢享用就是了。"

显而易见，赵长烈和 75 师处境危矣！

共军在黑水县城下摆出了不获全胜誓不收兵的架势。这种态势使置身数百里之外的国军 75 师师长周华炜甚为忧虑，因为他深知势单力孤的赵长烈打不起这种旷日持久的消耗战。为了给赵长烈解围，周华炜亲率三个步兵团和一个炮兵营直扑黑水县城而来。果然不出姜启仁的预料，共军一纵好像突然间从地底下冒了出来，如洪水般席卷过来。周华炜立即请来空军支援。狡猾的共军害怕遭受敌机轰炸就迅速和国军搅和在一块儿。两军纠缠在一起，方圆百里之内硝烟弥漫，黄尘滚滚，上不见蓝天，下不见山川。

赵长烈获悉这个战况之后，担心师长寡不敌众，连忙命令两个加强营前去增援。这两个加强营是在过去两个大刀营的基础上发展起来的。每个营的兵力扩大到五个连，达到七百之众。武器装备在全团也是最好的，战斗力更加强悍了。他们的增援立刻使周华炜转守为攻。共军虽然人数众多，但是大部分是新兵。一天下来，一纵的进攻锋芒就挫败殆尽了。

一纵的失利牵动了三纵首长的神经。攻城部队立即采取了应急措施，一方面加强了攻城力度，另一方面动用了羌爱党安插在城内的特务连，意在逼迫赵长烈撤回加强营。特务连先是向国军的粮库纵火。粮库燃烧，吸引了许多人前来救火。城内的骚动和混乱局面还没有得到有效控制，共军特务连又向把守西门的国军发动了突然袭击。众多士兵倒下去，城门打开，国军长官莫名其妙，尚不知遭到何人攻击。因为共军特务连都身穿便服，和普通老百姓无异。羌爱党抓住战机，命令他的两个营冲进西门，迅速扩大战果。赵长烈闻报，大惊失色。一边亲率部队杀向西门，一边下令派出去的两个加强营火速赶回。结果，羌爱党的已经冲进西门的两个营苦战一天一夜之后全都成了烈士。他的特务连全部牺牲，算是完成了光荣使命。因为损失惨重，赵长烈不得不放弃城西城北的外围阵地，只保留了城东和城南的外围阵地。攻守双方又回到僵持不下的态势。那边共军一纵和周华炜也进入了相持状态。但是内行人一看就明白，周华炜和赵长烈的处境是越来越不妙了。

2，羌爱党上寨搬兵

损兵折将的羌爱党这时候想到了花子军。他想搬来这支名扬天下的叫花子武装助他攻城。纵队首长对此不抱希望，劝他打消幻想。但是，他不这么看。他认为，国民党是共产党和花子军的共同敌人，何况羌六宝是咱亲生儿子，眼见老子有难儿子岂能袖手旁观？即使搬不动花子军，咱也不折本。咱讨不到官儿有秀才，讨不到米有布袋呢！他知道自己是降低身份来祈求羌六宝出兵的，害怕万一搬兵不成反被部下笑话，所以将警卫员留在仙姑桥边自己只身上了八仙寨。

过了大操场，他并没有贸然地走进张公馆，只是站在远处，一脸严肃地呼唤"六宝"，说有大事单独面谈。大伙儿分明感觉到，那是乡村里常见的老子故意在儿子面前摆谱才有的语气和神态。

羌六宝走出张公馆，满脸堆笑地迎了过去。父子俩在操场上站定了。看得出，父子俩的谈话进行的并不顺利。谈着，谈着，威风凛凛的老子竟然当着儿子的面哭鼻子了。这稀罕景儿把在门内远远观望的头领们逗乐了。不一会儿，哭泣的老子突然动了雷霆之怒，指着儿子的鼻子大骂起来："你个王八羔子，你是存心见死不救啊！什么打虎亲兄弟，上阵父子兵，全是他妈扯淡！"这时，有人担心羌六宝会吃老爹的耳刮子，准备送凳子和茶水过去，缓和一下气氛，被姜启仁制止了。他说他已经猜到父子俩的谈话内容，很可能呀，是老子有求于儿子，打躬作揖都嫌不恭呢，怎么会扇耳刮子呢？果然，羌爱党发泄完毕，一屁股坐在了泥地上。那样子好像在说，今儿个不给个满意答复，咱就不走了。羌六宝低声说了几句什么就走回来了。他向姜启仁讨主意："我爹要我出兵帮他一把。你说咋办？""这好办啊！你就说花子军不是我的私人武装。我得和头领们商量商量。""我就是这么答复的呀，可是没用啊！我爹说我只能有一个选择：何时出兵？"姜启仁想了想回答说："告诉他：三天后出兵。"这话从老练稳重的姜启仁嘴里说出，使羌六宝吃了一惊："真的这么办吗？""真的，就这么办。至于怎样用兵，还不是随你的便吗？"

3，花子军的艰难抉择

羌爱党走后，花子军头领们抓紧时间吃晚饭，然后齐聚张公馆紧急议事，一直讨论到下半夜。他们研讨的是一个极其复杂而又极其严肃的大问题：共产党请求花子军出兵攻城，我们应该怎么办呢？黑水县人民有目共睹，赵长烈是抗日大英雄。眼看这个大英雄已经陷入绝境，我们是帮共军灭了他呢，还是想法子救他呢？问题是由姜启仁提出来的，张公馆里立刻人声鼎沸。"抗日战争时期，赵长烈是为咱中华民族抗敌守土，我们打心里敬重他。可是他现在是替腐败透顶的国民党守城，我巴不得他明日早晨就兵败城破。"伍佳杰首先发言。他的话在头领们的心里引起强烈共鸣。潘来运说："党国早已不是人民的党国，我们要它干什么呀？它早就应该完蛋啦！我真心希望大当家能够带领我们攻城。"大家你一言我一语，都是控诉党国的滔天罪行。那架势，恨不得将罪大恶极的国民党千刀万剐。这时候，周道本提出了不同意见："国民党固然可恨，可恶。但是我对赵长烈这个人不仅不反感，反而敬重万分。如果在战场上碰见他，无论如何我是下不去手的。道理很简单，过去人家为了保护我们老百姓，舍得流血流汗，甚至不怕搭上身家性命。这才几年工夫呀，我们全忘了，要对恩人下手了。如果真的这么做，我们还算人吗？”

全场沉默。

宋光宪说：“国民党确实不得人心，它完蛋只是早晚的事儿。可是，国民党完蛋的时候偏偏要拉赵长烈这样的好人来陪葬。问题的复杂性就在这儿。”

“记得我的先生讲到岳飞，曾经说过这样一句话：一个民族如果不晓得敬重和保护自己的英雄，那么这个民族是注定没有任何希望的。”姜启仁启发大家，“各位细细思量，我先生的话有没有道理呢？”

众头领们陷入了沉思。

“我们民族有滴水之恩当涌泉相报的传统。”

“我们花子军是好人的队伍。好人就应该有良心，有感恩之心。”

“国共两党之争，我们不必掺和，但英雄落难不能不救。”

姜启仁提醒大家：“我们出兵救英雄，会有严重后果，各位考虑过吗？”羌六宝随声符和道：“是的。我们一旦用兵，就等于与共产党为敌。这样，花子军把国共两边都得罪了，以后的生存环境将会极其恶劣。说句不中听的话：我们这些人甚至有可能死无葬身之地。各位怕不怕呀？”众人齐答：“不怕！”“我们花子军怕过谁呀？”这时候里额巴图仗着自己最年长，开玩笑道：“不知道我们的大当家怕不怕哟！把你爹惹火了，要吃耳刮子呢！”羌六宝见大伙儿思想认识高度统一，心里很高兴，于是笑着说：“常言道，君打臣不羞，父打子不羞。万一我爹要扇我耳刮子，我也只好忍受了。”众人又是一阵哄笑。

这时候，梁祖君提出一个棘手的问题：“我们要救赵长烈，势必和共军发生武装冲突。人家曾经是我们的救命恩人，各位不会这么快就忘了吧？把枪口对准恩人，我们花子军从来没有这个传统呀！”

　　周道本抓耳挠腮，叹息道：“既要救出赵长烈，又要顾及友军。大哥呀，你这是要我们顶着碓窝子跳舞啊！”会议至此，大家面面相觑，一筹莫展。姜启仁解释道：“只要不伤及友军的性命，孙子兵法中可用的招数还是有的呀！”这时候，羌六宝和众头领一致请求姜启仁：“大哥，这个确实太复杂了。你来指挥吧！我们听你号令。”

　　姜启仁一脸严肃地答道：“看来，我只好遵命了！”

　　众头领走出张公馆的时候，各处鸡舍里传出公鸡的打鸣声。嘹亮的鸡叫声此起彼伏，把黎明之前的山寨衬托得更加宁静。

4，姜启仁运筹帷幄

　　鉴于眼下面临的危险处境，周华炜电令赵长烈准备放弃黑水县城，合兵一处撤回襄阳城。赵长烈回电说：共军的围城部队像狗皮膏药一样粘得很紧，撕不掉啊！再说，带着一百多名重伤员和众多女眷怎么突围呀？可是，他明白，晚撤不如早撤，苦撑到最后，定然全军覆没。师长不计一城一地之得失，无疑是正确的抉择。正当他左右为难的时候，警卫连连长小河南领进一个人来。此人自称是姜启仁的徒弟，名叫化于巴尔，是受师傅之托来给长官看病的。赵长烈觉得奇怪：三八年战地医院一别，已经九年未见，姜先生为何这个时候突然想起我来？眼前这个人莫非来意不善？于是喝令卫兵将化于巴尔绑了。“长官，我是不是好人，你用电台和姜先生联系一下就知道了。不过，为了保密，你必须使用我们花子军的特殊密码。”“花子军也有自己的密码？”“是的，这是我们姜先生的独创。请给我松绑，我替你发报。”赵长烈对花子军的特殊密码产生了兴趣，立即给他松绑，令他发报：“你问姜先生：我和他曾于何时何地下过盲棋？总共下了几局？胜负情况如何？第一局，我用什么战法赢了他？"

　　花子军这边，负责收报和发报的是吴小小。收到赵长烈的电报之后，吴小小没有看一眼"密码本"就熟练地翻译成文递给守候多时的姜启仁，忍不住笑道："这分明是无事闲聊啊！"姜启仁回答说："人家这是在验证我这个姜启仁是不是假货。警惕性很高啊！"接着口述电文，让吴小小发过去。吴小小觉得有趣极了，整个发报过程中她都难以抑制满脸的笑容。可是，接下来的收报和发报内容，却使她的心情万分紧张起来。姜启仁和赵长烈交流结束的时候，吴小小的脸上滚动着豆粒大的汗珠子。她心悦诚服地称赞道："大哥呀，再复杂再难办的事儿经过你的手，就会理得顺顺当当。天亮他爹常常夸你是天才，是诸葛亮转世，看来真是名不虚传啊！"姜启仁说："别夸我夸早了。不知道还会遇到什么难过的坎儿呢！"

5，花子军如约出兵

花子军如约出兵，负责把守北门阵地。

　　这是一个晴朗的下午。赵长烈站在城楼上用望远镜观察，发现花子军的几杆军旗都插在与共军阵地的分界线上。花子军的军旗在午后的强烈阳光下迎风飘扬，清楚地标出了花子军的阵地范围。这是一个宽约一公里长约五公里的狭长地带，从北门一直延伸到北面汽车路。花子军的骑兵队伍在北面汽车路上集结待命，队列严整，军刀闪亮。花子军的两个步兵大队在北门阵地上一面补修工事，一面加强喊话宣传。他们几乎动用了所有宣传工具：有铁制话筒，有纸糊的小喇叭，还有以小队为单位的团体喊话……为了保证喊话清晰度，争取最好效果，喊话者虽然众多，但是有先有后，井然有序。喊话内容却是五花八门，显然毫无约束：有喊"花子军优待俘虏"的，有喊"党国太腐败，为它卖命太不值"的，还有人喊"花子军小伙潇洒又漂亮，欢迎国军小姐过来交友"的……相邻阵地上的共军士兵们听了都哈哈大笑。

天色黑定之后，花子军停止了喊话宣传。双方阵地静悄悄。时令正是阴历四月底，上半夜没有月亮，漆黑的夜空中只有几颗稀疏的星星眨巴着疲惫的眼睛。

突然，城东南方向响起隆隆炮声。紧接着，不同颜色的信号弹相继升上天空。嘹亮的军号声也响了起来。这时，与花子军相邻的共军阵地上出现了新动向，羌爱党抽调部分兵力往东南方向增援。羌六宝判断，赵长烈的突围计划开始实施了。他命令六位号兵手持唢呐站成一排，吹响了云南民歌调《敬酒歌》。这悠扬抒情的曲调告诉所有参战的花子军弟兄：准备迎客！同时，这唢呐声也是通知赵长烈：花子军一切准备就绪！花子军一齐向漆黑的夜空放枪，噼噼啪啪热闹非凡！喊话宣传也开始了。这是数百人的齐声呐喊："花子军优待俘虏！"不一会儿，侦察兵骑马急驰而来，报告说："北门打开。赵长烈的警卫连开过来了。"几分钟过后，又有侦察兵报告："十七辆军车开出了北门。"

羌六宝立即命令："骑兵班护卫车队！步兵大队断后！"

花子军迅速让开一条道路，把赵长烈的警卫连和车队夹在中间。枪声还是那般激烈，喊话声还是那样震耳欲聋。军车上了北面汽车路才开灯加速行驶，在骑兵护卫下径直上了八仙寨。赵长烈的警卫连和花子军的两个步兵大队都过了仙姑桥，羌六宝才长舒一口气。

这天夜里，赵长烈为了减轻突围部队的负担，自己带领一百一十九人的警卫连和一百零八名重伤员、二百一十名轻伤员以及数十名女兵与家眷，顺利开进八仙寨。他的两个主力团由于是轻装突围，又有师长周华炜组织所有兵力拼死接应，所以伤亡很小。

但是经此一役，整个 75 师已是元气大伤。

　　羌爱党得知赵长烈上了八仙寨，才知道被亲生儿子耍了，气得差点吐血。他下令部队堵死仙姑桥、蛇倒退和鬼掉魂三个出口，发誓要把花子军和国民党残匪一起困死，憋死。在仙姑桥桥头，他双手叉腰，点名道姓地大骂羌六宝："羌六宝啊，你个王八羔子！老子操你妈……"他身边的丁华中开玩笑道："你不操他妈，能有他吗？净说大实话。"羌爱党没地儿撒气，朝丁华中的屁股狠踢了一脚。

第十三章

1，八仙寨上的歌声

国军伤员住进了蓝公馆。姜启仁许诺：请女兵和眷属陪伺伤员们放心养伤，想住多久就住多久，待伤员们痊愈之后再筹划归队事宜。

赵长烈和他的警卫连在钟离公馆住下，一日三餐好吃好喝，享受着花子军的盛情款待。从第三天开始，周华炜一日数次催促他们设法归队。这可急坏了赵长烈。共军不仅堵死了八仙寨的几个出山路口，连北路和南路都有部队日夜巡逻。在距离八仙寨仅仅数里之遥的黄土垭子上，共军摆下八门大炮，脸盆粗的炮筒子直指花子军的大操场和仙姑桥。显然，飞机营救和强行突围都无可能。赵长烈现在是插翅难逃啊！

客人着急，主人更是心急如焚。姜启仁和羌六宝无计可施，只好向羊虎神仙求救。他俩日夜轮班，跪在羊虎神仙的塑像前焚香祈祷。各路头领看在眼里，也都急在心里，于是发动大家出主意，想办法。可是三四天过去了，铁拐峰的香堂里香火不息，神灵却未给两位虔诚的祈祷者任何启示。

这天清晨，里额巴图找到吴小小，提出一个建议：给化于巴尔发令，号召所有"老家人"广泛发动老百姓帮忙想法子。吴小小说："这个法子可以试试。不过，保密问题也得考虑。"里额巴图说："这好办呀！用特殊密码给化于巴尔发报，叫他使信鹰传书的时候也用特殊密码。"一老一小讨论片刻，这才给化于巴尔发出电文："客急，主心焦！大当家连续四昼夜焚香跪祈，期盼神仙指路。"电文发出两天之后，化于巴尔终于发回好消息：一位年逾古稀的老人回忆，那年大旱，他随父亲在八仙寨打猎，野猪钻入山洞逃至干涸的河底，终不见踪影。此洞位于铁拐峰南坡。洞口有一古树。吴小小如获至宝，赶紧上报。姜启仁和羌六宝又惊又喜，连忙派人寻找此洞。原来此洞就是花子军初上八仙寨时作为临时仓库的"无名洞"。通往河底的道路就隐藏在那个深潭之下。

这时候，老天突然下起倾盆大雨，一下就是七八天。送客计划初步商定之后，姜启仁和羌六宝就趁这雨天抓紧布置相关的工作。首先是给化于巴尔发令，要他安排信鹰联络员迅速赶往襄阳、武汉、牧马河等国军驻地和安康的汉江航运公司。姜启仁特别叮嘱：告诉执行任务的联络员，一律自称是长官请来的中医。他们出发之后，赵副师长定会用无线电和相关长官联络。接着，交给水兵班班长羊舌佳慧两项任务：一是帮助警卫连训练水下运动技巧，训练目标是用最短时间通过水下暗道。二是挑选三名水下功夫最好的兄弟，准备在预定日子护送国军在码头上船。最后找来花子军的兵工厂厂长陈怀志，要他提供磁性定时水雷，用于对付共军的巡逻艇。对于水雷的要求是，单兵可以携带，威力不能过大，能够炸沉巡逻艇就足够了，万万不可杀伤艇上士兵。陈怀志疑惑不解："威力大的水雷不是更好吗？这是战场拼杀，不是小孩子家挠痒痒。""你应该知道，花子军为了救出赵长烈，被迫出兵和共军作战。我们把枪口对准友军，不能真打真杀，应该有个分寸。你说是吗？""有道理！那就用小号水雷吧！我从汉阳兵工厂回来，大号水雷太重带不动，就只带了三颗小号的，没料到终于派上用场了。"

姜启仁觉得，在这些环节中，和相关长官取得联络是最为紧要的。因此，他和羌六宝日夜轮班，守在电台旁边。两天两夜之后，赶赴各地的联络员相继到位，他俩这才在赵长烈协助下用电台和相关长官开始商讨细节问题。由于协商的问题太多，耗时太久，频繁往来的奇特电波立刻引起共军的注意。华中野战军截获电报之后无法破译，就上报延安。延安的专家们在短期内也无能为力。专家们说，破译难度太大，所需时间可能很长。

雨后初晴，警卫连和水兵班一起投入了紧张训练。上午，水兵班引导警卫连的士兵训练水下功夫，下午一起学唱歌曲。

大家学唱的是大巴山一带排工们世代相传的歌谣《十想妹》：

太阳一出闪金辉，

哥哥放排心想妹，

激流险滩往后退。

一想妹妹头上边，

一头青丝如墨染，

好像那乌云遮满天。

二想妹妹眉头尖，

两道眉毛弯又弯，

好比那月亮少半边。

三想妹妹大眼睛，

乌黑发亮水灵灵，

真能迷死人。

四想妹妹樱桃嘴，

红润润嘴唇香喷喷，

真是馋死人。

五想妹妹漂亮的脸，
白里透红真好看，
好像那苹果到秋天。
……

看士兵们嘻嘻哈哈地学唱歌，赵长烈有些弄不明白了："姜先生，换个鼓舞士气的歌行不行啊？我的兵唱这种歌，晚上会失眠的呀！"姜启仁解释说："大巴山里的排工们世世代代都是唱着这歌在激流险滩里谋营生的。我们换个歌，就不像这一带的排工了。再说，到了那一天，你的兵必须唱这歌和人家对暗号呢！对不上暗号，你们就走不成了。"

赵长烈突然醒悟，连忙叫停，把这歌的来历和作用对士兵们细说了一番，末了强调说："这歌是咱们的救命歌，胜利歌。应该怎样唱，明白吗？"

"明白！"士兵们一声吼。接下来的学唱，严肃，认真，声震山谷。

水下功夫的训练极其艰苦。警卫连里大多数是旱鸭子，水中运行速度总是距离要求甚远。半天下来，他们的肚子里灌满了水，难受极了。两天之后，他们群策群力，终于有了好主意：先用一根绳索拴牢两头，固定水下路线，并在河底洞口拐弯处挂上重物固定绳索的高度，以免出洞口转身向上时和洞壁碰撞而浪费时间。水下行进者抓住这根绳索，既可以少行弯路，也可以靠臂力加速。再用一根活动绳索，一头固定在河滩的树上，一头拴在水下行进者的身上。这样，岸上人就可以拉动活动绳索助他快速前行了。采用这样的方法，速度最慢的通过水下暗道也只需十分钟。

就在警卫连学歌和水下训练大有起色的时候，羊舍佳慧却遇到难题。羊舌佳慧汇报说，水兵班二十八人，都要求护送国军到码头。姜启仁说："你就说，这次行动只需要三人，人多了反而会坏事的。""说啦！没人听啊！""你给大家说清楚：共军在码头戒备森严。这次行动很难有生还的希望。"羊舌佳慧说："正是因为这个原因，大伙儿才争着抢着报名的呀！他们说，水兵班自成立几年来，寸功未建，我们一直在吃闲饭。养兵千日，用兵一时，谁也不愿意在花子军最需要自己的时候被落下了。""这么说，大家都有赴死的决心？""是的！所以我只好请你定夺。"姜启仁虽然很早就了解花子军，但面对这种情况仍然是既惊讶又激动。他吩咐道："你告诉弟兄们，明天在绿水峡举行选拔赛。我只要前三名。"

2，水兵班的选拔赛

吃了五月粽，老天就像发了狂，一天天热起来。

这天早饭后，烈日当空，万里无云。碧波荡漾的绿水峡在强烈的阳光下闪动着粼粼波光。听说水兵班要举行选拔赛，好多人都跑来看热闹。花子军里除了当班执勤的也都整整齐齐地列队静候在岸边，黑黑压压一大片。赵长烈特意给警卫连放了假，想让士兵们亲身感受一下花子军的军威和士气。

水兵班雄赳赳地列队入场，在临时搭建的指挥台前站定。这时候，姜启仁令三个手持木牌的士兵上场。"水兵班的弟兄们看好咯！他们三人手里都有一个木牌，木牌上都用红漆写一个大大的'死'字。这种牌子，在我国古装戏里叫做'生死牌'。为了把这些生死牌固定在水底，都用了铁秤砣做坠子。今天，为什么要水兵班的弟兄们在水下争夺这三个生死牌呢？原因是，水兵班的二十八个弟兄都有赴死的决心，都争抢着报名，要求参加护送国军弟兄们的战斗。可是，因为战斗的特殊性，只需要三人。实在难以定下人选，只好通过比赛选拔。今天，谁个能够在绿水峡里抢得这生死牌，谁就取得了参战的资格。听明白了吗？""明白了！"二十八条汉子齐声回答。"下边，我再让你们看个明白。"姜启仁令三个手持木牌的士兵上船。船离岸划向湖心。大伙儿看得分明，船在湖中心遵照姜启仁的吩咐沿着一个偌大的三角形路线划动，三个生死牌就分别丢在这个三角形的三个顶点位置上。眨眼间，三个生死牌沉入水底。水兵班里号称水里蛟龙的汉子们心里紧张起来。他们都知道，连续七八天的暴雨不仅使水位猛涨，而且湖水下部变得浑浊，水底能见度很差，现在要在乱石嶙峋的湖底很快发现生死牌就难上加难了。

"现在，请参赛者到跳水台上就位！"羌六宝发出号令。

二十八个参赛者蹚过浅水区，上了跳水台。这是个长达二十米的跳水台，建于临时指挥台的正前方，本来位于水域的边沿，是巨石垒砌水泥勾缝的长方形高台。数日暴雨过后，水涨台低，露出水面部分已经不足五米了。二十八个参赛者都只穿一条短裤，双脚踏在跳水台的前沿上，烈日下露出古铜色的脊背，在蓝天、碧波的背景下构成一幅色彩鲜明的油画。姜启仁告诉身边的赵长烈："你瞧，这就是咱花子军的敢死队！"赵长烈激动地按下照相机的快门，拍下了这个让国军士兵倍受鼓舞的珍贵镜头。

"我宣布：比赛正式开始。预备＿＿＿跳！"

在大当家的命令声中，二十八双手臂齐刷刷地举过头顶，二十八双有力的腿脚同时弹跳，二十八条汉子像一群搏击长空的雄鹰在晴空里画出美丽的弧线，然后射入碧波之中。水面平静如初，没有浪花翻动，只有一圈圈涟漪向四周扩散开来。岸上观看比赛的人们先是惊呆片刻，然后是大声喝彩。国军警卫连的士兵们一个个都佩服极了。赵长烈不失时机地抓拍下二十八勇士飞身入水的漂亮镜头。

　　岸上的喝彩声和议论声停歇之后，只有水鸟时而叫几声，向人们提示着绿水峡的寂静。人们这才吃惊地发现水兵班已经入水许久了，可是不见有人出水。赵长烈焦急地看了看手表，提醒姜启仁和羌六宝："时间已经过去十分钟了。是不是让警卫连里水性好的士兵上船，做好救人的准备？"姜启仁和羌六宝心中有数，说不会有事的，要他放心观看。这时，岸上有人叫喊："有人出水了。快看！"湖中心有人头晃动两下，很快又钻入水里。接下来，不断有人浮出水面，但都在瞬间消失了。湖心水面不再平静，参赛者出水搅动的浪花向岸边涌来，不停地拍打岩石，发出哗哗的响声。姜启仁向赵长烈解释说："看来，水兵班在湖底寻找生死牌的确不容易啊！刚才，他们是不得已才出水换气的。"赵长烈感慨道："看来水兵班的弟兄们是真心赴死啊！"他转身号召他的警卫连，"大家齐唱《十想妹》，为水兵班的弟兄们鼓劲加油！预备＿＿唱！"

　　《十想妹》的排工歌谣在此地流行甚广，岸上观看比赛的人们几乎人人会唱。因此，警卫连齐唱的时候他们也加入进来，组成气势恢宏的大合唱。粗犷而豪放的歌声在绿水峡上空回荡。

　　大合唱刚刚结束，有眼尖的人惊叫道："看啊，有人举着牌子过来了！"羌六宝举起望远镜观察，兴奋地叫起来："是羊舌佳慧。真不愧是水兵班的头领啊？"他把望远镜递给姜启仁："你瞧那家伙得意的神态。他把双手捧着的牌子当成什么啦？嘿嘿……当成老婆给他生的幺儿子啦！"姜启仁在望远镜里看到，紧跟在羊舌佳慧后面的是朱明山。朱明山是个大块头，可是踩水行进的动作却轻松自如。不一会儿，第三个优胜者出现在水面，他是水兵班里年龄最小的士兵耿光丁。耿光丁一边加速行进，一边晃动手里的生死牌，嘴里不停地叫喊着什么。岸上的人们沸腾了，纷纷跳起来呼唤着优胜者的名字，欢呼声一浪高过一浪。那种场景，只是在花子军战场大捷的时候才会有的。

就在三个优胜者出现在水面的时候，有人立即下水，游过去，接过他们手中的生死牌。耿光丁、朱明山、羊舌佳慧迅速返回，一个猛子扎入水里。赵长烈看不懂了："这是咋回事呀？"羌六宝解释说："这是事先就约定好了的。三个抢得生死牌的人必须迅速入水，用水下手语通知弟兄们：生死牌已经全部取走，大家立即上岸！"赵长烈感到无比新奇："水兵班的弟兄们会水下手语么？没听说过这门学问啊！"羌六宝答道："这是水兵班的独创，是在聋哑手语的基础上改编而成的。"赵长烈对花子军越发佩服了。

3，勇士的不眠夜

晚餐桌上，姜启仁首先向选拔赛的三位优胜者分析了他们即将面临的特殊情况：黑水县独立团镇守县城戒备森严。除了巡逻队在各个交通要道严格盘查行人，还有两艘巡逻艇在江面上日夜游弋。巡逻艇上配备有重机枪和迫击炮，这对于国军乘坐的客轮将会构成巨大威胁。三位水兵的任务就是要炸沉巡逻艇，解除这个威胁。姜启仁叮嘱道："你们的行动千万不要伤及共军士兵的生命。陈怀志提供的是小号的磁性定时水雷。他说，对付一艘巡逻艇只用一颗小号水雷就够了。各位一定要掌握好这个分寸。"朱明山提出了心中的疑问："战场厮杀讲什么分寸，有必要吗？共军不会因为我们的'分寸'而心存感激。大哥，依我看，除了束缚我们自己的手脚，什么用都没有。"姜启仁耐心解释道："人家有恩于我，我却向人家动刀子，确实于心不忍啊！这样做，目的不是让友军感激，只是为了抚慰自己的良心而已。你们明白吗？"

三人一齐表态：一定按大哥的指示办。

最后，他特别交代羊舌佳慧和朱明山，今晚必须做好老婆的思想工作。他提醒道："别看谷子和蒋晓芸都是有名的积极分子，也别看她们都支持你们报名参战，可是一旦动真格了，当她们知道自己的亲人有可能面临危险的时候，思想波动就在所难免了。这才是人之常情啊！"两位年轻汉子听姜启仁这么一说，这才意识到今晚很可能是一个不眠之夜。唯独尚未娶妻的耿光丁一身轻松。

花子军里大多数男人娶妻成家之后，宋光宪就在三座山峰上主持兴建了夫妻宿舍区，并美其名曰"家属院"。那些留在老家的家眷偶尔来部队，也在"家属院"里临时住些日子。

在食堂吃罢晚饭，朱明山没有直接回家属院，而是向铁拐峰上的李公馆走去。如水的月光洒在蜿蜒曲折的石板路上，明晃晃的，在密林中时隐时现。知了在头顶上鸣叫，提示燥热的夏日已经到来。这会儿，虽然山风拂面，但总是吹不散他心头的忧虑。他和妻子蒋晓芸彼此都深爱着对方，是花子军里人人羡慕的恩爱夫妻。他知道，妻子是中层干部，是大家公认的积极分子，不会反对他参战；但是即将爆发的码头之战风险极大，妻子难免担心他的安危。出征之前，他必须把妻子安抚好，彻底打消他的思想顾虑。这样，他才能一门心思地投入战斗。然而，这种思想工作究竟应该怎么做呢？他心里实在没底，就只好向老朋友空山法师求教。

当朱明山走进李公馆的时候，空山法师正在香堂里教他的两位弟子诵读经文。弟子见有香客登门，连忙离开香堂到里间温习经文去了。空山法师恭恭敬敬地请朱明山坐下喝茶，问他因何事登门。朱明山说明了来意，恳求法师帮他出主意。空山法师沉思片刻，问道："你自己是否有足够的信心？"朱明山不假思索地答道："我当然有信心。""这才是问题的关键。你把自身优势讲足，讲深，讲透，说明你朱明山一定有本事化险为夷，克敌制胜。工作做到了这个程度，蒋晓芸自然会放宽心，等候你胜利归来。"朱明山仍然感到为难，说自己的嘴实在太笨。空山法师笑道："当初谈恋爱的时候，你一见蒋晓芸，心里一激动说话就结巴，这个我相信。现在老夫老妻了，还结巴呀？"空山法师的玩笑话立刻勾起朱明山的回忆。八年前，花子军招收的女兵进入军营。为了促使男兵和女兵之间加深了解，增进友谊，"红线班"策划和主持的才艺展示、军事比武等活动一个接一个地开展起来。那时候，经过八仙寨保卫战，朱明山已经成为颇有名气的大英雄，再加上年轻英俊，仪表堂堂，自然吸引了女兵们的目光。美女爱英雄，年轻漂亮的蒋晓芸看中了英俊威武的朱明山。可是，好事偏偏多磨。朱明山小时候有个先天性口吃的毛病，后来长大成人说话不再口吃了。不料面对蒋晓芸，因为心里太激动，他的舌头竟然不听使唤了，初次见面就整出来一个大笑话。蒋晓芸问他是哪里人。"河南……狗……狗……狗……"朱明山急得脸红脖子粗，一口气不够用又换一口气，仍旧说不出完整的话来。"我是问你呢！谁问河南狗啊？"末了，朱明山从树上折下一节树枝在地上写了"河南狗不尿庄"几个字。蒋晓芸蹲下身子，直笑得差点儿换不过气来。大笑之后，心里凉透，她立马动摇了。爱面子的大姑娘，谁愿意带一个结巴男友回娘家呢？万一结婚再生出一个小结巴，那可丢人丢大了。三天之后，她托"红线班"的主管杜姨捎给朱明山一封信，信中说自己想趁年轻学好军事技术，不愿意这么早就嫁了。这分明是委婉的托辞。小伙子怎么受得了这个打击?杜姨连忙给他鼓劲："不要灰心！只要人家姑娘没有明说断交，你就要持住劲儿。……哎！我就不明白了，平时能说会道的小伙儿怎么一见心爱的姑娘就结巴呢？……你说你心里太激动。其实婚姻全靠缘分，只要缘分到了，你有一颗平常心就够了，激动什么呀？"
听了杜姨的话，朱明山来到李公馆，请求空山法师给他卜算，看
他的婚姻缘分究竟到了没有。他首先报了自己的生辰八字：属龙，
二月二日子时生……接着，他根据"红线班"公布的信息，又报
了蒋晓芸的生辰八字。空山法师望着面前朴实憨厚的小伙子，心
里觉得很好笑。但他忍住笑，嘴里叽里咕噜念了好一会儿经文，
最后说出占卜结果来使朱明山精神为之一振。"恭喜你呀，小伙
子！喜鹊登枝，红梅报春，喜事要临门啰！"过了几天，蒋晓芸也
来李公馆请空山法师占卜婚姻，同样报了双方的生辰八字。空山
法师的占卜结果让蒋晓芸又惊又喜。"二月二龙抬头，翻江倒海，
神通广大。此人有将相之福，贵不可言啊！恭喜你呀，姑娘！"蒋
晓芸满心欢喜，后悔那封信写的太草率。从此，蒋晓芸和朱明山
的交往变得主动而亲密起来。朱明山因为心有底气，面对女友说
话不再口吃了。后来，小两口婚后无话不谈，把香堂占卜之事说
破，虽然隐约感觉到空山法师的话有点儿夸大成分，但他成人之
美的良苦用心令人感激。从此，空山法师成为这对夫妻最好的朋
友。

　　为了让朱明山早点回去做好妻子的安抚工作，空山法师启发
道："码头之战，你们至少有三大优势：第一，你们三个参战者都
是武艺高强的水中蛟龙。三人团结一心，密切配合，定然所向无
敌。第二，黑水河和汉江交汇，你们的作战环境是广阔的水域。
这样的环境有利于你们随意发挥，进退自如。第三，花子军每当
危难之时都会得到神助，这次当然也不例外。你看，天时、地利、
人和，你们全占了，何忧之有啊！"空山法师一席话让朱明山信
心更足了："谢谢法师指点。犊子他妈在家等我呢！我得快点回
去。"说罢，起身告辞，一路哼着小曲儿向家属院的方向走去。

　　朱明山走进家门的时候，蒋晓芸已经辅导儿子做完了家庭作

业，正忙着整理床铺。儿子继承了父亲的遗传基因，生的粗腿大胳膊，所以乳名叫小犊子，学名叫朱小犊。朱明山刚刚坐下，小犊子就亲热地扑进他的怀里。蒋晓芸整理完床铺，搬把椅子，拿把蒲扇，在旁边坐下，一边给父子俩扇风一边问道："你们啥时候执行任务？""冇得通知。大概就是这几天吧！"蒋晓芸停下手中蒲扇，长叹一声道："嫁给你这样的男人，真有操不完的心啊！""我知道，你是担心我的安危。其实，你是多虑了。""我多虑了？这是打仗，是拿命拼杀，不是游山玩水。"蒋晓芸用蒲扇拍打一下朱明山，"你咋说我多虑呢？"

"其实，你根本不用担心。"朱明山解释道，"战争是残酷的，难免有流血牺牲。但是，世上却有这样的军人：身经百战，每次都能平安归来。他们都是一些什么人呢？他们都有一身真本事。平时多流汗，战时少流血。这话，我信！"这时，犊子在爹怀里仰起小脸蛋儿问道："爹，你有啥真本事呀？"蒋晓芸答道："会吃肉，会喝酒，还会打鼾。"小犊子不高兴了，小嘴儿一撇反驳道："你咋这样说我爹呢？班上同学都夸我爹是大英雄啊！"朱明山笑道："还是儿子懂我。自从加入花子军，我苦练各项本领，因此上了战场就很沾光。在八仙寨保卫战中，眼见几个不要命的鬼子跳上铁板桥向我们的阵地冲了过来。我和几个弟兄大喊一声，一跃而起，举起大刀迎了上去。因为铁板很窄，近身拼杀很快变成了徒手搏斗。我和鬼子紧紧抱在一起，滚下了数十丈深的河谷，按理说，不被淹死也要被摔死。可是，我不仅消灭了敌人，还保全了自己。犊子妈，你知道这是什么原因吗？"听丈夫讲述亲身经历的惊险战斗，蒋晓芸停下手中的蒲扇，身子不禁颤抖了几下，嘴里嚷道："好险呀！单是听听，就吓死我了！"朱明山喝完一杯水，分析道："对付凶恶的小鬼子，我发挥了自己的两大优势。论武功，在花子军里只有大力士梁大斌勉勉强强算是我的对手。那个日本鬼子在我手里只能听凭摆布。从桥上向下坠落的过程中，我调整姿势，让鬼子给我垫底。鬼子的头碰到了岩石上，他惨叫一声，流出许多血来。落水之后，我把他按入冰冷的河水里，让他喝足了河水才松手。听明白了吗？犊子妈！""明白了。你有两大优势：一是武功高强，二是你会水。可是，码头战斗会完全一样吗？""当然有点不一样。首先，我们三个水兵，团结一心，密切配合，就像三条蛟龙。水中搏斗，水中爆破，水中运动，我们三个都是高手。共军虽然人多势众，但是一到水里就全都玩完。犊子妈，我这样说，你信吗？"蒋晓芸脸上有了笑容："信！信！咱犊子爹就是行！"小犊子竖起大拇指随声附和道："俺爹就是行！""黑水河和汉江交汇，那水下就是我们的战场。犊子妈，你说，我们的战场有多大呀！俗话说，天高任鸟飞，水阔任鱼游。咱们想进就进，想退就退。进，所向无敌！退，无影无踪！我们花子军还有一大优势，那就是随时随地都有羊虎神仙保佑……犊子妈，你有什么不放心的呢？""放心！放心！还有一条你忘记说了，你亏欠老婆的太多，账不还清阎王爷不收。"蒋晓芸边答话边端来洗脚水，笑着催促道，"洗了早点睡吧！"

　　这一夜，朱明山没有打鼾。他太兴奋了。没想到妻子如此聪慧，对于复杂的军事问题竟然一点就通。在妻子匀称的呼吸声中，他回忆起夫妻间一幕幕甜蜜的往事。他想，为了贤能的妻子，可爱的犊子，一定要打赢这一仗，不能让他们失望。他越想越兴奋，鸡叫三遍了还没有睡意……

　　花子军里大多数男人都有"气管炎"（妻管严），羊舌佳慧却是个例外。伍升谷子育有一子刚满两岁，按常理母以子贵，但谷子对男人历来是百依百顺。在谷子眼里，心里，男人就是她的天，就是她的地，比她自己的生命还要宝贵。这种关系早在八年前两人恋爱时就开始形成了。谷子五岁的时候跟随奶奶逃荒来到伍家岭。奶奶自知养不活孙女，就把她送给一户姓伍的寡妇，得到五升谷子的酬谢。后来，寡妇遭受国民党败军的侮辱而上吊自杀，谷子就成为吃百家饭的孤儿，那年她不满九岁。花子军灭了这帮祸国殃民的家伙，伍家岭的老百姓请求花子军带走这个苦命的小女孩。当时，羊舌佳慧十七岁，是花子军里的战士。就是他背着又瘦又小的谷子回到八仙寨的。从此，谷子像小尾巴一样跟着羊舌佳慧形影不离。羊舌佳慧像对待小妹妹一样时时事事护着谷子。没想到，谷子对于羊舌佳慧的依赖和亲昵关系后来引出很大的麻烦来。八年前，花子军招收一大批女兵，单身汉们纷纷进入婚恋。主管花子军婚恋的"红线班"明确规定了男兵和女兵最低的结婚年龄：男十七，女十六。并且规定，大龄男女优先。当时，二十六岁的黑牡丹和三十二岁的何胡子属于首批结婚的范围。而羊舌佳慧当年十九岁，理当紧跟其后，属于第二批。可是，只有十一岁的谷子却理直气壮地宣布：佳慧哥哥是她的男人，绝不允许任何人抢走。大家都觉得这小丫头太幼稚，太可笑了。杜姨问她："你凭什么说佳慧哥哥是你男人？有证据吗？"谷子晃动头上的羊角辫，歪着头想了想说："佳慧哥哥最喜欢我了。他从来不喜欢别的姑娘。这算不算证据呀？"崔姨笑得弯下腰："谷子啊，那是因为你最小，最需要佳慧哥哥照顾。你还有别的证据吗？"谷子实在拿不出别的证据来，于是搜索枯肠，把平日里听到的成年人的故事拿来为我所用了："姑娘的身子是不能让男人随便看的。哪个男人看了姑娘的身子，他就是这姑娘的男人。佳慧哥哥看过我的身子，他就是我的男人。这个证据怎么样啊？"杜姨说："一听就知道是谷子在瞎编。羊舌佳慧呀，你是不是看过谷子的身子？"羊舌佳慧只能老实回答："看过。那是她刚来八仙寨，年龄很小，不会洗澡，我教过她几回。"在座的男人和女人们笑翻了一大片。有人问谷子："男人和女人相爱，然后结婚生孩子，这里边的事儿你都懂吗？说出来我们听听。"谷子虽然聪明，但凭有限的阅历实在无法应对这么大的考题。她终于无言以对了。这时，男人们起哄了："你个黄毛丫头，什么都不懂，捣什么乱呀？""你才十一岁，人家羊舌佳慧都十九啦，要苦苦等你五年呢！"最后，杜姨结论说："现在就看羊舌佳慧愿不愿意等谷子五年了。十天以内，羊舌佳慧必须给我或者给崔姨答复。"谷子明白，这十天是决定她和佳慧哥哥是否能成的关键时期，所以就像狗皮膏药一样粘在羊舌佳慧身上。她人小鬼大，从两个方面在羊舌佳慧身上狠下功夫：先是表明爱心和决心。她说，她谷子这辈子就跟定佳慧哥哥了。她保证听话，听头领的话，听丈夫的话，做一个好战士，乖妻子。羊舌佳慧被她缠腻了，忍不住问他："花子军里好小伙儿很多，你为什么偏偏跟定我了？"谷子不假思索地答道："跟你说实话吧！我就是要报恩。我那位姓伍的妈妈在世的时候经常教我：人要知恩，报恩，才是好人。"羊舌佳慧笑了："这就奇怪了。你不嫁给我，就是不知恩，不报恩啦？""我嫁给你，才能彻底报恩呀！佳慧哥哥，我不明说，你不懂吗？""这么说，你只有跟我结婚才能报答花子军的大恩大德啰！""是呀！是呀！我的佳慧哥哥就是聪明。你肯定晓得的，我好好伺候你，你打仗立功，不就是我对花子军报恩吗？"说到这儿，她像报告机密似的向羊舌佳慧耳语道："结婚后，咱俩使劲儿生孩子，给花子军生一个组，一个班。"羊舌佳慧被逗乐了。他想，一个女孩子向男人求婚能够把话说到这个份儿上也算足够了。其实，谷子只是年龄小一点儿，个子矮一点儿，其他方面没有啥毛病。他于是表态说："我等你！"可是谷子仍然不放心，又从另外一个方面下功夫，那就是威胁恐吓。她拉住羊舌佳慧的手，恳求道："佳慧哥哥，你千万不能变卦呀！如果你变卦了，我就不活了。"说着，泪水就像断线的珠子从脸蛋上滚下来。羊舌佳慧赶紧给她擦干泪水，安慰道：

"放心吧。我海枯石烂不变心。""那好，我们找杜姨做个见证吧！"机灵的谷子拉起羊舌佳慧就走……

羊舌佳慧回到家里的时候，谷子已经把儿子晶晶哄入睡了。他望着小床上儿子熟睡的憨态，心里一激动，禁不住伸手把谷子揽在怀里，说道："你上班很辛苦，下班还要伺候我和孩子，实在难为你了。""我心甘情愿，不觉累呀！"谷子在丈夫怀里仰面答道。此时此刻的羊舌佳慧很自然地将怀里的谷子和八年前那个瘦小的女孩儿相对比，感到判若两人。八仙寨这块风水宝地确实养人啊！短短几年功夫，谷子长高了许多，胖了许多，也漂亮了许多。更大的变化是，她不仅成长为花子军里优秀的女兵，军事上学会了许多本领，文化上也通过了初中级的考核，能在花子军子弟学校里胜任一门课的教学了。有这样的老婆，羊舌佳慧很知足了。他情不自禁地在妻子的额头上亲吻了一下。

"你累了一天，赶快洗了睡吧！"

羊舌佳慧洗脚之后上床，边脱衣服边向谷子通报一个好消息："今天水兵班比赛，我抢到了生死牌。"

"我料到你会赢的。"这几年，她听到丈夫的捷报够多了，已经习以为常了。因此，她听丈夫说竞赛结果，脸上的表情很平静。

"你知道吗？这次战斗不同往常。共军刚刚夺得县城，码头上一定戒备森严。我们在码头护送国军上船，是在枪林弹雨里执行任务，危险得很啊！"羊舌佳慧提醒谷子意识到此次战斗的巨大风险。

"我想起一个成语：明知山有虎，偏向虎山行。大家都晓得，晶晶他爹总是喜欢闯虎山的。"谷子已经脱衣躺下，话语里充满自豪感。羊舌佳慧从中听不出一点儿反常情绪。

"谷子啊，万一我牺牲了，你一定要坚强。好吗？"

谷子在被窝里翻转身来，瞪大眼睛吃惊地望着自己的丈夫。

　　"你听好啰，万一我回不来，培养晶晶的担子就落在你一个人的肩上了。"

　　谷子沉思片刻，表态说："你放心吧！我一定把晶晶抚养成人。"话没说完，眼泪就出来了。

　　羊舌佳慧见妻子流泪，就有意试探道："说句心里话，撇下你和晶晶不管，自个儿去当英雄，我也不忍心。我们水兵班里的弟兄们都有赴死的决心。我让别人替我去算了。"

　　"那咋行呢？现在是花子军最需要我们的时候，也正是我们报恩的好时机呀！"谷子停顿一会儿，擦干脸上的泪水，把头靠在丈夫宽阔的胸膛上，解释道，"我流泪，并不是我动摇了。你知道，伍升谷子是我的姓名，包含着我的凄惨身世。没有花子军，就没有我的生命，没有我的今天。我的感恩的心，不管什么时候，什么情况下，都是不会改变的。我们两口子，生是花子军的兵，死是花子军的鬼。我们随时听从花子军的调遣，不讲任何条件。"谷子一席话直说得羊舌佳慧热血沸腾。他扭过身来，伸手把妻子搂在怀里，激动得不知说什么好，只是连声低语道："我的谷子……我的谷子……"谷子在丈夫怀里偷偷哭了。羊舌佳慧分明感觉到，妻子的热泪在他的胸脯上恣意流淌……

4，喋血汉江

　　护送国军出山的预定日子终于来临。

　　黑水县一带大概是因为靠近江河的缘故吧，越是天气晴好的早晨就越是多雾。站在八仙寨俯视山川大地，只见白茫茫一片，什么都不见。

　　两支队伍集合完毕。花子军荷枪实弹，好大一个方阵。另一支队伍是赵长烈的警卫连。考虑到这支队伍到达码头之后在众目睽睽之下上船，很可能遭遇搜身，就不得不让士兵们扮成赤手空拳的普通山民。所需要的山民服装约定由山里排工送来，现在他们都只穿一条裤衩。警卫连呈一路纵队，羊舌佳慧在队伍最前头，站在队尾的是耿光丁和朱明山。他们和警卫连士兵是同样打扮。他们要携带的武器是每人一颗小号磁性定时水雷和一把匕首，昨晚已经藏在河湾里了。

场面静得出奇，连彼此的呼吸都清晰可闻。

羌六宝下达了出发的命令。

花子军的三个步兵大队立即奔赴各自的阵地。他们要在三个出山口按预定时间打响佯装突围的战斗。

周道本的阵地是仙姑桥。他明白，仙姑桥和仙姑坪都在共军的大炮射程之内，声势小了不像突围，声势大了要遭炮轰。为了虚造声势，他特意吩咐部下找来铁桶和大量鞭炮。他叮嘱道："以班组为单位轮流上场，其他人都藏在安全地方给老子放鞭炮玩儿。大家一边放鞭炮一边大声叫唤，弄出个拼命突围的声势来。朱一炮呢，你瞅空放几炮。炮弹要节约点用，那东西可比鞭炮贵呀！"说罢，他举起手枪"砰砰砰"发出了突围信号。这下子可热闹了。枪声、鞭炮声和震天动地的呐喊声响成一片。朱长锁指挥他的部下朝黄土垭子方向打了几炮，使突围战斗越发逼真了。共军的炮兵阵地立即还击。仙姑桥和大操场都有炮弹落下。花子军的旗杆被炮弹炸成两节。仙姑桥边炸起的碎石在空中如燕子一样翻飞。

不一会儿，鬼掉魂和蛇倒退都响起了枪声。潘来运在蛇倒退借大雾做掩护，指挥弟兄们用长绳牵动稻草人，造出士兵攀岩突围的假象来。在激烈的枪声和手榴弹的剧烈爆炸声中，上百个稻草人在光秃秃的岩石上运动，再加上一百多个嗓子一齐呐喊，那气势比真突围还要逼真。共军的机枪和步枪瞄准蛇倒退那宽不过百米，高不过两千米的石头坡不停地射击。

鬼掉魂的战斗是胡屠户指挥的。他好像非常吝惜子弹，只是命令朱长锁派来的几个炮兵发现对面坡上的共军就打两炮。共军后撤之后，负责架设软桥的弟兄就连忙向拜堂松上抛掷铁钩。共军向他们开枪扫射的时候，他们就躲进拜堂松下木头搭建的掩体里。表面看起来这里的战斗不算激烈，可是在炮火硝烟里滚爬几十年的羌爱党却凭经验断定花子军很可能选定这里为突破口，因为这里的地形最有利于小股部队突击。为了万无一失，他命令部下：三个出山口都要严防死守。他给县城发报：希望丁华中派兵增援。负责镇守县城的丁华中立即抽调大半兵力前来增援。城里只留下两个连。

这时候，赵长烈和他的警卫连已经通过水下暗道老早等候在回水湾里。过了好一会儿，他们才影影约约听到黑水河上游有了动静。可是谁也听不清楚是什么声音。因为河谷很深，而且曲曲折折，本来传声效果就很差，再加上枪炮声愈响愈烈，给听觉造成极大障碍。大家先前都忽略了这个问题。羊舌佳慧灵机一动，派出朱明山到拐角处接应。来到拐角处，朱明山才断断续续地听清几句《十想妹》的歌词。这时他才明白《十想妹》歌谣的两大功用：一是河谷雾大，歌谣可以向前后伙伴发信号，不致互相碰撞；二是放排太辛苦，歌谣可以自娱自乐，消除疲劳。

上游排工的歌声越来越近，越来越清晰：

……

三想妹妹的大眼睛，

乌黑发亮水灵灵，

真是迷死人。

朱明山赶紧放声接唱：

四想妹妹樱桃嘴，

红润润嘴唇香喷喷，

真是馋死人。

一张木排很快来到他面前。他连忙打手势，要他们把木排放进回水湾。

羊舌佳慧在回水湾这边，听到朱明山的歌声，连忙组织大家接唱：

五想妹妹漂亮的脸，

白里透红真好看，

好像那苹果到秋天。

……

第一张木排来到回水湾，看得清木排上有一个防水大袋子，装的鼓鼓满满，想必是预备好的山民服装。木排上有两个排工。其中一个高个子排工低声问道："你们要到哪里去？""回娘家。"按照事前的安排，赵长烈带领十二个士兵一边上木排，一边轻声对答暗号。上了木排以后，赵长烈连忙叫冻得发抖的士兵们换上山民的服装。士兵们发现，两个排工这时候才不约而同地把手里寒光闪闪的匕首插进了木排下面的草把子里。他们断定，这两人不是当地排工。木排一张接一张开进回水湾，又一张接一张开走。警卫连连长小河南安排每张木排上十二人。一共十一张木排，羊舌佳慧和耿光丁、朱明山上了最后一张木排。因为木排下面系有三个沉甸甸的弹袋子，再加上八点半之前必须到达码头，这个时间是已经约定的国军官兵全部登上客轮的时间，也是约定空军增援的时间，所以这张木排载人最少，便于加速前进。

从这里走三十里水路就是闻名遐迩的奈何洲，在奈何洲头就能望见码头了。码头的位置在黑水河与汉江的交汇处，距离县城南门一公里处。国共两军厮杀刚刚过去不足一月，这里就恢复了昔日繁华的商贸景象。木炭、木材堆积如山。上船的，下船的，挑担的，提箱的，人流如织。江面上客船、货船来往如梭。一声声汽笛声此起彼落，在空中久久回荡。

　　太阳已经升上高空，满江的雾气渐渐消散，江水里已经清晰可见岸边绿树的倒影。

　　当羊舌佳慧的木排来到码头的时候，大部分木排的排工已经从收购商手里接过白花花的银元，警卫连士兵已经登船大半。这是一艘大型客轮，甲板上竖立着一张大木牌，上面赫然书写：开船时间＿＿本日上午十一点；前往站＿＿白河、安康。正在上船的人知道，这是写给共军巡逻队看的。不料，这时共军巡逻队对于蜂拥上船的人流产生了怀疑：这会儿怎么会有这么多人上船？几个荷枪实弹的士兵挡在船头，开始对上船的人逐个搜身。与此同时，大约一个排的共军巡逻兵上了船，进入了船仓。看样子，他们要进行仔细盘查。搜查不可怕，因为大家都是赤手空拳。大家暗自庆幸姜启仁的妥善安排。问题可能要出在大家的口音上，这是赵长烈最为担心的。谁知，更大的问题竟然出在羊舌佳慧那里。正当最后一张木排靠上码头，羊舌佳慧踏上石阶，准备把缆绳拴上岸边的拴排石桩的时候，一支冷冰冰的枪管顶住了他的后背，接着是低声而严厉的呵斥：“羊舌佳慧！举起手来！”羊舌佳慧一边不慌不忙地抬起手臂，一边用四川口音说：“我是张家伢子！老总好好瞧瞧嘛！”站在他身后的便衣警察原本是九泉山共军游击队队员，早在比武场上就结识了羊舌佳慧，他这回是看准了才出手的。但是，他一听对方的四川口音不禁犹豫了：不对呀，羊舌佳慧是广东海丰口音呀！莫非遇到相同面相的人？这一犹豫，他的枪口在不知不觉中偏离了对方的脊背。就在这一瞬间，羊舌佳慧迅疾地反转身来，两只如钳的大手紧紧抓住对方持枪的手，右膝用力猛地向对方的裤裆撞去。只听见噗通一声巨响，两个大汉一起掉进了江水中。与此同时，便衣警察手里的枪响了，这是鸣枪报警。在倒向江里的瞬间，便衣警察发出嘶哑的叫喊声：“花子军＿＿＿……”这一切都是在几秒钟之内发生的。在水下，羊舌佳慧按照姜启仁的叮嘱，没有伤害便衣警察，只是拉着对方在深水中玩耍一会儿，估计已经把对方玩晕就松开了手。

整个码头顿时一片混乱。共军巡逻队一边大声叫喊着，一边迅速聚拢。江面上的大小船只纷纷动作起来，慌忙逃离这个是非地。岸上的人们四散奔逃。喊爹的，叫娘的，与汽车的喇叭声，轮船的鸣笛声混成一片。警卫连还没有上船的就拼命往船上挤，有几个士兵甚至架着挡路的共军一起上了船。这时候，船舱里的赵长烈急得脸上直冒汗珠。他看看船长递给他的怀表，离飞机前来支援的时间还有半个小时。面对眼下万分危急的局势，他果断地命令部下缴了船上共军的枪，准备拼杀出一条血路。然后，他们把共军士兵们绑了，用绳子串连起来，放到甲板上当盾牌。

江面上，共军的两艘巡逻艇一前一后把大客轮堵在江心动弹不得。枪战立即打响。赵长烈和他的警卫连只有招架之功，没有还手之力。幸亏甲板上有共军士兵做盾牌，两艘巡逻艇上的火力大大受限。

羊舌佳慧放了便衣警察之后，回到自己的木排下，发现三只弹袋已经被战友取走了两只。他明白，耿光丁和朱明山是收拾共军巡逻艇去了。他取下自己的弹袋，牢牢地系在身上，连忙游向巡逻艇。半路上遇到耿光丁，耿光丁用手语告诉他：朱明山已经把磁性定时水雷贴在艇底了，马上就要爆炸，叫他不要靠近。果然，不一会儿就听到一声巨响。共军的一艘巡逻艇在爆炸声之后，开始倾斜，慢慢下沉。艇上的士兵连武器都舍弃了，慌忙跳水逃命。岸上一阵惊呼：“水鬼！”“水鬼！”在呼叫声中，共军巡逻队中会水的士兵纷纷跳进江里护艇。巡逻队的长官在码头电话机旁边喊破了嗓子，要求部队增援。丁华中慌忙调兵增援码头。

再说羊舌佳慧三人一起游向共军第二艘巡逻艇，只见艇边已经有十几人防护。看来，要炸沉第二艘巡逻艇可能不那么顺利了。共军士兵手持匕首，围住了他们三人，想要宰了他们。羊舌佳慧忙向两位战友打手语，要他俩离开此处商量对策。三人边游向深处，边用手势交流。羊舌佳慧要朱明山和自己专门驱赶对手，耿光丁趁机靠近巡逻艇实施爆破。两个战友都竖起大拇指表示赞同。一场水下搏斗开始了。未经水下训练的共军士兵哪里是羊舌佳慧和朱明山的对手。他们在水里胡乱扑腾，根本就没有水下搏斗厮杀的套路，有时甚至被伙伴误伤。更要命的是，他们不到两分钟就要浮上水面换气。在水中扑腾的共军士兵见到手持利刃的花子军水兵就吓得三魂掉二魂，慌忙逃命。耿光丁瞅准战机，将一颗水雷贴在了舰艇底部。眼看就要成功，可是这时候他们突然有一个惊人的发现：巡逻艇的四个方位都有人防守，而且大约一分多钟调换一拨人，每个撤离岗位的人后边都有人保驾。一切显得有条不紊。共军战场上反应之快，战法之灵活多变，使羊舌佳慧既吃惊又佩服。耿光丁的举动立即被对方发现。就在耿光丁贴好水雷迅速撤离的一瞬间，共军士兵就围了过来，摘掉了水雷。水雷沉入江底之后爆炸了，江面上掀起一排大浪。怎么办？现在分分秒秒都关系到国军士兵的生命安全，不能有丝毫犹豫。这时的羊舌佳慧当机立断。他和两位战友迅速游向水面换了一口气，然后游到深处。他用手语告诉他们："三颗水雷只剩一颗了，现在就只能由我完成爆破了。我必须守护水雷直至爆炸。记住，我打出撤离手语之后，你们一定要服从命令，毫不迟疑地撤离爆炸区。"这是在出发之前就已经讨论商定的方案。两位战友知道，依照花子军战场上的老规矩，士兵和头儿争抢危险任务是没有用的，和班长诀别的时候到了。他俩紧紧握了握羊舌佳慧的手，要说的话，要表的情，全都在这紧紧的一握之中了。朱明山和耿光丁再次返回阵地的时候，简直就像发了疯。他俩把姜启仁的叮嘱忘得一干二净，匕首在水中上下翻飞，所到之处留下红色的血带。在共军士兵的慌忙避让中出现一条安全通道。羊舌佳慧手捧弹袋，沿着这条通道很快到了巡逻艇的底部。水下的共军士兵立即聚拢，有的身子还在流淌着鲜血。为了让羊舌佳慧有完成任务的时间，朱明山和耿光丁奋力拼杀，直到看见羊舌佳慧手托弹袋，打出撤离手语，他俩才离开。顷刻间，七八个共军士兵游向羊舌佳慧。羊舌佳慧一边侧身用左手护住弹袋，一边挥动右手用匕首防范进攻之敌。由于众寡悬殊，羊舌佳慧渐渐体力不支，暴露出防守漏洞。先是一把匕首刺进他的小腿肚，钻心的疼痛向他袭来。不一会儿，又有匕首刺进他的臀部，顿时鲜血如注。他咬紧牙关，强忍剧痛，只希望水雷准时爆炸。他清楚地看见，又一把匕首刺了过来，目标是他的心脏。他没有躲避，因为他要护卫他的弹袋。就在这把匕首刺进羊舌佳慧的心脏的时候，水雷爆炸了。巡逻艇被炸开一个大洞，江水涌入，开始下沉……

这时候，汉江两岸，共军已经摆好阵势，迫击炮和轻重机枪都选好了位置，运载国军士兵的客轮仍然处于危险境地。好在八点半已到，两架飞机准时出现在码头上空。飞机投下的炸弹落在两岸共军的阵地上，密集的机关炮打得共军士兵抬不起头来。顷刻间，汉江两岸硝烟弥漫。

时机难得，客轮立即破浪起航。有人交待甲板上的共军士兵："老老实实呆着，别动。我们赵副师长说，请你们一路护送我们到襄阳。"

客轮顺风又顺水，加快速度开往襄阳。这时有个士兵关心起送他们的排工来。他问赵长烈："那些排工能脱险吗？""他们不是排工，是驻守牧马河的国军。你们上船的时候，看见码头上正在下木炭的两辆卡车了吗？这是特意来接他们回去的。我估计，他们早就在回家的路上了。"说到这里，赵长烈忽然双眉紧锁，

“我只是担心羊舌佳慧他们，不知他们是否脱险。”

羌爱党得知码头上出现紧急情况，立即调兵增援码头。可是当这支援军浩浩荡荡开到码头的时候，看到的只是一场激战之后的惨烈景象，开往襄阳的客轮早已不见了踪影。

第十四章

1，绝境逢生

赵长烈带领部下乘客轮安全离开码头之后，当天下午，县城大街小巷贴满了告示。告示大意是说：花子军的三名水鬼为了让蒋匪残部逃生，炸沉了我两艘巡逻艇。这三名水鬼，一个很年轻，细高个；另外两个五大三粗，年近三十。发现他们的踪迹并告发者，奖励二十亩好地。县、乡、村干部逐级向下传达，层层广泛动员。军队和民兵携起手来，立刻拉开了捕杀大网。

码头血战中幸存的花子军战士仍然是凶多吉少。

因为刚才的剧烈震荡，耿光丁头脑一时间昏昏沉沉，不知自己身在何处。他浮上水面，换了一口气。这时，他看见江面上有几只小木船在划动。船上的人马上发现了他，大声惊呼："水下有人！"他知道，这是共军在搜寻花子军，只要露头就会有危险。他只好潜入江里漫无目的地顺水而下。不一会儿，他发现身边出现了芦苇杆。莫非到了芦苇荡？再往芦苇丛生的地方游去，水越来越浅。试着探出头来，原来这里真是芦苇荡。他记得，这里距离码头七八里路，靠山边散落着几十户人家，多数以打鱼为生，村名叫庹家湾。渔村后边的大山坐落于汉江南岸，山势有些特别。它先是拔地而起，顶峰直刺苍穹，然后山脊徐徐降低，到尾部就成了不太高的山丘。这山丘和耸入云天的羊虎庙遥遥相望。晴日里，蓝天下，远远望去，整个大山就像一个壮士面朝羊虎庙万分虔诚地叩拜羊虎神仙，因而这山便名为"拜仙山"。拜仙山上，有几十户人家，他们都是家无寸土，只能靠山吃山的猎户。据说，这些猎户和山下的渔民一样大多是外来户。

这时的耿光丁又饥又乏，简直到了寸步难移的地步。如果有一点吃的东西，哪怕喝一口热水也好。他警惕地看看四周。这时渔村里响起传声筒的叫喊声："全体村民请注意，都睁大眼睛盯着，发现花子军立即上报，不能让他跑掉！"这是铁制的传话筒，吐词清晰，而且传声很远。一遍又一遍，传声筒里重复着相同的话语。顿时，一种绝望的情绪袭上他的心头。他只好重新潜入芦苇荡，等到天黑再做打算。

到了天黑，情况更糟糕了。芦苇荡四周，大路上，山脚下，到处都是火把。"活捉花子军"的叫喊声此起彼伏。

耿光丁毕竟是在花子军里长大，经历过一些征战，见过一些世面，心里一阵慌乱之后，很快镇定下来。因为他发现，对方在明处，自己在暗处，脱身的良机终会有的。瞅准机会，他爬上岸，跳出包围圈，钻进了后山的密林中。后山本来有几条上山的小路，但为了安全，不能走。顾不得荆棘拦路，更顾不得蚊虫叮咬，他望着头顶的星星和月亮，牢牢抓住树枝和藤蔓，用力向上攀登。大约过了一个时辰，山下的叫喊声远去了，只见星星点点的火把在游动。他明白，今夜他如果寻不到栖身之地，不被共军抓获，就会被野兽吃掉。这里野兽太猖狂，大白天里它们就敢进村觅食。他必须继续前行。这时，一条白花花的山间小道出现在眼前。凭经验知道，这是一条在月光下反光的石板路。他正要一步跨过去，进入对面的树林，无奈双腿一软倒在了地上，接着就什么也不知道了。

耿光丁醒来后，他发现自己躺在一户人家的床上。守在床边的汉子见他醒来，连忙扶他坐起，叫老婆端来稀粥喂他。灶间有一个年轻姑娘的身影在晃动。

一碗稀粥下肚，耿光丁有了精神，连忙向主人道谢，称汉子为大叔。大叔告诉他，白天到山下湾子里走亲戚，晚饭时喝了点酒，月亮当顶才往家走，没想到在快到家的路上发现了他。接着，大叔自我介绍姓匡，问他姓甚名谁，何去何来。

耿光丁心想，到了这个地步，生死只好听凭命运摆布，再看大叔一家人也不像歹毒之辈，于是一五一十，统统据实道来。

大叔听罢，手拍大腿，兴奋地叫道："我说就是花子军，没错吧！"说罢，连忙叫来女儿小菊，要她和娘一起谢恩人。大叔称花子军为恩人，是有来由的。那是八年前，大叔一家住在距离县城十五公里的葫芦畈。有一次，一伙鬼子到葫芦畈抓妇女充当慰安妇，小菊她娘也被抓了。眼看这些良家妇女就要被送入虎口，是花子军解救了她们。鬼子全部被消灭，一个花子军弟兄丢了性命。花子军那个拼杀呀，真是惨哪！他们亲眼目睹一个名叫贺明登的花子军小伙拉响手榴弹和五个鬼子同归于尽，最后连尸体都无法找全。因为害怕鬼子报复，全村人只好背井离乡。匡大叔一家钻进拜仙山，干起了打猎的老本行。当年小菊已经九岁，现在想起这件事身上还禁不住打颤。望着面前的花子军小伙子，姑娘的心里无限感激。匡大叔安慰耿光丁说："放心养着吧，有我们护着，谁也别想动你一根汗毛。"大婶找来一套男人的新衣服放到床上，交代耿光丁："先把饭吃饱，再洗洗身子，美美睡一觉。"而匡大叔却摇头说，明天如果有人来查户口怎么办，我们得预先商量个办法。当即商量的结果是，大伙统一口径，就说是河南邓县的姨夫家的侄子定亲来了。媒人半路上遇到点儿事，耽搁了，过一两天就到。

这个夜晚，对于耿光丁来说，既是胆战心惊的，也是舒适安逸的。

第二天，天刚亮，共军一个排带领全乡民兵开始搜山了。漫山遍野都是喊叫声，时而还传来几声枪响。枪声给拜仙山增添了紧张气氛。

一伙人出现在匡大叔的门口，有手持马刀的民兵，也有荷枪实弹的共军士兵。"大叔，你见过有生人上山来吗？"问话的是庹家湾村的村长，人称庹老八。庹家湾村共分六个组：一组上湾，二组下湾，散落在拜仙山上的几十户人家是三组。另外三个组分布在拜仙山南麓。这位共党治下的新任村长管着三四百户人家呢，眼下正在积极争取入党，心气儿忒盛。

匡大叔全家都迎出门来，耿光丁尾随其后，浑身上下一副农民打扮。他的出现吸引了众人目光。匡大叔连忙介绍：这是我姨夫的老大，前天从河南邓县大老远赶来，是来和我家小菊定亲的。昨天我们合计好，只等媒人一到，我就办酒席接客。

庹老八和一位姓丁的共军排长嘀咕两句，就把耿光丁和小菊带出来，分开进行了询问。先问耿光丁，后问小菊。问话内容可详细啦！河南姨夫和姨妈姓甚名谁，姊妹兄弟共有几个，家住什么村，靠河还是靠山……小菊心里又庆幸又担心。庆幸的是爹妈都是细心人，这些细微末节都想到了，她和小伙都有准备；担心的是，不知后边还要问些什么，万一和那位小伙的口径对不上，小伙的性命就保不住了。她在心里直骂：问你妈的腿呀！小菊心里有气就挂在脸上，她愤怒地指责庹老八说："明日个，你妹子定亲的时候我也这样审问你妹子妹夫，怎么样啊？"丁排长连忙赔礼："对不起，我们这是查找花子军，请原谅。"审查关总算过了，小菊长舒了一口气。

小菊没有想到，麻烦事儿远远没有完。

庹老八和丁排长在一边商量一会儿，做出决定：就地召开全乡民兵大会。

不到一个时辰，匡家门前的空地上，房檐下，房屋两边的树林里都挤满了人。庹老八站在门前的土包上利用铁制传声筒开始向村民训话。他学着大首长的讲话腔调，先从国家形势讲到黑水县最近发生的军事斗争，绕了个好大圈子，终于讲到正题。因为扁担大个"一"字都不识，肚里没词儿，"这个这个"了半天，才说道："我们这个搜查花子军……这个……这个，发现一个外乡人这个这个……匡大叔说是他姨侄儿来和匡小菊定亲的。今天，请大家来共同见证，看看是真是假。"他要人家都睁大两眼瞅着，看匡家办不办定亲酒席，看这对男女啥时候成亲。民兵们听了这些话，都觉得合情合理，可是这些却让匡家犯难了。匡大叔夫妇心想，儿女婚姻大事哪能当儿戏？这耿家小伙和我们仅仅一面之交，怎能说成亲就成亲啊？匡小菊羞红了脸，一头钻进了房屋。她的表情变化使庹老八更加疑心。这时，他提高嗓门："乡亲们，既然这对男女已经到了定亲的地步，我想，他俩的感情一定不浅，你们说是吧？"真是奇怪，庹老八这会儿说话流利多了，"如果那小伙不是我们正要捉拿的花子军，真是小菊的未婚夫，这个……这个……那我们就可以做个实验：让小菊亲一下自己的未婚夫。你们说好不好呀？"这一提议立刻引起强烈反响。有哈哈大笑的，也有骂庹老八缺德的。匡家真是作难了。一个未出阁的姑娘当众和一个陌生男人亲嘴，多么难为情啊！但是，如果过不了这一关，后果是不堪设想的。这时候小菊娘发话了，她的话让小菊和耿光丁吃了一惊。她召唤女儿说："小菊啊，男大当婚，女大当嫁，这不是什么丑事儿。快出来，村长叫你怎么做，你就怎么做。妈还指望抱外孙呢，有啥不好意思的呀！"这话在女儿听来却有另外一番深意：当年，人家花子军为了救咱，把性命都搭上了，咱有啥舍不得呀？小菊从屋里走出来，一手拉起耿光丁，缓缓走向庹老八。站在土包上的庹老八连忙让路："小两口要到我这儿亲嘴儿啊？好！好！"

　　小菊和耿光丁站在高高的土包上，面向大伙。会场上顿时一片寂静。耿光丁的手被小菊狠狠地捏了一把，那意思是说，莫怕，咱姑娘家都不在乎，何况你个大男人！在众目睽睽之下，小菊把红嘟嘟的小嘴凑了过去，耿光丁顺从地迎了过来……。会场上立刻响起一片喧闹声。有一位老年民兵点名道姓骂庹老八是畜生。

　　这时，轮到小菊出气了。他一边破口大骂庹老八，一边奔下土包要扇他耳刮子。丁排长拦住了她，好话说了一大堆，总算平息下来。

　　后面的戏就只好假戏真唱了。在办定婚酒席之前，耿光丁心想，咱不是普通老百姓，订婚大事得请示头领才是。眼下环境险恶，有话不能明说，于是他给花子军头领写了一封独特的家信：一张纸上画了一座山，山下到处是芦苇。山上，一个小女孩手牵着一个光屁股男孩。按照耿光丁的吩咐，匡大叔到羊虎庙敬香之后，进入后殿把这封信交给了慧成长老，请他转交给花子军头领。姜启仁很快收到这封信，真是又惊又喜。羌六宝看不懂，问这是什么意思。姜启仁解释道，耿光丁在信上说，她被拜仙山上的一位姑娘救了，人家要和他成亲。问：怎么办？

　　又过了两天，拜仙山上来了一个货郎。货郎家家门前叫卖，地摊上的货物旁边摊着耿光丁独出心裁的家书，只是家书上又多了一幅双手抱拳的图画。耿光丁一看就明了：这是他的娘家头领们在祝贺他呢！他连忙把货郎迎进屋里。货郎什么都没说，只是交给他三百块大洋，并要他在双手抱拳的图画旁边按了两个指头印。他明白，头领按老寨规给他送来了安家费和贺礼，要他成个家，好好过日子。匡家从来没有见过这么多钱，全家人又惊又喜又疑惑。耿光丁解释说："花子军有规定，安家费是按军龄计算的。一年三十六块大洋，我有八年军龄，一共二百八十八块。另外多发十二块，是贺礼。"匡大叔提醒道："这些钱现在千万别用，怕引起人怀疑，招来灾祸。"耿光丁说："叔，这些钱全部交给你保管。我和小菊就不操心了。"小菊娘说："花个几十块钱办喜事，大数就不动了。等天下太平了再说。"

耿光丁和匡家终于定下了这门亲事。

2，虎口拔牙

早在羊舌佳慧他们乘木排出发的时候，羌六宝和姜启仁就给化于巴尔发令：要他设法联系所有花子军外派的"老家人"，立即组织叫花子向黑水县城方向靠拢，千方百计营救参战的勇士们。到了当日傍晚时分，黑水县境内出现了一个奇观：到处都是叫花子，他们成群结队，如外国麦加朝圣一般。

汉江两岸都有与水路并行的汽车路。路上每隔二三十里就有一家饭店、茶馆。汉江北岸，有一个集镇叫石羊坪，集上有一家"仙居茶馆"。今天，这里宾客满座，说书人正在讲述新编的故事，题曰《喋血汉江，方显英雄本色》。他把共军描绘的英勇无比，同时也把花子军夸的神通广大，故事非常精彩。说书人吐沫四溅，听书人目不转睛，如醉如痴。恰在这时，门外传来铜锣声和广播声，接着是震天动地的口号声。游行的队伍浩浩荡荡地经过仙居茶馆。大家连忙涌出大门看热闹，只听得口号的内容是："打土豪！分田地！""跟着共产党闹革命，穷人翻身做主人！"领头喊口号的是一个年过半百的人，身穿一身中山服，腰系武装带，背一把盒子枪。口号声暂停的时候，他用手里的铁制广播筒发出通知：明天上午在石羊小学大操场上召开斗地主大会，全体乡民都要早点到会。这时，眼尖的发现，队伍最前头是两对被五花大绑的夫妻。老年夫妻是明绍阳和庞婶，中年夫妻是明敬善和安美姣。

大家觉得好奇怪：“这一家子可都是好人啊！这是怎么啦？”

“那个带头喊口号的就是咱们石羊坪乡的乡长，姓代，人称代乡长，刚刚上任。”

一个白胡子老头纠正道：“这个乡长不姓代。他是代理乡长，真名叫吴一飞。听说这老小子在民国时期蹲过二十年大牢。他家本是吴家大湾的首富，因为一场人命官司搞得倾家荡产。他从牢里出来就在县城里挑水卖，后来当了共产党的地下交通员，并且立过功，这会儿算是熬出头了。”

“在他坐牢的几十年里，朝廷掌玉玺的换了一茬又一茬，咋就没遇到大赦啊？”有人提出疑问。

“你不晓得，这小子年轻时倚仗权势，帮他哑巴哥哥强占有夫之妇，逼出了人命。这在任何朝代都是十恶不赦的罪恶。”

“共产党怎么会重用这种地痞恶棍呢？”有人想不通。

“你没见他的官衔前边有个‘代’字吗？国民党兵败如山倒，共产党势如破竹，占领地盘太多，干部实在是不够用了，才让这家伙代理的。”

“三十年河东，三十年河西。人世间的事莫说像我这样的半仙算不准，就是神仙也难料啊！”发感叹的是一位五十多岁的算命卜卦的先生，绰号“甄半仙”。此人可有点来头。表面上看，他以算命卜卦为生，实际上他是一支地主武装里的二当家。共产党在汉江上游的势力日益扩大，这支地主武装就流窜到汉江下游的鹞子岩，自称“鹞子岩还乡团”。鹞子岩是黑水县、永安县和大巴县三县交界处的一座险峰。他们在这一带偷鸡摸狗，混吃混喝，屡屡受挫。为了生存，他们试图投靠花子军，却被拒之门外。黑水县码头一战使这位甄半仙精神为之一振。他想，早有传闻，说花子军是羊虎神仙的亲兵，所以历来是攻无不克，战无不胜，咱何不弄一个花子军上山来沾沾仙气？于是沐浴净身，占卜一个时辰。然后，他郑重其事地向全体弟兄宣布了结果：上天爱怜我还乡团，为我送来羊虎神仙的亲兵，我们有救了。我们应该马上行动，到黑水县去迎接亲兵。他们认真策划一番，就奔黑水县而来。

这支地主武装当夜无故事，这里暂时按下不表。单说夕阳西下的时候望江坪的一条田间小道上五个叫花子风尘仆仆地赶路。他们打算天黑之前赶到"老家人"杜儿圆的住处。现在他们又累又饿，实在走不动了。有人提议到地里找几个西瓜填填肚子，歇息一会儿再走。这一带农村有个规矩，行人渴了，到地里摘个西瓜吃不能算偷。他们五人大摇大摆地走进江边的西瓜地，发现茂盛的瓜秧下躺着一个人，光着膀子，赤着脚，裤子湿漉漉的，用手摸摸鼻孔还有气。他们到附近人家讨来一碗热水，一碗稀饭，一个馍，还讨来一套旧衣裳和一双破鞋。先是热水灌下去，那人慢慢睁开眼睛。一碗稀饭下肚，那人能够开口说话了。他穿上衣服和鞋，吃着馍馍，自我介绍说，他本是河南老乡，到这一带寻找走散的家人，饿昏了，倒在西瓜地，多亏弟兄们搭救。他们从地里找来几个大西瓜，吃饱之后就邀这人一同赶路。起初他不肯同行，后来听说他们是去投奔杜儿圆的，心里一高兴就和他们一起上路了。

当月亮升起的时候，他们沿着一条掩藏在玉米林里的陡峭的黄土小路向一道山梁爬去。一行六人在玉米林里穿行，不知走了多远，多久，直累得腿发软，汗直流。当两只看家狗老远狂吠着来迎接他们的时候，才有人长舒一口气，说："总算到了。杜叔的家就在山梁上。"一个十一二岁的男娃跑过来叫住自家的狗，迎客人进屋。借着昏昏月色，他们发现杜儿圆如今的小家小业整的不赖呀！住的虽然是茅草房，但间数不少，黑乎乎一大片。猪在哼，鸡在叫，马和牛不甘寂寞，好像约好了一齐亮开粗嗓门儿向主人讨草料。冯三婶把六位客人迎进屋，一边递上烟茶，一边叫男娃去牲口棚里喊爹回来。不一会儿，杜儿圆回来了，身后跟着一个约摸五六岁的小女孩儿，手里提一盏马灯。与五个叫花子同行的人老远就站起身来，恭恭敬敬地叫了一声"杜叔"。杜儿圆惊喜地扑了上去，和他拥抱在一起。杜儿圆激动万分地向大家介绍说："他是我们要营救的英雄朱明山。"五个叫花子慌忙噗通一声跪在地上，向朱明山行跪拜礼。朱明山连忙扶起他们："你们是我的救命恩人，不可这样。"杜儿圆问起羊舌佳慧和耿光丁的情况。朱明山说："耿光丁现在情况不明。羊舌佳慧英勇牺牲了。"他讲述了羊舌佳慧牺牲的全过程，满屋子人都很悲痛。

吃罢晚饭，杜儿圆对朱明山说："现在你的处境非常危险。你和这几位弟兄抓紧时间好好休息，天一亮就出发。一切都由我安排，你们放心睡觉好啦！现在我要去茅草垭找老羊倌，明天的大戏就指望他了。"

此地距茅草垭三十里地，一路上他几乎是跑步前进，见到老羊倌的时候已经是下半夜了。老羊倌二十八九，年轻能干。他和杜儿圆不仅面熟，而且关系甚笃。但是，当杜儿圆说明来意之后，老羊倌却一个劲儿地推辞。他说："你杜儿圆要用我的时候想起我来了。我托你的事儿呢？"杜儿圆知道，老朋友是为加入花子军的事耿耿于怀。这些年来，杜儿圆向头领力荐老羊倌，但是政治审查屡次不能过关。他心里明白，这是没办法通融的事儿。可是，这一回如果请不动老羊倌，朱明山就真的命悬一线了。没办法，他只好再次许愿："这一次你要是为花子军立了大功，还愁花子军不收你吗？这么说吧，一切包在我身上。你只管照我吩咐的路子演戏就行了。"他态度诚恳，好话说尽，就只差给老羊倌跪下叫祖宗了。老羊倌深思熟虑之后终于答应再助花子军一臂之力。

天色微明的时候，杜儿圆把老羊倌领进门。这时候冯三婶已经把早餐端上桌子。五个叫花子一见老羊倌都吃惊地叫起来："这不就是又一个朱明山吗？""莫非你们是双胞胎兄弟？"朱明山说："我们互不相识。"老羊倌自我介绍说："我叫冯开雨，东北人。在贵地给东家放羊几年了，资格老了，大家都叫我老羊倌。"杜儿圆担心行动晚了会耽误大事，于是催促大家赶紧吃饭。

　　早饭后，杜儿圆把朱明山的匕首插进老羊倌的裤腰带里，叮嘱道："记住，小兄弟，你的任务就是扮作逃命的朱明山，被共军逮住。"接着，他给朱明山化了装：头发剪得乱七八糟，脸上和身上都擦了锅烟和灶灰，一双破鞋露出几个脚趾头，看上去颇像一个地地道道的叫花子。杜儿圆像一个艺术家欣赏自己的作品一样审视朱明山好一会儿，觉得还是稍嫌不足。他叫朱明山蹲下身子，让老羊倌解开裤子，往朱明山身上尿了一泡尿。一股浓烈的尿骚味儿立刻弥漫屋内。最后，杜儿圆给大家规定了行动路线：朱明山一伙人要尽快走出黑水县，老羊倌必须在黑水县境内转悠。"痣多星兄弟，你年轻力壮，脑子活泛，给朱明山当好贴身保镖。"五个叫花子里面有个三十出头的汉子，面部有三颗黑痣，人们取笑他，送给他"痣多星"的外号，他的真名叫"有大用"。杜儿圆接着给其余四人分派了任务，要他们尾随其后，随时听候朱明山的指挥。为防不测，杜儿圆建议：路上遇见熟悉可靠的叫花子就邀约同行，别的什么都莫说，就只说是我杜儿圆的吩咐。杜儿圆自信，他在附近三县的叫花子群体中有很高的知名度。

　　朱明山和老羊倌按商定的计划启程了。进入石羊坪地界以后，他们听到一些新闻。今天，乡民们早饭吃的特别早。说是村长下通知，今天在石羊坪小学大操场上斗争大地主明绍阳，必须在太阳出山的时候赶到会场。又说这个地主很特别：他本是远近闻名的老中医，一辈子行善积德，口碑很好。但他又是全乡头号富人。头一回斗地主，挨斗的人又很特殊，乡民觉得好奇，早饭后就都匆匆忙忙赶往会场。

朱明山走出几十里地以后，发现后面尾随的人越来越多，觉得太显眼了，就吩咐痣多星："你马上通知他们，立即分成五个小组，既要保持距离，又要方便联络。"尾随的叫花子们立即分成五个团伙，彼此拉开很长距离。这些人从石羊小学大门口经过的时候，太阳升起老高，斗地主大会已经开始。

代乡长吴一飞身着中山装，腰挎盒子枪，威风凛凛地在台上发号施令："把明绍阳一家老少地主、公母地主统统押上台来！"

这滑稽的命令引得会场一阵哄笑。哄笑声盖过了"打倒地主老财"的口号声。

接着，明绍阳全家四口被全副武装的民兵押上了高台。会场上响起乱哄哄的嘈杂之声。

朱明山和这家子已经是老熟人了。他知道明家是大当家和姜大哥的大恩人。八仙寨保卫战结束之后，明绍阳父子俩给他治过伤，使他很快康复。特别使他难忘的是五年前他向明家讨粮救济灾民那件事。那年，河南遭受特大旱灾，饥民涌入黑水县。大当家向花子军发出动员令：我们不能眼看着灾民饿死，要在各乡交通要道上架大棚支大锅，熬粥拯救饥民。可是有人叫苦说："我们只能勉强吃饱肚子，哪有余粮啊？"羌六宝答道："我们花子军里多数人都讨过米，要过饭。为了救人，请弟兄们再干一回老本行吧！"朱明山接受的任务是在石羊坪乡架棚熬粥。那天他带着几个弟兄分头下去筹集粮食。因为明家是此地首富，朱明山一开口就要五斗米。碰巧明绍阳和儿子都出诊去了，只有庞婶婆媳俩在家。庞婶很为难，解释说："五斗米不是个小数，我一个妇道人家做不了这个主。若是只要升巴两升，我就马上给你。"朱明山不达目的不罢休，硬是顶着火辣辣的太阳在明家门前滚烫的砖石地上长跪不起，从正午一直跪到傍晚。太阳下山之后，明绍阳父子回来了。明绍阳毫不犹豫地应承，拿出五斗救命粮。朱明山这才满怀感激地磕了三个头，颤巍巍地站起身来。明绍阳发现，在他跪过的地方留有鲜红的血迹，于是追问老伴究竟是怎么回事。庞婶只好实话实说。明绍阳一听火冒三丈，脱下一只鞋就要去追打庞婶。朱明山见状，噗通一声再次跪下，替庞婶求饶。明绍阳扶起朱明山，擦去溢出眼眶的泪水，感叹道："你们啊，你们花子军真是菩萨心肠啊！"他当即吩咐长工：送八斗大米到粥棚。这会儿目睹老中医一家挨斗，朱明山心里如刀绞一般。痣多星催他快走，可他就是不走，他要看看这斗争大会还有什么名堂。

四个地主站在台上，头上都戴着三尺高的纸帽子。几个汉子上台逼问明家究竟隐藏了多少财产，声色俱厉。明敬善带着哭腔央求道："我们家的房子、田地、山场和药铺都在那里明摆着，五百块银元已经上交农会。如果我们家有什么地方对不住大伙，我甘愿受罚，千万不要找我爹、我妈，他们都是年进八十的人了，求你们开恩呀！"明绍阳双膝跪下哀求道："乡亲们啊！我家确实没有隐瞒财产……"代乡长吴一飞打断明绍阳的话："谁不知道你是咱乡的首富，就只有那点钱？谁信啊！""吴乡长啊，你帮我算算：我的田地是不少，可这些年来支援抗战，出粮又出钱。遇到灾荒年景，收不上租子不说，还得救济饿饭的人。我的药铺，赚钱也不多。因为这年头看病给不起钱的人太多了……"这时候吴代乡长反而笑了："人们都说你是名医，我今天要跟你比一比，看谁开的药方厉害。"他用一根长绳拴住明绍阳的脖子，像牵狗一样，把明绍阳牵到操场边的一棵大树下，命令民兵用一根细麻绳拴住明绍阳的中指，再将麻绳另一头绕过头顶的树杈，然后用力下拉，痛得明绍阳竭力踮起脚尖，头上冷汗直往下淌。明绍阳可怜巴巴地有气无力地央求说："拴我别的指头吧，我的食指和中指要号脉的呀！"会场上有人偷偷地擦眼泪。

痣多星见朱明山怒目圆睁，双拳紧握，生怕惹出事来，就动手推推搡搡地把他拽上了路。

虽然上了路，方向却不对头，朱明山走的是回头路。他气愤地说："我不打算逃走了，今晚我要取了那乡长的狗头。"痣多星一听急了："你想老虎嘴里拔牙？疯了啊，你！再说，没有大当家的命令，你擅自行动，就不怕军规治你吗？"朱明山停下脚步，给他讲了一番花子军以惩恶扬善为己任的道理。他说："你看到老中医一家遭受的折磨了吗？见到狗咬人，我不敢打狗，只会绕道走，我心里一辈子都不得安生啊！危险当然有，只要动脑筋，想办法，就有打赢的可能。"他说服了痣多星，要痣多星说服大家一起想办法。太阳越过山顶的时候，痣多星和几个骨干商讨后做出以下决定：首先通知老羊倌，要他创造机会，争取今天下午被逮捕，以此麻痹乡政府。接着通知所有尾随的叫花子，今晚有重大行动，手里要准备家伙，找到刀就是刀，找到斧就是斧。大家都要听从朱明山的指挥。剩下的事情就是找机会好好休息，养精蓄锐，再寻找食物吃饱喝足。

老羊倌提前完成了任务＿＿＿正午时候被驻守石羊坪乡政府的民兵逮捕，关在石羊小学一间堆放坏桌凳的房子里。门外有两个民兵站岗。代乡长吴一飞要他俩睁大眼睛盯着，待县里来车把人犯押走后，他们就算完成任务。

昨天在码头炸沉巡逻艇的花子军在石羊坪乡被捕了，这消息就像长了翅膀，很快传遍了黑水县四面八方。

听到这个消息，鹞子岩还乡团立即采取了行动。他们很快侦察到关押花子军的地点。下午，六个解放军战士荷枪实弹，大摇大摆地走进石羊小学，来到站岗的民兵面前，说是奉命来提人犯。民兵要查看证件，这伙解放军立刻凶相毕露：他们把两个民兵推进屋里，迅速关上房门。几个大汉猛扑上去，用绳索勒紧了两个民兵的脖子。被五花大绑，蹲在墙角的老羊倌见此情形，连忙喝令"住手！"。可是，这伙人毫不理会，直到两个民兵昏迷过去才松手。老羊倌立马断定：他们不是花子军，很像是土匪。心想，咱立功未成，却落入土匪之手，咋这么倒霉呢？人倒霉，放屁也砸脚后跟儿呀！眼下必须赶紧想法子逃跑才是。

"你们是什么人？"老羊倌喝问给他松绑的人。"花子军兄弟，现在最要紧的是救你出去，什么话都别说了。"领头的黑大汉很客气地给老羊倌戴上手铐。老羊倌心想，朱明山这会儿可能仍然身处险境，所以没有道明自己的真实身份。走出石羊小学，他瞅准这伙人毫无戒备的时候，纵身一跃，翻过一道土坎，撒腿就跑。这伙人在后面紧紧追赶。老羊倌对这一带地形非常熟悉，再加上他自幼善于奔跑，不一会儿后边的人就落下很远了。眼看前功尽弃，追他的人只能干瞪眼。碰巧路过一个大操场，发现驻守乡政府的全体民兵正在这里进行刺杀训练，黑大汉想借助一下民兵的力量，就命令伙伴们大喊"抓逃犯"。有个外号叫"羊秤砣"的同伙提出反对意见：花子军再次落到民兵手里就不好办啦！黑大汉解释说，鸟儿关进别人的笼子，我们还可以见机行事，这样总比在自家手里玩儿飞了强啊！意见很快统一，这伙人声嘶力竭地叫喊起来："花子军跑了！＿＿＿""快追呀！＿＿＿"

五十几个民兵立即分成四个小组沿着不同的道路向前追赶。他们一边呐喊，一边向老羊倌鸣枪示警。与此同时，民兵中队长要通了前方一个粮站的电话，要求负责人立即组织人拦截逃犯。

再说朱明山原计划天黑之后借夜幕的掩护放火滋事，在救火的混乱场面中趁机宰了吴一飞。下午发现有一支奇怪的武装在石羊坪乡一带活动，紧接着就出现了老羊倌逃跑，民兵们鸣枪追赶的热闹场面。朱明山判定，这是袭击乡政府的最佳时机，于是向伙伴们发出了行动信号。

　　乡政府大院里的闹剧很快在太阳落山之前开演了。先是一群女人不顾门岗的阻拦，吵闹着要见吴代乡长，说要告状。她们在政府大院里呼天抢地的哭号，招来一位副乡长。从她们七嘴八舌的诉说中，副乡长才弄明白：原来碰上了狗官司。一群叫花子在吴集乡乞讨的时候，其中一个小男孩被村长吴三爷家的狗咬伤了。吴三爷拿出两个馒头，算是安抚。叫花子们不依不饶，要他赔五十块大洋。吴三爷生气了："鸡无笼头狗无圈，我赔什么钱？你们想到哪里告我就去哪里告。随便！"这狗官司有两个问题最为棘手：一是这吴三爷偏偏是咱吴代乡长的亲三叔。二是那被咬伤的男孩现在躺在妈妈的脊背上怎么叫都叫不醒，样子怪吓人的。深感棘手的副乡长只好去请吴代乡长亲自出面解决。

　　大院里的闹剧还在升温。一些衣衫褴褛的男人也趁机涌了进来。附近的老百姓纷纷挤进来看热闹。有人在大声喊叫："什么人民政府呀！人民政府的乡长咋不敢见人民呢？"

　　看来吴代乡长不出面是不行了。他的警卫员提醒道：怕有敌人捣乱，你要警惕啊！他笑了："逃跑的花子军马上就要束手被擒。我借他们一百个胆，这会儿也不敢进我的乡政府大院。再说，有你们警卫，我怕他个屌！除非你们手里拿的是烧火棍！"

　　不一会儿，吴代乡长出现在台阶上。还是今天上午那身装束。他习惯地把盒子枪从背后移到胸前，举起双手打手势，准备发表长篇演说。

　　这会儿，一群男人迅速挤向台阶。朱明山以迅雷不及掩耳之势扑了上去，把正要开口讲话的吴一飞拉下台阶，按倒在地。与此同时，有人缴了他的枪，控制了他的两只手。众多叫花子纷纷亮出手中的家伙：有砍瓜的刀，劈柴的斧，还有打狗的棍……两个警卫员端起枪，还没有来得及扣扳机，就被几个青壮年叫花子制服。土改工作队的几个文质彬彬的干部出来看究竟，还没有弄清是怎么回事就被叫花子们揪住缴了械。朱明山像拎一只鸡一样把吴一飞从地上拎了起来，然后一条胳臂像大钳一样夹住他的脖子，另一只手拿一把短把铁锤顶住他的头。

"各位父老乡亲：今天，我代表花子军惩办这个恶人。让天下人都明白：人在做，天在看。恶有恶报，善有善报。"朱明山说完，手中的铁锤高高举起，重重落下，鲜血混合着脑浆如喷泉一般射向空中。人们纷纷躲开，动作稍慢的，身上和脸上都溅了鲜血。

这时候，乡政府大院外面突然响起枪声。这又是怎么回事呢？

原来是鹞子岩那伙人在民兵追赶老羊倌的时候听说政府大院里有好戏，就赶过来看热闹。看着看着，他们终于看出了名堂。正在这时候，一辆军用吉普车朝政府大院开过来。伪装成解放军的黑大汉迎上去，鸣枪拦下吉普车要查看证件。车上下来三个人，拿出证件，自称是奉命来押解人犯的。黑大汉毫不客气，喝令将他们绑了拴在大门外边的拴马桩上。

朱明山出来一看，只见一辆军用吉普停在那儿，三个解放军战士被绑在拴马桩上。到现在他仍然不明白这是谁干的。这时，黑大汉提一把冲锋枪走过来催促道："快跟我们走吧，花子军兄弟，此地不可久留。""你们是什么人？""我们是什么人并不重要，重要的是你杀了共产党的乡长，没有我们的帮助，恐怕你是插翅难逃。"叫花子伙伴们都劝朱明山跟随黑大汉逃命去。眼下逃命要紧啊！他只好依从。

朱明山发动了吉普车，叫黑大汉上车走。"你会开车？"黑大汉喜出望外，连忙招呼还乡团的几个弟兄上车。吉普车调转头，开上了马路。这时，押解老羊倌凯旋的民兵们已经得到紧急情况报告，迅速返回，看见一辆军用吉普慌忙撤离，就一边鸣枪，一边喝令"停下！"。

残阳如血。朱明山加足马力，吉普车朝着黑大汉指引的方向风驰电掣般向前冲去。这时，有人提醒黑大汉："二当家在附近接应我们，是不是该去报个信儿，让他们赶快撤呀？"黑大汉笑道："你太小瞧二当家了。说不定呀，人家现在正抄近路赶回去报捷呢！"

3，鹞子岩的新头领

天气突然变得阴沉沉的，月牙儿一直躲在厚厚的黑云里不肯出来。朱明山的眼前是一团漆黑。黑大汉下令说，为了大伙的安全，宁可摸黑也不能打火把。朱明山因为连日苦战，开车离开石羊坪的时候已经是精疲力竭了。这会儿，他只能被人搀着，扶着，艰难地摸索着爬行在鹞子岩的崎岖山路上。黑暗中，有人脚下蹬掉一块巨石，巨石向山下翻滚，腾跃，发出经久不息的令人心悸的隆隆响声。黑大汉在朱明山的身后说："兄弟再坚持一会儿就到家了。"

虽说是"一会儿"，朱明山估摸着至少又跌跌撞撞地摸了个把时辰的夜路才到达营地。

当地的韩家祠堂此刻张灯结彩，宴席已经摆好。还乡团的大小头目们走出半里地，恭恭敬敬地迎候朱明山的到来。

朱明山走进韩家祠堂带进来一股令人掩鼻的臭气，有人立刻端来热水，送来衣服，让他简单擦洗一下，换了衣服。

欢迎宴会上，大小头目围坐一桌为朱明山陪酒，其他弟兄散坐各席呼应造势。通过二当家甄半仙介绍，朱明山才知道黑大汉名叫汤知侠，是还乡团里的一个大队长；大当家是一个满脸络腮胡的中年汉子，名叫曾天顺，因为有一顿两坛白酒的海量，所以又叫"曾双坛"。另外四个人都是和汤知侠平级的大队长。"对自家弟兄咱不说假话。"甄半仙指着满屋子人说，"咱们还乡团的全部家底就都在这儿了。算上后勤的，还不到百人。天顺兄弟和我算是当家管事的。下面设五个大队，纯是吓唬外人的，每个队也就十多个人。"朱明山听罢介绍，首先举杯由衷地感谢大伙儿的搭救之恩，但是酒过三巡之后，他却不近人情地谢绝了众人的敬酒。他解释说："我们花子军有严格的军规，其中有一条就是'不准醉酒'。"其实，花子军的规定是不准酗酒，朱明山自觉地拔高了要求。汤知侠不解："天底下竟然还有喝酒不准喝醉的军规，我长到二十八九还是头一回听说。"大当家瞪大吃惊的眼睛："不准喝醉？请问明山兄弟，这是何道理？""大当家，汤队长，还有在座的全体弟兄，按道理，酒逢知己千杯少，可我实在对不起大家，不能违犯花子军的军规。要说这道理嘛，其实很简单＿＿＿你们有谁见过喝得醉醺醺的叫花子呀？"甄半仙见朱明山态度坚决，不像是佯装客气和斯文，心想：你瞧人家花子军的人执行军规多自觉！难怪人家战无不胜！由衷佩服之余，打算发话替客人解围。可是不等他开口说话，大当家就佯装生气地喝令道："我的大辫子呀！你老公无球用，劝不动客啊！叫你的姊妹们都上阵！……""我就不信，天底下竟然有不肯醉酒的叫花子。"这句话到了嘴边又咽回去了。这时，只见八个花枝招展的娘儿们鱼贯而出。他们每人手里端一盘冒着热气的菜肴，腰肢轻摇，笑容灿然。八盘菜放到桌上；八个酒杯斟满酒端起来，凑到男人的嘴边；八支玉臂分别搭在八个男人的肩上。"这位哥啊，你要是不喝，可就凉了妹的心啊！"向朱明山敬酒的是一个十六七岁的姑娘，生的眉清目秀，模样儿水灵俊俏。这时的朱明山心里却有些恶心。他早就听说过这支地主武装卑鄙龌龊，今晚算是略见其一斑。但是碍于主人对自己有救命之恩，只好强忍着。他伸出筷子夹起菜放进嘴里，敷衍道："对不住妹子，我以菜代酒，好吗？"姑娘靠在朱明山的肩上撒娇道："不嘛！不嘛！哥不喝这杯酒，我就这么一直端着。看你心疼不心疼妹妹。"众人起哄道："甜萝卜啊，今晚就看你的心到底诚不诚啊！""是呀，心诚则灵嘛！""放心吧，这位妹子历来是攻无不克，战无不胜的。"

朱明山坚持不饮酒，满大厅的人一个个都端着酒杯静静地等候着。

长时间僵持不下，朱明山只好另想主意。他说内急需出去一下，双脚迈出门槛，用食指在喉咙里搅动几下，"哇"地一声将刚刚吃进去的酒菜全都吐了出来。

大辫子女人连忙给朱明山端来醒酒汤和大米饭。"啊呀，明山兄弟，这全是我的错呀！我曾双坛怎么忘了空腹不能多喝呢？"大当家把手一挥，命令大家继续喝酒。

喝完汤，吃罢饭，一放下筷子，朱明山就顾不得礼节，趴在饭桌上睡着了。他实在是太疲劳了。

朱明山迷迷糊糊地被人搀进房间之后，才睁开眼睛。两盏桐油灯的昏黄灯光洒满小小的房间。崭新的蚊帐已经拉开。床上铺着雪白的床单，床单上面叠放着整洁的印花薄被。床对面靠墙放两把木椅。一阵凉风吹进屋，送来脂粉香味。这时，他才发现刚才搀他进屋的是大辫子和甜萝卜。门外又进来两位姑娘，送来一桶热水，两个盆子，两条毛巾。大辫子要大家都回去休息，这里只留下甜萝卜伺候明山大哥就寝。吩咐完毕，大辫子客套两句就退出去，关上了房门。

朱明山正要自己动手舀水，甜萝卜眼疾手快，已经把洗脸水端到了他面前。甜萝卜说："大哥太辛苦，应该让小妹伺候才是。"说着，拧一把热毛巾，三下五除二就给朱明山洗了脸，接着就要给他脱衣服，擦身子。这下子朱明山的睡意已经消了一半，他强烈地意识到自己正在享受着不该享受的服务，于是拒绝了甜萝卜的好心，说有女的在场多有不便，要她回去睡觉。甜萝卜苦苦哀求：大当家有命令，她如果不能伺候好明山大哥就要受到严厉的惩罚。朱明山可怜甜萝卜，就退让一步，让她在一边添灯芯，加桐油。后边的擦身，洗脚，全是朱明山自己动手。甜萝卜表现的很本分，她一边做着朱明山吩咐的事情，一边和朱明山聊天。从她嘴里，朱明山知道这姑娘本姓田，名叫田乐乐。在逃荒的路上，田乐乐和亲人走散，被还乡团骗上了鹞子岩。上山半年里，已经有了压寨夫人大辫子的曾天顺时时都想纳她做妾。好在大辫子至死不允，并且心甘情愿地充当田乐乐的保护伞，不允许任何人碰她。今天下午，大当家恩准她嫁给明山大哥。说只要把明山大哥伺候得美美的，还会有重赏。她心里好高兴啊！"大哥，我一看就知道你是好男人。我妈说，女人天生的菜籽命。菜籽落好田才有好收成，女人嫁好男才有好运气。"朱明山笑了："对不起呀，小妹妹，我已经成家，娃娃都有六岁半了。""这没关系嘛！给你这样的好男人做妾，我不吃亏。"田乐乐态度很坚决。"花子军里不准纳妾！"朱明山的态度更是坚决。"我做不成妾也不要紧。能找一个重情重义的汉子做情人，也不算枉活一世。"田乐乐急了，"哥哥呀，请你相信，有辫子姐护着，我还是个女儿身。有人告诉我，姑娘是不是女儿身，男人上床一试就知道。"此时的田乐乐借口屋子里闷热，脱掉了花布褂子，露出雪白的臂膀和胸前半透明的水红色丝绸兜兜。她一屁股坐到床上，一对水汪汪的大眼睛充满哀求与渴望。丝绸兜兜虽然把她的身子箍得紧紧的，但是就像艳阳天里姹紫嫣红的大花园，即使园门上锁也锁不住满园春色。看得出，这会儿田乐乐是豁出去了。朱明山一边在盆里用手搓脚，一边不解地审视着田乐乐："奇怪呀！你为什么一定要在今晚定下终身呢？""今晚碰上哥哥算是我祖上积德。如果错过这个机会，就不知道我这粒菜籽会落到哪面坡上去。羊羔儿在狼窝里能有好运气吗？"说着，眼里滚出泪珠来。田乐乐的眼泪使朱明山的心里涌起怜惜之情。他安慰道："我介绍你参加花子军怎么样？花子军里比我好的小伙多的是。"田乐乐又惊又喜："真的？！""哥哥会骗妹妹吗？"田乐乐笑了。那粉红色的笑脸上还挂着泪珠儿呢！朱明山心想，到底是个孩子啊！

屋子里的气氛瞬间大变。两人真像感情深厚的兄妹，有说不完的知心话。田乐乐悄声告诉朱明山，还乡团里的女人们每人都有一个屈辱的故事。她们在山上的任务有两项：一是搞后勤，二是供男人们玩弄。汤队长这伙人这次下山作战有功，这会儿该轮到他们享用女人了。

"大辫子是压寨夫人。她应该不会受辱吧？"

田乐乐叹口气："别提大辫子姐啦！说起她受的侮辱，连还乡团的坏男人们都骂曾天顺是畜生。"她向朱明山讲述了下边的故事：

曾天顺本是山东一家大财主的花花公子。山东闹土改，曾家几乎是一夜之间成了穷光蛋。曾天顺的父母因为受不住贫雇农的批斗，上吊自杀。不久，老婆离婚嫁给了农会主席。他一气之下和管家甄树礼＿＿也就是那个甄半仙，拉起一支队伍上山当了土匪。腊月的一天夜里，他摸进一户姓曾的本家，想讨些钱财过年。论辈分，这家男主人是他的祖宗辈。这户人家有一个尚未出阁的远近闻名的大美人儿，一条大辫子从脑后一直垂到屁股底下，人称"大辫子妞儿"。说来也巧，大辫子的父母兄弟都到办喜事的亲戚家吃夜宵还没有回来，只留下大辫子在家守门。曾天顺进门之后，干了一件惊世骇俗的大事情。他把大辫子抱上床，三两下就拽掉了她的裤子，骑了上去。大辫子又羞又怕又困惑，她在这个晚辈男人的身子底下质问道："我是你的姑太太呀！……你？……你？……"曾天顺满脸淫笑道："肚脐眼为界，上太下不太。"完事后，大辫子一个劲哭泣，说自己没脸活下去了，要和曾天顺拼命。曾天顺一不做二不休，像扛麻袋一样把大辫子扛上了山。就这样，大辫子做了压寨夫人。

听完这个让人唏嘘的故事，朱明山已经洗罢了脚。为了不打扰朱明山休息，田乐乐迅速穿好衣服，下床，出门，顺手把门关好。

第二天清晨，朱明山是在铜锣声中醒来的。等候在门口的甄半仙满脸的歉意："我们这里用锣鼓传令，吵醒了兄弟，实在对不起！昨天夜里，姓田的丫头多有得罪，请兄弟原谅。"朱明山这才发现田乐乐满脸沮丧地站在屋檐下。甄半仙呵斥道："不知好歹的丫头！你给我听好了：今儿白天，你就站在这儿不准乱动，也不准吃饭。今儿晚上把朱大哥伺候好了，算是将功折罪。"朱明山顿时火起，恶狠狠地瞪了甄半仙一眼，一把拉过田乐乐就走。早餐桌上，朱明山亲自给田乐乐盛饭夹菜。这些都是做给众人看的，意思是：我朱明山见不得你们这一套！甄半仙用眼色向大当家示意：今天的戏只怕不好唱啊！大当家昂头望天，吩咐道："叫大家快吃饭，吃罢好议事。"昨日夜里，他和几位头目商定：今天的戏先礼后兵，软硬兼施。猴子不跳圈，多打几遍锣。他这会儿可以说是胸有成竹。

昨晚用作宴会厅的韩家祠堂现在成了议事厅。十几张饭桌靠墙堆放，神柜之下放一把太师椅。

大厅收拾得干干净净。

大当家在太师椅上安坐之后，甄半仙一声吆喝："人都到齐，开始议事——"

"其实，今天的事儿不用议了。前天，我们的甄先生沐浴占卜，得到神示，说羊虎神仙会给我们还乡团派一个新的大当家来。朱明山兄弟就是神仙派给我们的大当家。现在，请各位弟兄恭迎大当家就位！"曾天顺离开座位，来到朱明山面前，毕恭毕敬，点头哈腰，"大当家，请！"

朱明山先是一愣，接着是鄙夷不屑地一笑："让我做你们的大当家？不敢！不敢！我怕辱没了你们还乡团的好名声。"

"哎呀呀，这是天意，万万谦虚不得呀！"甄半仙说着就伸出手来，要拉朱明山上前就位。朱明山生气地一摆手："明说了吧，我不想做这个大当家。"

甄半仙急了，朝着众人厉声骂道："一屋子木头，一屋子猪！不晓得跪拜大当家呀！"

满屋子人跪拜在地，齐声道："恭请大当家就位！"

朱明山心想，现在不把道理说个明明白白恐怕是不行了，于是直截了当地声明："多谢各位弟兄的好意。我不愿意做这个大当家，只因为你们中间的某些人把还乡团的名声搞得很臭，很臭。我朱明山不能把这个屎盆子扣在自个脑壳上。我们花子军看重名声，胜过自己的生命。"

这时候，曾天顺有了出人意料的举动。他当着众人的面噗通一声给朱明山跪下了："全是我一人的罪过，请原谅我的弟兄们吧！"

朱明山仍旧一动不动。

"我们的大当家学尧舜禅让，把位子让给你，好话说尽，你就是不为所动。咋啦？你觉着我们是真的求你啦？弟兄们玩儿命救你上山，这第一把交椅你说不坐就不坐啦？"甄半仙火冒三丈，"来人！把这个没良心的家伙绑到位子上去！"

四个彪形大汉一齐上，把朱明山结结实实地绑在了太师椅上。

甄半仙立刻换了副恭敬的面孔："请大家再拜大当家！"

众人再次跪拜："恭喜大当家！贺喜大当家！"

在椅子上动弹不得的朱明山哭也不是笑也不是。世上有这样恭贺人的吗？老子今天算是倒血霉了。"我不明白，你们的大当家当的好好的，为什么要换呢？"朱明山问大伙。

首先回答问题的是曾天顺："兄弟我无德无能，把大家带上了绝路。原先两三百人的还乡团，现在百人不到。真正阵亡的不算多，逃跑的居多，遭刁民暗算的也不少。"

有人补充说："有一个掉队的兄弟硬是被老百姓用石头活活砸死了。"

"不管白天黑夜，我们都不敢单独行动了。"

"我参加了还乡团以后，我的爹妈和弟弟在村里一直抬不起头来。"

……

听着大伙七嘴八舌的议论，朱明山心想：还乡团现在真的成了人人喊打的过街老鼠。难怪他们把我绑上第一把交椅。

众人跪地不起。甄半仙和曾天顺额头触地，表现得分外恭敬和虔诚。

"大当家，你身上有我们求之不得的两样东西：一是仙气，二是人气。你们花子军逢凶化吉，战无不胜，靠的是羊虎神仙的保佑。你们所到之处百姓拥戴，占尽人气，遇到难事总有贵人相助。我们还乡团只有粘上你们的仙气和人气方能走出绝境。请大当家可怜可怜弟兄们吧！……"甄半仙说着说着，眼泪流出来了，鼻涕也跟着淌下来。

紧接着，曾天顺也流泪祈求道："听说花子军的人都是菩萨心肠，既能给人排忧解难，又能帮人迷途知返。大当家啊，现在只有你能够解救弟兄们，从此你就是我们的救命菩萨！请你开恩呐！……"

"家贫思贤妻，国难思良将，我们盼望有一个好当家呀！"

"大当家呀，可怜可怜我们吧！"

……

满大厅一片哭声和哀求声。朱明山哪里经受得住这般哭诉，这般苦苦哀求？心肠早就软了。他说："你们真的认我这个大哥？你们干了坏事，我打你们，骂你们，处置你们，也认了？"

众人齐声答道："任打，任罚，随大哥处治！"大厅里的气氛开始活跃起来。

"你们看我被绳子捆得紧紧的，腾不出手来打人，当然敢这么说。"

曾天顺如梦乍醒，赶紧叫人给朱明山松绑。

朱明山站起来，一边活动活动麻木的手臂，一边叫众人站起来说话。"佛教有一句明言：放下屠刀立地成佛。民间有句俗话：浪子回头金不换。现在，谁个决心重新做人，就当着众人的面检讨自己的过错，也就是当众亮丑。谁敢？"

"我说。去年腊月，我在山下药铺里抢了一个病人的一块银元。"

"我过去经常一个人逛窑子，现在不敢单独行动了。"

"我去年偷了老百姓一只鸡。"

"我上个月偷了老百姓一只羊。"

"不瞒大当家，我汤知侠睡过的女人很多，实在记不清了。从今以后，这样的错事不敢做了。如果再犯，就把裤裆里的老二剁了喂狗。"

有人忍不住笑出声来。

朱明山听见有人在悄声议论："羊秤砣，叫你亮丑你就亮吗？你不怕挨打呀？"

"挨打也比往绝路上走要强。你没看明白吗？让咱们亮丑是个考验。如果咱们心不诚，人家至死也不愿意坐这把椅子。"

……

公开检讨的人一个接着一个，就是不见曾天顺和甄半仙发言。朱明山命令检讨暂停，叫后勤人员都来这里议事，一个不留。

一群姑娘媳妇进入议事厅。

朱明山喝令甄半仙跪下，指着姑娘媳妇们问道："你实话实说，她们是怎样上山来的？"

甄半仙知道，每个女人的来历就是还乡团的一桩不可饶恕的罪恶，而这些罪恶多半是他这个二当家策划指挥所犯下的。他没有勇气吐出半个字来，身子一个劲地发抖。

朱明山脱下一只鞋，正要惩罚甄半仙，曾天顺在一旁插话说："大辫子是我的压寨夫人，和二当家没关系。"

曾天顺的插话如同火上浇油。朱明山提着一只鞋，走到他面前，问道："你的压寨夫人叫什么名字？"

"她叫曾世娥。"

"啊，这么说是本家。你俩不像是平辈呀！"

曾天顺迟疑一会儿，低头答道："她辈分高，应该是我的姑太太……"

人堆里有人捂住嘴笑。

"你个畜生，给我跪下！"

曾天顺老老实实地跪下了。朱明山高高举起鞋子，重重地砸在他的屁股上。他咧咧嘴，看样子有些痛。

"我们花子军不兴打人，但是打畜生不犯法。这第一鞋板打你不是人，自家姑太太也敢睡。"说着，第二鞋板又重重地砸在了曾天顺的屁股上，"这第二鞋板打你不是个好当家的，把弟兄们往邪路上带。"

曾天顺双手捂住屁股，在地上打滚，妈呀连天地直叫唤。

朱明山余怒未消，将第三鞋板扇在了甄半仙的屁股上："说！以后你满肚子坏蛆还敢往外爬么？"

"不敢！不敢！"甄半仙磕头如捣蒜。

朱明山见在场的多数人都吓得两腿直颤，就安慰道："弟兄们没学好，是他们两个头人没有引好路，我不会责怪你们。以后，要按花子军的规矩严格治军。现在的问题是，我是花子军的人，不经允许不能另立山头，怎么办啊？"

甄半仙连忙从地上爬起来表态说："这好办。我明天就走一趟八仙寨。不过，花子军的头头们咋会相信我呢？"

朱明山想了想，叫人取来纸和笔，说道："我这就写一封信，你明天带去。我大哥见信如见面。"

说着，双腿下蹲，将信纸铺在膝盖上，拿笔一挥而就，递给甄半仙。甄半仙一看，此信只有四句话：天苍苍地茫茫，我家有个夜啼郎，过路君子念一遍，一觉睡到大天亮。信上的字儿一个个都像挥拳腾跃的调皮娃娃。"这……这……行吗？"他哪里知道，这四句顺口溜是花子军在大庭广众之中相互联络的暗语。而信上不安分的字体是朱明山独有的。这封短信到了八仙寨，自然会有无与伦比的可信度。所以朱明山没有作任何解释。他一转身，一把拉起曾天顺，大声宣布："议事结束！"

三天之后，甄半仙笑嘻嘻地回到鹞子岩。和他一起上山的还有两个汉子：一个医生，一个无线电联络员。二人带来一部电台，一袋药材，一面花子军军旗，五百块银元，以及姜启仁和羌六宝联名的一封信。另外，还特意为朱明山带来一张布告。布告内容是：朱明山擅自行动，击毙共党干部，严重违反花子军军规，给予记大过一次的处分，落款人是羌六宝。布告中严厉的措辞，让朱明山仿佛面对怒不可遏的大当家。医生对朱明山解释说："你知道大当家为啥发怒吗？码头一战使花子军和共军的关系万分紧张。为了生存，花子军正努力修复这种关系。可是，你的一意孤行给花子军造成极大的被动。"朱明山立即低下了头，脸上红一阵白一阵，知道自己给花子军闯下了大祸，后悔当时没有听取"痣多星"的劝阻。

姜启仁和羌六宝在信中责令朱明山代理花子军鹞子岩大队的大队长兼军事教官，将功补过。信里特别强调，必须按照花子军的军规从严治军，加紧练兵，培养提拔一批，保护挽救一批，惩处遣送一批。

朱明山心里一直牵挂着老羊倌，迫不及待地向两位刚刚上山的弟兄打听老羊倌的消息，可是没有结果，就对老羊倌的安危越发担心起来。

第十五章

1，神秘的老羊倌

　　吴一飞之死就像一颗重磅炸弹轰然爆炸，使独立团和黑水县委的头头们突然紧张起来。

　　羌爱党连夜派兵赶到石羊坪乡押解人犯回县城，进行突审。同时让团长丁华中亲率一个调查组连夜赶赴石羊坪乡调查事件真相。

　　第二天上午，丁团长在电话里汇报说，昨天在乡政府大院里闹事的叫花子已经连夜逃跑。根据现场分析，领头的是花子军的人。另外，吴集乡的村长吴三爷反映说，他家的狗咬人是半月以前发生的事，当时给了两个馍就完事了。昨天，叫花子们拿这事当导火线，显然是个大阴谋。

　　再说独立团和县委联合突审老羊倌，全过程十分滑稽可笑。

　　老羊倌不知道朱明山是否脱险，所以不管怎样追问，他都一口咬定自己就是花子军里的朱明山。问他炸毁巡逻艇的经过，他说是用手榴弹炸的。又问到操作细节，他有意戏弄长官取乐，胡编滥造说："老子从篮子里掏出手榴弹，吹了吹灰扔出去就炸了。"审讯人员厉声喝问："花子军究竟给了你什么好处？"老羊倌一边伸懒腰，打呵欠，一边奚落共军和县政府："花子军比你们大方！听说你们发布告，告发花子军就只奖赏二十亩好地。可怜巴巴呀，就只有这么一丁点儿好处，谁干？你们想知道花子军赏我什么吗？说出来怕把你们吓着了。头儿提来两大麻袋银元，又叫过来一个水灵灵的花姑娘，对我说，你把事儿办成了，这银元和姑娘就都是你的了。"审讯人员一听就知道这家伙在瞎吹，于是威胁说："你不老实！明天就把你毙了！"老羊倌这时无精打采地垂下头说："反正老子也活够了。讨饭吃，饥一顿饱一顿。给人放羊也没有好日子过。"他不经意的牢骚话终于暴露了自己的真实身份。在场的官员们都忍俊不禁地抿嘴暗笑。可是花子军和九泉山游击队曾经有过频繁交往，独立团里有好多人都认识朱明山，他们都断定受审的人就是花子军里的朱明山。审讯人员一头雾水，越审越糊涂，只能草草收场。

突审没有审出真凶，只好把老羊倌关起来。

羌爱党将情况向上级做了回报，并要求上级派大部队围剿花子军。上级的答复是：一个跳蚤掀不动被窝，不要影响大局。现在，我们的大局是准备解放襄阳，解放武汉，解放全中国。当前我们的中心工作是开展土地改革，为实现我们的大目标积攒本钱。

接下来发生的事情更让黑水县的官员们百思不得其解了。省委专门为老羊倌的案子派来一个三人调查组。调查组到下边乡村里走了一趟，回来向县委宣布道：受审的人是茅草垭一户刘姓人家的老羊倌。此人觉悟不高，纯属被人利用，应判无罪释放。人们的心里都有一个大问号：这老羊倌何许人也？竟然惊动了省委！

老羊倌被捕之后，最为焦急的恐怕要数八仙寨的头领们了。老羊倌的安危使他们寝食难安。当得知他在县城受审的时候，姜启仁就和羌六宝反复商讨营救的办法。他们决定，派一个人先去探监，把相关情况了解清楚之后再作打算。于是，就把这个任务交给了土特产商行老板唐金枝。唐金枝很快将事情的前后经过报告给八仙寨的头领们，说老羊倌已经被释放回到了茅草垭。头领们乐坏了。

为了面谢老羊倌，姜启仁派人去茅草垭把他接上山来。

　　老羊倌上山之后受到热情款待。全部在家头领都出席了宴会，这是花子军最高规格的欢迎宴会。宴会上，姜启仁说了许多发自肺腑的感谢的话，接着宣布：赏给老羊倌一百块大洋，聊表谢意。令众头领吃惊的是，老羊倌说他不稀罕这几个大洋，他要的是更高的奖赏。姜启仁问他究竟需要什么，希望明言。他回答："请各位头领批准我参加花子军。"

　　陪同老羊倌上山的杜儿圆赶忙帮腔："就凭老弟的功劳，别说参加花子军，就算当个大队长，管个几百人也能服众。"他把老羊倌的功劳和苦劳渲染一番，竭力怂恿头领接纳这位大功臣。

　　羌六宝心里却不这样想。他在心里反驳杜儿圆："杜叔啊，你个老糊涂！这个老羊倌从一九三七年在东北失踪，一直到一九四三年，这六年里他究竟是当人去了还是做鬼去了？你不是费了几年工夫也没有弄个水落石出吗？我们能让底细不明的人参加花子军吗？"

　　姜启仁道："听说兄弟在茅草垭骑着高头大马，手下管着四五个羊倌，放牧数百只羊，令行禁止，好不威风！为何老想着吃我花子军的一碗辛苦饭呢？"

　　老羊倌可能是不胜酒力，也可能是谈及令他激动的话题。此刻的他已是满面红光："对几位哥们说句心里话吧：在我的眼里，心里，花子军是咱穷人的子弟兵，是羊虎神仙的亲兵，是最讲仁义的队伍，我……我……"

　　羌六宝见老羊倌说话有点结巴了，估计是因为太激动，就委婉地劝慰道："谢谢兄弟高看我花子军。因为我们花子军有自己的规矩，不能接收你。你我们今后还是好朋友，好兄弟，请不要见怪，啊！"

　　老羊倌双手捧着半碗酒，这会儿见花子军的大门仍然对他紧闭，气得脸红脖子粗，恨不得把酒碗摔个粉碎，把杜儿圆的祖宗八代骂个遍。但是，他强做镇定，让自己稍稍平静一些，昂起脖子将半碗酒一口气喝干，仰面长叹道："可惜！可惜！真可惜呀！"

姜启仁见状，连忙求教："敢问兄弟，可惜什么呀？"

"我可惜的是，这样一支仁义之师将要葬送在你们这些不懂政治的头领手里。"老羊倌出语惊人，接着又是一声长叹，"哎！花子军前途堪忧啊！"

全场顿时雅静。闲聊的人闭上了嘴巴，举筷夹菜的人将举筷的手缩了回来，喝酒的人将酒碗停在了空中……在场的花子军头领们不约而同地将万分惊奇的目光一齐投向老羊倌。他们不明白，土气木讷的老羊倌为何眨眼间变成了谈吐不凡的老学究？他们更不明白，你个老羊倌凭什么断定我花子军前途堪忧？

姜启仁深怕弟兄们出言不逊，连忙满面笑容地对大家说道："大伙儿大概都知道良药苦口利于病的道理吧？老羊倌兄弟＿＿啊，……忘记告诉大家，这位兄弟名叫冯开雨，大家可以叫他冯先生。他想对我们这些管事的人进几句忠言，我希望大家都能洗耳恭听。"

食堂主管蒋晓芸觉得眼前这个人的确太像自己的丈夫朱明山了，心里立马有了亲近感，因此首先起立，恭恭敬敬地请教道："请教冯先生：什么是政治？我，太年轻，无知无识，弄不明白。"

见多识广的周道本笑了："弟媳呀，你不懂，咋不问我呀？听人说，那些阴谋家们，今天利用我来收拾你；明天呢，再利用你来收拾我。政治就是他们用来收拾别人，自个儿从中得利的把戏。"

周道本的解释立刻引起满座哗然：

"这是他娘的什么玩意儿！咱花子军里不兴这个。""啪"地一声，胡屠户厌恶地将一口痰吐在地上。

"记得好像是哪位大人物有这样一句名言：政治无诚实可言。因此，我们学校的许多教授都不愿意过问政治。"这是卫清萍在回答身边人的问话。

黑牡丹生性粗野，说出话来很刺耳："我说冯先生呀，你还是拿你的政治喂狗去吧！"

"这东西太臭，只怕狗都不吃啊！"好一阵哄笑声！在姜启仁和羌六宝听来，这笑声是对贵客的大不敬，所以心里十分不安。但出乎意料的是，老羊倌竟然哈哈大笑起来，直笑得浑身颤抖，流出几滴泪水来。

"各位头领呐，莫把我笑死啰！我说你们不懂政治，看来各位是真不懂啊！"老羊倌擦了擦眼睛，慢慢站起身来。他离开席位，面向大家站定，清了清嗓子准备开讲。那神情，就像一位学识渊博的大学问家面对一群求知若渴的弟子。"各位头领：政治是什么？政治并不像你们理解的那样是阴谋家们专有的整人获利的把戏。准确地说，政治是一门学问。这门学问专门研究国家政权、国家经济，以及阶级关系、国际关系等等重大问题，探求有利于人民，有利于国家的正确道路。现在，通观世界，凡是有一番大作为的国家领袖都是这样的政治家。说到这里，也许有人会在心里嘀咕：政治内容如此广博而深奥，与我叫花子何干？咱只图个生存而已。"老羊倌有意停顿一会儿，目光扫视全场，然后继续讲道，"从根本利益上说，我们每个人都与政治息息相关，更何况在座的都是舞刀弄枪的军人，那就越发离不开政治了。你不过问政治，而政治偏偏要来过问你。"接着，他从陈胜、吴广讲到朱元璋，又从宋江、吴用讲到洪秀全……娓娓道来，如数家珍。手势配合激情，真是神采飞扬。此时此刻，谁也不敢相信他就是那位土里土气，老实木讷的老羊倌。

"历史是一面镜子。各位弟兄，你从这面镜子里看到了什么呢？农民起义，不是自生自灭，就是接受朝廷招安，或者干脆夺取整个江山：只有这三种结局。花子军将来会是哪一种结局呢？

据我的长期观察，你们压根儿就没有夺取整个江山的政治目标。难道你们准备接受国民党招安吗？我看不像！因为你们和国民党是天生不睦。我是根据各位的出身和后来被逼上山的经历做出这个判断的。你们是否愿意跟共产党走呢？我看也不像。因为你们对共产党缺乏足够的了解，甚至不愿意去了解，不愿意接受马列主义。就说一九三九年夏天你们举行的记者招待会吧，那简直就是一个政治大笑话。几位头领讽刺挖苦国民党，甚至狂妄地要求蒋委员长让出宝座；接着又批评共产党消极抗日。你们得意忘形，忘记了你们自己是在夹缝中求生存，必须善于审时度势，善于利用外部条件。后来，九泉山游击队派出马列教员向你们宣讲马列主义，没料到你们这支叫花子武装竟然排斥马列主义。叫花子和马列主义格格不入，真是世间罕见呀！总之，不管从哪个角度看，你们的政治得分都是不及格的。"

听到这里，羌六宝心里一惊：这位老弟为什么对咱们的情况掌握的如此详尽？他到底是什么人呢？这时，羌六宝又联想到三年前叫花子中间的一则传闻：说是一九四三年春，一位名叫马老二的能人混入日寇霸占的平顶山煤矿，成功地领导了劳工暴动，带出一支工人武装。这位能人不仅发动和组织劳工是高手，而且会日语、英语，还会开汽车，骑战马，会使用步枪、机枪、迫击炮。叫花子们简直把他传的神乎其神。后来有人在茅草垭认出老羊倌就是那位能人马老二。可老羊倌就是不承认，他说他从来没有去过平顶山。这会儿，羌六宝对这些传闻反而深信不疑了。他不得不深思：老羊倌对我花子军如此热心，究竟打的是什么主意呢？

羌六宝刚刚思考出一个结论来，只听得老羊倌的高谈阔论已经触及到最现实，最紧迫的问题。"目前，花子军面临怎样的形势呢？抗战胜利以后，国共两党的内战立马拉开了序幕。时间不到两年，共产党节节胜利，已经由弱变强。可以这样断言：不管将来谁胜谁负，花子军的前景都不美妙。为什么呀？道理很简单____卧榻之侧岂容他人安睡？各位头领，各位弟兄，生死攸关的大事，不可不察呀！"

全场鸦雀无声。各位头领陷入久久沉思。老羊倌如释重负地回到自己的座位，旁若无人地品起茶来。

此刻的姜启仁用眼睛的余光扫视一下老羊倌，心里有了这样的定论：老羊倌不是普通的牧羊人。他需要的最高奖赏绝对不仅仅是参加花子军，很可能另有所图。不得不承认，他的见解基本上是正确的。他所论及的问题的确是关乎花子军生死存亡的大事情，需要留待来日深入讨论，仔细谋划。狡兔也须有三窟嘛！想到这里，他双手捧起酒碗，毕恭毕敬地说："感谢兄弟苦口婆心，谆谆教诲。____来，请大家向我们的良师益友敬酒！"

众人纷纷起立敬酒。宴会上恢复了热闹欢乐的气氛。

2，筹划远征

老羊倌下山之后，就在第二天下午，花子军开了个高层头领会议。参加会议的有羌六宝、姜启仁、宋光宪、梁祖君、潘来运、周道本、胡屠户、伍佳杰一共八人。过去大小会议都在张公馆召开，今天的会址却选在位于铁拐峰之巅的李公馆。从山顶到山脚，两里一岗，百步一哨，由空山法师亲自负责安全警卫。空山法师宣称：今日下午，几位头领有重要法事，任何人不得打扰。

会议的中心议题是：讨论花子军的前途和命运。

会议之初出现冷场，大家都紧盯着姜启仁，等待他拿出高见。为了打破沉默，姜启仁问大家："你们如何看待老羊倌的观点？"

"说实话，我倒是十分佩服老羊倌的。你看人家谈古论今，一肚子学问。人家得出结论说，农民起义只能是三种结局。你仔细想想，也倒是呀！难道还会有第四种结局吗？”

"明摆着，现在我们只有两条路：要么接受国民党招安，要么投靠共产党。咱从来没有黄袍加身的梦想。自生自灭嘛，咱不甘心，敢说花子军里没有谁心甘情愿走这条路。"羌六宝说这番话时一脸的严肃。

周道本倒是一脸的乐观："这年头，手里有枪，到处吃香。我敢肯定，咱花子军若是换上解放军的黄制服，保险衣食无忧，说不定将来还能混个官儿当当。国民党那里嘛，我早就看透了。那里实在太臭，去不得！万万去不得！"

姜启仁笑道："周老弟是想到共产党那里讨荣华富贵，其实选这条道儿和接受国民党招安差不多，都是想学宋江啊！各位可知道接受招安的梁山好汉们最后下场怎样吗？"

姜启仁的话使大家陷入了沉思。

沉默良久。宋光宪发言了："我明白，大哥可能是不赞成咱们学宋江受招安之后去打方腊，最后死的死，伤的伤，残的残，落个凄惨的结局。可咱们上天无路，入地无门呀！"

在大家讨论发言的过程中，潘来运一直在沉思。这会儿，他亮出了自己的观点："我们和共产党已经结仇，况且信仰也不相同，如果靠共产党的帮，的确不算上策，可是，总比入国民党的伙儿要好啊！当然，比起被人吃掉，自生自灭，更是强百倍。"

除了姜启仁，大家都认为潘来运所言极是。

等大家都充分亮出自己的观点之后，姜启仁才谈自己的看法："应该承认，老羊倌对于花子军的分析是十分中肯的。我们与国民党是天生不睦。和共产党的关系呢？就像两条道上跑的车。如果硬要比较两党孰优孰劣，从而决定何去何从，是没有任何实际意义的。因为咱们花子军天生的秉性就是无党无派，独来独往。

这个秉性恐怕是无法改变了。”

潘来运有些急不可耐了：“大哥，我想听你明说，咱花子军的出路究竟在哪里呀？”

“老羊倌不是说‘卧榻之侧岂容他人安睡’吗？既然如此，咱们就索性走远点儿，找个好地方安睡。”姜启仁离开座位，将一张地图贴到墙上，“早在十一年前，大当家发动弟兄们为花子军找到一块财源宝地。大家请看地图：过了云南，泰国、老挝、缅甸三个国家交界处有一块地儿，名叫‘金三角’。那里不仅气候温暖湿润，适合农作物生长；矿产也很丰富，金矿、银矿、翡翠矿闻名世界。听大当家说，最先带队去那里挖矿的是胡屠户兄弟。这张地图就是他从地摊上买了带回来的。后来，各个步兵大队都派人轮流去那里挖过矿，只因为全国抗战爆发，才中断了几年。现在，我想请几位大队长详细介绍一下金三角的情况。”

胡屠户介绍说：“金三角的翡翠矿的确世界闻名。那里有一条乌龙河，连河里的石头都很值钱，几百里河道长年都有武装人员看守。我们的挖矿兄弟虽然是给矿主做苦力，得到的报酬也相当可观。”宋光宪插话说：“我算过一笔账，挖矿的弟兄们每月上缴的银元超过了在大城市做生意的。”有人追问一句：“如果我们花子军在那里当了矿主，是不是要发大财呀？”胡屠户说：“那里的矿主都有私人武装，我们也有自己的武装，想当矿主并不难。问题是，那里土匪横行，山头林立，种毒贩毒泛滥成灾，要想立足，也很麻烦。”潘来运有些不服：“我就不信，那里的土匪和毒贩子未必比日本鬼子还邪乎？”

周道本没有去过金三角，心中早就有一个疑问：“听弟兄们说过，那里社会秩序很乱，难道没有人管吗？”伍佳杰有个亲戚是金三角的矿主，因此他的回答有根有据：“那里是有名的三不管地带。缅甸、泰国和老挝都想管一管，但是确实管不了。金三角地盘很大，足足二十万平方公里，分布着三千多个村镇。地形也很复杂。老辈人亲眼所见，周边三国都曾经出兵剿匪，土匪们进退自如，和官军玩起猫鼠游戏。天长日久，哪个国家耗得起呀？最后都只能是无功而返。"这时，梁祖君插话提醒大家："这一点对于我们花子军特别有利。周教官，这个有利条件，用军事术语应该怎么说呀？"周道本搜索枯肠好一会儿才答道："这个叫做'战略纵深'。"羌六宝笑道："很好！金三角有这样大的战略纵深，八仙寨没法比呀！"

姜启仁提高嗓音说："多年来，弟兄们流血流汗建设八仙寨。我们确实舍不得这块宝地呀！但是，我们面临的形势很危险，无论国民党和共产党谁胜谁负，我们在这里都不能立足了。实在是被逼无奈，我今天只能请大家认真权衡：金三角究竟去得去不得呀？"

"金三角也算得是一块宝地。只是那地儿太复杂，有困难，有风险，我仍然担心能不能在那里站稳脚跟。"周道本说出了自己的担忧。

"尽管困难多，风险大，为了生存，再难走的路也得走啊！我们听候大哥的命令！"宋光宪态度坚决。接着，大伙纷纷表示赞同宋光宪的观点。最后，连周道本也表态了："既然各位都不在乎风险和困难，我周道本怕个屌呀！大哥，你就下命令吧！"

"好！既然各位授权给我，那就请众将听令！"姜启仁笑道，"我们对外只能宣称组成马帮队和商务团，目的是搞钱，而真正的最为重要的战略意图必须保密，只能是我们八人知晓。下面是具体分工……"

他首先点到的名字是潘来运。

潘来运刷地站了起来，大声应"到"。

"你的任务是带领马帮队，从我们现在的营地出发，过湘西，越贵州，穿云南，最后经过边境线到达金三角，在那里安营扎寨，经营出一块属于我们自己的地盘儿。估算图上直线距离，全部行程至少三千公里。而实际距离恐怕万里有余。马帮远征队真可谓任重道远呀！大当家随马帮同行，掌管全局。我们还要组织一支商务团队。"

商务团队的头领是宋财神。他的任务是带领商务团在武汉至长沙、贵阳、昆明数千里铁路线上和公路线上设立秘密兵站，主要为花子军的眷属前往金三角，以及后期的兵员输送提供方便和安全保证。这条线上，必须有足够的武装力量保驾护航。这支武装由梁班主挑选组建和带领。

最后接受任务的是周道本。姜启仁分析说："马帮队和商务团可能会遇到一些意想不到的困难。就像唐僧西天取经，会经历九九八十一难。只有武艺高强者和智慧超群者才能逢凶化吉。大家想象吧，没有现成的武器库，匕首、飞镖、木棍、石块……摸到什么都要会使。没有现成的便利的交通工具，碰着汽车要会开，逮着战马要会骑……这一路上，各个山头的土匪要威逼你们出买路钱，共产党和国民党也会盯着你们……更为困难的是，参加商务团的大老粗们都必须在短期内学会用算盘，建账本，学会一些起码的商务营运知识。这些都全靠周教官去组织训练。拜托了！"

周道本叫起苦来："我的好大哥哟，军事训练是我的老本行，这没啥说的。可你要我这个大老粗训练一大群大老粗建账本，学经商，这不是强迫张飞挑花绣朵吗？"

"你是没有听明白大哥说的话。"羌六宝解释说，"唐金枝就是这方面的行家。花子军有现成的人才，由你全权安排和指挥就是了。"

"那中！那中！"

会议开到红日西沉的时候，姜启仁做总结性发言："各项准备工作都必须在年内完成。只剩半年了，时间很紧啊！明年正月，两支远征人马都要尽早启程。我的任务是坚守大本营，在大本营里静候你们的捷报。"接着他又强调了两点：第一，这里只是下达了任务，怎样操作运行，希望各位多动脑筋，多想办法。在花子军里，你们看中谁，谁就是你的兵。武器装备和必需的钱粮，优先满足你们。第二，最为重要的战略意图务必保密。

就在会议要结束的时候，羌六宝提出一个新问题："目前共产党在广大农村搞土改，来势很猛，暴力行动时有发生。我们虽然无力改变他们的大政方针，但是我们的侦察班、情报网应该密切关注当前形势，做一些力所能及的事情。告诉全军弟兄，我们不能对遭难者漠不关心，也不能像朱明山那样凭个人义愤随心所欲。花子军不允许任何人脱离组织单独蛮干。"梁祖君表态，会后一定做好具体布置安排。

大家走出李公馆的时候，晚霞烧红了半边天。

第十六章

1，大宝哭恩师

羊虎乡斗地主大会在本乡中小学的大操场上举行。乡政府干部和土改工作队干部没有一个人到场，放手让农会主席姜启信和副主席羊继实主持大会。挨斗的是老地主羊善水和他的大儿子羊继春、孙女羊秋芸。大会从日出一直开到下午，羊善水突发脑溢血死在会场上。梁祖君派出的侦察兵三将军和夏干猴目睹了大会全过程。当羊善水的尸体被民兵抬着离开会场的时候，他俩飞速跑回八仙寨，向头领们报告了这个噩耗。

两位侦察兵描述说，大会重点是逼迫羊家交出金银财宝。八十高龄的羊善水在火辣辣的太阳下长久站立，手拄拐杖，身子不停摇晃，已经显得体力不支。这时候，十八里沟的老光棍魏长乐伙同几个混混想出一个毒招：三只粪桶里都灌了大粪，将烧红的砖块放入粪桶，桶里立刻冒出一股令人恶心的白烟。顷刻间，三只粪桶提上高台，分别挂在三个地主的脖子上。大会主持人慌忙喝令"住手"，可是已经晚了。羊秋芸和羊继春呕吐不止。身材高大的羊善水声音低沉地喊了一声"士可杀不可辱"就"嘭"地一声倒在高台上。脖子上的粪桶咕咕噜噜滚下台去……

姜启仁如五雷轰顶，顿时晕了头。他的恩师，他的最为敬重的长者，死得这样惨，他实在受不了。头领们纷纷请战，要求带兵下山血洗乡政府。周道本对姜六宝说："只要大当家一句活，我只带一个大队的人马，保证一顿饭工夫就把乡政府扫平了。"朱长锁说："哪里用得着，教官出马，我带炮兵班去，估计用不了二十发炮弹，就把乡政府炸平了。"羌六宝义愤填膺："野蛮土改！太不像话！大哥，我们一忍再忍，已经忍耐很久了。你说咋办？"姜启仁说："我现在头昏脑胀，需要冷静地想想。六弟留下来陪我坐一会儿。别人都各忙各的去吧！"

大家走后，姜启仁经过冷静思考，谈了自己的看法："从侦察兵提供的详细情况来看，爷爷的惨死责任并不完全在农会，姓魏的一伙民兵是直接杀手。退一万步说，即使责任全在农会，全在乡政府，也不可用兵。生意人都很看重成本，我们用兵更应该考虑这个问题。我们如果出兵报复，从此以后，我们花子军就算是彻底走上了反共道路，那个成本将是触目惊心的。你我怎么能为报私仇而把花子军往险境里带呢？"

羌六宝说："大哥的话有道理。不过，这笔账不能一笔勾销，咱们以后慢慢算吧！现在最要紧的是让爷爷入土为安。可是羊家已经一贫如洗，没有力量办丧事。我打算派宋财神去办这件事。"

这时候，姜启仁提出一个让羌六宝棘手的要求："爷爷对我恩重如山。作为他的弟子和孙婿，我应该回去奔丧。"

"不行！我不会让你下山去。"羌六宝断然否定，"经过码头一战，你已经成为共产党通缉的头号要犯，他们正巴不得早日把你捉拿归案呢！你倒好，傻乎乎地自己送上门去。大哥，花子军不能没有你呀！我求你多为咱花子军想一想，万万不可贸然下山啊！"

为了说服羌六宝，姜启仁详细分析了眼前的形势。他认为，爷爷死在斗地主的会场上，人民群众会很自然地在道义的天平上为我方添加砝码。这会儿，乡政府正担心花子军出兵报复呢！结果发现我们并不动武，只是悼念亡者，他们可能不会有意挑起众怒，有意逼迫我花子军动刀枪。当然，不能排除少数利令智昏的人不按这个常理出牌。这也不足惧。保护一个近在咫尺的奔丧者不受伤害，让他安全往返，花子军的力量和智慧都绰绰有余。最后，姜启仁总结道："综合以上分析，我的安全系数极高，至少在百分之九十五以上。"

"你的分析固然有理有据，但是还有百分之五的危险性呀！我怎么能够放心呢？"

姜启仁说："六弟呀！天底下的事儿都不可能百分之百地保险。吃饭还有可能噎死人呢！这百分之五的危险性本由天定，不在人为。"

"那好，我们请羊虎神仙评断吧！如果你抽得上上签，我就完全放心了。"

羌六宝陪同姜启仁来到铁拐峰上的李公馆。进入洞内，刚刚坐下，羌六宝就直截了当地说明了来意。然而姜启仁并不着急，他一边慢慢品尝空山法师递给的清茶，一边想，如果空山法师阻挠这事儿就麻烦了，于是就把说服羌六宝的那些理由不厌其烦地重复了一遍。空山法师听后，认为言之有理，并且激动不已，一个劲地赞扬姜启仁是个知恩图报，德才兼备的好头领。他知道事情紧急，连忙焚香诵咒，摇动签桶。姜启仁虔诚地跪在蒲团上，羌六宝跪在另一边，算是陪跪。

空山法师双手捧着签筒，让姜启仁抽签。细心的姜启仁发现空山法师一个不易被人察觉的小动作：一个无名指在一支签上点了两下。心想：莫非法师知道哪支签是上上签？莫非法师有意暗中助我？想到这里，姜启仁抽出那支签，双手捧着递给法师。"这是上上签。恭喜头领大吉大利！"

"法师，三签为定，让我大哥再抽两签吧！"

法师应允，姜启仁接着抽签。让羌六宝惊喜的是，姜启仁接着抽出的两支签仍然都是"上上签"。

　　至此，姜启仁回家奔丧的事就算定下了。

　　羌六宝和梁祖君、周道本一起为姜启仁的安全保卫工作做了周密部署。周道本担任全权总指挥，包括姜启仁在内，一切行动都必须听从他的指挥。

　　依照羊虎乡的习俗，人死之后停放三天才安葬。第一日，进行各项准备工作。例如，给亲友报丧，给亡者穿衣入殓，布置灵堂，准备待客宴席，请吹鼓手，请"支客"（也叫"都管"）等等，大大小小零零总总的事情都必须在这一天就绪。第二天，迎接亲友吊唁。当日夜里是游棺（围绕棺椁游走）和守灵的不眠之夜。第三日清早，送亡者上山入土。

　　宋光宪的确是个能力出众的人。太阳即将西沉的时候，他化装来到羊家昔日牲口棚改作的住宅。他的头发梳得油光发亮，身穿白府绸汗褂，黑缎子长裤，脚上是一双铮亮的黑皮鞋，典型的富商打扮。一进羊家栅栏，他就跪在羊善水的尸体旁边哭了个昏天黑地："我的大姑爹呀，多亏此地有朋友电话报信儿，可侄儿还是被生意上的事儿耽搁了，加之从大巴县到这儿有百十里地，坐汽车，紧赶慢赶，还是来晚了。侄儿对不起您呀！我的大姑爹！我爹早就催我来看看您，无奈这些年生意太忙，没顾得。我的大姑爹呀！您一辈子为国家，为民族，为乡亲，呕心沥血，含辛茹苦……您德高望重，众人称颂……"宋光宪哭到最后由假哭变成了真哭，呼天抢地，鼻涕眼泪一起流。在一边陪跪的羊继春夫妇边听边猜，此人究竟是谁呢？大巴县的确有个舅舅，可是自打母亲去世，彼此来往甚少，后来因为局势动荡，再加上有步行好几天的遥远路程，就彻底断了来往。他说百十里地，显然不合实际。不过，可以断定的是，此人是老表，是羊家的至亲。伍望月递过一条脏兮兮的黑毛巾让他擦眼泪，安慰道："老表啊，人死不能复生，你不要太伤心，当心哭坏了身子。"宋光宪接过黑毛巾，没有细看就往脸上擦，没想到，眼泪擦去了却留下许多黑印记，立马变成了大花脸。羊继春连忙进厨房清洗了毛巾，端出一盆干净水来。宋光宪一边洗脸，一边询问丧事准备情况。羊继春告诉宋光宪：现在家里办不起什么。已经让秋芸找几个亲友去了。打算请亲友帮忙，到山上挖个坑，简简单单把老人家送了算了。宋光宪说："你们就这样送老人，万万使不得呀！一切开销都由我出。请支客（都管），请喇叭，摆宴席，制寿衣，买棺椁，布置灵堂，一样都不能少。实话告诉你们，我爹交待过，给大姑爹办丧事，要舍得花钱。我有的是钱，你们花的越多我越是感到安慰。"最后，他强调说，"我马上去买棺椁，制寿衣，然后布置灵堂。其他事项，都由你们去办，尽量赶在天黑定的时候办好。"交待完毕，他就急匆匆地去了。他唯独没有安排请法师超度的事，是担心明天会有最糟糕的事件发生危及法师的安全。

羊继春是个能干人，按照宋光宪的吩咐，除了给亲友报丧尚在进行中，其他的一桩桩，一件件，都在天黑定的时候办妥了。将近半夜时分，羊家栅栏里搭起灵堂，给羊老先生穿上三套新衣，然后入殓。上过黑漆的柏木棺椁东西向停放。灵堂门楣上是笔力遒劲的挽联：良操美德千秋在，高风亮节万古存。横联：永垂不朽。栅栏外边，架起四口大锅。灶里火旺，锅里菜香。请来的都管钱八爷对于明天的事儿有些不放心。他说："明天迎客，我担心远近乡亲们会以为羊家经过土改要一切从简，现在把个知会为好。"于是他站在高坡上大声喊道："鸣炮奏乐＿＿＿"鞭炮劈哩啪啦响起来。冲天炮飞上天空炸响，在漆黑的夜空中迸发出耀眼的火花。吹鼓手们在锣鼓声中鼓着腮帮子吹响了《孟姜女》凄婉的曲调。

羊善水逝世之后，羊虎乡的政府大院很不平静。土改工作队和乡政府官员的应急会议从午后一直开到傍晚。议题是：如何应付上级领导的问责，如何防范花子军的报复。现在两个严重的问题摆在面前：死者是共产党高官的父亲。二儿子羊继华是省长兼省委农工部部长和组织部部长。三儿子羊继秋是永安县县长。他的孙婿姜启仁手里有一支神通广大的土匪武装。此事将会导致什么恶果，实在难以预料。独立团的丁排长现在是羊虎乡的乡长兼乡党委书记，刚刚上任就碰上这件麻烦事。但是，他毕竟经历过战火的锻炼。大家发现这位新任领导临危不乱，头脑清醒，处理问题井然有序。他首先命令农会派出民兵侦察羊家和花子军的动向，间隔一个钟头一回报。接着向黑水县委详细汇报了事件的始末，重点强调了羊家民愤之大，斗地主过程中有毛主席早就定性过的流氓无产者插手破坏，羊善水受到刺激，突发脑溢血而身亡。末了，他要求县委代乡党委向羊继华和羊继秋两兄弟报丧，同时要求独立团派一个连的兵力进驻羊虎乡，以防不测。为了及时掌握羊家动态，他安排死者的三儿子羊继实回家当好孝子。羊继实顾虑重重，极不情愿。"现在，革命工作需要你回羊家。再说，亲爹死了，儿子近在咫尺却不回家戴孝，这在民间说不通啊！俗话说，人死冤孽了。你听说过我华东野战军厚葬国民党师长张灵甫吗？你有必要和一个死人划清界线吗？"丁乡长加重语气说，"你是农会主要干部，希望你不要在老百姓中间给我们党造成不良影响。"无奈何，羊继实只好服从命令。

天黑之后县独立团的一个连队开进羊虎乡。与此同时，独立团政委兼县委书记羌爱党给丁乡长打来电话说，羊虎乡的土改工作成绩是主要的，至于运动中存在的方式方法问题以后多加注意就是了；还说上级党组织已经和羊继华、羊继秋联系上了，并且要求他们兄弟俩认真学习毛主席的重要著作《湖南农民运动考察报告》，正确对待农民运动。羌爱党要求丁乡长转告羊家，羊家老二和老三因为革命工作太忙，为家父戴孝的事只好请羊继实代替了。他特别强调，这一点要向广大群众解释清楚，以免对共产党不满的人借题目做文章。

丁乡长心中悬着的两块石头已经有一块落了地。他舒了一口气。

也就在丁乡长接听羌爱党的电话之后，羊继实派回民兵把羊家的情况细说了一遍。先说下午来了一个尊贵的客人，此人四十岁左右，中等个，一身商人打扮，看样子很有钱。买棺材，制寿衣，办酒席，请吹鼓手等等一切花费都是他掏腰包。此人自称姓胡，是大巴县人；羊继春是他亲老表，羊善水是他亲姑爹。又说他一进羊家栅子门就跪在羊善水尸体旁哭得一塌糊涂。报信的民兵又说："我来的时候，四口土灶已经砌好，灵堂正准备布置。"丁乡长问："八仙寨有什么动静？""八仙寨有专人换班监视，姜主席负责，没有发现任何动静。"丁乡长很满意羊继实派来的报信人，称赞说："很好！继续打探。"

不断地打探，不断地回报。一切情况正常。

羊家住宅响起鼓乐和炸开鞭炮的时候，丁乡长得到的情报仍然是一切正常。

一夜过去，太阳从东边天际的乳白色云层里升起来，慢慢把云层染成橘红色。田野里一望无际的玉米地，笼罩在一层薄薄的晨雾里。粗壮的玉米杆伸出长长的叶片拥抱着怀里硕大的玉米棒子，在朝阳的映照下若隐若现。

今天是羊家迎接吊唁客人的日子。从清晨到过午，直到日头偏西，仍然不见异常情况。回报情况的民兵说："前来吊丧的客人很多，多数是本村熟人，也有外乡的亲戚，就是不见八仙寨的人来。"丁乡长听罢，乐了。"都说花子军胆大包天，看来也不见得。"他交代负责警卫的民兵，"昨晚一夜没合眼，我去躺会儿。有了情况立即叫醒我。"

就在丁乡长正准备躺下休息的时候，姜启信派来报信的民兵气喘吁吁地报告说："姜……姜……姜启仁下山了。"

"带了多少兵？"

"只带了五个兵。腰里都别一把盒子炮。"

丁乡长发出命令："做好战斗准备！"土改工作队队长许渊然问道："人家只带了五个卫兵，显然不是来报复的。你准备什么呀？"丁乡长悄悄告诉他："羌政委有令：见机行事，拿下匪首。"许渊然知道，独立团对花子军早就恨之入骨，恨不得立即根除而后快。对此，他持不同看法。他始终认为，花子军是一支可以争取的武装力量。但是，这种不同见解只能埋在心底，他认为没有必要同那些缺乏政治远见的土八路一争高下。

站在灵堂外边的都管见来客是姜启仁，着实吃了一惊。只见姜启仁步履从容，满脸哀伤，见到熟人只是拱手示意，算是打过招呼。五个虎背熊腰的卫兵把他夹在中间，脸上毫无表情，如木刻一般，一个个手握枪柄，威风凛凛。都管放开嗓门，拖长音调喊道："主引贵客来＿＿敬烟沏茶啰＿＿＿"

两个卫兵先进灵堂，姜启仁随后，三个卫兵留在门外。这时，门外有许多妇女和老人朝灵堂门口走过来。他们大多是本村的客人，因为感念姜启仁过去行医救死扶伤的恩德，都想看看他，和他寒暄几句。见有三个怒目金刚挡道，就都在门前停下了脚步。姜启仁双脚迈进门里，就扑通一声跪在地上。身穿孝服的羊继春赶忙迎过来，扶起姜启仁。姜启仁轻轻叫了一声"爹"，眼泪就下来了。灵堂里甚是昏暗，借着昏黄的桐油灯光，他看见了漆黑的棺椁，看见了棺椁前边低矮的供桌，看见了供桌前边的蒲团。他在蒲团上跪下，一边烧纸磕头，一边不停地深情呼唤"爷爷"、"先生"，声调凄然。羊继春拿来孝服叫姜启仁穿上，又把供桌上的三个酒杯都斟满酒。姜启仁站起来端着一酒杯，绕棺椁一周，末了双手将酒杯举过头顶，大喊一声"我的先生，弟子敬您了"，把酒倾倒在地上。接着，又大喊一声"我的爷爷，孙婿敬您了"，恭恭敬敬地敬了第二杯酒。第三杯是送别酒。他语调凄切，嗓子哽咽："我的爷爷……我的先生……您一路走好！"敬过第三杯酒，他伸开双臂，半个身子躺在棺椁上，伤心地哭诉起来。

"我的启蒙先生呀，您对我恩重如山。我自幼家贫，读三年私塾，您分文不收。您教我四书五经，教我学做好人。您的教诲我至今记忆犹新：您说读书人，应当志存高远，要修身，齐家，治国，平天下。您还教我，世人有善也有恶，讨饭要带打狗棍。现在世道乱纷纷，我的心中困惑多呀！"哭到这里，姜启仁拍打着棺木，像是要叫醒先生，"我的先生啊，您走了，我该去请教何人呀？"

姜启仁的哭诉引得来宾中许多人抽泣。羊秋芸走过来，用毛巾给丈夫擦泪水，自己也陪着流眼泪。

"我的先生啊，您才华横溢，满腹经纶，年纪轻轻就高中举人，当上县令。无奈晚晴官场黑暗，您愤而辞官，回乡开办学堂，造福桑梓。您的高风亮节，世人景仰。有道是好人有好报。苍天啊，我先生为何落得如此下场？你为何善恶不分？天理何在呀？"姜启仁伤心至极，身子瘫软，一屁股跌坐在地上。羊继春和宋光宪连忙过来劝他节哀。这时，门外有人边哭边嚷："羊老太爷确实是好人，他死得实在冤啊！"

"我的爷爷啊，您八十高龄，烈日下长久站立，早已体力不支，脖子上又挂粪桶，怎么吃得消？什么人这样惨无人道？都说您儿孙满堂好福气，都说您桃李满天下，培养过无数栋梁材，可是关键时刻有谁保护您呀？这世道啊，为何这么冰冷无情？到底为何呀！……"哭诉到最后，姜启仁简直是在愤怒地呐喊了。

这时候，门里门外一片哭声。姜启仁的弟媳沈玉兰一边哭，一边朝门里喊道："大哥呀，千万莫哭坏了身子！"羊继实坐在灵堂的角落里，这会儿狭长的脸颊上有两滴泪珠滚下来。他为何也落泪？大伙儿似懂非懂。

灵堂里的人们连拉带劝，把姜启仁扶到靠墙的椅子上坐下。

姜启仁已经将近一年没有回家了，歇息一会儿，心里稍微平静些了，就和家人拉开了家常话。

门外停止哭泣的人们开始七嘴八舌地发议论，话题是姜启仁冒险奔丧，只怕是凶多吉少。单是乡里的民兵就够姜启仁招架，何况昨晚又开来一个连的部队。钱八爷预测："今儿个，姜启仁要想自由地离开这个灵堂，除非有神仙助他。"

2，险情逼近灵堂

这时候，忽然有眼尖的人指着羊家住宅两侧的树林惊呼："你们看，树林里有人！"不一会儿，人们就发现解放军和民兵正悄悄地向羊家住宅包围过来。

就在包围圈即将封口的时候，树林里传出喊话声："姜启仁＿＿＿缴枪投降＿＿＿你们已经被包围＿＿＿顽抗到底，死路一条＿＿＿"

树林里的喊话刚刚落音，羊家屋后的松树林里就"砰＿＿＿砰＿＿＿砰＿＿＿"发出三声枪响，接连升起三颗红色信号弹。原来，这里早就埋伏下花子军的侦察班。这三颗信号弹是向总指挥周道本报告：这里遇到了险情。为了安全、隐秘，侦察班老早吃过早饭，沿着羊虎庙东侧的山梁往这里运动。这一带是人迹罕至的原始森林，除了遮天蔽日的密林，就是悬崖峭壁，常有毒蛇猛兽出没。侦察班历尽艰险，直到将近正午时分才走完这一段十多里的山路，到达预定位置。为了应对可能发生的危险情况，梁祖君亲自带队，并且带的是精挑细选的百余人的侦察班。

静候在羊虎庙门口的周道本命令发信号弹回应。两颗白色信号弹升上天空，意思是告诉梁祖君：按第二套方案行动！

这时，聚集在灵堂外边的人们愤怒了，纷纷指责民兵和解放军不近人情。有人甚至点名道姓的骂开了："乐乐他爹，你个遭雷打的！你是哥哥背着讨饭长大的，你就这样报答哥哥呀！"沈玉兰骂的不是别人，正是自家男人，姜启仁的亲弟弟姜启信。"二蛮子，人家姜医生救过你的命，到现在你爹还欠他药钱呢！你的良心狗吃了啊！""幺娃子，你要开枪就朝娘这儿打！你哟，人指的道儿不走，鬼牵着飞跑！"……在乱哄哄的人声中，有人提议："今儿个，看样子只有我们能够掩护姜启仁。他们不敢朝我们开枪。"人们都认为这个主意好。情急之中，沈玉兰扒开人群，挤过去，把头伸进灵堂喊道："大哥，走！我们送你回去！"许多人附和道："我们给你挡子弹！"

首先出来的却是羊继实，卫兵的盒子炮顶着他的脊背。后边是姜启仁和宋光宪，断后的是几个卫兵。走到门边，姜启仁扭过头去交代一声："爹，妈，秋芸，我不能送爷爷上山，一切都靠你们了。"

见有机可趁，梁祖君连忙命令侦察班借树木草丛的掩护快速运动，靠近人群。一百多条汉子几乎是在眨眼之间出现在羊家住宅前，一百多条枪一齐指向试图靠拢过来的民兵和解放军。

梁祖君手举双枪朝天鸣放，然后自报家门："你们还记得当年花子军抓捕日本美女吗？领头的就是我梁祖君。今天我们护送大哥回山寨，谁敢挡道，老子就要了他的小命儿！"

当年，梁祖君带领兄弟们在日寇眼皮子底下掳走小枝云秀，成为家喻户晓的美谈。此刻梁祖君旧事重提，是提醒人们须记得花子军的虎威。羊继实顿时吓得尿了裤子。树林里本来就犹豫不前的民兵这时纷纷后退。花子军如神兵天降使解放军连长大吃一惊。他见花子军居高临下，又拿群众和密林做掩护，就连忙命令队伍停止前进，注意隐蔽。

　　灵堂外边护送姜启仁的队伍开始移动了。队形非常奇特：最里层是姜启仁、羊继实、宋光宪和五个卫兵；最外层是子弹上堂，持枪警戒的花子军；中间一层是叽叽喳喳的年轻媳妇们，还有几个老大爷、老奶奶。整个看上去，就像一团忙于迁徙的庞大的蜂群。

　　躲在树林里的解放军和民兵眼睁睁地望着姜启仁离开羊家住宅，上了南路，向八仙寨方向走去。去八仙寨本来有两条路可走：一条是沿黑水河北岸延伸的汽车路，在八仙寨北面，人们习惯称之为北路；一条是经过羊虎庙山麓的汽车路，在八仙寨南面，人们习惯称之为南路。两条路的地形大致相同：都是一面靠山，一面是广阔的玉米地。周道本经过深思熟虑，选择了南路，只因为沿此路回八仙寨路程最为简短。

　　半路上，梁祖君发现苞谷林晃动，发出刷刷的响声。他断定，这是解放军和民兵在秘密包抄，寻找战机。他正准备发出信号，隐藏在半山腰树林里的机枪、步枪和迫击炮同时响起来。枪炮声只是虚张声势，吓唬吓唬人，并没有伤人。看见苞谷林中的解放军和民兵慌忙后撤，树林里发出整齐的呐喊声："客人慢走啊！慢走＿＿！""不送啊！不送＿＿！"

　　来到通往羊虎庙的山路和南路相交的岔道口，人们停下脚步。这里是花子军火力控制区，上了山路，进入密林，就安然无恙了。姜启仁向送行的父老乡亲们深深地鞠了一躬。宋光宪站在路口激动地对大伙说："谢谢！谢谢！花子军永远记得你们的恩情！"这时，沈玉兰请求姜启仁："大哥，让幺叔回去吧，不要伤害他。"宋光宪想了想，代替姜启仁答道："行，就依你的，放了他。"卫兵把盒子炮插进枪套里，对两腿颤抖的羊继实说："记住，恶有恶报，善有善报。以后做人处事要讲点良心。"羊继实连忙点头称是。梁祖君催促羊继实："还不赶快回去换裤子，尿湿的裤子穿久了要得病的。"众人笑了。

第十七章

1，先遣队奋力战瘟疫

　　夏天远去，迎面而来的是玉米黄灿灿，柿子红彤彤的金秋季节。这时候，伍佳杰奉潘来运的命令，率领马帮先遣队提前三个月出发了。

　　马帮先遣队由二十名精干士兵和五匹战马组成。他们牵着负重的马匹，徒步穿越四省三十八县，耗时十一个月，历尽千辛万苦，终于到达云南境内的澜沧江边。这支队伍已是人黑马瘦，疲惫不堪。伍佳杰给弟兄们鼓劲，说过了澜沧江就到了金三角与中国过境口岸交界的地带。大伙非常兴奋，都急于寻找渡口，等候渡船。伍佳杰却主张暂缓过江，待准备充分之后再伺机而动。

　　澜沧江边有一个村子名叫"曹家冲"，花子军里很少有人知道这里便是伍佳杰的故乡。远望曹家冲，两条连绵起伏的苍翠山峦像巨人的手臂将几百户农家和数千亩庄稼地揽于怀抱之中；一条蜿蜒流淌的小河从中穿过，在午后的阳光下闪动着粼粼波光。十三年前，父母遇害，剩下唯一的亲人姑姑也难逃没完没了的审讯。沦为孤儿的伍佳杰为了逃避国民党的迫害，不得不逃离故土，走上乞讨路。那时候，他还是个十四五岁的少年。现在，已经二十八岁的他带领一支精干的马帮队伍走在熟悉的家乡土路上，觉得眼前的一草一木都有一种亲切感。他的目光在搜寻那棵位于村东头的耸入云天的古槐树。渐渐地，看得见古槐树的巨大树冠了。树下，有一大片屋场，人称"曹家大屋场"。那里可能没有了他家的老屋，但是留有他童年的记忆。

伍佳杰一边走一边细心观察，发现路上行人稀少，田畈里已经成熟的稻子无人收割。村子里没有人声，也没有鸡鸣犬吠，寂静得有些可怕。山坡上到处是纸花飘飞的新坟。有几处新坟前有人跪着烧纸，女人们的哭声撕心裂肺。他立即让队伍停下，安排五个人看护马匹，其余人都到村里串门走访，看看村里究竟发生了什么事儿。不一会儿，所有情报都汇集到他这里来了：原来村里瘟疫流行。病人上吐下泄，高烧不止，临死的时候浑身皮肤发黑，老百姓称之为"黑死病"。这种疾病容易传染，扩散很快，无法遏止。村民们请郎中诊治，求巫婆驱鬼，有的甚至长途跋涉，到千里之外的山神庙里讨得神丹圣水，各种方法都用尽，仍然阻止不了死神的脚步。跟随马帮的公羊美石和段长生把这种流行病诊断为鼠疫。他们跟随姜启仁学医的时候曾经对付过这种"黑死病"。伍佳杰让大家蹲在路边，开了一个简短会议。当即决定：马帮先遣队全力以赴战瘟神。

他们在一所小学的操场上搭起帐篷，开始收治病人。因为病人太多，并且需要隔离治疗，帐篷不够用了，只好占用校舍。小学校长慷慨大方："反正已经停课几个月了，屋子闲着，尽管用吧！"

马帮先遣队带来的药品不多，公羊美石估算了一下，说三天之后恐怕就无药可用了。伍佳杰安排：留下公羊美石一个医生负责诊治病人，段长生带领其余人上山采集中草药。所需护理人员，一律从健康的村民中挑选。

伍佳杰向当地保长建议，立即号召村民大力灭鼠灭跳蚤，搞好环境卫生，杜绝疾病传染源。

月儿圆了又缺，缺了又圆。一个月之后，曹家冲的鼠疫终于得到控制。痊愈的病人陆陆续续走出帐篷诊所，剩下十几个重病号需要继续治疗。村民们感激涕零，称马帮队的医生为"神医"。神医的名声广为传播，各地慕名前来求医的老百姓络绎不绝。这时候，潘来运发来电报，说他率领的百人马帮队已经到达贵州的六盘水，要求先遣队迅速去终点站扎稳阵脚，为大部队的到来打好基础。潘来运进军之神速令伍佳杰非常吃惊。他不知道，潘来运的马帮队威风十足，霸气冲天，一路行军无人敢挡；哪像他的先遣队，小股土匪都敢向他索要买路钱呀！

伍佳杰忙叫公羊美石回电：马帮先遣队后天过江。

第二天，听说马帮要走，村民们围拢过来，纷纷邀请他们到家里作客，好好休息几日再走。伍佳杰推辞说："老家里有好几百人正眼巴巴地盼着我们赚钱过日子呢！实在不敢再耽搁了。没有好脱体的病人，我们会留下医生负责到底的。"说到这里，村民们一个个都非常抱歉。曹家冲是远近闻名的穷山村。家家户户都指望田里收割之后用大米抵上医药费，没想到马帮这么快就急着要走了。马帮收治病人的时候，压根儿没有提过医药费，身为保长的曹三叔过意不去，决定一个病人一天交十斤大米，按实际治疗的天数累计，粮食入仓之后一次交齐。一个月来，马帮日夜苦战，精心治疗，从死神手里夺回许许多多鲜活的生命，而曹三叔手里却空有一个账本，他无法向救命恩人交代呀！见村民们一个个面露难色，伍佳杰安慰道："这些日子里，我们人和马吃你们的，喝你们的，就算是收了医药费啦！""那咋成啊！你们马帮挣钱养家也不容易呀！这么说吧，秋收之后，我一定把欠账收齐，保证一粒米都不会少。"曹三叔扫一眼在场的众人，以征求意见的口吻问道，"我有这样一个想法：我们曹家冲的人虽然穷，可起码的礼仪还是懂得的。马帮队要走了，我们就在这学堂里摆几桌百家宴意思意思，行不行啊？"村民们积极响应，有的表态出酒，有的表态出肉，出不起酒和肉的说萝卜青菜管个够。

　　中午的百家宴摆了四桌，上桌陪客的是推选出来的七八个村民。

　　伍佳杰这个席上由曹三叔亲自作陪。酒过三巡，曹三叔忍不住向吴佳杰提出一个疑问："我看你们马帮队不像生意人。生意人哪有不看重利益的？再说，你说老家有几百口子人指望你们挣钱过日子。什么家族，人丁如此兴旺啊？还有，你们的医术，你们的药品和人品，都表明你们绝非等闲之辈。我年近花甲，一辈子从来没有见过你们这样的生意人。帮主能不能实话告诉我，你们究竟是何方神圣？"

　　伍佳杰佩服曹三叔的眼力，面对这样的长者他只能实话实说："实不相瞒，我们的确不是一般生意人。过云贵，走湖南，再向湖北行，那个方向有座远近闻名的羊虎庙，羊虎庙里的羊虎神仙有一支亲兵，是叫花子组成的武装，名叫'花子军'。这支军队为老百姓出生入死，成立十五年来牺牲近百人。三叔啊，你帮我们算一笔细账，不说打仗多么烧钱，单说将近千人的队伍日常开销有多大？还有更愁人的事呢！所有士兵，包括所有烈士，他们的妻儿老小要养活，所以花子军硬性规定一年军龄发三十六块银元。烈士生前算军龄，牺牲之后也永远算军龄。全军一年总开支该要多少钱啊！我们的大当家实在没招儿了，才派出马帮到金三角做生意……"曹三叔忍不住插话："记得是一九三九年，昆明报纸说，花子军和日本鬼子干了一仗，消灭鬼子八九百。你们是不是八仙寨上那个花子军呀？"段长生答道："老先生所言极是！我们就是八仙寨那个花子军。当年那一仗，称为'八仙寨保卫战'。"他拍着伍佳杰的肩膀介绍说，"我们这位头领，当年只有十九岁，是步兵二大队的大队长。战后举行记者招待会，他是主持人。"这时，一个乳名叫"獾子"的光头汉子惊叫起来："我的亲娘呃！我亲眼见到了这支好人的队伍，福分真的有天大呢！大家晓得啵？

花子军里人人都是菩萨心肠。我的二舅在国民党 75 师 118 团当兵。黑水县一仗，被共军围着打，一百多人负重伤，其中就有我二舅。部队突围，带不走他们，眼看只有死路一条，多亏花子军设计营救他们上了八仙寨。伤员们养好了伤，花子军又发给路费，派人护送他们回老家。你们说，这大恩大德，我们应该怎样报答呢？"

"我们都在纳闷：遇到这么大的灾难，为啥能够逢凶化吉？原来是神仙派亲兵救我们来了啊！"村民们一个个都万分激动，一齐站起来恭恭敬敬地向客人敬酒。曹三叔真诚地表态："以后，马帮有什么事需要帮忙，尽管开口。"

伍佳杰不失时机地提出一个要求："请三叔帮忙租三间房，马帮想在这里开一个诊所。"

"请讲明，这诊所是长久开还是短期开？"

"当然是永久开下去。因为我们马帮要永久在金三角做生意，这个诊所开起来，途中算是有了个歇脚地方。"

"这好办啊！我们曹家大屋场有一块空地，那是我堂哥曹宽义的老屋地基。"曹三叔叫着光头汉子的乳名说，"獾子啊，你是泥瓦匠，明儿个我交给你十个青年小伙儿归你指挥，就在那块地基上盖三间房子。木材、砖瓦的费用按户平摊。"被叫做"獾子"的汉子摸着光光的脑袋，笑着应道："三爷发话了，谁敢犟嘴呀？再说，能够为花子军出力，是我家老辈子修得的福分啊！"

这时席间有人轻言慢语地提出一个问题："随便动用私人宅基地只怕不妥吧！曹宽义和他老婆死了，还有个儿子呀！听说他儿子叫曹保国，乳名儿叫国子，是吧？"

"万一国子来讨这块宅基地，我们就给他划一块地皮；他不要呢，我们村里就拿钱补偿他。这样总比闲着长草好得多吧！"说到这里，曹三叔面容凄然，感叹道，"我那个宽义哥哟，两口子在昆明城里老老实实教书过日子有啥不好，非要跟着共产党闹事。结果呢，夫妻俩被枪毙，独生儿子至今下落不明。这家子恐怕是绝户了。哎……"

伍佳杰追问道："听说曹宽义有个亲妹妹叫曹宽惠，嫁给金三角一户姓杨的土司人家，现在过得怎样？"

曹三叔吃惊地望着这位刚刚结识的年轻帮主，不禁满心疑惑："我堂哥家的事情，你怎么知道的这么清楚？"

伍佳杰随机应变道："我们花子军里有一位云南老乡和曹宽义沾亲带故。马帮出发时，此人特意托付我打听一下曹家的消息。"

"我这位堂妹，说起来也是命苦。出嫁之前，跟随哥嫂吃了很多苦。国子就是她一手带大的。她比国子大十二岁，算起来，现在也是四十岁的人了。土司家依仗缅甸官府势力，手里管控着四十座翡翠矿。可是自从她嫁过去之后，土司就开始走下坡路，后来竟然被日益强大的土匪势力赶雀夺窝。现在，有人说她们家为了避祸，竟然到了东躲西藏有家难归的地步。"

马帮的士兵们一个个都是百思不得其解："杨家有政府支持，怕谁呀？""政府军都是消干饭的呀？怎么听任土匪横行呢？"

曹三叔长长地叹口气，一边举杯劝酒，一边慢慢解释："各位边喝酒边听我细细道来。老挝、缅甸、泰国，这三个国家的政府军都拿金三角无可奈何，因为这块地儿太特殊了，太复杂了。首先说，地域广阔，地形复杂。这块地儿有二十万平方公里，和缅甸、泰国、老挝等三国交界，沟壑从横，丛林密布。缅甸和泰国对金三角的土匪都曾经出兵围剿过。土匪利用复杂地形与他们周旋，进退自如。哪个国家的政府军打得起这种消耗战？每次围剿都是无功而返。久而久之，各国政府就睁只眼闭只眼，能够和平共处就不轻易用兵。再说，这里聚集了形形色色的人群，潭水深了，乌龟王八自然就多。国共两党的特工与地痞、流氓、盗贼、土匪、毒贩子搅和在一起，相互利用，狼狈为奸。各位要去那里做生意，只怕不容易啊！"

　　听了曹三叔的讲述，伍佳杰越发觉得要在那里站稳脚跟，就必须依靠信得过的当地人。想到这里，他细细打听起杨家土司的情况来，连家庭人口、具体住址、寨子规模、武装实力、经济状况等等都问了个一清二楚。末了，马帮队里有人提出一个疑问："据说，那里绝大部分是汉人，还杂居着国内的一些少数民族。他们说的是汉话，写的是汉字，用的也是中国国内通行的货币，风俗习惯都和我们一模一样。这到底是什么原因造成的呢？"

　　曹三叔解释说："根源在于明朝时期中国的一次大移民，那里一些土司都是中国朝廷加封的。后来那些地盘逐步脱离了中国管辖，但是一切风土人情和文化传统都没有大的改变，连土司的官爵都一直世袭到如今。"

　　宴会结束，村民们一个个打着饱嗝，醉醺醺地走了。伍佳杰留下弟兄们，对日后的事作了具体安排：公羊美石留下负责建好诊所，办好诊所，同时负责通讯联络。二将军连同他的两只爱犬也一起留下，负责保护电台。考虑到应急需要，还留下一匹马和一些物资。

　　议事完毕，段长生悄声对伍佳杰说道："看样子，下一步你是押宝押在杨家土司身上了。不然的话，你不会如此关注这一家子呀！"

　　伍佳杰对他耳语道："废话！那位曹宽惠是我姑姑，杨家土司是我至亲，天赐良机，咋不关注呢？"

　　段长生瞪大吃惊的眼睛："原来你就是……"

　　"我就是国子。"

　　"既然如此，你回到故乡，面对乡亲为什么不亮明真实身份呢？"

"你傻呀！在国民党统治区亮明我的真实身份，想找死吗？"

2，伍佳杰寻亲

马帮先遣队过江之后，暂时在八莫的车马客栈住下。选择八莫，只因为这里距离杨家土司的寨子不远。

客栈环境舒适，饭菜可口，可是一个个却吃不香，睡不着。现在当务之急是寻找杨家土司。伍佳杰派人前去打探，杨家的佣人说土司一家老小都逃难去了。这里的环境并不比曹家冲安全，伍佳杰不能亮明身份公开寻找姑姑。再说，阔别这么多年了，即使迎面碰上也不一定认识呀！到底应该怎么办呢？大家都没招儿，只有干着急。

一日，客栈里住进一伙拖家带口的客人，说是到景洪投靠亲戚的。夜间，孩子一个劲哭闹，不肯入睡，年轻的母亲嘴里哼着摇篮曲哄孩子入睡。摇篮曲效果极佳，不一会儿，孩子就睡着了。伍佳杰心想，这孩子多么像自己小时候啊！幼时的他好哭又贪吃，三四岁了还不改这个特性。夜间，姑姑总是唱着摇篮曲哄他入睡，唱着唱着，那摇篮曲就变成了自编的儿歌：

娃娃睡着着，醒来吃馍馍；馍馍甜又香，芝麻馅儿拌红糖……

想到这里，他似乎突然有了灵感，叫大伙围拢来议事。他想让大家一齐动手写寻人启事，启事的主要内容就是姑姑哄自己入睡时哼唱的自编儿歌。他说启事写好以后，到处张贴，姑姑看见启事自然会来找他。梁大斌提出另外一个复杂问题："逃难的人如惊弓之鸟。你叫她到指定地点来找你，她敢来吗？"这个问题又把大家难住了。

还是段长生脑子好使，很快想出一个法子来：启事上写明，请姑姑到大街上卖馍馍，我们去买她的馍馍，见了面再细聊，然后判定是不是要找的人。

大家都称赞这个办法好。

第二天，大街小巷、渡口、村寨到处都贴了这样的启事：

买馍启事

姑姑：

您可能还记得这样的儿歌：娃娃睡着着，醒来吃馍馍；馍馍甜又香，芝麻馅儿拌红糖……

侄儿惦念您，特别想吃您的馍。您如果有闲空就做馍馍到街上卖，我一定来买。

想吃馍馍的孩子
一九四八年十月

启事贴出去，大街上卖馍馍的生意人陡然增加了许多。大家都不能断定这是不是好现象。伍佳杰说，下河方知水深浅。于是客栈里留下少数人，上街"买馍"的三人一组，一共派出四个小组。伍佳杰本来是要亲自带队上街的，被段长生拦下了。段长生认为，头儿不必冒这个风险，应该相信弟兄们完全有能力顶替他这一角儿。

结果呢，大大出人意料，大伙儿走街串巷忙活一天一无所获。好多吃食担子上的馍馍都是包的芝麻馅儿拌红糖，仿佛是统一约定的。和卖家细聊起来就更觉得不对劲儿了。问老家在何处，有的答"方家洼"，有的答"柳树屯"，还有答"四海为家"的……看来他们和曹家冲的人都毫无关系。又过了两天，四个小组上街买馍仍旧没有任何收获。其中，梁大斌这个小组还遭到卖馍人的辱骂，让人觉得好气又好笑。卖馍人是个十六七岁的小伙儿，看样子是刚刚学习做生意。他一不吆喝，二不主动和顾客打招呼，摆出一副"姜太公钓鱼，愿者上钩"的姿态，担子里的馍馍大半天了无人问津。梁大斌凑上去，问道："你的馍几文钱一个？"小伙头也不抬，看也不看梁大斌一眼："九文钱。"接着，梁大斌又问新鲜不新鲜，味道咸不咸，小伙翻了翻白眼，索性不理睬了。"你这馍馍包的什么馅儿？"梁大斌肩负重任，所以极有耐心。小伙终于沉不住气了，喷着唾沫星子吼道："包的是狗鸡巴拌羊秤砣，爱买不买随球你！"见小伙出言不逊，梁大斌很生气，只是不便发作，佯装颇有涵养的模样继续闲聊道："这位小老板老家是哪里的？"这时候，小伙不胜其烦，骂道："妈的，真是活见鬼了！这几天，天天有人问老子老家何处。莫非老子的老辈人是你们的活祖先？要不就是你们家有嫁不出去的老姑娘想打我老家人主意？""谁家小子这么缺家教？走，引我见你父母去！"梁大斌心里的怒火终于点燃，多亏两个同伴连劝带拉才离开。

又一个百无聊赖的日子过去了，买馍的人们锲而不舍，红日东升的时候照样上街买馍。这一回，是段长生小组和傲慢小伙打交道。小伙态度依旧。可是问到馍馍包的什么馅的时候，小伙的回答有些变化："芝麻馅儿拌红糖，很合年轻人的口味儿。不信，你尝尝。"段长生接着问小伙老家在哪里。"曹家冲……"小伙的回答让段长生喜出望外。可是接下来，小伙立马变了脸："咋啦？莫非老子家族有人到你们家当上门女婿，现如今想认祖归宗了？要不要我引你们见见老家人？"段长生细细咀嚼这并不友好的答话，觉得好像话中有话，于是生气地抓住小伙的臂膀说："你太没教养了，小伙子！我真的想当面问问你的长辈，为啥你小子有娘养没娘指教。""反正老子没啥生意。一不怕你们劫财，二不怕你们劫色，随你们咋整！"

夏干猴和何胡子押着挑担的小伙在前边走，段长生紧跟其后。

他一路走一路揣测：这究竟是福还是祸呢？

挑担的小伙引领他们走过田畈，涉过小河，翻过几个黄土岗，太阳当顶的时候开始上山。段长生问："这是什么地方？"小伙冷冷地答道："关帝山。我家就在山顶上。"道路越走越陡峭，一路上谁也不吭声，只有丛林里的鸟叫声提示着这难耐的寂寞。估计已经到了半山腰，林中突然窜出几个持枪的人来。

"强龙想压地头蛇呀？"这是持枪的人在询问暗语。

"黄鼠狼给鸡拜年。"小伙的答话让人莫名其妙。

……

接下来又有几句对答。小伙的回答显然准确无误，持枪人爽快放行。

总算到了山顶，大伙儿坐下喘气歇息。这时候，突然冲过来几个彪形大汉，首先缴了段长生等三人的短枪，然后是小伙回答彪形大汉的问话。所有的问答，完全是土匪黑话，段长生他们一个词儿都听不懂。他们心想，这一回是自己送上土匪门，真是倒了八辈子霉。黑话对答完毕，他们被五花大绑。两个大汉押解他们三个倒霉蛋儿沿山梁往西行，挑担的小伙在前边引路。何胡子和夏干猴心中没有丁点儿恐惧，有的只是懊恼和忧虑，心想丢了性命无所谓，耽搁了先遣队的大事如何是好？弟兄们这会儿正在车马客栈里翘首以待呢！

段长生边走边思索着同样的问题。从最坏的可能着想，眼下只能示弱，土匪们没有威胁感了，我们才可能有安全感。于是，他悄声提示："尿！"夏干猴和何胡子看见段长生的裤裆湿了一大片，便立马滴出尿液。段长生又提示："哭！"三个人大放悲声，请求放他们一条生路。两个大汉和小伙都没有理会。

走到山梁西头的关帝庙前，小伙进去禀报，两个大汉命令他们老老实实在庙门口蹲着别动。

　　小伙领着几个挎盒子炮的人出来，把他们带进大厅。迎接他们的是两列威风凛凛的持刀士兵，只见明晃晃的马刀在他们头顶上交叉，构成一条寒光闪动的狭窄通道。个头不高的夏干猴低着头慢慢走过去。段长生故作胆小之态，一边在刀丛中畏畏缩缩地移动脚步，一边嚎哭不止。两个同伴见他哭了，也跟着一齐嚎。这会儿，他们都在心里恶狠狠地骂道："吓唬谁呢？爷们经历过的枪林弹雨，龟儿子们只怕没有见过，也没有听说过呢！到时候看爷爷怎样收拾你们！"

　　穿过刀丛，他们在关老爷神像前站定。神像底座下边，一个头领模样的人正襟危坐，喝问来人是谁，报上姓名。三人都报了假名，一个劲央求高抬贵手。

　　"你们究竟是什么人？从实招来！"

　　持刀的士兵们一齐呐喊："从实招来＿＿"这声势足以让胆小的人吓破胆。

　　段长生答道："我们都是生意人。茶叶、兽皮……什么生意都做。"

　　"我看你们是保密局的人，要么就是中统人。"

　　何胡子赶紧分辩："实话向大头领禀报，我们兄弟仨很想参加保密局和中统，混碗饭吃，可人家不要，说我们胆儿小，办不成人事儿。"

　　士兵们望望他们湿漉漉的裤裆都忍不住笑了。

　　头领又问："你们为何和花子军搅和在一起？"．

　　"我们生意人走南闯北，只是相互认识，并无任何瓜葛。"夏干猴深怕牵连到花子军，抢着回答。

　　"你们跟随卖馍馍的娃子到这里，到底想干什么？"

　　段长生难为情地笑了："卖馍馍的娃子太缺家教，我们完全占着理儿。我们登门告状，只想蹭两碗饭吃。没想到……"

大厅里响起哄笑声。

头领没有笑，仍然是一脸严肃。他吩咐手下人用绳子把他们三人绑在一根大柱上，等太阳落山的时候把他们毙了。头领和士兵们都下去了，空旷的大厅里除了持刀立于宽大底座上的威严的关老爷，就剩下他们相互依偎的三个可怜人了。夏干猴说："我不怕死，但是万万没想到死的这般窝囊。""我也不怕死，只是舍不得我的黑牡丹和大运。"何胡子哀伤极了。段长生安慰道："不要这么悲观，羊虎神仙会保佑我们的。说不定呀，接着就是峰回路转，柳暗花明呢！"何胡子问道："我就不信，你就舍得老婆和孩子？祁春卉那么年轻漂亮，旺旺那么活泼可爱！……"

正当他们窃窃私语的时候，墙那边突然有一个女人呼唤"国子"，连叫三声，一声比一声高。段长生扭动身子，竭力偏着头寻找呼唤"国子"的人。

不一会儿，段长生被松绑，带到了一间厢房里。一个中年妇女将两张照片递给他，叫他辨认是谁。事情发展到这里，他断定面前这位中年妇女很可能就是伍佳杰的姑姑曹宽惠，但是为了稳妥，他答道："这人看模样是本地人，我不认识，不过我敢肯定，我有一个朋友是本地人肯定认得他。你们能放我回去请他来相认吗？"中年妇女立即派人送他下山。

夏干猴和何胡子作为人质，仍旧被绑在柱子上。

大家听了段长生的详细回报，一个个喜形于色。伍佳杰这时候却谨小慎微了："请各位注意，我们是在人生地不熟的险恶环境里完成一项极其复杂的特殊任务，因此，哪怕一点点疏忽大意都有可能招致大灾难。"他留下五人看守货物，六人上街观察动静准备随时听令，他和四个弟兄骑上四匹马出发了。

伍佳杰和弟兄们频频加鞭，四匹战马向关帝山方向疾驰而去。

段长生下山之后，中年妇女和头领为这次极不平常的认亲作了精心设计和布置。认亲地点是一间不大的厢房，西斜的阳光把整个房间照射得亮堂堂的。厢房东侧有一个不大的窗户，窗户上挂着白色纱布做的窗帘。仅仅隔一层薄薄的白色纱布，窗户那边已经悄悄埋伏下一个狙击手。如果前来认亲的"国子"是个冒牌假货，狙击手就立即扣动板机，送他上西天。头领要求他一枪毙命，干净利落。中年妇女反复叮嘱，前来认亲的人看见墙上的照片如果叫"伯伯"就是真"国子"；如果叫"爹"，叫"父亲"，叫"爸爸"，就开枪打死他。她解释说："我哥是曹家老大，堂兄弟的孩子们都叫他'伯伯'，国子小时候也跟着这么叫，一直没有改变。"

伍佳杰和段长生很快上了关帝山，另外三人和四匹战马都留在山下。

伍佳杰由头领亲自引领，进入厢房。头领一语双关地喊道："贵客光临，热情招待＿＿＿"窗帘那边，一支黑洞洞的枪管立即瞄准了伍佳杰。

在亮晃晃的阳光下，伍佳杰很清晰地看见贴在墙上的两张照片。这两张照片实际上是一个人分别在青年时期和中年时期的留影，这个人就是他父亲。年轻的父亲昂首远眺，凝神沉思，模样儿英俊潇洒……中年父亲身着长衫，面带慈祥的笑容，似乎是在谆谆教诲莘莘学子……他望着父亲的照片，儿时的记忆立刻浮现脑际，心里涌动着亲情的潮水，眼里噙满泪花……

此刻的窗帘那边，中年妇女没有听到任何反应，失望地叹了一口气。狙击手的手指勾住板机，准备立即射击。

突然间，伍佳杰实在按捺不住心头的伤痛，不由自主地扑通一声跪倒在地，大放悲声："我的伯伯呀！儿子不孝……"

听到这撕心裂肺的哭声，狙击手立即收起了枪。中年妇女冲进厢房，双手抱住伍佳杰，边哭边呼唤："国子呀！国子！姑姑想你想了十几年……你去了哪里？……"

　　一直等到这姑侄俩停止了哭泣，头领才走过去道贺。姑姑指着头领介绍说："这是中共金三角地区党组书记老钱。"原来关帝山上这支人马本是杨家土司的私家武装，为了在复杂环境里求生存，才找到中共做靠山。伍佳杰向钱书记自我介绍说："我原名曹保国，后来改名伍佳杰。因为恶劣环境里斗争的需要，以后请你们仍然叫我伍佳杰。"这时候，松了绑的夏干猴和何胡子也进了厢房。老钱笑着对伍佳杰说："你的这几个兵呀，没有严刑拷打就尿了裤子。哈哈！"伍佳杰听出了嘲笑意味，那言外之意是嘲讽说："你们花子军怎么会有这样的孬种呢？"他于是答道："我们花子军里的兵一个个都是英雄好汉。有时候面对复杂环境，他们也善于应变。"何胡子听了老钱的嘲讽，气不打一处来："咋不见那个卖馍馍的娃子呢？我想教教他说人话。"老钱连忙解释："那个娃娃是我们游击队里年龄最小的侦查兵，外号'小松鼠'。他对你们不礼貌，完全是我一手导演的。要知道，他如果不那样做，你们就不会跟他上山，也就没有后边的喜剧性结尾了。"姑姑曹宽惠也帮着打圆场："你们那个启事的确怪怪的，一贴出来就引起广泛关注。国民党的保密局和中统特工，还有各个山头的土匪，都做馍馍到街上去卖，馍馍包的都是芝麻馅儿拌红糖。多亏老钱足智多谋，到了第四天，他根据小松鼠几天来提供的情报，决定放出'老家曹家冲'的重要信号，把你们引上山来。"夏干猴说："我们不知道小松鼠是在演戏。不知不为罪呀！"

　　接下来，伍佳杰介绍了花子军马帮队的情况，请求关帝山游击队给予支持。老钱说："你姑姑是游击队队长。姑姑帮侄子，理所当然啊！"

　　姑姑曹宽惠说："我们杨家势单力薄，被土匪撵得东躲西藏。今后就指望侄儿撑腰啦！"

　　"为了稳妥起见，我打算带领马帮先遣队回到曹家冲住些日子，等候大部队到来之后驻守杨家寨子，帮姑姑夺回失去的翡翠矿区。"姑姑曹宽惠和老钱都满心欢喜。

　　谁知天有不测风云，人有旦夕祸福。马帮先遣队刚刚返回曹家冲，就收到潘来运的急电，说大部队在曲靖遭到国民党第八军师长孙进贤所部的围困。

3，潘来运遇险

　　潘来运率领的马帮队伍一路顺利，没想到在云南曲靖这个地方会遇到大麻烦。天黑之后，他们在距离曲靖不远的一个苗族山寨里住宿。这个山寨地理位置非常特殊：一个大山谷里有上百户人家。这些人家分布于被小河和溪流分割成无数小块的田园之间。南北两边的山峰耸入云天，人称南岭和北岭。山谷的东西进出口非常狭窄，较为宽阔的西头山口宽度不足五百米。村里残留的花岗岩工事遗迹表明，这里自古以来就是军事要塞。花子军马帮队正是看中了这一点才选择这儿为宿营地的。不料半夜里风云突变，在东西山口站岗的哨兵向潘来运报告：国民党军队突然包围了山寨。据当地老百姓说，这支队伍的师长名叫孙进贤，属于国民党第八军管辖。有人建议立即突围，边走边打，再犹豫下去就来不及了。潘来运说："我们在明处，国军在暗处，而且敌众我寡，真的打起来，我们会吃大亏。不到万不得已的时候，不能和他们交火。"他派出侦察班，继续打探情况。侦察班带回的军情更加令人忧心：南岭和北岭到处都有国军的伏兵。看来，花子军马帮队是插翅难飞了。潘来运急急忙忙向羌六宝请示对策。羌六宝倒像没事儿一般，笑道："九年前，我兄弟指挥八仙寨保卫战，那可是大仗恶仗啊！从开战到结束，你何曾请示过我？现在是怎么啦？

现在你全权指挥马帮，想怎么干就怎么干，什么请示啦，汇报啦，统统没必要！"从大当家的住处出来，潘来运发出两项命令：一是命令大家在修补残留工事的同时，选择有利地形构筑必要的新工事。二是命令无线电联络员分别向八仙寨大本营和马帮先遣队通报紧急军情。

天亮以后，国军仍然是围而不攻。潘来运用望远镜观察，只见东西山口方向已经摆下炮群，黑洞洞的炮口一律对准山寨。这些炮群一点儿伪装都没有，像是大财主有意炫富一般。南岭和北岭的丛林里分布着重机枪阵地。透过浓密的枝叶，时而可见人头攒动。那架势，真是杀气腾腾啊！看到这里，潘来运心里反而平静了许多。他断定，这一切表明孙进贤分明是故意炫耀武力，是做给花子军马帮看的。这个军阀究竟要达到什么目的呢？心想，不管这家伙要干什么，我们眼下最要紧的是加强战备，保存实力。他立即做了兵力部署。

眼看这里有一场大战，老百姓立即陷入一片慌乱，纷纷钻进自家的防空洞里。这些防空洞挖的很深，足以应对重型炮弹的轰炸。防空洞都是钢筋水泥结构，里边厨房、卧室等各种设施齐备。潘来运揣测，这些防空洞可能是过去驻守要塞的军队所筑造，后来留给老百姓使用了。现在，正好给花子军马帮队提供了现成的工事。他要求小队长们带领士兵安抚百姓的时候，顺便记住这些防空洞的具体位置。

太阳初升的时候，西山口的大喇叭响起喊话声："花子军马帮队：现在的云南，战云密布，国共最后一战即将打响。你们来到此地，通共目的已经昭然若揭。我部奉上级长官的命令，已经把你们团团包围。你们的唯一出路是缴械投降，接受国军改编。现在，限你们两小时以内派出代表，到西山口和我方谈判。"听了广播，潘来运不禁哑然失笑。原来，孙进贤是看中了我们这些青壮年男丁呢！也难怪呀，国军在内战的战场上接连吃败仗，兵员紧缺啊！

大约半小时过后，潘来运率两名卫兵朝西山口疾驰而来。

快到西山口的时候，卫兵有了惊人发现。"总指挥，你看，他们用三道很长的木栅栏把山口通道完全堵住了。""这是故意设路障，想让咱们下马乞求放行！"

潘来运扫一眼三道木栅栏，迅速目测出总宽度，果断命令道："飞过去！"

"嗬儿！嗬儿！"马背上的三个骑手挥舞马鞭，同时向胯下的伙伴发出指令，三匹战马先是一个冲刺，在第一道栅栏前纵身一跃。这时，在栅栏附近看热闹的国军士兵们一阵惊呼，只见战马飞越三道栅栏，奋起的马蹄正向他们的头顶踏将过来。士兵们纷纷四散开去。三匹战马稳稳当当落地，紧接着是前蹄腾空，马首朝天，发出响彻晴空的嘶鸣……

潘来运端坐于马上，不卑不亢地叫道："请国军长官过来说话！"

一位国军长官被士兵簇拥着向这边走过来。

"请花子军头领禀报大名和职位。"

"我叫潘来运，是花子军马帮队的总指挥。"潘来运双手抱拳，彬彬有礼地问道，"我们花子军和你们第八军前世无怨，今世无仇，为何挡我道路？"

孙进贤刚刚目睹了三骑飞越木栅栏的精彩表演，心中煞是爱慕，态度客气起来："我挽留好汉们多驻几日，是因为你们有通共嫌疑，事关重大，不弄个水落石出是万万不行的呀！"

"说我们通共，长官有何证据？"潘来运质问道。

有士兵提醒潘来运："说话客气点儿！这是我们的孙师长。"孙师长没有生气，反而笑了："最好的证据嘛，在你们自己手里。

你们接受国军改编，就证明你们没有通共嫌疑。"实际上，他心里没有说出口的理由是：这支能征善战的队伍如果被共军所用，我们就惨了。万一不能为我所用，共军也休想得到一兵一卒。

这时候，潘来运气得脸红脖子粗："我知道，抓壮丁是你们国民党的强项。我们花子军十五年前就领教过了。我今儿个和你面谈，本来就做好了两种准备：孙师长如果是讲理的主儿，我们就把这理儿摆个明明白白，透透彻彻；万一孙师长不讲理，没办法，只好拼个鱼死网破。"

"就你这百十号人，想和国军比拼？笑话！"孙师长用傲慢的口气教训道，"你了解我一个师的军事建制吗？哈哈，我不敢对你愣头小子说实话，我怕你吓得跌下马来。"

"你知道我们花子军的威力有多大吗？刚刚起事的时候，我们十一个人，打退县保安团六七百人的数十次猖狂进攻，最后他们活着回去的算上轻重伤员只有一百多人。抗日时期，我们总共三百多人，一仗下来，消灭日寇一千多人，还击落日寇一架轰炸机。现在，你包围了马帮队，我们大本营正在调动军队和民兵，一百多辆汽车正满载援兵向这里开过来。马帮队固守待援，到时候内外夹攻，够你们喝一壶的。"潘来运实说连带虚夸，显得底气十足。

"你就使劲吹吧！吹死牛不缴税。"孙师长一挥手，"通知全师将士，做好攻寨准备。"

国军的军号滴滴哒哒响起来。马帮队针锋相对，也用唢呐发出战斗号令。

在军号和唢呐声中，潘来运和两位卫兵扬鞭策马，返回苗族山寨。

此后的头三天里，国军照样是围而不攻，只是不停地向山寨打炮。那意图很明显：花子军马帮队所带给养毕竟有限，孙进贤要看看这伙人到底能够撑多久。

潘来运要求大家好好休息，养精蓄锐；同时要求节约用粮，准备持久战。

第四天，孙进贤变了招数。因为苗族山寨地形特殊，大部队运动容易遭受花子军迫击炮的轰击，孙进贤就派出若干小股部队从不同方向进剿。潘来运见状大喜，立马命令各个小队将进犯之敌分割而歼之。渐渐地，潘来运发现了新问题：俘虏太多，无处收容，再说有嘴就要吃饭，花子军养不起他们，只好放他们回去。从此，国军士兵们似乎摸到了一点窍门，一进寨子朝天放几枪，就眼巴巴地盼着当俘虏。连续数日下来，花子军从俘虏手里缴获了大量美式装备。

国军白天进剿不沾光，就选择月黑风高的夜里进行偷袭。花子军早有防备。最外一道防线由大将军和他的十条爱犬分地段把守。凭着远超人类的听觉和嗅觉，潜伏的猎狗老远发现进犯的敌人，就一边猛扑过去一边用叫声通报军情。这时，蹲守在附近壕沟里的花子军士兵就跃出战壕，向发现敌情的方向迅速出击。这是第二道防线。第三道防线由各小队挑出的预备队组成。他们静静地蹲在各家各户的地道口，时刻准备着应付不测。因为是夜间作战，不像白天那样敌我分明，所以潘来运下令发现来敌一律消灭，不要俘虏。仅仅两夜，孙进贤就已经损失惨重。他暴跳如雷，命令炮兵猛轰山寨，不再派兵进剿了。

潘来运心想，有来无往非礼也，就派出精干小队夜袭国军营地。出击的小队每次都有斩获：或夺得几麻袋大米，或缴获几挺机枪，或扛回几箱子弹……国军遭受突袭，慌忙反击，可是小分队神出鬼没，动作之神速，下手之精准，让他们大伤脑筋。孙进贤哪里知道，这些人曾经在大本营里受过极其严格的训练，然后又通过层层选拔，都是近战、夜战和丛林战的顶级高手啊！

　　孙进贤现在的心态好有一比：猴子捡块姜，丢了舍不得，吃着怕辣。

　　双方就这样一直僵持着。

4，赵长烈为花子军解围

　　大本营的姜启仁收到潘来运的告急电报，心中万分焦灼，整整一夜没有合眼。他首先想到的是武力解围。但仔细思量，武力解围是一场实力悬殊的阵地战，即使花子军倾全军之力也远远不是孙进贤的对手；再加上我军长途奔袭，而对方是以逸待劳；更要命的是，我军远离长期相互依存的老百姓，就像鱼儿离开了水，孩子离开了娘，而国军在自家门口打仗，后勤补给有保障。既然此路不通，他就只好找周道本商议，另图良策。他问周道本："我想向赵长烈求助，你看如何？"周道本认为这个主意不错："赵长烈一旦知道花子军被困，一定会出手相助，并且成功的把握至少有八成……你现在就给朱明山发电，让他抓紧搜寻赵长烈，尽快联系上。"姜启仁笑道："你太小看赵长烈了。你想啊，不见我的亲笔求助信，他会贸然行动吗？"于是当即取出纸笔，书写一封求助信，又抄写四封，交给五名骑兵。这个骑兵小组临行前，姜启仁叮嘱道："军情十万火急，各位务必日夜兼程，追赶朱明山的后卫队。他们现在所处的位置是贵州的丹寨县县城，我已经电令他们在那里等候你们。追上他们之后，你们就加入后卫队，不必返回了。"去年夏天，朱明山的鹞子岩大队遵照大本营的指示从严治军，遣散了一批人，枪毙了几个屡教不改的惯犯。今年正月，朱明山带着五十人的精干队伍回到八仙寨，立即投入远征前的大练兵。可是半年过后，训练合格率仅达半数。姜启仁说，潘来运的大部队一过元宵节就出发了，朱明山的后卫队已经晚了半年，不能再拖下去了，就让他带着二十五人的后卫队踏上了征程。大本营派兵追赶朱明山的后卫队，命令他们搜寻赵长烈残军的确是一件非常棘手的事情。今年七月，襄阳开战。在黑水县战役中伤了元气的 75 师尚未补充兵员就奉命死守琵琶山和真武山，结果阵地失守，师长孙华炜不幸阵亡。赵长烈率领残部奔向襄阳城。出人意料的是，赵长烈到达城下的时候，守城的官兵拒绝他们进城，理由是防怕共军混杂其中，最后竟然用机枪朝城下苦苦央求的败兵扫射。赵长烈非常气愤，带领部下远走高飞，逃命去了。据可靠情报，75 师残部出湖北，过湖南，最后的目的地很可能是云南。因为云南的国军里有许多上层军官是赵长烈的同窗故交。赵长烈残部现在所处的具体位置是绝密信息，不仅朱明山无从知晓，即使不乏多种侦察手段的共军也难以跟踪。因此，姜启仁和周道本非常担忧：朱明山能否顺利找到赵长烈呢？

潘来运的马帮队遭遇围困的消息在曹家冲激起轩然大波。曹三叔号召村民说："花子军现在遇到难迈的坎儿，我们曹家冲凡是有点良心的，都应该出力营救他们。""我们平民百姓有啥法子呀？"有人感到为难。"最近两天，大家准备好棉衣和干粮，三天后我们到省政府请愿去。第八军直接受国防部指挥，同时也受省政府主席卢汉的管辖。我量他们不敢不买账！"曹三叔交给獾子一个紧急任务，"你现在就去找你二舅，就说花子军在曲靖遭难，要他找到去年在八仙寨疗伤的战友们，三天后和我们一起到省政府请愿去，救出被围的花子军。"

就在曹三叔动员村民的同时，伍佳杰找到关帝山的共产党游击队，向姑姑曹宽惠和钱书记告急。姑姑请示老钱："我带上游击队的全部人马给孙进贤部制造点麻烦，让他晓得不义之财吞进肚里不好消化。"钱书记笑道："你呀，遇到急事就长老还小啦！

也不看看你总共有几条枪，竟敢去打孙进贤。如果真的想打，我就赶回去向上级党组织汇报，请求地下省委号令全省武装力量汇集曲靖，给孙进贤一点颜色看看。"

伍佳杰一听，连连摇手说："使不得！万万使不得呀！共产党如果真的出兵，花子军的通共嫌疑就算坐实了。"

"莫非你有解围良策？"老钱追问道。

"不敢说有什么良策，不过有个办法倒可以试一试。孙子兵法云：不战而屈人之兵，善之善者也。"伍佳杰说，"去年夏天国军 75 师在黑水县战役中吃了败仗，是我们花子军设计救出副师长赵长烈及其伤员，并且舍命送他们出山。为此，我们得罪了共军，遭到共军的经济封锁，这才不得已派出马帮队到金三角做生意，让全军兄弟和眷属都有一碗稀饭喝。我们做梦也不曾想到，国军如此忘恩负义。我们能不能把这事儿编写成传单，在全国范围内广为散发，让国民党失去民心，军心，成为人人喊打的过街老鼠……"

不等伍佳杰说完，老钱就称赞道："好！好！传单的标题就是：忘恩负义的国军不会有好下场！"他要伍佳杰立即写好传单，自己连夜过江把传单手稿交给省委，大量印刷，广泛散发。

三日后，昆明城出现了这样的景观：大街小巷、墙上、树上，甚至开动的车辆上到处都贴有传单。老百姓三五人一伙，围观传单，谈论传单，大骂国军坏了良心。省政府门前，一群老百姓打出横幅标语："花子军是神仙的亲兵，老百姓的恩人"他们席地而坐，口口声声都是要求放出无罪的花子军。那些缺胳膊断腿的军人今儿个有意换上国军军服，在省政府门前大骂孙进贤太不仗义，要求省政府主席出面斡旋，为花子军解围。观众越聚越多，不到半日省政府门前的广场上已是人头攒动。人流漫延到宽阔的大街，造成严重的交通堵塞。这时有人领呼起口号来。省主席卢汉在惊天动地的口号声中走出政府大门。他向民众表态，一定竭尽全力，争取早日救出花子军。

卢汉说到做到，立即要通了第八军的电话，要求军长李弥命令部下停止对花子军的围困。孙进贤得令，很为难地回复说："谁敢断言我们围困的花子军不是假冒的共军游击队呢？"

卢汉得到这样的答复，简直哭笑不得。这一回是卢汉直接和孙进贤通电话，说他这里有去年在花子军里疗过伤的国军伤兵，送他们来曲靖，真假不难鉴别。孙进贤客客气气地提醒道："神通广大的共产党连党国高官都能收买，收买几个国军伤兵岂不是小菜一碟？德高望重的卢主席哟，望你三思呀！"卢汉一时无话可说，气得扔了话筒。被弹性线紧连着的话筒在桌沿下边跳起了摇摆舞……

广为散发的传单很快在民间形成强大的社会舆论。共产党的《新华日报》将传单内容搬上报纸的头版头条，并且把标题改的更加醒目，更加富有火药味儿。李弥把《新华日报》递给孙进贤说："你看看这标题：《你还对国民党心存幻想吗》，真是司马昭之心路人皆知啊！"孙进贤看了报纸，本来阴沉沉的脸变成了猪肝色。他明白，云南很快就要成为国共两党最后拼杀的战场，《新华日报》在这种时候抛出这样的文章，其威力不亚于一个整编师。现在，他真是骑虎难下。"我们已经把花子军围了这么久，赔了财力和装备不说，光阵亡的士兵就有一百多人。如果半途而废，这买卖亏本也就亏大了。"他态度决绝地说，"一不做二不休。等着瞧吧！花子军总有弹尽粮绝的一天！"

一日，孙进贤正陷入冥思苦想，忽然有卫兵来报：有一位国军少将求见！他头也不抬地一扬手臂："请进！"

来人模样儿真是狼狈极了：披头散发，浑身泥土，那张又黑又瘦的脸似乎十天半月没洗过。

"你是……？"

"我是赵长烈！"嗓音没变，气度没变。没错，是他！孙进贤上前一步，紧紧抱住了同窗好友。在抗日战场上，孙进贤的部队被围，眼看就要被鬼子吃掉，是赵长烈率领部下冒着枪林弹雨为他解围，救了他的命。从此，二人成了过命兄弟。襄阳战败以后，赵长烈给他发报，叙述了襄阳城下的遭遇。孙进贤毫不犹豫，要赵长烈火速开赴云南，向他靠拢。没有友军支援，也没有后方补给，反而常有共产党游击队的围追堵截，赵长烈率领残部艰难跋涉数月才进入贵州。这时候，大本营派出的骑兵小组抄小道走近路，追上了朱明山的后卫队。朱明山阅信后心急火燎。他根据动身时间估计，赵长烈部不会在后卫队的前方，于是动用原有的十匹战马加上新增的五匹战马，组成三个骑兵小组，命令他们掉转马头，沿着三条方位不同的路线仔细搜寻。在艰难曲折的搜寻过程中，汤知侠带领的骑兵小组机智地打出花子军的军旗，被赵长烈派出的侦察兵发现。这个骑兵小组终于找到了赵长烈，向他递交了姜启仁的求助信。赵长烈知道，路程遥远，军情火急，花子军打不起这种旷日持久的消耗战，再拖下去，后果不堪设想，于是不敢耽搁片刻，对部下作完简单交代之后，就随骑兵小组急匆匆地赶往曲靖。他们无论白天黑夜，一心只顾赶路，连续奔驰七天七夜，饿了，渴了，吃喝都在马背上，每天的下马休息时间不超过三个小时。出发的时候一共五匹战马，路上累死了两匹。

孙进贤连忙命令勤务兵伺候赵长烈洗澡，换衣，进餐。赵长烈推辞说："现在，我必须首先看望我的恩人，其他事情都顾不得了。"

"看望恩人？……谁？……"孙进贤明知故问。

"就是花子军呀！你太好客了，挽留他们这么久！"

孙进贤知道，老学友是来给花子军马帮队救驾的，于是苦笑道："我也是一片好心。这么好的兵，如果不进国军序列，实在太可惜了。你去动员他们接受国军改编如何呀？"

"以后，我会见机行事的，现在不是时候。你想啊，人家大本营正等候他们做生意赚钱，买米下锅呢！你留得住吗？快点，请你指点方向，我要马上去看看他们。"

孙进贤来到阵地前沿，通过大喇叭向花子军营地喊话，说有贵客临门，请花子军长官快快迎接！

赵长烈和两个随行的花子军伙伴按辔徐行，进入花子军营地。

羌六宝和潘来运用望远镜细细观察，认不出这三人究竟是谁。"这三个人，怎么看都像三个叫花子。""中间那位特高个儿，简直就像刚刚放出牢房的囚犯。头发那么长，脸盘那么瘦……"

潘来运叮嘱部下提高警惕。

三人越走越近。赵长烈首先认出了羌六宝，高举持马鞭的手，呼喊道："大当家，六宝兄弟，怎么不认识我啦？我是赵长烈呀！"说着，翻身下马，奔了过去。

另外两位是朱明山今春从鹞子岩带过来的弟兄，自然更加陌生。

赵长烈和大家逐个拥抱，那种止不住淌泪的亲热劲儿世间少见。这时候有人询问另外两位兄弟的姓名，其中的矮个儿笑道："我的外号叫'羊秤砣'。""没有人问你外号。我们想知道你的真实姓名。""我的姓名叫羊文福。"羊文福不好意思地答道，"我的外号知名度很高，真实姓名反而没有人叫。"他的答话使大家笑了。

接着是皮肤很黑的汉子落落大方的自我介绍："我叫汤知侠。以后请弟兄们多多关照！"

一个多月以来，花子军马帮队首次在宁静欢快的气氛中就餐，席间从未停止过谈笑声。

就餐的过程中，谈到下一步行动计划。羌六宝和潘来运主张，明天早饭后就开拔，不能再耽搁了。赵长烈想找孙进贤派车派兵护送花子军到金三角。羌六宝哈哈笑了："这是做梦娶媳妇，净想美事儿。"潘来运说："我看你那个同窗好友啊，一肚子坏水！明天我们离开苗族山寨，他不故意刁难就谢天谢地了。"赵长烈却有不同看法。他说："你们不太了解此人。作为党国军人，他身上固然有几分霸气，甚至有些匪气，但是另一方面，他也重感情，讲义气。他一定会把我的恩人当作他自己的恩人一样看待的。饭后我就去找他，向他提出要求。我估计，你们明天就能看到他的另外一面了。"

当天晚上，赵长烈不仅向孙进贤提出派兵派车护送花子军的要求，还谈到花子军缴获的武器装备要不要归还的问题。前一个问题谈的很顺利，孙进贤显得很大方，但是在后一个问题上他却沉思良久。赵长烈当然知道这个要求有些过分，会让老学友为难的，可是花子军武器太陈旧，太需要这些美式装备了。这些装备在花子军手里将会发挥巨大作用。他必须促成这件大好事。另外，他发现老学友是深深地爱上了这支叫花子武装，其迫切占有之心溢于言表。这个有利时机如若弃之不用就太可惜了。"以后，上司追查这些装备，就说花子军强行扣下不还，很好交代。我知道，这是玉皇大帝送寿桃＿＿＿天大的人情。"他太了解这位同窗好友了，所以直接挑明，"放心吧，厚礼必有厚报！""当真？！……"孙进贤狡黠的双眼里放射出异样光彩。"我敢担保！花子军历来知恩图报。"赵长烈站起身来说道，"我现在就去告诉他们的头领，事关重大，我不便插手，让他们过来找你面谈。"

不用赘述，双方交谈的结果自然是皆大欢喜。

翌日早上，太阳一出来就给山川大地披上亮晃晃的金色服装。

这是立冬以来少见的晴朗天气。

吃罢早饭，花子军马帮队忙碌起来。有的往汽车上装货物，有的整理战马的鞍辔，有的帮老百姓担水扫地……羊秤砣被阳光照射得眯缝着眼，觉得云南的天气有些怪："这个季节咋会有这样的阳光呢？"汤知侠解释说："你以为这里是八仙寨呀？这是云南，地理位置特殊。地理书籍上介绍说，这儿无寒暑，四季如春，所以省城昆明被称为春城，又被称为亚洲的花都。"羌六宝听了，不禁感慨道："我大哥真是好眼光啊！给我们花子军指出了一条多么好的道路！这条路，越走越暖和，越走越亮堂。"

一切准备完毕，花子军马帮队聚集在西山口。

汤知侠和羊秤砣都在骑兵的行列里。队列按个头高矮排序，羊秤砣在最前边，汤知侠在队尾。个头高大的汤知侠双脚立于马镫，伸长脖子向前看，感到整个阵容壮观极了。排在最前头的是孙进贤派出的警卫连乘坐的三辆军车。车上的士兵都是长枪、大刀和短枪齐备，长枪上的刺刀在耀眼的阳光下闪闪发光。接着又是两辆军车，车上是花子军马帮队的弟兄们。他们全副武装，清一色的美式装备。紧跟其后的是四辆满载货物的大卡车，其中有一辆装载的是孙进贤送给花子军的弹药和粮食。

紧跟大卡车的是一支特别引人注目的特殊队伍。大将军挺直身板端坐于马上，目光扫视着他的十条爱犬。此刻，这些狗兵的表现绝不逊色于训练有素的正规军士兵。它们按相等间距呈纵队队形排列，摆出的坐姿标准而威武，看模样儿是在静静等候大将军的下一项指令。道边的国军士兵都觉得新奇有趣。为了逗狗玩，有一个士兵特意买来一个肉包子扔了过去。狗兵们都视而不见，不叫一声，也不动一下。忽然，一颗石子飞过来，砸在一条狗的头上，"嘣"的一声反弹到地上。出人意料的是，这条狗竟然没有躲闪，依然纹丝不动地坐于原地。大将军估计，这很可能是遭受过狗兵攻击的人在使坏，于是双手举起，在头顶上抱拳，示意停止攻击。

狗兵队列后边是向正军率领的骑兵班。五十多名骑兵呈一个纵队，静静等候出发的命令。马儿打着响鼻，时而昂首嘶鸣几声，似乎有些急不可待。

不一会儿，西山口出现一个汽车队，汽车一辆接一辆开过来，停在道路一侧。细心的汤知侠数了一下，整整五十辆。妈吧，这么多车要干什么呀？队列里有一位消息灵通人士扭头告诉他，赵副师长准备今天送走我们以后就去接他的部下，这个庞大的车队可能就是干这个的。

这时警卫连的汽车驾驶室里下来一个军官，小跑步来到孙进贤和赵长烈面前，恭恭敬敬地行了个军礼。此人说了什么，汤知侠没有听清。他只看见孙进贤和赵长烈还过军礼，听完报告后挥手示意，下达了出发命令。

军车领头，队伍向前移动。汤知侠看的清清楚楚，前边乘车的弟兄们一个个双手抱拳向好客的主人致以谢意。轮到骑兵班的弟兄们在马背上行礼辞别的时候，孙进贤和赵长烈还礼的右手久久不曾放下，似乎不如此不足以表达对花子军的爱慕和尊敬。善于察言观色的汤知侠发现，孙进贤的脸上闪现出怅然的表情，就像辛苦垂钓者目睹破网兜里的鱼儿从口子里钻出来，摇头摆尾地游走了，心中泛起难言的滋味儿……

5，男人们的桃花运

太阳升起在遥远的东方，把蔚蓝天幕上的云朵染成了橘红色。远处高耸的山峰和近处的山坡、河流在朝阳的映照下展现出一副色彩缤纷的山水画。因为刚刚下过一场雪，云雾缭绕的山顶白雪覆盖，在阳光照射下宛如光洁夺目的银冠。半山腰，薄雪已经融化，被雪水洗过的层林愈加苍翠。近处山坡上的迎春花已经开放，金黄色的花蕊上残留着零星的晶莹的雪片。它们沐浴朝阳，在和煦的春风中摇曳着，似乎在炫耀自己的娇艳。桃花、樱桃花好像不甘落后，也都含苞待放。青青草丛中各种各样不知名的野花竞相开放，把春天的旷野装饰得更加美丽。小河涌动着碧波，翻卷着浪花，哗啦啦欢笑着，绕过山脚，流向远方。

初春的金三角使花子军眼界大开。这里的气候和云南近似，没有炙热的酷暑，也没有滴水成冰的严冬，一年四季温暖如春。

花子军来到金三角，靠着共产党游击队的支持，同时又依仗国民党第八军的虎威，真是占尽风光。杨家土司离不开花子军的保护，所以分给花子军二十五座翡翠矿，自己留下十五座。金三角气候特殊，从当年九月到次年四月是翡翠矿开采的大好时节；过了这个时段全是雨季，洞坑积水，无法开采。花子军的头领们当然明白机不可失的道理。可是，弟兄们自从来到这里，接管矿区，建设基地，事情多如牛毛，不曾有过一日休息。眼下，本地居民家家户户贴春联，挂红灯，放鞭炮，大宴宾客，营造出浓郁的春节气氛。现在不休假几天是不行了，可是矿区不能停工，怎么办呢？头领们商议决定，轮换休息，每人三天假。考虑到假期不能没有零花钱，就每人发给三块银元。花子军历来实行供给制，发给士兵零花钱还是破天荒头一次。三天发三块银元，如此大方更是令人吃惊。羌六宝解释说，正式开采才一个月时间，采得的矿石经行家评估，价值不低于千两黄金。这些都是弟兄们凭双手挣来的。若是请民工发工钱，那将是一笔庞大开支。相比之下，这点零花钱就微不足道了。

头领们原来担心在三不管的金三角难以立足，现在看来完全是多虑了。地痞、流氓、土匪和国共特工遇上神仙庇佑的花子军，算是碰到克星了。

头领们万万没想到，真正让他们寝食难安的是自己手下的弟兄们。

刚刚遭受过日寇蹂躏的缅甸、泰国和老挝失去大量男人，差点变成女儿国了，因而婚姻制度和民风都悄然发生了变化。花子军来到金三角，顿时使当地居民眼前一亮，姑娘媳妇们盯着那些英武健壮的男人们眼神都呆滞了。第一个上门说亲的是共产党游击队队长曹宽惠。羌六宝热情接待了她，欢迎她给未婚的花子军小伙牵红线。可是再听她细说，就觉得有点为难了。她说，日寇的侵略给附近三国造成大量寡妇，花子军里有家室的男人也可以再娶，三国政府都默许一夫多妻。羌六宝想笑却笑不出来。他暗自思量，女兵们在大本营里辛辛苦苦操持家务和军务，如果允许她们的夫君另有新欢，花子军自行瓦解的日子也就不远了。羌六宝态度坚决，说花子军决不支持一夫多妻。后来，媒人们来了一拨又一拨，羌六宝的态度始终如一。

三天假期里，未婚的小伙们被女方接去和未来丈母娘见面。花枝招展的姑娘前边走，穿戴一新的小伙手提礼物，笑盈盈地紧跟其后。这情景让好多有家室的男人眼馋。何胡子对伍佳杰大发感慨："咱要是没有结婚该多好啊！"伍佳杰一脸严肃地提醒道："你的思想可不能走火呀！当心黑牡丹拿马鞭抽你！"细心的人们发现，当地好多女人和花子军的男人们交往越来越频繁了。男人们的态度，自然是来者不拒。这一现象使羌六宝有一种不祥的预感，但是他不能下禁令，花子军初来乍到，必须亲民爱民，迅速建立鱼水般的军民关系。他只能提醒手下头领密切注视新动向，加强思想引导。

这天是何胡子和汤知侠的休假日。

　　莫家寨上有一位富商名叫莫大妞，在抹港开办了"翡翠商行"。生意越做越大，安保力量就越显不足。汤知侠年前曾帮助莫家训练过保安，取得令人满意的效果。莫大妞听说他休假，就特意派一个姓陶的老仆人赶一辆马车来，接他再去当两天教官。何胡子是泥瓦匠，在基建工地上是出了名的领班师傅，自然也是香饽饽。他的午饭是在金大妈的家里享用的。金大妈家的院墙前不久倒了一个豁口，听说他今天休假，金大妈就把他请去了。虽说是休假日，花子军早有规定，凡是离开营地就必须向头领说明去向和事由，离开和返回的时间也必须讲清楚。他俩分别在朱明山和伍佳杰那里履行了口头请假手续就高高兴兴出门了。因为是利用休假时间为老百姓服务，两位头领都非常赞许。可是，万万没有料到，这两位弟兄这次出去竟然惹下了大麻烦。

　　金大妈一家三口。儿子在抗日战争中阵亡，丢下年轻的妻子和幼小的女儿。老人家担心媳妇改嫁带走孙女，就苦心张罗给媳妇招赘，可是五六年了一直未能如愿。女多男少，连未出阁的花季少女找对象都难，何况一个带拖斗的寡妇！何胡子知道没男人的家庭难处多，对这个家庭很同情，就经常主动来帮忙干些力气活。至于说男女之事，天地良心啊，何胡子压根儿没有往那方面想过。可是金大妈和媳妇旺小兰却早有预谋。婆媳俩商量了好几个夜晚，决定在今天亮牌。

　　旺小兰今天特别高兴。何胡子砌墙，她提灰桶。两人说说笑笑，显得轻松愉快。虽是初春天气，午后阳光下干活却只能穿单衣。满面红光的何胡子穿一件干净合体的毛蓝粗布褂子，胡子刮得干干净净，头发梳得光光溜溜，整个人儿比实际年龄年轻了十岁。他一手使瓦刀，一手摆放砖块，动作敏捷而利落。旺小兰穿一件绿色暗格衬衣，加上淡红色裤子、青布鞋，把线条分明凸凹有致的身段衬托得楚楚动人。她笑起来的模样特别好看，粉红的笑脸上出现两个浅浅的酒窝，让何胡子心里禁不住狂跳。因此，何胡子不敢看她，只是埋头砌墙。不一会儿，豁口工程已经完成一半。旺小兰抬头看看太阳，连忙催促他歇息喝茶："今天本是你的休假日，千万别累着了。"其实，旺小兰是担心豁口老早砌好，找不到合适的理由留下客人。就这样干干歇歇，一段小小的豁口直到天黑才完工。

晚餐桌上，婆媳二人轮流给何胡子斟酒，夹菜。何胡子盛情难却，不一会儿就有了醉意。第二杯酒喝完，他想起不准酗酒的军规，就放下酒杯，要求金大妈盛碗饭来。旺小兰说："我还没有端杯呢！我想陪陪何哥，何哥赏面子啵？"面对年轻女主人央求的目光，何胡子不忍心拒绝，于是又端起了酒杯。旺小兰给何胡子斟满酒，自己抿一口酒，算是象征性地陪了。

这时候，金大妈一边给何胡子夹菜，一边郑重宣布："我今天请何师傅来，除了补院墙，还有更重要的事儿……"

"什么事呀？只要我能够办到，我一定帮忙。"

"昨天，我把孙女送到她姥姥家，就是为了今天方便说事。我孙女才七八岁，人儿机灵，心眼儿多，我怕她碍事。"

何胡子一听感觉事儿非同一般，就连忙放下酒杯，洗耳恭听。

"你看看，金家屋场就住我一家。我有几十亩好地，有耕牛，有农具，还有一大片山场。媳妇孝顺，孙女乖巧。可我总觉得缺少什么。何师傅，你知道我缺少什么吗？"金大妈说着，眼眶里泛起了泪花，"我缺少儿子呀！我想让你当我儿子，你愿意吗？"

旺小兰脸红了，低下了头。

何胡子这时才明白：金大妈是要他当上门女婿呀！此刻，如果他一口拒绝，就无异于往大妈的伤口上插刀子；如果他满口答应就等于把自己逼到了绝境。他回答说："大妈，你可能晓得，我是花子军里有家室的人。头领那里，还有我娃子妈那里，这两道关口过了，我才能答应你。"金大妈笑了："我明白，我明白。……这事儿政府不会阻拦你们。……你们喝酒，你们喝酒。我去热饭。"说着，乐颠颠地走进了厨房。

旺小兰发现何胡子面露难色，一边端起酒杯示意继续喝酒，一边给何胡子宽心："何哥尽管放心，我嫁给你不会和你家娘子争名分，更不会要你养活。"

"你究竟图我什么呢？"何胡子想不明白。

"我妈已经说得明明白白，她什么都不缺，就缺一个儿子。有了儿子，就有了主心骨，有了精气神儿。有了儿子，她的媳妇和孙女就跑不了。这是我妈的心里话，没有对你说。我呢？……"旺小兰越说越激动，禁不住掉下了眼泪，"哥呀，我不是水性杨花的女人。五六年来守妇道，遵家规，像我这种女人守寡的日子有多么难熬，你也许想象不到。大长夜里，我孤独寂寞，眼泪洇湿了枕头，苦水自己吞，不能对人说。在外边受了欺负，我好想靠在自家男人身上哭诉，可是我没有这个福气。哥呀，我找男人究竟图什么，你听明白了吗？"

何胡子发现了对方称呼的悄然变化，每声"哥"都是真情的流露。他停止了饮酒，爱怜之情驱使他不由自主地把毛巾递给旺小兰，让她揩眼泪。

这个小小的动作使旺小兰很感动，眼泪立刻像断线的珠子往下掉。奇怪的是，她没有立即伸手接毛巾，而是扭过身子面对何胡子。烛光中，她的一双泪眼不停地眨巴，那目光流露出一种难以抑制的渴望。

何胡子当然不是愚蠢麻木的角色。他扭过身来一边细心地给旺小兰揩眼泪，一边安慰她。

旺小兰由衷地说了声"谢谢"，接着催他吃菜喝酒。

何胡子因为急于返回营地，很快喝完酒，站起身来，要去厨房盛饭去。旺小兰拉住他的手，说："哥，你才喝了三杯酒，好事成双，应该再喝一杯呀！"何胡子解释说，他只有两杯酒量，已经过量了，不敢再喝了。旺小兰的一双小手紧紧握住他的一只大手使劲儿摇晃，央求道："哥吧，再喝一杯图个吉利，好不好呀？"他参加过当地人的宴会，知道好事成双的酒理，于是顺从地坐下，端起了酒杯。

这杯酒喝下去，何胡子立刻昏了头，感觉天旋地转，肚子里的东西直往上涌，很快就吐了。呕吐物喷到地上，溅到裤腿上，满屋子都是酒气。旺小兰慌了，忙喊妈来帮忙。婆媳俩费了好大劲才把何胡子扶到里间床上躺下。金大妈点亮床头柜子上的蜡烛，吩咐媳妇把何胡子的裤子擦干净，盖好被子，让他休息一会儿，自己去厨房做醒酒汤。

脏兮兮的裤子怎么擦呀？把垫被子弄脏了更麻烦。旺小兰想来想去，只好小心翼翼地脱下何胡子的长裤。还好，里面还有短裤，他怕何胡子酒醒之后会生气。给他盖上被子之后，旺小兰就忙着擦裤子。

金大妈端来醒酒汤，放到柜子上，对媳妇说："汤要趁热喝。"说完，就出去了。

何胡子迷迷糊糊地喝完醒酒汤，倒下又睡。不一会儿，何胡子心里好受了许多，浓重的睡意不可抗拒地向他袭来，他很快进入了梦乡。这是一个美梦：黑牡丹带着大运来看他了。他进屋的时候，大运已经在床上睡着了。黑牡丹满脸笑容地站起身，朝他迎过来。他无比惊喜地说了声"你们来啦"，就要去亲吻儿子，却被黑牡丹紧紧地抱住了。常言道，久别胜新婚。黑牡丹发疯似的亲吻男人，恨不得把男人吞了；何胡子伸出有力的臂膀，恨不得把老婆揉碎了……

昏黄烛光中，床边的旺小兰望着睡梦中的何胡子甜美的笑容，心都醉了。他在心里暗暗祈祷："求老天保佑！我有哥这样的男人，一辈子值了。"这样想着，不由自主地俯下身子，在何胡子额头上偷偷亲了一口。紧接着，意想不到的情况发生了：何胡子伸出臂膀抱住了她。她大吃一惊，连忙试图挣脱。可是何胡子越抱越紧，口中不停地念叨着："想死我了……想死我了……"在这一瞬间，旺小兰有了这样的心思：占有这样优秀的男人，我一个普通农家女子并不吃亏……婆婆发现了也不怕，这不正是她想要的吗？最后，旺小兰像一个稳重的赌徒，三思之后终于下注。她吹灭蜡烛，钻进了被窝……

金大妈是过来人，当然明白这会儿发生了什么事儿。她很想大声提醒"把蜡烛点燃"，可是转念一想，这也许是个好事儿呢！想到这里，她搬把椅子在院子里坐下，独个儿欣赏起夜景来。

一轮圆月从她家背后的山顶上升起来。天上没有云彩，稀疏的星星在洁净的天幕上闪烁着。山峰和田野都笼罩在白色的朦胧的月光中。这时，他才想起，今天是正月十六，是月儿最圆的时候。人们常说十五月亮十六圆，好兆头啊！

一会儿，天上划过一颗流星。金大妈的目光追逐着流星，直到流星划向天外，不见了，她才扭过头来继续欣赏已经升高的月亮。

忽然，马蹄声响起，渐渐近了，大门外出现了几个骑马挎枪的人。"请问这是金大妈家吗？"

"是！是！"金大妈赶紧答话，"你们是……"

"我们是花子军。我叫伍佳杰，是来接我们的弟兄回营地的。"何胡子没有按时返回营地，伍佳杰很不放心，因为帕敢这个地方治安情况复杂，怕出意外，所以就亲自来接了。

金大妈大吃一惊，大声喊道："小兰啊，还不赶快出来迎接客人＿＿请屋里坐，喝茶……"

伍佳杰下马，把马缰绳交给同伴，就随金大妈慢慢往里走，其余四个人骑着马在大门外边等候。

这时候，何胡子已经穿戴整齐，坐在桌边吃饭。伍佳杰坐下之后，旺小兰恭恭敬敬地递给他一杯茶。金大妈很客气地问道："宵夜没有啊？叫你外边的弟兄们都进来随便吃点儿。"

何胡子很从容地代替伍佳杰答道："我们队伍上的晚饭很早，从来不点灯吃饭。"金大妈接过话茬说："今儿个……"旺小兰深怕婆婆说漏了嘴，抢着说道："今儿个我在帮忙做小工，晚饭是我妈一个人做的。老人家年纪大了，动作慢得很，很晚才把饭做好。"

伍佳杰一边听他们说话，一边细心观察，发现三个疑点：一是室内弥漫着酒气。二是地面刚刚擦洗过。三是旺小兰的头发蓬乱。三个疑点连起来思考，让伍佳杰越想越觉得不对头。他在心里斥责何胡子："亏你是个老兵，一出营房大门就忘了军规！"

等何胡子一放碗，伍佳杰就起身告辞，催促他快快上马。

婆媳俩送他们出大门。旺小兰将一条毛巾递给何胡子，一语双关地说："这是你的。不该忘记的，一定要记好啊！"

一向守纪的汤知侠也超时未归，朱明山感觉大事不妙，就带上羊秤砣借着月光策马奔向莫家寨。半路上，他俩和莫家的两个保安相遇。保安说："陶阿翁上午赶着马车去接汤教官，直到下午还不见回来，莫老板只当是他因事耽搁了，没有在意。月亮升起了，仍然不见陶阿翁的人影儿，莫老板这才慌了神，叫我们去花子军营地看个究竟。"

害怕什么就偏偏来什么。朱明山心里好紧张啊！他没有言语，没有踌躇，只顾频频加鞭，冲向莫家寨。他打算和莫家人共商对策。

来到莫家，刚刚坐定，陶阿翁独自一人赶着马车回来了。满屋子人都是一头雾水：这老头整整一天究竟去哪儿了？他到底碰到了什么事儿呢？

女主人莫大妞比朱明山还着急，不等陶阿翁坐下，她就追问为何不见汤教官？陶阿翁结结巴巴地答道："……有人逼他……成亲……"

"谁逼他成亲？慢慢说，别急！"

"石姑洞的……郑七妹……我回来时……已经入了洞房。"

原来是石姑洞的土匪劫持了汤知侠。朱明山知道事态严重，充分了解情况之后才能作出正确决断，就递给陶阿翁一杯茶，要他坐下细谈。陶阿翁见老板和花子军都没有责备的意思，心里的石头落了地，说起话来顺溜多了。"上午，马车经过黑林岗，石姑洞的人把我们拦住了，说他们也是来接汤教官的。他们要购买一批美式枪械，卖家送来几支样品，可他们一个个都是外行，害怕吃亏上当，想请汤教官去看看。还说就耽搁汤教官一小会儿，一支烟的工夫都不要。一个小头目模样的人说郑七妹交待过，万一请不动就抢。就这样，他们半哄骗半强迫，把我们带到石姑洞。"说着，从衣袋里掏出一封信来，"这是郑七妹写给莫老板的信。"

莫大妞看完信，忍不住笑了。朱明山接过来看，信不长，信上是这样写的：

尊敬的莫姐：

汤叫（教）官在我这儿。今晚入动（洞）房之后，他就是我的压塞（寨）夫君了。请你告诉花子军，他在我这儿很安全。他是我的心干（肝）宝贝，我自然会疼他，爱他。莫姐别笑我太吃（痴）情，我二十六岁的老姑娘了，还不知男人味儿。希望饱汉子能知饿汉子鸡（饥）。

七妹井（敬）上　当日

朱明山知道汤知侠暂时不会有生命危险，紧张的心情舒缓了许多，可是另一种忧虑又涌上心头。如果他真的成了压寨夫君，对于花子军的影响可就大了。这种事，任何人都无能为力，完全靠他自己了。这位有过风流史的兄弟能否扛得住呢？

汤知侠遭遇逼婚，事出有因。

花子军来到金三角，立即筹划帮助杨家收回翡翠矿区。霸占矿区的是三家土匪武装，郑七妹的石姑洞自卫队算是领头羊，另外两家是胁从助威的。三家土匪以国民党的中统和保密局为靠山，气焰非常嚣张。为了避免武装冲突，花子军一面举行军事演习，告诉三家土匪，花子军不是吃素的；一面展开宣传攻势，对他们晓之以理，讲明利害。郑七妹向来和共产党不睦，与关帝山游击队水火不容，把曹宽惠一家撵得四处躲藏。她是霸占矿区的首恶。另一方面，她和她的自卫队在这一带老百姓中的口碑远远好于其他土匪。譬如，他们也干拦路抢劫的勾当，但是他们有五不抢：不抢妇孺老人，不抢残疾人，不抢邮差，不抢郎中，不抢教书先生。至少说明，这伙人良心未泯。因此，花子军决定首先说服郑七妹撤离矿区。接受这个艰巨任务的是汤知侠。他曾经在乡村私塾里读完"十年长学"，文武兼备，加入花子军虽然时间不长，却很快崭露头角，是最佳人选。为了显示诚意，汤知侠只身面见郑七妹。郑七妹本是山东莒县的一户普通农家的姑娘。十六岁那年，她为了逃避包办婚姻，离家出走，来到金三角。无依无靠，人地两生的她靠乞讨艰难度日。一个中年妇女发现这个穿着破烂，面黄肌瘦的女孩儿相貌可人，而且聪明伶俐，就大发慈悲，收她为干女儿。这个中年妇女就是石姑洞自卫队的大当家。后来，干娘死于共产党游击队的枪下，她就顺理成章地坐上了大当家的虎皮交椅。和汤知侠初次见面，她的脸上露出不屑一顾的表情。她说："想从我手里讨要饭碗，没有两下子恐怕不好商量啊！"接着，她又问："你们花子军如果和我的自卫队较量，结果会怎么样啊？"

汤知侠笑答：“你们自卫队是仁义之师，是老百姓的庇护神，自然也应该是花子军的朋友。我今天来拜会大当家，就是为了避免和你们兵戎相见。要论我们花子军的实力，你千万不要小瞧呀！我们和日本鬼子较量过，那些龟孙压根儿就不是我们的对手。我们还和共军较量过。你听说过两年前黑水县的码头之战吗？花子军只派出三个士兵，把他们一个团玩得天旋地转。前些日子，我们在曲靖和国民党第八军较量过。结果呢？不打不相识，打成了好朋友。你大概有所耳闻吧？”郑七妹边听边思量：这些日子，人们把花子军传得神乎其神，唯独黑水县的码头之战不曾听说。如果他所言不虚，那么，干娘敌人的敌人自然就是我七妹的朋友。她做梦都想为干娘报仇啊！想到这里，她警告汤知侠说：“若有半句谎言，当心你吃饭的家伙！”“真人面前不说假话！我说出几个人来，你可以细细查访。当年指挥花子军歼灭日寇的长官就是我们现今马帮队的总指挥潘来运。前些日子指挥花子军在曲靖大战国军第八军的也是他……”郑七妹打断他的话，追问道：“前年在黑水县码头大显身手的三个士兵呢？是否也在你们马帮队？”“这三个英雄，一个手持水雷和共军巡逻艇同归于尽，一个被猎户所救，做了猎户的上门女婿。还有一个嘛，被我带人抢上山，强迫他做了我们的大当家，现在是我的顶头上司。他就是我们马帮后卫队的队长朱明山。”郑七妹笑道：“日白撒谎，露馅了吧！你怎么会抢了姓朱的？姓朱的怎么会摇身一变，成了你们的大当家哟！”汤知侠连忙补充说明：“事情是这样的。不瞒你说，我起初在鹞子岩还乡团，也是吃你们这碗饭的。共产党势力越来越大，我们渐渐混不下去了。因此，大当家决定抢一个花子军士兵上山来，把大当家的位子让给他。这时候，恰逢花子军派出三个水兵通过黑水河护送战败的国军出山，于是震惊共党的码头之战就这样展开了。要知道，他们三人要对付共军一个团呀！战斗的残酷性可想而知。战后，共军广发通缉令，张开了捕杀大网。朱明山逃到一个名叫石羊坪乡的地方被我抢了。后来，我们强迫他做了大当家。再后来，我们被朱明山带到了花子军的大本营八仙寨。"郑七妹瞪大眼睛审视汤知侠："你能够从共军的捕杀大网里抢走朱明山，莫非你也有点儿本事？敢不敢和我比武呀？"多年的草寇经历告诉他，在这种人面前万万谦虚不得，只有超越她，彻底压倒她，方能不辱使命。想到这里，他霍地站起身来，向郑七妹大声表态道："听候大当家吩咐！"矿区边缘有一个很大的练兵场，汤知侠和郑七妹的比武就在这里举行。比武项目是打飞碟。三个飞碟连续飞向高空，看谁命中率高。郑七妹首先上场。三个飞碟起飞之后，她从容举枪，三个目标全部击中。她的精彩表演赢得场子内外热烈的喝彩声。轮到汤知侠上场了。他要求骑马射击飞碟。郑七妹心想，你小子要是在飞奔的马上射中飞碟，我算是彻底服了。汤知侠骑马在场子里狂奔一圈又一圈，总是不见飞碟飞起来。他不知道，发射飞碟的人在使坏，等他从那人身边第五次飞驰而过的时候，三个飞碟突然从他背后飞起来，脑后响起呼呼风声。就在飞碟起飞的刹那间，只见他身子后仰，"砰—砰—砰"三声枪响，三个飞碟被打碎，碎片如秋风中的落叶一般飘下来。他骑术之高超，出枪之神速，枪法之精准，征服了场子内外所有的人。人们发疯般地欢呼起来。比武之后，郑七妹盛情款待了他。酒席上，他从江湖道义和长远利益两方面侃侃而谈，硬是凭三寸不烂之舌说服了郑七妹。郑七妹当即表态：三天之后撤离矿区。她的附加条件是，要汤知侠真心实意地和她交朋友。

　　郑七妹的自卫队撤离矿区之后，另外两家也相继撤离。四十座翡翠矿重新回归主人之手。

　　从矿区回来，郑七妹得了一种怪病，不管是白天还是夜里梦中，汤知侠的影子总是挥之不去，干什么事情都走神。她的贴身卫兵提醒她："这是相思病呀，大当家！你已经深深爱上了那个男人。"这些年里，她接触过男人无数，却没有一个让他动心。为什么这个皮肤黝黑的普通汉子能够很快走进她的心里？大概这就是缘分吧！她想，既然他悄悄钻进咱心里，并且赶不走他，咱就要得到他。想占领的山头，即使闯刀山过火海也要拿下。这就是郑七妹的性格。她先是给汤知侠写信进行试探，后是邀请他来石姑洞做客，面诉心曲。汤知侠告诉她，自己已有家室，妻子名叫佟菜花，有一个女儿刚满一岁。又说，花子军不允许一夫多妻，这条底线是碰不得的。郑七妹不死心，亲自找到羌六宝请求破例照顾她这个老姑娘。结果，她得到的答复令她非常失望。越是失望，她就越不甘心，于是采纳了身边高参的计谋：逼婚。把生米做成熟饭再说。这个计谋的高明之处在于：破坏花子军军规的罪责由郑七妹一人担当，让汤知侠一身轻松。

这天上午，汤知侠乘坐陶阿翁的马车去莫家寨，遇上石姑洞的人请他去鉴别枪械。他不知是计，考虑到路程不远，过了黑林岗，再走几里路就是石姑山，就爽快地答应了。到了山上，迎接他的是杀猪宰羊，张灯结彩的热闹景象。接他上山的小头目这时候才挑明：今天是自卫队的大喜日子。既然来了，就和大家同乐，不要急着下山。耽误了莫家寨的事儿，大当家自然会亲自赔礼致歉。看势头，汤教官今天是走不成了。陶阿翁请求回去报个信儿，免得主人牵挂。这时，小头目的态度有些生硬了："由不得你了，老人家！大当家吩咐过，要你安心陪同汤教官，敢说半个'走'字就对你不客气。"汤知侠问道："今天究竟有什么喜事儿呀？""不要操心这么多，你只管当好贵宾就是了。"小头目说着，把他和陶阿翁带进偌大的山洞里。这里是自卫队的议事大厅，也是宴会大厅。这会儿数百人欢聚一堂，欢声笑语和鼓乐齐鸣把整个场面渲染得喜气洋洋。安排汤知侠和陶阿翁入座之后，小头目就离开了。汤知侠询问身边的人，今儿个是自卫队的什么大好日子，这么隆重？一个个都笑而不答。思前想后，汤知侠开始生疑了：郑七妹究竟在搞什么鬼名堂呢？他转念一想，既然对他保密，自有人家保密的道理。反正郑七妹不会在酒里下毒，他这个贵宾尽管吃好喝好就行了。

午饭拖了许久，迟迟不见开席。已是下午光景，小头目走上高台，突然宣布：大当家和汤教官的婚礼正式举行！他大声喊道："有请新郎、新娘上台来＿＿"汤知侠大吃一惊，连声呼唤郑七妹："突然袭击是军事手段，你咋用在婚姻大事上啊？天大笑话！"鼓乐声、鞭炮声和嘈杂的人声淹没了汤知侠的喊话声。没有一个人和他答话。周围的人齐动手，先给他换上新郎服装，然后连扶带拉，把他推向高台。这时候，一身新娘打扮的郑七妹在一群姑娘的簇拥下已经上了高台。汤知侠终于火了，挣脱一只手来要去拔腰里的枪。郑七妹见状，哈哈笑道："新郎官使性子，姐妹们好好伺候！"听到命令，有人眼疾手快摘了汤知侠的枪。一群女人拿枪指着他，齐声喝道："小孩儿听话，不许任性！"尽管他武艺高强，这会儿却像牯牛掉到水井里＿＿有力（犁）使不上。汤知侠上了高台，被强行和郑七妹完成了婚礼。新郎新娘入洞房之后，小头目交给陶阿翁一封信，说这是大当家的亲笔信，要他吃罢饭回去把信交给莫老板。婚宴正式开席的时候，太阳西斜，黄昏将近。陶阿翁吃完饭，走下石姑山的时候，月亮已经升起。

其实，刚才的戏完全是郑七妹自编自导，演给众人看的，只有几个贴身卫兵知道内情。真正的重头戏将在洞房里上演。她深思熟虑过，凭自身年轻漂亮，德才兼备，而且拥有人们梦寐以求的惊人财富等等诸多有利条件，俘获这个男人的心不在话下，对此她深信不疑。

进了洞房，卫兵退出，郑七妹指着刚刚摆上的一桌酒席说：

“我知道你饿坏了。入席吧！吃饱喝足了，才有力气骂我。”气鼓鼓的汤知侠指着郑七妹的鼻子骂道：“土匪！不折不扣的土匪！我只听说过土匪抢钱财的，抢女人的，没听说过抢男人的。天下奇闻！”郑七妹觉得他发怒的模样儿可爱极了，于是哈哈笑道：“谁教你让我看中了呢？”“看中了就抢？这是强盗逻辑！”“实在冤枉啊，我不是真抢！如果你实在不愿做我的压寨夫君，吃罢饭我就送你回去。”“真的呀？”汤知侠将信将疑。“我啥时候对你说过假话？军中无戏言。不过，你要是讲不出像样的理由，我就不会让你下山，而是要你上床。”说着，斟满两杯酒，态度亲昵地拍了拍他的肩膀，“咱们边喝边谈，好吗？”

郑七妹举起酒杯，说道：“先敬我夫君一杯酒！”汤知侠心想，天底下喝酒误事的教训太多了，立刻有了几分警惕，于是借口最近肺部不适不能饮酒，自己倒了一杯茶，以茶代酒。郑七妹宽大为怀，并不强求：“既然如此，我俩之间就不必讲究了。你吃饭吧！”这时候，洞房里的气氛宽松了许多。

“你误会了。我怎么敢逼你成婚呢？强扭的瓜儿不甜，这个道理我还是晓得的。我这么做，是想借众人的嘴造舆论，让你的头领相信你完完全全是身不由己，放你一马。”郑七妹和颜悦色地解释说。

“你这么做减轻了我的压力，却伤害了两个无辜的女人。知道吗？”

“你做了我的夫君，你的原配夫人难免会觉得不爽。可是，我不会跟他争名分，也不会跟她争风吃醋，更不会要了她性命。对于这位姐姐，我感谢她都还来不及呢，怎么会伤害她呢？”

谈到这里，汤知侠脸上隐隐露出了笑容，心里暗笑郑七妹的无知。他说：“我老婆叫佟菜花，有初中文化，也算一个读书人。她很懂爱情，经常提醒我说，爱情是自私的，不能分享，更不能转让。我一旦上了你的床，他会痛不欲生的。我太了解他了。我这辈子，只能有她一个妻子。"

"这位佟菜花呀，真是让我嫉妒死了……"郑七妹很激动，紧接着提出第二个问题，"请问，我伤害的另外一个女人是谁呢？"

"就是你自己呀！难道这里面的厉害关系你不明了吗？"

"我能够和你结为夫妻，做梦也会笑醒。伤害到我什么呀？"郑七妹摇了摇头，面露困惑之色。

汤知侠吃完一大碗饭，打一个饱嗝，放下了碗筷。这里山上和山下的季节完全不同。山上夜里寒气逼人，非烤火取暖不行。他端起茶杯坐到火盆边，一边喝茶一边和郑七妹推心置腹，详说利害。"假如我和你勉强成亲，我俩必然同床异梦。你想啊，我和佟菜花感情很深，又有一个可爱的女儿。娘儿俩合起来把我的心全部占有。我心里根本就没有你的位置。洞房花烛夜的激情过后，你会陷入痛苦的深渊。"说到这里，他喝一口茶，感慨道，"七妹呀！你正处于妙龄花季，是我见过的最漂亮的姑娘。你聪明能干，是我见过的最有本事的女强人。不仅如此，据说你这几年发大财了。人们传说，在克钦邦抹港做翡翠生意的莫大妞钱多得可以买下半个抹港；而你呢，买下另外一半还绰绰有余。如果婚姻不幸福，老天对你实在太不公平了。"

这时候，郑七妹也吃完饭。因为吃饭发热，加上炭火正旺，更因为汤知侠的话使她心情烦躁，她脱下新娘服装，只穿一件荷花色小袄，离开饭桌，在洞房的另一边踱步，叹息。

过了一会儿，她来到火盆边，在汤知侠身边的一个高凳上坐下。这时候，汤知侠发现此刻的郑七妹比骑马挎枪的郑七妹更性感，更有魅力。她身上散发出淡淡的荷花般的清香，估计那是名贵香水味儿。在火光映照下，她的粉红的脸蛋儿如五月鲜花一样娇艳。汤知侠怕她受凉，连忙拿一件棉大衣给她披上。披着棉大衣的郑七妹斜靠在汤知侠的身上，用发颤的嗓音问道："我现在只想借你肩膀用一下，可以吗？"这话在汤知侠听来觉得可怜兮兮的，于是答道："当然可以！"

双方都不言语。洞房里寂静无声。蜡烛悄然滴泪。这房子隐藏在密林中，鸟儿们一律停止鸣叫，似乎是害怕打扰这对特殊的新郎新娘。突然，汤知侠发现郑七妹的身子在抽搐，于是问道："不舒服吗？是不是困了？你去睡觉，我为你警卫，好吗？"听了这温存的话语，郑七妹从他肩头滑下，躺在他怀里抽泣起来。他立刻慌了："别哭！别哭！你一哭，我心里……"郑七妹一边哭泣，一边抬起头来，眼泪汪汪地乞求道："我知道我没有福气和你做一世夫妻，我们做一夜夫妻，行吗？你放心，明天我会带着我的自卫队远走高飞，永远不再见你。"

"七妹，我不能害你呀！凭你的条件，不愁找不到如意郎君，不愁没有幸福家庭。可是，一时冲动会毁了你的幸福的。女子一旦贞洁不保，一辈子就很难得到好男儿的真爱……听话，啊！"

郑七妹彻底绝望了。又是很长时间沉默。洞房里的四根蜡烛都快燃尽，汤知侠连忙起身拿新的换上。

最后，郑七妹渐渐恢复了理智，揩干眼泪，问了一个问题："我不明白：世人都说男人天性好色，都是偷腥的猫儿，你为什么不一样呢？"

汤知侠笑了："你不知道，我过去也偷腥。现在为何变了呢？打个比方说吧，铁矿石经过高温炉子冶炼就变为有用的钢铁。我也是经过高温炉子冶炼过的，所以过去的我就变成了今天的我啦！"

"铁矿石……高温炉子……新鲜！"郑七妹颇感兴趣。

"我最初在鹞子岩还乡团混饭吃。还乡团的男人们，抢劫，赌博，逛窑子，几乎个个都是全面把式。说出来不怕七妹耻笑，我玩过的女人无数……"

郑七妹鄙夷不屑地往地上吐了一口唾沫："好恶心人啊！"

汤知侠一脸严肃地继续讲述："后来为了生存，我们把朱明山绑上了大当家的交椅。"

"真的用绳子捆绑吗？"郑七妹不信。

"是真绑！人家死活不愿意，不绑咋行？我们跪地不起，痛哭流涕，苦苦哀求，直到他应承了才给他松绑。从此，朱明山遵照花子军大本营的指示从严治军，硬是把这支臭烘烘的地主武装带成了仁义之师。"

郑七妹兴致勃勃地插话："请你好好给我说说花子军的治军秘诀。"此刻的郑七妹像个求知若渴的小学生。她给汤知侠重新换了茶叶，提起水壶用沸水冲泡。那恭敬的态度很像学童伺候先生。

"我体会花子军治军的经验，说简单点是两句话：以军规管人，以德治军。"

"以军规管人，这个我懂。你重点说说以德治军吧！"

"以德治军的先决条件，是带兵的头领必须品德高尚。打铁必须本身硬嘛！朱明山来到鹞子岩的头天夜里，大当家赏给他一个漂亮小妞，可他毫不犹豫地拒绝了，使我们受到极大的震撼。在这样的头领手下当兵，你的花心敢不收敛吗？后来我们发现，在花子军里，洁身自爱，严于律己，不仅是作为头领的必备条件，还是每个士兵品德修养的必达目标。在我们花子军里升官不发财，廉洁自律，克己奉公，成为风气。以后你会亲眼看到，花子军即使开十年二十年翡翠矿，头领们不会比大家多拿一个铜板。"汤知侠喝了几口茶，望着静静聆听的郑七妹，接着讲述以德治军的核心内容，"以德治军，关键是一个'爱'字。小而言之，是爱护家人，爱护战友，爱护老百姓。广而言之，是爱护天下所有的人。……七妹，请不要吃惊，听我细细道来。我曾经给你讲过黑水县的码头之战。为什么牺牲的不是朱明山，不是另外一个战士呢？就因为手持水雷炸毁共军巡逻艇的那一位兄弟是水兵班班长，他有牺牲的优先权。他把生还的机会让给了战友，把牺牲的危险留给了自己。花子军里有一个战士名叫贺明登。为了保护老百姓，他拉响手榴弹和五个日本鬼子同归于尽，尸骨无存。从三三年举旗到如今，花子军为老百姓拼了性命的弟兄将近百人。一九四二年，河南连续两年大旱。河南饥民纷纷涌入黑水县。那时候，花子军没有多余的粮食，只能勉强填饱肚子。可是，大当家不忍心看到饥民饿死，就号令全军下乡重走乞讨路，拿讨来的粮食在各乡要道口熬粥救灾民……这些都好懂。我下面要讲述的，你可能就难以理解了。日本鬼子是我们最痛恨的敌人，可是我们的大当家却教育部下要善待放下武器的日本士兵，对日本鬼子的尸体也不能野蛮处理。日军师团长肥原上仪在黑水县作恶多端。那年夏天，她的女儿小枝云秀被花子军抓获，有人想玩玩这个漂亮的日本妞，还以颜色。可是大当家的母亲说服了这些男人。小枝云秀在花子军里受到贵宾般的礼遇。最让我们终身不忘的，是花子军对我们这些犯过严重错误的人既往不咎，关怀备至。我们的队长朱明山像大哥哥引导小弟弟学走路一样，一步步把我们带到正路上。七妹呀，如果换了你，经过这样的高温冶炼，你也会如凤凰涅槃一样重获新生的。"汤知侠越说越激动，说到这里，眼眶里出现了泪花。

"铁矿石炼出钢铁，我信。可是，花岗岩呢？"郑七妹也是带兵的人，提出的问题来自亲身实践。

"这种人在高温下顽固不变，就要拿军规约束了。花子军的军规是非常严厉的。你听听：面仙（羊虎神仙的　塑像）思过，或者面旗（花子军军旗）思过，一跪就是两炷香，两个钟头呀！这是最轻的处罚。送客下山＿＿就是执法队用棍棒把被开除的人撵下山去。最重的是处以死刑。"

汤知侠结束讲述的时候，门外林中的画眉鸟开始鸣叫，向人们提示黎明已经到来。

郑七妹伸了个懒腰，大发感慨道："我终于明白了，花子军为什么所向无敌！对比你们，我们自卫队算什么呀？土匪！土匪！名副其实的土匪！"此刻，她的心里，原先对汤知侠的占有欲完全被对于花子军崇敬和倾慕的感情取而代之。她向汤知侠提出一个要求："我想和花子军进一步拉近关系，你能不能铺路搭桥呀？"

"能！当然能！我保证鼎力相助。我早就代表花子军向你表过态，愿意和你们自卫队交朋友。"汤知侠喜出望外，打趣地问道，"请大当家明示，我现在是下山呢，还是上床啊？"

郑七妹没有答话。她嫣然一笑，打开房门，命令大树上岗棚里的哨兵："通知警卫班：准备下山！"

第二天清晨，郑七妹亲自把汤知侠送回军营，向朱明山详叙了昨日一天一夜的经过。她保证不曾伤到汤教官一根汗毛，请头领当场验收。最后留下一马车生活物资，说以后要向花子军拜师学艺，先交点学费。朱明山想到郑七妹写给莫大妞的信，望着她骑马远去的背影，忍不住笑了。

伍佳杰的日子却没有朱明山好过。旺小兰天天来找何胡子，催促他想办法尽快通过头领这一关。何胡子根本没有勇气向头领开口，但是又不能一口回绝旺小兰，于是采用缓兵之计，要她耐心等待。时间久了，旺小兰终于失去耐心。她亲自找到伍佳杰，哭鼻子抹泪，请求恩准何胡子跟她成亲。伍佳杰万万没有想到，这个农家女子竟然有愚公移山的狠气，天天都来他这儿磨缠。后来，金大妈也出马了。无奈何，他只好向羌六宝求援。羌六宝说："开春以来，到我这儿反映类似情况的不少。简直就像流行性感冒，好多人都传染上了。看来，我们必须用个好方子治一治。不然的话，整个军营都不得安宁。""到哪里找方子啊？这种病，恐怕华佗也无可奈何。""你知道乡村里是怎样对付老鼠的吗？家家都养猫，老鼠就安分多了。这就叫一物降一物。"羌六宝告诉他一个思考许久的计划，征求他的意见，"我想把女兵队调过来，对付那些花心男人们。你看如何？"伍佳杰说："这个方子好！""好！你拟个电文，马上拿去发报。"

伍佳杰很快拟出电文。电文语气诙谐，语言简洁：马帮队营房起火，盼女兵队紧急驰救。

6，黑牡丹训夫

姜启仁收阅电文，笑了。他对这项命令心领神会，建议女兵队和孩子、老人同行。深思熟虑之后，他把护送任务交给了宋光宪的商务团。

宋光宪接到命令，立即动用了长达数千里的公路、铁路运输线上的所有秘密兵站。

这支庞大的队伍按照老幼搭配的家庭组合方式分成上百个行动小组。他们首先乘坐汽车陆陆续续到达武汉，然后分若干批次上火车，到达昆明之后再乘汽车去曹家冲诊所。他们到达一批，公羊美石就立即通知马帮队营地来人接走。

最后到达曹家冲诊所的是黑牡丹小组。这个小组里不仅有她儿子大运，还有杜姨和吴小小、天亮母子俩。马帮队派来接她们的人是何胡子。他带来十个骑兵和一辆带篷的马车。骑兵和马车都停在江边等候，他一人过江来到曹家冲诊所。

从前年秋天到现在，何胡子离开八仙寨快两年了，因此见到久别的亲人非常激动。他左手抱大运，右手抱天亮，一个劲儿地亲，胡茬子扎得两个孩子直叫唤。黑牡丹和杜姨站在一旁直乐。

过了澜沧江，黑牡丹、杜姨和吴小小带着两个孩子上了马车。何胡子带领骑兵护卫着马车开往帕敢营地。一路上尽管阳光普照，和风送爽，满目好景致，可是何胡子的心里却是十五个吊桶打水——七上八下。他不敢断定：他和旺小兰的事情会不会彻底暴露？脾气暴躁的黑牡丹会不会对他下狠手？

马帮队营地建在相邻的两个山坳里：集体宿舍和家属院各占一个山坳，中间隔一道矮小的山岗。山岗上是一快新修的长方形大操场。女兵队到来后，头两天风平浪静，家属院里从早到晚都回荡着欢声笑语。第三天晚饭后，花子军在大操场开了一次全体会议。会议上有五个人做了简短发言。潘来运的开场白是："女兵队初来乍到，可能还不知道你们的夫君已经变成香饽饽啦！"接着，点名道姓，把发生在马帮军营里的不好苗头向女兵们做了通报。伍佳杰的发言重点讲了何胡子的事儿。他说："有一个貌赛天仙的民女一心要嫁何胡子，不达目的不收兵。我们花子军必须保护老百姓利益，可是我们的军规决不支持一夫多妻，这事儿实在很难办呀！我们迫不得已，只好把这个烫手的山芋交给他家内部消化处理。"女兵们听了，觉得好笑又好气，叽叽喳喳，一片哗然。

"我们马帮里也有经得起桃花运考验的男人。下面，我给大家讲一讲汤知侠的故事。"朱明山详细叙述了汤知侠遭遇逼婚的经过。他的讲话常常被女兵们稀奇古怪的提问所打断。为了满足女人们的好奇心，更是为了显示故事的真实可信，他几乎是有问必答。

朱明山讲话结束，女兵们的好奇心有增无减，纷纷要求汤知侠介绍经验。羌六宝认为，汤知侠现身说法对于治疗男人们的传染病会有指导意义，于是便鼓励他给大伙儿谈谈自己的体会。这会儿的汤知侠为难极了。他看得出来，头领们是要借女兵的力量整一整好色的男人们，好多伙伴都要遭殃了。这时候，自己被作为正面典型竖立在他们面前，已经有些窘态，确实不便于再大言不惭地发表演说。可是，头领既然点将，一言不发是不行的。为了应付场面，他站起来说了两句话："得过天花的人，一辈子不可能再得天花。大家知道，我是得过天花的人……"众人催促他快快讲下去。"我讲完了。"他说罢就坐下了。

大家面面相觑，不知所云。"天花……啊，明白了！"羌六宝似有所悟，"得了天花是要送命的。如果治好了，就能终身免疫。这实在是经验之谈呀！我衷心希望这次患病的弟兄们好好医治，治好了就一辈子免疫。"羌六宝做了总结性讲话。最后他交给黑牡丹一项特殊任务：充分发动女兵，帮助家人把病治好，同时又要注意军民关系，任何时候都不允许伤害老百姓。

操场会议之后，家属院里的气氛顿时紧张起来。各家各户的女主人按照头领的吩咐着手给自家男人治病。花子军的男人们普遍患有"气管炎"（妻管严），现在有软捏在女人手里，他们能有好日子过吗？

何胡子估计，女人的手段无非是一哭二闹三上吊，黑牡丹和别人不同的就是有时候使用点家庭暴力。他拿定主意：坚守秘密，宁死不屈。

熄灯号令响过之后，家属院一片寂静。大运早已熟睡，何胡子和黑牡丹都不吭声，小小房间里安静得可怕。窗外皓月当空，树木在夜风中摇曳，皎洁的月光把晃动的树影儿投放到床前的地面上。何胡子无法入睡，翻了一个身。黑牡丹轻轻咳嗽一声，显然也没有睡着。

"大运爹，我们离婚，行啵？"

"好好的一家人，离什么婚呐？"

"你已经背叛了我。我放你一马，成全你们的好事儿！"黑牡丹口气严厉。

"大运妈，你误会了。别人看中了你男人，不是坏事，说明你男人很出色，你应该高兴才是呀！"

"出色？只怕是好色哟！"黑牡丹冷笑道，"你听好，不管你有多大错误，只要你知错，认错，决心改错，我会原谅你的；如果你自作聪明，隐瞒错误，后果自负。明天，我会派出三个调查组，调查你们这些好色的家伙干的坏事。不要多久，就会水落石出的。"

何胡子知道，黑牡丹历来说到做到，不放空炮，心里着实怕了，嘴上却说："你调查去吧！为人不做亏心事，不怕半夜鬼敲门。"

第二天吃罢午饭，何胡子瞅空去了一趟金家屋场，把女兵队派出调查组的事告诉了旺小兰，叮嘱她务必守口如瓶。这一举动反而弄巧成拙，使黑牡丹疑心更重。狡猾的黑牡丹立即亲往金家屋场，单独会见了旺小兰。借口是何胡子刚才把擦汗毛巾忘在这儿了，她来拿回去。旺小兰说："刚才没看见他拿毛巾擦汗呀！他肯定是忘在别处了。"黑牡丹心想，这家伙果然找过旺小兰。如果心中无鬼，慌什么呀？看来，他和这个女人的关系不一般啊！她将这个想法深藏在心底，和旺小兰拉起家常来。两人越聊越近乎。最后，她问旺小兰："妹子呀，你是不是真心要嫁我娃他爹？"黑牡丹快人快语，使旺小兰大喜过望。"我的好姐姐吔，你要是可怜我，成全我，我一辈子都记得你的大恩大德。"旺小兰说着就要下跪，被黑牡丹拦住了。她告诉旺小兰，这事儿能不能成关键要看娃他爹的态度。

当日夜里，黑牡丹开始突审何胡子。她首先交代政策：坦白从宽，抗拒从严。

何胡子望了望挂在床头的马鞭，脸上毫无惧色，一口咬定：没做亏心事儿。

"调查组已经初步查清，你和那个女人的关系很不正常。事到如今，还想抵赖吗？"黑牡丹害怕吵醒熟睡的儿子，声音很小，但口气咄咄逼人。

何胡子觉得好笑：这种事儿除了男女双方知道，就只有天知地知了。还"初步查清"呢！吓唬谁呀？但他嘴上却说："大运妈呃，我是老鼠你是猫。如果有那事儿，我敢抵赖吗？"

黑牡丹火了，揪住何胡子的耳朵把他从被窝里拽出来，低声呵斥道："滚下去！"

何胡子一边下床，一边哀求："千万莫动武。儿子八九岁了，给我点面子好吗？"

"我不动武。你老老实实跪着，面妻思过吧！"

何胡子心想，军规里边有"面仙思过"、"面旗思过"，老婆的"面妻思过"算是独创。没有动武已是开恩了，他只好乖乖遵令，跪在门口的地上。

房间很小。一道布帘将这个房间一分为二：里边靠窗是大运的小床，紧挨布帘是两口的双人床，两床之间是一个狭窄的过道；布帘外边放一张饭桌和几把凳子。夜里，墙角再放一只带盖的尿桶，这个小房间就显得狭窄无比了。门口蹲不下何胡子的魁梧身躯，他移动桌凳，扩大空隙，才勉强跪下。

虽然地面硬邦邦的，而且冰凉，但因为一天的辛苦劳作，睡意很快袭来。他双膝跪地，趴在饭桌上，头枕双臂，不一会儿就睡着了。不知睡了多久，突然听到有人喊"爹"。他睁眼一望，原来是大运下半夜醒来打手电寻尿桶尿尿，发现爹跪在地上，不禁惊奇地问道："爹，你在干啥呀？"何胡子支支吾吾地答道："……你妈掉了针线包……爹在帮忙寻找呢！""找不到就算了。等大运尿了，你也上床睡吧！"黑牡丹赶忙打圆场。

大运尿完尿上床睡了。何胡子借坡下驴，钻进了被窝。等儿子睡着以后，黑牡丹蹬了何胡子一脚，轻声问道："你思过思的咋样？"回答她的是男人响亮的鼾声。她想，别家男人是不是也这样呢？看来，关门解决没有指望，就只好借助军规了。既然头领们授权给她，她就要充分利用权力，坚决完成任务。

说来也巧，当黑牡丹第二天去请示大当家的时候，大当家出远门视察商务团去了。她来矿区找到潘来运，得到的答复是：大当家交代过，让黑牡丹全权处理花心男人的问题，不必向任何人请示汇报。她本来就是一个天不怕地不怕的女人，这会儿取得尚方宝剑，胆儿就比天大了。当天晚饭后，她交给执法队一个名单。名单上的男人们刚刚放下碗筷就被执法队押到大操场，在花子军军旗下面跪成一排，整整二十条汉子。二十条汉子前面竖立一个很大的纸牌子，上面赫然书写"违犯军规者严惩不贷"几个醒目的大字。纸牌下面摆一个香炉，香炉里插一支点燃的香。

女兵队队长惩罚花心男人，这事儿本来就富有新闻色彩，因而围观的人越来越多，不光有花子军里的男女士兵，也有附近的老百姓。黑牡丹当众训斥受罚的汉子们，说出话来掷地有声。"我说你们这些负心汉啊！你们的女人都是过了筛子又过罗，经过严格选拔才进花子军的，哪一点配不上你们？你们暗地里的所作所为对得起她们吗？这些都是小事，你们伤害了老百姓，才是天大罪过。犯了这种罪，按照花子军军规要受什么惩罚呢？……撇嘴，不服气是吗？……你们心里明明晓得花子军不允许一夫多妻，却偏偏要对人家姑娘下手，这叫什么呀？这就是玩弄妇女，这就是对老百姓犯罪。有过错不要紧，认错，改错，还是咱的好男人。可是你们自作聪明，好比煮熟的鸭子，浑身肉都煮烂了，嘴壳子还是硬的。我知道你们心里咋想的。你们以为，调查组掌握的都是现象，没有证据。是不是只有捉奸在床才是证据呀？太小看我老黑了！我通过现象看本质，心里跟明镜儿似的。从今天开始，你们每天晚饭后都必须来这里面旗思过，跪完两炷香之后回去休息。谁个主动交代问题，就免于处罚，明天晚上就不必来这儿思过了。"最后，她声色俱厉地警告说，"三天之后，严惩顽固分子：送客下山，或者拉出去毙了。"

全场顿时愕然。黑牡丹胆儿大是出了名的。人们送她一个绰号"黑大胆"。天底下没有她不敢干的事儿。因此，她的严厉警告没有人不信。

受罚的汉子里，已经有人身子发颤，额上冒汗了。

第二天晚饭后，在大操场面旗思过的只剩下八人了。据说，高压之下已有十二人投案自首。到了第三天晚上，军旗之下跪地思过的人就只有何胡子和胡屠户了。围观的人们出于善意，劝他们低头认错，接受宽大处理。胡屠户昂着头，吼叫道："老子没有错！""不要嘴硬了。那个叫黄幺的小姑娘为什么吵着嚷着要嫁你？你只当自己是董永吗？说你们之间没有故事，鬼才相信呢！""我把黄幺从土匪手里救了。这姑娘知恩图报，缠着要嫁我，我有啥法子呀？"胡屠户赌咒发誓，"我要是动过半点邪念，天打五雷轰，不得好死！"有人拿何胡子取乐："胡子呀，你莫非也是英雄救美呀？再不老实，当心黑牡丹赏你花生米哟！"何胡子虽然心虚，嘴上还是挺硬的："老黑把老子毙了，老子做鬼也不会放过她。要是喜新厌旧，干脆明说，何必使阴招儿！"嗬，猪八戒上城墙倒打一耙呢！黑牡丹听后，心里顿时火起。她命令执法队："两炷香过后，把他俩押到禁闭室关起来。门外安排双岗。明天早饭后开大会，把他俩毙了。"

两条汉子声嘶力竭地喊"冤枉"，一声接一声。围观的人群中有两个人偷偷流泪，一个是黄幺，另外一个是旺小兰。有几个小头目担心这位黑大胆任性胡搞，就请杜姨出面干预。杜小凤笑了：

"你们太小看人家牡丹了。六宝相信她能够秉公执法，你们咋不相信呢？"

旺小兰回到家里，向婆婆汇报了所见所闻。金大妈听说明天早饭后要枪毙何胡子，吓得脸上顿时没了血色。"旺妞啊！人家何师傅可是好人呐！是我们害了他。千不该，万不该……""妈，是我害了他。没你啥事儿。""咋能这么说呢？我是一心要个儿子，要不然咋会有这一出呢？"婆媳俩经过商议，决定金家的脸面不要了，也要保住人家何师傅一条性命。旺小兰连夜赶往花子军军营，婆婆在家等候消息。

黑牡丹刚刚入睡，就听到岗哨通报：金家屋场的旺小兰求见。

一进黑牡丹的寝室，旺小兰就跪下了："请姐姐留下何哥的性命，我愿意一命换一命。"

黑牡丹大吃一惊，心想：这对男女感情铁到这等程度了？大运他爹真是小看不得呀！她连忙扶起旺小兰，说有话好好说，不必这样。旺小兰说："何哥没有错，错误全在我。是我勾引他，他上了我的当。"谈话进行到这儿，黑牡丹越发吃惊了：为了保护相好的，连脸面、名声都不要了？天底下有这样的傻女人吗？她有些将信将疑。

为了说服黑牡丹，旺小兰这会儿拼上了，把自己如何劝酒，如何把何哥扶上床，然后自己如何钻进被窝，讲了个仔仔细细，连许许多多关键性细节都没有隐瞒。

黑牡丹心想，旺小兰所讲很可能是真实的，她没有必要添油加醋，无中生有，这些明天从大运他爹的嘴里不难得到证实。但是，黑牡丹有一点还是不明白："请你告诉我，你拼了脸面和名声保护我娃他爹，究竟是为了什么呢？"

"你们花子军虽然来这里没有多久，但是我们看得出，这是好人的队伍。何哥呢，是好人队伍里边的好人。我们不忍心害他。

不能和他成婚，也就算了，我认命了。我的好姐姐呀，你有这样一个好男人，不管我心里多羡慕，我都不会再插足了。我希望姐姐大人有大量，只当这事儿没发生过。希望你们的小家庭永远幸福美满。"这时的旺小兰心地坦然，就像卸下了千斤重担。一席话直说得黑牡丹心里热乎乎的。她拉着旺小兰的双手说："妹子呀，感谢你对花子军的一片爱心。我知道，你走了这段弯路，也是迫不得已。我也是苦命的女人，你的难处我懂。"接着，黑牡丹讲述了自己青年时期的那段不幸的婚姻。

两个女人谈了许久，直到大运下半夜起来尿尿才结束。最后，黑牡丹留下旺小兰在自家寝室过夜。睡下之后，黑牡丹向她交代了两件事：一是今晚谈的话到此为止，不要对任何人说，花子军永远替她保密。二是黑牡丹给她当红娘，花子军把她的婚姻大事包了。

天一大亮，旺小兰就急急忙忙回家去。这时候，一位汉子领着黄幺进了军营。黑牡丹来禁闭室找何胡子的时候，他们已经等候在禁闭室门前了。一见黑牡丹，汉子就一脚踹倒了黄幺："给花子军长官跪下！＿＿我是她爹。小女缺家教，脾性太犟，闯下了大祸。我们不求长官原谅，只求长官弄清事实，不要冤枉了那位姓胡的恩人。"

黄幺满脸稚气，单薄的身子表明发育尚未成熟，怎么看都只是一个十五六岁的女孩儿。她见了长官并不胆怯，眼神显示出大胆和粗野的性格。"屠户哥哥救了我，我无法报答，只好嫁给他，一辈子给他端茶递水，好好伺候他。我实在是不知道花子军的男人惹不得呀！"黄幺说着，眼泪流出来了，"我的姨呀，屠户哥哥从来没有碰过我的身子。要说他伤害了老百姓，实在是冤枉啊！说真的，是我伤害了他。"

黑牡丹问道："我凭什么相信你的话？"

　　黄幺急了，指天发誓说："我要是有半句假话，全家人不得好死！"

　　汉子在一边插话说："我们在家里拿好话劝她，拿棍子打她，软的硬的法子用尽，得到的就是一句答话：屠户哥哥从来没有碰过她。这孩子自幼不会撒谎。我们相信她说的是真话。长官再仔细想想啊，如果小女已经成为别人的人，我们会善罢甘休吗？天底下有这么傻的父母吗？"

　　黑牡丹觉得这一老一小说的话有些可信，就下令放出胡屠户，说有关问题需继续调查。"让何胡子早饭后跟我回宿舍。我有话问他！"她对站岗的人交代。

　　吃过早饭，何胡子一进寝室门，黑牡丹就抛过一句话来："昨晚，旺小兰在我这儿过夜。"

　　"啊？！"何胡子一脸惊愕。

　　黑牡丹关上房门，搬把凳子坐下。何胡子不敢坐，规规矩矩站在她面前。"大运爹，你不该把旺小兰睡了！"老婆说这句话嗓音很低，但在何胡子听来却如响雷轰顶，顿时脑子里一片空白。他双腿一软，噗通一声跪在了老婆面前。"你给我详细说说事情经过。"黑牡丹没有大声呵斥，话语里却有不可抗拒的威严。

　　自知祸事临头，何胡子一边流泪一边交代前因后果。旺小兰讲过的，他全讲了；旺小兰漏掉没有讲到的，他也讲了，深怕因为疏忽一个细节而失去了宽大处理的最后机会。末了，他揩一把鼻涕和眼泪，小心翼翼地央求道："大运妈，我对不起你。你打我骂我都行，千万不要离婚。我和儿子都离不开你呀！"

　　"大运爹，我也不想离婚。……你不相信我说的是真话吗？……我们结婚整整十年了。十年里头，你只有这件事对不住我，其余都是对我的好。我们是名副其实的恩爱夫妻呀！你对我的恩爱，我三天六夜都说不完。我的脾气火爆，有时候对你搞点体罚，恰恰应了那句粗话：打是亲，骂是爱呀！这十年，虽然每天都是平平常常的日子，但是对我来说，每天都在福中。你知道，我的第一次婚姻是不幸的，可以说苦头吃尽，眼泪流干。参加花子军以后，羊虎神仙把你恩赐给我，我才有了好日子。不久，我们的儿子出生，白白胖胖，好排场啊！娘家人都夸我走了大运，我们儿子的名字'大运'就是这么来的。你我都应该珍惜才对呀！可是，分开久了，你忍受不了……"不知什么时候，黑牡丹说着说着，情不自禁地泪流满面；说着说着，不由自主地紧紧抱住了自家男人，好像深怕失去他。"大运妈，什么都别说了！……咱坚决改！保证一辈子永不再犯！"老婆越是这样，何胡子心里就越是难受，最后紧紧抱住老婆，忍不住嚎啕大哭起来。

这时候，大运听说他妈在家里训他爹，就利用课间回来看动静。他从门缝往里看，只见爹妈拥抱着痛哭流涕，吓得撒腿就跑，边跑边呼救："不得了啦！不得了啦！""到底出了啥事儿呀？大运！""我爹和我妈抱着哭，好伤心啊！"大人们一听就猜出来八九分，都哈哈大笑起来。

过了两天，大当家回来了，开了个有全部头领参加的专题会议。会议根据黑牡丹汇报的情况，做出如下决定：何胡子被开除军籍，作为随军家属留营察看，以观后效。胡屠户的问题查无实据，免于处罚。其余十八个人能够主动交待问题，而且程度较轻，分别受到记大过一次的处罚。

从此，花子军马帮军营恢复了昔日那种欢乐祥和的气氛。

7，小枝云秀拜见干娘

转眼间又是罂粟花盛开的季节。

这天，金家屋场张灯结彩，鼓乐齐鸣。这是旺小兰完婚的大喜日子。黑牡丹当红娘，新郎官是黑牡丹娘家的堂哥。这位堂哥中年丧偶，是个郎中，文质彬彬，一表人才。男女双方初见就彼此中意，经过一段时间交往，定下了喜期。这些日子，金大妈乐的呀，眉里眼里都在笑。

在贵宾席上就座的除了黑牡丹还有杜姨。金大妈问黑牡丹："何师傅为啥没来呀？"杜姨解释说："他们两口都调到商务团去了，那里的工作特别忙。牡丹在那里还是当女兵队长，按说也是来不了的。可是，红娘不来咋成呀！六宝特别重视你家的喜事，准了她三天假。"金大妈无限感激，捧起酒壶说："我金家世世代代记得花子军的大恩大德。请你们喝我一杯谢恩酒吧！"席上的酒杯都斟满。客人们举杯饮酒，异口同声地为金家祝福。

喜宴接近尾声的时候，一个骑马的士兵飞驰而至，说军营来了贵客，要杜姨快快回去。

当杜姨乘坐的马车在军营里停下的时候，一位衣着配饰珠光宝气的贵妇人在几个女保镖的簇拥下迎了过来。

杜姨下了马车，还没有反应过来，贵妇人已经跪在她面前，亲昵地叫了一声"娘"。六宝连忙提醒母亲："这是小枝云秀！"

杜姨终于想起来了，面前这个女子的确是十年前那个美若天仙的小枝云秀，只是微微发胖，更加丰满，更加漂亮了。当年离开八仙寨，告别杜姨的时候，她也是这样双膝跪地，恭恭敬敬地叫了一声"娘"。杜姨连忙笑盈盈地伸手拉起小枝云秀。万分激动的小枝云秀抱住干娘好一阵亲吻。大概是她用力过猛，把杜姨弄得喘不过气来。六宝提议："快进屋吧！别在这儿站着。"

宾主进屋坐定。小枝云秀告诉杜姨，她现在是中日友好协会的会长。缅甸和泰国都有协会开办的公司，因为协会运作需要资金。进入缅甸之后，她发现了花子军，于是就急急忙忙来拜会干娘了。双方十年未见，自有说不完的家常话，表不尽的相思情。

大约过了两个时辰，学校放学，崔姨领着天亮、晓月和军军来了。屋子里就像飞进一群喜鹊，叽叽喳喳甚是热闹。

小枝云秀和崔姨打过招呼，把三个孩子揽在怀里，大发感慨道："我们协会工作的意义，就是让子孙后代友好相处，不再有战争。"说到这里，她向羌六宝提出一个问题："据我所知，金三角不够太平。你们把老人和孩子安置在这里，放心吗？""我们实在是没有更好的办法呀！"羌六宝满脸的无奈。

小枝云秀沉思好一会儿，提出一个建议："我们协会总部在香港。我在那儿熟人多。你们的商务团能不能转入香港。商人在那里大有用武之地，同时也能够为老人和孩子开辟安身处所。孩子们在那里可以上最好的小学、中学和大学。你看如何呀？"杜姨欣喜万分，代替六宝答道："好！好！六宝，你和弟兄们商量商量，尽快拿定主意，报告大本营。"

送走小枝云秀，羌六宝立即主持召开了头领会议。会议一致通过小枝云秀的建议。

自从远征金三角以来，羌六宝下达命令总是首先发给姜启仁，恳请他斟酌定夺，已成惯例。羌六宝这次发给姜启仁的电文如下：

商务团完成最后的护送任务之后，迅速转入香港。老人和孩子经缅甸、泰国路线随后到达。全部武装人员进入香港之后公开身份不再是军人，而是安保人员。

宋光宪继续担任商务团团长，梁祖君　任保安公司总经理。伍升谷子任财务总监，蒋晓芸　任后勤总管……

商务团务必立即派专人和"中日友好协会"香港总部联系相关事宜。

姜启仁收阅电文后，只增加了一条：鉴于夫妻长期分居的教训，人事安排应该尽力照顾夫妻关系。

第十八章

1，强大攻势下的大本营

就在花子军马帮军营的"火患"刚刚熄灭的时候，黑水县县政府组织人力拆了羊虎庙。羊虎庙的罪名是宣扬了封建迷信和阶级调和论。慧成长老和空山法师都不辞而别，不知去向。

这时候，共产党对花子军采用了一套攻心战术。

先是一封封书信像雪片似的飞向八仙寨。写信者，有花子军官兵老家的亲人，也有老家的村干部。信的内容一律是报告分田分地的喜讯，盛情邀请他们返乡安享幸福生活。接着是探访者络绎不绝。为了应对此事，姜启仁在桥头石头房里设了专门信箱和接待室。来自家乡的信件和探访者在大本营里刮起撼人心魄的飓风。三间瓦房两垧地，老婆孩子热炕头，这就是农民最向往的幸福生活呀！军心开始动摇了。周道本建议取消信箱和接待室，严密封锁外界消息。姜启仁笑道："老天下雨，你见过有谁怕淋雨就用手堵天的吗？花子军如果真正具有强大的凝聚力，任何外力都是无法撼动的。退一万步说，如果共产党确实能给花子军弟兄们一个好的归宿，难道这不正是我们所希望的吗？真的到了铸铁为犁的那一天，我姜启仁会带头举双手欢呼。"

首先提出返乡要求的是卢长春。陪同卢长春来面见姜启人的是他老婆杨大妈和他的三徒弟韩小雀。杨大妈是一个苦命的女人。日本侵占东北使她先后失去了丈夫和儿子。媳妇改嫁，给她留下幼小的孙子。她本是卢长春的大徒弟陶石头的亲大妈。前年秋天，大徒弟陶石头回东北老家一趟，把她奶孙俩接到八仙寨，让她和师父组成了新家。别看她年过半百，比卢长春大四五岁，可她人模样儿生的端庄耐看，而且聪明贤惠，能说会道，把男人哄得服服帖帖。今年春天，她和卢长春回老家，目睹家乡的巨大变化，就动了返乡的心思。前几天，家乡的农会主席不远千里亲自来到八仙寨，动员他们返乡。这位农会主席不是别人，正是她亡夫的亲弟弟，陶石头的亲三叔。三叔含泪辞别时说的话让她永远难忘："我们陶家弟兄三个现在就只剩我一个了。你们和石头是我的亲人。亲人应该团聚，不应该远隔千里。真要回去就动作麻利点儿，千万莫让我眼睛望穿啊！"夫妻俩经过反复合计，最后意见统一：告老还乡。见到姜启仁，杨大妈用目光示意，催男人先说。卢长春直截了当地说明了来意："俗话说，铁打的营盘流水的兵。我已经年近半百，是个残疾人，不能让花子军养我一辈子。三个徒弟早已学成满师，我应该放宽心了。现在老家有了安身之地，我们应该回去了。"三徒弟韩小雀表态说："我不想离开花子军。可是，师父回老家我有些不放心。我想请半年长假陪伴他。把师父安顿好了，放心了，我再归队。"姜启仁心里明白，卢长春夫妇的想法合情合理没有错。他只是担心，东北之大是否容得下这对苦命夫妻。话到嘴边，他没有说，因为这种话有些不好说。韩小雀的心思，姜启仁完全理解。这小伙是卢长春十四年前在讨饭路上收留的孤儿，因为破烂裤子遮不住胯下的小雀雀，便有了"韩小雀"的外号，那时他才十三岁。在花子军里，卢长春视他为亲生，亲手把他培养成人。他后来娶妻生子，小家庭幸福美满。他在心里发誓，永远不忘花子军的大恩大德，永远孝敬师父。姜启仁激动地告诉他："小伙子知恩图报，我当然支持。……我说卢兄啊，女兵队开赴金三角的时候要带老人和孩子同去，你们几家不想走，原来是另有想法呀！你们应该早说，让我们早做准备。这样吧：

你们再等候一些日子，等候盘缠钱和安家费凑够了再走也不迟。"杨大妈感动得眼泪汪汪："老三啊，我和你师父都不中用了，以后就指望你们师兄弟三人代替我们报答花子军了。"

继卢长春之后是里额巴图。他是花子军里年龄最大的德高望重的老兵。儿子随宋光宪的商务团去了，媳妇带着刚满周岁的孙子去了金三角，家里只剩下他和老婆邱大脚。邱大脚一辈子不曾生育，先后像牲口一样被转卖给三个男人。后来受尽凌辱和折磨的她在好心人帮助下逃到八仙寨。心地善良的里额巴图收留了她，算起来他俩已是十年夫妻了。东北很早就搞了土改，堂兄多次来八仙寨探望里额巴图，每次都给他带来令人快慰的好消息。上月端午节里，堂兄捎来村长的亲笔信，要求他携全家老小回故里，办理房屋田产所有证。对于贫苦农民来说，这是多么大的诱惑呀！他和老婆都动心了，终于决定返乡。姜启仁只是祝愿他们夫妻俩安享幸福晚年，别的啥都没说。

有卢长春和里额巴图在前边开路，要求离队返乡的人越来越多。半月之后返乡人员登记结束，名册上已有八十二人。姜启仁心中有数，大本营里大多数弟兄没有动摇。他叮嘱周道本，要按照花子军相关规定给大本营的全部在册人员足额发放路费和安家费。眼下要想尽一切办法筹钱，即使把汽车、马匹等等全部家当变卖干净也不能欠大家一个铜板。不返乡的也发路费和安家费吗？周道本没有多问。他相信，大哥的安排一定是有道理的。

八仙寨一片繁忙景象：捕鱼的船儿在绿水峡里拖动大网。逐渐收紧的渔网里，鱼儿纷纷跃出水面，在夏日阳光下闪耀着一片银光。野猪峡里传出野猪的阵阵嚎叫声。捕杀队将杀死的野猪进行褪毛开膛的处理，然后由汽车运输队运往各个集市出售。深山密林里到处响起伐木声。满载木材的汽车一辆接一辆开往附近各个县城。

　　与此同时，另有一项工作也在悄无声息地秘密进行中。姜启仁召集附近三县的老家人，安排他们在指定地点接收和藏匿汽车运输队秘密运出的枪支弹药。

　　正当姜启仁忙得废寝忘食的时候，突然传来喜讯＿＿阔别三年的女儿羊昌卉上山看爹来了。欣喜万分的姜启仁走出张公馆的时候，羊昌卉已经在周道本的亲自陪同下步入大操场。三年不见的女儿长高了许多，结实了许多，一身戎装把她衬托得英姿飒爽。姜启仁心里无比欣慰。她身后紧跟着一男一女两个警卫员和周道本，三人手里都牵着高头大马。姜启仁哈哈笑道："卉卉呀！三军总教官给你牵马，派头不小啊！"羊昌卉恭恭敬敬地向父亲行了一个军礼，然后责怪周道本说："周叔，你是存心让爹骂我呀？"周道本说："大人照顾小孩儿，主人伺候客人，有什么不应该吗？"女警卫员纠正道："给首长牵马是我们警卫分内的事，周教官越权了。"趁姜启仁父女俩说话的当儿，周道本问男警卫员："这丫头究竟是多大的官儿？""军部警卫团团长。"周道本心里一惊：当年那个头扎羊角辫的小丫头眨眼间就是带兵女将啦！后生可畏呀！

　　进了张公馆，羊昌卉和她的警卫员都好奇地东张西望，俨然是刘姥姥初进大观园。进了单间客房，朴实整洁的室内陈设使羊昌卉赞不绝口。坐定之后，羊昌卉发现父亲额上有了皱纹，头上有了白发，心疼地说："爹，我记得你才四十五岁呀！怎么很见变老了呢？人到中年，应该学会爱护自己。""我这个年龄的人，就好像正午的日头偏了西，表现出一点老相很正常，关键是心态不能老。老骥伏枥，志在千里。虎至暮年，虎威尚存。这才是我应有的模样。"羊昌卉当然明白这些话的弦外之音。她心想，莫非爹已经猜出我的来意？原来，她是肩负军区首长交给的重任登上八仙寨的。聪明绝顶的爹不会料想不到吧！

晚饭后父女俩的交谈证实了羊昌卉的猜测。

大家都知道姜启仁父女俩久别重逢，自然有许许多多的贴心话儿要倾吐，所以都有意老早退出单间客房。

羊昌卉首先向爹汇报了在部队的生活、学习和工作情况。姜启仁听了，脸上露出满意的笑容。

"你有没有玉成的消息？"姜启仁最操心女儿的婚姻大事。羊昌卉回答说，去年秋天，朱玉成荣立一等功的事迹上了《解放日报》，总算有了他的消息。从此，双方开始了书信往来。"爹呀，这娃子了不得啊！不到三年，就提升到团政治处主任的位置上，是副团级干部啦！"羊昌卉的脸上洋溢着幸福和自豪的笑容。"要在和平盛世，我也会跟着提升，当上外公啦！"姜启仁说罢，长叹一口气。

接着谈到的是不愉快的家事。羊昌卉告诉爹，爷爷奶奶的健康状况大不如前，很见衰老了。嫂嫂虽然才二十二岁，精神状态糟糕透了，整天是痴呆傻笑。妈说，嫂嫂有时候甚至脱光衣服往外跑。医生诊断，她患了重度精神病，已经不容易治愈了。小和平今年四岁，正是特别粘大人的年龄。这个家庭的全部重担都压在妈一个人的肩上。羊昌卉以发颤的嗓音描述道："爹呀，一进门看到妈，我简直不敢相信自己的眼睛。她一脸皱纹，又黑又瘦，背也驼了，看上去就像五六十岁的老太婆。我记得，我妈四十四岁的生日还没过呢！"惨淡凄凉的家境，姜启仁是知道的，实际上他掌握的情况更为详尽。可是，除了依照花子军的规定给点钱补贴家用外，他是有力使不上啊！在女儿面前，他这个一家之主羞愧难当，无地自容，禁不住掉下几滴眼泪。为了掩饰窘态，他立即站起身来用湿手巾在脸上擦了擦。细心的羊昌卉把这个细节看在眼里，心想切入正题的时机到了。

羊昌卉站起来，一边给爹的茶杯里续水一边感叹道："爹，这个家庭里没有你实在是不行啊！你是顶梁柱。"

思维敏捷的姜启仁立刻明白女儿要讲的下文是什么，于是索性挑明："你是希望爹解甲归田。我就猜到，卉卉登上八仙寨是有重任在肩的。"

既然被爹点破，羊昌卉也就直截了当："军区首长希望你带领花子军回归人民的怀抱。这样做，利国利民又利家，不是很好吗？"

姜启仁有些为难了："花子军向何处去，我一人说了不算，应该由全体弟兄决定自己的命运。"

"爹是在哄小孩儿呢！军区首长说，在花子军里你实际上是最高头领，连里额巴图和杜儿圆这些年过半百的老兵都尊称你'大哥'，大当家也是唯你马首是瞻。'大哥'是权威的象征，可不是一般称呼哟！"羊昌卉劝道，"不能再犹豫了，爹！作为你的女儿，我不希望看到解放大军围剿八仙寨。我希望看到，在欢庆新中国成立的人民群众队列里有我可亲可敬的爹。"

"花子军从成立到现在，经见武力威胁够多了，早就习惯了。你的首长想怎么做，随他的便！"姜启仁的态度颇不以为然。

羊昌卉心里不禁打了个寒颤，她认为爹这种态度必然招致大祸。"八仙寨巴掌大一块地方，武力据守是守不住的。"羊昌卉问爹，"我顶多只带一个营来，就能把花子军一锅端了，你信不信呀？"

姜启仁哈哈大笑起来，直笑得喘不过气来。笑罢，他诙谐地说道："如果你的一个营真的把我的花子军一锅端了，那么中华史册上必将大书特书：共党女将军率部攻打老爹，老爹全军覆没。"

羊昌卉没有笑，她实在笑不出来呀！最后，父女俩谈判的结果是：花子军和共军是战是和，内部"公投"之后方可决定。

羊昌卉劝降之后，紧接着来了一个大人物。

这天下午，姜启仁正和周道本汇总经济战果，忽报省公安厅厅长来访。姜启仁和周道本出门迎接，只见一辆军用小吉普从仙姑桥上开过来，奇怪的是车上只有司机一个人。小吉普在姜启仁和周道本面前嘎然停下。司机下车行了个军礼，大声报告说："冯开雨前来拜访老朋友！"姜启仁愣住了：冯开雨？公安厅长？司机连忙解释："我是老羊倌呀！换了军装，脸上没有那么黑了，就不认识啦？"说着，笑呵呵地伸过手来。宾主之间握手问好之后进了张公馆。周道本笑着问道："大首长一个警卫都不带，就敢单人独马进山寨？""这里是我老朋友的一亩三分地儿，安全得很！"冯开雨小声告诉老朋友，"我来八仙寨，肩负着使命。不能有外人在场，那样我们说话不方便。"姜启仁审视着这张熟悉的面孔，弄不明白老羊倌怎么摇身一变成了省公安厅长。冯开雨发现老朋友疑惑的表情，坦诚地解释说："从一九三七年到一九四三年，我在延安接受了特殊培训。完成平顶山劳工暴动的任务之后，我的第二个任务就是进入八仙寨，在花子军里展开工作。只可惜老朋友对我关紧了大门。现在，我硬是闯进来了，希望老朋友们能够理解我的良苦用心。"姜启仁用遗憾的语气说："你曾经在延安接受过六年培训，咋不早说呀？就因为你这段时间历史不清，我们才没有接纳你。""开玩笑！我的特工身份，能早说吗？"闲话间，不知不觉到了晚餐时间。姜启仁吩咐，晚餐送到小客房里来。姜启仁知道，桌上有机密的事情要商讨，所以只安排了自己和周道本来陪客。

满桌子山珍野味。冯开雨反客为主，首先举杯："这是家人团聚酒。希望二位不要客气！"

这个冯开雨啥时候成了我们的家人？姜启仁只当是客人在套近乎，没有在意，慢慢端起酒杯来。这时候，冯开雨反而放下了酒杯："我说这酒是家人团聚酒，自然是有其道理的。喝完这杯酒，二位听我讲个故事，定然会觉得我所言不虚。"姜启仁和周道本积极响应，干了第一杯酒。

冯开雨喝完一杯酒，开始讲故事。"上个月，我刚刚到省公安厅上任，就接待了一位很奇怪很特别的来访者。此人是个五十多岁的老农民。他一进门就毫不客气地自称是我爹。我没有动怒，顺便问了他几个问题。譬如：我的生日，我的乳名等等。老人都对答如流，但我仍然怀疑他的真实身份。……"

姜启仁忍不住笑了。周道本说："是不是骗子呀？竟敢骗到省公安厅厅长的头上。老鼠给猫儿理胡须，找死啊！"

"老头见我一脸疑惑的表情，于是拿出了很有说服力的证据来。他直呼我的乳名问道：'锤子，你的屁股上是不是有块伤疤？那是你刚满三岁的时候在狗狗身上骑大马，摔到地上被竹桩戳的。……还有，你的东北的那个爹是不是郎中？他如果在世，应该有七十多岁了。'我心想，我的屁股上的伤疤是不会轻易示人的，他怎么会知道？我的爹的确当过郎中，早在'九.一八'的时候死于战乱，年龄算起来也对。莫非他真的是我爹？我怎么会有两个爹呢？"

姜启仁和周道本被故事深深吸引，都放下手中的酒杯和筷子，神情显得非常专注。

"当晚，我留下老人过夜，和他促膝长谈，才知道老人对我的刻骨铭心的牵挂已有二十七八年了。你们知道，前年夏天我冒名顶替救了朱明山。随着时间的推移，事情越传越广，最后传到河南。这个老人的家就住在河南偏远山区。他是朱明山的亲爹。他听人说我和朱明山长相一模一样，年龄相仿，就背着一口袋玉米面饼子到我放过羊的茅草垭细细查访。一袋玉米饼子吃完了，查访也有了结果：我和朱明山同年同月同日生。我的老家是东北黑瞎子沟。这时候，他就断定我和朱明山是双胞胎兄弟，我就是他苦苦思念二十多年的亲生儿子……"

"你怎么到了黑瞎子沟的呀？两千多里呀！"周道本打断冯开雨的讲述。

"老人家告诉我：一九二一年，河南暴发特大洪灾。田里颗粒无收，母亲长年卧病，真是屋漏偏逢连阴雨呀！那年，我们弟兄俩才三岁。为了生存，爹把我们兄弟俩送到集市上碰运气，找生路。一个在当地行医半年之久的东北郎中看中了我……"

"为什么没有看中朱明山呢？你叫'锤子'，朱明山的乳名叫什么？他是你弟，还是你哥？"

"我爹说，朱明山比我晚出生一会儿，算是我弟弟。山村里给孩子取名都非常随意。我先出来，我爹守候在房门外高兴得被地上的一把锤子绊了一跤，就随口叫我'锤子'；朱明山随后出来，接生婆从门缝里递出一把带血的剪子，要我爹给剪子再过一遍火，于是爹就给他取名'剪子'；我爹准备给第三个孩子取名'布'，结果等了半夜也不见'布'出来。剪子小时候说话口吃，人家没看中……东北郎中姓冯，爹说他人品挺不错的。他家没有儿子，只有一个女儿。他治好了我母亲的病，没有收一分钱费用，还另付了三斗小麦钱，就把我带走了。日寇侵占东北以后，两位老人相继去世。姐姐冯开芸在抗联里任团政委，在一次反围剿斗争中英勇牺牲。当时，我在哈尔滨一所外国语大学里念大一。由于日寇对抗联亲属的迫害日益严重，党组织就把我秘密护送到延安。

"你爹真有意思，孩子一出世就准备教他们'锤子.剪子.布'的游戏。"周道本笑道。

姜启仁异常兴奋地对周道本说："这个好消息朱明山也许还不知道吧！吃完饭就发电报过去。"

周道本说："原来冯厅长真的和我们花子军沾亲带故啊！这酒真的是家人团聚酒呀！"

"我和花子军的缘分似乎早由天定。好多年前，我眼里的花子军就是好人的队伍，就是仁义之师，就是我的亲人。因此，在前不久召开的军区扩大会议上，我冒着政治风险，主张将花子军的处理限定在解决人民内部矛盾的范畴，请求最后一次登上八仙寨。"说到这里，冯开雨有意停顿一会儿，目光注视着两位老朋友，深情地问道，"我的良苦用心不会付诸东流吧？"

姜启仁爽快地答道："我和周教官愿意带领花子军解甲归田，只不过要进行一次全体公投才可以最后定下来。我估计问题不大，只是有些具体问题还需要商量。"

"有哪些具体问题呢？你都摆出来，看我能够答复吗？"冯开雨从衣袋里掏出了钢笔和笔记本。

姜启仁提出的问题是：第一，请黑水县县政府给返乡弟兄开具通行证明。第二，沿途必须保证返乡弟兄的人身安全和财产安全。三，所有枪支集中上缴之后，为了防身需要，请允许每人携带一把匕首。

冯开雨当即答复：三条请求全部批准。他问姜启仁："下山返乡的大致日期现在可以定下吗？"姜启仁毫不犹豫地回答道："三天以后。金三角的马帮队可能要晚些日子，这是因为有些善后工作必须做细做好，需要我亲自走一趟。"此刻的冯开雨有些喜不自胜："那好！花子军的全体返乡工作就分两期进行。从明天算起，我通知县政府大后天派人上山办公，连夜开好通行证。最后还得告诉你们，花子军的每一条返乡路线上都将安排观察员。不然的话，如果有异常情况发生，县政府不好管控。"

待所有问题商量妥当，原先热气腾腾的饭菜全都凉了。周道本立即起身，边朝外走边大声吩咐道："把饭菜端走，重新加热！"

2，泪洒惜别晚宴

　　第二天送走冯开雨之后，花子军大本营就返乡问题进行了全体公投。公投之前，姜启仁秘密召开了全体小队长会议，让周道本分发了各小队不愿返乡者名单，要求小队长暗中做工作，公投时务必一律表态同意返乡。"现在我们已经到了生死存亡的关头，不这样表态，谁都走不了。也就是说，假戏必须真演！"姜启仁向大家晓以利害。当晚的公投非常顺利。

　　公投一结束，晚宴就正式开始了。通常作为会议大厅的张公馆今晚成了宴会大厅。"各位弟兄：今晚的宴会是告别晚宴，因此大家不必死守花子军的条条框框，可以大块吃肉，大碗喝酒，一醉方休！"姜启仁简单的开场白立刻使整个宴会大厅被伤感的气氛所笼罩。

　　大家议论纷纷。

　　"红红火火的花子军就这样散了吗？"

　　"我们流血流汗建设八仙寨。一砖一瓦都来之不易呀！"

　　"八仙寨是快风水宝地，咋舍得呀！"

　　"羊虎庙拆了，连羊虎乡也改了名，叫什么'向阳乡'。羊虎神仙走了，八仙寨自然就保不住了。"

　　……

　　姜启仁用手势示意，要大家安静下来，他说有些琐事有必要交代一下。首先说的是最近几天的日程安排。"明天，发放路费和安家费。考虑到人民币在全国流通的强劲势头，发给大家的钱，是银元和人民币各半。依照黑水县的行情测算，一块银元相当于一百元人民币。顺便提醒大家，你们携带大量银钱上路，一定要注意安全，最好是结伴而行。年轻力壮的要主动保护老小病残。后天，县政府派人进入八仙寨办公，给大家发放通行证。大后天，大家把枪支弹药集中上缴，每人只留一把匕首。然后，各奔前程……"说到这里，姜启仁的喉头哽住了。他强制自己保持常态，停顿了好一会儿。

大厅里出奇的寂静。

"无为在歧路，儿女共沾巾。这是唐代大诗人王勃的诗句，意思是奉劝分手离别的人不应该过于悲伤。"姜启仁举起酒杯，"山不转路转，弟兄们后会有期。现在，让我们开怀畅饮吧！"

大家开始享用晚餐。杨大妈的孙子才九岁，此刻只知道鱼肉的香味儿。他提早动手，已经成功地干掉一个猪蹄，一双小手油腻腻的。杨大妈赶紧用毛巾给他揩手，然后递给他一双筷子。小家伙手中的筷子正要指向鱼盘的时候，卢长春发话了："陶根儿，走！我们给姜爷爷敬酒去！"杨大妈搀扶着卢长春向姜启仁走去，陶根儿捧着一个酒杯紧跟在后。

卢长春从陶根儿手里接过酒杯，双手捧着，恭恭敬敬地举起来："我代表全家，也代表不在身边的徒弟，向你敬酒！"说着，示意老婆给姜启仁斟酒。

姜启仁把满杯酒端起来，并没有立即喝。"这第一杯酒到底应该敬谁呀？"他自问自答，"应该敬牺牲的烈士们！"周道本根据事先安排，吩咐立即将烈士名单发了下去。烈士名单很快到了大家手中，人手一份。细心的人数了一下，名单上总共是九十三人。九十三张熟悉的面孔立刻闪现在大家的记忆中，而每张面孔都有催人泪下的故事。这时候，大厅里有了抽泣声。

待大家看完烈士名单，姜启仁大声提议道："都把酒杯斟满。这第一杯酒敬烈士……"说着，把酒倾倒在地上。

"这第二杯酒是陪烈士干杯！"姜启仁给自己斟满酒，端起来一饮而尽。

卢长春陪烈士干了杯，亲自给姜启仁把酒杯斟满，又给自己斟了一杯。姜启仁当然明白卢长春的用意，说自己还有话要向大家交代，请他稍等一会儿。

"我有重要事情托付大家。花子军从一九三三年举旗到如今，总共有九十三位烈士。我们有责任代替他们完成养老扶幼的任务。绝不能让他们的妻儿老小啼饥号寒，流浪乞讨。我们的马帮和商务团辛辛苦苦挣钱，就是为了更好地履行这份责任。大家知道，花子军早有相关规定，但是关键还在于监督执行。现在，花子军已经任命伍升谷子为财务总监，蒋晓芸为后勤总管。这二位就是具体执行者。她俩长住香港。我在这里把监督权交给大家，请各位睁大眼睛，密切关注烈士家人的生存状态。拜托大家了！"说罢，给众人跪下了。身边的人赶紧把他扶起来。

众人激动万分，纷纷围过来向姜启仁敬酒。

姜启仁见众人都来敬酒，于是商量道："我们一起干一杯，行不行呀？各位总不能看着我醉倒地上，丢了性命吧？"

大家叫声"好"，一齐干了杯中酒。接着是弟兄们互相敬酒。

晚宴上的人们心里本来就充满离情别绪，烈士名单又勾起无尽的哀思，再加上烈酒是情绪的催化剂，几杯酒下肚，人们的情绪就失控了。

"羊虎神仙啊！有人拆了你们的家，我一个瞎眼老兵没有力量帮你们呐！"这是里额巴图在大声哭喊。姜启仁明白，这位老兵实际上是在哭花子军的命运。

邱大脚越劝说，里额巴图越是哭得厉害，后来邱大脚自己也哭起来。她一哭，引起更多女人的哭声。女人的哭声比男人更煽情。那些相互敬酒的男人们深受这种情绪的感染，一手端着酒杯，一手搭在战友的肩头，脸上淌着热泪，用罕见的哭腔倾诉衷肠。

大家从夕阳衔山一直喝到皎洁的月光洒进大厅，还不见结束的势头。姜启仁担心酒喝多了会生出事来，就和周道本商量好，站在大门口摆出送大家晚归的姿态来。这一招果然有效，众人开始陆陆续续离席了。

3，姜启仁被捕入狱

八仙寨的花子军返乡忙坏了黑水县县政府官员。因为花子军士兵的籍贯遍布全国各地，各个省市的公路、铁路交通线上都要安排观察员，政府工作人员不够用了，只好动用部队。政府和独立团的全部电台齐上阵，男女报务员齐声呼叫，其他工作人员进进出出如穿梭一般。身为县委书记的羌爱党今日显得异常兴奋。他坐在办公桌边听取汇报，发号施令，严肃的面容露出难以抑制的喜悦。

第一天平安无事。

第二天情况正常。

第三天白天依然没有异常情况发生。当天夜里，湖南铁路线上的观察员报告：这个方向的花子军返乡人员猛增到三百多人，超出政府登记人数四倍之多。羌爱党眼睛盯着地图，从中发现一个惊人的秘密：这些人的去向很可能是经湖南穿贵州，然后过云南到金三角。如果这个估计没有错的话，那么，花子军返乡必然有诈。想到这里，他命令通讯员："马上叫许县长过来。我这里发现了异常情况。"说罢，打了个呵欠，伸了个懒腰。连续几天几夜没有好好休息，他实在有些困了。就在这时候，他扬起的双臂还没有放下，报务员就送来中共金三角党组书记老钱发来的电报。他明白，现在是午夜时分，是双方约定互通情报的时间，因此并没有特别在意。他将电报草草浏览一遍，心里顿时紧张起来，再看第二遍的时候倦意已经全消。电报说，花子军马帮队正将老人和小孩往香港转移，不知意欲何为。

　　许县长来了。这位县长就是曾经担任羊虎乡土改工作队队长的许渊然。羌爱党转述了湖南铁路线上的异常情况，接着把电报递给了他。他看过电报，一语破的道："花子军真狡猾。解甲归田是假，负隅顽抗是真。"

　　"我们应该怎么办呢？"羌爱党建议，"是不是应该联系那里的地方政府和驻军，把火车上的花子军一网打尽？"

　　许渊然竭力反对："这样做是下策。首先，一网很难打尽。黑夜里，狡猾的花子军四散奔逃，就像鱼儿潜入江河，你有多大的渔网好使呀？更重要的是，这样做只能使我们的攻心策略前功尽弃，彻底把花子军逼上梁山。据我所知，八仙寨的花子军里真心返乡的人数众多。可见我们的攻心战术已经取得成效。金三角的马帮是花子军的精锐，对付他们更应该攻心为上。"

　　"现在必须立即逮捕姜启仁。放虎归山，后患无穷。"羌爱党终于下定决心。

　　许渊然深思熟虑之后，同意了羌爱党的主张。他说："此人在我们手里，谈判也好，攻心也好，都有利用价值。"

　　化于巴尔是湖南秘密兵站的站长。姜启仁等人乘坐的火车进入湖南境内之后，化于巴尔立即进行了周密部署。火车上有他安排的保镖暗中保护姜启仁。湖南火车站上有一个小队的兵力伪装成烟贩、车夫和乘客随时应对不测。他们的秘密兵站"橘子洲旅社"，早已做好了各种准备工作。尽管如此，化于巴尔最担心的事情还是发生了。

　　午夜过后，火车鸣笛进入湖南长沙站，吐出几团白烟之后停了下来。化于巴尔在站台上看得清清楚楚，花子军弟兄们陆陆续续下车，排队进入候车大厅。靠近细看，他们手里拿着通行证明正在等候地方官员查看。奇怪的是，姜启仁进去之后再也没有出来。他马上意识到问题的严重性，立即派人进去打探。这时，周道本带着一伙人手持匕首大闹候车大厅，扬言不放出我们的人就抓几个官员做人质。不一会儿，远处路灯下满载士兵的军车一辆接一辆地开过来了。化于巴尔见状，立即通知周道本快撤，回到橘子洲旅社再做打算。周道本一声令下，众人立马四散开去，消失在夜幕之中。化于巴尔留下几个人继续监视事态发展，自己也回到了橘子洲旅社。周道本告诉大家，还没有离开八仙寨的时候姜大哥就料想到共产党会有这么一招。他嘱托周道本，万一他过不了国境线，务必转告大当家，只有保住了花子军，他这边才能安然无恙。有人问道："他既然已经看到了危险，为什么不早走呢？"周道本说："我早就催他赶快启程，让我断后。他说：'千万不能低估了对手的智商。我如果先走了，后走的弟兄们谁都走不了。用我一人的危险换取几百人的平安，值得！'"

天色微明的时候，大门外的岗哨送进来一张纸条，说是一个骑摩托的公安战士递给他这张纸条就走了。化于巴尔接过纸条，只见上面写道："大哥病重，已经连夜送往老家。""这是内线送来的情报。"化于巴尔神情沮丧，用低沉的语调告诉大家，"大哥被抓捕，现在正押往湖北省黑水县。"

好像是天崩地裂，众人都慌了，懵了，傻了。

4，羌六宝选拔特使

首先清醒过来的是周道本。"立即给大当家发报，说明大哥目前的危险处境，请求指示。特别重要的是，大哥托我转告的话要一字不漏地发过去。"周道本停顿一会儿问道，"我们前边过去了多少人？"化于巴尔答道："这几天，花子军已经过去两批了。最早的是一伙'老家人'，第二批是几个步兵大队的，人数众多。你们是最后一批。"周道本命令道："给贵州兵站和云南兵站发报，通知路过的花子军一律停留待命。老子要和共产党拼了！"化于巴尔觉得周教官的命令欠妥，但见周教官正在火头上，不敢劝阻，只好照办。

羌六宝收到化于巴尔的电报的时候正是早餐时分。如同晴天霹雳，整个军营为之震动。正用早餐的人们把羌六宝围了个里三层外三层。已经吃过早餐的又重返食堂，大家都在焦急地等候大当家拿出主意来。正在这时候，羌六宝又收到周道本补发的电报。这是周道本先斩后奏，说他已经命令尚未过境的花子军停留待命，他准备武力营救大哥。羌六宝大吃一惊，心想：这不是瞎胡闹吗？看来周教官是真的气昏了头。他没有动怒，而是果断发出命令："给周教官发报，催他迅速带领全体弟兄过境。营救大哥的事，另有安排。"可是时间到了正午还不见周道本回电。羌六宝急了，叫吴小小再次发电。半天过去了，仍然不见周道本回电。心急火燎的羌六宝又令吴小小给周道本发电，这次电文措辞非常严厉。这一回周道本立即回应："将在外，军令有所不受。"羌六宝差点气疯了。好在他有极强的情绪控制能力，没有当众发作，只是不吃不喝，独坐生闷气。头领们一时间都没有好主意，所以都只是劝他吃点东西，慢慢想办法。

夜里，他回到自己的寝室，只见白天疯玩的孩子早已熟睡，妻子吴小小在烛光下边做针线活边等候他回来吃晚饭。桌上摆一碗菜、两个馍。吴小小起身给他倒一杯白开水，催促道："你中饭没吃，晚饭没吃，早就饿了。快点吃吧！"他在桌边坐下，仍然不吃不喝，慢慢地眼泪就出来了，不一会儿就哭出声来。他不敢大声嚎哭，哭声虽然低沉，却很伤心。吴小小慌了，赶忙去隔壁房间叫醒了婆婆。这时候，她暗自庆幸婆婆定在最后一批赴香港，不然的话她向谁求助啊？

杜小凤进屋后，搬一把椅子在儿子身边坐下，明知故问："六宝，啥事这么伤心？有话对妈说。说出来可能会好受一些。"

"妈呀，我遇到难过的关卡了。大哥被共产党逮捕了，估计凶多吉少。你知道这损失有多大吗？"羌六宝抬起头来，一双泪眼直视着妈，"我是花子军的大当家，我大哥呢，就是花子军的军魂呐！没有了魂儿，我如何当家呀？"

杜小风掏出手帕为儿子揩干泪水，安慰道："花子军里有那么多能人，何愁救不出你大哥？"

"大哥被捕，周教官气昏了头。他要带领花子军去营救。我要他立即把弟兄们带回来，他回电说'将在外，军令有所不受'。妈呀，你知道他这样做的严重后果吗？"

"这个周道本真是糊涂。现在和共产党硬拼，就算花子军有十万兵马，也是做盐都不咸。几百人回不来，该是多大的损失呀！"

"我们的损失不仅仅是几百弟兄。妈，你咋没看到周道本的价值呢？可以这么说，别看此人一身缺点，只要有他周道本，花子军战斗力就有了可靠保证。行家评论说，他比国军和共军里的军事教官要厉害得多呢！花子军不能没有他呀！"

吴小小立即明白了："眼看要失去两个不可代替的重要头领，还要葬送几百弟兄，难怪天亮他爹伤心落泪呢！"

"有没有法子调动周道本呢？只要他把弟兄们带回来，营救你大哥的事可以再想办法呀！"

羌六宝说："我太了解周道本了。他的眼睛里就只有我和大哥。现在他一心想救大哥，除非我当着他的面发号施令，别的办法都不管用。"

吴小小提醒羌六宝："你千万不可轻举妄动啊！不能错上加错。"

"我知道。可是也不能坐在家里干着急呀！"

娘儿仨都沉默不语了。

过了一会儿，杜小凤摸弄着羌六宝吊在胸前的银锁，沉吟道："这把银锁能不能派上用场呢？"

吴小小称赞道："好主意！这把银锁，据说是上山第三年取下过一次，是用它做特殊信件接客上山的。后来这么多年，再也没有取下过。天亮他爹说过，这是恩人的银锁，他要永远挂在胸前，一辈子记得恩人。周道本是花子军里的老兵，不会不认得吧！派一个能言善辩的特使，带上这把银锁，把利弊祸福说深说透，招回周道本应该没有问题。"

杜小凤补充道："这个特使的任务不光是招回周道本，他如果能够担任营救你大哥的总指挥，那就太好了。

谈话至此，羌六宝心里顿时豁然开朗。"难怪人们说烈火炼真金，斗争出人才。瞧你们娘儿俩，才能见长啊！"说着，顺手抓起一个馒头啃了一口，"我想在花子军里公开挑选特使。我不相信，咱们人才济济的花子军里就挑不出一个称职的特使来。"

婆媳俩互相望一眼，都会心地笑了。

第二天吃早饭的时候，大伙惊奇地发现，大当家神清气爽，饭量倍增。他把几个头领叫拢来，郑重宣布：他要在全体弟兄当中挑选特使。特使的任务有两项：一是担任营救大哥的总指挥。因为局势险恶，情况特殊，必须依靠老百姓才能成事，所以九十八名'老家人'交由特使指挥。二是带着他的银锁去面见周教官，说服他立即带回其余花子军弟兄。特使的选拔条件是：家有子女，老婆同意，本人有最佳营救方案。有人颇为不解："'家有子女'怎么成了选拔条件？"

羌六宝毫无避讳地解释说："特使很可能有去无回，得给人家留个根儿呀！"在花子军里，弟兄们冒死受命已是家常便饭，所以羌六宝发号施令从来不加掩饰。

过了一天，羌六宝正式选拔特使的日子到了。早饭过后，羌六宝办公室门前出现几十人的长队。他们都是来接受挑选的。站在队列前面的是高层头领们，后边是汤知侠、段长生，最后边是几个女兵。其中一个漂亮的女兵特别引人注目。此人名叫周光兰，是周道本的老婆。队列里有人逗她，问她是不是想男人了。她实话实说："说不想，当然是假的……我主要是想去收拾我家那头犟驴。大当家要他快快回来，他却说什么'不受'。大当家的命令都不听了，这还了得？""你有啥高招儿呢？""我呀，只要揪住他的耳朵拧半圈，他就乖乖地了。……真的！不是瞎吹。"大家深信，她说的并非玩笑话。周教官结婚前不爱学文化，而且态度顽固不化。结婚后，老婆半哄半逼地调教这头犟驴。结果，周教官只用了五年时间就完成了从小学到初中的全部学习任务。你说周光兰厉害不厉害？然而羌六宝并不看重周光兰，而是寄希望于各位高层头领。因此他用了整整半天时间听他们详说自己的营救方案，但是感觉武力营救的成分过多，成功的把握都不大。这时候，他心里不禁担忧起来。

下午继续选拔，首先进来的是汤知侠。

"这个任务太危险，佟菜花放心吗？"

汤知侠答道："担心是有的。但是，好在老婆识大体，顾大局。她知道花子军遇到特大坎儿，需要我出力，所以非常支持我出任特使。"

"大哥有交代：只有保住了花子军，他才能安然无恙。"羌六宝问道，"你对这句话是怎样理解的呀？"

"大哥强调的是保存实力至关重要。因此，我们的营救方案应该在智取方面大做文章，力争以极小的代价换取大的胜利。"汤知侠不假思索的答话，显然是早已经过深思熟虑的。

"好！我想听听你的方案。"

"在谈方案之前，我有一个请求。除了九十八名老家人，我还想要两个人：朱明山和李娘娘。"李娘娘真名叫李乾坤。此人戏子出身，说话娘娘腔，故得外号李娘娘。他的绝活不是唱戏，而是化装布景。他和朱明山刚刚调到商务团去了。

"同意。这两个人给你。现在可以谈方案了吗？"

汤知侠走到贴有中国地图的墙壁前面。指着湖北区域说："在这里，我要让朱明山演一出大戏，假扮他的哥哥冯开雨，以省公安厅的名义从黑水县监狱里提出犯人姜启仁。出黑水县县境以后，不走湖南方向，而是向反，走河南，过江苏，到达上海。然后，寻机会走水路或者乘飞机到达香港。……"

羌六宝提出疑问："万一朱明山的大戏出了破绽怎么办呢？"

"首先，我相信朱明山有这个能力。你知道，他是个智勇双全的角色。再说，我们的老家人回到老百姓当中，那就如鱼得水。万一出现漏子，也能及时补救。为了造成夺路湘黔滇的假象，我想让老家人闹出点动静来。"汤知侠信心满满地继续讲述，"出了湖北，朱明山就算完成了他的主要任务。这时候，就该李娘娘发挥特长了。他和大哥化装成两个农村妇女，我和朱明山扮做她俩的丈夫，四人结伴同行。"

"从上海到香港的设想可行吗？"

"大当家，这就要看你的能量了。你如果能够充分利用香港方面的人脉，我的方案就大功告成啦！"汤知侠哈哈笑道。

羌六宝眉开眼笑："这个方案可行。你明天就出发，到湖南面见周教官。过云南、贵州的时候顺便把九十八个老家人带到湖南。我马上电令李娘娘、朱明山赶赴湖南与你汇合。在湖南，你务必把所有任务布置到人，一些关键细节都要考虑周全。"说完，他走出门来报告喜讯，让队列里的人们立刻散了。

5，千里大营救

一日黄昏，一个老农民出现在省公安厅大门口，说自己是河南狗不尿庄的朱老三，要进去找他的"锤子"。站岗的士兵不让进，说铁匠铺里有锤子，这里是省公安厅。老汉解释说，锤子就是你们厅长，我是他爹。站岗士兵索性不再搭理他。碰巧进进出出的工作人员中有曾经见过他的，就带他进去了。

见到儿子，朱老三从肩头卸下一袋子红薯和一袋子花生，用毛巾擦干脸上的热汗。冯开雨接过沉甸甸的袋子，责怪道："爹，您大老远扛着这东西来，累不累呀？值不值呀？"

"我这回来呀，是要让你和剪子聚聚。带这东西是顺便。"朱老三笑嘻嘻地答道。

"您把剪子弟弟带来啦！咋不叫他进来呀？"冯开雨很高兴。

朱老三压低嗓音说："现在你们共产党和花子军有些不和睦，你这身份沾不得腥气呀！我叫他在黄鹤大酒店呆着，晚上我带你去见他。"

从这一刻开始，冯开雨就盼望天色快快暗下来。

等啊，等，终于等到天黑。冯开雨收拾停当，和爹一起出了公安厅大门。

朱明山早已在黄鹤大酒店里等候哥哥到来。当房门敲响的时候，他就知道是爹和哥哥来了。开门一看，果然是他俩。两兄弟拥抱在一起。那股亲热劲儿，把老爹感动得热泪盈眶。

不一会儿，服务员送来丰盛的晚餐，父子三人举杯畅饮，其乐融融。餐后，酒店女老板进来了，在三人面前分别放上一杯绿茶，然后说了几句客套话，向朱明山很礼貌地点点头就出去了。这女老板不是别人，正是花子军里的大能人陈怀志的老婆江寒雪。原来的花子军电台台长卫清萍回哈尔滨老家完婚没有归队，陈怀志顺理成章地接替了她的工作，后来升任为电台总长，同时兼任八仙寨兵工厂厂长。江寒雪进了商务团，明里是酒店大老板，暗里是武汉秘密兵站的站长。

冯开雨一杯茶喝完就趴在饭桌上昏睡了。朱老三只喝了半杯茶，也开始迷糊起来。这时候，朱明山多少有点担心，江寒雪的绿茶会不会要了老爹和哥哥的性命。万一这父子俩昏睡过去不再醒来，作为儿子和兄弟的他就追悔莫及了。为了借用哥哥的身份救出姜启仁，他不得已用了这一计谋。这个计谋的难点就是药品剂量难以把握。为了拿准这个剂量，他要求在自己身上先做实验。江寒雪拿自身先做实验之后，才让他试喝。他喝过之后昏睡一天一夜，然后醒来。这一天一夜的时间本来正好，可是为了安全可靠，他要江寒雪再把剂量减少一点。现在看着老爹和哥哥的昏迷状态，他在心里暗暗祈祷："求老天保佑我爹我哥平安无事！"他叫来服务员帮忙，把老爹和哥哥抬到床上睡下，然后换上早已准备好的军服，心里默默道一声"剪子实在对不住你们了"，就急急忙忙走出门去。

夜幕下的武汉三镇灯光万点，宛如繁星闪烁。

朱明山大步流星地赶往省公安厅，身着解放军服装的李娘娘和汤知侠紧跟其后。"不管遇到什么情况，只管照我的指令行事，切莫多言。"朱明山扭过头去再一次叮嘱李娘娘。"明白！冯厅长放心！"李娘娘答道。这答话是标准的娘娘腔。汤知侠心想，难怪朱明山怕他多言。

朱明山和他的伙伴大摇大摆地走进省公安厅大门。双脚踏进院子，朱明山就大声命令夜班工作人员："紧急任务：连夜赶往黑水县监狱提犯人姜启仁。抓紧准备证件和公文。车辆和警力在门外等候。我二十分钟以后出发。"负责文秘工作的战士问道："厅长，你身边两位同志的姓名和职务？""李抗联，省委保卫科科长。汤卫国，军区作战科干事。"朱明山随口便答。

二十分钟后，一辆满载士兵的带蓬大卡车在前边开路，朱明山乘坐的警车频频拉响警笛威风凛凛地上路了。

李娘娘坐在朱明山身边，心里很不踏实。他想，就算把姜启仁从监狱里救出来也无法脱险呀！你瞧前边这一车全副武装的士兵，怎么对付啊？还有更险的呢，黄鹤大酒店里那位熟睡的冯厅长如果早早醒来，我们到不了黑水县就要面临大军围捕……想到这里，他不禁打了个寒噤。朱明山伸出一支臂膀抱住李娘娘的细腰，笑道："你要是困了，就抓紧时间闭目养神。放心吧，你身边有两位大将保驾！"聪明的李娘娘立刻明白这话的深意。他虽然是平生第一次执行如此危险的任务，但他深信，跟随这两位名角同台唱戏，我李某何忧之有？想到这里，他真的闭上双眼，养起神来。

黑水县这边的准备工作早在半月之前就紧锣密鼓地开始了。

在湖南会议上，杜儿圆被任命为黑水县、大巴县、永安县三县总指挥。他的任务是，在各县秘密建立武装支队，指挥三个支队掩护朱明山和汤知侠的营救行动。汤知侠在这个会议上力排众议，起用了甄半仙。此人因为有鹞子岩还乡团的不干净的历史，一直都是花子军的随军家属，并非在册军人。汤知侠路过云南、贵州带回"老家人"的时候，他请求随行。看重旧情的汤知侠批准了他的请求，并且任命他为副总指挥，负责宣传发动工作。因为担心甄半仙不能服众，他在会议上亮出大当家的银锁，郑重声明："谁藐视副总指挥，就是藐视大当家的权威。军规不容！"

为了确保通讯联络畅通无阻，汤知侠派人从花子军电台总长陈怀志手里弄来四部电台，并要求化于巴尔配备了经验丰富的通讯联络员。

算甲子，行巫术，弄鬼神，借以兴风作浪，本是甄半仙的老本行，再加上脑瓜子特别灵光，因而受到汤知侠的重用。从湖南归来之后，他跑遍三县，一场接着一场做法事，半人半鬼弄假神，老百姓都信以为真。九泉山是共产党的老根据地，他也敢去做法事。这里刚刚发生瘟疫，老百姓病急乱投医，请他施法除灾，这就正中下怀。

上场，他就自报家门。他说他是羊虎庙慧成长老的开门弟子，今天来九泉山是应此地老百姓之请，施法消灾的。接下来是摇法铃，行鬼步，咏诵魔门大悲咒。如此这般好一会儿，见围观群众已经挤满了龚家大道场，就席地而坐，两眼紧闭，双手合十，嘴里大声嘟哝起来。有点文化的人们渐渐听出了一点名堂。他先说盘古开天，再说唐宋明清，然后说天地神灵。说到八仙过海采神药，羊虎神仙大宴功臣的时候，那满是皱纹的脸上竟然滚下几滴热泪来，其演技一点都不亚于剧团专业演员。

"我亲爱的父老乡亲、兄弟姐妹呀！我有不明白的问题想请教各位，不知该不该问咯！"甄半仙一字一顿，吐词清晰。

观众里有人回应："问什么呀？请讲！"

"甲子乙丑海中金，羊虎神仙的恩情比海深。这话对不对呀？"

"对！"观众齐答。

"丙寅丁卯炉中火，拆庙毁窝大罪过。这话对不对呀？"

"对！"

这时候的甄半仙已是泪流满面。他警告众人说："有人拆了羊虎庙，天怒人怨。戊辰己巳大林木，天降疾病算是打招呼，羊虎神仙要报复啊！……我可怜的兄弟姐妹呀，刀光血影在后头哇！"

几位白发长者跪在甄半仙面前求情道："我们怎样才能保平安？请大师指路！"

甄半仙若有其事地对长者耳语道："羊虎神仙马上要派兵征讨作恶的歹徒。庚午辛未路旁土，诛杀歹徒莫含糊。和羊虎神仙同心同德，方能保平安。"

长者频频叩首致谢。

"各位父老乡亲、兄弟姐妹请记住：和羊虎神仙同心同德，方能保平安。"最后结束法事的时候，甄半仙把这句话重复了三遍。

甄半仙的宣传发动工作很快见到成效。杜儿圆明显感觉到，老百姓心向羊虎神仙，参加秘密武装的积极性很高。虽然花子军早先秘密运出的武器数量巨大，但是仍然有许多人没有领到枪支弹药，只能使用砍刀和斧头。杜儿圆到这时候才醒悟：莫非姜大哥早就料到会有今天？真是孔明转世啊！

三个县都迅速建立了武装支队，把拿斧头和砍刀的外围武装都算上，已经突破了三万之众。为了确保秘密武装的战斗力，杜儿圆煞费苦心，采取了严密的组织措施。三个县的支队长都由他精挑细选，亲自任命；再由支队长选定各乡行动组的组长。每个行动组长手里控制着三支队伍：骨干武装、外围武装和通讯联络班。这三支队伍都直接听从支队长的调遣和指挥。通讯联络班除了使用电台上传下达，主要是使用骡马和车辆联络底层的作战单位。为了建立通讯联络班，杜儿圆跑遍三县的汽车货运站和骡马客栈，动用了多年来积累下的所有人缘关系，真是使出了浑身解数。

然而，百密必有一疏，就在朱明山赶赴黑水县的时候，杜儿圆这才想起朱明山要求准备的三辆大卡车还没有搞到手，差点耽误了大事。他吓出一身冷汗，慌忙派人带钱出去租车买车。他想，最好办的事儿反而最容易出纰漏，这世间的事理儿有些怪呀！

朱明山乘坐的警车进入黑水县城的时候，正是早饭时分。他们首先履行完一套繁琐的手续，然后不慌不忙地吃罢早饭，才从监狱里提出姜启仁。这时候，朱明山提出要求，因为路途遥远，情况复杂，使用警车过于显眼，希望更换一辆大货车押送犯人。省公安厅长的命令就是圣旨，一辆大货车很快开过来。

李娘娘和汤知侠押着姜启仁进了货车驾驶室。按照惯例，驾驶室里准坐三人。现在连带货车司机、警车司机和犯人共有六人，怎么办呢？朱明山就叫货车司机留下，让汤知侠开车，警车司机上前面的兵车，姜启仁和李娘娘都是瘦子，可以和他挤一挤。他又交代前边负责开路的兵车司机，路上和他始终保持五百米距离，这样可以让他有应付不测的足够时间。

两辆汽车一前一后，鸣着喇叭驰出城门。

这时候，朱明山有点儿担心了：现在，在约定的地点，是不是有杜儿圆安排的大卡车在那儿等候呢？这个细节关系到整个营救计划的成败，作为总指挥的杜儿圆应该高度重视呀！

老远望见黄土垭，朱明山瞪大眼睛扫视路旁。谢天谢地，他看见坡下停了一辆大卡车，车边站着一位解放军士兵，看样子是在等人。渐渐近了，才看清那人是老熟人。朱明山将头伸出车窗，兴奋地叫道："痣多星，跟上去呀！记住，保持五百米距离。"听到指令，司机立即发动了汽车。痣多星钻进驾驶室，汽车加大油门，轰地一声冲上了黄土垭。

与此同时，汤知侠迅速调转车头往相反的方向开去。朱明山一边给姜启仁取下脚镣手铐，一边笑嘻嘻地说："恭喜大哥，你自由啦！""谢谢弟兄们！"姜启仁表情严肃，他知道后边的路途风险无数，花子军将面临巨大的考验。

满载公安士兵的大卡车在前疾驰，痣多星的汽车尾随在后，不即不离，距离始终保持在五百米左右。时令刚过"立秋"，气温仍然很高，俗称"二十四个秋老虎"，但因为车速加快了风速，痣多星和司机都感到舒适惬意，于是情不自禁地吹起口哨来。他俩正得意的时候，后视镜里突然出现了两车全副武装的解放军士兵。痣多星大叫一声："大事不好！赶快停车！"两人按杜儿圆事前的叮嘱，立即下车钻入路边的丛林，躲在高处观察动静。追上来的解放军下车后首先检查丢弃的汽车，发现是空的，就鸣枪示警，大声叫着"缴枪不杀"，开始搜山。在前边开路的一车人听到枪声，知道后边出了大事，连忙赶过来。场面顿时热闹起来。痣多星此刻并不慌张。他心中有数：这里是远近闻名的十八坡大森林，海阔任鱼游，天高任鸟飞。你人多枪多咋啦？抬头看天，太阳正当顶，他有点儿纳闷：你朱明山、汤知侠说起来都是聪明绝顶的人物，为什么不给自己多留半天时间呢？再有半天时间，天黑了，事情就好办多了。

　　痣多星哪里知道，武汉黄鹤大酒店那里，兵站站长江寒雪遇到了大难题。朱明山离开酒店之后，距离江寒雪上飞机的时间只剩下半个小时了。她必须和另外两个服务员一起按宋光宪规定的时间安全撤离。飞机票早在几天前就已经买好。这是他们撤退之前执行的最后一桩任务。恰恰就是这个任务让他们极不放心，难出酒店。床上躺着的是朱明山的亲人。药物剂量显然不够，他们父子俩很可能不到二十二个小时就会醒过来。按时间估算，朱明山不出湖北就可能遭遇大军围捕。为了不让战友身陷险境，江寒雪迫不得已使出了最鲁莽的一招：他们将昏睡的父子俩捆了个结结实实，嘴里塞了毛巾，才匆匆离去。第二天，不到中午，父子俩就渐渐醒了。这冯开雨是何等人物？共产党的高级特工啊！他一醒过来就立即意识到自己遭到了剪子兄弟的暗算，并且由此很快联想到一个月前姜启仁被捕。可是，手脚被缚，无法动弹；嘴里堵有毛巾，不能说话。他苦苦挣扎好久，费了九牛二虎之力，才转过身去和老爹背对背，帮老爹解开绳索。老爹能够活动了，再帮他解绳索。获得自由的老爹办的第一件事就是破口大骂剪子不孝，不仁不义。冯开雨办的第一件事是调兵遣将，围堵胆大妄为的花子军；同时命令立即封锁全武汉市的车站、码头和机场，缉拿黄鹤大酒店的全部嫌犯。

羌爱党获悉逃犯进入十八坡大森林的消息后，立即动用了独立团的全部兵力，同时调用了十八坡附近五个乡的民兵，对十八坡这片大森林形成了方圆百里的大型包围圈。冯开雨对于羌爱党的部署仍然不放心，亲自率领一个公安大队浩浩荡荡开了过来。天黑了，百里包围圈火把晃动，喊声震天。

甄半仙想起汤知侠交代过的话：杜儿圆整出的响动越大，他那里就越是安全。他于是建议："汤总指挥既然需要响动，我们就干脆弄出个惊天动地的大响动来，怎么样？""惊天动地？你想攻打县城吗？你应该清楚你手下的兵，多数是没有经过严格训练的泥巴腿子，进县城送死去呀？"杜儿圆强调用兵需谨慎。甄半仙回答说："打县城不行，打乡政府总可以吧？"最后，杜儿圆同意了。但是他要求：是假打，而不是真打，千万不能伤人性命。我们要的只是一个声势。

甄半仙首先用电台和下边的支队长联系，布置任务："姜大哥身陷十八坡，希望你们立即就近攻打乡政府，给他解围，上半夜务必结束战斗。这项命令，务必以最快速度传达到没有电台的作战单位。"他同时强调了杜总指挥的"假打"要求。他手下的支队长都以为姜启仁要在今夜趁乱突围，因此战斗很快打响，而且把声势闹的很大。

黑水县的支队长是耿光丁。这位小伙子两年没有摸枪，双手早就痒痒了。他向手下的各乡行动组长下达命令：骨干武装和外围武装齐上阵，攻打乡政府声势越大越好。乡政府干部立马组织还击。那些握惯锄头的农民现在一边朝天放枪，一边声嘶力竭地快活呐喊，只嫌子弹太少，嗓门儿不大。乡干部见漫山遍野都是人，呐喊声夹杂着枪声惊天动地，吓得三魂掉了二魂，慌忙打电话向上级求救。

将近半夜时分，看到包围圈里的共军大部队络绎不绝地开出去救援，估计三个县的战斗也都进行的差不多了，甄半仙才命令收兵。

这时候，杜儿圆认为这是让痣多星和司机脱险的大好时机，于是命令耿光丁带领黑水支队撕破共军的包围圈。耿光丁遵令，立即在黄土垭方向撕开了一公里长的大口子。机灵的痣多星和司机趁乱钻出了包围圈。这时候本来可以见好就收，杜儿圆却命令耿光丁继续佯攻，制造出继续救人的态势。估计这里类似的战斗可能还要持续一些日子，于是他果断下令：三县支队长带领骨干武装和通讯联络员到黄土岗集中，并且带足十天干粮。其他人员就地解散，长期隐蔽。此刻，甄半仙对杜儿圆佩服极了。他向身边的通讯联络员大发感慨道："这个老头的办事能力确实非同一般，聪明的脑瓜子无人能比。假若花子军派我来组建三县的秘密武装，时间这么短，地盘这么广，人员这么杂，要我老命也干不出这么漂亮的活儿来。"身边的通讯联络员补充说：早在十多天以前杜叔就安排耿光丁的老丈人带领骨干的家属们大转移……还有呢，大战在即，八个老家人突然没了踪影，究竟执行他的什么命令去了，杜叔守口如瓶，谁都猜不透，看不懂。……甄半仙评论道："你们看人家走出的每一步棋，你仔细琢磨，多么严密，多么高明呀！我们这么多人啊，给人家提鞋都不配呢！"几个通讯兵连连点头称是。

天色微明的时候，完成救援的共军部队不断加入包围圈。杜儿圆指挥大家象征性地发起一次突击，然后带领大家逃之夭夭。

就在杜儿圆带领大家逃之夭夭的时候，河南一家乡村旅店走出两对农民夫妇。这两对农民夫妇不是别人，正是共军要追捕的姜启仁、汤知侠、李娘娘、朱明山。姜启仁头围黑色头巾，身穿偏大襟印花布衫，青布裤子，脚穿千层底布鞋。李娘娘身穿碎花布衣裤，脚蹬绣花鞋，头戴花布凉帽，看上去比姜启仁至少年轻二十岁。李娘娘在前头大步走，时而扭头娇滴滴地叫道："妈，你咋这么慢呀？""死丫头，走这么快！"姜启仁一边答话一边快走几步，腰杆儿扭几扭，扭出了女人味儿。李娘娘心想，聪明人学哈都来的快。朱明山赶了上来，扯扯李娘娘的衣角责怪道："娃他妈，走快了老人家跟不上，知道吗？""晓得！""稍微慢一点儿，行啵？""中！"年轻夫妻俩一唱一和，很像那回事儿。落在最后的汤知侠弓腰驼背，显得很苍老。他一边赶路，一边埋怨老婆和儿媳："我本来就不想跟你们一起去，你们硬是勉强我去。说什么老二那里忙不过来，多个人多份力量。"身后的同路人议论道："这家子大概和我们一样，是田里遭了灾，出去谋生的。""这年头啊，老天也不给咱们活路了。"正当人们你一言我一语大发感慨的时候，一辆满载货物的大卡车从后边开过来。汤知侠斜视一眼，发现开车的司机头戴显眼的白色遮阳帽，知道这是杜儿圆安排的大卡车尾随而来了，心里真有说不出的感激。杜儿圆一共安排了两辆大货车在这条路线上相互交替着来回跑，随时准备着应对任何不测。

又一个黄昏来临，两对夫妇住进了旅店，卡车司机和跟车的一伙人也住进了这家旅店。夜里，朱明山站在门外大道场里抽烟，司机上来借火，悄声问他要不要搭车。朱明山只回答了两个字"不要"，就转身进屋了。他没有言明的是：步行只是慢一点儿，但是比乘车安全。因为路上关卡多，通行车辆必须接受检查。汤知侠叮嘱过：不到万不得已的时候，不要搭车。然而，他没有料到，不搭车也有风险。半夜时候，大家睡得正香，突然被旅店老板叫醒，要全体住店旅客到院子里集合。一群荷枪实弹的公安人员大声呵斥着动作稍慢的旅客。李娘娘扶着姜启仁下楼梯，不住地提醒"妈"看好脚下。汤知侠父子俩先一步进了院子。汤知侠不停地咳嗽着，朱明山先给他捶背，然后递给他一杯热水。

公安人员在店老板的引领下搜遍了整个旅店，确信旅客全部进入院子，这才拿出照片对照着，逐人甄别。汤知侠偷看一眼照片，心里暗暗吃惊，因为照片上的人就是姜启仁。他马上明白了，姜大哥已经面临被全国通缉的险境。多亏李娘娘惟妙惟肖的化装手艺，再加上姜大哥演技也不差，这一夜有惊无险。从此，汤知侠改变了策略：在回避关卡检查的前提下尽量多乘车，少走路，加快前进速度。

围捕大军把十八坡大森林紧紧围困了两天两夜毫无所获。羌爱党和冯开雨认为逃犯还躲在森林深处，不敢出来。这个季节，森林里到处有野果，有山泉，还有野鸡、野兔等飞禽走兽。他们不愁吃喝，不用冒险突围。几万人的围困大军就这么耗着，怎么耗得过他们呢？最后冯开雨决定，调用大巴县和永安县的公安力量进入大森林里，逐个山头搜寻。他们提出的口号是："梳子梳，篦子篦，不揪出逃犯不收兵！"

搜山工程巨大，耗时长久。每天夜里，杜儿圆都派出骨干武装进行袭扰，把花子军急于营救逃犯的假象演得十分逼真。甄半仙打趣道："这一回，共军算是捡到一块鸡肋，食之无味，弃之可惜。"整整五天过去，他们搜遍森林里每一条沟壑和山包，只抓到几个老实巴交的山民。问他们为什么见到公安人员就躲？他们回答："怕惹麻烦。"问他们是否见过生人。答曰：见过两个，都穿解放军衣服。冯开雨拿出姜启仁的照片给他们看，问这个人见过没有。这伙山民惊叹道："这人长的好标致啊！我们见过的两个差远啦！一个脸上有痣，黑不溜秋。另一个矮矮的，满脸络腮胡。六七天前，他俩向我们打听过出山的小路。"羌爱党这时候才如梦初醒，原来逃犯早已溜了。他气急败坏地训斥山民说："你们是在挑姑爷呀！人家标致不标致关你们球事？"

这时候，杜儿圆安排的两辆大卡车完成保驾护航的任务胜利返回。司机汇报说："姜大哥已经平安到达上海。"司机还顺便捎来通讯联络班刚刚接收到的消息：匡大叔带领的家属队伍已经顺利到达金三角。另外八名老家人各自带领的家属队伍也正陆陆续续过境。到这时候大家才知道，没有参战的八个老家人原来是秘密执行特殊任务，到全国各地组织花子军老兵的家属撤离去了。这是杜儿圆的自作主张，并非奉命行事。

杜儿圆长舒一口气，一屁股坐在泥地上，背靠大树歇息，不一会儿就打响了呼噜。

6，回撤之路

花子军马帮军营来电，希望杜儿圆把参战的骨干队伍平平安安地带回去。撤离路线是穿过湘黔滇，直奔金三角。

三支队伍都不敢走大路，哪里林深路险人烟稀少就往哪里走。两天之后，耿光丁带领的黑水支队最先进入湘西。这里是三股势力最后较量的新战场。这三股势力是：共产党的剿匪部队、国民党残匪，以及各个山头的土匪。黑水支队在三股势力的夹缝中穿行，最后在山高林密道路嶙峋的狮子峰上停留下来。狮子峰是座孤峰，回旋余地小，不适合安营扎寨，但是水源充足，林木茂盛，物产极其丰富。这时候杜儿圆来电，要耿光丁抓紧时间为大部队筹集五天口粮。他回复说，不能抢，不能偷，又没钱买，感到很为难。杜儿圆出主意说，老家人刚刚领了一大笔钱，可以向他们借呀！黑水支队里的老家人都纷纷解囊，拿出一部分钱来交给耿光丁。耿光丁买了大量苞谷。全支队人人动手，制作炒面。忙活了一天一夜之后，估计三百多人五天的口粮已经备齐，就休息了一天。

这天夜里，悄悄上来十几个土匪，头目是个中年女人，名叫"孙二娘"。这伙人一进寨子就抢东西，被黑水支队全部生擒。经过审问，才知道他们的老窝被共军端了。今晚来捞点东西是想做盘缠，然后投奔贵州木家寨，木家寨寨主是她男人的亲舅舅。孙二娘眼泪汪汪地替手下人求情道："请好汉高抬贵手，放了我手下可怜的弟兄们。我替他们顶罪。"耿光丁问她："水浒梁山的母夜叉名叫孙二娘。你怎么也叫这个晦气的名字呢？""小兄弟有所不知。我本是湘西一户农家妇女，娘家姓张，婆家姓刘，都不姓孙。我的家乡是反共救国军的地盘。他们强征税款逼死了我的丈夫，后来又盯上了我的女儿。他们天天上门纠缠，'动员'我的四个漂亮女儿嫁给军官做姨太。小兄弟呀，说'动员'有点儿好听，狼'动员'羊，有好事吗？实在是没活路了，我就把四个女儿远嫁外省生意人，自己落草为寇了。从此，我就改名'孙二娘'，发誓不断壮大队伍，等待时机，逮住那些家伙就包了他们的人肉包子……"孙二娘说到最后，已经泣不成声了。耿光丁的心肠顿时软了，不仅吩咐给土匪们松绑，还管了他们一顿吃喝。最后，每人发给两碗炒面，催他们快快赶路。这时候，土匪们都不想走了，纷纷跪地祈求入伙。耿光丁说我们花子军招兵历来有严格规定，入伙肯定不行，最后勉强答应他们结伴同行。他想，这些人都是本地山民，是难得的向导。他们熟悉湘西三股势力的分布情况和活动规律，甚至连哪家土匪头儿姓甚名谁，脾气秉性怎样，哪座山头驻有共军或者国军，都清清楚楚。

大巴支队和永安支队赶上来之后，杜儿圆把这些向导分配给三个支队。从此，三个支队伍行进的速度都明显加快了。

从湘西狮子峰到贵州木家寨，零星冲突不断。沿途的小股土匪索要买路钱，杜儿圆仰仗孙二娘一伙人对于匪情的精准把握，有时候给点银子敷衍过去，有时候凭借手里的家伙强闯过关。经过木家寨的时候，寨主一片盛情苦苦挽留他们，说一定要替外甥报答花子军的大恩大德。杜儿圆一个劲儿强调，军情紧急，不能耽搁。甄半仙见机行事，说寨主如果能够出售一些粮食给花子军，我们就感恩不尽了。没想到，寨主慷慨应承，送给花子军二十天口粮。杜儿圆付钱购买，寨主坚决不收。双方相持不下，最后是寨主妥协，收下杜儿圆的买粮钱。接着，寨主派出一支武装给花子军当开路先锋。他告诉杜儿圆："这些后生个个都是神枪手，武艺高强。有他们开路，放心吧，没有哪个蟊贼敢向你们讨要买路钱。"

接下来的日子里，因为有木家寨的精兵当开路先锋，花子军加快了进军速度。黄泥巴腿子们虽然军事素质不高，但翻山越岭钻树林却是他们的长项。杜儿圆让他们的长项发挥到极致，才一个多月时间就到了云南的西双版纳。杜儿圆和木家寨人话别，给了他们一些盘缠，让他们高高兴兴地回自己的山寨去。

羌六宝收到杜儿圆的电报欣喜若狂，马上派兵接应。这次出动的是马帮队的全部人马，是花子军的精锐。

共军在云南边境虽然防守甚严，但因为边境线太长，而且地形复杂，难免留下空隙。当地人说，一抬脚就可以出国，和邻国的亲戚往来用不着办护照和签证。这绝非笑谈，只不过如果人数太多太显眼，就另当别论了。根据这个情况，杜儿圆和大家商定了一个计划：化整为零，分期分批越境。马帮队也有相应的部署：分成众多行动小组，隐藏在国境线一侧，轮班全天守候，准备随时接应。三百多人的队伍，最后一人走出国境线的时候，算起来前后耗时二十多天。

　　杜儿圆是最后一个跨越国境线的。潘来运亲自迎接他，特意带来一辆带篷的马车。杜儿圆在马车里向潘来运问起最让他牵肠挂肚的事情："姜大哥有消息吗？"潘来运答道："姜大哥两个月以前就到了香港。宋财神说，等他身体复原了就派人送他回来。"杜儿圆顿时感觉一身轻松，靠着马车护栏开始闭目养神。马车不住地摇晃着，不一会儿就把他摇入了梦乡。潘来运望着这位德高望重的长者，听着他匀称畅快的鼾声，不由得肃然起敬。潘来运轻声告诉赶马车的士兵："放慢速度，杜叔在休息！"

第十九章

1，姜启仁平安归来

再过两天就是中华民族的传统春节了。内地的时令正是数九寒天，可是冬天的影子只是在金三角有过短暂停留就被匆匆赶到的春天挤走了。天空像用清水洗刷过一般，干干净净，瓦蓝瓦蓝。路边的迎春花含苞待放。小河边的杨柳在暖风中摇曳着嫩绿的枝条，把美丽的倩影投映在静静流淌的水面。

昨天，梁祖君发来电报说：三天前，姜启仁和汤知侠一行四人从香港乘飞机到达缅甸仰光。小枝云秀设在仰光的"红宝石商贸公司"派出保安护送他们搭乘从仰光开往密支那方向的火车，预计今天上午十点到达抹港。花子军闻讯一片欢腾。

吃过早饭，羌六宝亲率骑兵班往抹港狂奔而去。马儿奋蹄，和风拂面，羌六宝激动的心情毫不掩饰。他大声问身边的人："唐朝有个读书人金榜题名，骑着马儿逛大街，写下一首有名的诗，其中有一句流传千古。那诗句是怎么说的呀？"过了好一会儿才有人想起那个名句："是不是'春风得意马蹄疾'呀？""是的，就是这句。"羌六宝在马背上频频加鞭，大声喊道，"我今儿个，也是春风得意马蹄疾呀！"骑兵班长向正军命令众弟兄："快！跟上大当家！"

战马嘶鸣，黄尘滚滚，骑兵班刮起好一阵旋风。

火车正点到达抹港。在这里下车的人真不少，站台上人流如织。羌六宝只带了几个弟兄上站台，其余人在站台外边观望。为了引人瞩目，羌六宝一伙站成一排，手里高举马鞭，嘴里齐声高喊："回家啰＿＿＿＿回家啰＿＿＿＿"不一会儿，远远望见汤知侠和朱明山笑嘻嘻地向这边走过来。再看他俩身边，却不见姜启仁的影儿。向正军沉不住气了，大声责问道："你们是不是把大哥搞丢啦？"汤知侠和朱明山好像没听见，只顾跟同行的一对夫妇低声交谈。这对夫妇渐走渐近，容貌和服饰已经非常清晰。男的西装革履，戴一副金丝眼镜，看模样是一位富商。女的身穿漂亮的花旗袍，尽显美少妇的动人曲线，闪闪发光的珠宝饰品显示出尊贵的身份。贵妇人挽着丈夫的胳臂，扭腰晃臀，款款而来。夫妇俩径直走到羌六宝面前停下，一时间大伙儿都愣住了。这时候，男人取下眼镜，深情地叫了一声"六弟"。羌六宝这才认准原来面前这个男人就是他昼思夜想的大哥呀！他和大哥紧紧拥抱在一起，一声"大哥"没出口，眼泪就先出来了。

"大当家，我是李乾坤！"李娘娘在一旁打躬作揖道，"小女子这厢有礼了！"她的花旦道白逗得大伙都笑了。

羌六宝转身拥抱李娘娘这个大功臣。李娘娘受宠若惊，白净秀气的瓜子脸上滚下激动的泪珠。接着是羌六宝与汤知侠、朱明山的拥抱和交谈。末了，羌六宝问道："怎么不见红宝石公司的保安呢？应该宴请人家才是呀！""他们看到大当家亲自来接，说任务已经完成，就不必下车了。"汤知侠解释道，"公司经理叮嘱过他们，完成任务之后立即返回。"

正谈笑间，莫大妞的小轿车到了。原来，汤知侠上火车之前就和抹港"翡翠商行"的老板莫大妞联系好了，要求借她的小车一用。莫大妞按照汤知侠的要求，准时把车开到站台下。

向正军将骑兵班一分为二，让小轿车居中。朱明山任小车司机。他有意放慢车速，让久别重逢的头领们在车上细聊。

羌六宝还沉浸在刚才的喜相逢的场景之中。他非常欣赏李娘娘的手艺，赞叹道："这个李乾坤真是了不得呀！朝夕相处的兄弟经过他的手就完全认不得啦！了不得！真是了不得！……"这会儿，李娘娘心里别提有多受用，竟然有点儿得意忘形了。他说："从河南到上海的路上，我打扮成朱队长的年轻媳妇，因为太漂亮，太性感，好多男人都迷上了我的姿色呢！"朱明山手握方向盘，扭头笑道："你个娘娘啊！大当家说你胖了，你就当真喘起来了。"汤知侠说："这一回，大哥能够脱离险境，平安归来，的确多亏了李娘娘啊！""总指挥这么说，我就不敢当了。"李娘娘突然谦虚起来，"这一台大戏，主角是你们几个头领，还有杜叔和他的手下人，我李乾坤顶多只能算一个配角。"

朱明山告诉羌六宝："这一回，人家小枝云秀真是帮了大忙。上海有一家'商贸储蓄银行'，在香港有一家分行。总行行长是小枝云秀的故交。得到我们到达上海的消息，小枝云秀立马飞到上海向老朋友求助。第二天，总行行长安排我们四人以香港分行职员的身份登上了飞往香港的飞机。"羌六宝感慨道："这真是种瓜得瓜，种豆得豆啊！归根结蒂，应该感谢我妈。"汤知侠补充道："为了营救大哥，朱队长和他的亲哥哥很可能从此反目成仇，这种牺牲和付出真是巨大呀！""这次千里大营救确实应该好好总结。"羌六宝吩咐汤知侠，"评功记功的事就交给你负责了。完成了这个任务，你这个总指挥才能卸任。""遵令！"

2，花子军的远景规划

小轿车缓缓行驶在黄土路上。

姜启仁提出一个新话题："小枝云秀建议我们全军进入香港做生意，不再舞刀弄枪，也不再开矿。各位意下如何？"

"大哥，先说说你的想法吧！"

　　“小枝云秀这个建议正合我意。我不想看到我们的子孙后代再像我们一样打打杀杀，历尽艰险。他们应该向世界最先进的科学技术进军。我们的下一代，应该是一支科技大军。实现这个远大目标，需要大把大把地花钱。因此我们老一辈人必须积攒巨额的物质财富。”这是一个十分诱人的远景规划，因此，姜启仁满怀激情侃侃而谈。

　　羌六宝独自沉吟道：“做生意应该也能生存，或许能够过得很慈润。问题是我们一旦刀枪入库，马放南山，遇到了危险怎么办呀？”朱明山说：“大当家应该放心。香港虽然黑社会猖獗，但是有香港警方保驾护航，生意人仍然可以照常做生意。”姜启仁显然已经和朱明山几个人讨论过这个话题。羌六宝又问道：“我们的队伍浩浩荡荡，过得了香港的审查关吗？”姜启仁献策道：“当然不能就这么浩浩荡荡地开过去，要分期分批地以生意人的身份融入香港社会。我的计划是，首先让宋光宪向香港官方申请房地产开发项目，为此成立几个工程队。这是第一批。第二批是向日中友好协会的几个公司派遣保安人员，借庙躲雨，以后见机归队。第三批继续护矿开矿，待时机成熟之后全部撤离，进入香港。”羌六宝又提出一个棘手问题：“懂点历史的人都知道，英国掌控的香港是有租借期的。租借期一满，英国就要把香港归还给中国。那时候，我们又要面对大陆官方，怎么办呢？我们转了一个大圈，最后不是又回到了起点上吗？”姜启仁不以为然地笑了：“六弟说的大约是我们后代子孙手里的事了。那时候，花子军已经是一支科技大军，手里掌握着世界上最先进的科学技术，同时还拥有巨额财富。大家都知道手里有枪心里不慌，可知道科学技术和物质财富的威力吗？我敢肯定，万一危险来临，世界各地都会有花子军的安身立命之所。说不定大陆官员会像二战时期美国疯抢柏林科学家一样恭迎花子军呢！你们信不信呀？”汤知侠非常赞同姜启人的远见卓识："学好数理化，走遍天下都不怕。我们的下一代，如果学得真本事，走遍全世界都吃香，何愁没个安身立命之所？我还相信另外一条法则：有钱能使鬼推磨。花子军万一遭遇武力威胁，只要肯出钱，就能请来雇佣军。只要肯出钱，这世上就没有过不去的关卡。这么一点儿道理谁不懂啊！"

车内谈笑甚欢，喜气洋洋，仿佛大哥精心谋划的美好未来就在眼前。朱明山觉得行进太慢，于是不断鸣笛，催促前边的骑兵快马加鞭。顷刻间，骑兵班和小轿车立刻扬起一大片黄尘……

当晚，花子军举行了盛大的庆功宴会。宴会上，千里大营救的所有参战人员都接受了姜启仁和羌六宝的敬酒。

宴会中，羌六宝宣布了一个重大决定：翡翠矿区的花子军将要分期分批地全部转入香港，逐步实现一个正在酝酿中的远景规划。这个规划，首先交给大家充分讨论，各抒己见。全军统一思想认识之后就付诸实施。待羌六宝讲完远景规划的具体内容后，宴会大厅里立刻响起好一阵欢呼声。

第二十章

1，功臣归来

一九六六年初夏的一个雨夜。

午夜时分，座落于台湾高雄县冈山镇的中华民国空军官校在漆黑夜幕的笼罩下显得分外寂静。教育长羊昌坤习惯地瞅一眼夜光表，发现收听大陆广播的时间到了。他竭力克制倦意，戴上耳机，躺在床上打开了收音机的短波波段。收音机里，噪音消失之后清晰地传来一个女高音歌唱家甜美的歌声：

……

醉过才知酒浓，

爱过才知情重；

你不能做我的诗，

正如我不能做你的梦。

……

这是胡适的《梦与诗》，曲作者正是羊昌坤自己。这首歌曲是上级向他发送指令的约定暗号，是他一九四五年赴英国留学前夕留给大陆总部的。歌曲播放三遍之后，是总部下达的指令："瘟疫肆虐，盼儿速归。"

羊昌坤大吃一惊，睡意全消。上级首长的指令告诉他，目前他的处境非常危险，要他尽快回大陆。近些年台湾发生了两个大事件：潜伏在台湾高层的吴石同志身份暴露，英勇就义。接着，羊昌坤冒着生命危险把国民党的"国光计划"的绝密文件搞到手，并设法传回大陆总部。老蒋震怒，全岛惊恐。国民党特务机构不惜血本地加大了侦破力度，他不得不停用了微型发报机。

他跑书店，找地图，默默记下了福建沿海地区的地形地貌。然后，就是等待晴好天气，选择飞行时机了。

安排航空训练属于教育长的职责范围。目前的训练科目是喷气式战机的空中格斗。这种战机对于飞行技术要求很高，格斗训练更是难上加难，因而教学进度极为缓慢。羊昌坤显得非常焦急，命令教练休息几日，他要亲自上天带飞。

带飞的头两天都是阴天，第三天放晴了，羊昌坤喜不自胜。先天晚上，他特意给自己的战机加满了油，同时限定了其他战机的油量。

翌日上午，红日高悬，台湾海峡上空漂浮着朵朵白云，云朵上边是瓦蓝色的天幕。羊昌坤带领两架喷气式战机升空，正式开始了格斗训练。训练半小时之后，几个学员相继报告油料将尽，羊昌坤于是命令返航。待学员的战机降落之后，他突然拉升飞机爬向高空。在机场观摩的官员们一见他的反常举动立即慌作一团。有的用无线电向他大声喊话，有的声嘶力竭地向上司报告突发情况。不一会儿警报拉响，三架战机紧急升空，机场上到处是奔忙的人群……羊昌坤关掉通讯设备，掉过头来向大陆福建方向飞去。

福建前沿的雷达部队发现了来自台湾的四架战机，立即向前线指挥部报告。指挥部命令高炮部队严阵以待，同时命令在空军基地待命的战机升空迎战。不一会儿，解放军指挥官的望远镜里出现了令人惊奇的一幕：万里蓝天正在上演精彩的战机格斗表演。一架喷气式战机在前方时而左转，时而右转，时而拉升钻入云层，时而呈自由落体状降低高度，机尾喷出的高压气体在蓝色的天空形成乳白色的雾带。这些雾带一会儿呈现"S"形，一会儿变作抛物线……后面三架战机紧追不舍，各自拖着的雾带也紧跟着不断变化，整个画面令人眼花缭乱。

高炮部队鸣炮示警，而高空的四架战机置若罔闻，演练仍旧继续。解放军指挥官纳闷了：国军战机胆敢在这儿练飞，莫非吃了豹子胆？正在这时，只见后面三架战机突然开火，瞄准方向是前面的同伴。明白了，这是敌机在追歼叛逃者啊！解放军指挥官立马命令高炮部队谨慎开火，千万不能误伤最前边的战机。紧急升空的我方飞机也同时得到拦截追击者的命令。三架敌机见这阵势，只好逃之夭夭。最前边的战机立马钻出云层，先来个漂亮的自由落体动作，瞬间降低高度之后对准位于东南沿海的晋江机场，炸雷般呼啸着俯冲而来……

福建军区派专机送羊昌坤到达北京。周恩来接见了这位长期战斗在敌人心脏的大功臣。中共高层讨论决定，奖励他共和国勋章一枚，并授予少将军衔。国务院总理周恩来特批他半年假期，建议他到祖国各地走走，看看新中国的建设成就，假期结束后再来接受新的工作任务。

2，父子俩彻夜长谈

羊昌坤趁假期去了香港。

"坤坤回来啦！"花子军老兵们奔走相告，纷纷来到姜启仁家里向他道喜。羊昌坤身着便装，仍然显得年轻英俊而威武，让杜小凤和崔雪花赞不绝口。胡屠户拉着羊昌坤的手，叫着对方的乳名问道："坤坤今年多大啦？""四十二岁了。"羌六宝接过话茬，称赞道："我侄儿年轻有为，了不得呀！"羊昌坤驾机归来，被授予少将军衔，许多人都看过新华日报登载的这篇新闻报道，因而都佩服之至。满头白发的杜儿圆进门好一会儿了，这时候才开口说话："坤坤呀，你是花子军的后代。我们老一辈花子军就指望你们年轻人啦！"羊昌坤当众表态："老前辈需要我做什么，尽管吩咐！"聊天的过程中，梁祖君来了，宋光宪来了，后勤总管蒋晓芸也来了。梁祖君问姜启仁："大哥，这满屋子客人，你打算怎样招待他们呀？"朱明山开玩笑道："大哥是个老单身汉，天天吃饭都在工地食堂。一会儿，大家就跟着大哥去工地食堂呗！"宋财神说："这事儿有总管操心，我们跟总管走就行啦！这就叫做跟官吃官嘛！"蒋晓芸笑道："好的。总部已经安排好贵宾席，大家都跟我走吧！应该出席的一个都不能少，小犊他爹负责督催一下。"

来到华业集团总部大楼下，羊昌坤惊奇地发现这里已有香港警察站岗，在大楼内部执勤的显然是花子军的安保人员，没有配枪，只有警棍。羌六宝向羊昌坤解释道："香港黑社会猖獗，各国特工也混杂其中。今天为防万一，我们特意请来了香港警察。"羊昌坤心想，花子军不仅为他安排了贵宾席，而且做好了安保工作，令他激动不已。

宴会结束的时候，已是繁星满天。

花子军的别墅群依山临海。环绕香港闹市的海滨大道把海岸和别墅群隔开来。姜启仁一边领着儿子往自家别墅走去，一边介绍香港的今昔变迁。

别墅区也有警察站岗。看到别墅主人归来，香港警察客客气气地用英语问好，并且恭恭敬敬地行礼。羊昌坤一边回礼，一边用英语致谢。

进了屋，洗漱完毕，父子俩上床休息，可是都没有睡意。羊昌坤一九四五年和父亲一别至今已有二十一年。这二十一年里，他日夜思念家人，依恋故乡。他的深情诉说，使姜启仁深受感动，眼眶里一直有泪花打转。羊昌坤向父亲保证，虽说自古忠孝不能两全，从今往后儿子一定尽力弥补，报答父母的养育之恩。姜启仁告诉儿子："你不仅是羊家的后代，也是花子军的后代。因此，希望你今后能够代替父亲，代替花子军贡献出自己的一份力量。譬如说，现在中国大陆正在搞文化大革命运动。从北京高校的乱象可以预测，大陆人又要遭殃了。像你二爷这类人，恐怕是在劫难逃了。希望你尽力而为，能够为他们做点什么，就想方设法去做，可以吗？""爹放心，儿子会尽力的！"

话题转入家人的遭遇，气氛变得凝重了。老太爷命丧土改批斗会场，爷爷和奶奶死于大饥荒，小和平入狱，何晓蓉发疯……羊昌坤听着听着不由得泪流满面。此时，他提出一个疑问："据说花子军解救了无数苦难家庭，爹为什么对自己的家庭无能为力呢？"姜启仁解释说："杜儿圆曾经多次派人解救，坏事就坏在你的疯老婆身上。让她走小路，她偏偏往大路上跑。让她保持安静，她偏偏哈哈大笑。再加上村里对地主富农管制很严，所以多次解救都未能成功。"谈及媳妇何晓蓉，姜启仁亮明了一个观点。他认为，何晓蓉只能做羊家的女儿，不适合做羊家的儿媳妇。这个可怜的姑娘已经做了国共两党政治斗争的牺牲品，再也经受不起大起大落的情感刺激了。待她病愈之后，找一个寻常百姓家嫁了，过平平淡淡的百姓生活才是正确出路。羊昌坤听了，一惊，一愣。但他的智商情商和胸怀毕竟非同常人，他很快就理解和接受了父亲的观点。他表态说："我等着，等着自己年老退休，成为寻常百姓；等着晓蓉彻底康复……"

父子谈话结束的时候，室外万家灯火已经陆续熄灭，花子军的建筑工地吹响了上工号。

3，羊家住宅焕然一新

多年的地主狗崽子、蒋匪军官，突然间变成了解放军少将、共产党的革命功臣，这个消息立刻轰动了黑水县。湖北省委把羊昌坤回家休假的准确时间通知给黑水县委，县委慌忙给向阳公社打电话，要求　公社立马成立接待工作领导小组，务必完成这个头等政治任务。

向阳公社党委高度重视，党委书记庹老八亲自担任接待工作领导小组的组长。此人和许许多多目不识丁的工农干部一样通过扫盲班的培训认识了一些汉字，仍然是个半文盲。但这个缺点并不影响他的仕途，从自然村的村长到农业合作社主任，再到初级社的社长，现在居于公社书记的高位，管理着十八个大队，七八万人口。社员们称赞庹书记是矮子上楼梯＿＿步步高升。

庹书记要解决的第一个难题是关于羊家的住所问题。如今的羊家住宅仍旧是解放前的几间牲口棚。屋顶覆盖的麦草多年没换，雨天里屋外大下屋里小下，外面雨停了屋里还滴哒。有时候正端碗吃饭，屋顶上突然"啪"的一声掉下个又肥又大的白生生的虫子来。这哪里是人的住所，还不如生产队里的牛栏。现在天上突然掉下个中央首长来，真是急坏了我们的庹书记。查遍南路大队，没有像样的空房子，总不能让首长住公社招待所吧！领导小组决定将草屋换成瓦屋，室内粉刷一新，再摆上一些新家具。庹书记责令南路大队调集人力物力在一星期内保质保量地完成任务。不料开工头一天就出了人命。因为土改留下的牲口棚年久失修，在房顶施工的人双脚刚刚踩上墙头，松散的土墙先是纷纷落下土块，开始摇晃，紧接着轰然一声倒塌了。身手敏捷者慌忙跳墙逃生，动作迟缓的被急速下落的土块砸伤。有一个笨手笨脚的老年社员被一堵土墙拍死在地上成了肉饼，连一声惨叫都没有发出来，鲜血染红了他身下的泥土。由于这个社员出身贫农，迷信的人们猜测道：这是已经死了六七年的春爷两口子在阴曹地府里搞阶级报复。

安排好善后工作之后，庹书记决定在原有地基上建六间砖瓦房，日夜不停工，确保一个星期之后首长能够入住。新瓦房的配套设施如水池、电话和道路等等都必须齐全到位。

4，劳改上瘾的青年人

庹书记着手办的第二件事是派公社刘秘书去汉北劳改农场接回羊昌坤的独子羊和平。刘秘书拿着黑水县监狱的相关文件去农场领人却空手而归。他回报说，那个姓羊的小子不想回来。原因是，那小子在新人队里如鱼得水，混得十分惬意。劳改还有上瘾的，你说稀奇啵？更奇怪的是，那位资深的羌场长居然对那小子特别关照，说刑期结束之后要把他招为农场的正式农工。第二天，庹书记令刘秘书带上羊秋芸再去农场，结果仍是无功而返。劳改犯减刑获释本是求之不得的好事情，为何操办起来这样难呢？

说起羊和平被捕入狱，庹书记功不可没。那是一九六一年夏天的一个黄昏，老光棍魏长乐把患有神经病的何晓蓉骗入田边一间瓜棚里进行猥亵，碰巧被羊和平发现。羊和平怒不可遏，挥拳就打，打折了魏长乐两根肋骨。这个事件立马惊动了公社。庹书记联想到当年魏长乐上台斗地主，羊善水当场身亡的场景。他义正辞严地结论道：这是阶级报复，立即逮捕，交法院重判。羊和平获刑十年。

庹书记当然明白，是他一手把首长的公子送进了监狱，现在如果没有像样的表现，以后他的仕途必受影响。他决定亲自出马，哪怕是背也要把首长的公子从汉北农场背回来。

　　汉北农场是湖北省公安厅直属劳改单位，位于黑水县东北角，汉水之滨。鼎鼎大名的羌爱党原是黑水县独立团政委兼黑水县县委书记，后来破格提拔为中共二野 56 军军长，为何成了这里的场长呢？这要从他在湄公河战役兵败被俘说起。当年，他应缅甸官方请求，率领 56 军浩浩荡荡开赴金三角围剿土匪和国军 93 师，结果中了敌军的调虎离山计，在极其复杂而陌生的环境里损兵三千伤员无数。羌爱党和他的十名下属军官被俘虏，后来经多方营救获释。在营救过程中，花子军出了大力。谁都知道，花子军的大当家是羌爱党的亲生儿子，这就埋下了祸根。不幸的是俘虏们在回归途中被一股土匪截获。土匪们杀俘虏泄愤，只放了羌爱党和吕排长回去报信。他受到撤职处分心无怨言，不能接受的是他手下的吕排长联合参战官兵一个劲儿上告，直到开除了他的党籍和军籍方才罢休。幸亏他资历老，人缘广，给他安排了这项工作算是给了他一碗饭吃。羌爱党依仗黑水县和省公安厅的许多官员都是他的老部下，在这个小天地里简直就是个土皇帝，日子过得还算比较滋润。但是后来他又遇到一件烦心事。老婆夏琼芳因为他而突然失势，没有评上军衔，转业到黑水县文工团当了个副团长。从此，这位心有天高命如纸薄的女人就开始走下坡路，一步步直到生命的尽头。这些当然是后话。

　　人们发现羌爱党脾气变得暴躁了，然而他的内心世界的悄然变化却无人知晓。他对于花子军的认识有了改变。他认为，这支叫花子武装和为非作歹的土匪有本质上的不同，不应该派兵围剿。他深为自己过去对于花子军的左倾态度感到懊悔。所以，当姜启仁的孙子羊和平到汉北农场服刑的时候，反而引起了他的同情和不平。他早就对羊和平的妈妈何晓蓉有很深的印象。只要有人叫一声"脱光光"，这个疯女人就会笑嘻嘻地脱衣服。流氓调戏这样的精神病人简直是丧尽天良。羊和平目睹母亲受辱愤而出手，却因为家庭出身不好而被重判，这世上还有公平正义吗？近日来庹书记两次派来的人都扫兴而归，其实都是羌爱党故意刁难。在共产党的官场混了一辈子的羌爱党当然明白，羊和平的亲爹是解放军少将，共产党的功臣，这靠山多硬多强大呀！谁敢不放人？再说，羊和平事件本是一大错案，黑水县监狱开具了减刑释放文件，大印红堂堂，说要留下羊和平招为农场正式农工不过是一个玩笑而已！他要给官运亨通的庹老八出个小小难题，发泄一下心中的不平情绪。

火辣辣的阳光普照大地的时候，庹书记乘坐的公社拖拉机开进了汉北农场的场部大门。虽然时间已过上午十点，厨师手头的午餐准备工作即将就绪，而羌爱党的早餐却尚未结束。他每天三顿酒，酒量吓人，身边没有入敢来陪他。这会儿他自斟自酌，酒兴正浓呢！

门岗卫兵向他报告："向阳公社的庹书记……"他假装没听见，大声命令厨房："再添一碟花生米！"

"羌老您……"庹书记已到跟前，字斟句酌，小心翼翼。他没敢称呼"政委"、"书记"、"首长"，更不敢称呼"军长"，害怕挨骂。羌爱党曾经自我解嘲：他现在只有两大嗜好，一是喝酒，二是骂人。

羌爱党抿一口酒，就用筷子慢慢夹一颗花生米送往嘴里咀嚼，细细品味，目不斜视，旁若无人。庹书记毕恭毕敬地站立一旁。端菜的厨师递过一把凳子请他坐下，他却说坐了几个钟头拖拉机很想站一会儿。过了一会儿，羌爱党的酒杯空了，庹书记见机行事，连忙捧起酒壶给他斟酒。直到这时，羌爱党才开始搭理他："庹老八呀，大热天里，你来我这儿有何公干？如果真有啥大事儿叫你秘书跑腿儿就行了，何必劳你的大驾？你是公社党委一把手呀！"

　　听罢羌爱党的风凉话，庹书记心里气不打一处来，但是多年来他在官场上练就了一套真本事，那就是擅长用高明的表演把真实的内心活动深深地掩藏起来。"羌老啊，我遇到大难题啦！"他用一种哭腔叙述了县委交给他的政治任务，把遇到的种种困难添油加醋地渲染了一番，接着又满怀深情地回忆了自己从一个放牛娃到公社书记的成长历程。最后他央求道："羌老啊，您是我的革命引路人。我遇到难题只能找您。您不帮我，谁帮我呀？"那神态和语气恭敬之至也可怜之至。

　　羌爱党面部毫无表情，只顾默默地饮酒吃菜。

　　眼看桌上的酒杯即将见底，天上的太阳快要当顶，羌爱党仍然无动于衷，庹书记急了，决心学一回村妇撒泼。"羌老啊，反正在您面前我就是个孩子。您如果硬是不帮我，我就赖在您这儿不走啦！"他的态度终于强硬起来，"您就算拿棍子撵我，也休想把我撵走。"

　　"真的吗？"羌爱党扭过头去望了一眼一本正经的庹老八。

　　"真的！不信您试试！"庹书记瞪眼答道。

　　羌爱党仍然神情专注地喝酒，自言自语道："哎呀，这可难办了。一个堂堂公社书记赖在我这儿，给他安排什么工作呢？"

　　"好安排呀！我专职给您斟酒！"思维敏捷的庹书记嘴里说着话，双手再次捧起酒壶给羌爱党的空酒杯里斟满了酒。羌爱党端起满满一杯酒，脸上有了笑模样儿："庹老八的确是个称职的酒司令呀！"他接着喝了几口酒，大声吩咐门岗："派人通知羊和平：跑步来我这儿报到！"

　　羊和平气喘吁吁来到场部，他果真是跑步到达的。这是个年满二十岁的小伙子，中等个头，五官秀气端正，显然继承了他妈妈的遗传基因。虽然身穿统一的新人队服装，剃个光光头，但整个人儿给人的印象仍然是结实精干，朝气蓬勃。

"你瞧！我们的和平同志呀，眨眼之间就长成大人啦！啧啧……"庹书记放下领导架子，主动和羊和平套近乎呼，"我是来接你回去的。公社专门为你派来一台拖拉机……"

"我在这儿习惯了，不想回去。"不等庹书记说完，羊和平就表明了态度。他没有瞧庹书记一眼，目光只是注视着羌爱党的面部表情。

羌爱党慢吞吞地结束早餐，然后慢吞吞地吸烟喝茶，完全是一副事不关己高高挂起的神态。

"我实在不明白，这儿究竟有什么好呀？"

羊和平认真回答庹书记的问话："这儿没有人歧视我，欺负我。从领导到警察，再到队员们，大伙儿都对我好。可我在生产队里……"说着，说着，小伙子的喉咙哽住了，眼里滚出了泪珠。他在青少年时期经受了太多的屈辱。他的童年伙伴们看多了爹妈斗地主的场景，觉得很威风，很好玩儿，就常常拿他当地主斗。小学一年级下学期的一天，放学路上，小伙伴们围成一圈，让他站在圈内挨斗，有人竟然用木棍敲打他，骂他态度不老实。他实在经不住木棍重击，夺了木棍奋起反击。伙伴们被打得头破血流，四散奔逃。挨打孩子的家长们纷纷到学校告状。学校将他开除，才平息了这场风波。他的奶奶羊秋芸苦苦哀求校长：让孩子好歹读完小学一年级吧！这学校早先还是咱羊家开办的呢！校长回答说："你这个孙子继承了你的遗传基因，你怪不得别人。传说你闺中待嫁的时候就把我们的许县长打得鼻青脸肿，是不是有这事儿呀？再说啦，这所学校的确是你们羊家利用民脂民膏开办的，这恰恰是你们羊家的又一罪证，功劳何在呀？"奶奶不再央求，气鼓鼓地回家去，抱着孙子哭了整整一宿。后来他渐渐长大，五类分子的子女的身份使他受尽了欺凌。在新人队里，为人仗义宽厚的性格使他有了众多朋友。他的聪明能干赢得了领导和警察的赏识。再难管治的新人队，只要调他去任队长，不需多久便顺顺当当。羌爱党搞不明白，我们这个社会为何容不下一个本分善良而聪明能干的羊和平呢？

"和平同志，只怪我们的工作没有做好，实在对不起。过去的事情不要纠缠嘛！我们回家去，好吗？"庹书记继续苦苦劝说。

这时候羌爱党一声叹息接着一声叹息，似乎要发表什么感慨。最后他告诉羊和平："农场再好也没有家里好。你都二十岁了还没有见过亲爹呢！哎……可怜娃娃呀，回家去吧……"

羊和平仍然很固执："我不想回去。我这辈子就跟着您，场长！"

"你叫我场长，没错。还有一个称呼，你记得吗？"

"记得，您交代过，背地里叫您'老太爷'。您比我的亲爷爷还高一辈呢！"

羌爱党正颜厉色道："老太爷叫你回去，咋不听话呢？滚！我这儿不要你。"

羊和平无可奈何，只好鞠躬道别："老太爷，您保重！以后我再来看您。"

羌爱党害怕羊和平发现他开始发红的眼眶，扭过头去，轻轻一挥手："走吧！"

5，母子雨夜诉衷曲

这是一个阳光灿烂的晴好日子。今天的接待工作计划是，县委的欢迎宴会结束之后众官员首先陪同首长参观几个水利工程，然后送首长回家与亲人团聚。不料途中天气突变，远处传来雷声，天空有乌云翻动，看样子要下雨了。因为大雨将至，只好改变原计划。"庹书记，你送首长回家去与亲人团聚。参观的事不急，首长有半年假期呢！"许县长指着对面山腰新建的几间砖瓦房告诉羊昌坤，"实话告诉首长，你们家土改时划为地主，老屋被农会没收，这几间新房子是才盖的。时间仓促，准备不充分，请首长将就将就。"庹书记不好意思谈及的问题被许县长用寥寥数语解释得清清楚楚，既客客气气又不失原则和立场。官大一级，水平就是不一般啊！

羊昌坤笑道："同志之间没有必要客气嘛！"

最后，这伙人兵分两路：庹书记带领几位公社干部簇拥着羊昌坤往刚刚落成的新居走去，其他人原路返回。

过了一会儿，狂风大作，惊雷滚动，密集的雨点自天而降……

羊昌坤归来的特大新闻虽然在家乡引起轰动，但是光临他家的客人并不多。公社干部把他送入新居就礼貌地告辞了。沈玉兰领着她的儿子媳妇、女儿女婿来和羊昌坤见了面，邀请他们全家明天下去吃午饭，坐了一会儿就都走了。羊秋芸苦苦挽留，但没有留住。多年来与羊家划清界线的左邻右舍都不好意思登门，连亲幺叔姜启信和亲幺爷羊继实都躲在家里不肯出来。羊秋芸体谅他们，这个弯子太大了，突然转过来确实有点难。

对于儿子的突然归来，羊秋芸的心里既有出自母亲本能的舐犊之情，又有怨恨和忧愁，心情复杂极了。她亲自为儿子做晚餐，不许儿子动手，也不让孙子帮忙。羊昌坤望着围绕锅台忙碌的母亲，别有一番滋味在心头。由于漫长的苦难岁月的折磨，刚过六十的母亲显得过于苍老：白发苍苍，满脸皱纹，驼背如弓……她切菜，炒菜，煎面饼，动作虽然迟缓，却一丝不苟，似乎是在尽最大努力弥补这么多年里对于儿子的亏欠。此刻的羊昌坤眼眶里有了泪花。他实在坐不住了，不顾母亲反对走进厨房，帮忙往灶膛里添柴火。何晓蓉似乎压根儿就不认识自已的丈夫，时而傻笑，时而哭泣，跑进跑出，一刻都不安静。羊和平是她的忠诚卫士，跟随她寸步不离。羊昌坤没有料到当年如花似玉的娇妻如今竟然变成了这般模样。此刻，他受伤的心在滴血……

晚饭后，羊昌坤走进何晓蓉的卧房整理床铺，然后端来洗脚水给妻子洗脚。这时，羊和平推开父亲，冷冷地说道："我妈不要你管！一边休息去吧！"羊昌坤这时候才意识到问题的严重性。从他进门到现在，儿子连一声"爹"都没叫过。他以为父子从未见面，已经生疏如路人，这是正常现象。谁知父子之间已经有了惊人的裂痕。"和平，这么多年爹孤身在外，可心里只有你们母子俩，没有再成家。爹容易吗？"呆立一旁的羊昌坤申辩道。羊和平一边给妈洗脚，一边认真回答："我妈落到这个地步，跟你没关系吗？我提醒你：我妈现在没有行为能力，不准你碰她。等她的病治好了，离婚不离婚由她决定。"羊秋芸劝解道："和平啊！怎么这样和爹说话呢？"羊和平不再说话，给妈洗了脚，帮妈穿上鞋，搀扶着妈进了卧室。

何晓蓉睡了，羊和平也进自己的卧房休息了。羊秋芸没有像往常一样去卧房里陪媳妇，今晚她要陪儿子说说话儿。

暴雨过后雨下小了，雨声淅淅沥沥，如泣如诉。偶尔隐隐约约传来断断续续的雷声。强劲的夜风摇动树枝发出沙沙的响声。饭桌上的煤油灯散发出昏黄的光，将母子俩的影子投映在雪白的墙壁上。

羊秋芸交代儿子："明天上午你给幺爹和幺爷两家买点东西送去。虽然他们一直把我们当敌人，可他们是你长辈。我不想让人戳脊梁骨，说我们坤坤官做大了就忘了礼数。"羊昌坤对于本乡习俗已经完全生疏，不知道买些什么东西才好，就向母亲请教。羊秋芸答道："大人的衣帽鞋袜，学生的笔墨纸砚……你看着买吧！庄户人家就讲个实用。"

"明天下午到坟场去，给你祖宗先人们烧纸磕头。"羊秋芸叹息道，"老太爷和爷爷奶奶在世的时候最疼坤坤了。如果他们还活着……"接着，她简略地讲述了当年羊虎乡开大会斗地主，八十高龄的老太爷脖子上挂粪桶倒地身亡的经过。再说到爷爷、奶奶的死，过程就比较复杂了。羊秋芸的叙述把羊昌坤带到了那个令人刻骨铭心的年代。

一九五八年大办钢铁，青壮年劳力都去挖矿炼铁了，留下老弱病残种庄稼。干部们隐瞒了粮食歉收的真相，把亩产万斤的牛皮吹上了天，各生产队的爱国公粮按照上级规定的指标照缴不误。生产队里办食堂，过路人吃饭不要钱。从早晨到晚上，灶里不断火，席上不断人。墙上写着鼓舞人心的大标语：跑步进入共产主义！可惜好景不长，五九年遇到大旱灾。仓库里早就没有一粒存粮了，锅里没有煮的，食堂不得不散伙。社员们各自设法保命，野菜挖光了吃树皮，能吃的树皮没有了就和牲口抢吃食。玉米棒子核本是耕牛过冬的食料，家家户户都拿玉米棒子核烤焦磨面，煮了充饥。吃了这种食物，不能消化，拉不出屎来。爷爷每次上厕所大便，不得不叫上奶奶，要奶奶帮他往外掏。爷爷那年七十三岁，人老病多，浑身浮肿，再加上长期便秘，没能熬过五九年。奶奶的死就更惨了。六零年继续大旱，更加严重的饥荒夺去了好多人的生命。那时候，常常可见饿死的人倒在大路边。奶奶命长，总算熬过了那个又冷又饿的寒冬腊月。一九六一年的二三月里，麦苗儿开始长高，豌豆秧上初绽细碎的小花＿＿＿这是饥民们最恐惧的青黄不接的季节。奶奶实在饿得受不了，就偷吃生产队里的豌豆秧，一边生吃一边往偏大襟衣服里藏了一些。奶奶被当场抓住。民兵连长带领两个民兵将奶奶五花大绑，把一小袋豌豆秧挂在她胸前，敲锣游乡。游乡回来，当天夜里奶奶上吊自杀了。

羊秋芸说罢两代长辈之死，又说到媳妇的病，孙子的入狱。当然，她也有不能言说的秘密。为了解决遗留的家属问题，远在香港的花子军在内地建了两个联络站。羌六宝委托黑牡丹的堂哥刘郎中在大巴县老家刘家大冲收徒建了大队卫生室。这里就成了花子军的联络站。两个学徒满师之后，刘郎中大部分时间在金三角生活，间或抽空在内地游动行医。因为是本地人，有大队和公社开具的行医证明，所到之处畅行无阻。羊继春和伍望月去世之后，刘郎中找到羊秋芸，要她做好去香港的准备工作。可是，羊和平入狱，羊秋芸又走不成了。她不能扔下孙子不管啊！

羊秋芸讲述凄惨的往事，一旁静听的羊昌坤已是泪流满面。他实在想不明白："妈，我二爷是共产党省长，三爷是共产党县长，妹妹是解放军团级军官。难道他们没有站出来为羊家说一句公道话吗？"

羊秋芸长叹道："老太爷死后，你二爷和三爷在清明节里回来过一次，后来就和我们彻底断了联系。安葬奶奶的时候你妹妹回来过。她气急了，到大队和公社找当官的说理去。你知道，卉卉是个天不怕地不怕的姑娘。据说她把大队民兵连长痛骂一顿，忍不住拔出手枪来。事后，庹书记向卉卉的部队发去告状函。上级首长认为她犯了阶级立场错误，让他转业到地方，当了广东宝安县的卫生局局长。你妹夫也受到牵连……啊，忘了告诉你。你妹夫叫严石河，是部队团政委。他和卉卉一起转业到宝安县，降职当了个交通局局长。……我常想，多亏我生了个孝顺女儿，女婿心肠也好，这么多年要不是他们寄钱来，就凭我们老小在生产队里挣一点点工分，怎么活呀！"

"是的。妹妹和妹夫做了本该我做的事情，我应该好好感谢她们。"

羊秋芸责怪道："你也有功劳，就是孝敬我们一顶反革命家属的帽子。和平从小就受歧视，因为他是黑五类子女，他的身份也和我们一样黑呀！”

"妈，我的工作特殊，身份特殊，连累了家人。"羊昌坤竭力表达内心深处的歉疚之情。

这时候，羊秋芸生气了："你给妈说明白，你为什么要干这个特殊工作，祸害家人几十年？"

"妈，您不能只想到自家利益呀！您儿子是共产党员。共产党人的奋斗目标是解放全人类，实现共产主义。要奋斗自然就会有牺牲，包括牺牲自己，牺牲家人。儿子做梦都希望得到您的谅解和支持啊！"

羊秋芸终于发火了："你不是要解放全人类吗？那好，你先解放你妻子吧！你负责把她的病治好。妈把她交给你了。"说完就站起身来，准备去休息。

羊昌坤紧紧拉着母亲的手，恳求道："坐下，妈！究竟哪个医院能够治好晓蓉的病，您得给我指条道儿呀！"

羊秋芸答道："我打听过了。广东宝安县人民医院里就有名医，专治精神病。"

"恰好，那个医院归妹妹管辖。"羊昌坤兴奋地叫道，"妈，明天好好准备一下。我们后天就走！"

羊昌坤哪里知道，花子军在内地设立的另一个联络站就在广东宝安县。站长就是十几年前死活要嫁胡屠户的那个黄毛丫头，乳名黄幺，学名黄春芝。她远嫁广东宝安县，有一个曲折的过程。当年，她想嫁胡屠户未成，发现黑牡丹做媒成就了旺小兰和刘郎中的好姻缘，就缠住黑牡丹也为她当一次红娘，要不就到黑牡丹手下当一名女兵。黑牡丹经不住她磨缠，就把她介绍给香港新界的一位姓方的小伙。姓方的小伙本是宝安县长岭村人，后来偷渡来新界的。黄春芝结婚后，黑牡丹动员新婚小两口回到长岭村照顾年迈的父母。花子军的第二个联络站就这样建成了。刘郎中叮嘱过羊秋芸，到广东宝安县的长岭村找一个名叫黄春芝的女社员，说此人与医院的名医沾亲带故，有办法为她做好一切安排。羊秋芸早就把刘郎中交代的联络方法牢记在心了。

6，一顿筹备多年的晚餐

先乘公共汽车，再坐火车，两天两夜之后羊家四口到达广州。他们正要改乘汽车去宝安，被两个警察拦下了，说为了防偷渡，要去宝安方向必须持有政府开具的通行证明。羊昌坤从衣袋里拿出身份证件，行事呆板的警察仍然不放行。他哪里知道，广州的警察接到的命令是严防死守，不放过一个偷渡客去宝安。羊秋芸要羊昌坤给妹妹打电话，叫她亲自开车来接。"不用麻烦妹妹啦！"羊昌坤让她们三人在火车站附近旅店歇息，自己去了广州市政府。不一会儿，市政府派出的专车就开过来了。

当日夜里，他们在羊昌卉的家里住下。第二天早饭后，羊秋芸要女儿带她去长岭大队找一个名叫黄春芝的社员。长岭是个依山傍水的村庄，社员们以种菜和捕鱼为业。零散的农舍掩映在绿树和翠竹之中。羊秋芸乘坐女儿的小吉普来到长岭的时候，正是社员们上工的时候。母女俩在长岭大队蔬菜公司里找到了会计黄春芝。这个女社员三十多岁，身材苗条，眨眼动眉显现出机敏能干。这会儿她正忙着汇总账目，给客人递过来两杯凉茶之后继续拨打手里的算盘。

"听我妈说，你认识名医，连那边伊丽莎白医院里也有熟人。我嫂子是个精神病人，我们想托你找个好医生治治……"

黄春芝扫视一眼羊昌卉，应诺一声，然后继续算账，嘴里念念有词："九去一进一……四上四……三下五去二……"

这时候，羊秋芸站起身来走过去，递给黄春芝一包药材："这是黄幺托熟人买的中药，那人叫我亲手交给你，请你转交给她。"
长岭村的男女老少无人知道黄春芝的乳名叫"黄幺"。纸包里中
药的寓意也只有黄春芝明白。这些都是刘郎中反复叮嘱过的联系
方法。

黄春芝打开牛皮纸包见是当归，立刻喜出望外，但是表情依
然平静，手里的算盘珠子拨得啪啪响："八上三去五进一……七
去三进一……一上一……"

过了好一会儿，黄春芝终于把账算完，笑着说："我才学会打
算盘，有些笨拙，见笑了。"

羊秋芸母女俩告辞出门的时候，黄春芝表态说："请二位放
心，我一定尽力帮忙。伊丽莎白医院神经科最有名的贺大夫跟我
沾亲带故。就是不晓得他什么时候来我们县医院义诊。羊局长啊，
这就看你嫂子的运气啦！"

"麻烦你操心……谢谢……麻烦……谢谢……"羊昌卉双手
紧握黄春芝的手，一个劲地摇晃，激动得语无伦次。

何晓蓉住进了宝安县人民医院，羊秋芸和孙子负责陪护。

按照黄春芝的吩咐，羊秋芸支走了羊昌坤。她对儿子说："你
反正帮不上忙，回去吧！你还没有看望过二爷三爷呢！这里有了
情况，我会给你打电话。你有什么事，就把电话打到住院部。"羊
昌坤回去了，黄春芝紧锣密鼓地开始了准备工作。她联系花子军，
请来伊丽莎白医院的医生，接着在宝安县城一家位置偏僻的大酒
店里预约了一个包间。

这天傍晚，羊秋芸一家三口和黄春芝都早早进入包间，等候
两位医生到来。天黑之后，一男一女两位医生才来到酒店。男医
生姓贺，年近三十，西装革履，举止潇洒，一副名医派头。女医生
姓杜，二十出头，漂亮的连衣裙把苗条匀称的身材衬托得婀娜多
姿。贺医生一进包间就毕恭毕敬地向羊秋芸致歉："让羊姨久等

了，抱歉！"随后进门的杜医生解释道："今天病人太多，下班很晚。不好意思呀，大嫂！"医生在病房里对于病人的称呼是"XX床"，对于陪护者的称呼是"XX床的亲属"。今天称呼变了，而且是两个不同的称呼。羊秋芸心想：只听说两位医生和黄春芝沾亲带故，怎么和我也有点关系呢？黄春芝见她疑惑不解，连忙介绍："贺医生名叫贺爱军。那个和日本鬼子同归于尽的贺明登就是他亲爹，潘来运是他继父。"羊秋芸大为震惊："你就是军军？在善子爷爷腿上骑马打枪的孩子？""贺医生是博士生导师，伊丽莎白医院神经科的台柱之一。"黄春芝补充道。杜医生接着自我介绍道："我在香港大学医学院攻读博士学位，现在在伊丽莎白医院里实习，是贺老师的学生。大嫂，你还记得花子军里的杜儿圆吗？他就是我爹。杜小幺是我的乳名，也是我的学名。上学后，我爹不允许我改名。他说这名儿是大当家亲自起的，叫着忒好听。"此刻，羊秋芸好比喝了蜂蜜，心里甜滋滋的，布满皱纹的面容就像是秋天金色阳光下盛开的野菊花。她伸手拉两个年轻人在自己身边坐下，问贺爱军："你为什么不姓潘呢？""潘家不允许我改姓，说要让我永远记得自己是烈士的后代。"沉默许久的羊和平笑道："一个不准改姓，一个不准改名。花子军真有意思呀！"

羊秋芸问杜医生："你爹身体还好吗？""谢谢大嫂关心。我爹虽然七十三了，身体还很硬朗。"

贺医生十分挂念明绍阳一家。他问道："我善子爷爷一家还好吗？"

羊秋芸答道："明绍阳和庞婶早就去世了。明敬善不再行医，该吃吃该喝喝，不再积积攒攒。后来村上要他重操旧业，他不敢明目张胆地违抗干部命令就剁掉了给病人号脉必须用的两个手指头，说是过节气剁猪骨头误伤的。"两个医生听罢，同时打了个寒噤。

"我爹说过，明家两个孩子都在省城读书。现在都去哪儿了？"杜医生非常关心明家后代。羊秋芸告诉她：明敬善的两个孩子都有出息，留学国外学成之后儿子是大学教授，女儿开办私家医院。他们经常给家里寄钱回来。

听到这里，大家都稍稍舒了一口气。

这时，羊秋芸顺势提出一个新话题："花子军老一辈都上了年纪，干不动了，年轻一辈乐意接替他们开矿吗？"

贺医生答道："金三角的翡翠矿早就归还给伍佳杰的亲戚杨家土司了。武器装备全部移交给国军93师了。花子军进入香港之后，全部人力物力都投放在华业集团的经营方面。因此，大公报撰文称赞花子军完成了一次华丽转身。我们的生意越做越大。我们的房地产越搞越红火。大当家说，再过几年我们还要造汽车，造轮船呢！花子军在香港成立'华业集团总部'，就是为了统管所有的行业，所有的部门。"

杜医生补充道："大当家号召我们年轻一辈向高科技进军。现在，学医的，学法律的，学金融的，学计算机的，学土木工程的，学机械制造的……所学专业五花八门。不管是在本地读书的，还是在外留学的，大家都时刻准备着，就等花子军一声令下。"

两位年轻人的介绍让羊秋芸和羊和平都大受鼓舞。奶孙俩越听越激动，满脸泛红光。何晓蓉听不明白大家的谈话，双眼一直盯着头顶的莲花吊灯。彩色灯光不停地闪烁，她的双眼也不停地眨巴。

这时，桌上的菜肴已经上齐。

黄春芝将所有酒杯都斟满了饮料。她端起酒杯说："宝安县医院的院长同意了两位医生的要求，明天送病人到伊丽莎白医院请专家们会诊。花子军电台总长陈怀志来电，迎接工作已经准备就绪，明天早饭后汽艇在蛇口码头等候。羊姨啊，明天您全家就可以团聚啦！"说到这里，黄春芝激动万分，"今天这顿晚饭，花子军精心准备了十多年呀！羊姨，祝贺您！祝贺您全家！"

大家的酒杯碰在一起，发出清脆的响声。

翌日，金色的朝阳普照蛇口的时候，羊秋芸一家三口和两位医生一道乘坐汽艇离开了码头。汽艇在深圳湾的水面上犁开一条宽阔的白色水道，鸣笛开往对岸的元朗码头。

眨眼间，汽艇到了元朗码头。两位医生护卫着羊家三口上了岸。羊秋芸首先看到的是姜启仁。姜启仁一眼见到她就双膝跪地，激动地喊道："大宝哥恭迎师妹！"羊秋芸连忙叫孙子把爷爷扶起来。羊和平动作敏捷而恭敬："爷爷请起！"姜启仁审视着面前陌生的小伙，欣喜地叫道："你就是和平呀！"说着，双手抱着和平的腰，试图抱起来，但没有成功。羊秋芸对姜启仁说："和平长成大人啦！你个六十多岁的老头咋抱得动他呢？"

第二个行跪拜礼的是羌六宝："六弟恭迎大嫂！"

紧接着上前施礼的是周道本、宋光宪、潘来运、梁祖君、朱明山、伍佳杰、汤知侠。羊秋芸连忙逐个扶起他们，责怪道："都是自家人。行这样的大礼就见外了。"羌六宝解释说："你是咱大哥的大恩人，也是花子军的大功臣。我们无论用多么高规格的礼节迎接你，都是应该的。"

这时候，小轿车一辆接一辆开过来。羌六宝催促道："大哥大嫂快上车。你们不上车，大伙儿就只好在太阳底下'抗日'啦！"按照羌六宝的安排，姜启仁陪同羊秋芸上了第一辆轿车。羊和平陪同妈妈上了第二辆轿车。紧接着，众头领和几位医生也都上了后面的车。车队缓缓行驶在宽阔平整的柏油路上，车轮转动发出细微的沙沙响声。清凉的海风送来阵阵醉人的花香……

第二十一章

1，二爷之死

羊昌坤离开广东宝安县回老家，还没有来得及去看望三爷，就听说三爷已经病逝，前天送回老家安葬了。三爷羊继秋本是几十年的老病号，据说他是在接受红卫兵训话之后突发脑溢血身亡的。他这个孙子，连三爷的葬礼都没有赶上，只能在三爷的坟前烧纸磕头表达哀思。他后悔在宝安县逗留时间太久。沈玉兰提醒他："快去武汉看看二爷吧！眼下这场运动好像是专门冲着他们来的，不知道你二爷能不能躲过劫难。"

二爷还在湖北省省长的位子上，天天都有开不完的大会。据说是中央不允许他退休享清闲。省委大院贴满了大字报，羊昌坤从大字报里知道，二爷正在接受造反派的批判。出人意料的是，二爷精神状态还不错，只是高高的个头有些背驼，红润的脸颊显得消瘦，腿脚行走有点儿吃力。二爷笑嘻嘻地对羊昌坤说："请坤坤相信，你二爷永远是一个合格的布尔什维克。"羊昌坤由衷赞扬道："那当然！那当然！二爷永远是我的榜样！"羊继华的老婆插话道："光党性合格还不行，身体也要合格呀！老羊。"老伴名叫苏婉玲，省委大院里的年轻人都叫她"苏奶奶"。在家庭生活方面，羊继华从来不和老婆抬杠。他对同事们说："在家里，老苏是我的领导。"现在她退休在家，专职搞后勤，有时间陪孙子。她叫着羊昌坤的乳名说道："坤坤呀，这儿就是你的家。你现在的任务就是玩好，吃好。就算你有天大的事儿要办，不过春节是不会放你走的。”

　　春节放了几天假，羊继华总算有大量时间陪孙子了。谈起过去几十年里深深的误会，他犯错孩子似的难为情地笑道："委屈你了！坤坤。"羊昌坤神情释然："特殊的岗位，特殊的工作……这个，我懂！"羊继华问到羊昌坤的家事："听说晓蓉在香港治病，现在病情有没有好转？""她的病情很严重，短期内不可能好转。""你们小两口真是饱经磨难。我们多么盼望花好月圆的那一天啊！""这一天恐怕遥遥无期啊！"羊昌坤满脸失望的表情。"晓蓉的病总会好的。要相信科学嘛！"羊昌坤解释："我爹不同意晓蓉做我的妻子。"正站起来准备上卫生间的羊继华大吃一惊，差点跌倒在地，幸亏羊昌坤眼疾手快扶住了他。他向厨房喊道："老苏啊！那个大宝要拆散他们小两口。亲爹做出这等事情，你说稀奇不稀奇呀？"正在给媳妇帮厨的苏婉玲赶紧走出来询问究竟。羊昌坤答道："我爹说，晓蓉是国共两党政治斗争的牺牲品，是这个世界上最无辜最可怜的姑娘。我爹认为，晓蓉只适合做羊家的女儿，不适合做羊家的儿媳妇，因为宦海沉浮起落无常，晓蓉再也禁受不住大喜大悲的情感冲击了。等她病好了，和我离婚，找个平常百姓家嫁了，过平平淡淡的百姓生活。"听罢羊昌坤一席话，羊继华夫妇都陷入了沉思。因为姜启仁的见地超凡脱俗，实在是让这对老布尔什维克夫妇颇费思量。

　　春节假期很快结束，羊继华继续接受革命群众的大批判。

　　这天，他破例没有出现在批判大会上，因为中央文革专案小组向他交代政策，要求他说清楚一九三六年的六十一人叛党事件。当时，刘少奇任东北局书记，张闻天是中共中央总书记。为了解救关押在北平草岚子监狱的六十一名中共干部，中共中央特批这些干部履行"自首手续"，先后分九批出狱。具体经办者正是中央办公厅的年轻秘书羊继华。专案组人员暗示：只要他承认这一切都是刘少奇背着中央所为，他就没事了。否则，就和张闻天同等下场。现在，不识时务的张闻天已经被关押……一整天的谈话没有任何结果，专案组要他回家仔细想想，如果顽固不化，就只好请他到北京学习班里慢慢去反省，明天就出发。

羊继华连夜用电话召回了儿子、媳妇和女儿，家庭气氛显得异常紧张。他告诉家人：刘少奇是个好同志。现在，全国共讨之，全党共诛之，正在铸成我党历史上一个大冤案。血可流，命可丢，共产党人的气节不可失呀！

儿子补充道："前些日子，天安门广场上百万人批判刘少奇，强迫他弯腰低头认罪。看样子，是想要了他的老命呀！"

苏婉玲愤然道："这是对国家宪法的公然践踏！我们实在看不出刘少奇有什么错。他遵照毛主席指示回到湖南老家搞调查研究，指出大跃进和人民公社存在的严重问题，并且认为彭德怀在庐山会议上发表的意见是正确的。后来党中央实事求是，纠正了这些错误。事实证明，彭德怀和刘少奇的看法没有错。文革开始的时候，北京学校出现一些乱象。刘少奇和邓小平飞到杭州，向毛主席请示对策，主席要求他们看着办。于是，他们派出工作组纠正乱象。不久，毛主席批评他们压制群众运动，执行了资产阶级反动路线。刘少奇立即检讨错误，可是仍然于事无补。左右难以适从的刘少奇要求辞职务农，未获批准。现在文革小组又想加给刘少奇一条包庇纵容叛徒集团的大罪，真是居心叵测呀！"

年近半百的媳妇忧心忡忡地提出一个问题："爸爸不能说假话，作伪证，保持沉默总可以吧？"

"如果事件经办人保持沉默，那么文革小组就可以放心大胆地给刘少奇定罪了。为了刘少奇同志的清白，我只能豁出去了。"

女儿年龄最小，虽然早过而立，仍然脆弱得像个孩子，话没出口眼泪先出来了："哥，你说句实话，爸爸这次去北京究竟有多大危险呀？”

　　不等儿子回答，羊继华首先表态：“我已经做好牺牲的准备。今晚召集大家，不为别的，就是安排后事的。”

　　“情况有这么糟糕吗？北京是共产党的天下，不是虎穴，更不是地狱。”羊昌坤不以为然。

　　“坤坤，你经历过敌我战场，可是从来没有见识过党内的斗争。这两个战场同样都是残酷的。”

　　女儿越发不放心了，要求陪同父亲去北京。

　　羊继华回答说：“专案组有要求，这次去北京不能带厨师，不能带司机，更不能带医护人员和警卫人员，只允许带你妈妈去。”

　　羊昌坤说：“既然如此，我就先行一步，请求周总理给予关照。”

　　羊继华认为羊昌坤的想法可行，嘱咐他单独乘飞机前往，尽量避开专案组的视线。最后，羊继华吩咐老伴去准备行李，他说有些事情要向孩子们交代一下。

　　墙上的挂钟时针和分针都同时指向午夜十二点，咔嚓咔嚓的响声提示着深夜里难耐的寂静。

　　苏婉玲进卧室准备行李去了。

　　羊继华交代他的儿女：“你们的妈妈从读北大开始，一路陪伴我走过足足半个世纪的艰苦道路。她这辈子不仅为新中国作出了无私的奉献，还为我们这个家庭作出了巨大付出。她是我们国家的大功臣，更是我们家庭的大功臣，因此，我牺牲后，希望你们……”讲到这里，羊继华喉咙哽咽，讲不下去了。

　　“我们明白。爸爸……”孩子们有的给他揉胸捶背，有的给他倒水，有的找来心宝丸……客厅里立刻响起哭泣声……

　　苏婉玲立即制止道：“哭不得呀！千万不能让造反派们听到。让文革专案组知道更是麻烦。”

　　"是的！孩子们！莫斯科不相信眼泪，北京也不相信眼泪。我们只能擦干眼泪上前线！"

　　末了，羊继华又叮嘱："自古忠孝不能两全。我亏欠父母的实在太多，太多。今后清明节里，你们这些晚辈一定要替我在他们的坟头上多烧几张纸呀！"

　　哭声又起……

　　中央文革专案组专门为羊继华举办毛泽东思想学习班，地点是北京万寿路新六所。这个地点是周恩来特意为羊继华选定的，因为这里受部队控制，安全度很高。羊昌坤很放心，就按照中央的安排到中央文革小组去报到上班了。

　　在学习班的日子里，羊继华除了学习毛主席著作，接受专案组的询问，就是凭借顽强毅力和疾病作斗争，这是他的主要生活内容。老军医说他身患多种疾病，威胁最大的是心脏病和糖尿病。目前，糖尿病产生的并发症已经严重损害到他的心脏、肾脏等器官。老军医特别叮嘱：要注意营养，要注意休息，要按时服药。苏婉玲对这里的一切都比较满意，庆幸有周总理的特别关照。

　　然而，专案组却大为不满，十分恼火，因为羊继华的态度太顽固了。不管专案人员怎样启发诱导，晓以利害，他都一口咬定营救草岚子监狱六十一名同志出狱是中共中央斗争策略的伟大胜利，为我党保存了巨大的革命财富。不仅如此，他还向专案人员讲述整个事件的起因经过，具体细节。他的津津乐道使专案组不胜其烦。组长是个中年军官，名叫李兆寒，据说是中央文革小组里颇有名气的笔杆子。他从羊继华那深邃的眼眶里看到了令他无法忍受的傲慢和轻蔑，满腔怒火立刻喷发出来。他拍桌子训斥道："你是不见棺材不落泪呀！我警告你，顽固不化没有好下场！"

　　一天深夜，专案组通知刚刚躺下就寝的羊继华立即搬往橡山疗养所。李兆寒解释说，这是周总理的安排，因为这里有驻军，环境嘈杂，不利于治病疗养。羊继华心存疑惑，要求搬走之前给周总理打个电话。"天亮之前要到达目的地，我们必须立即出发，没有时间了。到了橡山疗养所再打电话吧！"李兆寒说着，连忙命令武警战士们帮助羊继华夫妇上车。苏婉玲没有多想，只顾收拾各种药品和必须的生活用具，生怕遗漏什么会造成不便。

　　不一会儿，五辆军用小吉普打开车灯在漆黑夜色中驶出了新六所大门。在平坦的车路上行驶约摸一个小时之后，车子越来越颠簸。借着车灯只见一排排树木从眼前闪过，受惊的鸟儿鸣叫着扇动翅膀飞走了。羊继华判断，车子正行进在蜿蜒曲折的盘山公路上。黎明时分，终于到达橡山疗养所。太阳升起后晨雾消散，羊继华夫妇才真正看清所谓橡山疗养所的真面目。近看，人迹罕至的荒山野洼里坐落着几排钢筋水泥结构的两层楼房，新修的门窗和房顶上新盖的石棉瓦告诉人们，这些许久无人居住的建筑刚刚被启用。残存的围墙不高，多处豁口刚刚补修完毕。一块长木牌挂在大门边，上面用黑漆书写"橡山疗养所"五个大字。远看，许多山沟里都残存着半截土高炉，那是一个狂热年代的遗迹。一道道山梁没有森林覆盖，只有稀疏的灌木丛。这里原本是一九五八年修建的大办钢铁前线指挥部，已经废弃多年，打前站的武警战士和医疗小组辛苦劳动一个多月才变成现在的模样。环视四周，落叶灌木和枯黄野草在强劲的山风中摇曳，发出沙沙响声，向新主人们诉说着可怕的荒凉。疗养所四周有武警战士站岗，有明哨还有暗哨。十里之外也有武警执勤，每间隔四个小时轮换一班。羊继华夫妇立刻明白了，这里不是治病疗养的地方，而是专案组精心设计的陷阱。此时此地，他们心里真有一种"人方为刀俎，我为鱼肉"的悲凉感觉了。这一切怎样才能让周总理和羊昌坤知晓呢？这里没有电话机，专案组的电台是不会让他们使用的。所有人都到饭堂里吃早饭，羊继华夫妇惊奇地发现，武警战士们都是陌生面孔，年轻军医取代了老军医，护士也换了人。他俩不知道，中央文革小组给专案组下达的命令是：一切工作都要为当前政治服务。因此，到这里上岗的人都必须是对毛主席革命路线无比忠诚的好同志，每一个武警战士和医生护士都经过了多道关卡的严格政审。

专案组长李兆寒向羊继华夫妇宣布了三条新规：一是要求他们在寝室门外走廊上立锅灶单独做饭，二是自带的各类药品必须全部上缴，三是限粮限水限活动范围。他的解释冠冕堂皇："羊继华病情严重，生活方面自然特殊一些。上缴药品是主治医师的要求。这些都是对病人负责嘛！"

疗养所的最后一排房也是两层，每层六间房。羊继华夫妇住底层东头第一间，西头一间是学习室，底层其余四间供医疗小组使用。

这里最不缺乏的是柴火，最稀缺的是水。据说所有用水都是汽车从二十里外的河沟里拉来的。苏婉玲每天领得一暖瓶水，别看浑浊如米汤，可是十分金贵，因为全天的煮饭饮用和洗漱都是它。糖尿病人饮水量超过健康人。眼见水不多的时候，羊继华只是抿一口水湿润一下干裂的嘴唇和火燎般的喉咙。夫妇俩一天的口粮是两小碗大米。不知道米里为什么有那么多沙子。苏婉玲每天都要戴上眼镜，花几个小时择沙子。限量的大米根本不够吃，所幸萝卜和食盐保证供应，一日三餐白水煮萝卜就成了主食。羊继华向李兆寒提出抗议，要求改善生活待遇。李兆寒摆出爱莫能助的姿态："条件有限，我也没办法呀！想改善生活也容易，争取早日离开这个地方就好啦！"

羊继华第一次被武警押进学习室的时候着实吃了一惊。灰色的墙壁上用白石灰刷出一行标语：打倒刘邓陶羊！字如斗大，骇然在目。羊继华在凳子上坐定，抬头望着墙壁。李兆寒并不开口说话，他是有意让羊继华细细品味墙上的标语，让他感受一下其中的内涵和威严。宽敞的学习室里静悄悄的，气氛令人窒息。

还是李兆寒首先打破沉寂："省长大人，你是否知道标语上的那个'羊'，何许人也？他是湖北省委的头号走资派，和陶铸齐名，都是中央点名要打倒的铁杆保皇派。"

"知道。"羊继华神色泰然。

接下来，李兆寒交代党的政策：坦白从宽，抗拒从严。

羊继华反问道："不说假话，不文过饰非，不落井下石，算不算坦白呀？"

李兆寒明白，对话接下来又会落入老套路，那是一条好进不好出的死胡同，只会白白浪费时间。于是他命令手下人："播放北京万人大会批判刘少奇的实况，让他见识见识！"

这时，播放机里播出了中央人民广播电台的现场录音。里边高音喇叭震耳欲聋，发言人的声讨慷慨激昂，解说人的语调抑扬顿挫，让人仿佛身临其境，感受到大会的凌厉攻势。

起初，这样的学习活动只限于白天，晚上让羊继华专心治病。后来，羊继华的态度越来越顽固，这种活动也就加班加码，从白天一直延续到深夜。专案组人员轮番逼供。他们不允许羊继华四平八稳地坐着，强迫他站立并且弯腰九十度低头认罪。羊继华体力不支，大口喘着粗气，紫色的脸颊上滚下豆粒大的汗珠子。他的虚弱的身子不停地晃动，眼看要倒下去了，两个武警战士连忙上前，一人拽住一支胳臂，扶住了他……直到下半夜两点，李兆寒才让羊继华回寝室打针吃药。

武警战士把羊继华背回寝室，主治医师和护士尾随而至。

羊继华在床上躺下，苏婉玲一只手用毛巾给他擦汗另一只手给自己揩眼泪。

　　两个护士给羊继华挂上吊针之后，苏婉玲端来半碗冒着热气的萝卜汤。羊继华喝了萝卜汤，接着又喝了主治医师发给的几粒药丸，脸上的气色渐渐好转。看来，专案组并不急于要了羊继华的老命，他们需要羊继华暂时活着，需要他在高压之下为他们提供急需的口供。

　　这时候，主治医师见缝插针，拿出毛主席语录本，声情并茂地给羊继华朗读毛主席语录。主治医师名叫全卫红，是个年轻军医。此人本是四川军医大学的造反派头目，原名全敬福，文化大革命运动开始后，为了显示对于毛主席的忠心特改名为全卫红，取全心全意保卫心中的红太阳之意。

　　见疲惫已极的羊继华渐渐熟睡，全卫红让两位护士留下坚守岗位，自己回宿舍休息去了。

　　夜很静。窗外昆虫的鸣叫声在静夜里显得格外响亮。夜间活动的野兽们呼朋引伴，声音从遥远的山头传过来令人毛骨悚然。两位年轻护士眼睛盯着吊瓶里缓慢下滴的液体，上下眼皮禁不住打起架来。

　　"让你们辛苦了。对不起！"苏婉玲有些过意不去。

　　"没关系。我们年轻。"为了驱赶睡意，两个护士用一根发绳缠在手指上玩起了儿童们喜爱的"翻叉"游戏。

　　因为相处两月有余，苏婉玲和两个护士渐渐熟了。她知道小个子姑娘名叫苗改改，是土改那年生的。父母都是农会干部。她的两个哥哥都在抗美援朝中牺牲。高个姑娘名叫龙丹凤，比苗改改大三岁，显得老成许多。她不仅根红苗正而且能力出众，是军医大学里赫赫有名的技术标兵。两个姑娘形影不离，平时上个厕所都要结伴而行。看样子，她俩是亲密无间的好战友，好闺蜜。她俩双手翻动，互动默契，时而开心一笑。这时，苏婉玲脸上也露出少见的笑容。

　　羊继华的吊针打完，两个护士收拾器械回寝室。苏婉玲目送她俩进了寝室，自己才关门休息。

　　气温渐渐升高，原先满目枯黄的山野早早披上了绿装，各种不知名的树木和野草都恣意疯长起来。炎热的夏季说到就到了。

　　羊继华的身体日渐瘦弱，浑身浮肿得发亮，头痛胸闷，夜不能寐。俗话说久病成医。羊继华判断，糖尿病和心脏病正在威胁着自己的生命。打针吃药怎么不见一点儿效果呢？他向全卫红提出要求：去北京 301 医院治病。全卫红的答复是："你先完成政治任务，我们就立即送你去 301."羊继华早就下定决心，为了少奇同志的清白，他甘愿搭上自己的老命。面对专案组的各种威逼手段，他没有丝毫犹豫和退却。

　　苏婉玲这时候想到了羊昌坤。这孩子在哪儿呢？怎样才能联系到他呢？其实早在羊继华从北京万寿路新六所转移之后，羊昌坤很快就打听到二爷去了橡山疗养所。他意识到二爷处境不妙，曾经多次试图进入这个神秘的地方，都被外围武警挡了回去。中央文革小组警告他不得干扰专案组的工作。紧接着，北京出现了"批周公"的声音。他用大哥大把这里的情况告诉了远在香港的父亲。父亲自幼受二爷关照，现在二爷遭难，自己却爱莫能助，心里难受极了。父亲无可奈何地回复儿子：形势险恶，把你能做的事情做好吧！

　　苏婉玲简直急坏了。她现在唯一能做的是暗中向苗改改求情，希望这位心地善良的姑娘想方设法救老羊一命。万万没想到，她的这个请求给单纯幼稚的苗改改惹下大祸。

　　医疗小组的女宿舍对面山腰有一棵枝繁叶茂的古老橡子树。苗改改和龙丹凤常常在这棵树下乘凉聊天。这天黄昏晚饭后，学习室里对于羊继华的逼供照常进行。这会儿是医生护士的休息时间。苗改改和她的亲密无间的好战友好闺蜜来到树下，打开携带的旧报纸铺在地上坐了下来。

苗改改忧心忡忡地提出一个问题："天天打针吃药，羊继华的病情为什么反而加重了呢？"

龙丹凤反问道："你说是什么原因呢？"

"我盘点过药品库存，发现连续几个月给他注射最多的是葡萄糖溶液，口服最多的是质子泵抑制剂。"苗改改声音很低，低到只能让对方听清。

龙丹凤一言不发，只是吃惊地望着苗改改。

"你应该知道的，对于严重心脏病和糖尿病患者长期使用这两种药品就等于投毒，等于谋杀！"

龙丹凤神情严肃地说道："我啥都不知道，只知道我们的工作要为政治服务。"

这回轮到苗改改吃惊了。她望了望这位心海莫测的好战友，好闺蜜，觉得话不投机半句多，就起身回宿舍去了……

当日夜里。月亮升起的时候已是下半夜。两位武警战士敲响女宿舍的房门，叫出苗改改，给她戴上了手铐。

听到敲门声，苏婉玲连忙起床，打开窗户往外看，只见武警一边低声呵斥"不准哭"，一边押解着苗改改走过来。苗改改小声抽泣着低头慢行，手铐闪着银色寒光。苏婉玲百思不得其解，不知道为何突然天降横祸……

苗改改被秘密逮捕之后，羊继华的健康状况一天比一天糟糕。他已经不能站立行走，每次进学习室都是武警用木板抬去的。后来连续两次休克，迫使苏婉玲拼命抗争，李兆寒才勉强同意送301医院治疗。他暗中指示全卫红，要准备一份详细的诊疗报告，不仅中央首长要审阅，还要在记者招待会上公之于众，让全国人民都了解身患重病的羊继华医治无效而死亡的详细经过。

早饭过后，两辆吉普车上路了。第一辆吉普车上坐的是李兆寒、全卫红和两名武警战士。羊继华夫妇和护士龙丹凤坐第二辆吉普。这时候太阳刚刚出山，苏婉玲看了看手表，刚好八点整。她估计，车速快一点儿，正午时分赶到 301 医院没问题。车速关联着老羊的安危，她自然非常挂心，一直请求司机再快一点儿。可是前边的吉普车慢条斯理，摇摇晃晃地前进，像老牛拉破车。后边的车不断鸣喇叭，而前边的车似乎没有听见。过了一会儿，前边的车干脆停了下来。全卫红下车斥责后边的司机："你急什么呀？车上有危重病人，不能提速，知道吗？"

后边的司机不再催促。

由于车速受控，太阳当顶的时候两辆车还在林区的盘山路上摇晃。目睹羊继华痛苦难耐的样子苏婉玲心急如焚。就在这时候前边的车再次停下来。全卫红递给龙丹凤一个急救箱："快，立即给病人服药输液！"龙丹凤先让羊继华口服几粒药丸，然后动作熟练地挂上了吊针。苏婉玲不知道，这次给命悬一线的羊继华的输液是高浓度葡萄糖，而口服的药丸仍然是质子泵抑制剂。龙丹凤当然是心知肚明，现在专案组已是铁了心不让羊继华活着进 301 了。

太阳偏西的时候，刚刚出林区，前边的车子突然熄火需要维修。两个司机齐动手，忙活一个多小时才排除故障。这时候，龙丹凤连声惊呼："病人没有了呼吸！……没有了心跳！……没有了脉搏！……"苏婉玲泪流满面，声嘶力竭地呼唤"老羊"……

前边还有一个小时的车程呢！咋办？

全卫红估计，在接下来的一个小时里羊继华完全可以死得透透的，于是兴奋地大声嚷道："送 301 急救！"

车子开进 301 医院的时候，已是夕阳衔山。羊继华很快被推进急救室。检查完毕，医生遗憾地宣布：病人送来太迟，错过了急救的最佳时机。请家属节哀！

苏婉玲顿觉天旋地转，眼前一黑，瘫坐在地上放声痛哭起来。

中央文革小组闻讯，派来了一位大首长。首长亲自布置了三件大事：一，在医院会议室里举行一个小型记者招待会，羊继华专案组向记者们公布详尽的诊疗经过。二，通知羊昌坤，由他负责操办羊继华的丧事。三，通知橡山疗养所准备接收又一位高级干部前来疗养。

死不悔改的走资派、保皇派：这是中共中央给羊继华这位老布尔什维克的政治结论。八宝山革命公墓里显然不会有他的位置了。湖北省委家属院也没有他的家人的安身之所了。红卫兵勒令苏婉玲一家滚出家属院，到马家嘴的居民区里租房住下来。身在屋檐下不能不低头，羊昌坤说服苏奶奶和她的儿女们，把二爷的骨灰盒送回老家安葬。

羊家墓地在羊家老屋背后的山梁上。这里有几棵参天古树，灌木稀少，视野开阔。坐落在最西头的是羊善水的祖父祖母的合葬墓，紧挨着的是羊善水的父母的合葬墓。墓前的石碑都已经挖出并且砸碎，碎石散落遍地。再由此往东看，依次是：羊善水夫妇的坟墓，羊继春和伍望月的坟墓，羊继秋的坟墓。旁边新增的小土堆里掩埋的便是羊继华的骨灰盒。整个丧葬过程没有隆重的追悼仪式，没有催人泪下的哀乐，只有羊家亲人寄托哀思的花圈和挽联。几只老鸦登在古树枝头用它们特有的粗嗓门儿唱着哀伤的歌。在坟地动手出力的人不多，除了羊昌坤和苏婉玲的子女，就是沈玉兰和她的儿子姜春乐、媳妇周月香。学生都上学了。姜启信在公社开大队书记会议。羊继实现在是红联总的顾问，是个大忙人，吃住都在总部。沈玉兰告诉苏婶婶，这一带正在大破"四旧"，烧了古书，砸了墓碑，甚至连房屋门楣上边雕刻的"福禄寿喜"都用斧子砍了。她安慰道："现在闹文革，要求红事白事一律从简。二婶婶一定要想开些呀！我们为二叔多烧几张纸，让他一路走好！”

　　苏婉玲一边跪着烧纸，一边哭泣，听了这番话哭得越发伤心了。大家担心她伤心过度坏了身体，都强忍悲痛劝她节哀。

　　太阳当顶的时候坟地收工，沈玉兰邀请羊昌坤和二婶婶一家人到自己家里吃午饭。

　　在下山的路上，沈玉兰告诉羊昌坤：羌爱党的独生女儿被捕了。希望侄儿帮帮可怜的羌家。

2，羌瑞雪锒铛入狱

　　文化大革命运动给羌爱党一家带来灭顶之灾。

　　羌爱党的独生女儿羌瑞雪是中共党员，任黑水县一中的团委书记。面对文革乱象，她忧国忧民，夜不能寐。因为担心学生误入歧途，就找学生谈话，提醒他们看清形势，不要随波逐流。而她自己浑然不觉，一次平平常常的师生谈话将给她招致杀身之祸。学生向省革委会递交的一封举报信把她送进了湖北省第六监狱。

　　这时候的羌爱党已经成为一只"死老虎"，汉北农场革委会毫不客气地勒令他靠边站了。他只好灰溜溜地回到县文工团与妻子同住。幸好准女婿罗正斌对他老两口非常关心体贴，让他们心里感到一些慰藉。罗正斌是三线工厂"黑水河工具厂"的副厂长，和羌瑞雪都毕业于湖北华中工学院。二人恋爱多年，只因为羌瑞雪复杂的社会关系，罗正斌的结婚申请迟迟未获厂党委批准。

　　羌瑞雪入狱之后，羊昌坤利用中央文革小组观察员的身份请求湖北省革委会允许羌爱党和罗正斌进入对羌瑞雪首次庭审的听众席。理由是，有亲属的参与更有利于犯人的教育改造。

　　这是一个雪后初晴的日子，阳光在积雪的映衬下显得分外耀眼。开庭之前，台上的灯具全部打开。坐在台下的观众席上可以把台上每个人的容貌都看得清清楚楚。

在《大海航行靠舵手》的乐曲声中，省革委会主任率领全部庭审官员依次就位，羊昌坤也在其中。不一会儿，羌瑞雪被两个女武警押入被告席。这个年轻貌美的女犯，身穿白色羽绒服，头戴一顶荷花色针织防寒帽，脚穿一双保暖雪地鞋。这身穿戴将她的白皙的圆脸衬托得分外靓丽。她出现在法庭上，就像夜空中升起一轮皎洁的月亮，特别引人注目。只见她站在被告席上迅速环视一周，脸上淡定的表情似乎在表明她不是被审的犯人，而是立于三尺讲台给莘莘学子答疑解惑的人民教师。

见到羌瑞雪，在观众席上静坐的羌爱党和罗正斌相互握住了对方的手。从握手力度的变化，他俩都能感受到对方翻江倒海一般的心潮起伏。

这会儿羊昌坤的心情糟糕透了。坐在他身边的省革委会主任名叫李兆寒。他对此人太了解了，曾经担任湖北省省长的二爷羊继华就死在他的手上。北京橡山疗养所的所长因为迫害革命干部有功如今又升官，当上湖北省革委会一把手，这就意味着羌家在劫难逃。他深知自己只是一名观察员，权限范围仅仅是观察实情反映问题，无法改变羌瑞雪待宰羔羊一般的悲惨命运。

审判长宣布正式开庭，公诉人宣布羌瑞雪的罪行。

公诉人问羌瑞雪："你恶毒攻击文化大革命的斗争大方向。你说：文化大革命疯狂迫害各级领导干部，这显然是身居高位的野心家阴谋家在使坏。请回答，你是否散布过这样的反动言论？"

羌瑞雪义正词严地回答："文化大革命疯狂迫害革命干部，我对此深恶痛绝，因为我是一名有正义感和使命感的中共党员，不能随波逐流。只有假革命和反革命的修正主义分子才会认为我的观点是反动的。"

观众席上议论纷纷。

　　公诉人立马落实羌瑞雪的第二条罪状："你说现在的造神运动把伟大领袖毛主席捧上了神坛。你散布过这种反动言论吗？"

　　姜瑞雪供认不讳，并且主动讲明和学生谈话的具体时间、地点和动因。她理直气壮地反问："造神运动严重影响到党内民主生活，甚至严重损害了毛主席的伟大形象。我作为一名真正爱党爱领袖的中共党员提出我的意见，难道有什么不妥吗？"羌瑞雪的话引起人们深思。整个法庭雅雀无声。观众席上也是一片寂静。

　　羌爱党正陷入沉思，公诉人提出了第三个问题："你污蔑文化大革命的大好形势，夸大阴暗面，说现在武斗成风，天下大乱，民无宁日。你回答：散布过这样的反动言论吗？"

　　这一次，羌瑞雪没有正面回答问题，而是大声问台上的审判官们：有谁能够告诉我，我说的哪一句是假话？接着，她又面向观众席重复问了一遍。观众席上立刻沸腾起来，人们纷纷就身边乱象大发议论，场面一度失控。审判官只好宣布休庭。

　　这次庭审过后，武汉三镇一夜之间出现了许多匿名大字报。有的大字报只是照录了羌瑞雪的三个观点，没加任何评说。有的大字报盛赞姜瑞雪的观点道出了广大人民的心声。李兆寒认为，这是阶级斗争的新动向，务必彻查严办。公安部门抓来数千名嫌疑犯，查无实据都放了。刚刚被打压下去的保守派组织"百万雄师"遭到再次排查清洗，许多人进了派出所的号子。

　　又过了两个月，羊昌坤领着羌瑞雪的父亲和男友来湖北第六监狱探监。

　　隔着一个特大玻璃窗，羌爱党站在窗外目不转睛地望着羌瑞雪在两名武警的押解下一步步走过来。阳光射进玻璃窗，把里间屋子照得亮堂堂的。羌瑞雪在阳光下眯缝着双眼，几次摘下眼镜又戴上，看样子是想竭力适应强光。这时候，羌爱党惊异地发现女儿瘦了许多，满是污垢的脸上有了明显的伤痕。他强忍泪水，拿起了电话听筒……

　　羌瑞雪这时候发现了窗外的父亲和男友。似乎是为了安慰亲人，她立马摇手致意，竭力显示出轻松的神态。罗正斌勉强扬起一只手，算是回应。羌爱党伸手揉了揉眼睛，擦去眼眶里溢出的泪水。

　　玻璃窗里边的羌瑞雪拿起电话听筒，深情地叫了一声"爸爸"，安慰道："请放心！女儿会牢记您和妈妈的教诲，永远做一个合格的中共党员，不给你们丢脸。"

　　羌爱党手拿电话听筒许久说不出话来。他心想，也许正是爸爸妈妈害了你呀，瑞瑞！可是说出口来却是这样的问话："现在你的观点有没有改变？"

　　"没有。"羌瑞雪的回答很简洁也很坚定。

　　"坚持到底会是什么结果呢？你想过吗？"

　　"我反复考虑过。坚持到底，法庭会重判，说不定性命难保。"羌瑞雪一边回答父亲的问话，一边思索：莫非身经百战的父亲也怕了吗？想到这里，她反问道："爸爸，难道你是希望我违心地举手投降，换取法庭轻判吗？如果我真的那样做了，就是彻底背叛了你，背叛了党。你虽然由于特殊原因失去了党籍，但就我所知，你对党的感情一直是很深的。记得我高中毕业那年写入党申请书。你看过我的申请书叮嘱道：一个合格的中共党员，应该对党无限忠诚，无限热爱，时刻准备用鲜血和生命捍卫党和人民的利益。你问我：'有没有这样的思想准备呀？瑞瑞！'那年，正是你跌入人生低谷的时候，能有这么崇高的思想境界，多么了不起呀！当时，我的心灵被深深震撼了。我从小接受共产党的教育，加上你和妈妈的思想熏陶，爱党爱领袖的思想信念深深扎根在我的心间。现在，党内混进了坏人，趁文革之机迫害革命干部，危害党的肌体，损毁领袖的形象。爸爸，你说我能够随波逐流吗？

我明明知道，对抗的结果不堪设想，有可能招致杀身之祸，但是我无论如何都做不到明哲保身，因为我太爱我们的党，太爱我们的领袖了。这个事理儿好有一比，就像我们太爱自己的眼珠，所以无法忍受沙子和烟尘侵入我们的眼眶。"

女儿倾吐的心声让这位久经沙场九死一生的老共产党员折服了。他沉默好一会儿，才吞吞吐吐地小声说道："只是……只是……我和你妈妈……""我的爸爸妈妈，真是太可怜了……"羌瑞雪的脸上忽然淌下两行热泪。

羌爱党把电话听筒交给罗正斌，蹲在地上捧着头连声叹气，抹眼泪。

羌瑞雪以坚定不移的语气敦促男友："我们的关系应该结束了。"

"我不同意！"罗正斌态度坚决，"判你多少年，我就等你多少年。大不了孤老终身吧！"

"你已经二十八九了，不能再耽误了。你不为自己想一想，也得顾及哥哥嫂嫂的心情呀！嫂嫂早就买了鸳鸯枕头、绣花被子。婚房早已装修好了。"羌瑞雪越说越生气，不由得提高了声调，"你想让嫂子天天望着这一切流泪吗？你也太狠心了吧！这次回去应该和朱芳芳好好谈谈。她是一个好姑娘，已经追你几年了，应该定下来了。记住了吗？"

不等罗正斌回答，里边的武警大声提醒道："时间到，会面结束！"

罗正斌将一个帆布大提包递进去，向羌瑞雪交代说："里边是一些日常用品，还有夏季衣服……"目送羌瑞雪被武警押走，罗正斌一屁股跌坐地上，孩子似的嚎啕大哭起来……

羌瑞雪在狱中受尽折磨，仍然坚贞不屈。临刑前，李兆寒怕她胡说八道，令狱医割断了她的喉管……

3，夏琼芳含冤自尽

转瞬间又是天空飞雪的日子。羌爱党和罗正斌从省六监狱取回了羌瑞雪的骨灰盒。姜春梅认为羌瑞雪永远是罗家人，主张把她的骨灰盒安葬在罗家坟场。羌爱党夫妇同意了，心里很感激。

众人将羌瑞雪的骨灰盒正式下葬的时候，母亲夏琼芳悲痛欲绝，最后休克过去。几个妇女围着她，不断地给她掐人中，不停地呼唤他的名字。她昏迷好久才醒过来。

羌爱党显然也经受不了这沉重的打击。他似乎一下子老了许多，目光变得呆滞，精神变得恍惚，行动变得笨拙。他一个人在大街上乱晃悠，全然不知交通规则，使开车司机们伤透了脑筋。他看到年轻姑娘的背影就跑过去拉住人家叫"瑞瑞"。好几次，被拉的姑娘把他当流氓，要扇他嘴巴子。幸亏有人介绍说，此人曾经是黑水县的老县委书记，是华中野战军第 56 军的军长，只因为女儿被枪毙才过度伤心成了这个模样。众人都投过来怜悯的目光。

为了照顾羌爱党夫妇，罗正斌特意请了长假。伺候夏琼芳的饮食起居，陪伴四处晃悠的羌爱党，成为他的日常生活内容。

夏琼芳从罗家坟场回家之后就病倒了。她一辈子要强，可是心有天高命如纸薄。年轻时候，为了逃避包办婚姻，她毅然决然投奔八路军，结识了羌爱党，并且恋爱结婚。后来，她随羌爱党离开部队到地方工作，从此就开始走下坡路。首先是在反右运动中栽了大跟头。她长期担任县文工团的副团长，分管业务。文工团的书记对她的工作干涉过多，这使她非常反感。因此，她在运动中旗帜鲜明地反对外行领导内行。最后，党组织给她戴上右派帽子，开除了她的党籍。更为烦心的日子还在后头。她的父母四八年逃往台湾，叔父、姑父、舅舅和表姊妹、堂兄弟有的在英国，有的在美国，有的在香港、澳门。这种复杂的社会关系使公安部门对她特别重视。凡是她的信件，无论是她寄出的，还是境外寄给她的，都要经过公安的严格审查。后来到了"阶级斗争年年讲，月月讲，天天讲"的特殊年代，她经常受到政府和公安的传唤，逼她主动交代敌特信息。这会儿，她躺在床上，眼睛望着天花板，一件件往事就像放电影一样从脑海里清晰闪过。她想深刻反省自己，可是实在找不出责怪自己的理由，认为自己在革命大潮中头脑是清醒的，立场是坚定的，就连那句在反右运动中给自己闯下大祸的"外行"与"内行"的言论，到今天她仍然认为是正确的。那么，究竟是谁之过呢？当年在八仙寨马列课堂上高谈阔论的高师，到如今已是江郎才尽，似乎连最起码的分析判断能力都丧失了。她绞尽脑汁，突然记起北宋宰相吕蒙正在《寒窑赋》里的感叹："此乃时也，运也，命也。"这大概就是她要找的答案吧！请诸位替这位要强的女士想想：自己一辈子窝窝囊囊也就罢了，她把希望都寄托在宝贝女儿身上了。没想到，仅仅这点儿希望的火花也被时运的狂风暴雨扑灭了。在极度的哀伤和绝望中，她发现床边废纸篓里有一些玻璃碴，趁罗正斌和羌爱党这会儿不在家，她艰难地爬起来捡起一小片玻璃握在手里……

这天下午，当罗正斌搀扶着羌爱党回家做晚饭的时候，夏琼芳已经割腕自尽，鲜血从床边流到了外边的厨房，已经凝固。两个伤心的男人放声大哭，哭声惊动了左邻右舍。文工团的造反派头头查看了夏琼芳的尸体，认为她此时自杀甚为可疑，怀疑死者腹中很可能藏有敌特密件，于是连忙打电话向黑水县革委会副主任羊宝蓝请示，要求把夏琼芳的尸体送医院进行破腹检查。羊宝蓝批准了部下的请求。

然而，解剖的结果令大小头目们大失所望。

夏琼芳的尸体连夜火化，罗家坟场又添新坟。

4，杜小凤解救羌爱党

羊昌坤满怀沉痛心情在电话里向父亲诉说了羌家的不幸遭遇，父亲立即向他的老伙伴们做了转述。

羌家的悲惨遭遇深深牵动着香港一位老奶奶的心。此人就是羌六宝的母亲，羌爱党的前妻杜小凤。她终日以泪洗面，茶不思，饭不想，嘴里反复念叨一句话："我的牯子哥呀，咋这么命苦啊！"崔雪花来到羌家安慰她的小凤姐，提醒羌六宝得赶紧想方设法救出父亲，不然的话，年迈的母亲怎么扛得住这个沉重打击呢？羌六宝深感为难："现在，中国大陆是造反派一手遮天。我们设在大陆的两个联络站里都没有造反派，我派谁去救呀？"杜小凤急了，手里的拐杖敲着地板："六宝呀！你有多难我不管。救不出你爹，我不会饶你！"

羌六宝不敢怠慢，立即去找大哥姜启仁讨教主意。

崔雪花告辞了，羌六宝出去了，一双儿女逛夜市未归，羌亮亮两口子进卧房休息了，客厅里只有媳妇吴小小陪伴婆婆杜小凤。吴小小进花子军的时候才十五岁。她生的聪明伶俐乖巧可爱，被杜小凤一眼相中成为羌家儿媳妇。花子军里众所周知，杜小凤宠爱吴小小，吴小小在婆婆面前行为随便，口无遮拦，甚至近乎放肆。这会儿，吴小小拧一把湿毛巾揩干净婆婆脸上的泪痕，提出一个疑问："妈，你对我说实话。那个宝贝爹，爱的是党，不是你，况且事情已经过去多年，你为什么至今还挂在心上？那个人的身上究竟有怎样的吸引力，让你终身不忘？"杜小凤答道："小小啊，你和六宝相亲相爱到如今，可以说你们从来都不缺少爱。你不懂妈，就像富人不懂叫花子一样。在那些难熬的日子里，我的牯子哥，就是你说的那个宝贝爹，关心我，爱护我，我才有了勇气活下来。虽然时光很短，但那是真感情，是人世间最宝贵的东西，我怎么能忘记呢？"吴小小被重情重义的婆婆感动了。她握着婆婆的双手，深情地说："我懂了，妈！我们都应该做你这样的人。"

不一会儿，羌六宝一进家门就喜笑颜开地汇报好消息："大宝哥给羊昌坤打电话，要他把宝贝爹送到宝安县人民医院，到时候我们去接。"杜小凤很高兴，要羌六宝做好安排。末了，她提醒儿子和媳妇："不能再叫'宝贝爹'了。我听着，怎么觉得有点怪味儿呢？你们要晓得孝敬爹。我们这个家庭，不能出不孝的子孙。"羌六宝夫妇俩赶忙毕恭毕敬地表态："我们一定孝敬爹。妈放心！"

羊昌坤刚刚吃过晚饭在自己家里休息，突然中央文革小组打来电话，要他连夜动身赶往北京汇报工作。说来也巧，紧接着又接到父亲的电话。两件事都耽搁不得，可他分身乏术，怎么办呢？

他立即给黑水县革委会打电话，点名要羊宝蓝火速赶到他家汇报工作。羊宝蓝本是县一中学生，因为造反有功升任县革委会副主任，目前正是她春风得意的时候，听到中央首长召唤很快就到了。羊昌坤只让羊宝蓝简单地讲了几句工作情况，就神情严肃地批评道："羊宝蓝同志，你犯下了不可饶恕的罪行，自己知道吗？"

羊宝蓝吓得浑身发抖，瞪大一双惊恐的眼睛："啥罪呀？请首长告诉我。"

"第一，你把师生之间的一次普通谈话作为检举材料上报省革委会，导致你的老师入狱被杀。这个案子虽然省革委会已经定性，但不会是最终结论。不信，走着瞧吧！再说，师生如父子呀！你怎能置恩师于死地呢？第二，夏琼芳自杀后，你纵容部下破腹检查。多么血腥！多么不仁道！中国民间自古就有'死者为大'的传统，你知道吗？第三，烧古书，砸墓碑，搜民宅，你都积极参与过。多行不义必自毙，这条古训你学过吗？你等待接受严惩吧！"

不等羊昌坤说完，羊宝蓝已经瘫软在地上了。她全然不顾美少女的体面，跪着央求道："首长啊，救救我吧！一笔难写两个羊字呀！"羊宝蓝所言不虚，她和首长的确不是外人。首长的亲爹姜启仁是羊家上门女婿，羊宝蓝的亲爹羊继实是姜启仁的亲幺叔，首长的亲幺爷。

羊昌坤觉得应该适可而止，就换了称呼："小姑姑请起！你的唯一出路是将功补过。有一个重要任务，你如果完成得很好，就能减轻处罚。"

羊宝蓝连忙问道："什么任务？"

"把羌爱党连夜送往宝安县人民医院。明天下午，有一个名叫杜小幺的女医生给他治病。"

"好！我马上开介绍信，派人派车，立即出发！"

羊宝蓝办事效率很高。一个小时之后，她派出的人和车带上羌爱党出发了。灯光划破夜空，汽车鸣笛飞驰……

第二十二章

1，羊昌坤病了

羊昌坤回到中国大陆正是中共政坛地震频发的时期。他身为中央文革小组的观察员，跑遍了全国各地，耳闻目睹的越多脑子就越糊涂，心里就越烦乱。一个国家主席说打倒就打倒，受万人批斗，连国家宪法都保护不了他。曾经统领百万大军，横刀跃马，战功卓著的元帅，只因措辞委婉地给盲目冒进的大跃进提了几条意见，就被活活折磨致死。他的亲二爷羊继华是湖北省的省长，只因没有配合中央文革专案组诬陷刘少奇，橡山疗养所就针对他的糖尿病和心脏病进行反向"治疗"。羊二爷很快丢了性命。各条战线死于文革的冤魂不计其数。他想呐喊，想呼吁，可是这位久经残酷斗争磨炼的革命斗士深知自己此时此刻只能不露声色。

他终于病了，症状是心烦意乱，失眠多梦。医生建议他长期休养，调整好心态，否则神经系统一旦出了问题就麻烦了，于是给他开了病休证明。在病休过程中，他想起老爹对他婚姻的态度。老爹说，何晓蓉再也经受不了大起大落的刺激了。现在看来，这见地是多么正确呀！只要身处政治旋涡，就难免有跌宕，有起伏。何晓蓉如果再受刺激，她的病即使华佗在世也难以治愈了。想到这些，已经年近半百的他，决定干脆申请病退，从政治旋涡中全身退出。听说羊和平一到香港，爷爷就给他下达了一项艰巨任务：苦读十年，完成从文盲到知识分子的彻底转变。这个失学多年的孩子一进学堂，就像饥肠辘辘的叫花子面对美味佳肴，贪馋之极，拼起命来学，一年读完了小学，两年读完了初中和高一、高二，可是就在他向高中毕业冲刺的关口遭遇到英语拦路。因此，他打算先到香港去边休息边给儿子辅导英语，然后到中国南方民航找一份工作，并且定居下来。

2，羊和平的艰难求学路

正当羊和平越学越吃力的时候，羊昌坤伸出了援手。英语最难之处是口语。任何语种的学习都需要适宜的语言环境，而在穷山沟里长大的羊和平在这个方面是先天不足。羊昌坤读中央军校时英语是长项，后来留学英国，现在给儿子当老师自然绰绰有余。他买来录音机，给儿子教读英语的时候边教边录，然后让儿子边听录音边读写。他还定下规矩，父子俩日常交流必用英语。羊和平本来就继承了父亲的优秀基因，脑子聪明灵光，一学就会，一点就通，半年下来，便有了惊人的进步。比邻而居的陈珊珊是香港大学的大一学生，英语是她的短板。她经常过来向羊和平请教。她的父亲陈怀志对他父子俩佩服不已，称赞他父子俩都是天才。羊昌坤有些受宠若惊了，因为他知道这个陈怀志很年轻的时候就是花子军里的名人，被这种人夸为天才，实在有些不敢当。抗战时期东北沦陷，陈怀志流亡到八仙寨加入花子军，学历仅仅是高中肄业，年龄才十七八岁。可是勤奋好学的陈怀志很快成为制造地雷手榴弹的土专家，成为熟练运用无线电的大能人，为花子军立下赫赫战功。羊昌坤历来崇敬花子军，因此对于陈怀志和陈珊珊父女俩格外客气。

羊和平学习自觉而且刻苦，每天从学校回来之后接着学，休息时间很少。羊秋芸怕孙子吃不消，姜启仁却说：年轻力壮没事的。花子军的子孙没有文化不行啊！何晓蓉心痛儿子，病愈之后，就主动充当了陪读的角色。

细心的羊秋芸发现，陈珊珊每次登门，羊和平都很高兴；何晓蓉眉开眼笑，连忙搬凳子，倒开水，十分热情。羊秋芸在一旁打量两位年轻人：一个结实英俊，一个清秀靓丽，倒是天生的一对儿。可是她又想，自家孙子还是个半文盲，可人家姑娘已经是名牌大学的学生了，这天平两端分明翘着呢！再说，她父母在八仙寨成婚之后长期没有生育，直到年过三十才有了这根独苗儿。这苗儿该有多金贵呀！羊秋芸越想越没了信心，最后打消了心中的念头。

日月如梭，寒暑移节。转眼间高考过去，羊和平以优异成绩考入香港大学法学院。他报考法学专业，完全是受到陈珊珊的影响。陈珊珊读的就是法学专业。这位姑娘酷爱自己的专业，把这个专业的优势讲得天花乱坠。"和平哥，你学这个专业我随时都可以向你请教，多好呀！"陈珊珊真心欢迎这位新同学，竟然在不知不觉中悄悄换用了最亲密的称谓。

进入大学，羊和平感到课业的深度和广度远非中小学可比，他不得不拿出最大的拼劲来应对。法学院实行的是学分制。他计划用两年的时间修完本科毕业要求的全部学分，然后向更高学位冲刺。可是一年下来，算是仅仅够了大一的学分。羊和平焦急万分，回家向爹倾诉烦恼。羊昌坤分析，这种状况很正常。从小学到大学，他都是一路跑步过来的，好比一阵疾风暴雨，往土壤里渗透的水分自然比不上持久的和风细雨来的均匀深透。更为重要的原因是，刚刚进入一个陌生的知识领域，还没有掌握科学有效的学习方法。羊和平算是又给老爹出了一道难题，而解决这个难题，可远比学英语的问题难度大多了，因为羊昌坤从来没有涉猎过法学。为了指导儿子摆脱困境，他只好没日没夜地学习法学。正如游泳教练要想有效指导运动员，自己必须首先尝够其中甘苦一样。通过半年自学，羊昌坤渐渐追上了儿子。父子俩常常交流心得，总结经验，学习效率有了大提高。见老爹用心如此良苦，羊和平感激万分，想起过去对老爹的冷淡，心里很后悔。

3，羊陈两家喜定婚期

进入香港大学的第三个年头，羊和平追上了上大四的陈珊珊，成为同班同学。陈珊珊当然欣喜不已。羊和平自强不息的精神不仅受到校长的表彰，而且香港大公报记者慕名采访，以较长篇幅做了详细报道。这时候的羊和平成了香港大学的名人，身边出现了许多崇拜者。有几个花枝招展的女生以各种方式和他套近乎，而生性憨厚的羊和平却毫无察觉。陈珊珊非常敏感，她觉得自己已经到了应该有所行动的时候了。课余时间，陈珊珊邀请羊和平在校园松树林中小憩，随意聊起了《梁山伯与祝英台》中十八相送的情节。不料精心设计的旁敲侧击竟然毫无效果，因为羊和平的思绪还沉浸在课本里。末了，陈珊珊生气了，斥责道："你个呆头鹅哟，我算服你了！"她推了一把面前的呆头鹅，直截了当提醒道："听好咯，你必须认真回答我：你对于我的印象怎么样啊？"

"蛮好的！蛮好的！"羊和平的回答很认真。"我想和你做朋友，你愿意吗？"陈珊珊唯恐呆头鹅听不出她的真意来，紧接着补充道，"不是一般朋友，是……是……男女恋人那种……"陈珊珊终于鼓足勇气把话说完，本来粉红的脸蛋儿立刻涨得通红。喜从天降，而且如此突然，羊和平欣喜若狂。他手指蓝天喊道："我有女朋友啦！我……"陈珊珊赶忙按下他举起的手臂，同时捂住了他的嘴巴，嗔怪道："如此张扬，多不好呀！"

羊和平和陈珊珊确定恋人关系之后，双方家人都很高兴。没想到杨和平的一项学习计划却使陈家为难了。羊和平和陈珊珊商定，本科毕业之后继续读研，待硕士学位到手再结婚。羊和平给陈珊珊细算时间账，爷爷定下十年规划，剩下的时间读研刚好够用。首先反对这个计划的是陈珊珊母亲江寒雪。她给女儿算的是青春时间账。陈珊珊四九年出生，待几年读研结束，就快奔三十了。"珊珊呀，你知道大龄剩女有多么恐怖吗？""妈，说一千道一万我也不会剩下呀！有和平哥一路陪伴我，这是说好了的。"陈怀志说："男女之间的山盟海誓我见多了，多半都是不算数的。要知道，和平这小伙可不是平庸之辈，那些好姑娘会放过他吗？我看呐，再过几年我姑娘会不会剩下还不一定呢！"江寒雪苦劝道："就算你不会剩下。大龄姑娘生育有风险，你知道吗？我三十岁生你，难产，把你爹吓坏了。我和你爹一辈子就你这棵独苗儿，决不能让你冒这样的风险。听话，珊珊！你要读研，明年毕业后结婚，然后再继续读研我不拦你，好吗？""我听你的，可我没有把握让和平哥改变主意呀！听说十年规划是他爷爷定下的，是不能更改的。"谈话到这里，陈怀志夫妇发现问题的关键在姜启仁那里。于是，夫妻俩商量好，一定要想方设法打开姜启仁这把锁。

其实是陈怀志夫妇多虑了。姜启仁的看法是，和平结婚后继续读研不会有什么影响，只是珊珊就不同了，女孩一旦结婚就有许多不便，珊珊会同意吗？江寒雪答道："闺女的家我当了。本科毕业立马结婚，就这样定了。"羊秋芸和何晓蓉心里乐开了花。两家长辈当即欢欢喜喜地商定婚期：明年中秋节给他们完婚。

4，羊昌坤的郑重承诺

眼看时间一天天向阴历年关逼近，过了年，一眨眼功夫羊和平和陈珊珊的婚期就将临近了，可是羊昌坤和何晓蓉的问题还没有解决，羊秋芸有些着急了。

这是一个星期天的晚上，趁全家人用餐的机会，羊秋芸把这个问题提出来，说这个问题不能久拖不决，好歹要有一句结论话。

姜启仁首先发言："老的小的都不要误会。我可不是专门破坏人家美满婚姻的法海。我只是心疼晓蓉。她娘家没什么人了，我如今就是她亲爹。我觉得，她实在经受不起一点点刺激了。""我非常感谢爷爷的好心好意。"羊和平说，"我爹如果能够保证给我妈一个普通百姓的正常生活，我就不会为难他。"

羊昌坤放下手中的碗筷，正儿八经地表态道："我保证做到。"

"你拿什么保证呢？"姜启仁追问道。

"我已经办好病退手续，彻底离开了官场。待和平结婚以后，我到南方民航找一份工作，吃一碗技术饭，保证永不做官。"

"可你还是中共党员呀！"

"爹，你是不是要我退党才放心呀？实话告诉你吧，加入中国共产党，信仰共产主义，我将终生无悔。"

姜启仁长叹道："你看看你们在文革中都干了一些什么呀？还'无悔'呢！史无前例的文化大革命就是一场史无前例的内斗。人性之恶本来就像关在笼子里的妖魔。可是有人挥舞利益和迷信的魔棒，把它们统通赶出笼子。于是，全国上演了这样的闹剧：上至将军元帅、专家教授，下至普通老百姓，人人卷入内斗狂潮，旷日持久，给国家造成巨大损失。这就是文化大革命的丰功伟绩。"

"任何政党，任何个人，都难免犯错误，改了就好。风物长宜放眼量。将来，我们的党仍然是一个英明伟大的党。我们有这个信心。"

姜启仁历来主张人人都有信仰自由，所以他没有继续和儿子争辩下去。

可是羊昌坤却似有长篇大论不吐不快。

羊秋芸见父子俩唇枪舌剑，担心坏了大事，就用胳臂肘碰碰身边的和平暗示他打个圆场。她发现，这孩子在家里已经有了越来越多的话语权。羊和平会意，表态说："爹保证给妈一个普通百姓的正常生活，这就足够了。我妈不求大富大贵。"他的话果然起效。姜启仁笑道："既然和平很放心，我有啥说的呀！"羊家长期搁置的问题就这样解决了。

何晓蓉笑逐颜开，往儿子饭碗里夹了一个他爱吃的卤猪蹄。

5，中秋月儿圆

过完三伏，又送走二四个秋老虎，性情温柔的秋天就光临了。

八月十五这天上午，羊和平和陈珊珊的婚礼在华业集团总部的大礼堂里隆重举行。羊昌坤发出的请柬一共两千封。当婚礼开场曲响起的时候，羊昌坤扫视全场，估计邀请的来宾已经全部到齐，连出境困难的明敬善夫妇和幺爹幺妈一家人，还有苏婉玲奶奶以及她的儿孙都按时赶到。前几天，为了帮助他们顺利来港，他动用了广州军区的人脉关系。

在喜庆欢快的音乐声中，身着职业服装的神父仪态庄重地出现在婚礼台上。神父是姜启仁花钱请来主持孙子的婚礼的。他认为香港教会的婚礼流程比中国传统婚礼更有激励作用和深远意义。昔日的礼堂主席台今天布置得花团锦簇，做了婚礼台。管弦乐队用美妙的音乐把整个婚礼现场气氛烘托得分外隆重。

神父是个厚道的长者。他用不太标准的普通话依序请出今天的重要人物。这时候，乐队奏出的曲子是中国古典名曲《春江花月夜》。羊和平和陈珊珊手牵手在伴郎伴娘的陪伴下出现在婚礼台上，脸上洋溢着幸福的笑容。双方父母紧随其后，都是满脸的喜气。

　　这时候，神父恭恭敬敬地邀请新人双方的母亲点燃早就放在婚礼台桌上的两支蜡烛，并强调这对蜡烛象征着两个年轻人的生命。见江寒雪和何晓蓉把蜡烛点燃，神父情不自禁地祝福道："愿上主保佑两位伟大的母亲！阿门！"说着，虔诚地在胸前画了个十字。

　　接着是神父讲道。他讲的是上主曾经为亚当和夏娃主持婚礼的圣经故事。故事有点长，首次参加这种婚礼的来宾中有人沉不住气了，嫌这一套下来太麻烦，不如中国传统婚礼简洁，热闹。贺爱军向身边的客人介绍说："外国人崇尚契约精神。大家慢慢看，细细品，你一定会感受到这种婚礼的非凡意义。"大家还在悄声聊着，神父已经讲完圣经故事，婚礼进入新人互表誓言的重要流程。只见神父严肃地告诫新人："你们应该知道，夫妻的爱是多么神圣，婚姻的责任是何等重大！现在，我以天主教会的名义请你们郑重表明自己的意愿。"这时候，羊和平和陈珊珊都从上衣口袋里掏出一张小纸条看了看，两人显然早有准备。

　　羊和平叫着陈珊珊的名字发誓："我现在郑重表明与你结为夫妻，并许诺从今以后无论是顺境还是逆境，是富贵还是贫穷，是健康还是疾病，都将永远爱护你，尊重你，终生不渝。"

　　陈珊珊叫一声"羊和平"，也发出同样的誓言。

　　神父面向众宾客，大声宣告："新郎新娘都为自己的誓言准备好了凭证。让我们见证这一美好时刻吧！"音乐再次响起，伴郎伴娘为新人送上戒指。神父道："愿上主降福这对戒指。现在，请新人互换戒指，作为彼此忠贞爱情的信物。"

　　一对新人互戴戒指。贺爱军提醒身边人："看见了吗？这等于是彼此在婚姻契约上签字画押。多么慎重，多么圣神呀！这可不是闹着玩儿的呦！"大家笑了。

　　接着，神父心情十分激动，用发颤的声音宣布："现在你们可以接吻了！"

羊和平和陈珊珊听从指挥，立即相拥而吻。

有人问贺爱军："宣布接吻又是何意呀？"

贺爱军郑重其事地回答："这象征双方交换契约文本，宣告结婚礼成了。"众人嬉笑不止，同时报以热烈的掌声。

婚礼结束时，新人答谢父母和来宾。二人先向双方父母三鞠躬，再向全体来宾三鞠躬。

神父示意婚礼台上的人离开各自的位置。这时候，身着漂亮花裙的杜小幺手持话筒，脚步轻盈地来到婚礼台上。她用甜美的声音宣布："各位来宾，各位朋友：我们自己制造的豪华邮轮昨天下水了。今天请大家在邮轮上共进午餐和晚餐，游览大鹏湾美丽的海景。"整个大礼堂响彻一片欢呼声。

午饭后，邮轮拉响汽笛缓缓驶离港湾。

邮轮速度很慢，有意让首次来香港的客人细细欣赏海景。金色阳光普照，海鸥在空中飞翔。蔚蓝色的天空倒映在海面，构成水天一色的美丽景观。邮轮沿着海岸航行，多姿多彩的海湾景色像长长的画卷慢慢展开。虽然秋老虎已去，但是太阳底下的温度仍然比较高。在海水中游泳的人们惬意地划动双臂，溅起朵朵雪白浪花。金色的沙滩上插着许许多多遮阳伞，就像春雨过后在阳光下茁壮生长的蘑菇群。有的海湾用浅浅的海水分隔出许多小块绿地，绿地上各种不知名的野花争妍斗艳，一眼望去就像着意摆放的花篮。瞧，又见一片风景独特的海岸。岸边的岩石姿态各异：有的平缓延伸入水，有的嶙峋拔地而起，有的似洁白的鹅蛋平铺堆砌，有的如黑色骏马昂首奋鬃……青松翠柏点缀其间，树下悠然垂钓者宛如意境隽永的水墨画中人……邮轮上欣赏美景的来宾们赞不绝口。

……

　　邮轮在大鹏湾里转了一圈，夕阳西下的时候又回到启程时的港湾。晚餐过后，晚霞刚刚退尽，一轮皓月就冉冉升起来。此时的邮轮更加热闹了。歌舞厅是年轻人的天下。他们唱啊，跳啊，怎么尽兴就怎么玩。乒乓室里，健身房里，到处都是欢声笑语。

　　爱静的老年人在邮轮甲板上喝茶赏月，另有一番情趣。这个群体大多是花子军的老兵，还有明敬善夫妇、苏婉玲母女俩和姜启信一家子。明敬善的儿子女儿也在其中，他们也都是年过半百的人了。满头白发的小枝云秀也应邀光临。她问姜启仁："怎么不见我干娘来喝茶呢？"羌六宝代为答道："白天举行婚礼的时候，我爹想起和陈珊珊年龄相仿的女儿惨遭杀害，就悄悄哭了。我妈一直想方设法哄他，看样子到现在还没有哄好。"有人说，这是终身伤痛，很难好的。众人一片叹息。宋光宪害怕这种悲伤情绪蔓延开去，连忙大声说道："大家看，今天的月亮多么圆，多么亮啊！"安美胶感叹道："我们大家难得一聚，这叫花好月儿圆啊！"安美胶的女儿搂住她的脖颈说："我们盼望天天和你团聚，四世同堂的日子多么美好呀！"安美胶旁敲侧击道："你不知道普通百姓出境有多难！我和你爹这次来香港，多亏了坤坤帮忙。我们好意思再麻烦坤坤吗？"这会儿羊昌坤正和妹妹羊昌卉忙着端茶递水招待宾客。他接过话头说："奶奶放心，这事包在我身上了。"安美胶笑道："真不好意思呀！"姜启仁提醒羊昌坤："明家几代人，还有花子军老一辈都特别关心你和妹妹的成长。现在，是你们报答的时候了。"崔雪花插话道："还记得你和妹妹小时候来八仙寨做客吗？大家都把你们俩当心肝宝贝。"在场的老人们对于这桩往事都记忆犹新。胡屠户叫着羊昌卉的乳名问道："卉卉，你还记得当时我给你出的考试题目吗？"羊昌卉嫣然一笑："记得！树上十只鸟，用枪打掉一只还剩几只？"安美胶夸奖道："卉卉的答案出人意料。当时她才九岁呀！真是了不起！"崔雪花说："坤坤更不简单。一个十一二岁的小孩儿就晓得好好读书安邦治国。现在，坤坤是说到做到了，怪不得我们都老了呢！"大家你一言我一语，再现了几十年前那个场景。邮轮甲板上谈笑风生，充满欢乐的气氛。

这时候，明月高悬，银辉洒向邮轮，洒向海面。海风阵阵吹来，把欢声笑语送出去很远……

第二十三章

1，新官上任三把火

文化大革命结束以后，全国各地的权力机构名称取消了"革命委员会"恢复了"人民政府"和"党委会"。这正是各级党政干部新老交替的时候。黑水河工具厂的副厂长罗正斌接到上级组织部门的调令，任黑水县的县委书记。县委老干部为了支持新手的工作，成立了顾问小组。 省市领导有令：新的县级领导班子组建工作结束并且打开工作局面之前，顾问小组任何人都不能退休，不仅要扶新手上马，还得送一程。

罗书记走马上任，烧了三把火。历次政治运动造下许多冤假错案，现在都平反昭雪了。据统计，全县有上千人获得平反，其中比较年轻的干部和高级知识分子共有八十三人。这些人有的已经收到外地原单位的通知，准备走上新的工作岗位。黑水县委主动和原单位取得联系，并且发下红头文件，要求这些人听候本地组织部门审核录用，任何人都不准走。这是为全县各级新班子组建烧的第一把火。第二把火：学习深圳经验，解放思想，制定黑水县经济发展战略。新老干部齐聚一堂，展开专题讨论，最后形成一致主张：招商引资，借鸡下蛋。为了走好这重要的一步，罗书记紧接着烧了第三把火：动员顾问小组的老同志们利用人脉关系，提供招商引资的有价值线索。然后，组织专门行动小组，罗书记自任组长。

2，行动小组首战失利

罗书记带领行动小组开赴香港，黑水县县委策划的招商引资重头戏就在那里。新任湖北省省长的冯开雨因为与花子军很熟，而且花子军的重要头领朱明山是他的同胞兄弟，为了便于开展工作也被老县长许渊然请来同往。行动小组里还有一位中年人名叫姜春乐。他是姜启仁的亲侄儿，抗美援朝时期，任志愿军营长，由于特殊原因被美军俘虏，回国后被开除党籍和军籍，遣返原籍劳动改造。平反之后，原部队准备任用他为部队干休所所长，被罗书记拦截下来当了黑水县农业局局长兼任县旅游局局长。

初到香港，小组成员分头行动：许渊然、丁华中陪同冯开雨拜访朱明山；姜启信和姜春乐父子俩拜访姜启仁；罗书记领着一个年轻军官和一个新华社记者拜访羌六宝。罗书记和大家约定：明天下午，到新华社住香港记者站碰头。

罗书记曾多次携妻子来看望羌爱党，所以他领着年轻军官和记者熟门熟路径直走进羌家别墅大门。杜小凤和吴小小、羌六宝连忙站起身来迎接客人。客人在客厅坐下，就轮到杜小凤的孙子们忙活了。沏茶的沏茶，上烟的上烟，摆水果的摆水果……一个个都尽显礼貌和热情。过了一会儿，刚刚睡罢午觉的羌爱党来到客厅。年轻的军官连忙起身向他行军礼："首长好！"羌爱党一惊，一愣。过了好一会儿，他才回礼，示意年轻军官坐下。罗书记介绍说："伯父，这位部队同志是专程给您送达平反文件的。我这里也有两份平反文件，是给瑞雪和伯母的……"羌爱党神情骤变，皱纹交错的脸上立刻布满阴云。年轻军官拿出平反文件递给羌爱党："祝贺您恢复党籍、军籍，享受正军级待遇。"此刻的羌爱党怒发冲冠，心里在骂娘：我两条人命没了，我本人已是半截入土，这几张废纸有他娘的卵用！但又转念，正军级待遇还是有点用的，于是强压火气，收下三份平反文件，坐下喝茶，一言不发。新华社记者站起来从提包里取出摄像机，很礼貌地问道："我想问首长几个问题，可以吗？"羌爱党仍然一言不发。羌六宝看出了老爹的矛盾心理：有问必答他不情愿，保持沉默也不妥当。于是提醒记者道："我爹的耳朵在战场上被炮火震聋。跟他说话，要大声点。"记者打开摄像机镜头对准羌爱党，大声问道："几十年沉冤终于昭雪。请问首长有什么感想？"见对方没有回答，记者又大声重复一遍。仍然不见回答，记者就准备再问一遍。羌爱党这时答话了："你问我有几杆枪？我的两支王八盒子早就上交啦！"年轻军官插话道："请老首长抽时间回部队看看！""你是请我回部队干饭？"羌爱党笑道，"谢谢，不用啦！我有吃有喝。"记者苦笑一下，再次尝试着问道："部队正在搞精神文明建设，你有什么宝贵意见？请你谈一谈。"羌爱党答道："你是说部队搞建设，问我有什么宝贵衣捐？没有！没有！我的几套破军装早就扔了。我重孙子没用完的尿不湿，可以捐么？"羌爱党的答话引得大人小孩都大笑不止。两个爱笑的孙女笑得东倒西歪，从沙发滚到地板上。杜小凤看出羌爱党是有意发泄不满情绪，于是对记者说："聋子只会打岔，莫问了。好好拍两张照片就行了。"

记者和军官在羌爱党家里吃过晚饭就告辞了，罗书记留了下来。他和羌六宝商量："大哥，你是花子军的大头领，在华业集团里是最有权威的人。你的本事小弟我早就知道。小弟现在遇到了难处，想请你帮忙。""是不是经济问题呀？我知道你们那里是个穷地方。你尽管开口，要多少？"羌六宝慷慨地问道，"一千？……一万？……十万？……"罗书记一个劲地摇头。羌六宝疑惑不解："你是不是在做一笔大生意呀？""大哥真是聪明绝顶。你猜对了。"罗书记递上名片，"你看我这个身份，生意会小吗？""你是黑水县的县委书记？"羌六宝追问道，"你究竟要做什么生意呀？""大哥！我是想请华业集团到黑水县去投资经商。说实话，我们县太穷了，真是穷怕了，很想像深圳那样打个大大的翻身仗。大哥你如果能够带领华业集团助我们一臂之力，我们全县六十万人民一定不会忘记记你的大恩大德。"羌六宝表示爱莫能助："这事儿找我没用。我已经退休，不管事儿了。"他心里有话没有说出口。他认为，天下何处无商机，何必去黑水县找麻烦？凭经验知道，那里的共产党官员历来难缠。实在谈不下去了，罗书记只能退而求其次："既然如此，我也不能让大哥太为难了。求你在管事的人面前吹吹风，敲敲边鼓，可以吗？""行！我尽力而为。"羌六宝勉强应付道。羌爱党在一旁听着，心里抑制不住对于罗正斌的同情。他长叹一声道："正斌这孩子为了黑水县老百姓，就只差当叫花子了。他啥时候低三下四求过人呀！"杜小凤瞅了羌六宝一眼，提醒道："瑞瑞姑娘虽说不在了，正斌仍然是我家娇客，晓得吗？"吴小小感慨道："当一个穷县的县委书记，多么不容易呀！真是为难正斌兄弟了。"这些话使罗书记感到莫大的安慰。他想，精诚所至，金石为开，我们的招商引资一定要成功，一定能够成功。

再说冯开雨他们同朱明山的商谈。

他们的商谈在开宴之前就开始了。冯开雨首先说明了此行的目的，然后直逼对方表态："剪子兄弟呀，你应该帮哥一把。如果不帮，哥今天就没心思端杯了。"朱明山满脸堆笑地把一杯酒递给冯开雨："锤子哥呀，你先喝了这杯酒，咋们再过细商量投资的事，好不好呀？"两兄弟互称乳名，显然都是想拉近关系，这是他们的河南老家狗不尿庄的旧习。朱明山不表态，冯开雨就不接杯，让敬酒人一直端着。朱明山的老婆蒋晓芸问道："锤子哥，你这样不给兄弟面子，好意思吗？""有啥不好意思的？我好歹比他大几分钟，是哥。再说，他欠我两笔旧账至今没有结清呢！"

许渊然好奇地问道："兄弟俩有什么旧账结算不清呀？还是两笔？"蒋晓芸笑道："第一笔账，是锤子哥冒名顶替剪子坐牢，帮助剪子逃脱了共产党的追捕。当时，锤子哥是共党特工，和剪子并不认识。他只是想立功打入花子军内部，拉走这支武装，没想到被姜启仁识破。""第二笔帐呢？""那是锤子哥当上湖北省公安厅厅长之后的事情。在家父的安排下，这对双胞胎兄弟终于相聚。为了把姜启仁从共产党的监狱里救出来，剪子在锤子哥的茶杯里下了药，趁锤子哥昏迷不醒的时候冒充省公安厅厅长成功地救出了姜启仁。"三位领导其实都算是这两笔旧账的当事者，现在旧事重提，心中都有难以掩饰的歉意，于是丁华中请求道："旧账都一笔购销吧！咱们都一起往前看，齐心建设好我们的祖国，好不好呀？"朱明山几十年来一直在小心翼翼地尽力修复兄弟间的关系。他认为自己确实亏欠哥哥太多，这会儿一个劲儿地向哥哥道歉。他端着酒杯，走到冯开雨身旁，诚恳地道出了心里话："锤子哥和另外两位领导这次来我家，目的是为了黑水县几十万老百姓，真是让我感动。我理当竭尽全力促成这件利国利民的大好事。可是我也有难处啊！各位听我细说，看在不在理儿。"许渊然笑道："请讲！我们洗耳恭听。""黑水县是我们花子军的老窝儿。在那块地盘上，我们和共产党发生过许许多多不愉快的事情。我动员华业集团到那里投资经商，可能会遇到一些麻烦。生意人出门在外，求财不求祸。如果发生摩擦，政治上和经济上的风险我实在担当不起呀！"说到这里，朱明山一仰脖子，喝完杯中酒，"我实在对不起锤子哥，自罚一杯酒。"说罢，就回到原位。冯开雨和两位下属都明白了：这是前嫌未释，心有余悸呀！历史的重负只能慢慢消除，心急吃不到热豆腐。因而冯开雨代替主人提议：眼下中心任务是喝酒，其他事情暂时搁置不议。

气氛稍稍缓和。大家都端起酒杯，此刻才算正式开宴。

　　姜启信父子俩和姜启仁的商谈也不是十分顺利。姜启信首先同哥嫂叙家常，扯闲篇，目的是为切入正题营造气氛。羊秋芸告诉他：羊昌坤在南方民航当飞行教练，和媳妇何晓蓉在深圳定居。羊和平小两口从香港大学毕业后都在华业集团律师事务所工作，因为经常出差在外，就把上幼儿园的孩子托付给姥姥姥爷了。这个话题立刻引出姜启信许许多多恭维话。姜启仁心想，五弟先当农会主席，后当大队支部书记，在共产党里头当了一辈了官儿，这张嘴壳子确实练出来了。可是扯完闲篇说正题就显得举步维艰了。因为是弟弟有求于长兄，所以姜启信态度谦恭，好话说尽，近乎卑躬屈膝。姜启仁的回答就是一句话："我退休多年，早就不管事了。"他实际上是懒得搭理这个不仁不义的五弟。这时，姜春乐说话了："大伯，我猜想有件事您可能有兴趣管。"姜启仁只顾品茶，头也不抬："啥事呀？""我想重建羊虎庙，打造八仙寨景区。"姜启仁顿时来了精神："什么？你再说一遍！"姜春乐重复了一遍，把姜启仁逗乐了："吹牛吧！使劲吹，吹死牛不缴税。乐乐，你知道需要多少钱吗？""大伯替我划算划算，两百万够吗？""你有两百万吗？"姜启信代儿子回答："乐乐没有吹牛。他真有两百万。"

　　姜启仁只知道当年的准女婿朱玉成和侄儿姜春乐都是志愿军180师某团的军官。朱玉成是团政治处主任，侄儿姜春乐是该团的营长，都在朝鲜战场被美军俘虏。后来，姜春乐回国，朱玉成去了台湾。他哪里知道，朱玉成在台湾经商多年，成为亿万富翁。前不久，朱玉成从台湾回乡探亲，决定启动八仙寨景区建设项目，总共投资两百万，并委托姜春乐当代理人。姜启信细说了事情的全过程，勾起了姜启仁对往事的回忆。多年来，他心里为女儿当年未成的婚事深感遗憾。心情平静之后，他笑道："难怪我侄儿财大气粗，原来遇到了贵人呀！"姜春乐这时候终于切入正题：

“我想把工程承包给华业集团。如果大伯真的不管事了，我就去找武汉一建公司。有钱能使鬼推磨，找几个工程队估计不难。”羊秋芸见状嘲笑姜启仁道：“亲侄儿找你帮忙，摆什么谱呀？这下好啦，眼看煮在锅里的鸭子要飞了，你心里咋想啊？”姜启仁沉着应答：“放心吧，飞不了！肥水不流外人田，我侄儿明白这个事理儿。”“大伯，我们黑水县的工程不只是八仙寨景区，还有三大矿，六大厂……所需资金恐怕是个天文数字。”姜启仁沉思好一会儿，说道：“投资太多，我当不了这个家。你们去找伍升谷子吧！她是华业集团总裁。”

3，招商引资洽谈会

第二天下午，罗书记去新华社记者站和大家碰头，汇总的信息是：招商引资的重头戏目前没戏。行动小组一致认为有必要在香港召开一个招商引资的洽谈会。会议的议题，一是大力宣讲黑水县招商引资的优惠条件；二是宣讲摈弃前嫌，齐心建设祖国的民族大义。

会议筹备工作紧锣密鼓地开展起来。冯开雨叫弟弟朱明山带路，领着许渊然、丁华中和罗书记，逐家拜访华业集团主要管事的人。农业局局长姜春乐负责布置会场，父亲姜启信给他当帮手。姜春乐打电话要求县农业局办公室连夜准备好洽谈会所需要的文字材料和标语、地图，第二天派专车送来。

三天后，洽谈会在华业集团的会客大厅里举行。横幅标语是金字楷书：中国湖北黑水县招商引资洽谈会。宾主双方相向而坐，中间摆放五颜六色的鲜花。会场的布置，颇费心思，显得既简朴又庄重，且有亲和力。姜春乐把黑水县地图发下去之后，以主持人身份郑重宣布：“首先请湖北省省长冯开雨同志讲话。”冯开雨站起身来，毕恭毕敬地面向大家行了一个鞠躬礼，然后纠正姜春乐的话："首先声明，我今天的身份不是省长，而是一个叫花子。"冯开雨的话让众人吃惊，会客大厅里顿时寂静无声。停顿一会儿，冯开雨解释道："大家都知道广东宝安县那边曾经发生过的偷渡潮吧？老百姓为了一口吃的，连性命都不要了，拼命逃往香港。偷渡的人中，有工人，有农民，也有党员干部，来自全国各地。上万警察日夜把关都阻挡不住。现在深圳崛起，成为繁华大都市，再也没有人偷渡香港了。可是，其他地方的老百姓仍然是苦不堪言。今天，我代表他们请求各位开恩，伸出援手，帮助他们战胜贫穷。"花子军老兵中有许多人认识冯开雨。冯开雨的发言立刻引起嗡嗡嗡的议论声。"有经理（外号'痣多星'，学名'有大用'），你应该认识这位省长吧？""认识。此人曾经是湖北省公安厅的厅长，当年追捕姜大哥可卖力呢！""今儿个咋这么低调呢？""你没听明白吗？他是为贫穷的老百姓当一回叫花子呀！""这么说，此人有点可敬呀！"冯开雨似乎听明白了大家的议论声。他无限深情地恳求道："我们和花子军过去曾经发生过许许多多不愉快的事情。但是，为了中华民族的伟大复兴，为了祖国的繁荣昌盛，兄弟间的过节是可以化解的。我们本是同根生，没有消不去的隔阂和成见。剪子兄弟，你说是不是呀？"被点名的朱明山站起来郑重答道："当然！当然！"大家笑了。这时候，冯开雨再次向大家深深鞠躬："实在对不起了，我的花子军兄弟们！"罗书记插话道："我们知道，消除隔阂是应该有实际行动的。农业学大寨，建造梯田，损坏了花子军的烈士墓地。我们就在八仙寨原址按高标准修建了花子军烈士纪念塔。我们欢迎各位去那里悼念牺牲的战友。今天开这个会，如果项目洽谈成功，我们县委县政府保证为华业集团保驾护航。"姜启仁、羌六宝、朱明山、宋光宪等人首先鼓掌，接着热烈的掌声立马响起来。

姜春乐不失时机地宣布："下面请黑水县县委书记罗正斌同志介绍我县基本情况。""我们黑水县总面积一千平方公里，位于湖北省东北部，汉江之滨。流淌千里的黑水河自西向东贯穿全境。"他介绍说：我们县有丰富的矿产资源和木材资源，有种类繁多而且品质上乘的土特产。辽阔的土地上盛产玉米、小麦和高粱……我们还有劳动力优势，人工费用低廉。我们计划办好三大矿、六大厂、一个景区。三大矿：磷矿、铜矿、硫磺矿。六大厂：土特产加工厂、粮食加工厂、竹木加工厂、水泥厂、砖瓦厂、造纸厂。我们还将建设一个高级别的旅游景区，名称暂定为"八仙寨景区"。不久的将来，我们县必是全省经济发展的强县。凡是在我县投资的，一律享受政策优惠，因此投资者必有丰厚的回报。追求利润的商人对于优惠政策极为敏感。宋光宪起立表示：希望罗书记能够讲具体一些。罗书记说："三年内土地税全免，三年后减半。经营纳税，头三年减半，三年后酌情增加，上限是不超过本省平均水平。具体事项有待于进一步商谈。"在坐的华业集团头领们觉得投资环境和条件确实诱人。但是没有一个人明确表态，他们都在等待，等待高层干部会议讨论定夺之后再说。

当晚，华业集团高层会议做出一个重要决定：首先派出一个考察组，到黑水县进行实地勘察。

至此，行动小组算是吃了定心丸：香港招商引资的重头戏已经拉开序幕，就只等华业集团总部的要员们闪亮登场了。

4，华总要员闪亮登场

秋高气爽，天空湛蓝。

三辆小轿车行至黑水县城的码头停了下来。首先下车的是香港华业集团的总裁伍升谷子，随后下车的是两个中年妇女和七个年轻汉子。大家脸上的表情都很严肃，因为他们都知道三十六年前这里曾经发生过一场喋血汉江的惨烈战斗。伍升谷子的丈夫羊舌佳慧就牺牲在这里，尸骨无存。当时，他们的儿子羊舌晶晶才两岁。此刻所有人的心情都如这滔滔江水一般翻涌不息。伍升谷子跪下了，羊舌晶晶跪下了，所有人都跪下了，都满怀敬意地为牺牲的英雄烧纸焚香……

然后，他们上车进城。

在县委会议室里，罗书记主持召开了欢迎会，当然也是双方见面会。他首先介绍了县委县政府几个主要领导干部的姓名、职务，及其分管的工作。接着，一位名叫伍春蕾的女工程师逐一介绍在座的华业集团成员。"首先，我要介绍的是我们的总裁伍升谷子。"干部们首先对总裁的名字感到新奇，还以为是日本贵宾呢！大家看到站起身来颔首致意的是一位年近五十普普通通的妇女，就更加惊奇了。细看衣着打扮，总裁浑身上下简朴整洁，没有一件名牌，没有穿金戴银，更没有口红胭脂的妆饰，简直就像一个质朴的村妇。干部们都不敢相信，眼前这位妇女就是执掌香港顶级大财团的总裁。"下面介绍六位工程队队长……"许渊然和丁华中等一些老人对于花子军新一代充满好奇心，要求伍春雷顺便点一下他们的长辈。伍春蕾提高嗓音，以自豪的语调介绍道："羊舌晶晶，是伍总裁的儿子，他父亲羊舌佳慧是全军敬仰的烈士。朱小犊，是朱明山的长子。他母亲蒋晓芸是花子军的后勤总管。何大运，他爹曾是建筑工程质量总监。他妈是全军赫赫有名的黑牡丹，曾任女兵队队长……"接着又一口气介绍了三位工程队队长：羌六宝之子羌亮亮、潘来运之子潘会路、周道本之子周春竹。介绍完六位身材魁梧的年轻汉子之后介绍文质彬彬的羊和平："他是华业集团律师事务所的律师兼所长。他父亲是中国人民解放军少将羊昌坤，爷爷就是花子军德高望重的姜启仁，是花子军里军魂级的大头领。"羊和平站起来恭恭敬敬地向干部们鞠躬行礼："希望领导们多多支持我的工作。我愿意竭诚为家乡人民服务。"干部们一个个都愣住了：他就是那个被判十年徒刑的羊和平吗？前后判若两人。现在的羊和平个头明显长高，看上去三十出头，白白净净的脸上洋溢着自信的笑容，精致美观的金丝眼镜和清秀的眉目相互陪衬，整个人儿显得年轻英俊而温文儒雅。然后，伍春蕾介绍潘晓月："她是我们的会计师。"伍春蕾心情很激动，因此多说了几句话，"在座的年长者可能记得，当年八仙寨保卫战中大败日寇的总指挥非常年轻，名叫潘来运，就是她爹。"最后，她介绍自己："我的名字叫伍春蕾，是房屋建筑和桥路建设的工程师。"这时有人猜测："你是伍总裁的女儿吧？"伍升谷子笑道："我哪有这么好的福气呀？她是伍佳杰的小女儿。她爹伍佳杰曾经是八仙寨当年最年轻的步兵大队长。"

这次见面会之后，罗书记派出包括姜春乐在内的几个项目负责人，引导总裁及其下属对三大矿、六大厂、八仙寨景区的地理位置进行了实地勘察。

勘察结束之后，伍升谷子对部下提出要求："你们六个工程队队长协助伍春蕾尽早完成工程设计图。然后，潘晓月依据工程设计图做好全部工程的经济预算。记住，这个预算必须最大限度地接近实际开支。羊和平构思合同书与法律相关的条款，细微末节都要认真考虑。如果在工程建设和以后的运营过程中没有发生法律纠纷，就算是羊和平的大功一件。"伍升谷子布置完毕，提醒大家，"各位所做的工作，都是总部投资拨款的依据，不能有丝毫疏忽。"

合同书正式签定之后，华业集团承建的首期工程就动工了。首期工程包括：八仙寨的景区建设，吴家大湾的砖瓦厂，以及九泉山的水泥厂和木材加工厂。顿时，黑水县变得热闹起来。各种机械成群结队地开过来，马达声响彻原野。县城和农村到处都有华业集团的用工广告。来自四面八方的青壮年劳力，浩浩荡荡地涌入工地。工地上红旗招展，人头攒动，高音喇叭播放的歌曲响彻云霄。

万山红遍，层林尽染。炮声隆隆，此起彼伏。白色硝烟在山野间升腾，弥漫。这些景观和蓝天白云相映衬，给穷乡僻壤平添了几分诗情画意。

尾声：大彻大悟的香客

　　三年后的一天，受黑水县旅游局的盛情邀请，花子军老兵和党政退休干部兴致勃勃地游览了八仙寨景区。

　　当东边天际出现一抹霞光的时候，晨雾渐渐消散。羊虎庙渐渐露出被朝阳涂上金光的屋脊和飞檐。晨雾完全消散之后，红墙黄瓦的羊虎庙在蓝天白云的宏大背景映衬下显得分外雄伟壮丽。

　　花子军老兵和党政退休干部光临羊虎庙，觉惠方丈受宠若惊，连忙带领他的弟子们出庙门迎接。早在羊虎庙香火鼎盛时期，他就是慧成长老的弟子，那时他才十三岁。后来羊虎庙被拆除，慧成长老设法把几个弟子送往香港文武庙。现在羊虎庙重建，当年的弟子带领他自己的弟子回来了。他肩负的使命就是要实现师父的遗愿。姜启仁经常到文武庙里敬香，所以和觉惠方丈已经是老朋友了。"敬香之后，请各位到后殿喝茶！"觉惠方丈满怀敬意地打着手势，"请进！"花子军老兵们发现，这时候拥挤的游客们已经恭恭敬敬地让出一条道儿来。

　　进入前殿，华业集团子弟学校派出随行的几个娃娃记者第一次看到神龛上的羊虎神仙塑像，觉得非常新奇：一只胖乎乎的虎仔跪在母羊肚子下边津津有味地吃奶，母羊用慈爱的目光注视着虎仔和众香客。灿烂的朝晖洒进大殿，殿内显得很静，很静，气氛庄严肃穆。此刻的冯开雨思绪复杂极了。当年，中共黑水县委决定拆除羊虎庙得到他的批准，他认为这座庙宣扬了封建迷信和阶级调和论。而今，羊虎庙重建，香火鼎盛。这说明了什么呢？中国老百姓需要行善积德的精神动力，需要超越功利的信仰导航，这是不争的事实。他敬罢香，望着跪在蒲团上虔诚地烧纸焚香的同伴，一种无地自容的愧疚感从他心中油然而生。这时候，善解人意的姜启仁笑嘻嘻地挤过来，拉着他的手向庙门外边走去，加入了去坐缆车的人群。

八仙寨的三座主峰都有空中索道相连。游客乘坐缆车，不仅整个八仙寨的美景尽收眼底，而且远处焕然一新的村落也都历历在目。白发苍苍的老人们陆陆续续出了庙门，走过峡谷铁板桥，登上铁拐峰，准备乘坐缆车游览。

眼下正值三月艳阳天。蓝天白云下，一辆辆缆车沐浴着和煦的阳光，在三个主峰之间缓缓运行。姜启仁和冯开雨目睹此情此景，不由得感慨万端。

"你看，我们两支队伍，曾经是冤家对头，现在终于走到一起啦！"冯开雨指着花子军老兵和退休老干部混合一起的人流问姜启仁，"几十年来，你争我斗，何苦呢？我们老了才醒悟。你说，我们的醒悟是不是太晚了呢？"

姜启仁解释道："确实令人遗憾呀！我们双方本来就有一个先天性的契合点。靠这个契合点，完全可以把大家凝聚在一起。可是，过去我们的眼睛被妖气和迷雾遮住了，迟迟没有找到这个契合点。"

"这个契合点究竟是什么呢？"冯开雨追问道。

"这个契合点就是：心无旁骛，一门心思建设我们的祖国。"

冯开雨小心翼翼地搀扶着比自己年长许多的姜启仁，边走边聊。瞧那亲热样儿，就像亲兄弟久别重逢。